Knaur

Von Hannah Howell ist außerdem erschienen:

Der Kuß der Rächerin

Über die Autorin:

Hannah Howell ist in Massachusetts geboren und aufgewachsen. Ihre Geschichtsbegeisterung treibt sie, Ehemann und Söhne im Schlepptau, zu immer neuen geschichtsträchtigen Schauplätzen. In den USA hat sie bereits unzählige begeisterte Leserinnen gefunden.

Hannah Howell

Im Bann des Rebellen

Roman

Aus dem Amerikanischen
von Franziska Rinaldo

Knaur

Die amerikanische Originalausgabe erschien 1991
unter dem Titel »Conqueror's Kiss«
bei Avon Books, New York

Besuchen Sie uns im Internet:
http://www.droemer-weltbild.de.

Deutsche Erstausgabe September 2000

Redaktion: Andrea Bußemeier
Umschlaggestaltung: ZERO Werbeagentur, München
Umschlagabbildung: © John Ennis/
Agentur Thomas Schlück GmbH
Satz: Ventura Publisher im Verlag
Druck und Bindung: brodard & taupin, La Flèche
Printed in France
ISBN 3-426-69039-X

5 4 3 2 1

Kapitel 1

2. April 1318 – Berwick, Schottland

Ihr leises Summen half wenig, Jennets Magenknurren zu besänftigen. Das ständige Hungergefühl schien innerhalb der dicken, grauen Mauern des Konvents, in denen jede Frau gleichermaßen litt, leichter zu ertragen zu sein. Jennet begann hastig mit ihren morgendlichen Waschungen, in der Hoffnung, daß das eisige Wasser ihre unchristlichen Gedanken vertreiben möge. Sie hatte sich in den Konvent geflüchtet, um Frieden zu finden. Dies würde eine vergebliche Hoffnung bleiben, wenn es ihr nicht gelang, die Bitterkeit, die in ihr gewachsen war, abzuschütteln.

Erneut protestierte ihr Magen laut gegen die Leere. Sie fluchte und bat den Herrn hastig um Vergebung. Solche Ausrutscher hinderten sie daran, dem ständigen Drängen der Äbtissin nachzugeben, die Gelübde abzulegen und sich auf ein Leben als Nonne vorzubereiten. Jennet war nicht sicher, ob sie den für eine Nonne erforderlichen Charakter besaß. Sie war zu bitter, zu zynisch, zu zornig und erbarmungslos. Ein Jahr im Konvent hatte wenig bewirkt, diese Eigenschaften zu läutern.

»Und außerdem«, murmelte sie, während sie in die einfache braune Kutte schlüpfte, »drängt es mich nicht jeden Morgen zum Gebet.«

Sie schüttelte den Kopf und begann ihr langes, kohlrabenschwarzes Haar zu flechten. Die Äbtissin hatte bestimmt bemerkt, wie unordentlich sie war. Als sie ihre Haube befestigte, runzelte sie die Stirn und lauschte angespannt. Es war

schwer auszumachen, aber sie glaubte das leise, stetig lauter werdende Dröhnen männlicher Stimmen zu vernehmen.
»Vielleicht haben die Schotten endlich die Belagerung abgebrochen«, murmelte sie, setzte sich auf ihre Pritsche und begann die Nadelarbeit, die man ihr aufgetragen hatte. »Oder«, sie erstarrte, die Nadel in der Hand, ein Schreckensschauer durchfuhr sie, »sie haben die Schutzwälle überwunden und die Grenzfestung von den Engländern zurückerobert.«
Jennet zwang sich, ruhig zu bleiben und die gedämpften Geräusche zu ignorieren. Sie war in Sicherheit. Trotz allem, was die Äbtissin erzählt hatte, konnte Jennet sich nicht vorstellen, daß die Schotten ein Nonnenkloster schänden würden. Nicht einmal durch achtzehn Jahre Kampf unter dem Bruce konnte ihr Volk so gottlos geworden sein. Mochte auch draußen eine Schlacht toben, hier war sie endlich in Sicherheit. Dieses Mal würde sie der Zerstörung und Gewalt nicht ins Gesicht sehen müssen.
Der Wimpel, an dem sie nähte, war kaum fertig, als ihr bewußt wurde, daß die Geräusche, die sie zu ignorieren versucht hatte, näher gekommen waren. Als sie gerade einen kurzen Blick in die Halle riskieren wollte, sprang die Tür zu ihrer winzigen Kammer auf und krachte splitternd gegen die Steinmauer. Vor lauter Schreck jagte sie sich die Nadel in die Hand. Während sie den Mann anstarrte, der in ihre Zuflucht eingedrungen war, entfernte sie die Nadel mechanisch aus der blutenden Wunde und hob abwesend die Handfläche zum Mund, um den Schmerz zu lindern.
Er lehnte lässig am Türrahmen, die gepanzerten, starken Arme vor der mit einem Harnisch bewehrten, breiten Brust verschränkt. Der Helm und der daran befestigte Nasenschutz verbargen große Teile seines Gesichts, so daß sie außer seinem Lächeln wenig davon sehen konnte. Sein träges Grinsen verwandelte ihren Schrecken und ihre Furcht in Zorn. Sie

blickte ihrem sicheren Tod ins Antlitz, und er lachte über sie. Eine Verwünschung zischend riß sie ihren kleinen Dolch aus einer verborgenen Tasche ihres Gewands. Die angsterfüllten Schreie der Nonnen, die nun durch die Räume hallten, fachten ihren Zorn noch weiter an.

»Und was hast du mit dieser winzigen Nadel im Sinn, Süße?« fragte er mit voller, weicher Stimme.

»Ich schnitze Euch ein neues Grinsen, Ihr gottloser Barbar«, schrie sie und griff ihn an.

Mühelos packte er sie und umspannte mit seiner gepanzerten Hand ihre schmale Taille, sein Harnisch schnitt in ihre Haut. »Eine Nonne und so grimmig?«

Sie hatte keine Chance, sich aus seinem harten Griff zu befreien, aber das Vergnügen in seiner Stimme stachelte sie an, ihren Dolch nach unten zu stoßen, um ihn zu verletzen. »Ich bin keine Nonne«, kreischte sie, »aber ich habe hier Schutz gesucht, und ich werde Euch auf geradem Weg zur Hölle schicken, weil Ihr diesen heiligen Ort schändet.«

»Eine hübsche Drohung für einen Mann, der bereits exkommuniziert ist.«

»Also hat die Äbtissin die Wahrheit gesagt. Die Männer des Bruce sind vom Papst verfluchte Günstlinge des Teufels.« Sie vermeinte einen Ausdruck kühler Belustigung in seinem Gesicht zu erkennen, als plötzlich ein stechender Schmerz ihren Hinterkopf erfüllte.

Hacon fing das viel zu dünne Mädchen auf, als es zusammenbrach, bewußtlos von dem Schlag, den ihr einer seiner Kameraden versetzt hatte. »Ich hatte mich schon gefragt, ob du eingreifen würdest, Dugald, oder ob du einfach daneben stehen und zusehen wolltest, wie ich abgeschlachtet werde.«

Dugald grunzte. Er betrachtete stirnrunzelnd den schweren silbernen Kelch, mit dem er das Mädchen niedergeschlagen hatte und steckte ihn dann zurück in den Sack, den er bei sich

trug. »Sie hatte keine Chance. Es wäre eine verdammte Schande, sie zu töten. Das kleine Mädchen hat Mut.«
»Sie töten? Warum sollte ich sie töten?«
»Wir haben Befehl, keine Gnade zu zeigen. Genauso wie der englische König, als er diesen Ort während Baliols Rebellion eingenommen hat. Töte alle, die du erwischst und raube, was du kannst.«
»Und das« – Hacon warf sich das bewußtlose Mädchen elegant über die Schulter – »ist Beute.«
»Tatsächlich? Für mich sieht sie wie ein kleines Mädchen aus. Und wofür brauchen wir eine Nonne, verlassen vom Papst wie wir sind?«
»Sie ist keine Nonne. Bist du so versessen darauf, ihr Blut zu vergießen?«
»Nein. Mir wird übel, wenn ich kleine Mädchen umbringe, und das weißt du sehr wohl. Andererseits wird es mir schlecht ergehen, wenn ich den Schwarzen Douglas erzürne. Der Bruce hat einen harten, grimmigen Mann zu seinem Leutnant ernannt, und es ist nicht besonders klug, ihm in die Quere zu kommen. Douglas will hier kein Lager aufschlagen, sondern weiterziehen. Was willst du dann mit deiner Gefangenen machen? Du kannst sie nicht vor ihm verstecken.«
»Ich will sie gar nicht verstecken. Sie gehört mir und damit Schluß. Jetzt heb ihre Decke auf und hilf mir, sie mir auf den Rücken zu binden.« Er deutete mit dem Kopf auf ihre Pritsche.
Während er tat, wie ihm befohlen, grollte Dugald weiter: »Und wie willst du mit so einer Last kämpfen?«
»Dieses dürre Mädchen ist keine besondere Last. Außerdem bezweifle ich, daß es noch weitere Kämpfe geben wird. Die Stadtbevölkerung flüchtet, soweit sie dazu in der Lage ist. Wir müssen nur noch die Beute in unsere Truhen laden.«

»Wenn wir nicht bald damit anfangen, wird es keine Beute mehr geben.«
Hacon zwinkerte seinem jammernden Vetter zu. »Zerbrich dir nicht unnötig den Kopf. Ich weiß genau, wo wir suchen müssen. Es hat doch schon ganz gut angefangen.« Er deutete auf den Sack, den Dugald trug.
Dugald nickte grimmig, als er die Halle des Nonnenklosters in Richtung Haupteingang durchquerte. Hacon schob die Gefangene auf seinem Rücken bequem zurecht und folgte ihm. Er zuckte zusammen und beschleunigte seine Schritte, als der spitze Schrei einer Frau durch die düsteren Gänge hallte. Er kämpfte lieber in den Straßen gegen die in Panik fliehenden Engländer, als der Vergewaltigung und Ermordung hilfloser Nonnen an einem Ort wie diesem beizuwohnen.
Seit zehn Jahren, seit der Zeit, als sein Bartwuchs noch nicht mehr als der weiche Flaum eines Jungen gewesen war, kämpfte er für Robert den Bruce. Zum Zeitpunkt, als der Bruce aus dem Exil nach Arran zurückgekehrt war, hatte Schottland am Boden gelegen, zu großen Teilen verwüstet. Bruces Sieg gegen die Engländer bei Loudon Hill hatte die Hoffnung des Volkes neu entfacht, und Hacon war einer von vielen gewesen, die dem Anwärter auf den schottischen Thron zur Hilfe eilten.
Aber nun sehnte er sich danach, nach Hause, nach Dubheilrig, zurückzukehren. Statt dessen befand er sich bei einem erneuten Überfall auf englisches Gebiet mitten in einem weiteren blutigen Raubzug durch ein Land, das vom Krieg bereits tief verwundet war.
»Du kannst jetzt nicht aufhören, für den Bruce zu kämpfen«, sagte Dugald, als sie durch die Tore ritten, die in die engen, verwinkelten Gassen Berwicks führten.
»Woher weißt du, daß ich daran gedacht habe?« fragte Ha-

con, der sich an der Seite seines Verwandten in das Herz der ummauerten Stadt begab.

»Deine düstere Miene. Die habe ich vorher schon mal gesehen. Du kannst jetzt nicht weggehen. Sicher, du hast bei Bannockburn den Ritterschlag erhalten, aber bis jetzt hast du noch keinen einzigen Quadratmeter Land gewonnen.«

»Hat dich mein Vater geschickt, damit du mein Gewissen spielst?«

»Nein. Er vertraut darauf, daß du tust, wie dir geheißen. Ich habe nur das Gefühl, ich sollte ehrlich sein. Der Bruce hält unsere Ländereien, die wir damals an die de Umfravilles verloren haben. Und nur er kann sie uns zurückgeben. Nun gut, dieser Krieg hat uns gestählt und wir werden gewiß keine Schwäche mehr zeigen. Außerdem ist es noch tröstlich zu wissen, daß die de Umfravilles das Land wiederum an den Bruce verloren haben, aber das ist natürlich nur ein schwacher Trost, falls der Bruce die Ländereien jemand anderem gibt.«

»Das wird nie geschehen«, murmelte Hacon, als er sich an seinem Vetter vorbeischob. »Los, komm. Falls ich unsere Ländereien nicht durch treue Dienste und die Macht meines Schwertes zurückgewinnen kann, werde ich eben genug erbeuten, um sie zurückzukaufen.« Er galoppierte in die Stadt, voller Vertrauen, daß Dugald ihm Rückendeckung geben würde, wie er es bereits zehn lange, blutige Jahre getan hatte.

Hacon lümmelte sich in einem rohen, schweren Stuhl vor dem Feuer, aufrichtig angetan von dem neumodischen Kamin und dem Rauchfang in der Wand. Das war viel besser als die übliche Feuerstelle in der Mitte des Raums, der nur unzureichend durch ein Loch in der Decke entlüftet wurde. Er fragte sich, wie es Dugald immer gelang, solch ausgezeichnete Quartiere zu finden. Dies hier mußte eines der wenigen Häuser in Berwick sein, dessen Dach heil geblieben war, unbeschädigt vom Feuer, das auch jetzt noch in der Stadt wütete. Sein Blick konzentrierte sich auf seine Gefangene, die bewußtlos zu seinen Füßen lag.

Das auf seinen Rücken gebundene Mädchen war zweimal zu sich gekommen. Zweimal hatte sie ihre lieblichen schlanken Hände um seine Kehle gewunden. Zweimal war Dugald gezwungen, sie bewußtlos zu schlagen, um seinen Vetter zu retten. Hacon grinste. Sie hatte Mut. Womöglich hatte Dugald recht – sie war ein Kind des Teufels, obwohl sie in einem Konvent verborgen gewesen war. Sie mochte sich als ausgesprochen lästige Prämie herausstellen.

Aber eine hübsche, dachte er, und beugte sich vor. Sie sah sehr verführerisch aus, hingestreckt auf dem Schaffell, ihre vollen schwarzen Haare fächerartig um ihren Kopf ausgebreitet. Er nahm an, daß ihre viel zu schlanke Figur der Hungersnot zuzuschreiben war, die in diesem Gebiet in den letzten beiden Jahren gewütet hatte, aber er sah kein Fehl darin. Sie war kurvenreich genug, um ihm zu gefallen. Ihre Haut schimmerte so weiß wie Elfenbein mit einem leichten rosigen Hauch, der von guter Gesundheit zeugte. Er erinnerte sich mühelos an ihre zauberhaften, grünen Augen, die vor Zorn und Trotz Funken sprühten, als sie sich im Konvent gegenüber gestanden hatten.

»Glaubst du, ich habe sie verletzt?«

Hacon schaute zu Dugald hinüber, der auf der anderen Seite des Mädchens stand, und schüttelte den Kopf. »Sie atmet ohne Mühe und ihre Augenlider zucken. Sie wird bald erwachen.«

»Dann solltest du besser auf deine Kehle achten.«

Hacon lachte. »Sie besitzt mehr Kampfgeist als viele andere an diesem Ort.«

»Stimmt, und das macht sie zu einem echten Problem. Wäre es nicht klüger, sie hier zurückzulassen?«

»Viel klüger, aber das werde ich nicht tun.«

»Warum? Sie ist doch nichts als ein kleines, dünnes Mädchen?«

»Ah, nun, ich will einfach nicht.« Hacon zuckte mit den Achseln.

Jennet war gerade noch rechtzeitig zu Bewußtsein gekommen, um ihre unvorteilhafte Beschreibung durch einen der Männer und die Antwort des anderen zu hören. Ihr Kopf schmerzte, und sie wußte, daß sie die Schuld trugen. Bemüht, ihr Aufwachen zu verbergen, bewegte sie sich nicht; die Antwort ihres Entführers hatte ihr Interesse geweckt, konnte sie doch ihr Schicksal entscheiden.

Nun jedoch, nachdem feststand, daß ihr die Unterhaltung von wenig Nutzen war, stieß Jennet ein Stöhnen aus, das sie die ganze Zeit zurückgehalten hatte. Sie stützte sich auf einen Ellbogen und betastete zögernd ihren Hinterkopf. Der Mann hatte die Wucht seiner Schläge offensichtlich wohl dosiert, denn sie konnte keine ernsthafte Verletzung entdecken, aber in ihrem Schädel hämmerte es. Langsam hob sie den Blick zu ihrem Entführer.

Er sah immer noch groß aus, ein schlanker, kampfgestählter Mann. Nachdem er nun seinen Helm und sein Harnisch abgenommen hatte, sah sie, daß seine langen, blonden Haare bis zu den breiten Schultern reichten. Sie bezweifelte, daß es seiner Brust viel von ihrer Breite nehmen würde, wenn er den gefütterten *Jupon* und das enge, blutbefleckte Lederwams ausziehen würde. Seine langen muskulösen Beine steckten in Hosen von guter Qualität, und Stiefel aus hervorragend gewachster, ungegerbter Tierhaut waren lose über seinen Waden geschnürt. Sie erinnerte sich an den Glanz der Armschützer an seinen Unterarmen. Seine Kleidung gab ihr wenig Hinweise auf seine Stellung. Sogar seine Rüstung, rief sie sich ins Gedächtnis, konnte er stückweise auf dem Schlachtfeld von erschlagenen Rittern geraubt haben.

Während sie sich vorsichtig aufrichtete, hob sie ihren Blick zu seinem Gesicht empor. Er hatte die schönsten Augen, die sie je bei einem Mann gesehen hatte. Sie waren von einem tiefen, klaren Blau. Sein schmales Gesicht mit den hohen Wangenknochen und der geraden langen Nase zeugte von edler Herkunft. Tatsächlich erinnerte sie sein Aussehen stark an einen Dänen oder Normannen. Ihre Miene verdüsterte sich.

»Seid Ihr Schotte?« verlangte sie zu wissen. Dieser Mann lächelt zu oft, dachte sie verärgert, als er sie angrinste.

»Ja, ich bin Schotte. Ich sehe meiner Mutter sehr ähnlich, und sie ist eine entfernte Base des Königs von Norwegen, also sollte ich darauf achten, wie ich über dieses Volk spreche.« Er streckte ihr die Hand entgegen. »Ich bin Hacon Gillard von Dubheilrig.«

Sie nahm seine Hand und wurde mit festem Griff auf die Füße gezogen. »Jennet.«

»Jennet? Kein weiterer Name, keine Verwandten? Seid Ihr niemandes Tochter aus dem Nirgendwo?«

»Natürlich bin ich jemandes Tochter.« Sie seufzte und rieb sich mit der linken Hand die Stirn, da Hacon sich Zeit ließ, ihre rechte freizugeben. »Ich bin Jennet, die Tochter von Artair, einem Graeme, der Moira, eine Armstrong, geehelicht hat. Ich komme aus Liddlesdale.«

»Keiner der Namen ist mit großem Reichtum verbunden.«

Sie funkelte ihn an. »Richtig, und deshalb werdet Ihr kein Lösegeld erhalten. Meine Mutter wurde von den großartigen Soldaten des Bruce ermordet. Ja, und mein Vater möglicherweise auch. Mir ist nichts geblieben. Am besten, Ihr gebt mich frei. Ich werde Euch nur Ärger bereiten.«

»Daran zweifle ich nicht.« Er stand auf, stemmte die Hände

in seine schmalen Hüften und sah auf sie herab. »Trotzdem werde ich Euch behalten.«
»Warum solltet Ihr das wollen?« Sie hatte eine ziemlich gute Vorstellung davon, aber sie fragte sich, ob er ihr die Wahrheit sagen würde.
Hacon streckte den Arm aus, nahm eine Strähne ihres vollen lockigen Haares in die Hand und liebkoste sie mit seinen langen Fingern. »Ihr, Jennet, die Ihr von Liddlesdale sein könntet, seid meine Beute.«
Das war Antwort genug, nahm sie an. Sie sagte sich, daß mit Zorn nichts zu gewinnen war, dennoch ballte sie ihre Hände zu Fäusten. Flucht war immer noch möglich, wenn sie nicht überstürzt handelte, der Furcht nicht nachgab, die ihren Zorn zu überwältigen drohte. Aus dem Augenwinkel sah sie, daß sich der andere Mann verstohlen an ihre Seite bewegte. Sie mußte sicher sein, daß ihr Fluchtversuch unerwartet kam.
»Also bin ich eine Gefangene?«
»Ja – meine Beute.«
»Klein und mager, wie ich bin?«
»Ach, nun ja, man kann nicht immer den ersten Preis gewinnen.«
An seinem Tonfall erkannte sie, daß er sich für komisch hielt. Er grinste, und sein Gefährte kicherte leise. Schallendes Gelächter aus dem Hintergrund verriet ihr, daß andere Männer sich ebenfalls an ihrer Zwangslage erfreuten. Dieses Wissen ließ ihr Temperament überschäumen. Die Plünderung Berwicks und ihre eigene unzweifelhaft bevorstehende Schändung waren kein Anlaß zur Heiterkeit.
Sie verfluchte zischend alle Männer, schlug mit beiden Fäusten zu und traf jeden der beiden sie flankierenden Männer sauber und kraftvoll direkt in den Unterleib. Beide heulten vor Schmerz auf und fluchten, als sie sich zusammenkrümmten. Sie raste zur Tür – und rannte direkt in einen

schlanken Mann in Rüstung, der die lange, schmale Öffnung versperrte.
Als sie rückwärts stolperte, packte Hacon sie grob an der Schulter. Er schob sie hastig hinter sich. Neugierig, wie sie trotz allem war, konnte sie sich einen Blick auf den Mann, der ihren Fluchtversuch vereitelt hatte, nicht verkneifen. Sie erstarrte und Furcht überwältigte sie. Das konnte kein anderer sein als Sir James Douglas, den einige den »Guten Douglas« nannten, die meisten aber hießen ihn den »Schwarzen Douglas«. Und wahrscheinlich nicht nur wegen der düsteren Farben seiner Kleidung, dachte sie mit einem Schauder und ihr Blick hing wie gebannt an dem blutigen Schwert in seiner Hand. Die Nonnen hatten ihr mehr als eine schaurige Geschichte über diesen Mann erzählt, den sie »des Bruce gottlosen Leutnant« getauft hatten. Etwas an den dunklen Farben, die er und seine Männer trugen, weckte in ihr eine undeutliche Erinnerung, aber diese schwand, als Douglas sprach. Als die ersten Worte aus seinem Mund kamen, versteckte sie sich vollständig hinter Hacons Rücken, voller Angst, man könnte ihr Erstaunen bemerken. Der Schwarze Douglas, die Geißel des Nordens, der Mann, der die englischen Soldaten erzittern ließ, lispelte.
»Habt Ihr ein wenig Schwierigkeiten, Sir Gillard?« erkundigte sich Douglas.
»Nein, nur eine kleine Rauferei.«
»Ist sie eine Geisel?«
»Nein. Sie gehört zu meiner Beute.«
»Ihr und Eure Männer macht seltsame Beute.« Douglas gab jemand hinter ihm ein kurzes Zeichen und ein junger Soldat wurde gewaltsam in den Raum geschoben. »Ich bin der Überzeugung, daß die einzig lohnende lebende Beute Geiseln sind, für die man ein Lösegeld fordern kann.«
Nachdem Jennet sich etwas an seinen Sprachfehler gewöhnt

hatte, warf sie, verwundert über Hacons Anspannung, einen neugierigen Blick auf den Soldaten. Der fragliche junge Mann war offensichtlich grausam zugerichtet worden. Sein bartloses Gesicht war voller Blutergüsse und Kratzer. Er schwankte leicht und hielt ein Bündel Kleidung schützend an seine Brust gedrückt.

»Hat der Junge Euch Ärger gemacht, Sir?« fragte Hacon.

»Einigen. Er hätte beinah einen meiner Männer umgebracht und wäre fast dafür getötet worden, wenn ich nicht gekommen wäre, um ihn zu befreien.«

»Und jetzt?«

»Und jetzt gebe ich ihn an Euch zurück. Flößt dem Kerl ein wenig Vernunft ein. Ich habe keinen Zweifel, daß Ihr und Eure Männer loyal seid. Ihr steht seit zehn langen Jahren für die Sache ein. Trotzdem bin ich überzeugt, daß Ihr im Innersten weich seid. Erbarmen, Sir Gillard, hat keinen Platz in diesem Krieg.«

Ebenso plötzlich, wie er aufgetaucht war, verschwand der Schwarze Douglas wieder. Jennet stieß einen erleichterten Seufzer aus und hörte erstaunt, daß die anderen im Zimmer es ihr gleichtaten. Hacon schob sie zu Dugald, der sie nicht eben sanft am Arm packte. Sie ignorierte ihre zornig funkelnde menschliche Fessel und beobachtete den Jungen, zu dem Hacon hinüberging.

»Deine erste Schlacht, Ranald«, sagte Hacon, »und du versuchst gleich, einen von Douglas eigenen Männern zu erledigen? Bist du so wild auf den Tod, Freundchen?«

»Ich wußte nicht, daß es seine Leute waren«, antwortete der Junge mit rauher, unsicherer Stimme.

»Man kann sie leicht erkennen. Ich erinnere mich, daß ich sie dir gezeigt habe.«

»Ja, Onkel, das habt Ihr. Ich war nicht ganz bei Verstand.«

»Du hast Glück gehabt, daß Douglas guter Stimmung war,

sonst würde dein gedankenloser Kopf jetzt durch die Gassen rollen.«

»Ich weiß.«

Jennet konnte sehen, wie schwach der Junge war und machte, getrieben von Mitleid, endlich den Mund auf. »Wenn Ihr wollt, daß er hört, was Ihr ihm zu sagen habt, dann laßt ihn besser sitzen.« Sie zwang sich, nicht unter dem finsteren Blick zusammenzuzucken, den Hacon ihr zuwarf, bevor er Ranald zu einer Bank am Tisch führte.

»Was war so wichtig«, erkundigte sich Hacon bei seinem Neffen, »daß du dein eigenes Leben dafür aufs Spiel gesetzt hast?«

»Ein Säugling.«

Obwohl sie ihr Erstaunen zu unterdrücken versuchte, starrte Jennet, ebenso wie die Männer, mit weit offenem Mund auf das Bündel, das Ranald auswickelte. In dessen Falten lag ein Baby, ein Kind, so schätzte sie, von ungefähr einem Jahr. Einen Moment fürchtete sie um das Leben des Kindes, dann schob sie diese Angst zur Seite. Ranald hätte dieses Kleinkind nicht gerettet, wenn er glaubte, daß sein eigener Verwandter es töten würde.

Hacon beuge sich zu dem Jungen hinunter und verfluchte wieder einmal seine Schwester, die ihn nicht sicher zu Hause angekettet hielt. »Ein Säugling, Freundchen? Was willst du mit einem Säugling?«

»Ich weiß nicht. Ich konnte nicht zulassen, daß sie das kleine Ding töten. Sie wollten es auf eine Pike spießen. Die Mutter …« Ranald starrte auf das großäugige Kind hinab und streichelte mit unsicherer Hand über dessen rotbraune Locken. »Ich konnte die arme Frau nicht retten. Werde ich ihr Flehen um Gnade für immer hören?« flüsterte er.

»Vielleicht«, erwiderte Hacon mit ebenso leiser Stimme und seufzte. »Ranald, wir sind hier, um Berwick zu plündern, dann ziehen wir weiter in die nächste Schlacht. Was willst du mit dem Kind machen?«

»Ihr könnt Eure Beute auch nicht mit auf das Schlachtfeld nehmen. Ich könnte das Kind beim Troß lassen.«

»Aber das meiste wird nach Haus geschickt, ins tiefste Schottland, von Wachen begleitet, Männern, die sich nicht um ein kleines Kind kümmern wollen.«

»Ich könnte es bei jemandem hier lassen, wenn wir abrükken.«

»Ja, vielleicht, falls wir jemanden finden. Die meisten sind entweder tot oder verstecken sich. Und möglicherweise müssen wir fliehen. Berwick ist die letzte starke Festung der Engländer in Schottland. Ich kann mir nicht vorstellen, daß sie es kampflos aufgeben.«

Jennet befreite sich aus Dugalds Griff. »Schön, das könnt Ihr alles später besprechen.«

»Kann ich das?« murmelte Hacon.

Der Ausdruck der Verachtung in ihren wundervollen Augen ärgerte ihn. Er fragte sich beiläufig, ob ihr Zorn nur durch diese Situation hervorgerufen war, oder ob er von einem tiefverwurzelten Haß gegen alle Männer herrührte. Als er sich ins Gedächtnis rief, was sie über das Schicksal ihrer Eltern gesagt hatte, wußte er, daß er sich gegen alle richten konnte, die für den Bruce kämpften.

Dann sah sie den jungen Ranald an. Ihr Ausdruck wurde weicher und Hacon spürte einen deutlichen Stich der Eifersucht. Sie war reizvoll in ihrem Zorn, aber mit dem Ausdruck eines sanfteren Gefühls auf ihrem herzförmigen Gesicht war sie atemberaubend.

»Nun«, bemerkte sie, als sie zu Ranald hinüber ging, »die Verletzungen des Jungen müssen versorgt werden, oder Ihr werdet bald nur noch mit der Luft reden. Holt mir eine Schüssel Wasser und ein sauberes Tuch.«

Hacon gehorchte, bevor ihm klar wurde, was er tat. Als er sie anfunkelte, begegnete sie seinem Blick gelassen. Er stieß einen Fluch aus und holte, worum sie gebeten hatte. Sie hatte recht, Ranalds Wunden mußten versorgt werden. Und dies war nicht der richtige Zeitpunkt, um ein für allemal zu klären, wer die Gefangene und wer der Entführer war.

Jennet nahm Ranald das Baby sanft ab und legte es in die Arme des Mannes, der neben ihm saß. Der Mann starrte das Kind so entsetzt an, daß sie beinahe grinsen mußte. Dennoch hielt er es völlig sicher, und sie wandte ihre Aufmerksamkeit wieder dem verletzten Jungen zu.

»Entkleidet ihn bis zur Taille«, befahl sie Hacon. »Seine Bewegungen zeigen mir, daß sich unter seinem Wams weitere Blutergüsse und Verletzungen verbergen.«

Während er ihr gehorchte, zwang sich Hacon daran zu denken, daß ihre Flucht beinah geglückt war. Er mußte sie davon überzeugen, was für ein Fehler das war. Während er ihr bei ihren zielstrebigen Bemühungen um Ranald zur Seite stand, dachte er über das Problem nach. Ihre Gegenwart war von ihm erzwungen, aber sie würde ihr auch das Leben retten. Er würde sie zu der Einsicht zwingen müssen, daß er, obwohl ihr Entführer, gleichzeitig ihr bester Schutz war.

Da sie bemerkte, wie Ranald immer wieder nach dem Kind sah, murmelte Jennet: »Dem Baby geht es gut. Wenn das Kind die Hungersnöte überstanden hat, die das Land im Würgegriff halten, ist es kräftig und wird durchhalten.«

»Ja, aber ich wünschte, ich hätte seine Mutter retten können. Ich hörte ihre Schreie, aber ...«

Sie unterbrach seine schmerzerfüllte Rede, indem sie ihm mit einem feuchten Tuch den Mund wischte. »Falls Euch der Tod der Unschuldigen den Seelenfrieden raubt, solltet Ihr Euch besser geschwind ins nächste Kloster begeben.«

»Ich w-will ein Ritter werden«, stotterte er mit einem nervösen Seitenblick auf seinen Onkel, der wachsam neben Jennet stand.

»Dann werdet ihr Eure Ohren verschließen und Euer Herz verhärten müssen. So Ihr durch das Schwert leben wollt, könnt Ihr dem Unheil, das es bringt, nicht entkommen. Wenn Männer in der Schlacht vom Blutdurst überwältigt werden, töten sie alles, was Ihnen über den Weg läuft. Das Beste was Ihr tun könnt, ist diese Blutlust zu kontrollieren und ebenso die Männer, die Ihr einmal führen mögt.«

»Es war nicht richtig. Sie war unbewaffnet.«

»Das waren auch diejenigen, die von den Männern des englischen Königs niedergemetzelt wurden, als er diese Stadt eroberte, genauso wie jene keine Waffen trugen, die der Bruce vor sieben Jahren in Perth abschlachten ließ.« Sie hatte seine Wunden gesäubert und verbunden und erhob sich. »Wenn Armeen durch das Land ziehen, sollten sich die Unschuldigen und Waffenlosen verstecken oder sie fallen an der Seite der Krieger.«

»Wenn Ihr das so genau wißt«, fragte Hacon, »was wolltet Ihr dann an der Tür, als der Schwarze Douglas eintrat?«

»Fliehen«, antwortete sie auf die, wie ihr schien, ausgesprochen törichte Frage.

Voller Zorn packte er sie am Arm und zerrte sie zum Eingang. Er riß die Tür auf und schob sie ein, zwei Schritte nach draußen. Die Nacht war hereingebrochen, aber die Plünderung Berwicks dauerte an. Rauchschwaden und der Geruch von Tod und Verwesung brannten in ihren Augen.

Fackel und Mond beleuchteten die Szenerie nur schwach, aber sie war darüber nicht traurig. Tote bedeckten die Gassen. Die Eindringlinge stürmten nach wie vor auf der Suche nach Opfern und Beute durch die Stadt. Angst- und Schmerzensschreie drangen an ihre Ohren. Die Schotten, die Berwick für Schottland beanspruchten, zeigten genausowenig

Gnade wie der englische König Jahre zuvor. Sie war den Tränen nahe.
»Ihr wolltet weglaufen? Und wohin?« verlangte Hacon zu wissen. »Dort hinein? Nicht einmal das Nonnenkloster ist mehr sicher. Ich glaube nicht, daß Ihr lange überleben würdet.«
Er hatte recht, aber sie gab es nicht zu. »Ich bin solchen Gefahren schon zuvor entkommen«, erwiderte sie.
»Ihr wirkt, als ob Ihr ein wenig Verstand hättet. Benutzt ihn, Weib. Euch mag nicht gefallen, wo Ihr jetzt seid, aber das hier ist immer noch besser als die anderen Möglichkeiten, die Euch offenstehen. So wie die Dinge liegen, werden Euch sogar Eure Freunde erst niedermetzeln und danach ihren Fehler bedauern.
Und wenn wir diesen Ort verlassen haben, wäre es klüger, zweimal über einen Fluchtversuch nachzudenken. Ihr marschiert mit dem Feind, Mädel. Glaubt Ihr wirklich, daß irgend jemanden das Warum interessiert?«
Die Hände in die Hüften gestemmt, starrte sie ihn zornig an. »Ihr benutzt den Schrecken dort draußen, damit ich hier drin bleibe, ohne daß Ihr mich fesseln müßtet. Ihr verfolgt damit nur Eure eigenen Ziele.«
»Ihr wißt nichts über meine Ziele.«
»Nein?« Sie lachte leise und zornig. »Da Ihr kein Lösegeld für mich verlangen könnt, kann es nur einen Grund für Euch geben, mich gefangenzuhalten.« Sie sprach leise und beugte sich zu ihm hinüber, damit kein anderer sie hören konnte. »Falls Ihr hofft, daß ich mich deswegen mit Freude vergewaltigen lasse, werde ich Euch eines Besseren belehren.«
»Nein, meine Kleine. Ich wollte Euch nur die Ausweglosigkeit Eurer Situation vor Augen führen. Ihr würdet es Euch leichter machen, wenn Ihr mich nicht als Euren Wärter sondern als Euren Wohltäter sehen würdet.«

»Wohltäter?« Er hätte kein Wort wählen können, das besser geeignet gewesen wäre, ihren Zorn über ihre Angst siegen zu lassen. »Ich wundere mich immer wieder, wie viele Missetäter das Wort Wohltäter gebrauchen. Ihr glaubt doch nicht wirklich, daß Ihr vom Feind zum Freund geworden seid, nur weil Ihr mir nicht genauso wie den armen Nonnen die Kehle durchgeschnitten habt?«

»Ich habe keine einzige Nonne angerührt. Ich habe nur geraubt, was mir gefiel.«

Sie hatte den Verdacht, daß dies der Wahrheit entsprach, aber ignorierte die Unterbrechung. »Ich werde Euch nie als meinen *Wohltäter* sehen.«

»Ach, natürlich werdet Ihr das.« Zärtlich strich er mit dem Handrücken über ihre zorngerötete Wange. »Natürlich werdet Ihr das. Das Geschenk des Lebens verlangt nach einer angemessenen Gegengabe, meint Ihr nicht?« Als sie ihn nur mit weit aufgerissenen Augen anstarrte, fragte er: »Was denn? Hat es Euch die Sprache verschlagen?«

»Ich glaube«, erwiderte sie sehr deutlich, »man hat mir einmal zu oft auf den Kopf geschlagen.« Sein weiches Lachen war bedrohlich anziehend. »Und«, fügte sie mit einer gewissen Wut hinzu, die immer noch ihre Furcht beherrschte, »wenn Ihr warten wollt, bis ich Euch für mein Leben danke, werdet Ihr hier Wurzeln schlagen.«

Sie drehte sich abrupt um und ging weg, um nach dem verwaisten Säugling zu sehen, für den Ranald sein Leben riskiert hatte. Hacon beobachtete sie lächelnd. Jede ihrer Bewegungen war anmutig und sinnlich. Die Hitze des Verlangens strömte durch seinen Körper. Es würde nicht einfach werden, den begehrten Preis zu gewinnen. Dennoch, grübelte er, als er zu seinem Platz am Feuer zurückkehrte, sein Instinkt sagte ihm, daß es jede Anstrengung wert war.

Kapitel 2

Nun, da sich alle in der beschlagnahmten Unterkunft eingerichtet und gegessen hatten, räkelte sich Hacon in seinem Sessel vor dem Feuer und wandte seine volle Aufmerksamkeit seiner reizvollen Gefangenen zu.

Sie zerteilte ein Stück Leinen zu Windeln für das Baby und beobachtete ihn argwöhnisch. Er hatte ihr für kurze Zeit ein Messer überlassen, aber er vertraute ihr nicht. Sie dagegen traute seinem freundlichen Interesse nicht. Wahrscheinlich wollte er sie nur glauben machen, sie könnten mehr sein als Entführer und Gefangene, damit sie ihm nicht soviel Widerstand entgegensetzte, wenn er sie schließlich nahm.

Aber dennoch, dachte sie, die ruhige Kameradschaft in dem besetzten Haus hatte ihr einiges von ihrer Furcht genommen, auch wenn sie wußte, wie dumm das war. Sie saß mit einer hausfraulichen Arbeit zu Hacons Füßen. Dugald hockte auf einem Schemel zu ihrer Linken und reinigte Hacons und seine Waffen. Die übrigen fünf Männer, die sich im Hauptraum aufhielten, taten dasselbe. Nachdem sie sich einen Schlafplatz für die Nacht gesucht hatten, verbrachten sie den Abend mit kleinen Arbeiten und leisen Gesprächen, bis sie müde waren. Eingehüllt in diese Sicherheit war es für Jennet nur zu einfach zu vergessen, daß sie der Feind waren, der noch Stunden zuvor mit dem Schwert in der Hand geplündert und gemordet hatte. Sie mußte sich zwingen, dies nicht zu vergessen.

»Warum seid Ihr hier, Jennet von Liddlesdale?« fragte Hacon.

Sie schaute ihn an, beobachtete, wie er seine feingezeichneten Brauen fragend emporzog und seufzte. Wahrscheinlich konnte sie es ihm ruhig erzählen. Wenn sie ihm anvertraute, wie sehr sie bereits unter der Armee des Bruce gelitten hatte, würde er vielleicht freundlicher mit ihr umgehen und sie flüchten lassen oder zumindest konnte sie ihm seine finsteren Absichten ausreden.

»Ich bin schon seit vielen Jahren hier.«

»Aber Ihr seid eine Schottin. Warum seid Ihr in einer englischen Festung?«

»Viele von uns sind Schotten. Immerhin befinden wir uns in Schottland. Ich habe bei einem englischen Paar gelebt, bevor ich vor einem Jahr zu den Nonnen gegangen bin.«

»Die Tochter eines Graeme und einer Armstrong lebt bei Engländern?«

»Ich war Dienstmädchen, die Zofe der Hausherrin.« Und alles andere, dachte sie mit einem Anflug von Bitterkeit.

»Hat Euch keiner Eurer Verwandten aufgenommen? Konnten sie keine Schottin als Dienstherrin für Euch finden?«

Das waren schwierige Fragen. Unter anderen Umständen hätten ihr die Antworten sehr weh getan. Sie konnte jedoch keine böse Absicht dahinter erkennen und seufzte. In diesem Krieg lauerte Verrat an jeder Ecke. Nicht jeder Schotte hieß den Bruce als König willkommen oder sehnte sich nach einem Ende der englischen Herrschaft. Hacon versuchte vermutlich herauszufinden, ob sie das war, was sie vorgab – ein Opfer, das vom Krieg herumgeschleudert wurde, oder eine Verräterin. Jeder in einer englischen Festung gefangene Schotte war verdächtig. Sie hatte den grausamen Beweis für diese gnadenlose Überzeugung mit eigenen Augen gesehen, als ihre Mutter ermordet wurde, und später, als erbarmungslose Schotten ihre eigenen Landsleute in Perth hinrichteten.

»Meine Eltern hatten nie die Absicht, mich dienen zu lassen«, erklärte sie. »Ich war erst neun, als die Soldaten des Bruce das Heimatdorf meiner Mutter überfielen und sie umbrachten. Danach brachte mein Vater mich nach Perth, wo wir solange lebten bis der Bruce es eingenommen hatte. Mein Vater hatte schon geahnt, was beim Fall von Perth passieren würde, also bezahlte er die de Tounays dafür, mich für sich zu fordern. Mir wurde erlaubt, sie zu verlassen, als der Bruce alle hochgeborenen Schotten in Perth zu Verrätern erklärte und hinrichten ließ.«

»Und Euer Vater?«

Hacon fühlte sich einen Moment schuldig, weil er selbst auch in Perth gewesen war. Dies war ein Teil des Krieges, den er ablehnte, aber nicht ändern konnte. Sich öffentlich negativ über die Handlungen des Bruce zu äußern, war der schnellste Weg, als Verräter verurteilt zu werden. Aber auf ihm, Hacon, ruhte die Hoffnung seiner Familie, ihr verlorenes Land zurückzugewinnen. Er konnte es sich nicht erlauben, sein Leben wegzuwerfen, indem er sinnlos gegen Ungerechtigkeit aufbegehrte.

Jennet zuckte die Achseln. »Ich habe nicht gesehen, daß mein Vater getötet wurde, und man hat ihn auch nicht unter den Toten gefunden. Aber ich habe seit jenem Tag nichts mehr von ihm gehört. Ich kann nur annehmen, daß er in Perth gefallen ist.«

Hacon beugte sich nach vorne und murmelte: »Falls er für die Engländer gegen den Bruce gekämpft haben sollte …«

Sie lächelte hämisch. »Mein Vater hatte keine Überzeugungen. Er hat immer für den gekämpft, der am meisten zahlte. Nun bin ich die Geisel von Dieben.«

»Diebe?«

»Sicher, ich habe nicht gesehen, daß Ihr die Sachen auf dem Tisch dort bezahlt habt. Natürlich seid Ihr Diebe.«

»Ihr seid genau die Richtige, um mit solchen Wörtern herumzuwerfen. Die Graemes sind als Diebe wohlbekannt, zumindest die aus dem kargen Landstrich zwischen Esk und Sark. Ja, und die Armstrongs von Liddlesdale können ebenfalls Anspruch auf diesen Titel erheben, sind sie doch verfluchte Räuber. Viele sind der Meinung, man sollte die gesamte Dorfbevölkerung einfach aufhängen. Und Ihr vereinigt beider Blut.«

»Und was, bitte schön, sollen Menschen, durch deren Land jedes Jahr eine plündernde und raubende Armee zieht, sonst tun? Ihre Ländereien sind ein immerwährendes Schlachtfeld. Sind es nicht die Engländer, dann sind es die Schotten. Ihre Felder brennen schneller, als sie ernten können. Sie ernähren mehr Soldaten als Verwandte. Ja, sie waren beide Diebe, sowohl mein Vater als auch meine Mutter, und ihre Familien sind es nach wie vor. Aber sie kleiden das nicht in schöne Worte wie ›Schottland von den Engländern befreien‹, und sie nennen sich auch nicht Ritter oder Lords des Königreichs. Sie wedeln nicht mit der Fahne irgendeines Königs oder tragen heilige Reliquien vor sich her. Nein, und sie nennen es auch nicht ›rechtmäßige Beute‹. Sie sind schlicht und einfach Räuber. Das ist alles, was ihnen die vornehmen und ritterlichen Herren gelassen haben.«

Hacon lehnte sich zurück und starrte sie an. Ein kurzer Blick durch den Raum zeigte ihm, daß ihr die übrigen Männer ebenfalls gebannt lauschten. Das Mädchen äußerte ein paar bittere Wahrheiten. Sie hatte das Talent, dem Kampf jeden Glanz zu nehmen. Außer vielleicht für Ranald. Aber Hacon und seine Männer waren lange genug für den Bruce geritten um zu wissen, daß sie recht hatte. Obwohl das Ziel, Schottland zu einen und die englische Marionette auf dem Thron durch einen schottischen König zu ersetzen, ein gutes war, kostete es viel und die Mittel, um es zu erreichen, waren nicht immer ehrenhaft. Nichtsdestotrotz war es befremdlich, daß ein junges Mädchen dies so offen aussprach. Er fand dieses Zeugnis ihrer Intelligenz bestechend.

»Ah, aber wir berauben den Gegner«, sagte er.

»Und wer erklärt ihn dazu?« konterte sie. »Ihr. Ihr wählt Euch einen Anführer, dann sucht sich dieser Mann jemand aus, von dem er sich bedroht fühlt und Ihr reitet alles und jeden über den Haufen und metzelt ihn nieder. Um zu den Feinden zu gehören, muß man nur zwischen zwei Parteien gefangen sein. So wie meine Mutter. So wie ich. So wie diese armen, unschuldigen Nonnen. Hier sitze ich, und Gott ist mein Zeuge, obwohl ich Grund genug dazu hätte, ich bin keines Menschen Feind.«

»Nein?« grinste Hacon. »So spricht die Süße, die versucht hat, mir die Kehle durchzuschneiden und mich zweimal fast erwürgt hätte?«

»Nun, geraubt zu werden, regt mich ein wenig auf«, antwortete sie gedehnt. Dann wandte sie sich ab und begann, einige Kleidungsstücke für das Baby aus einem Stück Tuch zu fertigen, das sie gefunden hatte. »Ich brauche Milch für das Kind.«

»Ach, wirklich? Und woher soll ich die nehmen? Glaubt Ihr, ich kann nur auf eine Laune von Euch eine Amme herbeizaubern?«

»Es ist keine Laune.« Das Baby begann zu greinen und die Not des Kindes stärkte ihren Mut. »Der kleine Kerl braucht sie.«

»Wo soll ich mitten in einer verwüsteten Stadt Milch auftreiben?«

»Falls es hier Kühe gegeben hat, sind sie sicherlich schon schottische Beute. Es stimmt, es gibt hier nicht viel. Die Hungersnot war fürchterlich. Manche Menschen haben sogar ihre Pferde und Hunde gegessen. Aber es gab Ziegen, bevor euch

ein Verräter die Tore geöffnet hat. Ich weiß, daß im Konvent welche gehalten wurden. Ihr müßt sie nur finden.«
Ranald kam taumelnd auf die Beine. »Ich werde gehen, Onkel. Ich habe das Kind hierher gebracht.«
»Ja, das hast du. Aber du bist nicht in der Verfassung, durch die Gassen zu stolpern. Außerdem ist es klüger, wenn du Douglas Männern eine Weile aus dem Weg gehst. Setz dich.«
Ranald gehorchte und Hacon erhob sich. »Ich werde gehen, aber ich glaube nicht, daß es viel nützen wird.«
»Ihr solltet es bei dem Haus versuchen, wo Ranald das Baby gefunden hat«, schlug Jennet vor, als Hacon sein Schwert gürtete. »Dort könnte eine Ziege oder Kuh versteckt sein. Die Hungersnot war so furchtbar, daß die Menschen es nicht gewagt haben, ihre Tiere unbewacht zu lassen. Eine Ziege könnte sogar im Haus versteckt sein.«
Während sich Dugald von Ranald den Weg zum Haus beschreiben ließ, wandte sich Hacon noch einmal an Jennet. »War es so schlimm?«
»Ja. Es wird sogar behauptet, daß einige Häftlinge ihre schwächeren Zellengenossen gegessen haben.« Sie zuckte nur mit den Achseln, als sie den Ausdruck des Entsetzens auf seinem Gesicht bemerkte. »Wenn es nichts zu ernten und kein Vieh mehr gibt, gibt es nichts zu essen. So einfach ist das.«
Hacon stürmte fluchend aus dem Haus, Dugald dicht auf den Fersen. Er hätte ihre Worte gern verächtlich abgetan, aber das war unmöglich. Es war die simple, bittere Wahrheit. Zu seiner Schande hatte er zu selten an die Unschuldigen gedacht. Er mochte gar nicht daran denken, wieviel Vieh er nach Dubheilrig getrieben hatte, da er nun erkannte, daß er dadurch mitschuldig an der Hungersnot war.
»Du solltest nicht auf die Kleine hören«, murmelte Dugald, der nun neben Hacon herging.

»Warum nicht? Sie sagt die Wahrheit.«
»Ja, aber was nützt dir das Grübeln? Du kannst es nicht ändern. So ist es nun einmal. Wenn du das Vieh nicht nimmst, tut es ein anderer, der dich für einen Dummkopf hält, weil du es hast stehen lassen. Und jeder Mann hier würde es uns nehmen, wenn er die geringste Möglichkeit hätte. So ist es nun einmal.«
»Das macht es nicht richtiger.«
»Nein, aber du kannst es nicht beenden. Du bist nur ein einzelner Mann, auch wenn einige, die gegen dich gekämpft haben, etwas anderes behaupten.« Dugald lächelte schwach, dann wurde er wieder ernst. »Du hast niemals eine Hütte oder ein Dorf in Brand gesteckt oder in wilder Mordlust alle niedergemacht, die dir in den Weg traten. Und die Männer, die mit dir reiten auch nicht. Das ist genug. Du bist nicht in der Lage, jeden Mann, der ein Schwert halten kann, an Mord, Plünderung oder Brandstiftung zu hindern. Nicht einmal der Bruce hat solche Macht.«
Hacon seufzte und nickte. »Und deshalb wird es immer so weitergehen. Sie haßt das, was ich bin.« Noch während er es sagte, fragte er sich, warum es ihn so berührte.
»Für so ein kleines Mädchen ist sie sehr verbittert. Aber das soll dich nicht davon abhalten, mit ihr ins Bett zu gehen.«
»Nein, das wird es auch nicht.« Hacon drehte den Kopf, um Dugald anzusehen und das Verständnis auf dem mürrischen Gesicht seines Vetters tröstete ihn. »Aber dennoch stört mich der Gedanke, daß ihr Körper sich mir öffnet, und vielleicht auch ihr Herz, ihr Verstand mich aber weiterhin für einen Schlächter halten wird. In ihren Augen bin ich ein Mann, der von Blut trieft und nach Tod stinkt.«
»Dann mußt du ihre Meinung ändern, obwohl ich nicht begreife, warum das wichtig sein sollte.«
»Ich auch nicht«, murmelte Hacon und machte sich wieder

auf den Weg. »Ich auch nicht, aber das ist es, verflucht seien ihre wundervollen Augen.«
Sie liefen schweigend weiter, bis Dugald das Haus ausfindig gemacht hatte, wo Ranald das Kind gefunden hatte. Die Leiche der Frau lag noch immer mit gespreizten Gliedern davor. Die Leiche eines Mannes versperrte den Eingang. Das Kind, für das Ranald sein Leben riskiert hatte, war ganz offensichtlich eine Waise.
Einmal drinnen durchsuchten er und Dugald das geplünderte Haus. Die wenigen Überreste bewiesen unzweifelhaft, daß es keine armen Leute gewesen waren, aber sie fanden nicht, was sie brauchten. Hacon sammelte pflichtbewußt einige Kinderkleidung, um sie mit zurück zu nehmen. Er fand sich gerade damit ab, den Schwarzen Douglas um Hilfe bitten zu müssen, als ein schwaches Geräusch sie beide aufhorchen ließ.
Sie lauschten angestrengt und waren sich einig, daß das Geräusch von unten kam. Nach kurzer Suche entdeckten sie eine Falltür. Hacon, der zu groß war, mußte oben warten, als Dugald hinunter kletterte. Nachdem die drei verborgenen Ziegen losgebunden und hochgestemmt waren, stand Hacon einfach nur da und starrte sie an.
»Das Mädchen hatte recht«, murmelte er schließlich.
»Ja, sie scheint ein schlaues kleines Ding zu sein. Aber schließlich hat sie hier auch sieben Jahre lang gelebt.«
»Nun, zumindest bei der englischen Familie. Auch wenn sie einen Mann ganz schön aufregen kann, werde ich in Zukunft auf sie hören.«
Dugald nickte. »Sie ist gewitzt.«
»Du klingst überrascht.« Hacon grinste seinen Vetter an, als er drei Seilschlingen neben der Tür erspähte. Sie hatten ganz offensichtlich als Leinen für die Tiere gedient. Er ging hin und sammelte sie ein. »Ich wußte gar nicht, daß du Zweifel

am Verstand der Frauen hast.« Er reichte seinem Vetter zwei der Leinen und begann die dritte am Lederhalsband einer der Ziegen zu befestigen.

Ein wenig traurig lächelnd tat Dugald es ihm nach. »Ich habe in letzter Zeit nur wenige Frauen getroffen, die nicht entweder vor Angst schrien oder vor Kummer weinten. In diesem fortwährenden Krieg hat ein Mann wenig Zeit, mit einer Frau zu tändeln.«

»Nein? Und ich habe geglaubt, du hättest ein Auge auf die hübsche Margaret daheim in Dubheilrig geworfen.« Er lachte leise, als sein Vetter rot wurde und ein finsteres Gesicht machte. »Komm schon, wir sollten sie nach Hause bringen. Ich verstehe nicht viel von Säuglingen, aber ich weiß, daß sie einen Höllenlärm veranstalten können, wenn sie Hunger haben.« Er zog die Ziege hinter sich her und hörte belustigt zu, wie Dugald die beiden anderen verfluchte, die er hinter sich herzerrte.

»Ein Säugling, ein kleines Mädchen und jetzt auch noch drei verfluchte Ziegen«, murrte Dugald. »Glaubst du wirklich, wir schaffen es, sie über Berg und Tal zu ziehen?«

»Ich weiß, daß es schwierig wird, aber wir können sie unmöglich nach Dubheilrig schicken.«

»Also schleifen wir sie beim nächsten Überfall hinter uns her? Das ist doch Wahnsinn.«

Hacon verzog zustimmend das Gesicht, dann zuckte er die Achseln. »Was soll ich sonst tun?«

»Laß sie hier.«

»Dugald, du hast doch gehört, was ich dem Mädchen gesagt habe. Es war die reine Wahrheit. Wenn wir von den Engländern oder ihren Anhängern von hier vertrieben werden, wird man sie als Feind ansehen. Und so, wie wir uns verhalten haben, bedeutet das ihren sicheren Tod. Und wahrscheinlich keinen besonders leichten. Falls wir die Festung halten können, wird Douglas einige Männer als Besatzung hier lassen, und die werden sie als Gefangene betrachten und sie auch so behandeln.«

»Du könntest deinen Anspruch geltend machen.«

»Könnte ich, aber nicht jeder würde sich daran gebunden fühlen. Sobald ich fort bin, wird das nichts mehr wert sein. Er gilt nur solange, wie ich ihn mit meinem Schwert untermauern kann. Nein, sie bleibt bei mir. Wir lassen immer ein paar Männer beim Troß, die sich um die Beute und die Verwundeten kümmern. Sie kann bei ihnen bleiben.«

»Sie und das Kind.«

»Und das Kind.«

»Und die Ziegen.«

»Ja, und die Ziegen«, knurrte Hacon und funkelte seinen Vetter an. »Ja? Sag schon.«

»Sag was?«

»Du hältst mich für einen Narren.«

»Nein, keinen Narren. Sie ist sehr hübsch, das hübscheste Mädchen, das ich jemals gesehen habe. Ich würde mich fragen, was mit dir nicht stimmt, wenn du nicht scharf auf sie wärst.«

»Und warum hörst du dann nicht auf zu sticheln?«

»Ich wollte nur wissen, ob das Anhängsel zwischen deinen Beinen nicht deinen Verstand getrübt hat. Aber um eine Sache möchte ich dich bitten.«

Als Dugald zögerte, runzelte Hacon die Stirn. »Worum geht es?«

»Bestimme Ranald zum Wächter für sie und das Kind.« Er verzog das Gesicht. »Und für diese Mistviecher.«

Hacon seufzte und fuhr sich mit der Hand durch die Haare. »Du hältst ihn für einen erbärmlichen Kämpfer.«

»Nein, mach ihn zum Beschützer von Frau und Kind und er kämpft ebensogut wie jeder andere, sogar besser als die meisten. Das ist etwas, was er von ganzem Herzen zu tun bereit ist. Aber er hält das Schlachten nicht aus, Hacon. Er wird getötet werden, und wahrscheinlich ein oder zwei von uns mitnehmen. Er ist jemand, der einen gerechten Grund braucht, um gegen einen anderen zu kämpfen. Die Bedrohung seines Landes, seines Heims, seines Besitzes …«

»Oder eines kleinen, hübschen Mädchens und eines hilflosen Kindes.«

»Genau.« Dugald nickte. »Er taugt nicht auf dem Schlachtfeld. Er gehört zu denen, die man zurückläßt, damit sie die Familie beschützen. Er ist kein Feigling, das will ich damit nicht sagen, aber …« Er zog eine Grimasse.

Hacon lächelte und klopfte Dugald auf den Rücken. »Ich weiß, was du meinst. Du hast recht.« Im Weitergehen fügte er hinzu: »Ich hoffe nur, daß ich das fertigbringe, ohne seinen Stolz zu verletzen. Glaubst du, er ist in der Lage, das Mädchen an der Flucht zu hindern?«

Dugald erwiderte: »Sicher, auf jeden Fall, wenn du ihn darauf hinweist, daß sie im Falle einer Flucht ihren närrischen Kopf riskiert. Außerdem ist es besser, wenn er so wenig wie möglich mit Douglas Männern zu tun hat. Ich weiß nicht, wer sein Gegner war, aber zu Douglas Mannschaft gehören ein paar kalte, harte Männer. Sollten sie das Gefühl haben, daß der Junge sie beleidigt hat …«

»Dann wird es kein englisches Schwert sein, vor dem sich Ranald in acht nehmen muß. Sie werden die Verwirrung der Schlacht ausnutzen und den Jungen ermorden. Er kommt zur Nachhut. Ich muß es ihm bloß so sagen, daß er es nicht als Beleidigung oder Kritik auffaßt.«

Jennet schrie begeistert auf, als sie die Ziegen ins Haus führten. Sie verlor keine Zeit und fütterte das verärgerte Baby. Hacon kümmerte sich um Ranald und machte es dem Jungen auf einer Strohmatratze auf dem Boden bequem. Der Bursche würde noch ein paar Tage steif sein, aber Hacon war von Herzen froh zu sehen, daß er keine bleibenden Schäden behalten würde.

Es war spät in der Nacht, als Hacon sich endlich zu seinem Lager begab, einem Schaffell vor dem Feuer. Obwohl er Jennet nicht ausdrücklich gesagt hatte, daß sie sein Bett teilen würde, sah er auf ihrem Gesicht keine Überraschung, nur Verdruß, als er sie mit einer Geste aufforderte, sich hinzulegen. Wenigstens hat sie keine Angst, dachte er, als er die Riemen löste, die seine *Cuarans* hielten und die Lederstiefel auszog. Er war begierig, ihren zarten Körper an den seinen geschmiegt zu spüren. Während er sich bis auf die Hosen entkleidete, betrachtete er zynisch das Kind, das sie in die Mitte gelegt hatte.

»Der Trick wird nicht klappen, Mädel«, sagte er.

»Und welchen Trick meint Ihr, Sir Gillard?« Sie hatte nicht geglaubt, daß sie ihn damit erfolgreich auf Distanz halten konnte, aber so leicht durchschaut zu werden, kränkte sie.

»Dies unschuldige Baby zu benutzen, um mich abzuschrekken. Legt es auf Eure andere Seite.«

»Dann liegt er zwischen mir und dem Feuer, das ist zu gefährlich.«

»Ach, ist dies das Problem? Nun, das ist leicht gelöst. Rutscht rüber, Mädchen, wir tauschen die Plätze.«

Sie fluchte innerlich, während sie tat, was er verlangte. Bisher hatte sie es leidlich geschafft, ihre Furcht im Zaum zu halten. Doch jetzt brach sie sich mit aller Wucht Bahn. Sie bemühte sich, sie zu unterdrücken. Sie hatte keine Möglichkeit, gegen ihn anzukämpfen. Ihre Furcht vor ihm zu verbergen war ihre einzige Möglichkeit, etwas von ihrem Stolz zu bewahren.

Sie versuchte, ihn nicht anzuschauen und hielt die Augen

fest geschlossen. Zu ihrer großen Erschütterung war sein Bild bereits fest in ihre Netzhaut eingebrannt. Es war eigentlich unmöglich, aber in ihre Angst mischte sich auch ein Teil Faszination.

Er war viel zu gutaussehend, viel zu angenehm anzuschauen. Als er begann, sich zu entkleiden, hätte sie wegschauen sollen, aber sie konnte nicht. Er bestand nur aus festen, harten Muskeln. Ein weiches Dreieck blonder Locken, eine Schattierung dunkler als sein helles Haupthaar, kräuselte sich auf seiner breiten, glatten Brust, und lief dann in einer dünnen Linie seinen Körper hinab in seinen leinenen Lendenschurz. Seine langen, leicht behaarten Beine waren anziehend muskulös und ausgezeichnet geformt. Seine Haut war nicht bleich, wie sie vermutet hatte, sondern von einem warmen Goldton und er hatte bemerkenswert wenig Narben, die sonst so häufig einen Krieger verunstalteten. Eine verlief über seinen Oberschenkel, die andere über die rechte Hälfte seines Brustkorbs, aber keine von beiden war sonderlich groß oder abstoßend.

Ein Makel wäre nützlicher, dachte sie, als er sich neben sie legte. Der Gedanke bei ihm zu liegen, sollte sie eigentlich mit Abscheu erfüllen, aber das tat er nicht, nicht wirklich. Ein perverser Teil ihrer selbst wisperte, daß er wenigstens gut aussah und nicht nach Schlachtfeld roch, nun, da die Vergewaltigung unausweichlich schien. Dies verriet eine Schicksalsergebenheit, die sie erschreckte.

Sie vermutete, daß ihr die tatsächliche Bedrohung unwirklich erschien, weil er sie bis jetzt weder mit Gewalt genommen noch geschlagen hatte. Das war die einzige Erklärung dafür, daß sie ernsthaft darüber nachdachte, wie Hacon wohl als Liebhaber sein mochte. Sie wußte, daß nur wenige Frauen die Chance hatten, einen so gutaussehenden Mann in ihren Armen zu halten. Sie wäre wenig weiblich gewesen, hätte sie nicht zumindest kurz darüber nachgedacht, wie es wohl sein mochte. Nichtsdestotrotz konnten ihr in dieser Situation solche Gedanken und ihre Neugier gefährlich werden. Dieser Mann verhieß keine Liebe sondern Notzucht, nicht Verlangen sondern Schändung. Sie durfte das nicht vergessen.

Als er neben sie glitt und seinen Arm um ihre Taille schlang, erstarrte sie. Er nahm sich Freiheiten heraus, die sie augenblicklich und heftig hätte abwehren müssen, aber sie tat nichts dergleichen. Was würde das ändern? Es könnte ihn verärgern, was höchstens die Brutalität dessen, was sie erwartete, steigern würde. Schlimmer noch, sie empfand das Gewicht seines Arms als angenehm, tröstlich. Trotzdem verkrampfte sie sich instinktiv, als er begann, ihre Haare zu liebkosen und zog abwehrend die Schultern hoch. Spätestens jetzt erwartete sie eine gewalttätige Reaktion. Sie kam nicht. Verwirrung begann ihre Furcht zu verdrängen.

»Geht Ihr immer völlig bekleidet zu Bett«, erkundigte er sich, ignorierte ihre hochgezogenen Schultern und knabberte zärtlich an ihrem Ohr.

»Natürlich nicht, aber ich ziehe mich doch nicht in einem Raum voller Männer aus.« Sie bemühte sich einen kühlen Kopf zu bewahren, aber sie reagierte auf die Wärme seines Mundes, ihr Blut erhitzte sich auf eine Weise, die sie zu verleugnen suchte.

»Ich würde sie nicht zuschauen lassen. Ich würde uns mit meinem Plaid bedecken.«

»Ihr besitzt kein Plaid, zumindest habe ich keines gesehen.«

»Nun, ich trage es nicht ständig. Ich würde Euch darunter vor ihren Blicken verbergen und Euch ganz fest halten.«

»Wenn Ihr mich noch fester haltet, werdet Ihr gleich zwischen mir und dem Kind liegen.«

»Obwohl es mir leid tun würde, Euch so zuzudecken«, murmelte er und ignorierte ihre freche Bemerkung. »Ich möchte Eure Schönheit mit eigenen Augen sehen.«

»Eher schlägt Euch die Altersblindheit.«

Sie war sich sicher, daß er grinste. Sie konnte es beinah spüren, dann fragte sie sich, wieso. Ein Teil ihres Wesens wußte, daß sie ihm trauen konnte. Aber das war purer Irrsinn. Dieser Mann hatte Berwick mit dem Schwert in der Hand betreten, ein Nonnenkloster entweiht und sie, ohne ihr die geringste Wahl zu lassen, aus ihrem Leben gerissen. Jetzt würde er sie zu seiner Hure machen. Er wollte seine Lust an ihr stillen, wie es die Soldaten des Bruce mit ihrer Mutter getan hatten, bevor sie ihr die Kehle durchschnitten. Sie sollte für ihn nur Haß und Verachtung empfinden, aber das war ganz und gar nicht der Fall.

Die Art, wie er ihren Bauch streichelte, ließ in ihr seltsame Gefühle entstehen. Unter seinen langsamen, müßigen Liebkosungen kochte die Hitze in ihrem Körper beinahe über. Sie wollte, daß er damit aufhörte, aber traute sich nicht, seine Hand wegzuschlagen. Ihre Mutter hatte sich gegen ihre Vergewaltiger gewehrt und war um so brutaler geschändet worden. Sie mußte völlige Gleichgültigkeit vortäuschen, sich kalt geben wie die Wintersonne. Sie ertappte sich bei dem Wunsch, er möge sie einfach nehmen und fertig. Dann aber entschied sie, daß die Verwirrung ihren Geist benebelte.

»Hört auf«, sagte sie schließlich und versuchte sich aus seiner Umarmung zu befreien. »Ich möchte schlafen.«

»Wißt Ihr, was ich möchte, Jennet?« flüsterte er in ihr Ohr.

»Nein, und es interessiert mich auch nicht.« Sie fragte sich, wie weit sie gehen konnte, und ob es klug war, diese Grenze auszuloten.

Er ignorierte ihre Antwort und fuhr fort. »Ich will Euch – nackt und warm in meinen Armen. Ich will Eure Hitze spüren, wenn Ihr mich umschlingt.« Er stützte sich auf seinen

Ellbogen, beugte sich über sie und küßte sie auf die Wange. »Ich will diesen verlockenden Mund« – er fuhr langsam mit dem Finger ihre Lippen entlang – »weich und feucht von meinen Küssen sehen. Ich will sehen, wie dieses süße Gesicht vor Verlangen glüht – vor Verlangen nach mir.«

»Nun ...«, sie fluchte lautlos, als ihre Stimme unnatürlich hoch und gequetscht herauskam. »Ich hoffe für Euch, daß Ihr ein Mann seid, der eine Niederlage mit Würde tragen kann, denn ich habe nicht vor, einen einzigen Eurer Wünsche zu erfüllen.«

Er ließ sich auf das Schaffell zurücksinken, ohne seine Umarmung zu lösen. »Zumindest nicht heute nacht.«

»Niemals«, murmelte sie.

Ihr war kurzzeitig schwach vor Erleichterung, als ihr klar wurde, daß sie, zumindest für diese Nacht, sicher war. Allerdings beunruhigten sie die Gefühle, die hinter ihrer Erleichterung und Furcht lauerten. Noch niemals hatte ein Mann so mit ihr gesprochen. Ein oder zwei hatten ihr deutlich gemacht, daß sie mit ihr ins Bett wollten, aber auf viel rüdere Art. Sie wußte nicht, was sie von Hacons leisen, erregenden Worten halten sollte. Sie weckten Vorstellungen in ihr, verlockende, sündige Bilder.

Sünde, wiederholte sie in Gedanken. Notzucht. Sie mußte daran festhalten und an der Erinnerung an das grausame Schicksal ihrer Mutter. Auch wenn er wie durch ein Wunder beschlossen hatte, sie zu verführen statt zu vergewaltigen. Was Hacon Gillard im Sinn hatte, war Sünde! Eine Sünde, für die *sie* einen wesentlich höheren Preis zahlen mußte als *er*.

Kapitel 3

Hacon fluchte und kämpfte darum, die um sich schlagende Jennet festzuhalten. Er war gerade erst eingeschlafen, nachdem er das Verlangen, seine hübsche Gefangene zu besitzen, mühsam unterdrückt hatte, als ihn Jennets Schreie aus dem Schlaf rissen – ein Alptraum quälte sie. Ihre Schreie hatten seine Männer alarmiert, die sofort wachsam und kampfbereit auf die Füße gesprungen waren. Als er Jennet endlich sicher in den Armen hielt, erkannten sie den Grund für den Lärm und legten sich wieder zur Ruhe.

Er machte ein mißmutiges Gesicht, während ihre Tränen seine Brust hinunterrannen. Das war nicht die zärtliche Umarmung, die er sich erträumt hatte.

»Maman! Maman! Aufhören, bitte hört auf. Tut ihr nicht weh!«

»Schsch, Kleine. Ganz ruhig.« Er schüttelte sie leicht. »Wacht auf, Liebes.«

Jennet kämpfte sich langsam aus ihren furchtbaren Erinnerungen zurück in die Realität. Sie brauchte einen Moment, um herauszufinden, wo sie sich befand, dann aber heuchelte sie auch weiterhin Verwirrung, weil sie in seinen Armen bleiben wollte. Die Art, wie er seine großen, rauhen Hände über ihr Haar und ihren Rücken gleiten ließ, besänftigte ihr Zittern. Sie wünschte, er könnte ebenso mühelos die schmerzerfüllten, blutigen Erinnerungen wegwischen, die sie verfolgten.

»Manchmal kann ich sogar das Blut riechen«, flüsterte sie, und erhob keine Einwände, als er sie noch enger an sich zog.

»Redet Ihr von der Ermordung Eurer Mutter?«
Sie riß die Augen weit auf, als er sie dicht an sich zog. Ein Beweis, daß er wesentlich mehr für sie empfand als reines Mitgefühl. Seine Lust erregte sie. Dann besiegte die Furcht ihre Neugier. Die Erinnerung an den brutalen Tod ihrer Mutter war noch frisch und die Angst vor einer Vergewaltigung verdrängte schnell alles andere.
»Habt keine Angst«, murmelte er und drückte einen Kuß auf ihr Haar. »Schlaft wieder ein, meine kleine Beute. Heute nacht wird nichts mehr Euren Schlaf stören.«
Wie hochmütig, dachte sie, als sie ihre Augen schloß. Nicht einmal er konnte so eingebildet sein, daß er glaubte, er könnte ihre Alpträume verhindern. Also wollte er ihr zu verstehen geben, daß er ihr seine Aufmerksamkeiten nicht aufzwingen würde – zumindest diesmal. Eine Woge der Enttäuschung durchfuhr sie – sie fluchte.
»Schlaft«, flüsterte er und hauchte einen Kuß auf ihre Schulter. »Morgen früh wartet eine Menge Arbeit.«
Obwohl sie neugierig war, was für Arbeit er meinte, fragte Jennet nicht nach. Sie fühlte sich zu schläfrig, um das Gespräch fortzusetzen. Sie würde es früh genug erfahren.

Sie brauchte einen jeden Funken ihrer Willenskraft, um die schmutzigen Zinnteller, die sie abwusch, nicht hinaus auf die schlammige Gasse zu schleudern. Hacon und seine Männer hatten eine herzhafte Mahlzeit verschlungen und sich sofort aus dem Staub gemacht. Es war klar, daß von ihr erwartet wurde, hinter ihnen sauberzumachen. Aus Ärger darüber hatte sie die Teller einfach stehen lassen. Nun bezahlte sie für diesen Akt der Auflehnung, denn die Reste des Haferbreis waren vertrocknet, und sie mußte lange schrubben, bevor die Teller sauber wurden.
»Ich sollte mich nicht vor einer Vergewaltigung fürchten,

sondern davor, mich zu Tode zu schuften«, grollte sie, während sie den letzten Teller reinigte und auf den Tisch knallte.
»Habt Ihr etwas gesagt?« fragte Ranald von einem Lager am Eingang aus.
»Ich – etwas sagen? Würde eine arme, niedrige Sklavin wagen, ein Geräusch von sich zu geben? Nein, ich glaube nicht.« Sie griff nach dem Eimer mit Abwaschwasser und stürmte zur Tür. Sie war nicht gerade begeistert darüber, daß Ranald klug genug war, ihr aus dem Weg zu gehen. Ihm das schmierige Wasser über den Kopf zu gießen hätte ihre schlechte Laune bedeutend gebessert.
Sie stand auf der Schwelle und blickte über die Stadt. Berwick sah nicht viel besser aus als in der vergangenen Nacht. Es wirkte zerstört und geschlagen, viele Häuser waren ohne Dach, die Türen aufgesprengt oder von den Streitäxten der Schotten zerschmettert. Haushaltsgegenstände, die wegen ihrer Wertlosigkeit von den Plünderern achtlos weggeworfen worden waren, lagen über die Gassen verstreut.
»Wir werden die Stadt bald wieder aufbauen«, versicherte Ranald, der neben sie getreten war.
»Wie nett von Euch. Es wäre noch zuvorkommender gewesen, sie gar nicht erst zu zerstören.«
Ranald zuckte die Achseln. »So ist der Krieg.«
Jennet unterdrückte ihr Bedürfnis zu spucken. »Männer sind Schweine. Drück ihnen ein Schwert in die Hand, und sie verschwenden keinen Gedanken mehr an die arme Bevölkerung.«
»Wenn die Engländer Frieden wollen, sollten sie nicht danach streben, ihren König auf unseren Thron zu setzen.«
Es war etwas Wahres daran, aber Jennet war nicht geneigt, das zuzugeben. Hacons Ankunft lenkte sie ab. Er kam, Dugald an seiner Seite, über den Marktplatz auf sie zu. Sein Wams und seine Hose waren von etwas besserer Qualität als

die der gemeinen Soldaten, aber es waren seine Haltung, sein Gebaren, welche ihn als einen Höhergestellten kennzeichneten. Jennet ärgerte sich kurz über das Vergnügen, das sein Anblick ihr bereitete und schalt sich dann eine Närrin. Er war ein schöner Mann, und jede Frau mit Augen im Kopf würde das zu schätzen wissen. Sie durfte nur nicht zulassen, daß er dies bemerkte. Sie zog rasch ein mißmutiges Gesicht, als ihre Blicke sich trafen.

Bei Jennets Anblick hörte Hacon nichts mehr von dem, was Dugald sagte. Trotz ihres mürrischen Gesichtsausdrucks fesselte ihn ihre Schönheit. Er trat auf sie zu und drückte einen schnellen Kuß auf ihren mißmutig verzogenen Mund, dann packte er sie hastig, um zu verhindern, daß sie ihm den Eimer an den Kopf warf.

»Ist das eine Art, Euren Mann zu begrüßen, Süße?« Er lächelte auf sie hinab, erneut erregt von ihren leuchtend grünen Augen, ihrer elfenbeinweißen Haut und ihrem rabenschwarzen Haar.

»Ihr seid nicht mein Mann.« Sie machte sich los und stürzte zurück ins Haus.

Mit Wucht schleuderte sie den Eimer in eine Ecke. Dieser kleine Gewaltausbruch besserte ihre Laune allerdings nicht im geringsten. Jennet verfluchte Hacon, der zu dem Baby gekrochen war, das auf einer Decke vor der kalten Feuerstelle lag. Hacon spielte mit den Zehen des kleinen Jungen, der selig kicherte. Jennet empfand den Anblick als verstörend. Sie mochte nicht, daß er Dinge tat, die ihn weniger bedrohlich erscheinen ließen.

»Das Kerlchen gedeiht prächtig«, bemerkte Hacon, als er aufstand und zu ihr herüberkam.

»Ja, die Ziegenmilch hat ihn gerettet.«

Dugald ging in die Ecke, in der Hacon ihre Vorräte gestapelt hatte. Er kramte in den Satteltaschen herum, bevor er an Hacons Seite zurückkehrte. Jennet versuchte, einen Blick auf die Papiere zu werfen, die er in der Hand hielt, aber es war unmöglich.

»Sind das die Vollstreckungsbefehle für Eure Hinrichtungen?« fragte sie.

»Nein, Ihr freches Frauenzimmer. Das sind Karten.« Er steckte die Papiere in sein Wams.

»Karten wovon?«

»England, Fräulein Neugier. Der Douglas will sie haben.« Er ging mit Dugald davon

»Er sucht neue Orte zum Plündern und Niederbrennen, habe ich recht?«

Hacon blieb auf der Türschwelle stehen und lächelte sie an, dann wies er auf einen großen Wäscheberg am anderen Ende des Hauptraums. »Nun, Mädel, Ihr solltet Euch nicht in die Angelegenheiten von Soldaten mischen, solange noch soviel Hausfrauenarbeit auf Euch wartet.«

»Und was soll ich mit dem ganzen Zeug machen?« verlangte sie zu wissen.

»Waschen, was sonst?« Er schlüpfte geschwind aus der Tür.

Dugald zögerte. »Und haltet die gottverdammten Ziegen davon fern. Ich hab eins von den verfluchten Biestern heute morgen dabei erwischt, wie es auf meinem Hemd herumkaute.«

Jennet näherte sich vorsichtig dem Wäscheberg. Mit zwei Fingern holte sie ein verdrecktes Hemd heraus, das sie auf Armeslänge von sich hielt und zog eine Grimasse. Der Geruch, der von dem Haufen herüberwehte, verriet ihr, daß alles in dem gleichen erbärmlichen Zustand war, wie das, welches sie herausgezogen hatte.

»Nicht mal eine gierige Ziege könnte die verdauen«, murrte sie.

Sie ignorierte Ranalds Gelächter. Nachdem sie das Hemd

wieder auf den Haufen geworfen hatte, ging sie und holte den Eimer. Sie würde eine Menge Wasser brauchen, um alles zu waschen und sie würde fast den ganzen Tag dafür brauchen. Sie fragte sich kurz, ob der Dienst in Hacons Bett schlimmer sein konnte.

Jennet öffnete die Augen so unauffällig wie möglich, um Hacon verstohlen zu betrachten. Es war nicht einfach gewesen, tiefen Schlaf vorzutäuschen, als sie in seinen starken Armen erwachte. Sie bezweifelte, daß sie ihn getäuscht hatte. Er hatte leise gelacht, einen sanften, erregenden Kuß auf ihren Hals gehaucht und sich erhoben. Einen kurzen Moment war sie versucht gewesen, ihn an ihrer Seite festzuhalten. Ihre Versuche, sich gegen seine Anziehungskraft zu wehren, waren kläglich gescheitert. Dies war erst die dritte Nacht, die sie zusammen verbracht hatten, und sie erlag bereits seiner Berührung. Sie schloß geschwind die Augen, als er ihr über seine breiten Schultern einen kurzen Blick zuwarf.
Hacon drehte ihr den Rücken zu, während er sich anzog. Seine Erregung war nur allzu sichtbar. Es war nicht einfach, das wissende Grinsen seiner Männer zu ignorieren. Aber er zog dies der Möglichkeit, Jennet in Schrecken zu versetzen, allemal vor. Er grinste innerlich. Es war wahrscheinlich besser, sich an diesen unangenehmen Zustand zu gewöhnen. Jennet hatte einiges von ihrem Mißtrauen abgelegt, aber er bezweifelte, daß sie schon so weit war, den Hunger zu stillen, der seit geraumer Zeit an ihm nagte.
»Ihr könnt ebensogut aufstehen, Süße«, sagte er, nachdem er sein Wams geschnürt hatte, »es wartet eine Menge Arbeit auf Euch.«
Jennet gab den Versuch, sich schlafend zu stellen, auf. »Ich habe angenommen, ich sei eine Gefangene, und keine Sklavin.«

»Jede Beute sollte sinnvoll verwendet werden.« Er zwinkerte ihr zu, bevor er sich setzte. »Da Ihr nachts nicht gerade von großem Nutzen seid, könnt Ihr genausogut tagsüber arbeiten.« Er grinste, als seine Männer lachten.

»Ihr habt die Manieren eines Ziegenbocks. Obwohl –«, sie warf einen Blick auf die drei Tiere, die in der Nähe der Tür angebunden waren, »ich mich besser bei den armen Tieren für diesen Vergleich entschuldigen sollte.«

»Vielleicht solltet Ihr aufhören, Euch im Bett herumzulümmeln und Euch um das Kind kümmern. Es fängt an zu greinen. Und wenn Ihr zu lange wartet, wird von dem Essen nichts mehr da sein.«

Sie fluchte und sprang auf, um das Baby zu holen. Nachdem sie ihm die Windel gewechselt hatte, brachte sie es mit an den Tisch. Sie setzte sich neben Hacon, legte das Kind auf ihren Schoß und ließ es an dem ledernen Weinschlauch voll Ziegenmilch saugen. Hacon stellte einen Teller mit dampfender Hafergrütze vor sie hin. Es war nicht einfach, mit dem Kind auf dem Schoß zu essen, aber, dachte Jennet und hob den roh geschnitzten Holzlöffel auf, sie bekam immer mehr Übung.

»Was macht Ihr da?« wollte sie wissen, als sie, nachdem sie ihre eigene Mahlzeit beendet hatte, zu dem Baby hinunter schaute und feststellte, daß Hacon einen mit Hafergrütze beschmierten Finger vor den Mund des Kindes hielt.

»Er ist doch schon ein großer Bursche. Ich glaube, daß er etwas Herzhaftes vertragen kann.« Hacon lächelte schwach, als der Säugling argwöhnisch seinen Mund um den Finger schloß und dann heftig zu saugen begann.

»Das heißt nicht, daß es ihm bekommt.«

»Wir geben ihm nur ein bißchen«, meinte er, als er dem Baby einen weiteren Finger hinhielt.

In diesem Moment wurde Jennets Aufmerksamkeit abgelenkt. Eine der Ziegen hatte ihre Leine durchgekaut und stand nun hinter dem ahnungslosen Dugald, der Hacon und das Baby betrachtete. Die Ziege begann, an Dugalds Wams zu knabbern. Jennet sah keine Chance, sie aufzuhalten. Sie hoffte, daß es nicht zuviel Ärger geben würde, obwohl sie den Verdacht hegte, daß es die gleiche Ziege war, die sich zuvor über Dugalds Hemd hergemacht hatte. Gerade als sie den Mund öffnete, um ihn zu warnen, bemerkte er, was vorging. Mit einem Wutschrei stürzte er sich auf die Ziege, die ihm mühelos auswich. Jennet schrie protestierend auf, als er sich aufrappelte und nach seinem Schwert langte. Ein grinsender Hacon packte Dugalds Handgelenk und hinderte ihn daran, es zu ziehen.

»Nicht, Dugald.« Hacon beherrschte mühsam sein Gelächter, obwohl die anderen Männer sich vor Vergnügen krümmten. »Wir brauchen das Vieh. Aber es hat wirklich einen schlechten Geschmack.«

»Das ist dieselbe Höllengeburt, die schon mein Hemd gefressen hat. Bald muß ich nackt gehen.«

»Dazu würden wir es nie kommen lassen, Vetter.« Hacon schob die Ziege zu Jennet, die nach dem kläglichen Überrest der Leine griff, die um den Hals des Tieres hing. »Nun, Kameraden, wir haben noch einiges vor.«

Die Männer verließen eilig den Tisch. Hacon geleitete seinen Vetter aus dem Raum, wobei er ihm pausenlos versicherte, daß sein Wams nicht schlimm beschädigt war. Innerhalb eines Augenblicks war Jennet allein. Sogar Ranald war eilig verschwunden, um seinen Posten an der Tür einzunehmen. Sie seufzte und schaute die Ziege an, die so selbstzufrieden aussah, wie es einem Tier eben möglich war.

»Wenn du dich nicht zusammenreißt, wirst du noch als Eintopf enden.«

Sie legte den Säugling auf eine Decke neben dem Tisch und band die Ziege wieder an. Beim Anblick des vom Frühstück verschmierten Tisches seufzte sie und holte den Eimer. Sie hatte so ihre Zweifel, ob die Männer ebenso hart arbeiteten, wie es von ihr erwartet wurde.

Jennet unterbrach einen Augenblick das Schrubben des Dielenbodens und rieb sich das Kreuz. Es war vermutlich völlig unsinnig, den Boden zu reinigen, aber sie hatte das Verlangen nach harter, ermüdender Arbeit. Wenn sie sich bis auf die Knochen abarbeitete, hatte sie nicht mehr die Energie, an Hacon zu denken. Der Mann war nicht leicht zu übersehen oder gar zu vergessen. Obwohl sie nun seit fast einer Woche gegen sich selbst und ihre widersprüchlichen Gefühle kämpfte, versagte sie immer kläglich. Sie verkrampfte sich nicht länger vor Furcht, wenn er sie die ganze Nacht in den Armen hielt. Die Art, wie er mit dem Kind spielte, die Art, in der er scherzte und lachte und die Art, wie er seine Männer behandelte, führten dazu, daß sie immer mehr vergaß, daß er der Feind war, der Mann, der sie geraubt hatte.
Sie rätselte, wie sie diese sanfteren Gefühle, die sie für ihn empfand, bekämpfen könnte, als ein Geräusch sie aufstörte. Ein Mann fluchte mit vom Schmerz rauher Stimme und das Geräusch kam immer näher. Sie kam gerade auf die Beine, als Hacon und Dugald einen bleichen, stöhnenden Mann hereinstützten. Sie erkannte William, den ältesten aus Hacons kleiner Truppe. Der grauhaarige Mann hatte sich am Arm verletzt. Jennet lief geschwind zum Tisch, auf den Hacon und Dugald ihn gebettet hatten und ihm sein Wams auszogen.
»Was ist passiert?« fragte sie.
»Wir glauben, daß sein Arm gebrochen ist«, erwiderte Hacon, und sah dann zu Ranald hinüber, der im Eingang stand. »Unter den Männern des Douglas befindet sich ein Bader. Geh zu Sir Leslie. Er wird dir helfen, den Mann zu finden.«
»Kann Ranald denn ungefährdet zu Douglas Männern ge-

hen?« Jennet starrte auf Williams entblößten Arm und versuchte festzustellen, ob er wirklich gebrochen war.
Hacon fluchte. »Nein.« Er sah einen anderen Mann an. »Du mußt gehen, Padraic.«
»Wartet noch einen Augenblick.« Jennet war sicher, daß sie wußte, was William fehlte, und das war kein gebrochener Arm. »Ich will ihn mir erst noch mal ansehen.« Sie beugte sich zu William und fuhr mit der Hand über seinen muskulösen Arm.
»Nun, Mädel, das ist ernster als Ranalds Kratzer und Quetschungen. William braucht mehr als ein feuchtes Tuch und sanfte Worte.«
Obwohl Hacons Worte scharf waren, ja sogar beleidigend, hinderte er sie nicht an der Untersuchung von Williams Arm.
»Das weiß ich.« Jennet nickte, als sie an Williams Schulter genau das entdeckte, was sie vermutet hatte. »Meine Fähigkeiten reichen weiter. Papa hat immer gesagt, ich besäße heilende Kräfte. Über die Jahre habe ich schnell und mühelos eine Menge gelernt. Die Nonnen sind auch sehr rasch zu der Überzeugung gekommen, daß ich ein Talent zum Heilen besitze und haben mich weiter ausgebildet. William hat sich nicht den Arm gebrochen.«
»Nein? Warum hat er dann solche Schmerzen?«
»Der Arm ist aus dem Gelenk gesprungen. Hier, fühlt einmal, aber vorsichtig.« Sie wies Hacon an, Williams Schulter abzutasten. »Das kann leicht in Ordnung gebracht werden, aber es wird ihm höllisch weh tun. Ich bin nicht sicher, ob meine Kraft dazu ausreicht, aber ich kann Euch die nötigen Anweisungen geben, um es schnell und sauber zu erledigen. Wir müssen den Arm zurück an den richtigen Platz zerren.«
Alle Männer schauten argwöhnisch, sogar Hacon, aber niemand widersprach. Jennet ermahnte die Männer, William ruhig zu halten und instruierte dann Hacon. Sie zuckte zu-

sammen, als Hacon den Arm zurückschnappen ließ, weil sie wußte, welche Schmerzen das für William bedeutete. Eine kurze Untersuchung der Schulter zeigte ihr, daß alles in Ordnung war. Die Art, wie die Männer sie nun betrachteten, mit Überraschung und neuem Respekt, war ihr unangenehm.

»Es wird noch eine Weile stark schmerzen«, teilte sie William mit, dem seine Kameraden vom Tisch halfen.

»Ich danke Euch, Fräulein«, sagte William.

»Es war keine große Sache.«

»Ihr habt meinen Schwertarm gerettet, Fräulein.«

Sie seufzte und schüttelte den Kopf, als William und die anderen verschwanden. »Vielleicht hätte ich gar nichts tun sollen.«

Hacon lehnte sich gegen den Tisch. »Dann wäre er hilflos gewesen.«

Jennet wußte darauf keine Antwort. Sie kreuzte die Arme unter ihren Brüsten und ließ sich gegen den Tisch sinken. Ihr Blick fiel auf den frisch geschrubbten Fußboden. Schlammspuren wohin das Auge blickte. Ihre ganze harte Arbeit war umsonst.

»Dann sollte er am besten jedem Ärger aus dem Weg gehen und zu Hause bei seiner Familie bleiben«, bemerkte sie schließlich.

»Seine Familie wurde ermordet, als Edward I. Schottland überfiel und den Bruce ins Exil trieb.«

»Wart Ihr auch im Exil?«

»Nein, obwohl wir ähnlich furchtbare Dinge durchmachen mußten. Unsere Ländereien wurden an englische Sympathisanten verliehen, an eine Familie namens de Umfraville. Wir wurden Leibeigene auf unserem eigenen Besitz. Jetzt ist es nicht viel besser. Sicher, nun hält der Bruce unser Land, aber bevor er uns nicht mit der Rückkehr nach Dubheilrig belohnt, können wir es nicht wirklich als Heimat betrachten.«

»Also gehört es jetzt dem König.«
»Ja, offiziell ist alles sein Eigentum.« Er sah sie neugierig an. »Besitzt Ihr wirklich heilende Kräfte?«
»Ich kann niemanden heilen, indem ich ihm einfach die Hände auflege, falls es das ist, was Ihr wissen wollt. Die Äbtissin meinte, ich besäße ein tieferes Verständnis, ein gottgegebenes Talent.« Sie zuckte die Achseln. »Es ist nicht so großartig.«
»Es wird sehr nützlich sein, wenn wir weiterziehen.«
»Wie kann es nützen? Wollt Ihr nicht nach Hause zurückkehren? Ihr habt Berwick doch zurückgewonnen.«
»Ja, aber wir werden bald tiefer nach England vorstoßen.«
»Warum?«
»Um den Feind zu verwirren, Süße. Wir brauchen Zeit, um die Stadt zu sichern und unsere alte Stärke wiederherzustellen. Sir Walter soll Berwick halten, und er ist ein guter Mann. Aber selbst er wird verlieren, falls die Engländer zu früh versuchen, die Stadt zurückzuerobern. Wenn wir ihr Land aber südlich von hier überfallen, können wir sie ablenken.«
»Aha, ich verstehe. Sobald die englischen Ritter und Lords hören, daß ihre Felder und Häuser bedroht sind, werden sie heimeilen, um sie zu beschützen.« Sie fand diese militärische Taktik grausam, aber sie konnte ihre Vorteile erkennen. »Jetzt weiß ich, warum meine Gabe zu heilen von Nutzen sein könnte. Ein oder zwei Eurer Männer könnten Verletzungen davontragen, wenn sie die englischen Leibeigenen und Kaufleute niedermetzeln.«
»Ihr beurteilt die Dinge sehr hart, Jennet.« Hacon stand vor ihr.
Jennet verkrampfte sich, als er ihr die Hände auf die Schultern legte. Obwohl seine Berührung sanft war, verriet sein Gesicht sein tiefes Mißfallen an ihren Worten. »Es ist eine harte Welt«, erwiderte sie.
»Ja, wenn man nichts anderes sehen will.« Er ließ seine Hän-

de ihre schlanken Arme hinauf- und hinabgleiten. »Manchmal muß man genauer hinschauen, um Gnade oder Ehre zu erkennen.« Hacon verzehrte sich danach, sie in seine Arme zu ziehen, aber sie mißtraute ihm noch immer.

»Richtig, aber diese Dinge sollten auch nicht so gut verborgen sein, daß man erst stundenlang hinschauen muß, bis man sie findet.« Jennet befahl sich, einen Schritt zurückzuweichen, aber seine sanfte Liebkosung ihrer Arme bannte sie an ihren Platz.

»Vielleicht.«

Hacon gab seinem Verlangen, sie zu küssen, nach. Aber als er seinen Mund langsam auf den ihren senkte, weiteten sich ihre Augen, und sie zog den Kopf zurück. Er seufzte, änderte die Richtung und drückte ihr den Kuß auf die Stirn. Ein erbärmlicher Ersatz für das, wonach es ihn gelüstete, aber er war sicher, daß es eine kluge Entscheidung war. Ihr Kuß würde um so süßer sein, wenn sie ihm ein wenig entgegenkam. Als er sie freigab, überlegte er, daß er sie vermutlich überraschen und diesen ersten Kuß rauben sollte. Dieses Mal hatte sie die Möglichkeit gehabt, ihre Verteidigung vorzubereiten.

»Douglas hat eine Versammlung einberufen. Ich muß mich beeilen«, sagte er. »Williams Verletzung hat mich aufgehalten.«

»Wie hat sich William eigentlich verletzt?« Sie nahm die Atemlosigkeit in ihrer Stimme mit Bestürzung wahr und betete, daß er nichts bemerkt hatte.

»Er hielt ein Pferd am Zügel, als es jemand erschreckte, so daß es ausschlug. Der arme Mann wurde ein gutes Stück mitgeschleift, bevor er sich befreien konnte.«

»Dann ist er vermutlich grün und blau geschlagen. Er sollte hier sein und sich ausruhen.«

»Sicher, das sollte er, und ich bin sicher, das wird er auch –

im nächsten Wirtshaus, wo ein dralles Frauenzimmer, auf das er ein Auge geworfen hat, seine Schmerzen lindern kann.« Er zwinkerte und lächelte. »Ich werde mal sehen, ob ich nicht etwas anderes als Hafergrütze zum Abendessen auftreiben kann«, sagte er und stürzte aus dem Haus, bevor ihn alle seine guten Vorsätze, es mit Jennet langsam angehen zu lassen, im Stich ließen.

Im gleichen Moment, da er verschwand, sank Jennet gegen den Tisch. Er hatte sie küssen wollen, und sie hatte ihm erschreckend zögernd widerstanden. Die Dinge liefen überhaupt nicht gut. Hacon abzuwehren wurde von Mal zu Mal schwieriger. Sie würden nicht tiefer ins schottische Landesinnere hineinreiten und damit in die Nähe ihrer Heimat, sondern nach England, auf einen weiteren dieser schnellen, niederträchtigen Feldzüge. Sie würde Hacon für Wochen, ja Monate, nicht ausweichen können.

Kapitel 4

Mit einem leisen Aufschrei schreckte Jennet von ihrem Lager hoch. Sie fragte sich benommen, wo der Mann war, an dessen Seite geschmiegt sie seit einer Woche schlief. Eine Sekunde später wußte sie, wo sie sich befand und was sie so plötzlich geweckt hatte. Hacon und seine Männer bewaffneten sich leise und schnell. Jemand mußte Alarm geschlagen haben. Sie befand sich schließlich immer noch mitten in einem Kampfgebiet.

Furcht stieg in ihr auf, als sie sich erhob, um den Männern zu helfen. Während sie hier ein Wams schnürte, dort half, einen Harnisch anzulegen und schließlich einem Mann behilflich war, sein Schwert zu gürten, fragte sie sich, ob diese Hilfsbereitschaft wirklich richtig war. Kopfschüttelnd kam sie zu dem Schluß, daß ihr keine Wahl blieb. Bei einem erfolgreichen Gegenangriff der Engländer und ihrer Verbündeten würde man sie als Feind behandeln. Sie brauchte den Schutz, den diese Männer ihr boten. Und, dachte sie seufzend, nachdem sie inzwischen soviel Zeit mit ihnen verbracht hatte, wünschte sie ihnen nichts Böses. Außerdem konnten diese Männer sie immerhin zurück nach Hause bringen, nach Liddlesdale.

»Nein, Ranald.« Hacon hielt seinen Neffen auf, der mit den anderen auf die Straßen stürmen wollte. »Du wirst hier bleiben.«

»Hier? Aber ich bin wieder kampfbereit, Onkel.«

»Richtig, und deshalb will ich, daß du dein gutes Schwert benutzt, um unsere Beute zu bewachen und das hilflose Kind

und –« er zog Jennet zu sich heran – »diese hübsche, kleine Gefangene zu schützen.«
»Ihr befürchtet, ich könnte Euch in Gefahr bringen«, beschuldigte ihn Ranald.
»Sei kein Narr. Du hast nichts falsch gemacht. Eben darum habe ich dich als Wache ausgewählt. Ich weiß, daß ich mich auf dich verlassen kann, was auch immer geschehen mag. Und laß diese närrische Gefangene nicht entkommen.«
»Närrische Gefangene?« murrte Jennet.
»Da draußen«, fuhr Hacon fort, ohne sie zu beachten, »ist es für sie nicht sicher. Sie wird keine Freunde finden.«
»Ich bin klug genug, um das selbst zu wissen«, knurrte Jennet.
»Gut. Dann werdet Ihr mich hier erwarten, wenn ich zurückkehre.«
»Ihr seid Euch Eures Sieges sehr sicher, nicht wahr?«
»Nur ein Kuß von Eurem süßen Mund, meine liebliche Geisel, und ich kann nicht anders als siegen.«
Sie öffnete den Mund, um ihm mitzuteilen, wie gering seine Chancen standen, als ihr klar wurde, daß sie ihm so die Möglichkeit gab, auf die er gelauert hatte. Er schlang seinen Arm um ihre Taille, hob sie an seine Brust und küßte sie inbrünstig.
Sein Hunger, aus dem er keinen Hehl machte, zeigte sich nur allzu deutlich in dieser Umarmung. Sie spürte, wie ihr eigenes Verlangen flammend zum Leben erwachte. Immer noch erregt von seinem leidenschaftlichen Kuß, sah sie schweigend zu, wie er, Dugald auf den Fersen, das Haus verließ. Als sie sich schließlich zu Ranald umdrehte, grinste dieser sie breit an.
»Als ich Eurem Onkel zum ersten Mal begegnet bin, grinste er genauso wie Ihr. Ich habe deshalb versucht, ihm die Kehle durchzuschneiden«, säuselte sie.

»Oh«, Ranalds Grinsen schwand. »Ähem, das Kind wacht auf.«
»Das Kind hat einen Namen«, murmelte sie, als sie hinüberging, um es hochzunehmen. »Ich habe ihn Murdoc genannt.«
»Warum Murdoc?« Ranald saß am Tischende mit dem Gesicht zur Tür und bewachte sie.
»Nun, als er gestern so glücklich vor sich hin spielte, habe ich ihm ein paar Namen vorgesagt. Ich dachte mir, er sollte einen haben, da er nun schon seit acht Tagen bei uns ist. Bei Murdoc hat er gelächelt. Er kroch auf mich zu, als ich ihn so rief.« Sie begann, Murdocs Windeln zu wechseln.
Solange sie den Säugling anzog und fütterte, schwiegen sie beide. Die Kampfgeräusche, die von draußen hereindrangen, wurden nur von Murdocs glücklichem Glucksen unterbrochen. Die Wirkung der beiden Geräusche zusammen war erschreckend.
Jennet, die sich auf dem Schaffell niedergelassen hatte und Murdoc beim Spielen zusah, zwang sich, sich keinen der Menschen vorzustellen, deren Schreie sie hörte. Als ihr bewußt wurde, daß ihre Angst Hacon galt, beschloß sie, sich abzulenken. Ranald sah trotz seiner wachsamen Miene niedergeschlagen aus.
»Stimmt etwas nicht, Ranald?« Ein rascher Anflug von Panik überkam sie. Sie fragte sich, ob er etwas wußte, was ihr entgangen war, als sie Murdoc versorgte.
»Ich bin nicht sicher. Ihr kennt meinen Onkel. Ich meine, Ihr seid nun über eine Woche mit ihm zusammen.«
»Verflucht sei mein verdammtes Pech – ja. Und?«
Er lächelte kurz und wurde wieder ernst. »Glaubt Ihr, daß er mir die Wahrheit darüber gesagt hat, warum ich hierbleiben und nicht an der Schlacht teilnehmen soll?«
»Jemand muß zurückbleiben, wenn so etwas herumliegt.«

Sie wies mit dem Kopf auf die Beute, die säuberlich in einer Ecke gestapelt lag.
»Ja, und außerdem seid da auch noch Ihr und das Kind.«
»Vermutlich. Glaubt Ihr, er wollte nur ein paar nette Worte finden?«
Ranald zuckte die Achseln. »Ich kann mir nicht helfen. Es ist das erste Mal, daß ich für ihn kämpfen darf, und ich lege mich mit Douglas' Männern an, anstatt meine Kraft für den Feind aufzusparen. Ich frage mich, ob dies die Strafe für mein närrisches Verhalten sein soll.«
»Der Versuch, ein Kind vor Douglas' Männern in Sicherheit zu bringen, ist keine Narrheit, Ranald, es hat Eurem Onkel vor Augen geführt, wo Eure Stärke liegt – in der Verteidigung, nicht im Angriff. Vielleicht braucht Ihr einfach einen besseren Grund zu kämpfen als ein Mann, der sich zum König ausruft und jeden zum Feind erklärt, der nicht laut und deutlich ja schreit. Ihr gehört zu denjenigen, denen man Heim, Familie und Vermögen anvertraut. Das ist eine Ehre. Schließlich nützt es einem Ritter nichts, wenn er siegreich heimkehrt und sein Vermögen ist fort und seine Lieben sind dahingemetzelt.«
»Nein, das ist sicherlich wahr.« Ranald lauschte angespannt. »Die Schlacht rückt näher.«
»Ja«, murmelte sie und streckte die Hand aus. »Gebt mir meinen Dolch. Ihr wißt, wo er ist.« Sie seufzte, als er sie argwöhnisch musterte. »Ich will ihn nicht gegen Euch richten.«
»Aber Ihr habt versucht, meinem Onkel die Kehle durchzuschneiden.«
»Ich habe geglaubt, er wolle mich töten.« Sie verfluchte lautlos sein Mißtrauen. »Ich dachte, wenn ich schon ermordet werden soll, kann ich ihm vorher noch das verfluchte Grinsen austreiben. Ich schwöre bei Murdocs Leben, ich gebe Euch den Dolch zurück, wenn dies alles vorbei ist.«

Ranald zögerte noch einen Augenblick, dann erhob er sich und holte ihren Dolch. Er reichte ihn ihr und begab sich wieder auf seinen Posten. Jennet verbarg ihn gerade in einer geheimen Tasche ihres Gewandes, als ein Mann hereinstürzte. Sie hastete zu Murdoc und nahm ihn hoch. Der Mann war riesig und seine Kleidung wies ihn als Engländer aus. Sein Umhang und sein Schwert waren blutverschmiert. Jennet schluckte mühsam, schmeckte förmlich die Bitterkeit der Angst. Ranald war erst sechzehn, und – so seine eigenen Worte – noch unerfahren im Kampf. Das war ein großartiger Gegner für einen Grünschnabel.

»Bei allen Heiligen«, grölte der Engländer, »Ihr bringt tatsächlich Eure Huren und Bastarde mit.« Der Blick, den er Jennet zuwarf, war voller Abscheu und Verachtung.

Ranald stellte sich dem Mann und sagte: »Nach dem zu urteilen, was ich durch die offene Tür hinter Euch erkennen kann, befindet Ihr Euch auf der falschen Seite des Kampfgebiets. Flieht, solange Ihr könnt, Engländer.«

»Fliehen? Vor einem bartlosen Knaben, der noch Muttermilch in den Mundwinkeln hat?« Er spuckte auf den Boden.

Trotz ihrer Angst verfluchte Jennet die Männer und ihre Mätzchen. Der Engländer stand da und reizte Ranald, statt seine Chance zu nutzen und um sein Leben zu rennen. Wie beabsichtigt, schäumte Ranald bei diesem Angriff auf seine Männlichkeit vor Wut.

»Dieser Knabe wird Euch Eure Beleidigung in den Hals stopfen«, schrie Ranald. »Ihr werdet hier sterben, Engländer!«

»Nein, Bürschchen – Ihr. Und danach werde ich mich an dieser Hure ergötzen und ihr dann ihren weißen Hals durchschneiden. Und dann dem Balg. Es ist immer das Beste, wenn man ein Nest voller Ungeziefer vollständig ausrottet.«

»Jennet, nehmt das Kind und zieht Euch auf die Bodentreppe zurück«, befahl Ranald, der seinen Gegner keinen Moment aus den Augen ließ. »Ich will nicht, daß Euch der Eiter besudelt, den diese Made verspritzen wird, wenn ich sie aufschlitze.«

Mit einem Wutschrei griff der Engländer an. Jennet raste die steilen Stufen hoch. Auf halber Strecke hielt sie inne und setzte sich, um in schrecklicher Faszination den Kampf zu verfolgen. Im einen Arm hielt sie das Baby fest, mit der anderen Hand umklammerte sie den Dolch. Der Engländer war größer, schwerer und besser gerüstet als Ranald. Obwohl sie um seinen Sieg betete, war sie nicht sicher, ob Ranald sich behaupten konnte.

Ranald parierte den ersten Schlag des Mannes und wich zurück. Jennet wurde klar, daß Ranald siegen konnte, wenn er schnell zu einem vernichtenden Schlag kam. Der Engländer besaß mehr Kraft als Fähigkeiten. Aber falls der Kampf andauerte, würde Ranald auch durch sein Können keinen Vorteil mehr erzielen. Seine leichte Statur konnte eine tödliche Schwäche sein. Der Engländer würde länger durchhalten. Sie betete noch inbrünstiger, erschrocken bei dem Gedanken, daß sie Gott um den Tod eines Menschen bat.

Beide Männer waren schweißüberströmt, bevor sich noch eine Veränderung in dem ständigen Attackieren und Parieren abzeichnete. Ranald war in einer gefährlichen Position, die ihn zwang, jedesmal, wenn der Engländer angriff, einen Schritt zurückzuweichen. Ranald stolperte über einen Schemel und stürzte, wobei das Schwert seiner Hand entglitt. Der Engländer taumelte ebenfalls, während er versuchte, dem rollenden Schemel und der herrenlosen Waffe auszuweichen. Dies ermöglichte es Ranald, dem niedersausenden Schwert zu entkommen. Im Wegrollen zog er das Langschwert, das er in einer Scheide auf seinem Rücken barg. Dann erhob er sich in eine kniende Position und hielt die

Waffe nach oben gestreckt. Jennet hätte angenommen, daß das *claidheamh mor* zu schwer für den Jüngling war. Es erforderte starke Arme und beide Hände, um es zu halten. Nun jedoch bewies der riesige Claymore, jenes zweischneidige Langschwert, seinen Wert.

Rasend vor Zorn warf sich der Engländer auf Ranald. Sein nächster Angriff sollte sein letzter sein. Ranalds großes Schwert durchbohrte die Brust des Mannes. Der Engländer ließ seine Waffe fallen und keuchte, als der Claymore durch seinen Harnisch und sein Wams direkt in sein Herz drang. Jennet konnte die Augen nicht abwenden. Beim Anblick des Blutes überkam sie eine unbehagliche Mischung aus Ekel und Erleichterung.

Der leblose Körper stürzte zu Boden und riß Ranald mit sich. Sie fürchtete, daß Ranald den Kampf nicht unbeschadet überstanden hatte, aber er kam wieder auf die Füße, das Schwert noch immer in der Hand. Er stand da und starrte auf den Mann hinunter, der nach wie vor auf das Schwert gespießt war. Jennet merkte, daß Ranald erregter war als sie selbst.

Sie ließ den Dolch in ihre Tasche zurückgleiten und bewegte sich steif die Treppe hinunter. Sie sprach mit ruhiger, fester Stimme. »Ranald, du mußt dein Schwert herausziehen.«

»Ja, ja.« Ranald riß es heraus und wischte es mit zitternden Händen am Umhang des Mannes sauber.

»Nun schließ seine Augen.« Er nickte und tat es. »Gut. Nun komm herüber und setz dich wieder dorthin, wo du warst, als er hereinstürmte.«

Während Ranald ihr steifgliedrig gehorchte, beeilte sie sich, ihm einen großen Krug starkes Ale einzugießen. Sie drückte ihn ihm in die Hand und musterte ihn eindringlich, während er trank. Als er fertig war und den Krug beiseite stellte, sah er schon viel besser aus, etwas Farbe war in seine Wangen zurückgekehrt. Sie lehnte sich mit Murdoc auf der Hüfte gegen den Tisch und fragte sich, was sie als nächstes tun sollte.

»Ich werde niemals ein echter Ritter werden« sagte Ranald schließlich. Seine Stimme war brüchig und zittrig.

»Warum glaubt Ihr das?«

»Mein erster Kampf, der erste Mann, den ich erschlagen habe, und ich zittere, als hätte ich Fieber. In einer Schlacht muß ich mich ohne Zögern umdrehen und weiter kämpfen. Nein, ich werde niemals ein Ritter sein. Ich werde meine erste wahre Prüfung auf dem Schlachtfeld nicht überleben.«

»Die erste! Seid Ihr nicht mit Hacon und den anderen nach Berwick gekommen?«

Er nickte. »Aber wir haben sie überrascht. Die wirkliche Schlacht war schnell vorüber. Danach bin ich auf Douglas' Männer getroffen.«

Jennet wollte ihm sagen, daß er sein Schwert niederlegen sollte. Die Welt brauchte keinen weiteren Ritter. Aber er war so verzweifelt wegen seiner Schwäche, die er als Versagen betrachtete, daß sie Mitleid mit ihm hatte. Sie wußte, daß das meiste von dem, was sie sagte, ihren Überzeugungen widersprach, aber sie wollte den Jüngling aufheitern.

»Ranald, Ihr könnt nicht wirklich glauben, daß dies das Ende Eurer Hoffnungen bedeutet. Ich bin sicher, wäre dort ein zweiter Mann gewesen, hättet Ihr ebenso mit ihm gekämpft wie mit diesem. Ein Ritter zu sein, bedeutet, an Leib und Seele hart zu werden.«

»Glaubt Ihr das wirklich?«

»Ich kann mir nicht vorstellen, daß jeder Mann mit der Fähigkeit zu töten geboren wird. Glaubt Ihr denn, Euer Onkel oder Dugald oder alle anderen seien kaltblütige Mörder?«

»Nein, sie sind gute Männer.«

Obwohl sie nicht seiner Meinung war, wußte sie, daß es keinen Sinn hatte, darüber zu debattieren. »Das bedeutet aber, daß sie sich irgendwann zu Beginn ihres Lebens als Krieger genauso elend gefühlt haben müssen wie Ihr. Vielleicht solltet Ihr Euch erkundigen, wie sie sich abgehärtet haben.«

Ranald setzte sich ein wenig aufrechter hin und starrte die Tür an. »Ja, das sollte ich. Und ich werde bald die Gelegenheit dazu haben.«

Während er sprach, vernahm sie ein ihr schmerzlich vertrautes Lachen. Hacon erschien im Eingang. Er lachte über etwas, das Dugald zu ihm gesagt hatte, und sie mußte sich zusammennehmen, um ihm nicht entgegenzulaufen und sich aus purer Erleichterung darüber, daß er noch am Leben war, in seine Arme zu werfen. Ihre Gefühle für diesen Mann wuchsen in trügerischer Weise.

Diese Empfindungen schwanden abrupt, als sie ihn näher in Augenschein nahm. Sein Schwert war gesäubert, aber es war eindeutig benutzt worden. Das Blut auf seiner Rüstung bezeugte das einwandfrei. Er hatte noch Kapuze und Helm auf, die sein Gesicht bis auf dieses düstere Grinsen verbargen. Von einem Moment zum anderen schien er ihr wieder bedrohlich, ein Mann, der lachte, während andere starben. Diese Verwirrung machte sie benommen.

Das Grinsen auf Hacons Gesicht verschwand, als er den Toten auf dem Boden liegen sah. Mit ein paar großen Schritten eilte er zu Jennet und musterte sie eindringlich. Sobald er sicher war, daß ihr nichts fehlte, wandte er seine Aufmerksamkeit Ranald zu. Gleichzeitig schlang er seinen Arm um Jennets Schultern und zog sie eng an sich. Er nahm ihren gemurmelten Protest gegen diese vertrauliche Geste nicht zur Kenntnis und verstärkte seinen Griff, als sie sich ihm zu entwinden suchte.

»Gab es sonst noch Ärger, Ranald?« Hacon nickte in Richtung des Toten, der soeben auf höchst professionelle Weise von Hacons Kriegern seiner Rüstung entledigt wurde.

»Nein, er war der Einzige.«
»Und du bist unverletzt?«
Ranald nickte.
»Deine alten Wunden bereiten dir auch keine Schmerzen?«
»Nein.« Ranald sah Jennet an und streckte die Hand nach ihrem Dolch aus. »Es ist vorbei. Ihr erinnert Euch?«
Sie seufzte und händigte ihn aus. »Ja, ich erinnere mich. Ich hatte nur gehofft, Ihr hättet es vergessen.«
Hacon betrachtete den Dolch mit hochgezogenen Brauen, dann heftete er seinen Blick auf Ranald. »Du hast dem Mädchen eine Waffe überlassen?«
»Nur solange sich Euer Hals außer Reichweite befand, Onkel.«
Hacon blickte stirnrunzelnd seinem Neffen nach, dann befreite er sich von Helm und Kapuze und fragte Jennet: »Seid Ihr sicher, daß er nicht verletzt ist? Dieser Engländer war verdammt kräftig.«
»Ja. Ranald kämpfte gekonnt und ohne zu weichen. Was ihn allerdings schwer bekümmert … nun, es war das erste Mal, daß er getötet hat.«
»Das kann nicht sein, er hat doch in der Schlacht um diese Stadt gekämpft«, widersprach Hacon, und Dugald, der an seine Seite zurückgekehrt war, nickte.
»Das ist wahr, aber er hatte keine Gelegenheit zum Zweikampf, bevor er auf Douglas' Männer stieß. Ranald hat das Töten schwer mitgenommen, obwohl er nicht einen Moment gezögert hat, zu tun, was notwendig war.« Sie beschrieb kurz den Zweikampf, während Hacons Männer leise die Leiche entfernten. »Ich fürchte, ich konnte ihm seinen Kummer nicht nehmen. Er ist überzeugt, daß nie ein rechter Ritter aus ihm wird.«
»Ich werde gleich ein Wörtchen mit dem Burschen reden. Ich habe geglaubt, er hätte das überwunden. Aber jetzt –« er lä-

chelte auf Jennet hinab, »– wo bleibt der warme Willkommenskuß für den heimkehrenden Sieger des Gefechts?«

Sie hob Murdoc empor, der pflichtbewußt einen Kuß auf Hacons Wange drückte. Zu ihrer Überraschung und Belustigung gab Hacon dem Baby einen laut knallenden Schmatzer, was Murdoc zum Kichern brachte. Als sie das Kind wieder auf die Hüfte stemmte, betrachtete Hacon sie mit einem verhaltenen Lächeln.

»Das war nicht ganz das, was ich im Sinn hatte«, neckte er sie. »Ich hatte an einen Kuß gedacht, der das Feuer in den Lenden eines Mannes schürt, nicht an einen, der den Geruch von Ziegenmilch auf seinem Gesicht hinterläßt.«

»Ihr denkt viel zu häufig an den Inhalt Eurer Hosen.«

»Ich kann nichts daran ändern, solange man mich jede Nacht auf die Folter spannt, mein Verlangen schürt und mich dann kalt abweist.«

»Ich habe Euch nicht einmal berührt«, widersprach sie mit dem deutlichen Gefühl, sich gegen diese scheinbare Anschuldigung zur Wehr setzen zu müssen.

»Ich weiß. Das ist das Schlimmste daran.«

Er zog solch eine kummervolle Miene, daß sie unfähig war, ein Kichern zu unterdrücken. Das war das eigentlich Gefährliche an diesem Mann. Er scherzte, er lächelte und lachte, und brachte sie ebenfalls dazu. Sie fragte sich, ob er wußte, wie mühelos er sie verführen konnte, indem er diesen Teil seines Wesens offenbarte, dann erstarrte sie. War das am Ende seine Absicht?

»An diesen Qualen tragt Ihr allein die Schuld«, erwiderte sie. »Und Ihr könnt sie jederzeit beenden.«

»Ja, obwohl Ihr das hin und wieder zu vergessen scheint.«

Sie entschied sich weise für den Rückzug. »Ich sollte besser nachsehen, ob Ranald Hilfe braucht.«

»Er hat gesagt, er sei unverletzt.«

»Ich weiß, was er gesagt hat. Aber ob es die Wahrheit ist, steht auf einem anderen Blatt.«

Hacon sah ihr nach, als sie zu Ranald ging, dann begann er mit Dugalds Hilfe die Kleidung abzulegen, die er im Gefecht getragen hatte. »Ich habe sie fast so weit«, sagte er flüsternd, damit niemand außer Dugald ihn hören konnte. »Doch, wirklich«, bekräftigte er, als Dugald nur ein verächtliches, ungläubiges Schnauben vernehmen ließ.

»Sicher, man sieht es ganz deutlich. Sie vergeht fast vor Sehnsucht nach dir.«

Hacon entschied sich, Dugalds schneidende Bemerkungen zu überhören und bekannte: »Ich habe sie geküßt, bevor ich in den Kampf gezogen bin.«

»Ein gewaltiger Fortschritt nach nur acht langen Tagen.«

»Sie will mich. Ich konnte es an ihrem Kuß spüren.«

»Na schön, du magst das ja sehen oder spüren, aber ich sehe nichts dergleichen. Falls etwas da ist, gelingt es ihr vorzüglich, das zu verbergen.«

»Ja, aber das ist genau das, was sie tut. Soviel habe ich über ihr Wesen gelernt. Außerdem wehrt sie sich, weil sie noch jungfräulich ist.«

»Sie ist eine Jungfrau?« Dugald richtete sich auf. »Bist du ganz sicher?«

»So sicher wie ein Mann nur sein kann, ohne bei ihr gelegen zu haben. Hast du geglaubt, sie sei keine mehr?«

Dugald zuckte die Achseln. »Ich habe mir darüber nicht den Kopf zerbrochen, aber wenn ich daran denke, wo wir sie gefunden haben, dann glaube ich nicht, daß sie noch Jungfrau ist. Nicht wegen ihres Verhaltens oder ähnlichem. Aber aus dem wenigen, was ich über sie weiß, entnehme ich, daß sie sich einige Male in der Nähe eines Gefechts oder eines Überfalls befunden hat. Sie ist ein Weib und nicht gerade eine Beleidigung fürs Auge. Und sie war eine schottische Magd in

einem englischen Haushalt. Ich hatte einfach angenommen, daß sie ihre Jungfräulichkeit bereits eingebüßt hat. Ich werde dir Wasser zum Waschen holen.«
Hacon beobachtete seinen Vetter bei dieser kleinen Arbeit und dachte nach. Dugalds Haltung hatte sich entschieden verändert, nachdem er von Jennets Jungfräulichkeit erfahren hatte. Dugald kehrte zurück und stand stirnrunzelnd und finster vor sich hin starrend daneben, während Hacon sich wusch.
»Und?« forderte Hacon Dugald auf, weil er Dugalds Starren nicht länger ertragen konnte. »Sag es.«
»Sag was?«
»Was auch immer der Grund dafür sein mag, daß du hier stehst und mich böse anfunkelst.«
»Vielleicht solltest du die Maid in Frieden lassen und dir dein Vorhaben aus dem Kopf schlagen.«
»Und warum sollte ich das tun? Seit ich sie das erste Mal erblickt habe, kann ich an kaum etwas anderes denken.«
»Weil sie noch Jungfrau ist. Sie ist nicht eben bester Herkunft. Falls sie bei den Nonnen nur Zuflucht gesucht hat und nicht die Gelübde ablegen wollte, ist ihre einzige Chance auf eine gute Heirat ihre Jungfernschaft. Und du willst ihr diese Mitgift nehmen. Ich finde es nicht richtig, wenn du sie für dein Vergnügen benutzt und sie dann wegwirfst. Du raubst ihr die Zukunft.«
»Wer sagt denn, daß ich sie loswerden will?«
»Du hast nie etwas anderes behauptet. Wie lauten denn deine Pläne?«
Hacon zuckte die Achseln und zog sich ein sauberes Hemd an. »Alles, worüber ich in den vergangenen Tagen nachdenken konnte, war, wie sehr es mich nach diesem Mädchen verlangt.«

Jennet saß vor dem schwach brennenden Feuer und bürstete vor dem Zubettgehen ihre Haare. Sie achtete darauf, sich nur völlig bekleidet niederzulegen. Ihr einziger Trost war, daß sie nun eine Reihe guter, brauchbarer Kleider besaß. Es waren zwar gestohlene Güter, aber Jennet hatte ihr schlechtes Gewissen deswegen schon fast überwunden.
Trotz ihrer wachsenden Garderobe wünschte sie noch immer, sie könnte sich so zwischen die Laken schmiegen, wie sie es früher getan hatte – nackt oder nur mit einem dünnen Untergewand bekleidet. Unglücklicherweise blieb ihr in diesem engen Quartier keine Privatsphäre. Und dann war da noch Hacon. Vollständig bekleidet in seinen Armen zu schlafen war schon verstörend genug. Sie wagte nicht an die Versuchung zu denken, die es bedeuten würde, Haut an Haut das Lager mit ihm zu teilen.
Als ob er Gedanken lesen könnte, saß er plötzlich neben ihr. Bitte, lieber Gott, betete sie lautlos, kannst du ihn nicht ein kleines bißchen häßlich machen? Es würde mir ein wenig Kraft verleihen, die ich doch so dringend brauche. Innerlich seufzend, und sich bewußt darüber, daß auch der Verlust seines guten Aussehens nicht mehr helfen würde, begegnete sie seinem festen Blick.
»Ich habe mit Ranald gesprochen«, sagte er, und schlang einen Arm um ihre Schultern, als sie die Haarbürste sinken ließ. Er tat so, als bemerke er ihr Erstarren nicht. »Die anderen Männer wollen auch mit ihm reden, damit er weiß, daß er mit seinen Gefühlen nicht allein ist.«
»Also wird er die Kraft finden, wieder zu kämpfen?«
»Ihr lehnt das ab. Nein, widersprecht mir nicht«, sagte er, als sie etwas erwidern wollte. »Glaubt Ihr wirklich, daß wir Freude beim Töten empfinden?«
»Nein, das habe ich nicht gesagt. Und ich denke es auch nicht. Es hört nur nie auf. Nicht einmal die Ordensleute sind

sicher. Warum tun Menschen so etwas? Es ist eine blutige Ernte, und die einzige Frucht ist der Schmerz. Jahr um Jahr voller Schmerz, Trauer und Hunger.«

Er seufzte. »Dafür gibt es viele Gründe. Wir dulden die englische Herrschaft nicht. Unser Volk will nicht erobert werden. Einige kämpfen wegen der Beute, andere aus Rache und wieder andere aus reinem Haß.« Er zuckte die Achseln.

»Was sind Eure Gründe?«

»Ich unterstütze den Bruce, aber das ist nicht alles. Ich habe Euch bereits erzählt, daß mein Vater seine Ländereien verloren hat. Sie gingen an eine Familie, die mit den Engländern verbündet war. Jetzt gehört das Land dem Bruce. Er kann es mir zurückgeben, wenn ich mich tapfer für seine Sache schlage. Er hat vielen anderen Land verliehen. Und auch Titel. Ich glaube, ich habe es fast erreicht. Dann wird Dubheilrig wieder einem Gillard gehören. Wir werden wieder die Herren unserer Ländereien sein und nicht nur einfache Pächter.«

Sie spürte, wie ernst es ihm war und erwiderte nichts. Dieser Grund war genauso gut wie jeder andere. Sie gähnte und hielt sich rasch die Hand vor den Mund. Dann schlüpfte sie aus seiner lockeren Umarmung und wollte sich hinlegen. Sie keuchte leise vor Überraschung, als er ihre Schultern umfing und sie zu sich herumdrehte.

In seinen Augen lag ein ganz besonderer Ausdruck, der sie erregte, ihr aber gleichzeitig auch Furcht einflößte. Als er ihre Lippen leicht mit seinen streifte, durchfuhr sie ein Hitzeschauer. Würde er sie jetzt nehmen? Würde sie sich wehren, wenn er es tat? Falls das blinde, glühende Verlangen, daß sein erster Kuß in ihr geschürt hatte, als Vorbild dienen konnte, würde sie vermutlich vergessen, wie man nein sagte. Es löschte das Wort Sünde einfach aus ihren Gedanken. Nötigung schien nicht mehr das richtige Wort zu sein, obwohl es immer noch wahr werden konnte.

»Ich wollte mich gerade zur Ruhe begeben«, flüsterte sie und redete sich ein, daß sie seine zarten, erregenden Küsse nur deshalb nicht abwehrte, weil sie ihn nicht verärgern wollte. Er fuhr fort mit seinen Zärtlichkeiten und blickte ihr tief in die Augen.

»Ohne dem Mann, der Euch beschützt, einen Gutenachtkuß zu geben?«

»Ich dachte, Ranald schläft bereits.«

»Ah, Ihr könnt einen Mann wirklich bis aufs Blut reizen, Süße. Ihn quälen, bis er den Verstand verliert.«

»Ich habe nichts getan. Gar nichts.«

»Ich weiß. Wahrscheinlich ist es zu spät für mich, um anders als verständnisvoll zu sein. Aber ich will einen Kuß, bevor Ihr Euch niederlegt und mir für eine weitere lange Nacht Euren kalten Rücken zukehrt.« Er schlang einen Arm um sie und barg ihren Hinterkopf in seiner Hand. »Schaut nicht so ängstlich, Kleines. Es ist nur ein Kuß. Nichts, weswegen man sich Sorgen machen müßte.«

Er hat ja keine Ahnung, dachte sie noch, als er sie bereits küßte. Jeglicher Widerstand schwand, an seine Stelle traten Glut und Verlangen. Sie wollte sich an ihn schmiegen, und stellte erstaunt fest, daß sie es bereits tat. Ihre Arme waren um seinen Hals geschlungen, ihr Körper preßte sich so eng wie möglich an den seinen. Als seine Zunge ihren Mund erforschte, verlangte es sie immer noch nach mehr. Plötzlich wußte sie genau, was er meinte, wenn er sagte, er verzehre sich nach ihr. Jeder Zoll ihres Körpers schrie vor Verlangen nach ihm.

Als er den Kuß beendete, kämpfte sie um Fassung. Mit geschlossenen Augen löste sie ihren Körper von seinem. Sie fühlte seinen Blick auf sich ruhen. Es tröstete sie, daß sein Atem ebenso rasch und heftig ging wie der ihre.

»Ich werde jetzt meine Augen öffnen«, kündigte sie vorsichtig an, als sie wieder sprechen konnte. »Und falls Ihr grinst, sei es auch nur ein winziges bißchen, werdet Ihr es bitterlich bereuen.«

Ganz langsam schlug sie die Augen auf. Auf seinem Mund lag kein Lächeln, aber es strahlte aus seinen Augen. Er wußte es. Wußte, was er mit ihr gemacht hatte, wußte, wie schwer es ihr fiel, nein zu sagen, wie sehr sie sich danach sehnte, ihre Zustimmung zu geben.

»Es wird keine Küsse mehr geben.« Sie begab sich zu ihrer Seite des Schaffells und legte sich hin.

Er legte sich ebenfalls nieder und zog sie an sich. »Oh doch, meine süße Geisel, das wird es. Und falls ich jemals ein ungestörtes Plätzchen für uns finde, wird es noch mehr geben. Viel, viel mehr.«

Sie entschied sich, ihn zu ignorieren. Ein Streit war unmöglich. Vielleicht war ihr Verdacht berechtigt gewesen. Er hatte vor, sie zu verführen, nicht, sie zu vergewaltigen. Sollte das tatsächlich der Fall sein, steckte sie in großen Schwierigkeiten.

Kapitel 5

»Ich bring das Biest um. Ich schneide ihm seinen verfluchten, haarigen Hals durch.«

Jennet versuchte verzweifelt, ihr Lachen zu unterdrücken. Stolpernd kam der arme Dugald auf die Beine, rieb sich die Kehrseite und warf der Ziege, die ihn gebissen hatte, einen mörderischen Blick zu. Er empfand es als zusätzliche Demütigung, daß dies ausgerechnet vor den Augen seiner Mitstreiter geschehen war, die auf der Almende vor den Mauern Berwicks zusammengekommen waren. Das Gelächter der Männer vertiefte seinen Schmerz. Obwohl Jennet seinen Ärger verstand, konnte sie nicht zulassen, daß er eine der Ziegen tötete. Sie schob sich geschwind zwischen ihn und das Tier.

»Zur Seite, Mädchen«, fuhr Dugald sie an und näherte sich mit gezücktem Dolch der Ziege.

»Ihr dürft das Tier nicht töten. Murdoc braucht die Milch. Ihr wollt doch dem Kind nicht die Nahrung rauben, oder?«

Dugald hielt inne und sah sie mißmutig an. »Aber er braucht doch wohl kaum die Milch von allen dreien?«

»Nun, ja – im Augenblick nicht. Aber was ist, wenn wir nach England reiten, ins nächste Gefecht? Eins der Tiere könnte umkommen. Wenn wir drei haben, stehen die Chancen gut, daß wir eines für Murdoc am Leben erhalten können.«

Dugald stieß einen Fluch aus und stapfte über die Almende davon, wobei er jedem kichernden Mann in seiner Reichweite einen kräftigen Hieb versetzte. Jennet erlaubte sich ein kurzes Lachen, bevor sie sich umdrehte, um mit der Ziege zu schelten. Sie kämpfte gerade darum, das dumme Tier wieder an der Hauptleine zu befestigen, als Hacon aus der Menge herumwuselnder Soldaten auftauchte. Er führte ein Pferd und ein zottiges Hochlandpony am Halfter. Jennet musterte die Tiere argwöhnisch. Sie hatte in ihrem Leben wenig Gelegenheit zum Reiten gefunden. Offensichtlich war ihre Gnadenfrist jetzt abgelaufen.

»Ihr wollt, daß ich das kleinere mit an die Leine nehme?« fragte sie, obwohl sie bereits wußte, was auf sie zukommen würde.

»Nein, das kleine ist für Eure kleine Kehrseite bestimmt, wie Ihr sehr wohl wißt. Hey, Bürschchen«, Hacon griff nach Murdoc, der in einer Lederschlinge auf ihrem Rücken sicher untergebracht war. »Du siehst frisch und munter aus.« Er zauste dem Kind die Locken.

»Ihr erwartet, daß ich mich auf das Viech setze und hinter Euch hertrabe?« fragte Jennet.

»Sicher. Ich habe eine Decke über den Sattel gelegt, so wird es bequemer für Euch sein.«

»Welch Ritterlichkeit. Es verschlägt mir die Sprache.«

»Ja, ich finde es auch sehr galant von mir.«

»Schön, denkt Euch etwas anderes aus. Ich habe beschlossen, hierzubleiben.« Sie verschränkte die Arme vor der Brust und wartete auf seine Reaktion.

Hacon rieb sich das Kinn und musterte sie schweigend. »Ihr wollt Schwierigkeiten machen, stimmt's?«

Sie nickte. »Ich werde ein einziges Ärgernis für Euch sein, deshalb habe ich beschlossen, Euch von vornherein von dieser Last zu befreien.«

»Zu freundlich. Ihr wollt also hier bleiben. Douglas' Männer werden über die Gesellschaft eines hübschen Mädchens hocherfreut sein.«

»Ich kann in das Kloster zurückkehren.« Aber als sie noch

sprach, war ihr bereits klar, daß diese Möglichkeit nicht mehr in Betracht kam.
»Mädel, Ihr wißt sehr wohl, daß das Kloster nicht mehr existiert.«
Sie schaute ihn böse an und fluchte innerlich. Es gefiel ihr gar nicht, von ihm an ihre prekäre Situation erinnert zu werden. Natürlich würde sie nicht in Berwick bleiben. Sie bezweifelte, daß sie auch nur zwei Schritte innerhalb der Mauern machen konnte, ohne von einem der Männer überfallen zu werden. Offensichtlich gab es für sie nirgendwo eine Zuflucht.
»Dann ziehe ich eben nach Liddlesdale, zur Familie meiner Mutter.«
»Durch das Land, das gerade erst von der Armee des Bruce durchquert worden ist?« fragte er und zuckte die Achseln. »Nun, nur zu. Ich bin sicher, daß Euch die Menschen, die Ihr unterwegs trefft, ein warmes Willkommen bereiten werden. Ja, sie haben uns bestimmt nicht so schnell vergessen und freuen sich auf jeden Schotten, der des Weges kommt.«
Unbewußt schaute sie bei seinen Worten nach Norden. Auch wenn es ihr möglich wäre, dem Zorn der Bevölkerung zu entgehen, würde sie immer noch die unwirtlichen Höhen des Coldingham Moor allein überwinden müssen. Es war bitter, aber sie war bei Hacon und seinen Männern tatsächlich am besten aufgehoben. Sie verkrampfte sich, als er auf sie zutrat und ihr Gesicht in seine großen, kräftigen Hände nahm. In seinen unglaublich blauen Augen lag der Ausdruck großen Mitgefühls. Sie war nicht sicher, ob ihr das recht war.
»Ihr seid ein wirklich kluges Mädchen, obwohl ich finde, daß Ihr in Zeiten wie diesen Euer Herz nicht so häufig auf der Zunge tragen solltet. Ich weiß, wie schwer es Euch fallen muß, das zuzugeben, aber bei mir zu bleiben wäre das klügste.«
Die Art, wie er sanft ihre Schläfen streichelte, hatte eine selt-

same Wirkung auf sie. Ihre Lider wurden schwer. So wie sein Blick ihr Gesicht liebkoste, an ihrem Mund verweilte, fand sie nicht die Kraft, sich loszureißen. Ihr Blick hing bedauerlicherweise an seinen wohlgeformten, vollen Lippen. Jennet versuchte, fest an das Wort Sünde zu denken, aber das einzige, was ihr in den Sinn kam, war Kuß.

»Mädchen, in Berwick«, fuhr er mit gesenkter Stimme fort, »erwartet Euch nur Notzucht und vielleicht sogar der Tod. Soviel konntet Ihr in den zwei Wochen, die wir hier waren, selbst erkennen. An einen anderen Ort zu reisen, bedeutet vermutlich das gleiche. Wenigstens werden die Schwerter, die Ihr zu sehen bekommt, wenn Ihr bei mir bleibt, nicht auf Euch gerichtet sein.«

»Aber Ihr wollt mich bei einem Feldzug mitschleppen.« Sie bemerkte, wie weich und heiser ihre Stimme klang und verzog innerlich das Gesicht.

»Ja, ich bedauere das, aber ich werde es dennoch tun. Ihr werdet mit Ranald in der Nachhut reiten, in sicherer Entfernung von jeglicher Kampfhandlung.«

Diese Zusicherung half ihr wenig. Sie würde dennoch den ganzen Tag auf dem Rücken dieses Ponys sitzen müssen. Ihre Bettstatt würde der harte, feuchte Boden sein, ihre einzige Mahlzeit tagein tagaus Hafergrütze, und es gab keinerlei Schutz vor der Witterung. Die Schotten besaßen, anders als die Engländer, keinerlei Annehmlichkeiten. Keine Zelte, keine Diener, keine Wagen mit Vorräten. Sie führten nur ihre Waffen, einen Sack mit Getreide, Zinnteller und ein paar Decken mit sich. Der Adel besaß Pferde, die gemeinen Männer ritten Ponys und das verlieh ihnen eine Geschwindigkeit und Flexibilität, die einst Edward II. die Tränen in die Augen getrieben hatte.

Sie nahm an, daß sie wohl selbst einige Male in Tränen ausbrechen würde. Ein Feldzug bedeutete wochenlanges, wenn nicht gar monatelanges Reiten, unterbrochen nur von Blutvergießen und Diebstahl. Und es bedeutete Erschöpfung, Gefahr und Schmutz. Sie hatte kein großes Verlangen danach, diese Erfahrung zu machen, aber ihr blieb keine Wahl. Beinahe war sie froh über die Begierde, die Hacon in ihr weckte, wurde sie dadurch doch daran gehindert, zuviel über das Martyrium nachzudenken, das ihr bevorstand.

Er hauchte sanfte Küsse auf ihre Stirn und Wangen. »Ihr werdet wohlbehütet sein.«

»Ich sagte, keine Küsse mehr«, flüsterte sie mit zittriger Stimme.

»Aber, Süße, was für einen Sinn soll es haben, daß ein Mann eine kleine Geisel hält, wenn er sich nicht hin und wieder an ihr erfreuen darf.«

Bevor sie darauf reagieren konnte, lag sein Mund auf dem ihrigen. Sie versuchte, ihre Gefühle zu bekämpfen, an etwas Ekliges wie Schnecken oder Molche zu denken. Sie versuchte sogar, das Bild der brutalen Ermordung ihrer Mutter heraufzubeschwören. Aber diese Maßnahmen versagten alle kläglich. Die Glut, die bei seinem Kuß in ihr aufloderte, brannte in ihrem Inneren. Statt dessen wurde sie sogar gewahr, wie gut er schmeckte, wie jede Liebkosung seiner Zunge das Feuer der Begierde anfachte, die in ihrem Leib aufflammte.

»Wenn es Euch recht ist, Sir Gillard, sollten wir uns jetzt auf den Weg machen.«

Die tiefe, lispelnde Stimme drang durch den Nebel, den Hacons Küsse in ihrem Kopf erzeugt hatten. Jennet brauchte einen Moment, um sich zu fangen, nachdem Hacon sich abrupt von ihr gelöst hatte. Sie beobachtete Sir James Douglas, zu dem Hacon sich umdrehte. Irgend etwas an ihm ließ sie bis ins Mark erschauern, und das lag nicht nur an den blutrünstigen Geschichten, die man über ihn erzählte. In diesem Moment war sie von Herzen froh, Hacon sicher an ihrer Seite zu wissen.

»Ich bin bereit zum Aufbruch, Sir«, erwiderte Hacon.

»Wollt Ihr sie immer noch mitnehmen?«

»Jawohl, Sir. Sie wird in der Nachhut reiten, zusammen mit den Ersatzponies, der Beute, die wir vielleicht machen und den Verwundeten, so es welche geben sollte.«

»Sorgt dafür, daß sie es wirklich tut.«

Nachdem sich Douglas und seine grinsenden Begleiter entfernt hatten, seufzte Jennet tief vor Erleichterung. »Ich kann den Mann nicht ausstehen.«

»Gut.« Hacon packte sie am Arm und zog sie zu dem Pony, das er für sie besorgt hatte. »Dann werdet Ihr ihm und seinen Männern aus dem Weg gehen.« Er hob sie in den Sattel und half ihr lässig, ihre Röcke über den Beinen zu ordnen. »Ihr habt sicher die eine oder andere Geschichte über diesen Mann gehört.«

»Ja, grausige Geschichten.«

»Ihr glaubt sie besser, Mädchen. Ich reite seit zehn langen Jahren mit ihm.« Mit einer Hand auf dem Sattelknauf blickte er ihr tief in die Augen. »Habt Ihr jemals von ›Douglas' Vorratskammer‹ gehört?« Sie schüttelte den Kopf. »Als die Engländer seine Burg besetzt hatten, stahl er sich hinein und erschlug den größten Teil der Garnison, während sie die Messe hörten. Dann tötete er diejenigen, die zum Essen zurückgeblieben waren. Er warf die Leichen, das Essen, den Wein und sogar die lebenden Gefangenen und die Verwundeten in die Verliese der Burg und brannte sie über ihnen nieder. Denkt immer daran, Mädchen. Es verrät Euch, was für ein Mann Sir James ist.«

»Während der Messe?« flüsterte sie, zutiefst erschüttert von diesem Sakrileg.

»Während der Messe.«

»Das paßt zu dem, was ich weiß.«
»Und das wäre?«
»Es waren Douglas' Männer, die meine Mutter ermordet haben. Ich habe ihre Farben wiedererkannt.«
»Mein Beileid zum Tod Eurer Mutter kommt spät, aber seid versichert, ich meine es aufrichtig. Ihr müßt aus dieser Tragödie lernen. Vergeßt diese Farben nicht.« Er ging und trieb die Ziegen zusammen, die er soeben zu ihr zurückbrachte, als Ranald auftauchte. »Braver Bursche«, murmelte er, während er die Führleine der Ziegen an Jennets Sattelknauf befestigte. »Laßt sie nicht aus den Augen und sorgt dafür, daß ihr nicht zu weit zurückbleibt. Sogar der niedrigste, furchtsamste Leibeigene wird sich auf euch stürzen, wenn er euch allein erwischt.« Er grinste Jennet an. »Nun, wie wäre es mit einem kleinen Kuß, bevor ich losreite, um der Gefahr ins Auge zu blicken?«
Er langte nach ihrem Kinn, aber sie schlug seine Hand beiseite. »Ich glaube nicht, Herr Ritter.«
»Ihr seid eine hartherzige Maid, Jennet von Liddlesdale«, sagte er, bestieg sein Pferd, winkte ihr zu und ritt davon.
Zornig starrte Jennet seinem breiten Rücken hinterher und murmelte jeden Fluch, der ihr in den Sinn kam. Wenn nicht Schändung und Tod an jeder Ecke lauerten, wäre sie auf und davon, bevor er auch nur zwinkern konnte. Statt dessen war sie gezwungen, bei ihm zu bleiben, obwohl ihr nach nur wenigen Küssen bewußt war, daß sein Plan, sie zu verführen, sich mit großen Schritten dem erfolgreichen Abschluß näherte.
»Jennet?« Ranald lenkte sein Roß an die Flanke ihres Ponies. »Wir müssen aufbrechen.«
»Ja, ich weiß.« Sie trieb ihr Pony behutsam an. »Nach England, wo ich noch mehr verbrannte Felder in Augenschein nehmen muß.«

»Es herrscht Krieg«, erwiderte Ranald, der mit ihr in Gleichschritt gefallen war. »Unsere Aufgabe ist es, die Engländer zu zerstreuen, sie daran zu hindern, ihre Armeen zu sammeln und Berwick anzugreifen. Die Engländer würden dasselbe tun.«

Sie schüttelte den Kopf. Das behaupteten alle und klangen dabei wie mürrische kleine Kinder. Soweit sie sehen konnte, war das eine armselige Entschuldigung für mutwillige Zerstörung. Sie hatte in ihrem Leben nur wenig anderes gesehen, und sie war dessen herzlich müde.

Und nun, grübelte sie voller Selbstverachtung, erhitzt sich mein Blut wegen eines Ritters, der all das verkörpert, was ich so abscheulich finde. Sie wußte keinen Ausweg aus diesem Dilemma. Ihr war bewußt, daß Hacon auch weiterhin seinen Vorteil nutzen würde, den ihm ihre erzwungene Nähe verschaffte. Die einzige Möglichkeit, sich vor seinem Werben und ihrer eigenen Schwäche zu retten, bestand darin, aus seiner Reichweite zu flüchten, aber das war unmöglich. Sie konnte nur beten, daß sich eine Gelegenheit für sie auftat, bevor Hacon das Spiel gewann.

Jennet versuchte, sich, ohne sich ihr Unbehagen anmerken zu lassen, auf den Boden zu setzen und die Schotten dabei zu beobachten, wie sie ihr einfaches Lager zwischen Birken und Rotdorngestrüpp aufschlugen. Ihr Vorstoß war von mörderischer Geschwindigkeit. Jennet war sicher, daß sie am ersten Tag ihres Ritts mindestens vierzig Meilen hinter sich gebracht hatten. Sie hatte kaum Zeit genug gehabt, sich um Murdoc zu kümmern. Für das arme Kind war es hart gewesen. Für sie war es schlimmer. Sie bezweifelte, daß es eine einzige Stelle an ihrem Leib gab, die nicht schmerzte, aber ein besonderer Teil brannte wie Feuer. Ihre Kehrseite pochte trotz Hacons Bemühungen, den Sattel bequemer zu machen.

Sie wagte nicht, sich anzusehen, was ihre Schenkel erlitten hatten.

Hacon kam mit ihrer Mahlzeit, setzte sich neben sie und reichte ihr Zinnteller und Holzlöffel. Sie hätte ihm das Essen am liebsten ins Gesicht geworfen. Der Hunger siegte jedoch über ihren Zorn.

Sie aß lustlos, schmeckte kaum etwas. Jennet fand das nicht weiter tragisch, da es sich wieder einmal um Hafergrütze handelte.

»Ihr seid in Eurem Leben noch nicht oft geritten, stimmt's, Mädchen?« Hacon reichte ihr seinen Weinschlauch.

Sie nahm einen kleinen Schluck und schüttelte den Kopf. »Nein, und wenn Gott gnädig ist, werde ich es auch nicht mehr müssen.«

»Nun, ich fürchte, Gott kann diesmal nichts für Euch tun. Wir befinden uns jetzt in England und werden unsere Geschwindigkeit die meiste Zeit beibehalten.«

»Dann sollte ich darum beten, daß eine Seuche alle Pferde und Ponies im Land befällt.«

»Ah, aber dann müßten wir zurück nach Schottland rennen. Seid Ihr in der Lage, mehr als hundert Meilen zu laufen, die Engländer dicht auf den Fersen?«

»Von denen habe ich bis jetzt nur wenig gesehen. Nach allem was man so hört, könnte Edward seine Soldaten nicht einmal in ein Freudenhaus führen.«

»Es muß nicht unbedingt die Armee sein.« Er stellte ihre Teller zur Seite und betrachtete sie mit regem Interesse. »Habt Ihr schon viel über das Heer und Edwards Probleme gehört?«

»Sicherlich nicht mehr als Ihr.«

»Nicht? Ich habe die letzten Jahre nicht bei den Engländern gelebt.«

»Und ich war nur eine Zofe, kein Höfling.«

»Aber es muß einen Grund haben, daß Ihr so verächtlich über den König und seine Armee sprecht.«
»Ihr werdet weiterbohren, bis ich Euch alles gesagt habe, was ich weiß, stimmt's?«
»Richtig.« Er erwiderte ihren mürrischen Blick mit einem schwachen Lächeln.
Sie seufzte. »Fragt Ihr mich dann womöglich, ob ich Euch helfe, noch mehr Menschen zu töten?«
»Mädchen, ich werde nichts von dem, was Ihr mir berichtet, zu diesem Zweck benutzen. Ich will einfach nur meine Männer am Leben erhalten.«
»Nein, Edward ist nicht so stark wie sein Vater. Er kann seine Männer nicht zusammenhalten. Nach allem, was ich gehört habe, sind seine Offiziere mehr an ihren Streitigkeiten untereinander interessiert als am Kampf gegen Schottland. Die anführenden Soldaten sind unentschlossen und unfähig. Es gibt Gerüchte, daß seine Soldaten meutern, weil man sie nicht so entlohnt hat, wie es vorher versprochen wurde.« Sie schüttelte den Kopf. »Sowohl die Soldaten in Berwick als auch ihre Verbündeten haben sich deshalb große Sorgen gemacht. Sie fürchteten, daß sie bei einem Angriff im Stich gelassen würden. Und es ist offensichtlich, daß ihre Sorgen begründet waren.«
»Bis jetzt scheint sich nur wenig Widerstand zu regen. Aber wir sind auch noch nicht besonders tief in das Land eingedrungen.«
»Wenn ich eine Wette wagen sollte, würde ich auf nur geringen Widerstand setzen. In Berwick herrschte die Ansicht vor, daß man das Land sich selbst überlassen sollte. Wir bekamen nicht einmal Hilfe, um der Straßenräuberei ein Ende zu bereiten. Und ich meine nicht nur die armen Menschen, die stehlen, um zu überleben. Nein, viele der Ritter, die bei Bannockburn gekämpft hatten, kehrten verbittert zu-

rück und wandten sich diesem Gewerbe zu. Die Hungersnot der letzten zwei Jahre ermutigte sie noch.« Sie blickte ihn an. »Wart Ihr in Bannockburn?«

»Ja, ich erhielt dort den Ritterschlag.«

»Ich war ebenfalls dort. Ich habe die Schlacht von den Mauern der Burg aus beobachtet«, flüsterte sie, »bis einer der Bewaffneten mich fortschickte. Er sagte, das sei kein Anblick für ein kleines Mädchen. Ich war gerade erst vierzehn geworden. Als de Mowbray die Verteidigungsanlagen der Burg an den Bruce verloren hatte, machten wir uns nach Berwick auf. Unser Weg führte direkt über das Schlachtfeld.«

Einen Augenblick lang war Hacon zu keiner Erwiderung fähig. Die Erinnerung an die gewaltige Schlacht vor der Burg von Stirling überwältigte ihn. Die Schotten waren zahlenmäßig unterlegen gewesen, nur siebentausend gegen zwanzigtausend oder mehr englische Soldaten, aber sie hatten sie besiegt und in eine blutige Flucht geschlagen. Die Engländer waren von den *Schiltrons* aufgespießt worden, jener tödlichen Formation, deren zwölf Fuß lange Speere in alle Richtungen ragten und die jeden Angriff überstanden. Die Krähenfüße mit den sechs Dornen und die Reihen getarnter Fallgruben hatten ein übriges getan, Edwards Kavallerie zu dezimieren. Als der Sturm der englischen Reiter gebrochen war und die verwundeten, reiterlosen Pferde zurück ins Zentrum von Edwards Streitkräften rasten, stifteten sie im Heer heillose Verwirrung. Hacon erschauerte, als er sich vorstellte, was Jennet mit eigenen Augen gesehen hatte.

Obwohl sie hart bedrängt gewesen waren, hatten die Engländer tapfer gekämpft. Pfeile, Schwerter und Streitäxte hatten auf beiden Seiten Leichenberge hinterlassen. Die Kommandierenden der englischen Armee hatten jedoch eine schlechte Schlachtposition gewählt. Eingeklemmt zwischen den Schotten und dem Forth, saßen sie auf dem engen, morastigen

Stück Land in der Falle. Als Edward II. vom Schlachtfeld floh, brach das Heer zusammen. Er wurde von Sir James Douglas noch den ganzen Weg bis nach Dunbar verfolgt; das gesamte englische Zentrum floh dagegen in Richtung Forth und wurde niedergemacht. Die linke Flanke wurde bei Ebbe auf den sumpfigen Boden des Bannockburn getrieben. Diejenigen, die den Schotten entkamen, ertranken, als die Flut hereinbrach. Es wurde behauptet, der Fluß wäre so voll von ertrunkenen Männern und Pferden gewesen, daß man ihn trockenen Fußes überqueren konnte. Das Schlachtfeld war ebenfalls mit Toten übersät. Nahezu zehntausend englische Ritter, Bogenschützen und Fußsoldaten lagen, wo sie gefallen waren, und verwesten in der heißen Junisonne.

Hacon fluchte lautlos. Selbst jetzt noch, vier Jahre danach, hörte er das tödliche Getöse, drang ihm der Geruch der Erschlagenen in die Nase. Der Bewaffnete hatte recht gehabt, das war wahrhaftig kein Anblick für ein junges Mädchen, aber Jennet war nichts erspart worden. Und ich habe soeben zugegeben, daß ich dabei war, dachte er mit bitterer Miene.

»Ihr scheint Euch zur falschen Zeit auf der englischen Seite befunden zu haben«, murmelte er schließlich.

»Stimmt, aber zuvor befand ich mich zum falschen Zeitpunkt auf der Seite der Schotten. Es waren die Männer des Bruce, die meine Mutter geschändet und ermordet haben, während ich in einem Versteck kauerte, und das, obwohl das Dorf den Bruce unterstützte. Die Dorfbewohner hatten nur das Pech, daß die Feinde, die Comyns, ihre Herren waren. Es ist nicht wirklich von Bedeutung, auf welcher Seite man steht. Niemand zeigt Erbarmen. Was ich will, ist eine Zuflucht, in der mich der Krieg nicht erreichen kann.« Sie betrachtete Murdoc, der auf dem Rücken lag und zufrieden mit seinen Zehen spielte. »Und auch die Kinder verschont. Ich habe genug Schlachten gesehen.«

»Zu viele, glaube ich. Es vergiftet Eure Träume.«

»Manchmal. Ich bin ein- oder zweimal von einem Alptraum geweckt worden.«

Er nahm ihren langen Zopf und streichelte ihn sanft. »Manche bringen Euch zum Weinen oder entlocken Euch einen Aufschrei, aber Ihr erwacht nicht.«

Als er seinen Arm um ihre Schultern schlang und sie eng an sich zog, streifte der Gedanke an Widerstand sie nur flüchtig. Sie war einfach zu erschöpft. Sie gab sich das Versprechen, sich außer Reichweite zu begeben, falls er sich Freiheiten herausnahm und lehnte sich an ihn. Die Luft wird kühler, und er ist warm, dachte sie und gähnte.

»Mädel, das ist nicht nur ein Krieg zwischen England und Schottland. Es ist ebenso ein Krieg zwischen Schotten. Nun gehört uns Berwick, die letzte englische Festung in Schottland. Schottland hat sich von den Engländern befreit. Vielleicht wird es jetzt ein wenig Frieden geben.«

Sie schaute zu ihm hoch und stellte zu ihrer Überraschung fest, daß er sie nicht ansah. Normalerweise schaute er sie an, blickte ihr fest in die Augen, wenn er mit ihr sprach. Ihre Augen weiteten sich, ihr wurde bewußt, daß sie etwas Wichtiges über den Charakter ihres Entführers erfahren hatte. Sir Hacon Gillard war ein ehrlicher Mann. Der Grund, warum er mit leicht abgewandtem Gesicht in die Nacht starrte, war, daß er seinen Worten ebensowenig glaubte wie sie es tat. Dieses Wissen um seine Natur mochte sich als nützlich erweisen. Sie schluckte hastig die Antwort hinunter, die ihr auf der Zunge lag, eine Antwort, die ihre Gedanken enthüllt hätte. Statt dessen entschloß sie sich, mit ihm zu streiten.

»Sicher, es wird keinen weiteren Krieg geben, solange Edward oder sein Sohn keinen König haben, den sie auf Schottlands Thron setzen wollen. Oder falls die Schotten, die vom Bruce enteignet worden sind, aufhören, um ihre Ländereien zu kämpfen. Oder wenn der Bruce sich keine neuen Feinde macht. Es gibt noch viele Wenn und Aber, doch ich will Euch nicht ermüden.«

»Ihr habt eine schlechte Meinung von der Welt, Kleine.« Er drückte seine Wange gegen ihren Schopf.

»Nicht von der Welt, aber von Männern mit Schwertern in den Händen und einem Auge für Ruhm und Reichtum.«

»Nun, kleine Jennet ...«

»Nicht doch, spart Euch Eure Worte. Ich wurde auf einem Schlachtfeld geboren.«

»Bei welcher Schlacht?«

»Ich weiß es nicht. Meine Mutter, mein Vater und sein verwundeter Freund verbargen sich in einem morastigen Graben, als bei ihr die Wehen einsetzten und sie mich gebar. Mein Vater hatte auf der Seite der Verlierer gekämpft, und die Sieger zogen meilenweit durch das Land und töteten alles, was sich bewegte.«

»Aber Eure Eltern sind entkommen?«

»Richtig. Mein Vater hat ein wahres Talent, am Leben zu bleiben. Obwohl« – sie seufzte – »ich nicht glaube, daß er in Perth entkommen konnte. Der Bruce betrachtete alle Schotten dort als schlimme Verräter, die es mit den Engländern hielten. Ich kann mir beim besten Willen nicht vorstellen, wie mein Vater sich aus dieser Situation hätte herausreden können. Er war eindeutig von guter Abstammung, eindeutig Schotte und eindeutig auf der Seite der Engländer. Ich wollte dort ausharren, um zu erfahren, was aus ihm wurde, aber ich konnte nicht.« Sie setzte sich auf und sah ihn an. »Wart Ihr in ...«

»Nein, ich war nicht in Perth.« Er betete verzweifelt, daß Gott ihm helfen möge, überzeugend zu lügen. »Ich hatte das Heer kurz zuvor verlassen, da ich eine Botschaft erhalten hatte, daß meine Mutter krank war. Ich kehrte mit meinen Männern nach Dubheilrig zurück. Glücklicherweise war ihr Zustand nicht so ernst, wie ich befürchtet hatte.« Er lächelte, als sie ihr herzhaftes Gähnen nicht völlig verbergen konnte. »Zeit für Euch, auszuruhen.«

Die Geschwindigkeit, mit der er eine Decke auf einem weichen Fleckchen moosigen Untergrunds ausbreitete und sie und Murdoc bettete, überraschte sie. Er zog die Decke eher eilig als behutsam über sie. Es war fast, als wollte er ihrer Gegenwart entfliehen. Sie schalt sich für ihre närrischen Gedanken. Bis jetzt war Hacon schließlich ebensowenig zu erschüttern gewesen wie ein Mühlstein.

Er hatte seine Truppe nur wenige Meter von der Hauptstreitmacht entfernt lagern lassen. Sie konnte sogar bequem das erste der kleinen Lagerfeuer von Douglas' Männern ausmachen.

Als sie sich dabei ertappte, daß sie Hacon fragen wollte, wann er sich zu ihr legen würde, schloß sie hastig die Augen. Das letzte, was sie wollte, war, daß er erfuhr, wie angenehm sie es fand, ihn nachts an ihrer Seite zu spüren. Als seine Schritte sich entfernten, stieß sie einen leisen Seufzer der Erleichterung aus. Falls das Glück ihr dieses Mal zur Seite stand, würde sie bereits fest schlafen und wäre erfreulicherweise gegen jegliche Versuchung gefeit.

Hacon bahnte sich einen Weg zu Dugald und Ranald, die an einem der kleinen Lagerfeuer saßen. Er setzte sich und nahm einen tiefen Zug aus dem Weinschlauch. Dann verharrte er einige Zeit schweigend und versuchte, seine Gedanken zu ordnen.

Dugald brach mit leiser Stimme zögernd das Schweigen.

»Du und das Mädchen, ihr schient entspannt.«

»Der Anschein kann trügen, Vetter«, murmelte Hacon.

»Wahrhaftig? Sie hat dich nicht zornig angefunkelt. Dieses Mal nicht.«

»Ihr Zorn gilt uns allen.«
Ranald runzelte die Stirn. »Wie meint Ihr das, Onkel?«
»Die Kleine atmet seit dem Tag ihrer Geburt den Gestank des Krieges.« Er faßte kurz zusammen, was Jennet ihm erzählt hatte. »Sie betrachtet jeden Mann, der ein Schwert trägt, als Mörder.«
»Nein«, protestierte Ranald. »Sie muß doch die Ehrbarkeit unserer Motive erkennen. Glaubt Ihr, sie sei auf der Seite von Edward und den Engländern?«
»Jennet steht auf keiner Seite.«
»Als wahre Schottin muß sie den Bruce unterstützen.«
»Es gibt eine Menge wahrer Schotten, die das nicht tun, Bürschchen. Tatsächlich hat das Mädchen allen Grund, den Bruce und jeden, der zu ihm hält, zu verfluchen. Es waren Douglas' Männer, die ihre Mutter geschändet und ermordet haben. Und wahrscheinlich ihren Vater töteten. Wie auch immer, die einzige Seite, auf der das Mädchen zu stehen wünscht, ist die des Friedens.« Hacon hob sein Schwert auf, legte es auf seinen Schoß und starrte es an. »Sie hält das hier und alle, die es tragen, für einen Fluch der Menschheit. Ich glaube nicht, daß ich sie davon überzeugen kann, daß die Männer, die es tragen, unterschiedlich sind.«
»Ihr Vater trug eines. Sie hat selbst gesagt, daß er für denjenigen kämpfte, der am meisten bezahlt hat.«
»Ja, aber er ist ihr Vater, ein Blutsverwandter.« Hacon zuckte die Achseln. »Das ist ein starkes Band der Liebe, das nicht einfach zu zerreißen ist.«
»Ja«, stimmte Dugald zu, der Hacon gründlich musterte. »Aber du bist nicht auf Liebe aus. Du suchst nur vorübergehende Wärme.«
»Daran erinnerst du mich laufend. Ich frage mich, warum.«
»Nun ja, ich bin nicht sicher, ob es klug von dir wäre, mehr zu wollen.«

»Und warum nicht?« Hacon wußte, daß er mehr von Jennet wollte, viel mehr, aber das behielt er für sich.
»Sie stammt von armen Leuten ab, ohne jeden Besitz oder Geld.«
»Ebenso wie meine Mutter.«
»Ah, aber deine Mutter war auch nicht der Sproß zweier diebischer Clans. Jennet ist Abkömmling der Armstrongs und der Graemes – es fließt zuviel räuberisches Blut in ihren Adern.«
»Sie ist seit nahezu zwei Wochen bei uns und hat nicht das geringste gestohlen. Außerdem hast du selbst gehört, wie sie gegen unsere Beutezüge protestiert hat. Du kannst sie unmöglich für eine Diebin halten.«
»Ich vielleicht nicht, aber andere um so eher.«
»Sie werden das nur einmal behaupten«, bemerkte Hacon mit kalter, flacher Stimme.
»Und was ist mit ihrem Vater?«
»Was soll mit diesem Mann sein?«
»Sie glaubt, daß er in Perth umgekommen ist. Du warst da.«
»Das weiß sie nicht.«
»Vielleicht noch nicht. Aber sie wird dich mit Sicherheit fragen, wo du an diesem verfluchten Tag gewesen bist.«
»Das hat sie bereits. Ich habe gelogen.« Die Erschütterung auf den Gesichtern von Dugald und Ranald war kaum ein Trost. »Ich sah ihr tief in die Augen und versicherte ihr, ich sei zu meiner kranken Mutter gerufen worden. Ich konnte ihr einfach nicht gestehen, daß ich dort war und Augenzeuge des Mordens wurde.«
»Aber, Onkel«, – Ranald raufte sich die Haare – »ich kann nicht erkennen, wie diese Lüge Bestand haben kann. Zu viele wissen, daß Ihr dort wart. Ihr könnt nicht jedem den Mund verschließen. Abgesehen davon verstehe ich nicht, warum Ihr überhaupt gelogen habt.«

Mit einem Kopfschütteln brummte Dugald: »Es ist nicht einfach, ein Mädchen zu verführen, das glaubt, an deinem Schwert klebe das Blut ihres Vaters.« Er sah Hacon an. »Schön, ich habe bemerkt, daß deine Gefühle für das Mädchen mehr sind als ein einfaches Jucken in den Lenden.«

»Und dagegen sträubst du dich, oder?« Hacon sah keinen Grund, etwas zu leugnen, das für andere so offensichtlich war.

»Nein, ich habe nur gesagt, was andere mit Sicherheit behaupten werden. Was Geburt und Vermögen anbelangt, könntest du es besser treffen. Ich persönlich schätze das Mädchen, auch wenn sie eine für meinen Geschmack zu scharfe und freimütige Zunge besitzt. Du solltest versuchen, sie zu zügeln.«

»Ich glaube, eher würde es mir gelingen, die Flut aufzuhalten.« Hacon lächelte und Ranald kicherte.

»Stimmt, das ist wahr«, fuhr Dugald fort. »Aber du solltest es gleichwohl versuchen. Ihre Freimütigkeit kann Ärger bedeuten. In diesen Zeiten sollte man sich nicht auf Vertrauen oder Erbarmen verlassen. Der Bruce ist ständig auf der Jagd nach Verrätern, und davon gibt es viele. Der Bruce hat seine Kehrseite auf keinen gefestigten Thron gesetzt, und die Jahre, die wir mit Kampf verbracht haben, um ihn zu halten, haben ihn mißtrauisch gemacht. Außerdem hast du ein oder zwei Feinde, die deinen Sturz begrüßen würden. Sie könnten versucht sein, ihre Worte in einen Dolch zu verwandeln, der dich niedersticht.«

»Warum sollten sie darauf achten, was ein Mädchen sagt?« fragte Ranald.

Hacon verbiß sich angesichts der verächtlichen Haltung des Jungen ein Lächeln. »Ein Mädchen kann großen Einfluß auf einen Mann ausüben. Und manche glauben, daß eine Frau keinen eigenen Gedanken im Kopf hat und deshalb die Worte ihres Mannes wiedergibt.« Er sah Dugald an. »Ich werde versuchen, ihre Rede zu mäßigen. Am besten wäre es, niemandem außer mir käme sie zu Ohren. Es wäre sicherer, sie zum Schweigen zu bringen, aber ich will sie nicht dazu zwingen. Mir gefällt es, zu erfahren, wie sie denkt.«

»Geh nur sicher, daß du der einzige bist, der sie hört«, mahnte Dugald.

Als Hacon sich schließlich zur Ruhe begab, wurde ihm klar, daß er sich nicht einer einzigen seiner Sorgen entledigt hatte, er hatte statt dessen einige neue hinzugefügt. Zärtlich umfing er Jennets schmale Taille und lächelte schwach, als sie im Schlaf etwas murmelte und sich eng an ihn kuschelte. Eine süße Qual. Ihr weich geschwungener Po schmiegte sich an seine Lenden, und ließ seinen Penis vor Erregung augenblicklich hart werden. Er mochte die Art, wie sie sich an ihn drückte, ihn im Schlaf unschuldig willkommen hieß, und er brannte danach, sich mit ihr zu vereinen. Es würde jedoch noch eine Weile dauern, bevor sie ihm erlaubte, seine wachsende Begierde zu stillen. Ihm blieb nicht anderes, als ein abgeschiedenes Plätzchen für sie zu finden.

Während er ihr süß duftendes Haar liebkoste und seine Wange auf ihren Kopf legte, beschloß er, seine Sorgen auf die Seite zu schieben. Es tat nicht gut, sich ständig damit zu beschäftigen, und er würde deshalb die Antworten, die er suchte, auch nicht schneller finden. Er wollte sich darauf konzentrieren, Jennet zu beschützen und die Leidenschaft zu schüren, die sie so verzweifelt zu verbergen suchte. Er gab sich das Versprechen, daß sie bei ihrer Rückkehr nach Schottland die Seine sein würde.

Kapitel 6

Der Körper unter ihrer Nadel erschlaffte plötzlich. Jennet warf einen kurzen Blick in das Gesicht des Mannes. Er war zuguterletzt doch ohnmächtig geworden. Sie hatte schon befürchtet, daß er weiter durchhalten würde. Schnell wandte sie ihre Aufmerksamkeit wieder der Stichwunde in seiner Seite zu, verschloß sie mit einer Naht und verband sie. Als sie fertig war und auf ihre Fersen gekauert ihre Arbeit musterte, stellte sie fest, daß dies sicherlich die sauberste Stelle an seinem Körper war.

Sie wollte gerade aufstehen, um sich zu waschen, als zwei weitere Männer ankamen. Einer der Männer, dessen Wams blutgetränkt war, schleppte einen nahezu bewußtlosen jungen Burschen, der heftig aus Verletzungen an Bein und Hüfte blutete. Sie bahnten sich ihren Weg durch das Durcheinander des Lagers und kamen direkt auf sie zu. Augenscheinlich war aus ihr der für die gesamte Armee zuständige Bader geworden. Niemand hatte das von ihr verlangt, es war einfach geschehen. Und nun fühlte sie sich seit nahezu fünf Wochen gezwungen, die blutigen Ergebnisse dieses Feldzugs in Augenschein zu nehmen. Sie war es leid, den Männern das Blut abzuwaschen und ihre Wunden zu flicken.

Während sie tat was sie konnte, um den beiden Neuankömmlingen zu helfen, schaute sie immer wieder zu einer Gruppe von Frauen hinüber, die Gefangene waren wie sie selbst. Bis jetzt waren es nur fünf, aber es würden bald mehr werden. Sie wußte, daß beide Seiten Frauen als akzeptable Beute ansahen. Diese armen Seelen hatten mit ihren Entführern nicht soviel Glück gehabt wie sie. Voller Angst, mit den Malen harter Schläge in den Gesichtern, kauerten sie unter einer Erle. Jennet hätte ihre Hilfe gut gebrauchen können, wußte aber nicht, wie sie sie überreden sollte. Vermutlich empfand keine von ihnen sonderlich liebevolle Gefühle gegenüber den Schotten oder verspürte den Wunsch, auch nur einen von ihnen am Leben zu erhalten. Nichtsdestotrotz mußte sie es versuchen.

»Ich könnte Hilfe gebrauchen«, rief sie zu ihnen hinüber.

»Hilfe?« Die kleine, vollbusige Brünette kreischte beinahe. »Warum sollten wir diesen Tieren helfen? Ich versuche schon die ganze Zeit zu begreifen, warum du so *hart* arbeitest. Es heißt, du seist ebenfalls eine Gefangene.«

»Stimmt, ich wurde aus Berwick verschleppt.« Sie begann, die Wunden des schwerer verletzten Mannes auszuwaschen. »Ich hatte mehr Glück als ihr. Mein Entführer schlägt mich weder noch schändet er mich.«

»Wozu behält er dich dann?« schnappte ein schmalgesichtiger Rotschopf.

»Um mich zu verführen«, erwiderte sie. »Wie heißt Ihr?« fragte sie den leichter Verwundeten, der auf die andere Seite seines Kameraden gekrochen war.

»Robert«, antwortete er mit heiserer Stimme.

»Nun Robert, Ihr müßt dafür sorgen, daß er ruhig bleibt.« Sie fädelte sorgfältig die Nadel ein. »Nun zu euch Frauen«, fuhr sie fort und begann die große Wunde zu nähen, von der sie sehr wohl wußte, daß sie sich als tödlich erweisen konnte. »Ich verstehe wohl, daß ihr diesen Männern nichts Gutes wünscht –«

Die Brünette lachte verächtlich. »Nichts Gutes? Sie sollen in der Hölle schmoren.«

»Nur zu verständlich. Aber wenn Ihr diesen Männern helft, könnte es Euch vielleicht selbst von Nutzen sein.«

»Wie? Wie könnte uns auch nur die kleinste Handreichung zum Guten gereichen?«
»Ich sagte vielleicht, nicht ganz bestimmt. Falls ihr euch nützlich macht – nur indem ihr ihre Wunden versorgt und ähnliches – könntet ihr sie euch gegenüber freundlicher stimmen. Ihr wäret nicht mehr einfache Gefangene, sondern diejenigen, die diesen Mann verbunden haben, oder jenem das fiebrige Gesicht wuschen. Zusätzlich solltet ihr ihre Selbstsucht bedenken. Eine Gefangene, die Wunden versorgt, ist mehr wert als eine, die nur die Geisel eines Mannes ist. Die anderen Männer werden vielleicht Einspruch erheben, wenn ihr weiterhin mißbraucht werdet. Schließlich könnt ihr keine Verwundeten pflegen, wenn man euch zu schwer mißhandelt. Aber das ist nur so ein Gedanke.«
»Ja, aber es steckt Vernunft darin«, murmelte die Brünette und begab sich zu Jennet. Der Rotschopf eilte ihr nach. »Wenn schon nichts anderes, so bin ich wenigstens beschäftigt, zu beschäftigt, um von Selbstmitleid oder Verzweiflung überwältigt zu werden.«
Jennet musterte die drei anderen Frauen, die immer noch zusammengekauert unter dem Baum hockten und durch nichts zu erkennen gaben, daß sie ihre Bitte vernommen hatten. »Sind sie anderer Meinung?«
»Wer weiß? Ich glaube, ihr Verstand hat gelitten. Ich bin Elizabeth und das ist Mary.« Elizabeth wies auf den Rotschopf neben sich. »Wir haben das Pech, Gordon Frazer und seinem treuen Gefolgsmann, dem verrückten Morgan, zu gehören.«
»Ich heiße Jennet.«
Sie schüttelte jeder der Frauen flüchtig die Hand und versuchte ihr Mitleid zu verbergen. Beide Männer waren berüchtigt für ihre Grausamkeit und Brutalität. Sie waren klein, vierschrötig und unbestreitbar häßlich. Während man-

che Männer widerwillig in diesem Blutrausch gefangen waren, genossen Frazer und Morgan die Schlächterei.

Voller Angst, daß sie zu lange geschwiegen und so den Frauen ihren Schrecken enthüllt hatte, sagte Jennet hastig: »Helft mir, diesen Jungen zu verbinden.«

»So jung«, murmelte Elizabeth und ging ihr zur Hand. »Zu jung zum Sterben.«

»Er wird nicht sterben«, versicherte Robert.

»Nicht? Das hier ist nicht einfach nur ein Kratzer. Es ist besser, wenn Ihr der Wahrheit über das Schicksal Eures Freundes ins Gesicht schaut.«

»Er ist mein Bruder«, flüsterte Robert und entzog sich Jennet und Mary, die ihn untersuchen wollten. »Ich brauche Euer Geschmuse nicht. Ich will einfach nur bei meinem Bruder sitzen.«

»Fein. Setzt Euch dorthin«, schimpfte Jennet, und zog ihm den zerbeulten Helm vom Kopf. »Ihr erweist dem Burschen keinen Gefallen, wenn Ihr ohnmächtig auf ihm zusammenbrecht.« Als Wams und Hemd entfernt waren, schnappte Jennet erschrocken nach Luft. Über die volle Breite seiner Brust zog sich eine klaffende Wunde.

»Man behauptet, Sir Hacon habe sich ein scharfzüngiges Weibsbild eingehandelt«, murrte Robert. »Offensichtlich ist es die Wahrheit.«

»Mein Ruf eilt mir also voraus?« Sie reinigte den Schnitt, den ein Schwert in seinem haarigen Brustkorb hinterlassen hatte und schüttelte den Kopf. »Ihr hättet etwas sagen sollen. Wenn ich das gewußt hätte, hätte ich mich eher darum gekümmert.«

»Das ist nur ein Kratzer.«

»Ein Kratzer, meint Ihr? Wenn dieser Kratzer nur um Haaresbreite tiefer gegangen wäre, würden jetzt Teile Eures Körpers fehlen, deren Verlust Ihr sicherlich bedauern würdet.

Mary, sein Brusthaar ist blutverklebt. Sieh nach, ob er mehr verloren hat als seinen Verstand.«

Als sie anfing, seine Wunde zu nähen, verfielen alle in Schweigen. Aus dem Augenwinkel sah Jennet, daß Elizabeth den jüngeren Bruder des Mannes sanft zudeckte und sein Gesicht reinigte. Ganz offensichtlich empfand Elizabeth den Haß und den Zorn, den sie ihrem Entführer entgegenbrachte, nicht für jedermann. Jennet fragte sich, ob es eine Möglichkeit gab, diese Frau vor den grausamen Mißhandlungen Gordon Frazers in Sicherheit zu bringen, bevor er jedes sanftere Gefühl in ihr abgetötet hatte.

»Was habt Ihr in Berwick gemacht? Standet Ihr auf der Seite der Engländer?« fragte Robert mit vor Schmerzen brüchiger Stimme, als sie ihn verband.

Da es keinen Grund gab, ein Geheimnis daraus zu machen, erzählte ihm Jennet ihre Geschichte, während sie geschäftig die harmloseren Verletzungen versorgte. »Ich wüßte gern, welches Schicksal mein Vater erlitten hat, aber ...« Sie hielt achselzuckend inne, versuchte, gleichmütig zu erscheinen.

»Dann solltet Ihr Euren Mann fragen.«

»Er ist nicht mein Mann.«

»Er könnte es wissen, schließlich war er da.«

»Sir Gillard war in Perth?«

»Ja, man sagt, er habe dem Bruce geholfen, eine Bresche in die Wälle zu schlagen, um einen Weg in die Stadt zu finden.«

Jennet starrte ausdruckslos auf den Tuchfetzen, den sie gerade auswrang. Hacon hatte gelogen. Noch schlimmer, er hatte gelogen, nachdem sie nur einen Moment zuvor festgestellt hatte, was für ein zutiefst ehrenwerter Mann er war.

Aber warum sollte er so etwas überhaupt erzählen? Es sei denn, er wüßte, daß ihr Vater tot war, weil er ihm selbst den tödlichen Schlag versetzt hatte. Hastig verdrängte sie diesen grauenvollen Gedanken. Hacon kannte ihren Vater nicht und sie hatte ihm niemals erzählt, wie er aussah. Trotz dieser Logik bildeten Zorn und schmerzliche Enttäuschung einen festen Knoten in ihrer Brust. Plötzlich bemerkte sie, daß Robert nach wie vor mit ihr sprach. Sie zwang sich, ihre Aufmerksamkeit wieder dem mannhaften Rotschopf zuzuwenden.

»Es tut mir leid. Was habt Ihr gerade gesagt?« Sie zwang sich zu einem schwachen Lächeln. »Die Erwähnung von Perth ließ mich in schmerzliche Erinnerungen versinken.«

Robert nickte verständnisvoll, während Mary ihm half, sein Hemd anzuziehen. »Ich habe gerade gesagt, daß Sir Gillard vermutlich wenig von dem weiß, was in Perth nach der Eroberung vorgefallen ist. Er verschwand vor der Hinrichtung all der armen Seelen, die zu Verrätern erklärt worden sind.«

»Wie meint Ihr das – er verschwand?«

»Nun, als er erkannte, was geschehen würde, wollte er keinen Anteil daran haben. Ein tapferer Mann, dieser Sir Gillard. Er und seine kleine Truppe zogen ab. Wenn er nicht von solchem Nutzen bei der Eroberung gewesen wäre, hätte er selbst ebensogut auf dem Richtblock enden können. Dieser Tage geschieht es leicht, daß man als Verräter gebrandmarkt wird.«

Robert schüttelte den Kopf und seufzte. »Ich wollte, ich wäre so kühn gewesen. Aber ich blieb. Ich habe zwar nicht getötet und kein Blut findet sich an meinen Händen, aber ich blieb. Das ist genauso schlimm.«

»Wahrlich nicht. Ich glaube nicht, daß es hätte verhindert werden können.« Sie runzelte die Stirn. »Aber Ihr wart doch Zeuge?«

»Ja, ich stand schweigend und erschüttert am Rand.«

Obwohl die Angst vor dem, was sie hören mochte, sie erschauern ließ, fragte sie: »Könnt Ihr Euch an die Gesichter der Erschlagenen erinnern? Es ist schon lange her.«

»Ja, aber ich erinnere mich deutlich. Zu deutlich.«
Sie schluckte trocken und fragte: »Habt Ihr einen Mann mit rehbraunem Haar gesehen? Einen sehr schlanken Mann, fast ein wenig mager. Hochgewachsen und mit einer Haut, zart wie die eines Kindes und ebenso blaß wie meine?«
»Das klingt, als sei er ein Mann, der einem im Gedächtnis bleibt, aber« – Robert runzelte die Stirn, – »nein, ich glaube nicht, daß ich ihn gesehen habe. Dennoch« – Robert fuhr sich mit der Hand durch seine schweißnassen Haare – »ich kann mich *erinnern*, daß ich solch einen Mann gesehen habe.«
Sie beugte sich vor. »Waren seine Augen ebenso grün wie meine?«
»Ja.« Roberts dunkle Augen weiteten sich. »Ja, aber er war nicht unter den armen Seelen, die an diesem schwarzen Tag gestorben sind.« Er grübelte. »Nein, er war kein Schotte. Es kann sich nicht um den Mann handeln, den Ihr im Sinn habt.«
»Vielleicht nicht. Aber erzählt mir mehr und laßt mich selbst entscheiden.«
»Nun, es war in einer Taverne. Er schenkte den Soldaten Bier aus. Trotz seiner ärmlichen Kleidung sprach er gebildet, als hätte er einstmals Vermögen besessen. Er behauptete, aus Frankreich herübergekommen zu sein, weil er als ein jüngerer Sohn drüben keinerlei Aussichten besessen hätte. Er hatte gehofft, hier sein Glück zu machen, statt dessen fand er sich mitten in unserem Krieg wieder.« Er zog eine Grimasse. »Ich hatte ein bißchen zuviel Ale getrunken und war offener, als ratsam gewesen wäre. Und er gehörte zu der Art Männer, die einem das Gefühl geben, man *dürfe* sich ihnen anvertrauen. Er fixierte einen mit seinem Blick und schon strömten die Worte nur so. Seine Stimme, nun, wie soll ich die beschreiben?«
»Sie gab Euch das Gefühl, er *sei* Euer Vertrauter.« Jennet

kannte diese Stimme nur allzu gut. Sie war die mächtigste Waffe ihres Vaters und sein stärkster Schild.
»Ja, genauso war es. Wahrscheinlich habe ich ihm mehr erzählt, als klug gewesen wäre, aber er war immerhin ein Franzose, ein Verbündeter. Es konnte nichts schaden.«
»Und sein Name? Lautete er vielleicht Arthos de Nullepart, oder ähnlich?«
Robert gaffte sie an. »Ganz genauso hieß er. Woher wißt Ihr das?«
»Der Mann war mein Vater.« Sie konnte vor Freude kaum an sich halten. Gauner und Dieb, der er war, liebte sie ihn dennoch innig. »Er hat diesen und ähnliche Namen schon zuvor benutzt. Er bedeutet ›Artair von Nirgendwo.‹ Das paßt gut zu ihm.«
»Aber Ihr seid Schottin, und er war Franzose. Seid Ihr sicher?«
»So sicher, wie ich nur sein kann, ohne ihn mit eigenen Augen gesehen zu haben.« Aus einer plötzlichen Regung heraus beugte sie sich vor und küßte seine schmutzstarrende Wange. »Gott sei Dank seid Ihr ein armer Mann, Robert. Ansonsten hätte das Treffen mit meinem Vater Eure Börse erheblich erleichtern können.«
»Nicht doch«, murmelte Elizabeth. »Du darfst deinen eigenen Vater nicht Dieb nennen. Das hast du doch gemeint, oder?«
»Ja, das habe ich.« Trotz des schwachen Geruchs nach Rauch, der ihr verriet, daß noch mehr Hütten und Felder brannten, lächelte Jennet, fast sicher, daß ihr Vater wieder einmal dem Tod entronnen war. »Das ist er nun einmal. Er hat es selbst zugegeben. Nun, ja, tatsächlich nennt er es den Besitz gerechter verteilen. Weißt du, er beraubt niemals einen armen Mann.« Dann runzelte sie die Stirn. »Aber wenn er Perth überlebt hat, warum habe ich ihn dann nicht mehr gesehen?«

»Du bist doch selbst von einem Ort zum anderen gewandert, oder nicht?« Jennet nickte, und Elizabeth fuhr fort. »Nun, da überall gekämpft wird, wird es einige Zeit dauern, dich zu finden. Er mag an einigen der Kämpfe teilgenommen haben. In all diesen Wirren ist es nicht weiter seltsam, daß ihr euch noch nicht getroffen habt.«

»Natürlich.« Jennet begann aufzuräumen. »Einerseits bin ich voller Hoffnung, andererseits nicht. Was Ihr berichtet habt, Robert, bedeutet nur, daß Papa das Morden in Perth überlebt hat. Seitdem mußte er dem Tod immer wieder entkommen. Vielleicht erforderte das mehr Glück als er besaß. Ich werde nicht daran glauben, daß er am Leben ist, zumindest jetzt nicht. Ich habe nur ein kleines bißchen mehr Hoffnung, das ist alles.«

»Wenn und falls Ihr den Mann wiederseht«, erwiderte Robert, »hoffe ich, daß er für die richtige Seite kämpft.«

»Oh, Papa wird sie für die richtige halten. Ohne Zweifel wird es die sein, die er immer wählt – seine eigene.« Sie lächelte kurz, als Robert ein erschöpftes Lachen hören ließ.

»Falls Ihr Euch von diesem schlammbedeckten Knecht losreißen könnt, solltet Ihr Euch um jemanden kümmern, der blutet wie ein abgestochenes Schwein«, bemerkte eine tiefe Stimme spöttisch.

Jennet drehte sich zusammen mit den anderen zu dem Mann, der gesprochen hatte, um. Er kam ihr vage bekannt vor. Sie hatte ihn ein- oder zweimal im Gespräch mit Hacon gesehen. Nach Hacons Gesichtsausdruck zu urteilen, den er während und kurz nach diesen Treffen hatte, handelte es sich nicht um einen Freund. Sie war froh, als Mary auf die kurz angebundene Forderung einging.

»Nicht Ihr«, bellte er. »Sie.« Er zeigte auf Jennet. »Ihr werdet meine Wunden versorgen.«

Jennet schluckte die Bemerkung, daß er von ihr aus dort

stehen und verbluten könne, hinunter, nahm die medizinischen Utensilien, die sie benötigte und bahnte sich einen Weg durch die verwundeten und erschöpften Männer, die überall auf der Lichtung lagen. Sie war nicht sicher, ob dieser Mann Hacon Ärger bereiten konnte, entschied sich aber, es nicht darauf ankommen zu lassen. Auch ganz abgesehen von ihren persönlichen Gefühlen war Hacon ihr einziger Schutz vor Mißhandlung, Schändung und möglicherweise vor dem Verrücktwerden.

»Setzt Euch«, befahl sie, als sie ihn erreicht hatte und wies auf einen großen Felsen.

»Ihr seid genauso ein kesses Frauenzimmer, wie allgemein behauptet wird, eh?« Er setzte sich. »Vielleicht braucht es jemanden, der mehr Manns ist als Hacon, um Euch zu zähmen.«

»Und Ihr wißt genau, wer das sein könnte, nicht wahr?« Sie zog ihm den Helm ab, um die Schwertwunde über seiner Braue genauer untersuchen zu können.

»Aber ja, ich höchstpersönlich – Sir Niall Chisholm.«

»Nun, das überrascht.« Sie begann seine Wunde zu reinigen, einen flachen Schnitt, der von seiner Stirn hinunter knapp am rechten Auge vorüberlief. »Ich glaube, ich bleibe lieber bei dem Mann, den ich habe, verbindlichsten Dank. Besser der Teufel, den man kennt, wie es so schön heißt.«

»Hacon Gillard ist zu nachsichtig.«

»Ach, Ihr seid der Ansicht, ich sollte ebenso behandelt werden wie diese armen Seelen.« Sie deutete mit dem Kopf auf die drei mit blauen Flecken übersäten Frauen, die mit ausdruckslosen Gesichtern nach wie vor unter dem Baum kauerten.

Er verzog das Gesicht. Jennet war nicht sicher, ob dies ein Zeichen seines Mißfallens war, was auf einen besseren Charakter hingewiesen hätte, als er bis jetzt zu zeigen geruhte, oder ob es in Erwartung des Schmerzes geschah, den die Behandlung verursachen würde. Sie hatte schon als sehr junges Mädchen gelernt, Menschen nicht vorschnell zu beurteilen.

Aber als sie sich über ihn beugte, um den Verband an seinem Kopf zu befestigen, langte er nach oben und griff an ihre rechte Brust. Sie erwiderte seinen festen, unverschämten Blick. Kein Anzeichen von Begierde funkelte in seinen Augen, nur der Wille, zu beleidigen. Obwohl sie leicht erschüttert und angeekelt war, überwog ihr Zorn.

»Nehmt Eure Hand dort weg, Sir Chisholm, oder es wird Euch leid tun.«

»Wollt Ihr Euren Mann zur Hilfe rufen?«

»Ich brauche keinen Mann, der meine Kämpfe für mich ausficht.« Sie schlang seinen Verband fester als notwendig, aber er zuckte nur.

»Das ist kein Kampf, Mädchen, nur eine kleine Balgerei.«

»Das ist Dreistigkeit und Mißachtung. Nehmt Eure Hand weg – sofort.«

»Huch, seht, wie ich vor solch einem grausamen Feind erzittere.«

Es wäre klüger, sich außer Reichweite zu begeben, dachte sie im selben Moment, als ihre Faust schon gegen seinen Kiefer krachte. Die Verblüffung auf seinem Gesicht, als er rückwärts von seinem Sitz fiel, verschaffte ihr ein Gefühl tiefer Befriedigung. Aber der Ausdruck auf seiner Miene verwandelte sich blitzschnell in Wut. Als er sich taumelnd erhob und sein Schwert zog, dachte sie fieberhaft über die beste Verteidigungsmöglichkeit nach. Gerade als sie aus dem Schlagbereich seines erhobenen Schwertes springen wollte, kam ein zweites Schwert in Sicht, das mitten im Schwung klirrend auf Sir Nialls traf. Jennet war schwach vor Erleichterung, als sie Hacon erkannte. Sein Gesichtsausdruck machte ihr jedoch bewußt, daß Erleichterung das letzte war, was sie empfinden sollte. Es lag weiterer Ärger in der Luft.

»Guter Schlag, Mädchen«, murmelte Dugald, der neben ihr Stellung bezog.

Ein Blick auf Dugald lenkte Jennet kurzfristig ab. Sein Schwertarm war eindeutig verletzt. »Ihr seid verwundet.«

»Es ist nicht tödlich.«

»Nein, aber das hier könnte es werden«, murmelte sie und starrte Hacon und Niall an, die ihre Kampfpositionen einnahmen, während die Verwundeten ihnen hastig aus dem Weg rollten und krochen. Das erste Aufeinandertreffen ihrer Schwerter ließ Jennet zusammenfahren. Hacon war wild entschlossen, Niall zu töten oder zu verkrüppeln, und Niall war ebenso fest entschlossen, zu überleben. Sie bewegten sich in einem makabren Tanz und gezwungenermaßen engen Kreisen; Niall wich jedesmal einen Schritt zurück, wenn Hacon ihn bedrängte. Er konnte nicht mehr tun, als jeden Streich und Schlag von Hacons Schwert verzweifelt abzuwehren.

Jennet beobachtete stillschweigend die beiden verbissenen Kämpfer, als ihr klar wurde, daß sie einen Weg finden mußte, das Gefecht zu beenden. Nicht nur ihr Abscheu veranlaßte sie zum Handeln. Der Kampf war unfair. Niall war, bedingt durch seine Kopfwunde, unsicher auf den Beinen. Er taumelte unter jedem von Hacons Schwertstreichen, schaffte es nur mit Mühe, den tödlichen Hieben auszuweichen. Instinktiv wußte sie, daß Hacon seinen haushohen Vorteil später bereuen würde. Wenn sie den Kampf nicht bald beendete, würde es zu spät sein.

Sie legte ihren Arm um Dugalds Hüfte und flüsterte in sein Ohr. »Ihr werdet sofort ohnmächtig.«

»Ich denke nicht daran«, antwortete Dugald entrüstet. »Ich bin nur leicht verletzt. Wegen solch eines kleinen Kratzers werde ich doch nicht ohnmächtig wie eine schwache Maid.«

Sie stieß durch ihre zusammengebissenen Zähne einen Fluch aus – Männer konnten solche Idioten sein – und wollte über Dugald herfallen, als der Schwertkampf eine dramatische Wende nahm. Hacon schlug dem schnell schwächer werdenden Niall das Schwert aus der Hand, so daß Niall zusammenbrach und zu Boden stürzte. Hacon nagelte ihn dort fest, stemmte seinen Fuß auf die Brust des keuchenden Mannes und senkte sein Schwert auf dessen rechtes Handgelenk.

»Jennet, war dies die Hand, mit der er Euch berührt hat?«

»Und selbst wenn, warum ist das wichtig?« Ihr wurde übel, als sie begriff, was Hacon vorhatte. Offensichtlich war er so außer sich, daß ihm die Folgen seiner Handlung nicht bewußt waren.

Hacon schaute auf den schwitzenden Niall hinunter, dessen Gesicht einen gräulichen Farbton angenommen hatte. »Ich würde diesem Hund nur ungern das falsche Körperteil abtrennen.«

»Dugald«, flüsterte sie. »Ihr werdet jetzt sofort ohnmächtig, oder ich hetze in Zukunft die Ziege, die Ihr so schätzt, auf Euch.« Dugald warf ihr einen schreckerfüllten Blick zu und wurde schlaff. Sein Gewicht auf ihrem Arm ließ sie taumeln, und sie setzte sich mit einem Plumps auf den Boden. »Hacon! Dugald ist bewußtlos.«

Hacon warf ihr einen ungläubigen Blick zu, behielt aber Niall im Auge, als er antwortete: »Er ist doch nur leicht verletzt.«

»Wirklich? Würde Dugald wegen eines Kratzers umfallen wie irgendein schwächlicher Jüngling? Hacon«, ihre Stimme nahm einen verzweifelten Klang an, »ich brauche Hilfe. Ist Euch Eure kleine Rangelei mit Sir Chisholm wichtiger als Dugald?«

Leise fluchend steckte Hacon sein Schwert zurück in die Scheide und kam herüber. »Wo ist Ranald?« verlangte er zu wissen, während er ihr half, Dugald etwas bequemer zu betten.

»Er paßt auf Murdoc auf.« Mit Hacons Unterstützung zog sie Dugald das Wams aus und faltete es unter seinem Kopf. »Er ist da drüben, direkt hinter den drei Frauen. Ich brauche frisches Wasser.« Sie schüttete das Wasser, mit dem sie Nialls Wunden gesäubert hatte, weg und drückte Hacon das flache Gefäß in die Hand.

»Er sieht nach wie vor nicht so aus, als sei er schwer verletzt«, murmelte Hacon, als er sich auf den Weg machte, um ihr Wasser zu holen.

»Kann ich jetzt mit diesem Spielchen aufhören?« flüsterte Dugald, nachdem Hacon sich entfernt hatte.

Niall zog sich hastig, wenn auch taumelnd zurück; also erwiderte sie: »Ja, Ihr dürft jetzt aufwachen.«

»Nun, ich weiß sowieso nicht, warum Ihr mich darum gebeten habt. Ha, gebeten! Ihr habt mich erpreßt.«

»Sir Chisholm hat eine Kopfwunde, die eben genäht und verbunden wurde. Habt Ihr nicht erkannt, daß er nicht kämpfen konnte? Aber vielleicht beurteile ich Euren Vetter auch falsch. Vielleicht würde es ihn später, wenn sein Zorn verraucht ist, nicht einmal stören, daß er einen Mann niedergeschlagen und verkrüppelt hat, der kaum stehen konnte. Ich hatte nur angenommen, er würde einen fairen Kampf vorziehen.« Unschuldig erwiderte sie Dugalds säuerlichen Blick.

»Euer Vater hat Euch wohl zu selten gezüchtigt. Nein, Hacon würde das nicht gefallen, aber dennoch hättet Ihr mir nicht mit dieser Satansziege drohen dürfen.« Er endete im Flüsterton, da Hacon zurückkehrte.

»So, du hast dich also erholt«, murmelte Hacon, der sich an Dugalds Seite begab und Jennet die Schale Wasser reichte.

»Ja.« Dugald zischte einen Fluch, als Jennet begann, die Wunde an seinem Schwertarm zu reinigen.

»Es war nur der Blutverlust«, erklärte sie. »Er verursacht häufig einen Moment der Schwäche.«
Sie verzog das Gesicht, als der Schatten eines Mannes über sie fiel. Dugald und Hacon verharrten bewegungslos, angespannt und wachsam. Ihre ganze Aufmerksamkeit galt dem Mann, der sich ihnen genähert hatte. Schließlich sah Jennet auf und erstarrte ebenfalls.
Es gab nur wenig in seinem Erscheinungsbild, daß diese Reaktion erklären konnte. Er war, dachte sie, ein gewöhnlicher Mann, leicht zu übersehen. Seine Größe und Statur waren durchschnittlich, sein Haar dünn und von einem unauffälligen Braun, sein Gesicht weder anziehend noch abstoßend.
Dann bemerkte sie, wie er Hacon anstarrte und ein Schauer durchfuhr sie. Dieser Mann verabscheute Hacon. Dieses Gefühl verlieh seinen ansonsten wenig bemerkenswerten, braunen Augen einen Funken Leben.
Plötzlich versteifte sich alles in ihrem Inneren, als lang verdrängte Erinnerungen in ihr hochstiegen. Sie hatte diese Augen schon einmal gesehen – vor neun Jahren. Sie erinnerte sich so deutlich daran, in diese Augen gestarrt zu haben, als wäre sie wieder das verängstigte Kind, das in seinem Versteck in der Hütte kauerte. Der Mann hatte ein Messer an die Kehle ihrer Mutter gehalten und in das Gelächter seiner Begleiter eingestimmt. Jennet konnte wieder die dünne, jungenhafte Stimme hören, die ihre Mutter dafür verhöhnte, daß sie ihm und seinen Freunden nur wenig Vergnügen bereitet hatte. Es war genau diese Stimme, die ihre Mutter deshalb zum Tode verdammt hatte. Das Messer blitzte, ihre Mutter hatte sich noch einmal aufgebäumt, und dann war der Mann aufgestanden, das blutige Messer noch immer in seiner gepanzerten Faust. In diesem Augenblick war er ihrem Blick begegnet. Er hatte ihr Starren eine volle Minute lang erwidert,

dann hatte er das Haus zusammen mit seinen lärmenden Kumpanen verlassen.

Jennet bekämpfte ihr Bedürfnis, ihr Wissen zu offenbaren, ihren Drang, »Mörder« zu schreien.

»Euer Mann hat also nur einen Kratzer davongetragen«, bemerkte der Mann schleppend mit jener Stimme eines unreifen Jungen.

»So ist es«, bestätigte Hacon. »Diesmal hat ihn der Mangel an Unterstützung noch nicht das Leben gekostet, Sir Balreaves.«

»Das nicht, aber es scheint, als würde er seinen Schwertarm einbüßen.«

»Er wird heilen.«

»Wie wahr. Aber Ihr werdet einige Tage ohne Eure treue Wacht im Rücken auskommen müssen, Gillard. Ihr solltet auf der Hut sein. Ja, wahrhaftig, auf der Hut.«

»Droht Ihr mir?« Hacon griff langsam nach seinem Schwert.

»Welchen Grund sollte ich dafür haben?«

»Ihr glaubt, daß Ihr einen habt.«

»Ihr beurteilt mich falsch, Sir. Ich mache Euch nur auf die Gefahren der Schlacht aufmerksam.«

»Die nicht nur vom Feind ausgehen.«

»Ja, traurig, aber wahr. In den Wirren eines Gefechts kann es zu manch tragischem Fehler kommen«, murmelte Sir Balreaves und entfernte sich.

Diese eindeutige Drohung gegen Hacon zwang Jennets Gedanken in die Gegenwart. Offensichtlich fand Sir Balreaves nach wie vor Gefallen daran, zu morden. Sie beschloß, nichts von Balreaves Beteiligung am Mord an ihrer Mutter zu erwähnen und konzentrierte sich auf die Gefahren, die die Gegenwart bereithielt.

Während Jennet den Schnitt in Dugalds Arm nähte, erkundigte sie sich bei Hacon: »Was habt Ihr diesem Mann getan?«

»Gar nichts. Warum?«

»Warum? Weil er Euch haßt. Er haßt Euch mit jeder Faser seines Herzens. Habt Ihr seine Gemahlin verführt?«
»Nein. Anderer Männer Frauen sind für mich tabu. So halte ich es schon immer.«
»Wie edel.« Sie wußte, daß der von ihr angestrebte Sarkasmus nicht echt klang. Tatsächlich hielt sie es für eine hervorragende Tugend bei einem Mann. »Aber Ihr müßt irgend etwas getan haben.«
»Sicher«, sagte Dugald mit rauher Stimme. »Er atmet.«
Hacon zuckte die Achseln. »Ganz so einfach ist es nicht. Er will Dubheilrig und glaubt, daß ich ihm seinen Besitz bei Hofe streitig machen will. Außerdem ist er überzeugt, daß die Gillards ihm eine schwere Beleidigung zugefügt haben. Er hat um Katherine geworben, meine Schwester und Ranalds Mutter«, fuhr Hacon fort. »Sie hat jedoch einen anderen zum Mann genommen. Es war Katherines Entscheidung. Als sie Witwe wurde, hielt Balreaves erneut um ihre Hand an und erlitt wiederum eine Niederlage. Sie ließ ihn vor dem Altar stehen, sie hatte im letzten Moment ihre Meinung geändert. Das war ebenso ihre Entscheidung. Aber ich denke, er glaubt, daß unsere Familie sie gezwungen hat, ihn abzuweisen. Im Lauf der Jahre ist sein Haß immer mehr gewachsen.«
»So groß, daß er daneben stehen und zusehen kann, wie Ihr und die Euren abgeschlachtet werdet, ohne daß er einen Finger rühren würde, um Euch zu helfen?« fragte Jennet.
»Bei ein oder zwei Gelegenheiten hatte es ganz den Anschein.«
»Den Anschein? Ha! Ihr wißt es nur zu gut.« Jennet hatte ihre Arbeit beendet, stand auf und sammelte ihre Utensilien ein. »Männer. Es reicht nicht, daß Ihr die Engländer und alle, die dem schottischen König die Anerkennung verweigern, als Feinde betrachtet. Nein, Ihr müßt auch noch eine private Fehde mit einem Gegner unterhalten, der Euch jederzeit in den

Rücken fallen kann.« Sie sah Hacon an, wohl wissend, daß ihre Angst um ihn sie aufrieb, und dieses Wissen steigerte ihren Zorn nur noch. »Und Ihr werdet ihm auch weiterhin nicht aus dem Weg gehen.«

»Ich werde mich nicht verstecken, und ich kann ihn nicht anklagen. Er ist von edlerer Abstammung als ich und hat eine feste Stellung am Hof des Bruce. Ich habe nicht genug Beweise, um einen Mann seines Ranges beschuldigen zu können.«

»Daß der Mann müßig zugesehen hat, wie Dugald beinahe seinen Schwertarm verlor, ist wohl nicht Beweis genug?«

»Dugalds Arm scheint mir nach wie vor ganz gut befestigt zu sein.«

»Also werdet Ihr weiterhin dastehen und auf seinen verräterischen Hieb warten.«

»Ich habe keine andere Wahl, Mädchen.«

Sie fluchte leise. »Wenn die Gesetze der Welt in den Händen solcher Dummköpfe liegen, ist es kein Wunder, daß sie allmählich rund um uns herum in Stücke zerfällt.« Sie schüttelte voller Abscheu den Kopf und ging davon.

Hacon beobachtete grinsend ihren Abgang. »Das Mädchen gibt nach, Dugald.«

»Wie? Ich glaube, du hast den Verstand verloren. Ich konnte kein Nachgeben erkennen, dafür aber Zorn. Sie hat dich einen Dummkopf genannt.«

»Ach, es ist ihre Sorge um mich, die ihre Wut entfacht.« Hacon sah den mißmutigen Dugald an und lachte leise. »Das hast du nicht erkannt.«

»Alles, was ich weiß, ist, daß das Mädel im Recht ist, wenn sie behauptet, du seist einmal zu oft auf den Kopf geschlagen worden. Du siehst die Dinge mit der gestörten Wahrnehmung eines Wahnsinnigen.«

»Ja, vielleicht, aber es ist solch ein süßer Wahnsinn, Dugald«, murmelte er langsam, als er sich erhob, um Jennet zu folgen.

Kapitel 7

Ein leises, lustvolles Gurren entfuhr Jennet, als sie ihre Wange noch schlaftrunken an Hacons Brust schmiegte und sich im festen Griff der Leidenschaft fand. Die Art, in der Hacon seine Hände über ihren Rücken gleiten ließ, ihren Po sanft darin barg und sie zärtlich an seinen harten Penis drückte, ließ sie aufstöhnen. Sie keuchte in verzückter Überraschung, als er mit den Händen an ihren Seiten entlangstrich und ihre Brüste liebkoste, die Spitzen mit den Daumen rieb, bis sie steil aufragten.

Hacon nutzte geschwind die Gelegenheit und bedeckte ihren offenen Mund mit seinem, tauchte mit seiner Zunge tief hinein. Er stöhnte leise, als sie seinen Körper mit ihren Gliedern umschlang und seinen feurigen Kuß willkommen hieß. Es bedurfte all seiner Willenskraft, um sie nicht hier und jetzt zu besitzen, aber sie waren alles andere als ungestört. Er konnte hören, wie auch die übrige Armee, die um sie herum lagerte, langsam wach wurde. Bald würden viel zu viele Augen Zeuge ihrer heißblütigen Umarmung sein. Er beendete den Kuß, kämpfte mit zusammengebissenen Zähnen gegen die Versuchung an und löste sich sanft aus ihren Armen. Er erhob sich hastig, bevor seine drängende Begierde ihn zu einem Sinneswechsel veranlassen konnte. Die Art, wie sie ihn ansah, ihr Blick so warm und einladend, kosteten ihn schwere Überwindung, sie loszulassen.

»Zeit zum Aufstehen, Jennet«, sagte er, während er geschwind seine Hosen anzog. »Es ist Morgen, Geliebte.«

»Morgen?« Die Hitze des Verlangens erkaltete schnell, als sie sich umsah und all die Männer bemerkte, die sich auf einen weiteren Tagesritt vorbereiteten. »Ach du lieber Gott.« Ihre Wangen brannten schamrot.

»Ja, Ihr habt einen unglücklichen Zeitpunkt gewählt, um Euch an meiner Person zu vergehen.«

»Ich mich an *Euch* vergehen?« rief sie und funkelte Hacon an, während sie sich aufrappelte.

Er hauchte einen Kuß auf ihre Stirn. »Das ist in Ordnung, Liebling. Ich vergebe Euch.« Immer noch sein Wams schnürend, eilte er davon. »Trödelt nicht. Wir wollen gegen Mittag in Sichtweite der Mauern von Ripon sein.«

Jennet fluchte heftig, während sie ihre Decken zusammenpackte. Er hatte sie in einem schwachen Moment erwischt, redete sie sich ein, aber es klang nicht sehr überzeugend. Falls Douglas' Streitkräfte nicht bald nach Schottland zurückkehrten und ihr die Gelegenheit boten, zu ihrer Familie nach Liddlesdale zu flüchten, würde sie, wie sie sehr wohl wußte, Hacons Verführung unterliegen.

Rauch kräuselte sich über den niedergebrannten Häusern innerhalb der Mauern von Ripon. Genau wie in Boroughbridge waren während der ersten Angriffswelle einige der Strohdächer in Brand gesetzt worden. Nun jedoch hatte sich der rasche Überfall in eine langwierige Belagerung verwandelt. Eine Sommerbrise wehte den Gestank des Todes zu Jennet herüber, die auf einer kleinen Erhebung nördlich der Stadt stand. Die Menschen, die den ersten Angriff der Schotten überlebt hatten, hatten sich im Heiligen Münster verbarrikadiert. Obwohl man gelegentlich den Klang von Schwertern hören konnte, wenn die Engländer, die sich nicht sicher im Münster verborgen hatten, auf den Feind trafen, hegte Jennet den Verdacht, daß langwierige Verhandlungen an Stelle des Kampfes getreten waren.

Sie fürchtete, hart geworden zu sein, weil sie den Raubzug nur noch ermüdend fand. Sie waren Anfang April von Berwick nach Süden geritten. Der April war in den Mai übergegangen und nun neigte sich der Mai bereits seinem Ende entgegen.
Ein Tag verschwamm mit dem nächsten – lange Tage des Reitens, kurze Nächte, in denen sie den Schlaf der Erschöpften schliefen, und kurze Zwischenspiele voller Schändung, Raub und Kampf. Sie war zu Tode erschrocken, als sie feststellen mußte, daß sie die Belagerung von Ripon beinah mit Vergnügen sah, bedeutete dies doch, daß sie einige Zeit am selben Ort verbringen konnte.
»Warum steht Ihr hier und schaut zu, wenn es Euch doch so sehr abstößt?« fragte Ranald, der neben ihr stand.
Jennet seufzte. »Ich weiß es nicht. Wahrscheinlich versuche ich einfach nur zu begreifen. Es ist hoffnungslos. Ich suche nach einem Sinn, nach einer Berechtigung, aber ich entdecke nichts.«
»Wir kämpfen für den Bruce. Darin besteht unser Recht. Er ist unser König.«
»Warum? Weil er einen Mitbewerber um den schottischen Thron auf einem Kirchenaltar ermordet hat? Mir scheint dies kein so sicherer Anspruch auf die Krone zu sein.«
»Ihr solltet solche Dinge nicht sagen, Jennet«, mahnte Ranald und sah sich nervös um. »Zu viele Ohren könnten Euch hören und Verrat in Euren Worten entdecken.«
Sie sah sich ebenfalls um und verzog das Gesicht. Eine Anzahl Männer stand in der Nähe, die genau wie sie die Belagerung von Ripon beobachteten und sich einen Augenblick erholten, bevor sie in die schon drei Tage andauernden Gefechte zurückkehrten.
Der einzige Mann, der ihr Interesse erweckte, war Sir Balreaves, der in kurzer Entfernung stand und alles gehört haben

konnte, falls er ihren Worten gelauscht hatte. Das Lächeln, das er ihr schenkte, deutete eben dies an und ließ sie erschauern.

Jennet befand, daß es klüger war, auf Ranald zu hören. Noch mehr Ärger war das allerletzte, was sie in ihrem Leben gebrauchen konnte. Und er war einfach zu vermeiden, indem sie ihre Zunge zügelte.

Sie blickte zurück auf Ripon und wünschte, das Problem Hacon wäre ebenso einfach zu lösen. Sie erinnerte sich, wie sie an diesem Morgen in seinen Armen liegend erwacht war. Sie hatte weder seine Küsse noch seine süßen, intimen Liebkosungen zurückgewiesen. Hacon, und nicht sie, war sich der Männer um sie herum bewußt geworden. Sie war blind und taub für ihre Umgebung gewesen, hatte nichts wahrgenommen außer der köstlichen Glut, die er in ihr entfacht hatte. Sogar jetzt noch konnte sie sie spüren, fühlte die Sehnsucht, die sein Rückzug in ihr verursacht hatte. Sie schaute verächtlich auf Ripon, wo er sich, verborgen durch den Staub der Schlacht, befand und hoffte, daß er sich ebenso unbehaglich fühlte wie sie.

»Kommt, Jennet«, forderte Ranald sie auf und nahm sie fürsorglich beim Arm. »Ich sehe Verwundete auf unser Lager zukommen.«

Sie seufzte und ließ sich von ihm zu dem schlammigen, stinkenden Fleck zurückführen, auf dem sich Männer, Pferde und immer mehr gestohlene Güter drängten. In Wahrheit hatte sie nicht viel über den Krieg nachgedacht. Sie hatte, zu ihrem eigenen Abscheu, nach Hacon Ausschau gehalten, hatte versucht herauszufinden, ob er wohlbehalten war. Seit dem Moment, da sie in Balreaves Augen geblickt hatte, konnte sie nicht mehr aufhören, sich Sorgen zu machen. Auf gewisse Weise schien es ihr noch gefährlicher und bedrohlicher, daß Hacons eigener Verbündeter ihn tot sehen wollte.

Ihr Wissen, daß Balreaves ein herzloser, eiskalter Mörder war, vertiefte ihre Angst zusätzlich. Die herbeieilende Elizabeth riß sie aus ihren Grübeleien.

»Ich bin froh, daß du da bist«, sagte sie und zog sie zu Roberts jüngerem Bruder Donald, der gegen alle Wahrscheinlichkeit am Leben war, auch wenn er sich nur langsam erholte. »Ich bin sicher, daß sein Fieber endlich gesunken ist, aber du hast mehr Erfahrung als ich.«

Nachdem sie Ranald fortgeschickt hatte, um nach Murdoc zu sehen, kniete sie sich neben Donald und fühlte ihm Stirn und Wangen. »Ja, er fühlt sich kühler an. Und er ist schweißgebadet. Du hast gut für den Burschen gesorgt. Ich war sicher, daß er sterben würde, aber er hat sich, trotzdem er weiter auf diesem verfluchten Raubzug mitgeschleppt wurde, ans Leben geklammert. Wir müssen ihn waschen. Wir sollten uns beeilen, Ranald hat gesehen, daß Verwundete in diese Richtung gebracht werden.«

Während sie Jennet half, den jungen Mann zu entkleiden, bemerkte Elizabeth: »Ich konnte doch den Bruder meines Mannes nicht einfach sterben lassen, oder?«

»Dein Mann? – Oh, dank Euch«, murmelte sie, als Ranald ihr frisches Wasser brachte. »Was meinst du damit? Ich dachte, du gehörst diesem Kerl, Frazer?«

»So war es auch, und Mary gehörte seinem Kumpan, dem verrückten Morgan, aber nun ist es vorbei. Es scheint, daß Robert sehr gut mit Würfeln umzugehen versteht. Er mußte viele Male spielen, aber gestern abend hat er uns endlich gewonnen. Jetzt sind wir von diesen Bestien befreit.«

»Ich freue mich so für euch. Zumindest wird Robert dich nicht schlagen.«

»Robert wird mir überhaupt nichts zuleide tun. Er hat es gesagt. Wenn es möglich wäre, würde er uns zurück nach Hause schicken. Vielleicht kommt die Gelegenheit, wenn die Armee nach Schottland zurückkehrt. Mary mag gehen, aber ich bleibe.«

»Ich wußte gar nicht, daß Robert so reich ist, daß er dich freikaufen konnte.«

»Nein, er besitzt nur wenig. Dein Mann hat ihm das notwendige Geld geliehen.«

»Sir Gillard?«

»Ja, Robert hat gesagt, daß Sir Gillard versucht hat, uns zu kaufen, aber Frazer und Morgan wollten nichts davon wissen. Robert und dein Mann haben sich besprochen und hatten die Idee, um uns zu spielen. Das war gütig von Sir Gillard.«

»Ja. Sehr gütig«, murmelte Jennet. Sie entschied, später, wenn sie genug Zeit hatte, darüber nachzudenken, um zu verstehen, was das über Hacons Charakter aussagte.

Elizabeth schüttelte den Kopf, während sie und Jennet Donald wuschen. »Armer Junge. Er ist viel zu mager.«

»Ach, naja, es wird nicht lange dauern, dann setzt er wieder Fleisch an. Elizabeth, warum willst du bleiben?«

»Warum? Um mit Robert zusammen zu sein.«

»Er will dich, nicht wahr?«

»Er will. Dafür werde ich schon sorgen.« Sie lächelte, als Jennet lachte.

»Hast du kein Heim oder eine Familie, zu der du zurückkehren kannst?«

»Nichts, was den Aufwand lohnen würde. Meine Hütte wurde niedergebrannt. Ich war beinah ein Jahr lang verheiratet. Mit einem ganz brutalen Kerl. Er wurde gehängt, weil er bei einem seiner Wutausbrüche drei Männer getötet hat. Mich hätte er ein oder zwei Mal auch fast umgebracht. Du siehst erschüttert aus?«

»Nun, deine Geschichte ist auch erschütternd.«

»Ach, Jennet, nach allem was du durchgemacht hast, bist du

immer noch so unschuldig. Ein gütiges Schicksal hat dich in Sir Gillards Arme geführt. Nun, ich werde mich selbst in Roberts Hände begeben. Er ist der erste gütige Mann, den ich in meinem Leben getroffen habe. Nicht vollkommen, aber gütig. Falls er lebend nach Schottland zurückkehrt, werde ich an seiner Seite sein.«

Sie warf einen Blick über ihre Schulter. »Da kommen die Verwundeten, von denen du gesprochen hast. Wir beeilen uns besser und versorgen diese Narren.« Elizabeth stopfte die Decke rund um Donald fest und erhob sich. »Du hattest recht, weißt du.«

»Recht womit?« fragte Jennet. Sie und Elizabeth gingen zu den verletzten Männern.

»Die Männer zu pflegen. Mary und ich haben festgestellt, daß wir mit jedem Tag, der verstreicht, freundlicher behandelt werden. Außerdem gefällt mir diese Arbeit wirklich.«

»Ich wünschte mir, der Bedarf wäre nicht so groß.«

»Dafür wird es immer einen Bedarf geben.«

Jennet ging zu einem Mann, dessen Bein blutüberströmt war und kniete nieder. Elizabeth wandte sich einem anderen zu. Mary bemühte sich um jemanden, dessen Arm offensichtlich gebrochen war. Jennet, die mit ihrer Arbeit begann, fürchtete, daß es stimmte, was Elizabeth über ein freundliches Schicksal gesagt hatte, das sie in Hacons Hände gegeben hatte. Der Gedanke verstörte sie zutiefst.

Sie brauchte Wasser und rief nach Ranald und Dugald. Sie mußte Dugald zweimal anrufen, bis er seine Schwertübungen unterbrach, die er ausdauernd betrieb, um die Kraft in seinem langsam verheilenden Arm schneller zurückzuerlangen. Als die Männer ihr soviel Wasser herangekarrt hatten, wie sie benötigte, konzentrierte sie sich wieder auf die Verwundeten.

Hacon fluchte, während er von vier Engländern langsam eingekreist wurde. Douglas hatte Balreaves den Befehl gegeben, ihm den Rücken zu decken, aber genau wie Hacon befürchtet hatte, rührte Balreaves keinen Finger, um ihm zu helfen. Er sah statt dessen zu und hielt sich geschickt aus allen Schwierigkeiten heraus. Balreaves mußte keine Angst haben, daß seine Befehlsverweigerung entdeckt werden könnte. Hacon bezweifelte, daß er diese Begegnung mit dem Feind überleben würde.

Das Schwert in der einen, den Dolch in der anderen Hand, den Schild über dem Arm, drehte sich Hacon langsam um sich selbst, um seine Gegner im Auge zu behalten. Aus dem Augenwinkel sah er Balreaves. Der Mann saß in sicherer Entfernung auf einem Felsen und lächelte dünn. Ruhig wartete er darauf, daß die Engländer einen Mord für ihn begingen.

Die Engländer zogen den Kreis um Hacon enger zusammen. Er brüllte seinen Zorn über Balreaves Verrat heraus und stürzte sich auf den Engländer direkt vor ihm. So wie er gehofft hatte, erwischte er seine Feinde in einem Moment der Unachtsamkeit. Ihre kurzzeitige Verwirrung gab ihm die Gelegenheit, seinen gewählten Gegner ungehindert anzugreifen. Er stach den Mann sofort nieder und wirbelte zu den übrigen drei herum, die ihn erneut einkreisten.

»Gelüstet es Euch, neben Eurem toten Freund zu liegen?« reizte Hacon sie.

»Ihr seid derjenige, der sterben wird«, antwortete der Engländer in der Mitte.

»Vielleicht. Aber dieser Schotte wird Euch teuer zu stehen kommen.«

Alle drei schnaubten verächtlich und drangen auf ihn ein. Hacon konnte nur zwei zur gleichen Zeit abwehren. Zweimal gelang es ihm, dem dritten auszuweichen, aber dann verließ ihn sein Glück. Der feindliche Engländer stach ihm das Schwert in den Rücken. Hacon taumelte, als die Schwertspitze seine Panzerung durchdrang und sich in sein Fleisch bohrte. Bevor er wieder sicher auf den Füßen stand, hatten sie ihm eine zweite Wunde am Oberschenkel zugefügt. Dem Schmerz folgte eine plötzliche Mattigkeit, die ihn auf die Knie zwang. Hacon erwartete den Todesstreich ... aber er blieb aus.

Hacon brach zusammen und im Fallen erkannte er den Grund. Zwei seiner Landsleute waren ihm zu Hilfe geeilt. Plötzlich war auch Balreaves da und schwang sein Schwert gegen den Feind. Die drei Engländer waren schnell erledigt, dem Überraschungsangriff zum Opfer gefallen, als sie sich eben als Sieger fühlten. Balreaves stand zu Hacons Füßen, während die beiden anderen Schotten sich hingekniet hatten, um seine Wunden zu untersuchen.

»Dieses Gefecht wäre beinah Euer letztes gewesen, Gillard«, bemerkte Balreaves.

»Mein Rücken war nicht gedeckt.« Hacon starrte den Mann wütend an und wünschte sich, unverletzt zu sein. Er sehnte sich danach, mit Balreaves zu kämpfen.

»Beschuldigt Ihr mich etwa, meine Pflichten vernachlässigt zu haben? Ich werde Euch diese Beleidigung nachsehen. Ihr habt Schmerzen und seid nicht ganz bei Sinnen. Diese zwei Männer können bezeugen, daß ich Euch zu Hilfe kam.«

»Stimmt, er hat ein wenig geholfen«, murmelte der Mann, der an Hacons rechter Seite kniete.

Es war nicht nur der Schmerz, der Hacon mit den Zähnen knirschen ließ, als ihm die beiden Männer auf die Füße halfen. Frustration und Zorn bildeten einen Knoten in seinem Inneren. Er konnte Balreaves nicht beschuldigen, ihn dem Tod überlassen zu haben. Es gab Zeugen, die aussagen würden, daß Balreaves an seiner Rettung beteiligt war. Niemand konnte gesehen haben, daß er sich zurückgezogen und die

Befehle des Douglas' mißachtet hatte, bis er gezwungen war zu kämpfen oder sich zu verraten.

»Ihr müßt Sir Gillard zurück ins Lager bringen«, befahl Balreaves den beiden Männern, die Hacon stützten.

»Ja, bringt mich dorthin.« Hacon versuchte, sich nicht zu schwer auf seine Gefährten zu stützen, aber der Blutverlust schwächte ihn schnell.

»Gut. Wir wollen doch nicht, daß unser strahlender Ritter sich zu Tode blutet«, bemerkte Balreaves, der sein Schwert lässig am Wams eines der toten Engländer sauber rieb.

Hacon fand die Kraft, Balreaves einen vernichtenden Abschiedsblick zuzuwerfen. »Ängstigt Euch nicht, Balreaves. Wir werden wieder kämpfen.« Er konnte sehen, daß Balreaves ihn verstanden hatte. Die neugierigen Blicke seiner beiden Helfer ignorierend, konzentrierte sich Hacon auf die schwierige Aufgabe, bei Bewußtsein zu bleiben, bis er das Lager erreichte.

»Hacon«, schrie Dugald erschrocken auf.

Ein kalter Schauer durchfuhr Jennet, als Dugald sich aufrappelte und sie allein den Verband am Arm eines Mannes beenden ließ. Sie bezweifelte, daß eine leichte, einfach zu nähende Verletzung diese Furcht in Dugalds Stimme erregte. Sie beendete ihre Arbeit und sah einen bleichen Ranald, der in dieselbe Richtung wie Dugald lief und ihr wurde noch kälter. Sie wollte gar nicht wissen, was passiert war, aber sie mußte.

Stocksteif vor Angst erhob sie sich, holte tief Luft, um sich zu beruhigen und drehte sich zu Hacon um. Ihr wurde schwindelig. Einen Moment befürchtete sie, sie würde etwas völlig Nutzloses tun, in Ohnmacht fallen etwa, aber sie rang um Haltung, befahl sich, keine solche Memme zu sein.

Hacons Wams war voller Blut. Die Logik sagte ihr, daß dies unmöglich nur von ihm stammen konnte, aber Logik war keine große Hilfe. Sie zwang sich, die Dinge zusammenzusuchen, die sie brauchte, um seine Verletzungen zu versorgen, während Ranald und Dugald Hacon von den beiden Männern übernahmen, die ihn ins Lager gebracht hatten. Daß Hacon vom Schlachtfeld getragen werden mußte, steigerte ihre Furcht. Er war bleich, viel zu bleich und schien beängstigend schwach. Ranald und Dugald suchten einen Platz, der weder zu schlammig noch zu überfüllt war, dann halfen sie ihm, sich hinzulegen. Sie kam gerade an Hacons Seite an, als die beiden ihn bis auf die Hosen entkleidet hatten.

»Es ist nicht so schlimm, wie es aussieht, Kleine«, flüsterte Hacon angestrengt, als sie bei ihm niederkniete.

»Ach? Wollt Ihr mir wieder weismachen, das sei nur ein Kratzer? Ich schwöre, wenn ich das noch einmal höre, fange ich an zu schreien.« Als Ranald Hacon half, sich bequem auf die Seite zu legen, erkannte sie, daß die Verletzung in seinem Rücken wirklich besorgniserregend war; eine tiefe, klaffende Wunde, die von seiner rechten Schulter fast bis zur linken Hüfte reichte.

Dugald fluchte. »Wenn du keine so gute Rüstung getragen hättest, wärst du in zwei Teile gehauen worden.«

Sie hatte dasselbe gedacht, aber sie verdrängte das schreckliche Bild. »War niemand da, um Euch zu decken?«

»Doch – Balreaves.«

»Balreaves?« Jennets Angst verwandelte sich in Zorn über die, wie ihr schien, unglaubliche Dummheit. »Seid Ihr noch zu retten? Hattet Ihr das Gefühl, es müßten noch mehr Schwerter gegen Euch gerichtet sein? Brauchtet Ihr mehr?«

»Der Douglas hat es angeordnet.«

»So? Habt Ihr keine Stimme? Konntet Ihr nichts sagen?«

»Liebchen, man widerspricht dem Douglas nicht. Was hätte ich denn auch sagen sollen? Stellt den Mann nicht dort auf, er will mich umbringen? Mit so einer Beschuldigung kann man nicht einfach so um sich werfen. Man braucht Beweise, und die habe ich nicht.«

»Also habt Ihr Euch hingestellt und ihm die Gelegenheit gegeben, zuzuschlagen.«

»Er hat nicht zugeschlagen. Er hatte keinen Grund, sein Schwert zu beschmutzen, oder? Er hat sich einfach zurückgelehnt und auf einen Engländer gewartet, der die schmutzige Arbeit für ihn übernimmt.«

»Er stand sehr weit hinten«, versicherte sie ihm. »Ich habe noch vor ganz kurzer Zeit gesehen, wie er auf dem Hügel stand und Wein schlürfte.«

»Nun, als dies hier geschah, war er auf dem Schlachtfeld, nah genug, um mir zu Hilfe zu kommen, aber er rührte sich nicht. Die beiden Männer, die mich hergebracht haben, haben mich gerettet. Balreaves hat sich dann rasch ins Kampfgetümmel gestürzt; also kann niemand behaupten, er hätte mich dem Feind ausgeliefert.«

Sie wußte, daß er die Wahrheit sagte, aber dennoch hielt ihr Zorn an. Sie brauchte diesen Zorn, damit sie es fertigbrachte, Hacons Verletzungen zu nähen. Es half nur wenig. Die Behandlung verursachte ihr ebensoviel Schmerz wie ihm. Ihr Magen revoltierte und ihre Augen brannten von unterdrückten Tränen. Nur das Wissen, daß außer ihr niemand Hacon helfen konnte, half, diese grausige Arbeit zu verrichten. Auf seinem schönen Körper würde es in Zukunft zwei neue Narben geben, die Wunde am Oberschenkel mußte ebenfalls genäht werden.

Als sie endlich fertig war, wollte sie nur noch weg. Hacon so schwer verletzt zu sehen, hatte ihr die verleugnete, unterdrückte Wahrheit, die sie so lange in ihrem Herzen verschlossen hatte, zu Bewußtsein gebracht. Nun, da sie sie erkannt hatte, konnte sie sich nicht länger etwas vormachen –

sie liebte ihn. Sie hatte Angst, etwas Närrisches zu tun – ihm ihre Liebe zu erklären und ihm zu schwören, daß sie alles tun würde, wenn er nur den Schlachtfeldern fern bliebe. Aber es war ein schlechter Zeitpunkt für eine solche Erklärung. Sie wollte es Hacon nicht wissen lassen. Und in ihrem gegenwärtigen Zustand hatte sie keinerlei Vertrauen in ihre Verstellungskünste.

Er will sowieso nicht mein Herz sondern den Körper, der es umgibt, dachte sie, während sie es Hacon bequem machte und eine zusammengerollte Decke hinter ihm plazierte, damit er sich nicht auf den Rücken drehte. Nun, bald werde ich ihm beides geben, aber ich will Zeit und Ort selbst bestimmen. Und ich werde ihn nicht wissen lassen, daß er mehr gewonnen hat als meine Leidenschaft. Ja, er soll seinen Sieg haben, aber ich weigere mich preiszugeben, wie vollkommen er ist. Nachdem Ranald und Dugald gegangen waren, kniete sie sich vor ihn hin und deckte ihn fürsorglich zu.

»Es ist Sommer, Mädchen, ich glaube nicht, daß ich sie brauche«, murmelte er.

»Nachts wird es feucht und kühl, und es ist schon Abend, falls Ihr es noch nicht bemerkt habt.«

»Richtig, das stimmt.« Er musterte sie, wie sie unmutig neben ihm kniete. »Ihr solltet nicht so hart mit einem Mann umspringen, der leidet.«

»Ich habe gerade gedacht, daß Ihr, wenn das Schwert seinen Schwung vollendet hätte, wohl nicht mehr Manns genug wärt, um Eure Spielchen mit mir zu treiben.«

»Hört mal, meint Ihr nicht, daß die Verletzungen schlimm genug sind, um meinen Schlaf zu stören und mich von Euch fernzuhalten?«

Sie konnte fast schon wieder lächeln. »Es war nur so ein Gedanke. Ich muß nach Murdoc sehen. Braucht Ihr noch etwas, bevor ich gehe?«

»Einen Schluck Wasser würde ich nicht ablehnen.«
Nachdem sie ihm den Wasserschlauch gehalten hatte, rückte sie das gefaltete Wams sorgfältig unter seinem Kopf zurecht.
»Das ist alles? Sonst nichts?«
»Nun, ein kleiner Kuß würde den Schmerz erheblich lindern.«
Eine Reihe spitzer Bemerkungen kam ihr augenblicklich in den Sinn, aber sie behielt sie für sich. Statt dessen nahm sie sein Gesicht in beide Hände, legte ihren Mund auf seinen und gab ihm einen langen, tiefen Kuß. Der Ausdruck völliger Verblüffung, den sie kurz auf seinem Gesicht erhaschen konnte, befriedigte sie fast ebensosehr wie der Kuß selbst. Sie zog sich sanft zurück, lächelte ihm zu und ging davon. Das sollte ihn verwirren, dachte sie leise lachend.
Dann seufzte sie, ihr Vergnügen verflog. Vielleicht sollte sie ihrem Herzen folgen und das sagen, wonach sie sich sehnte. Hastig schob sie den Gedanken beiseite. Er war aus verschiedenen Gründen schlecht. Zum einen wollte sie keinem Mann ihr Herz schenken, der nur die Absicht hatte, sie zu verführen. Des weiteren war dieser Mann ein Krieger, ein Mann, der durch das Schwert lebte, die Art Mann, die sie zu verachten gelernt hatte. Sie konnte Hacon, den Mann, nicht von Hacon, dem Ritter, trennen.
Außerdem, erinnerte sie sich stirnrunzelnd, war da die Lüge über seine Abwesenheit in der Schlacht von Perth. Sie hatte ihn nicht zur Rede gestellt, aber sie würde es auch nicht vergessen. Es war keine reine Unwahrheit gewesen, schließlich hatte er am wilden Morden nicht teilgehabt, aber es war trotzdem nicht die ganze Wahrheit. Sie mußte ihr vorschnelles Urteil, daß er ein ehrlicher Mann war, überdenken. Dann fragte sie sich, wie weit sie sich auf ihre anderen Urteile ihn betreffend verlassen konnte.
Bei Murdoc angelangt, schickte sie Ranald fort und nahm das

lächelnde Baby auf den Arm. »Ach, Bürschchen, das ist ein tolles Durcheinander, in dem ich stecke. Der große, blonde Krieger ist im Begriff, das Spiel zu gewinnen. Aber ich werde die nächsten Tage nutzen. Jawohl«, fügte sie hinzu, als Murdoc sie angurrte. »Ich werde diesen Mann necken und quälen, bis er ins Schwitzen kommt. Er hat gewonnen, aber er soll über heiße Kohlen laufen, bevor er den Preis erlangt.«

Sie schaute zu Hacon, der versuchte, die Decke über seinen Lenden wieder zurechtzuziehen, drehte sich um und verbarg ihr Grinsen in Murdocs weichen Locken. »Ja, mein kleiner, hübscher Mann, heiße Kohlen. Und da *ich* Zeit und Ort bestimmen will, sollte ich schon mal dementsprechend Ausschau halten. Sobald Hacon wieder auf den Beinen ist, wird er hinter mir her sein wie der Wolf hinter dem schwächsten Tier der Herde.«

»Was ist los?« fragte Dugald, als er zu Hacon trat, der ärgerlich an seiner Decke zerrte. »Du sollst ruhig liegen. Was stört dich?«

»Das verfluchte Mädchen«, brummte Hacon und versuchte sich zu entspannen.

»Verflucht?« Dugald setzte sich stirnrunzelnd. »Und gerade habe ich noch gedacht, du seiest doch nicht wahnsinnig. Sie hat dich geküßt. Ich habe es gesehen. Aber vielleicht habe ich mich auch geirrt und sie hat dich gebissen.«

»Nein. Sie hat mich geküßt.«

»Ah, und das regt dich auf?« Er schüttelte den Kopf und seufzte übertrieben. »Du *bist* wahnsinnig.«

»Dugald, sie hat mich geküßt. Das war das erste Mal, daß sie es freiwillig getan hat. Kann ich etwas damit anfangen? Nein, es irritiert mich.« Als Dugald erst grinste, dann kicherte, fuhr Hacon ihn an. »Du findest das komisch?«

»Gerissenes, kleines Frauenzimmer«, murmelte Dugald, dann lachte er wieder. »Sie schlägt dich mit deinen eigenen Waffen.«

»Was?«

»Nun, du hast die letzten beiden Monate nichts anderes getan, als das Mädchen dazu zu bringen, Dinge zu wollen, von denen sie weiß, daß sie sie weder begehren noch tun darf. Sie konnte dir nicht entkommen, oder? Jetzt kannst du nicht fliehen. Nun, ich habe ja schon gesagt, daß sie Witz hat.«

»Du zeigst bemerkenswert wenig Mitgefühl mit einem Freund und Verwandten.«

»Du hast damit angefangen. Du willst ihr ihre einzige Mitgift nehmen. Und du hast sie lange in der Angst vor Vergewaltigung gelassen, obwohl sie schlau genug war, um dein Spiel zu durchschauen. Ich kann sie nicht tadeln, wenn sie es dir jetzt ein wenig heimzahlt.«

»Ein wenig?« murrte Hacon. Dann, als er Jennet zusah, die damit beschäftigt war, Murdoc zu füttern, wurde er nachdenklich. »Es ist seltsam« dachte er laut. »Seltsam, daß sie mich aufreizt, selbst wenn sie es wirklich aus den Gründen, die du genannt hast, tun sollte. Sie ist klug genug, um zu wissen, daß ich nicht immer so hilflos sein werde und daß ich dann hinter ihr her sein werde. Es sei denn ...« Er verzog das Gesicht und rieb sich das Kinn.

»Es sei denn was?«

»Es sei denn –« Hacon lächelte »– daß sie ihr heimliches Versprechen einlöst. Sie will mich nur teuer dafür bezahlen lassen.« Als Dugald nichts sagte, fuhr Hacon schleppend fort: »So ist das. Ihr Vergnügen liegt ausschließlich darin, mich leiden zu sehen.«

»Du willst ihre einzige Mitgift rauben. Ich kann das nicht gutheißen.«

»Ich habe dir auch gesagt, daß ich sie nicht ohne einen Gedanken an ihre Zukunft zur Seite schieben werde. Vertraust du mir denn nicht?«

»Doch, ja, ich vertraue dir. Aber du könntest dich irren. Sie weiß jetzt, daß du sie niemals gegen ihren Willen nehmen wirst. Deshalb, Vetter, könnte sie immer noch nein sagen, wenn es dir wieder gut genug geht, um dich an sie heranzumachen.«

»Ich sehe das anders. Und weil ich bald meine Belohnung bekommen werde, brauche ich einen abgeschiedenen Ort. Du mußt die Augen danach offenhalten.«

»So, muß ich das?«

»Nun, ich kann nicht.«

Fluchend stand Dugald auf. »Wenn es stimmt und sie dir die Liebe gibt, nach der du dich schon so lange sehnst, dann solltest du dir einer Sache gewiß sein.«

»Und die wäre?«

»Daß du wirklich und wahrhaftig geheilt bist. Du hast deine Begierde schon so lange gezügelt, daß sie lodern wird, wenn es soweit ist. Wenn man in Betracht zieht, mit welchem Eifer du bei der Sache sein wirst, sollte dein Rücken besser verheilt sein, sonst liegt das arme Mädchen in deinem Blut.« Mit einem Kichern verschwand er.

Hacon lachte auch und verzog dann das Gesicht, da ihm sogar diese leichte Bewegung Schmerzen bereitete. Er hoffte, daß Jennet ihn nicht zu sehr in Versuchung führte. Seine sexuelle Begierde zu stimulieren hieße Salz in seine Wunden streuen. Er glaubte nicht wirklich, daß er das verdient hatte. Immerhin würde sie nicht das Bedürfnis nach dieser Art Vergeltung haben, wenn sie nicht ein wenig Leidenschaft für ihn empfände und sein Verlangen nach ihr sie nicht berührt hätte.

Er schloß die Augen. Er fühlte sich schwach. Er wußte, daß er trotz seiner Schmerzen schlafen konnte. Er wußte auch, daß es klug war, sich soviel Ruhe zu gönnen, wie er bekommen konnte. Falls er und Dugald in bezug auf ihre Pläne recht hatten, würde an Schlaf nicht zu denken sein, sobald sie in der Nähe war.

Jennet schlüpfte unter die Decke und bemühte sich, Hacon nicht zu stören. Sie war entschlossen, es ihm mit den gleichen Mitteln heimzuzahlen, mit denen er sie so lange gequält hatte, aber sie fand es nicht gerecht, ihn zu wecken. Immerhin war er verwundet und litt Schmerzen. Vielleicht sollte sie gar nicht in seiner Nähe sein. Aber gerade als sie aufstehen wollte, um allein zu schlafen, glitt sein Arm um ihre Taille und hielt sie fest.

»Ich wollte Euch nicht wecken«, murmelte sie.

»Das habt Ihr auch nicht. Ich habe noch nicht geschlafen, nur geruht. Der Schmerz ist immer noch so stark, daß ich nicht lange oder tief schlafen kann.« Er barg sein Gesicht in ihren Haaren. »Wo ist Murdoc?«

»Bei Ranald. Euer Neffe dachte sich, daß Ihr nicht in der Verfassung seid, zwei Menschen zu beschützen, falls es Ärger gibt. Ich könnte wenigstens weglaufen, meinte er. Und das kann ich noch schneller, wenn ich Murdoc nicht tragen muß. Der arme Ranald muß immer häufiger auf das Kind aufpassen. Ich bete, daß ihn die Männer deswegen nicht verspotten.«

»Nein, sie betrachten das Kind als Teil meiner Beute, die Ranald bewachen muß. Kann sein, daß sie sich fragen, warum ich mich mit einem Baby belaste, aber da es nun einmal so ist, sorgen sie für seine Sicherheit.«

»Seid Ihr sicher? Ist das wirklich wahr?« Sie verfluchte sich selbst wegen ihrer letzten Bemerkung. Eine Lüge gab ihr nicht das Recht, alles, was er sagte, in Zweifel zu ziehen. Ihr dämmerte, daß ihr Schmerz und ihre Enttäuschung wegen dieser Lüge tiefer liegende Ursachen hatten als ihr bewußt war oder sie zugeben wollte.

»Ja, das stimmt.« Er redete unmutig zu ihrem Rücken. »Warum sollte ich lügen?«

»Ja, warum nur? Ich habe geglaubt, Ihr wolltet mich vielleicht nur wegen Ranald beruhigen.«

»Ihr braucht Euch keine Sorgen zu machen. Kaum einer stellt seine Talente als Schwertkämpfer in Frage. Ich habe dafür gesorgt, daß sich sein Sieg über den Engländer überall herumgesprochen hat.«

Sie nickte, kuschelte sich an ihn und drückte dabei ihre Kehrseite gegen seinen Unterleib. Seine Erregung war augenblicklich und sehr deutlich spürbar. Sie unterdrückte mühsam ein Grinsen.

Solch schnelle Resultate waren nicht nur vergnüglich, sondern auch erregend. Hacon war verwundet und litt Schmerzen, trotzdem begehrte er sie. Sie konnte sich nicht helfen, sie fand den Gedanken schmeichelhaft, ja sogar verführerisch.

»Nun«, Hacon räusperte sich, aber das half wenig gegen den heiseren Klang seiner Stimme. »Wir werden bald weiterziehen.«

»Ist die Schlacht vorüber?« Sie drehte sich um und sah ihn an. Mit Absicht bewegte sie sich so, daß sich ihr Körper an seinem rieb. »Hat sich Ripon ergeben?«

»Der größte Teil der Bevölkerung sucht Schutz im Münster. Sie haben sich nicht ergeben, sie haben sich einfach ein Jahr Waffenstillstand erkauft.«

»Einen Waffenstillstand gekauft?« Sie legte eine Hand auf seine Brust und spürte erstaunt, wie schnell sein Herz schlug. »Ihr meint ein Lösegeld, damit das Schlachten eine Zeit ausgesetzt wird.«

»Es ist ein gerechter Handel, und er wird häufiger gemacht,

als Ihr glaubt. Wir werden bald weiter nach Süden ziehen, nach Knaresborough. Ich glaube nicht, daß wir danach noch weiter nach England vorstoßen. Wir werden nach Hause zurückkehren. Zwar stimmt es, daß wir nicht viel vom englischen Heer gesehen haben, aber man soll sein Schicksal nicht herausfordern.«

Sie hielt den Blick auf sein Gesicht gerichtet, während sie ihre Hand langsam über seine Brust gleiten ließ. Der Ausdruck des Verlangens entsprach nicht dem ruhigen Tonfall, mit dem er ihr von der Niederlage Ripons erzählte. Er war sich des Spiels, das sie trieb, völlig bewußt. In seiner wissenden Miene lag aber auch eine Andeutung von Vergnügen und Verärgerung. Jennet stellte fest, daß sie sich nicht darum scherte, daß er ihren Streich durchschaute. Sie fragte sich nur, wieviel er ertragen würde, bevor er etwas sagte.

»Wenn wir bald weiterreiten müssen, sollte ich besser ein wenig schlafen«, murmelte sie und unterdrückte ein Gähnen. »Braucht Ihr noch etwas, bevor ich mich hinlege?« Es war eine echte Herausforderung, nicht über den Blick zu lachen, den er ihr zuwarf. »Eure Verbände sitzen nicht zu fest?« Sie folgte dem Verband an seinem Oberschenkel langsam und zögernd mit dem Finger und beobachtete, wie das leuchtende Blau seiner Augen dunkel vor Verlangen wurde.

»Nur einen kleinen Kuß, bevor Ihr Euch zur Ruhe begebt«, murmelte er gedehnt. »Das ist das wenigste, was Ihr für einen armen, geschundenen Mann tun könnt.«

Sie barg sein Gesicht in ihren Händen und legte ihre Lippen fest auf die seinen. »Schmerzen Eure Wunden so sehr?«

»Es waren nicht meine Wunden, die ich im Sinn hatte«, erwiderte er leise.

»Nein. Wo Ihr doch dem Tod so nahe seid und überhaupt.« Sie keuchte beinah, eher entzückt als überrascht, als er seinen Unterleib an ihrem rieb.

»Ich fühle mich entschieden lebendig, mein kleiner Unruhestifter. Ja, geradezu pulsierend vor Leben.«
Sie hatte genug gehört und küßte ihn. Sie nutzte all das Wissen, das sie seit ihrer Entführung aus Berwick bei ihm erworben hatte und küßte ihn verführerisch und einladend, gab ihm einen Vorgeschmack dessen, was sie ihm bisher noch verweigert hatte. Als sie sich aus der Umarmung löste, sah sie hocherfreut, wie heftig er atmete. Schnell wandte sie sich von ihm ab, um zu verbergen, daß sie an den gleichen Symptomen litt.
Als sie sich an ihn kuschelte, stöhnte er leise. Sie war versucht, das gleiche zu tun, als er seinen Arm von ihrer Taille löste und anfing, ihre Brüste zu streicheln. Vorsichtig schob sie seine Hand fort, aber einen Augenblick später glitt sie zurück. Sie stieß einen gespielten Seufzer der Verzweiflung aus. Jennet wußte, daß dies ein zweischneidiges Schwert war, aber sie wollte nicht aufhören. Sie war während der letzten zwei Monate ständig in Versuchung geführt worden, hatte in einem fort das Köstliche, das er ihr bot, zurückgewiesen. Nun sollte er lernen, was das bedeutete. Jetzt würde sie ihm mit ihrem Verhalten ein »Ja« signalisieren, aber da er verwundet war, würde er nicht in der Lage sein, dieser unverhohlenen Einladung zu folgen. Sie versuchte, das Verlangen, das ihren Körper erzittern ließ, zu ignorieren. Aber sie konnte sich des Gedankens nicht erwehren, daß er sie, wenn er erst einmal wieder gesund und munter war, nicht weit jagen würde müssen, bevor sie sich fangen ließe.

Kapitel 8

Jennet verkniff sich ein Lächeln, als sie Hacon erst stöhnen und dann fluchen hörte. Als Antwort murmelte sie verschlafen und rieb ihr Hinterteil an seinem Unterleib. Der harte Beweis seiner Begierde erregte sie. Sie hatte dieses Spiel die gesamten zwei Wochen, die seit Ripon vergangen waren, mit ihm getrieben und sie wußte, daß er ihrer unverblümten Aufforderung bald Folge leisten würde. Seine Fäden wurden heute gezogen. Dieser Gedanke trug zu ihrem Vergnügen bei. Die fortdauernde Neckerei hatte auch ihr Verlangen geschürt. Sie war mehr als bereit, ihm zu gewähren, was er verlangte.

Als er seine Hand ihren Brustkorb hinauf zu ihren Brüsten gleiten ließ, drehte sie sich auf den Bauch. Sie grinste über seine gebrummten Verwünschungen. Einen Augenblick lang erlaubte sie ihm, ihren Rücken und ihr Hinterteil zu liebkosen, dann tat sie so, als ob sie erwachte. Sie setzte sich auf, gähnte und streckte ihren Rücken voller Absicht durch, damit sich ihre Brüste aufreizend nach vorn schoben. Hacon griff nach ihr, aber sie gab vor, nichts zu bemerken und erhob sich. Die Hände in die Hüften gestemmt, lächelte sie ihn süß an.

»Ihr seht heute morgen wohl und munter aus«, bemerkte sie.

»Oh ja, Kleines. So munter wie ein Hengst auf einer Weide voller Stuten.«

»Ein sehr anschaulicher Vergleich«, murmelte sie, beugte sich vor und hob seine Decke hoch.

»Wie sieht es aus?«

Sie wanderte mit den Fingern über seine frisch verheilte Wunde am Oberschenkel. Die sanfte Liebkosung ließ ihn erschauern. Jennet war außerordentlich versucht, die Stelle zu streicheln, die sich an der Vorderseite seiner Hosen so überdeutlich abzeichnete. Sie ließ die Decke fallen und stand auf, bevor sie dieser Neigung folgen konnte.

»Heute können die Fäden gezogen werden.«

»Holt Euch, was Ihr dafür braucht und macht Euch an die Arbeit.«

»Ich? Dafür braucht Ihr mich nicht. Jeder Dummkopf kann Fäden ziehen.« Sie wollte sich entfernen.

»Wo wollt Ihr hin?« forschte Hacon.

»Ich hole Dugald. Er kann sich um Euch kümmern, wenn er Zeit hat.«

»Und was werdet Ihr tun?«

»Oh, ich habe genug Arbeit, um mich zu beschäftigen.«

»Jennet!«

Jennet, die ihm den Rücken zugewandt hatte, tat so, als würde sie nichts hören und ging grinsend davon. Sie fand Dugald und erklärte ihm, was zu tun war, dann suchte sie nach Elizabeth. Sobald die Fäden gezogen waren, würde Hacon sie verfolgen. Jennet wollte ein Bad nehmen, bevor er sie fand.

»Ich kann sie nirgendwo im Lager entdecken«, sagte Hacon.

Dugald schimpfte und gab seinem unruhigen Freund einen Klaps auf den Kopf. »Sitz ruhig, du dummer Narr, oder diese Fäden kommen niemals sauber heraus. Großer Gott, du bist schlimmer als ein Hengst, der eine rossige Stute wittert.« Dugald konzentrierte sich darauf, die winzigen Nähte zu entfernen, die über Hacons breiten Rücken liefen.

»So – ich sitze so bewegungslos da wie ein Fels. Jetzt verrat mir, wo die Kleine hingegangen ist.«

»Bin ich ihre Mutter? Ich weiß nicht, wo sie steckt.«

»Du solltest sie im Auge behalten.« Hacon rutschte auf dem großen Stein herum.

»Ich dachte, das sei Ranalds Aufgabe.«

»Ihn kann ich auch nirgendwo erblicken. Du mußt das Mädchen doch heute schon mal gesehen haben.«

»Ja, aber das ist tatsächlich schon eine ganze Weile her. Sie und diese Elizabeth sind mit Ranald und Robert da drüben durch das Wäldchen gegangen. Ich habe mir nicht die Zeit genommen, sie zu fragen, wohin sie wollten. Ich schätze, sie wollten ein Bad nehmen.«

»Nun, Elizabeth ist wieder da und Robert auch.« Hacon schaute mißmutig zu der überfüllten Lichtung vor dem Wäldchen. »Was machen das Mädchen und Ranald nur? Du glaubst doch nicht, daß sie den Burschen austrickst und wegläuft, oder?«

»Wohin sollte sie fliehen? Wir befinden uns immer noch in England, und wir haben den Leuten während der letzten Wochen keinen Grund gegeben, uns zu mögen.«

»Das ist wahr, Gott möge uns vergeben. Aber was tut das Mädchen dann bloß?«

»Vielleicht badet sie einfach länger als Elizabeth. Wenn du endlich mal stillsitzen würdest, könntest du in ein paar Minuten selber nachsehen. Mich mit deinen Fragen zu quälen, ist nicht gerade förderlich.«

»Wenn ich die Kleine suchen gehe, beabsichtige ich auch, sie zu finden und festzuhalten. Du solltest dafür sorgen, daß wir ungestört sind.«

»Oh? Vielleicht stellt sich die Kleine als flinke Läuferin heraus.«

»Ich glaube nicht, daß sie überhaupt laufen will.«

Jennet summte leise vor sich hin, während sie sich mit einem weichen Tuch trocken rieb. Sie genoß es, nur mit einem

Hemd bekleidet dazustehen, während ihr feuchtes Haar ihren erhitzten Leib kühlte. Die Junihitze war unerträglich, zumal sie Tag und Nacht völlig bekleidet war. Von Kopf bis Fuß sauber zu sein, war ein ebensolcher Genuß. Die Geschwindigkeit des Raubzugs hatte Reinlichkeit zu einem Luxus werden lassen. Der Staub und der Matsch, den Streitkräfte aufwirbelten, hatten ein übriges dazu beigetragen. Ein freier Tag war nicht nur herzlich willkommen, sondern auch lange überfällig.

Sie sah zurück zum Lager und zuckte die Achseln. Dugald konnte unmöglich so lange brauchen, um die Fäden zu entfernen. Es sah allmählich so aus, als ob Hacon nicht kommen würde.

Der Gedanke, daß Hacon die unverhohlene Einladung, mit der sie ihn nun schon seit so vielen Tagen marterte, ausgeschlagen hatte, verstörte sie. Dennoch war ihr klar, daß seine Ablehnung die einfachste Lösung für ihr Problem war.

Sie steckte in einem doppelten Dilemma. Zum einen wußte sie, daß es als Sünde betrachtet wurde bei einem Mann zu liegen, der nicht ihr Ehemann war. Zum anderen war sie immer noch nicht mit dem Leben, das Hacon führte, ausgesöhnt. Sie war nicht sicher, ob sie von seiner Seite mehr erwarten konnte als Leidenschaft.

»Aber das ist gleichgültig«, sagte sie und schaute sich dann schnell um, um sich zu versichern, daß niemand gehört hatte, wie sie Selbstgespräche führte. »Ich will ihn«, murmelte sie, prüfte, wie dieses Bekenntnis laut ausgesprochen klang.

»Und nun, nachdem die Entscheidung gefallen ist«, schimpfte sie, »wäre es sehr zuvorkommend von Hacon, zu erscheinen. Falls er nicht kommt, werde ich zum Lager zurückgehen und mich wie die größte Närrin der gesamten Christenheit fühlen.«

»Und warum wollt Ihr das tun?«

Obwohl sie seine tiefe, volle Stimme sofort erkannte, stieß sie einen leisen Schrei aus. Sie drückte das Tuch an ihre Brust und drehte sich zu Hacon um. Es erstaunte sie, daß ein so großer Mann sich so leise heranschleichen konnte, besonders, wenn man das dichte Unterholz in dem Wäldchen bedachte, das sie vom Lager trennte.

»Wo ist Ranald?« fragte sie, leicht überrascht, daß ihr getreuer Wächter sie nicht gewarnt hatte.

»Ich habe ihn fortgeschickt.«

»Ach, der Herr hat gesprochen«, murmelte sie und fragte sich, warum sie eingeschüchtert und sogar ein bißchen nervös war, obwohl ihre Entscheidung, ihn zu lieben, gefallen war. »Und was verschafft mir das Vergnügen Eurer Gesellschaft?« Sie war neugierig, ob er es offen aussprechen würde.

»Ich bin Eurer Aufforderung gefolgt, mit der Ihr mich die ganze Zeit gequält habt.«

»Ich? Ich habe Euch gequält?« An der Art, wie er sie ansah, konnte sie erkennen, daß ihr Versuch, die Unschuld zu spielen, bei ihm keinerlei Wirkung hatte. »Ihr seid nicht ganz bei Sinnen, Sir Gillard.«

»Ja, das wird es sein, sonst hätte ich Euch schon längst genommen, wie es mein Recht ist, anstatt auf Euch zu warten.«

»Euer Recht?«

Bevor sie anfangen konnte, mit ihm zu streiten, deutete Hacon auf das Tuch, das sie vor die Brust hielt und erkundigte sich: »Glaubt Ihr wirklich, das könnte irgend etwas verbergen, Kleine?«

Jennet blickte an sich herunter und stieß einen Fluch aus. Sie preßte das Tuch mit der Faust zwischen ihre Brüste. Es verbarg gar nichts, sah einfach nur idiotisch aus, wie es da herunterhing. Die Röte schoß ihr ins Gesicht, als sie feststellte, daß ihr dünnes Hemd, das zum Teil von ihren tropfenden

Haaren durchnäßt wurde, ebensowenig verdeckte. Sie hielt den Blick auf den Boden gerichtet, aber dann bezwang sie ihre Verlegenheit und hob die Augen, nur um festzustellen, daß Hacon näher getreten war – viel näher. Falls einer von ihnen tief Luft holte, würden ihre Körper sich berühren.

Sie hatte ihn zum letzten Mal gesehen, als Dugald ihm die Fäden zog und er nur seine Hosen trug. Nun hatte er sein Plaid gegürtet. Seine nackten, muskulösen Beine schauten unter dem Rock hervor, sein ebenfalls nackter Oberkörper wurde von dem über die Schultern geschlungenen Stoff nur unzureichend bedeckt. Seine feuchten Haare verrieten ihr, daß er sich ebenfalls gründlich gewaschen hatte, bevor er sich auf die Suche nach ihr begeben hatte.

»Die Sachen, die ich trage, verbergen fast soviel wie Eure Kleidung«, murmelte sie.

»Wenn es nach mir geht, werden wir in wenigen Augenblikken noch weniger am Leibe haben.«

»Ach ja? Habt Ihr schon vergessen, daß sich an Eurem Leib mehr Nähte befinden als an Eurem Wams?«

»Die Fäden sind gezogen. Ich bin wieder gesund – und munter.«

Das konnte sie an seinen immer feuriger werdenden Blicken erkennen. »Was ist mit dem Feind? Solltet Ihr nicht nach ihm Ausschau halten?«

»Nicht einmal die Engländer wären so grausam, mich an diesem Tag zu stören.«

»Ich würde keinesfalls mein Schwert darauf setzen, Sir Gillard.« Sie stieß einen überraschten Laut aus, als er ihr Gesicht mit den Händen umfaßte. Offensichtlich war er der Plänkelei müde geworden.

»Willst du die Einladung, die du in der letzten Zeit immer wieder ausgesprochen hast, wenn auch nicht mit Worten, wieder zurückziehen?«

»Nein.«
»Bist du sicher, daß du weißt, was ich von dir will?«
»Ich war nur ein Jahr lang im Kloster«, erwiderte sie. »Bevor ich in diese Mauern geflüchtet bin, habe ich einiges vom Leben gesehen. Ich weiß sehr gut, was Ihr Euch wünscht.«
Seine Antwort bestand aus einem Kuß. Es war ein langer, inniger Kuß, der seine Wildheit ahnen ließ. Ihr Verlangen loderte empor. Die Leidenschaft löschte in ihr jeden Gedanken an das brutale Machtstreben der Menschen, die leidenden Unschuldigen und die vergessenen Toten. Sie gab sich ihm völlig hin, sehnte sich nach dem süßen Vergessen.
Sie klammerte sich an ihn, während er ihr Gesicht und ihren Hals mit heißen Küssen bedeckte. Auf einmal schimpfte er leise. Sie öffnete langsam die Augen. Zornig starrte er auf ihr Unterkleid. Sie folgte seinem Blick und sah, daß er an den Schleifen nestelte. Sanft legte sie ihre Hände auf die seinen und hinderte ihn.
»Nicht. Ihr werdet sie noch zerreißen. Ich werde es selber tun.«
Er überließ es ihr und fuhr sich mit der Hand durch die Haare. »Ich zittere wie ein grüner Junge.«
»Ah, und Ihr seid doch so erfahren in solchen Dingen«, neckte sie ihn, während sie ihr Unterkleid aufband, es aber nicht hinuntergleiten ließ.
»Ich bin zwar nicht unerfahren, aber niemand würde mich einen Wüstling nennen.« Er versuchte, sein Plaid zu lösen, dann fluchte er erneut. »Es wird Winter, bevor ich das hier los bin.«
Sie schob seine Hände zur Seite. Seine Schwierigkeiten linderten ihre eigene Beklommenheit. Für seine plötzliche Unbeholfenheit gab es eine Reihe von Gründen, und jeder einzelne war schmeichelhaft.
»Ich bin nur zu begierig, unsere Kleidung abzustreifen«, sag-

te er, als er sein Plaid abnahm und es auf dem Boden ausbreitete.

Er setzte sich auf das große Tuch und streckte ihr die Hand entgegen. Jennet, die nur noch wenig Unsicherheit spürte, legte ihre Hand in seine und ließ sich von ihm sanft auf die Decke ziehen. Er trug nur noch seine Hosen und ein Blick auf seine Männlichkeit sagte ihr, warum ihre Leidenschaft für ihn so überwältigend war, obwohl doch ihr Herz und ihr Verstand noch sehr verwirrt waren. Trotz ihrer Zweifel wußte sie instinktiv, daß er ihr all das Vergnügen bereiten konnte, das die körperliche Vereinigung bereit hielt. Sie sehnte sich verzweifelt nach ein wenig Freude, selbst wenn sie flüchtig war.

Als er sie schweigend nötigte, sich hinzulegen, zeigte sie keinen Widerstand. Sie erschauerte sanft, als er ihr das Unterkleid über den Kopf zog. Es war das erste Mal, daß ein Mann sie nackt sah. Die Art, wie er sie anschaute, ließ ihr ihre eigene Unerfahrenheit um so deutlicher bewußt werden. Sie versuchte, ihre Blöße mit den Händen zu bedecken, aber er hinderte sie rasch daran. Sanft umspannte er ihre Gelenke und hielt ihre Hände fest, während er sich über sie beugte.

»Ich bin zu mager«, murmelte sie. Sein schweigender Blick ließ sie nervös stammeln.

»Nein.« Er strich mit den Lippen über ihren Mund. »Sogar als der Hunger deine Knochen hervortreten ließ, warst du lieblich. Und nun bist du noch schöner.«

»Ihr schmeichelt mir.«

»Hilf mir, die Hosen auszuziehen, Kleines. Ich will dich mit meinem ganzen Körper spüren.«

Im gleichen Augenblick, da er ihre Hände freigab, tat sie, wie ihr geheißen. Trotz ihrer Bemühungen, nicht hinzusehen, schaffte sie es nicht, den Blick völlig abzuwenden, als sie das letzte seiner Kleidungsstücke entfernte.

Der Anblick eines männlichen Glieds war ihr nicht fremd. Da sie schon oft Kammerzofendienste getan, Kranke und Verwundete gepflegt und Tote auf den Schlachtfeldern gesehen hatte, waren ihr viele Variationen vertraut. Keines davon aber war durch eine von ihr geschürte Lust aufgerichtet gewesen. Außerdem hatte sie nicht erwartet, jemals ihren Körper mit einem anderen zu vereinen. Sie war sich auf einmal nicht mehr sicher, ob diese Erfahrung angenehm sein würde. Hacons Glied sah sehr viel größer aus, als sie aufzunehmen in der Lage war. Sie fürchtete, daß sich ihre Unsicherheit auf ihrem Gesicht abzeichnete.

»Hab keine Angst, meine süße Geisel.« Er senkte seinen Körper langsam auf den ihren. »Dies Schwert wird dir niemals weh tun. Falls du noch Jungfrau bist, wird es ein wenig bluten, aber ich will Sorge tragen, daß es ein angenehmes Blutvergießen wird.«

Einen Augenblick lang war alles, was sie denken konnte, wie gut es sich anfühlte, ihn hautnah zu spüren. Dann drang die Bedeutung seiner Worte zu ihrem Verstand durch. »*Falls* ich unberührt bin?«

»Nicht.« Er küßte sie rasch. »Ich wollte dich nicht beleidigen oder deine Moral in Zweifel ziehen. Du hast mir erzählt, daß du dein Leben in der Nähe der Schlachtfelder und als Dienerin verbracht hast. In solchen Situationen geschieht es oft, daß einem Mädchen die Jungfernschaft geraubt wird. Nun, und du hast viele Jahre ohne jeden Schutz verbracht.«

Da seine Begründung vernünftig war und sie nichts beleidigendes in seinem Blick oder seinem Tonfall entdecken konnte, beruhigte sie sich. »Nun, meine Jungfernschaft wurde nicht geraubt. Aber, zugegeben, es wäre geschehen, wäre ich nicht ins Kloster geflüchtet.«

Er verlagerte das Gewicht auf seine Ellbogen, die er links und rechts von ihr aufgestützt hatte, und umfaßte ihr Gesicht mit beiden Händen. »Dann bin ich also dein erster Mann.« Er wickelte ihr dickes Haar um seine Finger.

»Ja – der erste.« Und mein letzter, flüsterte eine Stimme in ihrem Hinterkopf, aber sie ignorierte sie, weil sie sich dadurch an Versprechen erinnerte, die sie nicht geben wollte, nicht einem Mann des Krieges. Außerdem glaubte sie nicht, daß Hacon solche Versprechungen hören wollte.

Er hielt ihr Gesicht immer noch in den Händen und küßte sie ein weiteres Mal lang und leidenschaftlich. Sie legte die Arme um ihn und zog ihn eng an sich. Sie genoß das Gefühl seines harten, warmen Körpers. Die Art, wie er seinen Unterleib an ihrem rieb, ließ sie erschauern. Die Tiefe ihres Verlangens, die Geschwindigkeit, mit der es von ihr Besitz ergriff, war ein wenig erschreckend. Ihre leichte Befangenheit verging jedoch, als er sie zu liebkosen begann und mit seinen rauhen Händen hauchzart über ihren Körper fuhr.

Als seine heißen Küsse langsam über ihren Hals wanderten, begann sie ihn ebenfalls zu streicheln. Aus seinen Worten, die er hastig und unverständlich gegen ihr Schlüsselbein murmelte, glaubte sie Zustimmung zu dieser Kühnheit zu hören. Sie stieß einen leisen Entzückensschrei aus, als er ihre Brust in die Hand nahm und mit den Lippen über die Spitze fuhr.

Die Begierde, die diese leichte Berührung in ihr auslöste, wurde allerdings noch übertroffen von den Gefühlen, die sie durchströmten, als er ihre aufgerichtete Brustwarze mit seiner Zunge umschloß und begann, sanft daran zu saugen. Sie wand sich unter ihm, vergrub ihre Finger in seinem weichen blonden Haar und hielt ihn fest. Die Lust, die er in ihr schürte, war so übermächtig, daß sie nicht still liegen konnte. Sie verlor jegliches Gefühl für Zeit und Raum, alles was sie wahrnahm, war Hacon und das Vergnügen, das er ihr bereitete.

Sie kehrte für einen kurzen Augenblick erschreckt in die Wirklichkeit zurück, als er das lockige Haar zwischen ihren Schenkeln liebkoste. Sie wurde steif, als er seine Hand über ihren Unterleib gleiten ließ. Er hinderte sie daran, ihre Beine in einer Art Schutzreflex gegen diesen Übergriff zusammenzupressen, indem er sein Bein zwischen ihre Schenkel schob.
»Keine Angst, meine süße Geisel«, flüsterte er zärtlich und küßte ihr Ohr.
Sie keuchte, als sein sanftes, intimes Streicheln die wachsende Sehnsucht in ihrem Innern noch steigerte. »Ihr solltet mich dort nicht berühren, oder?«
»Doch, meine Kleine, ganz bestimmt. Dort befindet sich der Mittelpunkt deiner Freuden. Das ist der süße Hafen des Entzückens, in dem ich mich bald verlieren werde.«
»Soll ich Euch auch dort anfassen?«
»Ja, aber nicht jetzt.« Er verbarg sein Gesicht an ihrem Hals, sein Atem schlug heiß gegen ihre Haut. »Meine Selbstbeherrschung hängt an einem seidenen Faden. Wenn du mich jetzt berührst, ist alles vorbei, bevor du auch nur soweit bist.«
Sie wußte nicht so genau, was er mit ›soweit sein‹ meinte, aber ihr fehlten die richtigen Worte, um ihn zu fragen. Alles, wozu sie in der Lage war, war, sich an ihn zu klammern, während er fortfuhr, sie aufreizend zu liebkosen und ihr Verlangen steigerte, indem er ihre Brüste mit sanften erregenden Küssen bedeckte. Schließlich, als sie glaubte, es nicht mehr ertragen zu können, als die Sehnsucht in ihr fast schmerzvoll wurde, schrie sie auf und versuchte sich ihm zu entziehen.
Anstatt sie fliehen zu lassen, legte er sich auf sie und hielt sie mit seinem Körper fest. Sie öffnete die Augen, als sie spürte, wie er langsam in sie eindrang. Unfähig, seinem intensiven Blick standzuhalten, schloß sie sie jedoch rasch wieder. Das Wissen, daß ihre Jungfernschaft nun auf immer verloren war,

war kaum in ihren von Leidenschaft vernebelten Verstand vorgedrungen, als Hacon ganz in sie hineinglitt. Der stechende Schmerz ließ sie kurz aufschreien, aber sie nahm es kaum wahr. Die köstliche Empfindung ihrer vereinigten Körper hielt ihre gesamte Aufmerksamkeit gefangen. Es dauerte einen Moment, bevor sie bemerkte, daß Hacon sich nicht bewegte.

Zögernd blickte sie in sein Gesicht. Sein Ausdruck war angespannt, verriet sowohl Vergnügen wie auch Schmerz. Sie schlang die Arme um seinen Nacken und zog ihn näher zu sich heran.

»War das alles?« flüsterte sie, wobei sie einem uralten Drang in ihrem Inneren folgte und ihren Körper an seinen drängte.

»Ja.« Er versuchte vergeblich, ruhiger zu atmen. »Aber ich will nicht fortfahren, bevor deine Schmerzen verklungen sind.«

»Der Schmerz war nur kurz und schnell vorbei.« Das war nicht die ganze Wahrheit, aber sie wußte nicht, wie sie ihm erklären sollte, daß der Schmerz gleichzeitig da und nicht da war, daß sie ihn mit Leichtigkeit verdrängen konnte.

»Bist du sicher, Kleines? Ach, Jennet, du bist so klein, so zart.«

»Stimmt, aber es scheint, als könne ich es mit einem sehr großen Ritter aufnehmen.«

Er stöhnte und küßte sie, während er begann sich zu bewegen. Sie paßte sich schnell seinem Rhythmus an, jeder ihrer Sinne war gefangen in diesem erotischen Vorwärtsdrängen und Zurückweichen. Ihre gespannte Begierde steigerte sich, bis sie sich in hell lodernder Leidenschaft verlor. Als sie zum Höhepunkt kam, schrie sie seinen Namen und wurde von einer Woge namenlosen Entzückens überschwemmt. Sie nahm seine plötzlich ruckartigen Bewegungen kaum wahr, noch seine undeutlich gemurmelten Liebesworte. Schließlich packte er ihre Hüften und drang so tief in sie ein, wie ihr Körper es erlaubte. Er erstarrte und rief von Schauern geschüttelt ihren Namen. Als sie ihn mit ihren Beinen umschlang, ließ er sich auf sie niedersinken. Jennet fand sein Gewicht leicht zu tragen, genoß die Mattigkeit, die sich in ihr ausbreitete, die nachklingenden Schauer gestillter Leidenschaft.

Sie murmelte einen schwachen Protest, als er sich schließlich aus ihrer Umarmung befreite. Er erhob sich und ging davon, aber sie machte sich keine Gedanken. Sie zog einen Zipfel der Decke über sich und gab sich den köstlichen Gefühlen hin, die ihre Vereinigung ihr beschert hatte.

Ein Blick auf den zurückkehrenden Hacon verriet ihr, daß er zu dem kleinen Bach gegangen war, in dem sie sich gewaschen hatte. Sie errötete, als er sie mit einem feuchten Tuch zwischen den Beinen säuberte. Es tat ihr gut, aber sie fand diese persönliche Aufmerksamkeit ein wenig demütigend. Sie seufzte innerlich erleichtert auf, als er das Tuch beiseite warf und sie in die Arme nahm.

»Fühlst du dich sehr wund?« fragte er, während er seine Hand beiläufig über ihre zarte Figur gleiten ließ.

»Nein. Hacon? Warum hast du gewartet? Warum hast du meine Jungfernschaft nicht schon vor langer Zeit geraubt? Andere Männer hätten das getan.«

»Wozu sollte das gut sein? Es macht kein Vergnügen.«

»Augenscheinlich genug, um andere Männer zu befriedigen.«

»Nun, ich habe keine Freude an solch einer Vereinigung.« Er küßte ihren Hals und betrachtete sie aufmerksam. »Ich habe auch eine Frage. Warum hast du nachgegeben? Warum hast du eingewilligt, nachdem du mich so viele Wochen hingehalten hast?«

»Ich fühle mich wohl mit dir.«

»Ist das alles?«

Nein, das war *nicht* alles. Aber sie hatte nicht die Absicht, mehr zuzugeben, zumal ihr ihre eigenen Gefühle nach wie vor ein Rätsel waren. »Ich sage das nicht, um Mitleid zu erregen, aber mein Leben ist nicht sehr freudvoll verlaufen. Es war voller Krieg, Tod und Kummer, ich habe alles erlitten, was Menschen geschehen kann, die vom Krieg betroffen sind. Wenn ich nicht gerade Zeuge der grausamsten Kämpfe war, habe ich in Knechtschaft gelebt. Die trostlose Welt des Klosters war eine entschiedene Verbesserung. In meinem Leben hat es nur wenig Zeiten gegeben, in denen ich mich wohl fühlte, in denen ich Freude am Leben fand. Wenn ich also sage, daß ich mich mit dir wohl fühle, ist das kein geringes Zugeständnis.«

»Vielleicht nicht … aber deine Jungfernschaft zu opfern? Dugald hat mich oft ermahnt, daß dies deine einzige Mitgift sein könnte.«

»Falls mein Vater nicht mehr am Leben ist, ist das vermutlich so.« Sie zuckte die Achseln. »Vielleicht ist es Sünde …«

»Nein, hieran ist nichts sündhaftes.«

»Damit widersprichst du allen Lehren der Kirche«, konterte sie. »Mach dir darüber aber keine Gedanken, ich tue es auch nicht. Ein einziges Mal wollte ich Vergnügen empfinden, die Freuden auskosten, die das Leben zu bieten hat. Einen kurzen Moment wollte ich all die traurigen, dunklen Dinge in meinem Leben vergessen.«

»Und bei mir zu liegen, verhilft dir dazu?«

»Ja, ich habe das schon sehr früh erkannt. Ich habe nicht wirklich *dich* bekämpft, sondern die Versuchung, den Drang, mit beiden Händen nach dem Vergnügen zu greifen. Nun, schließlich habe ich beschlossen, genau *das* zu tun. Falls das Sünde ist, kann es keine sehr große sein.«

»Nein, eine kleine Buße wird völlig ausreichen.« Er sah nachdenklich auf sie hinunter. »Ich verstehe, was du sagst, aber es scheint mir kein so überzeugender Grund zu sein, bei einem Mann zu liegen.«

»Nicht? Vielleicht hat dich der Tod, dem du an jeder Kehre begegnest, hart werden lassen. Mich nicht.« Sie glitt langsam mit ihrem Fuß seine Wade hinauf und hinunter. »Vermutlich hast du die Angst besiegt, daß der Tod beim nächsten Mal auf dich warten könnte. Ich nicht. Mit dir fühle ich mich lebendig, sehr lebendig, und ich kann die Nähe des grausamen Schnitters für kurze Zeit vergessen. Ich finde, das ist ein sehr guter Grund.« Sie ließ ihre Finger über seine Brust wandern. »Was sind deine Gründe? Warum mich? Es gibt viele andere Mädchen.«

»Stimmt, aber ich wollte dich vom ersten Moment an. Du hast dort gesessen, so ruhig und friedlich ...«

»Es ging nicht mehr besonders ruhig und friedlich zu, nachdem du eingetreten bist.«

Er verzog das Gesicht. »Nein, ich habe versucht, die Männer aufzuhalten, aber die Blutgier hatte sie geblendet.«

»Du hast versucht, sie aufzuhalten?« Sie hatte zwar niemals angenommen, daß er an den Vergewaltigungen und Morden beteiligt gewesen war, aber sie hatte auch nicht geglaubt, daß er ohne die Absicht zu plündern gekommen war. »Ist das wirklich wahr?«

»Ja.« Er sah sie nachdenklich an, bevor er fortfuhr. »Wie du schon gesagt hast, es war eine Freistatt, ein heiliger Ort. Dennoch gab es keine Möglichkeit, sie aufzuhalten. Deshalb nahmen Dugald und ich alles, was uns in die Hände kam. Immerhin versaufen und verhuren wir die Beute nicht. Dann habe ich dich entdeckt.« Er zeichnete mit einem Finger den zarten Umriß ihres Gesichts nach. »Es lag solch ein lieblicher Ausdruck auf deinem Gesicht, wie du dort mit einer Handarbeit beschäftigst warst. Ich habe schnell herausgefunden, daß diese Lieblichkeit Geist und Temperament verbirgt, aber das hat mein Verlangen nur gesteigert. Ich habe mich vom ersten Moment an nach dir gesehnt.«

»Weil ich einen Wimpel genäht habe?« Sie empfand dies als höchst schmeichelhaft, war aber erstaunt, daß ein Mann des Krieges von diesem gewöhnlichen Anblick so bewegt war.

»Vielleicht bin ich schon zu lange von zu Hause fort«, murmelte er und hauchte zarte Küsse auf ihre Wangen. »Du erinnerst mich an Dubheilrig, bevor es uns genommen wurde. Dieser Grund ist ebenso gut wie der deine.«

»Ist er das? Ich muß darüber nachdenken.« Sie war nicht sicher, ob sie großartig zum Nachdenken kommen würde, solange er fortfuhr, sie zu streicheln und zu küssen. »Sollten wir nicht ins Lager zu den anderen zurückkehren?«

»Wir werden sie noch bald genug sehen. Und mehr Zeit mit ihnen verbringen, als uns lieb ist. Laß uns die Zweisamkeit genießen, diesen gestohlenen Moment der Ungestörtheit.«

»Bist du sicher, daß wir ganz für uns sind?«

»Ja, meine süße Geisel. Absolut ungestört. Dugald steht zwischen uns und eventuellen Störenfrieden.« Wieder nahm er ihr Gesicht in beide Hände und strich mit den Lippen über ihren Mund. »Bist du wund, Liebling? Hat dieser Vorgeschmack der Leidenschaft große Schmerzen bei dir hinterlassen?«

Da sie wußte, warum er fragte, befand sie rasch, daß sie sehr gut eine zweite Kostprobe ertragen konnte. »Nein. Es sticht nur ein wenig, wie ein kleiner Kratzer.« Sie schlang ihre Arme um seinen Nacken. »Ich glaube, du könntest mir helfen, es zu vergessen, mein tapferer, schottischer Ritter.«

»Ebenso wie den Krieg?« Er streichelte ihre Brüste, glitt mit dem Daumen sanft über die Spitzen.

Jennet brauchte einen Moment, um wieder zu Atem zu kommen. Sie war überrascht, wie rasch ihr Verlangen zurückkehrte, wie einfach es für ihn war, ihre Glut zu schüren.

»Ja, hilf mir den Krieg, den Tod, das Weinen der gepeinigten Frauen und Kinder zu vergessen. Und auch den Hunger, der meine Innereien zwei Jahre lang zerfressen hat. Raube mir den Verstand und die Erinnerung, indem du mich liebst. Denkst du schlecht von mir, weil es mich danach verlangt?«
»Nein, Kleines, auch wenn ich mir wünsche, daß deine Gründe andere wären. Aber für jetzt ist es genug. Ja, es ist genug, ich bin ein geduldiger Mann.«
Sie öffnete den Mund, um ihn zu fragen, was er damit meinte, aber er verschloß ihn mit einem Kuß. Bald darauf verlor sie sich im Taumel der Leidenschaft, und ihre Frage war vergessen.

Kapitel 9

Am Morgen nach dieser ersten leidenschaftlichen Vereinigung hatte der Douglas die Armee westwärts, in Richtung Oatley, befohlen, und seine Absicht erklärt, in Kürze nach Schottland zurückzukehren. Sie war entzückt gewesen und sicher, daß das Töten nun bald ein Ende haben würde. Jetzt, nur eine Woche später, war ihr klar, wie närrisch diese Hoffnung gewesen war. Statt in der Nähe der schottischen Grenze befanden sie sich nun zwanzig Meilen nordwestlich von Leeds, und die Zerstörung dauerte unvermindert an.

Sie betete, daß die Schlacht bald ein Ende finden möge, dann verfluchte sie sich, daß sie sich überhaupt daran störte. Sie hatte fast die ganze Zeit gebetet, aber das Rauben, Morden und Brennen ging weiter. Sie schaute auf Murdoc, der friedlich auf dem Boden neben ihr schlief und dankte Gott, daß er zu klein war, um zu verstehen, was um ihn herum vorging.

»Jennet?«

Sie unterdrückte einen Aufschrei, preßte eine Hand aufs Herz und funkelte Elizabeth zornig an.

»Du hast mich gerade zehn Jahre meines Lebens gekostet«, beschwerte sie sich, während die Frau auf Murdocs andere Seite kroch.

»Verzeihung. Ich wollte dich nicht erschrecken, aber ich konnte mich nicht eher bemerkbar machen. Andere hätten mich vielleicht entdeckt. Wo steckt dein treuer Wächter Ranald?«

»Er ist nur ein paar Meter entfernt, auf der anderen Seite der Büsche.«
»Gut. Das ist einer der Gründe, warum ich lieber bei dir als bei den anderen Frauen hocke. Du wirst beschützt.«
»Ja. Wir sind diesmal zu nahe am Geschehen.«
Elizabeth nickte. »Viel zu nah.« Sie musterte Jennet mit Besorgnis. »Was ist mit dir. Du bist ganz bleich.«
»Ich bin immer sehr blaß«, murmelte Jennet.
»Aber nicht so. Du siehst krank aus. Hast du Fieber?« Sie streckte die Hand aus und befühlte Jennets Stirn und Wangen.
»Nein. Meine Mutter starb bei einem solchen Überfall durch die Männer des Bruce. So nahe zu sein, hat die Erinnerungen aufgewühlt.«
»Armes Kind. Und jetzt lebst du bei diesen Männern. Warum? Sie kämpfen für denselben Mann, den Bruce.«
»Wohin sollte ich gehen, Elizabeth? Sicher, ich könnte versuchen, nach Liddlesdale, zu den Verwandten meiner Mutter, zurückzukehren, aber ich bezweifle, daß ich lebend dort ankommen würde. Wir sind fast zweihundert Meilen von der Grenze entfernt. Außerdem gebe ich meistens weder den Engländern noch den Schotten die Schuld, weder dem Bruce noch Edward. Es ist der Krieg, der meine Mutter auf dem Gewissen hat und vielleicht auch meinen Vater. Der Krieg und die Männer, mit ihrer wahnsinnigen Gier zu kämpfen.«
»Ja, große Narren, das sind sie. Nun, es gibt keine Möglichkeit, die Bestie zu zähmen.« Elizabeth zwinkerte Jennet plötzlich zu und lächelte schwach. »Vielleicht bleibst du ja auch wegen deines hübschen, kräftigen Liebhabers?«
Jennet hatte schon den Mund geöffnet, um das entschieden abzustreiten, dann verzog sie das Gesicht. »Na gut, vielleicht – sündige Kreatur, die ich nun einmal bin.«

»Sündig?« Elizabeth lachte. »Kind, auf deiner Seele sind, wenn überhaupt, nur wenig dunkle Flecken.«
»Die Kirche lehrt, daß bei Hacon zu liegen Sünde ist.«
»Ich wurde dasselbe gelehrt, aber ich kann nicht glauben, daß dies eine Sünde ist, für die man in der Hölle brennt. Falls doch, dürfte die Hölle mittlerweile aus allen Nähten platzen.« Sie lächelte dünn, als Jennet kurz auflachte. »Gott hat uns in eine grausame Welt entlassen. Ja, es ist wahr, ER hat Regeln aufgestellt, aber ich kann mir nicht vorstellen, daß ER so ein gutherziges Mädchen wie dich verdammen würde, weil du in all den Jahren der Schlachten und der Zerstörung nach ein wenig Glück suchst.«
»Das sage ich mir auch – wieder und wieder.« Sie erstarrte. »Warte, – hast du das gehört?«
Bevor Elizabeth antworten konnte, drang ein großer, wüst aussehender Mann durch die Büsche in ihre sichere Zuflucht ein. Nicht nur sein blutiges Schwert und sein beflecktes Wams ließen ihn bedrohlich wirken. Auf seinem Gesicht lag ein Ausdruck mörderischen Hasses. Jennet wußte, daß zumindest in diesem Moment keinerlei Erbarmen mit Frauen und einem hilflosen Säugling in seinem Herzen zu finden war. Rasch zog sie ihren Dolch, den Ranald ihr mittlerweile jedesmal gab, wenn die Männer in die Schlacht zogen.
»Beschütze Murdoc«, befahl sie Elizabeth, während sie sich langsam erhob und zum Kampf aufstellte.
»Wo ist Ranald?« fragte Elizabeth, die Murdoc aufnahm und in ihren Armen barg, ängstlich.
»Meint Ihr den bartlosen Jungen, der Euch bewachen sollte?« Der Mann lachte. »Mein Gefährte hat ihn zur Hölle geschickt.«
Der Schmerz zerriß Jennet, die fürchtete, daß der Mann die Wahrheit sprach. Sie zwang sich, all ihre Gefühle beiseite zu schieben und sich auf ihren Angreifer zu konzentrieren. Falls

sie das Glück hatte, diese Begegnung lebend zu überstehen, konnte sie immer noch um den jungen Ranald trauern.

Nach ihrer Einschätzung der Situation würde sie viel Glück brauchen. Alles, was sie hatte, war der Dolch. Der Mann hielt ein Schwert. Das verschaffte ihm einen entscheidenden Vorteil: größere Reichweite. Und das bedeutete für sie, daß er ihr den Kopf von den Schultern schlagen konnte, bevor sie auch nur die Chance bekam, ihn anzukratzen. Ihre einzige Hoffnung bestand darin, ihn zu kopflosem Handeln zu reizen.

»Dieser Junge wird niemals in die Hölle kommen«, sagte sie. »Ihr hingegen werdet bald dort sein. Er war kühn und tapfer. Ihr kriecht herum wie ein feiger Hund, überfallt die Schwachen und Wehrlosen.« Sie hätte es nicht für möglich gehalten, aber noch größerer Haß verzerrte sein Gesicht.

»Es kann keine Sünde sein, das Gewürm zu zertreten, das den mörderischen Schotten folgt.«

»Die meisten Männer warten damit, bis die *wahre* Schlacht vorüber ist. Da Ihr jedoch nicht den Mumm habt, gegen Männer zu kämpfen …«

Er heulte vor Wut auf und stürzte sich auf sie. Jennet wich seiner kopflosen Attacke mühelos aus. Als er versuchte, sich im vollen Lauf umzudrehen, stolperte er und fiel auf die Knie. Sie nutzte seine Unbeholfenheit rasch aus, rannte zu ihm, bevor er sich wieder erheben konnte und rammte den Dolch in seinen Rücken.

Der Mann heulte erneut auf, ein Schrei voller Zorn und Schmerz. Er schlug mit seiner freien Hand nach ihr und schmetterte sie nieder. Jennet war gerade noch so geistesgegenwärtig, den Dolch aus seinem Rücken zu ziehen, bevor sie zu Boden fiel.

»Hündin! Hure!« schrie der Mann, als er ihr wieder gegenüber stand.

Sie sprang rasch auf die Füße. »Ihr wißt sicher genau, wovon Ihr sprecht, wenn man bedenkt, von wem Ihr abstammt.«

Sie fluchte lautlos, weil ihr nichts Besseres einfiel, und war überrascht, als er wie von Sinnen wiederum auf sie zustürzte.

Dieser Mann war entweder blind vor Haß oder ausgesprochen dumm. Dieses Mal gelang es ihr, ihm den Dolch in die Seite zu rammen, bevor er sie niederschlug und sich zu ihr wandte.

Sie rappelte sich hoch und schrie vor Schmerz auf. Ihr Knöchel war durch den Sturz verdreht. Sie glaubte nicht, daß die Verletzung schlimm war, aber sie behinderte sie in ihren Bewegungen. Dabei waren Beweglichkeit und Geschwindigkeit ihre besten Waffen und nun hatte sie vermutlich beides verloren.

»Na also, du Hure«, schnarrte er. »Wirst du langsam müde?«

»Ich bin nicht diejenige, die wie ein Hund hechelt.«

»Ich werde dir deine unverschämte Zunge herausschneiden.«

»Ach ja? Ich habe nicht einmal einen Kratzer, während Ihr blutet wie ein angestochenes Schwein.«

Diesmal war sein Angriff nicht so kopflos. Sie konnte den tödlichen Streichen seines Schwerts nur mit Mühe ausweichen. Die Klinge zerriß einen ihrer Ärmel und ihre Haut brannte von der scharfen Spitze des Schwerts, die einen Kratzer auf ihrer Haut hinterlassen hatte. Der Mann stolperte über einen Stock, den die verängstigte Elizabeth nach ihm geschleudert hatte, aber Jennet war wegen ihres verletzten Knöchels zu langsam, um die Gelegenheit zu nutzen. Sie stach zu, verletzte ihn aber nicht ernstlich. Als sie schließlich zu flüchten versuchte, erwischte er sie am Bein.

Jennet fiel mit dem Gesicht zuerst zu Boden. Der Aufprall nahm ihr den Atem, und sie konnte sich nur noch umdrehen und nach Luft ringen. Bevor sie in der Lage war, aufzustehen, stand der Mann schon über ihr.

Er lächelte, als er sein Schwert erhob. Jennet wußte, daß sie dem Tod ins Antlitz blickte. Aber statt Furcht fühlte sie nur kaltes Bedauern. Sie wartete geradezu gelassen auf den Todesstoß und starrte wie gebannt auf das Schwert über ihr.

Plötzlich war das Schwert fort und mit ihm der größte Teil seines Armes. Sie sah sein entsetztes Gesicht, spürte warmes Blut auf ihren Wangen. Ein anderes Schwert tauchte in ihrem Blickfeld auf, durchbohrte die Brust ihres Angreifers und stieß ihn fort. Sie hörte seinen erstickten Schrei, als er fiel. Als sie das nächste Mal etwas erkennen konnte, sah sie Ranald, der mit besorgtem Gesicht neben ihr kniete.

»Er hat behauptet, Ihr wäret tot«, flüsterte sie und bedachte Elizabeth, die mit Murdoc in den Armen auf der anderen Seite kniete, nur mit einem flüchtigen Blick.

»Es war knapp. Seid Ihr verletzt, Jennet?« fragte er.

»Nur außer Atem und durcheinander. Ist er tot?«

»Ja. Ihr hattet recht. Wenn es sein muß, kann ich sofort weiterkämpfen. Ich fühle mich nicht gerade großartig, aber es geht mir auch nicht schlecht. Es hieß schließlich sie oder wir, richtig?«

»Richtig.« Sie lächelte Elizabeth schwach an, die ihr das Gesicht mit einem Tuchfetzen säuberte.

»Seid Ihr sicher, daß Ihr unverletzt seid? Könnt Ihr Euch bewegen?«

»Ich kann schon, aber augenscheinlich möchte ich nicht.« Sie seufzte. »Ranald, ich will die Leiche einfach nicht sehen.«

»Ach. Ich verstehe. Setzt Euch dorthin.« Er kam auf die Beine. »Ich werde den Mann auf die andere Seite des Gebüschs schleifen.«

»Elizabeth, du und Murdoc, seid ihr unverletzt?« fragte Jennet, nachdem Ranald sich an die Arbeit gemacht hatte.

»Erschrocken aber wohlbehalten. Du kämpfst so gut wie irgendein Mann, Mädchen.«

»Das macht mich nicht gerade glücklich«, nuschelte Jennet, während sie sich mit Elizabeths Hilfe aufsetzte. »Ich habe zum Tod eines Mannes beigetragen. Das ist nichts, worauf man stolz sein könnte.«

Elizabeth setzte den schläfrigen Murdoc neben sich, nahm Jennets Dolch und wischte ihn sauber. »Der Mann, mit dem du solches Mitleid hast, hatte nicht das geringste mit uns. Er wollte zwei Frauen und ein wehrloses Kind ermorden. Wenn du nicht mit ihm gekämpft und ihn hingehalten hättest, bis Ranald uns zur Hilfe eilen konnte, wären wir jetzt alle tot. Du hast um dein, um unser Leben gekämpft – ebenso wie jeder Soldat um sein eigenes ficht.«

»Ebenso? Nein, das sehe ich anders. Sie haben sich diese blutige Arbeit ausgesucht.«

»Ausgesucht?« Elizabeth lachte kurz auf und schüttelte den Kopf. »Ein paar vielleicht. Die meisten haben genau so wenig die Wahl wie du gerade eben. Nicht alle Männer sind ihre eigenen Herren. Und in diesem erbärmlichen Krieg wird ein Mann, der sich weigert zu kämpfen, schnell ein Verräter genannt.«

Bevor Jennet etwas erwidern konnte, lief Hacon auf sie zu, wobei er seinen Blick nicht einen Moment von ihr löste. Ranald und Dugald folgten ihm. Sie spürte, wie sich der letzte Rest ihrer Angst verflüchtigte. Sie ärgerte sich ein wenig darüber. Denn der Gedanke, daß ihre Sicherheit und ihr Frieden von Hacon abhingen, gefiel ihr nicht. Als er neben ihr niederkniete und sie ihn besser sehen konnte, funkelte sie ihn zornig an.

Hier saß Hacon, der Ritter, der Mann des Krieges. Sein Helm verbarg sein Gesicht, ließ ihn fremd erscheinen. Obwohl seine Rüstung und seine Waffen vor lauter Schmutz und Blut glanzlos waren, sah er beeindruckend aus, beinahe bedrohlich.

»Hat Ranald Euch geholt?« fragte sie.

»Nein, ich war bereits auf dem Rückweg. Die ernsthaften Gefechte sind vorüber. Seid Ihr sicher, daß Euch nichts fehlt? Auf Eurem Kleid ist Blut.«

Sie schaute hin, dann wandte sie den Blick rasch wieder ab. »Das ist nicht von mir. Ich habe nur einen Kratzer am Arm und jede Menge blaue Flecken. Ihr seid voller Blut. Seid Ihr verletzt?«

»Nein.« Er berührte kurz ihr Haar und erhob sich. »Ich sollte mir schleunigst den Schlachtgestank abwaschen, dann suchen wir eine ruhigere Stelle zum lagern. Elizabeth, wollt Ihr Euch um ihre Verletzung kümmern?«

Elizabeth nickte und sah Hacon und Dugald nach, die sich entfernten, dann wandte sie sich an Jennet. »So ein hübscher Mann«, murmelte sie, während sie Jennets Wunde versorgte. »Du wärst eine große Närrin, wenn du ihn gehen lassen würdest«, fügte sie hinzu, nachdem Ranald Murdoc aufgenommen hatte und mit ihm weggegangen war.

Jennet, die sich gegen den stechenden Schmerz wappnete, den das Säubern der Wunde verursachte, knirschte mit den Zähnen und erwiderte: »Du tust so, als ob ich frei über mein Schicksal bestimmen könnte. Hacon wird bleiben oder gehen wie es ihm gefällt.«

»Dann solltest du dir mehr Mühe geben, das zu erreichen, was *dir* gefällt.«

»Und du glaubst, daß die Beziehung zu einem Ritter, zu einem Mann des Krieges, etwas ist, was mir gefällt? Da irrst du dich! Ich will Frieden. Ich wünsche mir einen Mann des Friedens.«

»Bah. Du willst ihn. Und, falls die Frage gestattet ist, wo willst du denn einen unkriegerischen Mann finden? Sogar

Mönche und Bischöfe kämpfen von Zeit zu Zeit. Männer sind nicht zum Frieden geboren.«

»Dann ist es höchste Zeit, daß sie ihren Fehler einsehen«, konterte Jennet.

»Nein, Kind. Es ist höchste Zeit, daß du die Augen öffnest und dich umsiehst. Natürlich wäre es wundervoll, wenn Männer aufhören würden zu kämpfen, aber das wird wohl nicht allzubald geschehen. Es wäre klüger, wenn du versuchen würdest, das Beste daraus zu machen, solange du die Gelegenheit dazu hast.«

Jennet starrte auf ihre verschränkten Hände und schwieg, bis Elizabeth ihren Arm verbunden hatte. Der Gedanke, daß sie zuviel verlangte, gefiel ihr nicht. Noch wollte sie daran denken, daß Hacon sie verlassen konnte. Ihr Herz band sie eng an Hacon, aber ihr Verstand träumte von einem friedlichen Leben, ein Leben ohne das Klirren von Schwertern oder der Angst vor einer Schlacht. Hacon paßte nicht in diesen Traum. Manchmal war der Kampf zwischen Herz und Verstand von solch gewaltigen Ausmaßen, daß sie sich ganz zerrissen fühlte. Sie glaubte nicht, daß sich beides vereinbaren ließ. Der Gedanke, daß sie sich bald zwischen dem Bedürfnis ihres Herzens und ihres Körpers und den süßen Verlockungen ihres Traums entscheiden mußte, schmerzte sie. Oder, dachte sie, als sie Hacon auf sich zukommen sah, er würde die Entscheidung für sie treffen.

»Irgend etwas plagt sie«, murmelte Hacon an diesem Abend, als er einen Blick zu der Stelle warf, an der Jennet lag. Er schaute Dugald und Ranald an, die mit ihm zusammen an dem kleinen Feuer verweilten.

»Nein.« Dugald sah nachdenklich zu Jennet herüber. »Vielleicht macht ihr der Kampf, den sie heute ausfechten mußte, zu schaffen.«

»Sie hat den Mann nicht getötet«, sagte Ranald. »Das war ich.«

»Aber sie hat Blut vergossen, Kleiner, und wir alle wissen, wie sehr sie das verabscheut.« Dugald lächelte dünn. »Sie macht kein Geheimnis daraus. Sie hat gekämpft, obwohl sie es verabscheut. Deshalb fühlt sich das Mädchen nicht besonders gut.«

Hacon rieb sich das Kinn und nickte. »Ja, ich denke, du hast recht, mein Freund.«

»Aber sie *mußte* kämpfen«, beharrte Ranald. »Der Mann wollte sie töten, sie und Elizabeth und das Kind.«

»Das Mädchen wird die Wahrheit bald erkennen«, stimmte Hacon zu, »aber sie wird eine Weile brauchen. Es könnte sogar sein, daß ihr diese kleine Kostprobe ganz gut tut. Sie ist in ihrem Urteil über uns ein wenig ungerecht. Ja« – er hob die Hand, um Dugald an einer Erwiderung zu hindern – »ich weiß, daß sie durch den Krieg viel gelitten hat und ihr Urteil sich darauf gründet. Dennoch glaube ich nicht, daß sie jemals zuvor vor die Wahl gestellt wurde, zu töten oder getötet zu werden. Vielleicht wird sie ja jetzt ein wenig nachsichtiger.«

»Vielleicht.« Dugald zuckte die Achseln. »Ich würde nicht darauf bauen.«

»Nein, ich auch nicht.« Hacon lächelte schwach und erhob sich. »Aber wenn sie weiterhin Trübsal bläst, werde ich ihr den Kopf zurecht setzen.«

»Oh, ja«, spottete Dugald. »Das wird sicherlich helfen.«

Leise kichernd eilte Hacon auf das provisorische Bett zu, das er früher am Abend für Jennet vorbereitet hatte, nicht ohne kurzzeitig ihren Mangel an Ungestörtheit bedauert zu haben. Er hatte sie seit ihrer ersten Nacht bei Knaresborough nicht mehr lieben können und er nahm an, daß noch mehrere Tage vergehen würden, bevor sich wieder eine Gelegenheit bot. Er zog sich bis auf die Hosen aus und dachte, daß es ihm heute nacht nicht so schwerfiel, da sie müde und voller blauer Flecken war. Er hätte nicht einmal dann Leidenschaft von ihr erwartet, wenn sie ungestört gewesen wären.

»Hacon?« murmelte sie, als er neben sie unter die Decke kroch und sie in seine Arme zog.

»Nein, König Edward höchstpersönlich.«

»Ha, ha.« Sie kuschelte sich enger an ihn. »Du kannst mich nicht täuschen. Du sprichst die Sprache besser als er.«

»Also stimmt es, daß er nicht einmal die Sprache seiner Untertanen spricht – seien es nun Engländer oder Schotten.«

»Nun, ich habe gehört, daß er auf Englisch fluchen kann.«

»Die unter seiner Knute stehen erwarten vielleicht nichts anderes.« Er schmiegte sein Gesicht in ihre Haare, dann legte er seine Wange auf ihren Kopf. »Wie fühlst du dich, Kleines?«

»Es tut weh, aber das wird vorüber gehen. Es sind nur ein paar blaue Flecken.«

»Ja, du hast einiges abbekommen, aber Ranald sagt, du hättest dich tapfer geschlagen.«

»Soll ich darauf etwa stolz sein?« Sie wollte sich weder an den Vorfall erinnern, noch daran, wie nahe sie daran gewesen war, jemandem das Leben zu nehmen.

»Warum denn nicht? Hättest du dich lieber wie ein Lämmchen zusammen mit Elizabeth und dem kleinen Murdoc abschlachten lassen?«

»Nein.« Sie schnitt eine Grimasse. »Warum, Hacon? Warum wollte er uns töten?«

»Der Krieg nährt den Haß. Außerdem zieht er all jene an, die nach Blut gieren und das Töten genießen.« Er küßte sie auf die Wange. »Du hast getan, was du tun mußtest, Liebling. Es gibt keinen Grund, sich zu schämen.«

»Der Herr sagt ›Du sollst nicht töten‹.«

»Er meinte Mord ohne Provokation, Schatz. Dessen bin ich sicher. Komm schon, hättest du nicht um das Leben deiner

Mutter gekämpft, wenn du größer gewesen wärst und eine Waffe besessen hättest?«

Sie nickte seufzend. »Ich hätte ihnen die Kehlen durchgeschnitten. Ich habe oft darüber nachgedacht, aber ich war zu jung, zu schwach. Ich konnte nur in meinem Versteck kauern und zusehen, wie sie starb.«

Er starrte sie schreckerfüllt an. »Du hast gesehen, was man deiner Mutter angetan hat?«

»Nein, nicht alles. Als die Kämpfe begannen, hat sie mich in einer Nische versteckt. ›Du bleibst hier, Kind‹, hat sie gesagt. ›Egal was du hörst oder siehst, du rührst dich nicht von der Stelle. Du darfst keinen Laut von dir geben.‹ Das habe ich getan. Als die Männer kamen, habe ich die Augen zugemacht. Ich habe ein- oder zweimal verstohlen geschaut, aber ich habe mich nicht von der Stelle gerührt. Ich habe keinen Laut von mir gegeben. Nicht einmal, als die Männer wieder fort waren. Ich blieb, wo sie mich hingesetzt hatte, bis einer der überlebenden Männer mich gefunden hat.«

Hacon stieß einen Fluch aus und hielt sie ganz fest. »Hast du die Männer gesehen, die das getan haben, Kleines? Weißt du, welche von Douglas' Männern es waren?«

»Nein, ich habe sie nur kurz gesehen. Ich weiß nur, daß es drei waren.«

Jennet fiel es schwer, ihn anzulügen, aber sie wußte, daß sie es tun mußte. Sie konnte ihm nicht sagen, daß Balreaves einer der drei gewesen war und noch dazu derjenige, der den Todesstreich ausgeführt hatte. Es gab bereits genug Schwierigkeiten zwischen Balreaves und Hacon. Sie wollte keine weitere Zwietracht säen. Ihre Mutter war tot, und auch wenn Rache süß war, würde sie dadurch nicht wieder lebendig. Jennet hatte sich entschlossen, Balreaves der Strafe Gottes zu überlassen und sich damit zufrieden zu geben.

Es sei denn, überlegte sie, er würde sich an sie erinnern. Sie

schüttelte diesen Gedanken ab. Das alles lag Jahre zurück. Der Mann erinnerte sich bestimmt nicht an einen kurzen Blickwechsel mit einem verängstigten kleinen Kind. Solange sie den Mund hielt, würde Hacon niemals etwas über Balreaves Beteiligung an der Ermordung ihrer Mutter erfahren.
»Du bist so still. Hast du dich an etwas erinnert?« Er flüsterte fast.
Als ob ihre Gedanken ihn beschworen hätten, schallte plötzlich Balreaves' kalte, wohlbekannte Stimme durch die Nacht. »Eure scharfzüngige kleine Hure lebt also noch.«
Jennet packte Hacons Arm, um ihn am Griff nach seinem Schwert zu hindern. Sie sah zu Balreaves auf. Er wirkte ruhig, ausgeruht, kaum gezeichnet von der Schlacht. Jennet begann zu glauben, daß er sich so weit wie möglich aus den Kämpfen herausgehalten hatte. Er lächelte auf diese seltsame dünne und kalte Weise, die kennzeichnend für ihn war. Trotz der Dunkelheit konnte sie die Kälte in seinen Augen sehen. Sie fragte sich, warum Gott diesen Mann nach wie vor am Leben ließ.
»Ja, ich existiere noch«, erwiderte sie. »Es ist überaus gütig von Euch, Euch nach meinem Befinden zu erkundigen.«
»Und laßt es Euch angeraten sein, dies in Zukunft mit größerer Höflichkeit zu tun«, schnauzte Hacon.
»Droht Ihr mir, Sir Gillard?« erkundigte sich Balreaves mit einem schwachen Lächeln. »Oder sollte das etwa eine Herausforderung sein?«
»Würdet Ihr sie denn annehmen?«
»Nein, ich glaube nicht. Warum sollte ich mir die Hände schmutzig machen, wo es doch so viele gibt, die dies für mich erledigen könnten?« Er starrte auf Jennet hinunter. »Haben wir uns schon einmal getroffen? Etwas an Euch kommt mir bekannt vor.«
»Ja?« Jennet war erstaunt, wie ruhig sie reagierte, obwohl ihr

Herz vor Angst zu rasen begann. »Ich glaube, Ihr verwechselt mich, wir haben uns noch nie gesehen.«

»Ich irre mich selten«, gab er zurück.

Hacon schnaubte leise und verächtlich. »Es gibt viele, die das bestreiten würden.«

»Tatsächlich?« Balreaves kaltes Lächeln galt nun wieder Hacon.

»Ich bezweifle, daß es viele gibt, die Mord für richtig halten.«

»Da gibt es mehr Menschen, als Ihr glaubt. Aber warum Mord? Beschuldigt Ihr mich etwa, Euch ermorden zu wollen, Sir Gillard?« Als Hacon nicht antwortete, zuckte Balreaves die Achseln. »Vielleicht ist das, was Ihr Mord nennt, nur rechtmäßige Vergeltung.«

»Ihr habt keinen Anlaß zu rechtmäßiger Vergeltung.«

»Nicht? Es gibt viele, die *das* bestreiten würden. Die Beleidigungen, die mir die Gillards zugefügt haben, hätten manchen Mann nach Eurem Blut rufen lassen.«

»Dann verlangt meines«, rief Hacon ärgerlich und stützte sich auf einen Ellbogen. »Stellt Euch und wir bringen es hinter uns.«

»Obwohl der Bruce befohlen hat, daß wir Schotten unsere Kämpfe untereinander beenden und unsere Schwerter nur noch gegen die Engländer erheben? Nein, ich glaube nicht. Ich bin ein sehr geduldiger Mann. Ich kann warten. Ihr *werdet* für die Kränkungen bezahlen, die Ihr mir zugefügt habt.« Er sah Jennet noch einmal nachdenklich an. »Ich bin ganz sicher, daß wir uns schon einmal gesehen haben, aber ich kann mich nicht genau entsinnen. Früher oder später wird die Erinnerung schon zurückkehren«, murmelte er und ging davon.

Jennet blickte dem Mann, der zwischen den Büschen verschwand, hinterher und betete von ganzem Herzen, daß dies nicht geschah. Die leise Andeutung, daß er sich an jenen kurzen Blickwechsel in der Hütte erinnerte, flößte ihr Angst ein.

Das bedeutete Schwierigkeiten, auch wenn dadurch die bereits tödlichen Spannungen zwischen Hacon und Balreaves kaum noch vergrößert werden konnten. Balreaves wollte sicherlich nicht, daß seine damaligen Taten allgemein bekannt wurden. In der Zeit, die sie nun mit der Armee des Bruce ritt, hatte Jennet gelernt, daß nicht jeder der Männer an Grausamkeit Gefallen fand. Sogar jene, die eine Vergewaltigung als das Recht des Siegers betrachteten, würden die Ermordung einer unbewaffneten Frau mißbilligen. Ihre Mutter war zudem von guter Herkunft, wenn auch nicht reich gewesen, eine Dame, und ein ungeschriebenes Gesetz besagte, daß solche Frauen unantastbar waren. Balreaves gehörte zu den Männern, die ihren Ruf makellos halten wollten. Falls er sich an jenen schrecklichen Tag und an den Blick des verängstigten Kindes erinnerte, würde er sie zum Schweigen bringen müssen. Und das bedeutete, daß Hacon in die unangenehme Situation kam, sie zu beschützen, während er selbst auf der Hut sein mußte. Sie mußte sich noch mehr Mühe geben, Balreaves nicht unter die Augen zu kommen. Vielleicht vergaß er sie dann.

»Was hat er damit gemeint?« wollte Hacon wissen und unterbrach so abrupt ihre Grübeleien.

Sie drehte sich zu ihm um und runzelte die Stirn. »Was soll er womit gemeint haben?«

»Daß er dich wiedererkannt hat. Er sagt, du kämst ihm bekannt vor. Hast du diesen Mann schon einmal getroffen?«

»Nein, ich kenne ihn nicht.« Sie redete sich ein, daß dies keine echte Lüge war. Schließlich kannte sie ihn wirklich nicht; sie hatte nur ein Mal einen Blick mit ihm gewechselt.

»Warum hast du dann solche Angst vor ihm?« Er legte seine

Hand auf ihre Brust. »Dein Herz rast wie das eines in die Enge getriebenen Rehs.«

»Er würde jedem Angst einjagen. Die Augen dieses Mannes sind kalt, eiskalt. Man findet in ihnen nur Haß und Grausamkeit.«

Hacon schloß sie in seine Arme und murmelte »Ja, falls jemals etwas Gutes in ihm zu finden war, ist es schon lange fort. Ich glaube, er gehört zu denen, die das Blutvergießen genießen und begierig darauf warten, die Unschuldigen ebenso zu töten wie die Soldaten. Aber er verbirgt diesen Charakterzug sehr geschickt.«

»Warum sollte er? Würde es denn etwas ausmachen, wenn andere davon wüßten?«

»Ja, ganz bestimmt. Nicht alle, die Macht haben, sind so grausam wie der Douglas.« Er streichelte ihr Haar und starrte in die Dunkelheit. »Mir gefällt sein Interesse an dir nicht. Besser, du gehst ihm aus dem Weg.«

»Das brauchst du mir nicht zu sagen. Ich habe nicht die Absicht, ihm häufig zu begegnen.«

»Gut. Aber sag mir, Kleines, warum hast du mich daran gehindert, nach meinem Schwert zu greifen? Gefallen dir seine Beleidigungen und Kränkungen?«

»Natürlich nicht. Ich war nur der Ansicht, daß es ein schlechter Zeitpunkt für dich gewesen wäre, mit diesem Mann zu kämpfen. Sicher, du hattest dein Schwert, aber keine Rüstung, und du hättest erst einmal auf die Beine kommen müssen. Außerdem ist es dunkel und die Schatten verbergen jeden Verrat. Ich traue dem Mann nicht zu, daß er fair kämpft. Ich habe angenommen, daß er dich mit Absicht gereizt hat.«

»Ah, und daß ein oder zwei seiner Gefährten auf der Lauer lagen, um ihm behilflich zu sein, mich niederzustechen. Das ist möglich.« Er berührte ihre Stirn mit den Lippen und lehnte seine Wange gegen ihren Kopf. »Du schläfst jetzt besser,

Liebling. Jetzt, wo wir nordwärts reiten und uns der schottischen Grenze nähern, werden wir unsere Geschwindigkeit erhöhen. Unsere Ruhezeiten werden kürzer werden und Ruhe ist das, was du brauchst, um schnell wieder gesund zu werden.«

»Ich bin nicht schwer verletzt«, murmelte sie und unterdrückte ein Gähnen.

»Morgen wirst du ganz steif sein, aber ich fürchte, du wirst trotzdem reiten müssen.«

Kurz vor dem Einschlafen fiel ihr Balreaves wieder ein. Sie wünschte, sie könnte den Mann vergessen, aber das wäre unklug. Er stellte eine Bedrohung dar, die sie im Auge behalten mußte, sowohl um Hacons, als auch um ihrer selbst willen. Balreaves war ein Mörder, an seinen Händen klebte das Blut ihrer Mutter. Sie versuchte, sich noch enger an Hacon zu drücken und betete, daß Balreaves nicht sein Blut vergoß. Falls Balreaves Hacon ermordete, würde das in ihr Herz genau solche Wunden schlagen wie der Tod ihrer Mutter.

Kapitel 10

»Nach Liddlesdale?« Jennet starrte Hacon mit offenem Mund an, während er ihr vom Pony herunter half.
»Genau, nach Liddlesdale.« Hacon drückte Dugald die Zügel in die Hand, der sein Pferd und ihr Pony wegführte.
All die Freude, die Jennet bei ihrer Rückkehr nach Schottland empfunden hatte, schwand dahin. Nach Skipton hatten sie sich endlich gen Norden gewandt. Es hatte fast zwei Monate, zwei beschwerliche Monate lang gedauert, um nach Hause zu gelangen. Zwei Monate, in denen sie rasch vorangeritten waren – nur gelegentlich unterbrochen von Blutvergießen und Plünderungen. Jetzt waren sie zurück in Schottland und die Schrecken würden bald ein Ende finden. Ihr war leicht ums Herz geworden, als sie die Grenze an diesem Morgen überschritten hatten, aber Hacons Erwähnung von Liddlesdale hatte dem ein Ende bereitet. Warum wollte er sie zu ihrer Familie bringen?
»Aber warum? Was gibt es in Liddlesdale?«
Hacon nahm sie bei der Hand und begann, inmitten des dichten Adlerfarns nach einem geeigneten Platz für ihr Lager Ausschau zu halten. »Habt Ihr nicht gesagt, daß die Verwandten Eurer Mutter dort leben? Ja, dieser Platz ist gut. Iainn«, rief er einen seiner Männer, »entzünde hier das Feuer.« Die Hände in die Hüften gestemmt, sah Hacon Jennet stirnrunzelnd an. »Die Neuigkeiten scheinen Euch nicht zu erfreuen. Möchtet Ihr Eure Verwandten denn gar nicht wiedersehen?«
»Doch, natürlich, aber ich verstehe nicht, warum Ihr mich

dorthin bringen wollt. Es liegt nicht auf dem Weg nach Dubheilrig und Ihr sehnt Euch doch so sehr nach Eurer Heimat. Ich habe geglaubt, daß Ihr Euch deshalb bei Anbruch des Morgens entschieden habt, die Armee zu verlassen.«

»Richtig. Ich sehe keinen Sinn darin, bis nach Stirling zu reiten, nur damit mich der König dort förmlich entläßt. Gegen Mittag werden wir uns von den Streitkräften trennen. Außerdem liegt es nicht gar so weit ab von meinem Weg. Vielleicht haben Eure Verwandten Nachricht von Eurem Vater.«

»Ja, das könnte wohl sein.«

»Kommt schon, Kleines.« Er küßte sie sanft. »Schaut nicht so besorgt drein. Vielleicht haben sie gute Neuigkeiten.«

»Ja, das ist wahr. Sollte er Perth überlebt haben, dann wissen sie es bestimmt.«

Hacon nickte, dann machte er sich rasch davon, um ihre Dekken zu holen. Die Männer konnten gut selbst für sich sorgen, aber bei der Erwähnung von Perth verspürte er das dringende Bedürfnis, Jennet aus den Augen zu treten. Mit jedem Tag, der verging, empfand er größeres Unbehagen beim Gedanken an seine Lüge. Er bezweifelte, daß das Glück ihm treu war und sie die Wahrheit noch nicht entdeckt hatte. Manchmal hatte er das Gefühl, daß sie bereits im Bilde war. Das war einer der Gründe, warum er nach Liddlesdale wollte. Falls es gute Neuigkeiten über ihren Vater gab, konnte er sich von der Lüge befreien, die zwischen ihnen stand.

Jennet blickte Hacon nachdenklich hinterher. Sie sollte sich über die Gelegenheit, Liddlesdale zu besuchen, freuen, aber dem war nicht so. Sie war sicher, daß Hacon sie dort zurücklassen wollte, und diese Aussicht nahm ihr jegliche Freude an dem bevorstehenden Wiedersehen mit ihrer Familie.

»Jennet.«

Aufgeschreckt wandte sie sich zu Elizabeth, die hinter ihr

stand. »Du bist also immer noch bei uns. Robert hat dich demnach nicht überreden können, in England zu bleiben.«

»Nein, nur Mary. Robert ließ sie bei einem Bauern und seiner Familie, die versprachen, ihr bei der Rückkehr zu ihrer Sippe zu helfen. Jetzt ...« Sie hakte sich bei Jennet ein und stolperte über eine Baumwurzel, als sie gemeinsam weitergingen. »Verflucht. Warum müssen diese Narren wie die Vögel zwischen den Bäumen nisten? Gibt es keine ebenen Flächen in diesem Land?«

»Doch, reichlich. Aber nur, wenn die Seen und Flüsse nicht über ihre Ufer treten. Wie auch immer, soweit ich weiß, meiden sie die offene Ebene, um nicht von den Engländern überrascht zu werden

»Glaubst du, daß die Engländer hinter uns her sind?«

»Wer kann das sagen? Falls es so ist, sind wir hier am sichersten. Auf der Ebene könnten sie uns einkreisen und das Land selbst als Falle nutzen. Sie könnten uns ins Moor abdrängen, uns in die Enge treiben, so daß wir sie vor uns haben und einen See oder einen Fluß in unserem Rücken. So haben wir es mit den Engländern bei Bannockburn gemacht, und sie wurden niedergemetzelt.«

»Plötzlich sind mir die Wälder und das Unterholz richtiggehend ans Herz gewachsen«, meinte Elizabeth und lächelte, als Jennet lachte.

»Wohin gehen wir denn?« fragte Jennet, die von Elizabeth weitergezogen wurde.

»Ganz in der Nähe befindet sich ein Bach mit sauberem, klarem Wasser. Ich dachte mir, daß wir baden könnten, während die Männer das Lager aufschlagen.«

»Das wäre wundervoll, aber ich muß zuerst Ranald Bescheid geben. Ich kann nicht einfach ohne ein Wort verschwinden.«

»Oder ohne, daß er dir hinterherkommt. Wir haben Glück, dort kommt deine Wache mit deinem Baby.«

Mit einem leisen Lächeln nahm Jennet das Kind von Ranald entgegen und drückte Murdoc fest an sich. Mittlerweile nannte fast jeder Murdoc ihr Kind. Es machte ihr nichts aus, tatsächlich hatte sie selbst das Gefühl, als sei er ihr eigener Sohn.

Sie erzählten Ranald, was sie im Sinn hatten, und er stimmte zu. Er übernahm Murdoc, und sie sammelte schnell ihre Badeutensilien zusammen. Auf dem Weg zum Bach blieb Ranald einmal stehen, um einem von Hacons Männern mitzuteilen, wo sie zu finden waren. Jennet wurde bewußt, wie sehr sie sich an die ständige Überwachung gewöhnt hatte. Sie betrachtete sie nicht länger als einen Teil ihrer Gefangenschaft, sondern als notwendige Vorsichtsmaßnahme.

Diesmal blieb Ranald in Sichtweite stehen, aber er drehte ihnen den Rücken zu, um ihnen ein Mindestmaß an Privatsphäre zu gestatten. Seitdem der Engländer sie bei Oatley um ein Haar getötet hatte, wich der Jüngling nicht mehr von ihrer Seite. Sie hatte den Verdacht, daß er auf Hacons strikte Anweisung handelte.

»Oh, das ist wundervoll.« Die nur mit einem Hemd bekleidete Jennet gesellte sich zu Elizabeth, die bereits ganz nackt in dem langsam fließenden Bach lag.

»Wie züchtig«, lachte Elizabeth, zog Jennet spielerisch am Hemd und begann sich zu waschen.

»Sehr richtig.« Jennet verzog das Gesicht. »Je nun, es hat eine Wäsche genauso nötig wie ich.« Jennet betrachtete mit gerunzelter Stirn ihr Stückchen Seife und fügte hinzu: »Dies winzige Stück wird nicht mehr lange reichen. Hoffentlich hat meine Tante etwas Seife für mich übrig.«

»Du reist also zu deiner Familie?«

»Ja. Hacon will mich nach Liddlesdale bringen.«

»Du klingst nicht gerade begeistert.« Elizabeth warf Jennet, die gerade ihr Haar wusch, einen nachdenklichen Blick zu.

»Ich bin eben voller Widersprüche.« Jennet schüttelte den Kopf. Ihre eigene Verwirrung ärgerte sie.
»Nun, ja, das ist wohl wahr. Du kannst manchmal recht bissig sein …«
»Nein, ich meinte widersprüchlich in dem, was ich fühle. Ich sollte mich auf meine Verwandten freuen. Aber dennoch gefällt es mir nicht, daß Hacon mich zu ihnen bringt.«
»Ach so, du befürchtest, daß er dich dort lassen will, daß deine Zeit mit ihm endet, sobald ihr Liddlesdale und deine Familie erreicht habt.«
»Ja, das ist mein Dilemma.« Sie seifte sich gründlich die Haare ein. »Als er mir von seiner Absicht erzählt hat, bin ich innerlich vollkommen erstarrt.«
»Du hast noch ein paar Tag Zeit, um ihn davon abzubringen.« Elizabeth tauchte unter, um sich die Seife abzuspülen.
»Aber will ich das überhaupt?« fragte Jennet, sobald Elizabeth wieder hochkam. Sie ignorierte den überraschten Ausruf ihrer Freundin. »Es ist wahr, mein Herz und – zugegeben – auch mein Körper begehren diesen Mann, aber irgendwo hier drin«, sie tippte sich an die Stirn, »verdamme ich dieses Begehren. Hier oben werde ich ständig daran erinnert, was für ein Mann er ist. Ein Mann, der sein Leben durch den Tod anderer fristet.« Sie sah den verärgerten Ausdruck auf Elizabeths Gesicht und tauchte schnell unter die Wasseroberfläche, um ihren Vorhaltungen zu entgehen. Aber Elizabeth wartete ungerührt, bis sie wieder an die Oberfläche kam. »Du willst mich schelten.«
»Ich versuche, dir die Augen für ein paar unbequeme Wahrheiten zu öffnen, Kind. Sir Gillard ist ein guter Mensch.« Sie wies mit dem Kopf auf Ranald, der müßig mit Murdoc spielte. »Er beschützt dich. Er schenkt dir Kleider.«
»Diebesgut.«
Elizabeth ignorierte diesen Einwand und fuhr fort. »Er hat

nicht ein einziges Mal die Hand gegen dich erhoben. Anders als andere Männer lehnt er willkürliche Zerstörung und Vergewaltigung ab. Außerdem willst du mir doch nicht weismachen, er sei nicht der erste Mann gewesen, mit dem du dein Lager geteilt hast.«

»Er ist der *einzige* Mann, mit dem ich mein Lager geteilt habe.«

»Aber in deinem Innersten weißt du, daß du niemals einen besseren finden wirst. Ich kann dein Zögern einfach nicht verstehen.«

»Nein? Was, wenn er mich bei sich behält? Was steht mir in den Jahren bevor, die Gott mir zugemessen hat? Hacon wird von Zeit zu Zeit in die Schlacht ziehen und mich wartend zurücklassen. Wartend und darum betend, daß er heil und gesund zu mir zurückkehrt. Ich werde meine Tage damit verbringen, zu flehen, daß er andere erfolgreich tötet, ohne selbst verletzt zu werden. Dieser Gedanke läßt mich erzittern. So wie er seine Hände mit Blut befleckt, beflecke ich meine Seele, weil ich Gott anflehe, ihn zu schonen.«

Bevor Elizabeth etwas erwidern konnte, ertönte eine kühle, schleppende Stimme. »Welch unermeßliche Schönheit.«

Jennet quietschte überrascht und tauchte rasch unter. Aus dem Augenwinkel sah sie, daß Elizabeth dasselbe tat, aber ihre Freundin wirkte eher verärgert als verlegen. Ranald kam unbeholfen auf die Beine und protestierte gegen Sir Nialls Aufdringlichkeit, aber Murdocs Gegenwart hinderte ihn, das Schwert zu ziehen.

»Sir Niall, ich fordere Euch auf, Euch zu entfernen«, schnauzte Ranald ihn an. »Die Frauen wollen ungestört sein.«

»Soviel Wirbel um die Sittsamkeit zweier Lagerliebchen«, kicherte Sir Niall. Ranalds Hand fuhr zum Heft des Kurzschwerts, das er an der Seite trug. »Wollt Ihr etwa mit dem Kind auf dem Arm gegen mich kämpfen?«

»Ranald«, mahnte Jennet, die genau wußte, daß Ranald, der eher ein mittelmäßiger Schwertfechter war, sich gegen einen gut gerüsteten Ritter nur mit Schwierigkeiten behaupten konnte, »lockere Reden sind kein Anlaß, Blut zu vergießen.«

»Er darf gar nicht hier sein. Ich habe ihm befohlen, stehen zu bleiben.«

Sir Niall warf einen Blick nach hinten zu den beiden Frauen und fragte gedehnt: »Und meine Augen um diesen lieblichen Anblick betrügen? Doch wohl lieber nicht. Tatsächlich animiert mich diese Aussicht, mir selbst ein Bad zu gönnen.«

»Falls Ihr versucht, Euch ins Wasser zu begeben, muß ich Euch aufhalten, Sir«, warnte Ranald.

»Welch kühne Verteidigung von Sir Gillards Unrat«, murmelte Sir Niall.

Plötzlich sah Jennet, wie Hacon hinter Niall und Ranald erschien. Noch während er auf sie zu lief, zog er sein Schwert. Auf seinem Gesicht spiegelte sich eiskalter Zorn. Jennet fürchtete, daß ein Blutvergießen diesmal unvermeidlich war, aber es gab nichts, was sie dagegen hätte tun können.

»Erst bettelt Ihr mich an, Euch von Eurer Hand zu befreien, Niall, und nun bietet Ihr mir Eure Augen.« Hacon richtete das Schwert auf Sir Niall.

Der Mann erbleichte und drehte sich zu Hacon um. »Ich wollte nur Wasser holen.«

»Und worin wolltet Ihr es transportieren?« Hacon musterte ihn von oben bis unten. »Ihr tragt keinerlei Behältnis bei Euch.«

»Nicht?« Niall ging langsam rückwärts, dann drückte er sich um Hacon herum. »Dann sollte ich wohl lieber zum Lager laufen und mir ein Gefäß besorgen.«

»Ihr solltet mir lieber nicht mehr über den Weg laufen, Sir Niall. Eines Tages wird mein Zorn über meine Nachsicht siegen.« Er sah zu, wie der Mann davonlief, dann wandte er sich an Jennet. »Ihr seid jetzt sauber genug.«

»Ja«, erwiderte sie.

Als Hacon und Ranald ihr den Rücken zukehrten, stieg Jennet rasch aus dem Wasser. Elizabeth folgte ihr hastig. Jennet versuchte mit den weichen Tüchern, die sie mitgebracht hatte, ihre Haare und ihr Hemd trocken zu reiben. Hacon trat auf sie zu und nahm ihr das Tuch ab. Sie keuchte und schaute sich hastig um. Ranald, Elizabeth und Murdoc waren bereits verschwunden. Das erste Mal seit Tagen waren sie und Hacon allein.

»Elizabeth kann sich sehr flink anziehen«, murmelte sie.

»Ihre Kleidung war ja auch trocken. Und ihre nassen Haare sind ihr gleichgültig.« Er rieb schweigend ihren Schopf trokken, dann sagte er: »Er will dich.«

»Wer? Sir Niall?«

»Ja, eben der. Er verzehrt sich nach dir. Der Mann stinkt geradezu vor Begierde.«

»Du redest närrisches Zeug.« Sie stieß einen überraschten Schrei aus, als Hacon sie an den Armen packte und zu sich herumwirbelte.

»Zweifelst du an *meinem* Verlangen? An *meiner* Begierde?« Seine Hände glitten langsam ihre nackten Arme auf und ab.

»Nein. Du hast sie mir bewiesen.«

»Warum hältst du es dann für närrisch, daß ein anderer Mann dieselbe Begierde empfindet? Niall tut es. Ich merke es an der Art, wie er dich ansieht, und wie er sich an dich heranmacht, sobald ich einmal nicht in der Nähe bin – so wie gerade eben. Jawohl, Niall verzehrt sich nach dir.«

»Er versucht nur, dich zu reizen«, erwiderte sie. Sie war nicht sicher, ob es ihr gefiel, daß ein anderer Mann sie begehrte.

»Ja, mag sein, aber vielleicht macht er nur deshalb kein Geheimnis aus seiner Begierde. Er zeigt es offen, weil er mich nicht ausstehen kann, aber sein Verlangen nach dir ist wahrhaftig genug.«

»Er kann dich nicht ausstehen? Erzähl mir nicht, es gibt noch einen Mann, der dich am liebsten tot sehen würde.« Selbst als sie ihre Befürchtung laut aussprach, war sie noch nicht davon überzeugt. In Nialls Augen hatte sie nichts von dem tödlichen Haß erkennen können, der in Balreaves schwelte.

»Nein, er würde niemals so weit gehen, mich umzubringen. Er sehnt sich nicht nach meinem Blut, sondern nach meinem Weib.«

»*Dein* Weib, hast du gesagt?« Die Andeutung von Besitzerstolz in seiner Stimme erfreute sie, gleichzeitig aber ärgerte sie sich. Sie wollte nicht nur als ein Gegenstand betrachtet werden.

»Ja.« Er zog sie an sich und hielt sie umschlungen, während er ihren Rücken liebkoste. »*Mein* Weib. Gefällt dir das nicht?«

»Ich möchte einfach nicht wie ein läufiges Reh behandelt werden, um das zwei brünstige Hirsche kämpfen.« Es fiel ihr nicht leicht, ihre Entrüstung aufrechtzuerhalten. Seine Liebkosungen entflammten augenblicklich ihre Leidenschaft.

»Oh, du bist mehr als das, meine süße Jennet. Wesentlich mehr.« Er küßte sie auf den Mund, dann bedeckte er ihr Antlitz und ihren Hals mit sanften, aber feurigen Küssen. »Niall weiß das. Deshalb stellt er sein Verlangen nach dir zur Schau.« Seine Lippen spielten mit ihrem Ohrläppchen, bevor er mit der Zunge daran entlang fuhr. »Darum will er dich besitzen, ja vielleicht will er dich mir sogar wegnehmen.«

Es fiel ihr schwer, beim Thema zu bleiben. Ihr Interesse an Nialls Plänen war durch Hacons Bemühungen völlig zum Erliegen gekommen. Sie stöhnte leise, als er seine Hände unter den Saum ihres Hemds gleiten ließ und ihr Gesäß und ihre Schenkel liebkoste. »Niall kann mich nicht einfach nehmen, ohne einen Aufruhr zu erzeugen«, brachte sie heraus. »Man wird ihn einen Dieb nennen, immerhin sieht man mich als Teil deiner Beute.«

»Nein, mittlerweile nicht mehr. Ich habe dich nicht wie eine bloße Gefangene behandelt; du darfst dich im Lager frei bewegen. Sie betrachten dich als mein Weib. Wenn du freiwillig mit Sir Niall gehst, wird man das als dein gutes Recht ansehen. Wenn ich Niall deswegen zum Kampf herausfordere, könnte es sein, daß man mich dafür verurteilt.« Er löste die Bänder an ihrem Hemd.

Sie legte ihre Hände über seine, um ihn daran zu hindern. »Nicht, es könnte jemand kommen.«

»Ranald und Dugald passen auf, daß uns niemand stört.« Er legte ihre Arme wieder um seinen Rücken und band das Hemd auf. »Ich wollte die Gelegenheit, endlich mit dir allein zu sein, nicht verstreichen lassen.«

»Bist du sicher, daß wir nicht in Gefahr sind, so weit vom Lager entfernt und ganz allein?« Sie schloß die Augen und legte den Kopf zurück, während er mit der Zunge ihren Hals entlangfuhr.

»Ja, sogar sicherer als im Lager.« Er zog die Hemdträger von ihren zarten Schultern. »Kein Feind, vor dem wir auf der Hut sein müßten, kann aus dieser Richtung zu uns gelangen. Sie müßten Douglas Armee über den Haufen reiten. Deshalb, Liebling, sollten wir die Zeit nutzen und uns den Freuden hingeben, die du bei mir suchst.«

Jennet hatte schon den Mund geöffnet, um zu erwidern, daß sie weit mehr suchte als bloße Freuden, da liebkoste er ihre Brust mit den Lippen und der Genuß raubte ihr die Worte. Sie vergrub ihre Finger in seinem dichten Haar und hielt ihn dort fest, während er an ihren Brüsten saugte und sie mit der Zunge streichelte. Es war viel zu viel Zeit seit dem letzten Mal verstrichen. Sie gab sich völlig hin, die Woge der Leidenschaft spülte jeden klaren Gedanken und das schmerzliche Gefühl der Verwirrung in ihrem Herzen mit sich fort.

Überwältigende Lust ließ sie erschauern, als er ihr das Hemd hinunterstreifte und seiner Bewegung mit zärtlichen, quälenden Berührungen der Lippen folgte. Plötzlich schreckte sie aus ihrem blinden Sinnestaumel hoch, als er sich vor sie kniete, ihre Pobacken in seine starken Hände nahm und das weiche, lockige Dreieck küßte, das ihre Weiblichkeit verbarg. Sie zuckte zurück, erschüttert durch diese Intimität, aber er erlaubte ihr nicht, sich zurückzuziehen. Einige wenige Liebkosungen seiner Zunge beschwichtigten ihre Ängste. Atemlos vom Genuß, den er ihr bereitete, hieß sie seine intimen Küsse willkommen.

Als sie spürte, daß sie sich dem Höhepunkt ihrer Leidenschaft näherte, schrie sie auf vor Lust und dem Verlangen, ihre Körper zu vereinigen. Er reagierte nicht darauf, sondern trieb sie mit den glühenden Liebkosungen seiner Zunge zum Höhepunkt. Sie bäumte sich auf, erlösende Schauer durchfuhren sie, aber er hielt sie fest. Sobald ihre Leidenschaft abebbte, schürte er sie erneut. Als ihr Verlangen erneut übermächtig wurde, flüsterte sie seinen Namen und keuchte vor Überraschung und reiner Ekstase, als er, immer noch vor ihr kniend, ihren Körper auf den seinen zog.

Diese neue Stellung ließ sie jedoch nur einen kurzen Moment verharren. Ihr Verlangen nach ihm war zu drängend. In dem Moment, als sie erneut zum Höhepunkt kam, war er bei ihr. Er preßte sie an sich, drang tief in ihren sich windenden Körper ein, ergoß seinen Samen in ihren Schoß. Es verging eine ganze Weile, bevor sie bemerkte, daß der Mann, den sie umschlungen hielt, noch vollständig bekleidet war.

»Du hast deine Kleider anbehalten«, murmelte sie, als er ihre intime Umarmung ein wenig lockerte, um sich bequemer auf den moosigen Untergrund zu setzen.

»Nun, ich habe alles entblößt, was vonnöten war.«

»Kluger Mann.« Die Erinnerung an das, was sie soeben getan hatten, machte sie verlegen. »Erlaubt die Kirche so etwas?« fragte sie mit kleinlauter Stimme und verzog dann das Gesicht, als sie spürte, wie er versuchte, sein Lachen zu unterdrücken. »Ich wollte nur wissen, was für eine Buße ich zu erwarten habe.«

»Ich glaube nicht, daß sie allzu schwer ausfallen wird. Außerdem könntest du das gleiche tun wie ich.«

»Ja? Und was wäre das?«

»Beichte es nicht. Mach es zwischen dir und Gott aus. Wahrhaftig. Ich glaube nicht, daß die Priester wirklich etwas darum geben, davon zu hören.« Er hob sie von seinem Schoß und stand auf. »Warte hier. Ich werde gleich zurück sein.« Er richtete seine Kleidung und machte sich davon.

Jennet streifte sich ihr Hemd über. Achselzuckend zog sie auch den Rest ihrer Kleidung an und setzte sich, um auf ihn zu warten. Sie kämmte ihre Haare mit den Fingern und dachte über ihre kurze Unterhaltung mit Elizabeth nach. Sie versuchte wiederum, eine klare, eindeutige Entscheidung zu fällen.

Sie beneidete Elizabeth um ihre Sicherheit. Aber dennoch, Elizabeths Weg war wesentlich einfacher als ihr eigener. Robert war ein armer Mann, der sich jede beliebige Frau auswählen konnte. Elizabeth mußte nur Sorge tragen, daß sie die Erwählte war.

Hacon besaß diese Freiheit nicht. Er war gegenüber seiner Familie und den Menschen, die sich seinem Clan anschlossen, verpflichtet. Bei der Wahl seiner Frau war mehr zu berücksichtigen als nur seine eigenen Wünsche. Er mußte nach Verbündeten suchen, nach Macht, Schutz und nach einem Vermögen. Sie hatte nichts dergleichen zu bieten, weder jetzt noch in Zukunft. Außer ihrer vornehmen Geburt, die Hacons

Stellung ebenbürtig war, besaß sie keinerlei der genannten Vorzüge. Ihn dazu zu bringen, sie als Gefährtin zu wollen, war nicht genug. Tatsächlich fragte sie sich sogar, ob das ihm gegenüber nicht ungerecht war. Sie kannte die Qual, etwas zu wünschen, was man nicht haben konnte, und sie sträubte sich, ihn in diese Situation zu bringen.

Sie fluchte. »Gib es auf, Jennet, du klägliche Närrin. Es gibt keine Antwort. Bleib einfach sitzen und laß dich vom Schicksal tragen, wohin es will.«

»Führst du häufig Selbstgespräche?«

Sie sprang erschrocken auf und funkelte dann Hacon an, der sich neben ihr niederließ. »Du sollst dich nicht so anschleichen«, schimpfte sie.

»Ich habe es nicht absichtlich getan«, murmelte er, als er ihr Essen auspackte. »Was plagt dich?«

»Nichts.« Sie nahm sich ein wenig Lamm und versuchte, nicht daran zu denken, daß es gestohlen war. »Es ist nichts.«

»Ich habe mich gefragt, ob du dir Gedanken wegen des bevorstehenden Wiedersehens mit deinen Verwandten machst. Du scheinst nicht so begeistert davon zu sein, wie ich angenommen hatte.« Er musterte sie eindringlich, während er zu essen begann.

»Vermutlich habe ich Angst, zu erfahren, was meinem Vater zugestoßen ist. Manchmal ist es besser, nichts zu wissen.« Sie nahm einen Schluck aus seinem Weinschlauch. »Schade, daß du nicht in Perth warst«, murmelte sie und musterte ihn verstohlen. »Du hättest genug sehen können, um mir entweder Hoffnung zu geben oder ganz und gar zu nehmen. Die Unsicherheit hätte endlich ein Ende.«

»Ja, aber in diesem Fall könntest du mir die Schuld geben, wenn dein Vater ermordet worden ist.«

»Nein, ich kenne dich gut genug, um zu wissen, daß du niemals an einem solchen Gemetzel teilnehmen würdest.«

Hacon schaute weg, unfähig ihren Blick zu erwidern. Dies war die Chance, seine Lüge zu gestehen, allein, es fehlte ihm der Mut. Es war einfach, von Vergebung zu sprechen, solange man nicht glaubte, etwas vergeben zu müssen. Wäre sie in ihrem Urteil über ihn immer noch so sicher, falls er zugab, dort gewesen zu sein? Er wagte es nicht, nicht wenn derjenige, über den sie sprachen, ihr Vater war. Bevor er beichtete, mußte er genau wissen, was diesem Mann zugestoßen war.

»Du schmeichelst mir, Kleines«, murmelte er.

»Kannst du mir deshalb nicht in die Augen sehen?«

Er straffte sich und sah sie lächelnd an. »Genau. Ich bin solche Freundlichkeit nicht gewöhnt.«

»Ha, man preist dich doch unentwegt.«

»Ja, aber nie solch süße, liebliche Lippen.« Er streckte die Hand aus und umfaßte ihr Kinn.

Bevor sie ihn der Lüge bezichtigen konnte, küßte er sie. Sie wußte, daß er versuchte, sie abzulenken, wie jedesmal, wenn sie Perth erwähnte. Es funktionierte. Seine langsamen, innigen, verführerischen Küsse lenkten ihre Gedanken nur allzubald auf weit vergnüglichere Themen. Mit einem Seufzer, in dem sich Resignation und Verlangen mischten, ließ sie sich in seine Arme sinken.

Hacon war halb auf den Füßen, das Schwert gezogen, bevor ihm klar wurde, daß es nur Dugald war, der seinen Schlaf gestört hatte. Nachdem er sich rasch vergewissert hatte, daß die nur mühsam erwachende Jennet vollständig zugedeckt war, setzte er sich und funkelte seinen Vetter zornig an. Er und Jennet waren nach ihrem ausgiebigen Liebesspiel gerade erst eingeschlafen. Falls Hacon überhaupt geweckt werden wollte, dann nicht wegen etwaiger Schwierigkeiten, sondern nur, um eine weitere Probe der Leidenschaft zu kosten, die ihn

und Jennet verband. Der besorgte Ausdruck auf Dugalds Gesicht mäßigte seinen Ärger.
»Es sollte besser sehr wichtig sein«, knurrte Hacon.
»Ja.« Dugald zog eine Grimasse. »Hattest du heute nacht Wachdienst?«
»Das weißt du doch. Ich habe Lachlan MacIntyre gebeten, mich zu vertreten. Er schuldet mir noch eine Gefälligkeit.«
Hacon spürte, wie Jennet, die hinter ihm lag, sich anspannte.
»Nun, der arme Lachlan hat seine Schulden vollständig bezahlt.«
»Was meinst du damit, Dugald? Rede nicht um den heißen Brei herum.«
»Wir haben Lachlan mit durchgeschnittener Kehle gefunden. Er wurde feige von hinten ermordet.«
»Von den Engländern?« fragte Jennet, obwohl ihr Verdacht in eine andere Richtung ging.
»Nein, obwohl es keine Beweise gibt, daß sie es nicht doch waren.« Dugald fuhr sich mit der Hand durch seine dunklen, widerspenstigen Haare. »Keine der übrigen Wachen ist getötet oder auch nur bedroht worden. Es ergibt keinen Sinn. Falls es einer der Engländer geschafft hätte, sich unbemerkt anzuschleichen und einen unserer Männer zu töten, hätte es mit Sicherheit noch mehr Tote gegeben.«
Hacon stieß eine Reihe herzhafter Flüche aus, dann zischte er: »Also fiel Lachlan durch die Klinge, die für meine Kehle bestimmt war.«
»Ich kann mir nichts anderes vorstellen«, stimmte Dugald zu. »Die wenigen Spuren auf dem weichen Untergrund verraten, daß er von hinten getötet wurde, als er mit dem Rücken zum Lager stand. Nun, so wie die Dinge liegen, hatte er keinen Grund, einen Angriff aus dem Lager zu befürchten.«
»Balreaves«, flüsterte Jennet, schlang instinktiv ihre Arme um Hacons Taille und preßte sich enger an ihn.

Hacon tätschelte ihre Hände, die auf seiner bloßen Haut ruhten. »Ja, so muß es gewesen sein. Armer Lachlan. Nun, ich werde niemanden mehr bitten, meinen Platz einzunehmen, wo er von einem Mörder getötet werden kann, der eigentlich auf der Suche nach mir ist.«

»Wir sollten ins Lager zurückkehren.« Auf einmal witterte Jennet in jedem Schatten Gefahr.

»Nein, Kleines.« Hacon schüttelte den Kopf. »Ich werde mich nicht hinter meinen Männern verbergen und ihr Leben aufs Spiel setzen, um das meine zu beschützen. Außerdem will ich mich nicht der wenigen vergnüglichen Momente berauben, die mir bleiben.«

»Ich sollte vielleicht erwähnen«, näselte Dugald, »daß es nicht nur dein Leben ist, aber ich verkneife es mir.«

Hacon stieß einen Schwall Flüche aus, die der Tatsache galten, daß er die Gefahr, in der Jennet schwebte, vergessen hatte: »Warum so diplomatisch?«

»Weil ich nicht glaube, daß Balreaves wieder zuschlagen wird. Nicht heute nacht. Lachlans Ermordung hat das gesamte Lager in Alarmbereitschaft versetzt. Die hinterhältigen Mordmethoden, die Balreaves bevorzugt, sind momentan zum Scheitern verurteilt. Jawohl, genießt eure Zeit zu zweit. Es wird für viele Tage das letzte Mal sein.«

»Bis wir sicher sind, daß Balreaves nicht in der Nähe ist.«

»Vielleicht. Ich würde es vorziehen, den Mann tot zu sehen. Schlaft gut«, sagte Dugald und fügte im Weggehen hinzu, »aber nicht *zu* gut.«

Seufzend legte sich Hacon wieder hin und zog Jennet in seine Arme. »Balreaves wird für Lachlans Tod bezahlen.«

»Wie? Du wartest auf einen Beweis, aber der Mann ist zu klug, um Spuren zu hinterlassen.« Jennet kuschelte sich enger an Hacon. Sie hatte mehr Angst um ihn, als wenn er ins Gefecht zog. Dieser Gegner hatte keinesfalls die Absicht, sich ihm in einem fairen Kampf Mann gegen Mann zu stellen.

»Mein Tag wird kommen.« Hacon hauchte einen Kuß auf ihren Scheitel. »Mach dir keine Sorgen. Nicht heute nacht.«

Jennet hob den Kopf und schaute ihn zornig an. »Und wann soll ich mir Gedanken machen? Oder du? Wenn der Dolch dieses Mannes in deinem Rücken steckt?«

»Nun, Kleines, ...«

»Verschon mich mit deinem ›Nun, Kleines‹. Du kannst nicht einfach so tun, als ob nichts passiert sei.«

»Das werde ich auch nicht. Sobald der Morgen kommt, werde ich mich ausschließlich damit beschäftigen.« Er legte seine Hand an ihre Wange und hauchte einen Kuß auf ihre Lippen. »Aber nicht jetzt. Ich will nicht einen einzigen Moment dieser Nacht versäumen. Sie gehört uns.«

Sie seufzte, dann überließ sie sich dem reinen Vergnügen und gab sich seinen Küssen hin. Es fiel ihr nicht leicht, ihre Furcht zu unterdrücken, aber sie wußte, daß Hacons Liebkosungen ein übriges tun würden. Dieses eine Mal würde sie keinen Streit anfangen. Möglicherweise war dies für lange Zeit ihre letzte gemeinsame Nacht. Falls er sie in Liddlesdale zurückließ, konnte dies sogar ihre allerletzte gemeinsame Nacht sein. Dieser Gedanke veranlaßte sie, ihn noch fester zu umschlingen und ihn mit verzweifelter Leidenschaft zu küssen.

Er fuhr mit den Lippen an ihrem Ohr entlang und murmelte: »Vergiß deine Furcht, Liebling, zumindest heute nacht.«

»Wie es Euch beliebt.« Sie strich mit den Händen an seinem Leib entlang, verweilte auf seinen straffen, geschmeidigen Hüften.

»Das ist ein Befehl«, erwiderte er unkonzentriert, während er den Pulsschlag an ihrem Hals mit seiner Zunge maß.

»So, ein Befehl. Ich erinnere mich an einen anderen Befehl,

den du mir erteilt hast, als wir das erste Mal beieinander lagen. Es war eigentlich mehr ein Ersuchen als ein Befehl.«

»Ja? Was habe ich denn gesagt?« Nun widmete er sich mit verführerischer Aufmerksamkeit ihren Brüsten.

»Du hast mich gebeten, dich nicht dort zu berühren.« Sie schlang ihre Finger um seinen steifen Penis. »Hast du deine Meinung inzwischen geändert?«

»Auf jeden Fall.«

Sie lächelte schwach. Seine Stimme war nur noch ein heiseres Wispern, und er schauderte, während sie ihn streichelte.

»Möglicherweise hilft es dir, Balreaves zu vergessen.«

»Balreaves? Noch nie von ihm gehört.«

Jennet wünschte so sehr, daß dies der Wahrheit entspräche. Dann schob sie den Gedanken beiseite und machte sich entschlossen daran, Hacon eine Nacht zu bescheren, die er so schnell nicht wieder vergessen würde.

Kapitel 11

Als Hacon nach vorne ritt, um mit Dugald zu sprechen, nutzte Jennet rasch die Gelegenheit und schaute sich um. In dem dichten Kiefernwald ringsumher hatte sich die Armee verteilt, mit der sie solange geritten war. Letzte Nacht im Lager, als Hacon angekündigt hatte, daß sie gegen Mittag nach Liddlesdale aufbrechen würden, hatte sie nicht viele Gedanken an diese Männer verschwendet. Nun wurde ihr bewußt, daß sie sie auf gewisse Weise vermissen würde.

Murdoc gab in seiner Schlinge auf ihrem Rücken leise Gluckser der Wiedersehensfreude von sich, so daß Jennet sich im Sattel umwandte, um zu sehen, wer sich ihr näherte. Elizabeth stand vor ihr, in der einen Hand einen Strauß blühender Disteln, mit der anderen zauste sie Murdocs dicke Locken. Die Frau strahlte ein solches Glück aus, daß Jennet sie unwillkürlich anlächelte.

»Ich sollte dich warnen, Elizabeth«, sagte Jennet. »So schöne Tage wie dieser sind selten in diesem Land.«

Elizabeth lachte weich. »So schöne, sonnige Tage gibt es auch in England nicht allzu häufig.«

»Jetzt bist du also wirklich und wahrhaftig in Schottland.«

»Ja, und nun ist es sicher, daß ich bleiben werde.«

»Hat Robert dich gebeten, seine Frau zu werden?«

»Das hat er.«

»Oh, Elizabeth«, Jennet streckte die Hand aus und schüttelte die ihrer Freundin. »Ich freue mich so für dich.«

»Ich mich ebenfalls.« Sie und Jennet lachten sich an. »Es war ein großartiger, romantischer und gefühlsgeladener Augenblick. Wir schauten einander tief in die Augen, und Robert sagte: ›Du hast an mir geklebt wie Kleister und das wirst du auch weiterhin tun, stimmt's, Weib?‹ Und ich antwortete: ›So ist es.‹ Er sagte: ›Nun, dann sollten wir wohl besser die Gelübde austauschen.‹ ›Gemacht‹, erwiderte ich. ›Sobald ich einen Priester finden kann.‹«

Jennet und Elizabeth brachen in Gelächter aus.

»So ausgelassen?«, bemerkte Hacon, als er zu ihnen trat. Es war so heiß, daß er seine Rüstung abgelegt hatte und nur noch mit einem dunkelblauen Hemd und passender Hose bekleidet war. »Darf ich an dem Scherz teilhaben?«

»Es ist kein Scherz, Sir Gillard«, antwortete Elizabeth.

»Nein.« Jennet lächelte Hacon an. »Elizabeth und Robert werden heiraten. Wir haben uns so darüber gefreut.« Sie beugte sich zu Hacon hinüber. »Robert hat kein großes Talent, schöne Worte zu machen. Aber Ihr dürft nicht glauben, daß wir uns über ihn lustig machen.«

»Ach, ich verstehe.« Hacon schüttelte Elizabeth die Hand. »Robert hat eine kluge Wahl getroffen.«

»Ich danke Euch von Herzen, Sir Gillard.« Elizabeth errötete.

»Und denkt daran, Robert mag barsch und ein wenig mürrisch sein, aber er ist ein aufrechter und ehrenhafter Mann.«

»Oh ja, Sir. Ich weiß den Wert barscher, klarer Worte gegenüber wohlfeilen, gefälligen Lügen wohl zu schätzen.«

»Gut. Sagt Eurem Mann, daß wir direkt nach der Mittagsruhe nach Liddlesdale aufbrechen.« Hacon half Jennet beim Absteigen und nahm dann Murdoc aus der Trageschlinge.

Leicht verwirrt erkundigte sich Jennet bei Elizabeth: »Hat Robert sich denn Hacons Männern angeschlossen?«

»Ja, das war meine andere Neuigkeit. Er und sein Bruder Donald gehören jetzt zu Hacon. Ich sollte besser zu meinem Mann eilen. Wir sprechen uns später.« Elizabeth eilte davon.

Jennet warf Hacon, der sie zu einem trockenen, sauberen Platz unter einer dürren Kiefer geleitete, einen erstaunten Blick zu. »Ist Robert denn ein freier Mann, der wählen kann, wem er seine Gefolgschaft anbietet?« Sie ließ sich nieder und zog Murdoc auf ihren Schoß.
Hacon nickte und setzte sich neben sie. »Frei, ohne begüterte Verwandte oder einen Lehnsherrn. Er und der junge Donald haben mich gebeten, sie in unseren Clan aufzunehmen. Ich habe zugestimmt. Sind sie erst einmal in Dubheilrig, werden ihre Familien ihnen folgen. Frisches Blut und geschickte Schwertkämpfer sind immer willkommen.«
Sie nickte und verbiß sich die Frage – Werde *ich* willkommen sein? Zumindest wußte sie nun, wo Elizabeth zu finden war. Ihre neue Freundin würde nicht spurlos verschwinden.
Dieser Gedanke war jedoch nicht so ermutigend, wie sie gewünscht hätte. Ihre Zukunft lag immer noch im Dunkeln, sie wußte ja selbst nicht einmal, was sie sich erwartete. Daß ein großer Teil ihrer Unsicherheit ihrem eigenen Denken entsprang, tröstete nur wenig.
Sie lächelte schwach, als Murdoc sich von ihrem Schoß wand und seinen wackeligen Gang übte. Ein Gutes blieb ihr, gleichgültig wie sich die Dinge zwischen ihr und Hacon entwickelten. Murdoc gehörte zu ihr. Sie hegte keinen Zweifel, daß sie das Kind behalten durfte. Während sie Murdoc daran hinderte, auf einem Kiefernzapfen herumzukauen, ermahnte sie sich, an all die Segnungen zu denken, die ihr zuteil geworden waren. Zum Beispiel, daß sie immer noch am Leben war. Sie seufzte innerlich.
»Du schaust so sorgenvoll drein, Kleines«, murmelte Hacon, legte ihr einen Arm um die Schultern und zog sie eng an sich.
»Ich bin erschöpft, das ist alles.« Sie lehnte sich an ihn.
»Ja, das war ein schneller Ritt durch schwieriges Gelände. Wir wollen das unwirtliche Land möglichst schnell hinter

uns bringen. Es liegt jetzt als Schutz zwischen uns und den Engländern.«

»Ich weiß. Sie könnten immer noch ihren Zwist begraben, all ihren Mut zusammennehmen und uns nachsetzen.« Sie lächelte verhalten, während sie Murdoc zusah, wie er unsicher zu einigen von Hacons Männern hinüberwatschelte, die sich faulenzend unter einem großen Baum ausgestreckt hatten.

»Es dauert nicht mehr lange, dann rennt der Bursche überall herum. Er kann es mit jedem Tag besser. Es ist wahrhaftig eigenartig, aber ihm scheint dieses harte Leben ausgezeichnet zu bekommen.«

»Er wird ein hervorragender Krieger werden.«

»Möglicherweise«, erwiderte sie langsam, »wird er ein hervorragender Priester.«

Beim Anblick von Hacons bestürzter Miene hätte sie beinah gelacht.

»Nein, es wäre geradezu Sünde, so einen großartigen Burschen daran zu hindern, mehr von seiner Art zu zeugen.«

Einen Augenblick später kam Bewegung in die Männer, eine Welle der Geschäftigkeit lief von der Spitze bis zum Ende des Zuges. Sie und Hacon erhoben sich schweigend und klopften sich den Schmutz ab. Die Aussicht auf weitere drei oder vier Tagesritte begeisterte sie nicht gerade. Es würde eine beschwerliche Reise durch das Grenzland werden, durch Wälder, in denen Bären, Wildkatzen und Wölfe lauerten. Und nicht zu vergessen die zweifache Bedrohung durch mörderische Räuber und nach Vergeltung dürstenden Engländern.

»Kopf hoch, Liebling«, murmelte Hacon, der ihr auf ihr Pony half. »Bald können wir länger als ein paar Stunden rasten.«

Sie zwang sich zu lächeln. »Ich freue mich schon darauf.«

Er küßte sie kurz und eilte zu seinem eigenen Hengst. Während Jennet darauf wartete, daß Ranald sich zu ihr gesellte, musterte sie die aufbrechenden Männer. Sie waren jetzt nur noch ungefähr zwanzig. Es war seltsam, mit so wenigen Männern zu reisen, aber es gab ein paar Dinge, die sie gewiß nicht vermissen würde. Sie war den Schlamm, den Staub und die Kämpfe leid.

»Bereit?« Ranalds leise Frage weckte sie aus ihren Träumereien.

»Natürlich.« Als er sich mit seinem Pferd vor ihr einreihte, trieb sie ihr Pony sanft an.

»Bald werden wir Liddlesdale erreichen, und Ihr werdet alles über das Schicksal Eures Vaters erfahren«, bemerkte Ranald.

»Gewiß.« Ein leichtes Schuldgefühl nagte an ihr, weil sie seit einiger Zeit wenig an ihren Vater gedacht hatte. »Bald werde ich alles wissen«, murmelte sie und konzentrierte sich darauf, ihr Pony durch den Wald zu lenken.

»Euer Dorf liegt vor uns, Jennet.«

Sie verschob ihr Gewicht im Sattel und wandte ihren Blick von der Gruppe strohgedeckter Dächer zu Hacon, der sie eindringlich musterte. Weil sie wußte, daß er es erwartete, rang sie sich ein Lächeln ab.

»Das Cottage meiner Tante und meines Onkels ist das dort hinten, das mit den verschlungenen Ebereschen neben der Tür.« Beim Gedanken an ihre Tante ging ein Strahlen über Jennets Gesicht. »Sie glaubt fest daran, daß, wenn schon ein einzelner über den Eingang gehängter Zweig Hexen und Dämonen abwehrt, ein ganzer Baum noch mehr Schutz bietet. Deshalb wächst auch noch einer neben dem Kuhstall. Es wird erzählt, daß sie diese Bäume mit dem Schwert in der Hand gegen Räuber und andere Angreifer verteidigt hat. Jeder Hund, der diese Bäume mit Interesse beäugt, riskiert sein Leben.« Sie brach gemeinsam mit Hacon in Gelächter aus.

»Es ist so ruhig«, bemerkte Ranald einen Augenblick später. »Leben die Dorfbewohner noch hier?«

»Sie haben uns vermutlich gesehen und sind in ein Versteck geflüchtet.« Jennet schaute noch einmal genauer hin und entdeckte, daß Ranald Recht hatte. Das Dorf wirkte verlassen.
»Sie *haben* uns gesehen«, bemerkte Hacon. »Sie wußten schon eine ganze Weile vorher über unsere Ankunft Bescheid. Ich habe ihre Wache im Wald erspäht und sogar einen kurzen Blick auf den kleinen Kerl geworfen, der ins Dorf gelaufen ist, um sie zu warnen. Deshalb reiten wir jetzt auch langsamer. Ich wollte keine Angst vor einem Angriff schüren. Ich habe nicht die Absicht, mit Euren Verwandten zu kämpfen.« Er sah Ranald an. »Sag den Männern, daß sie ihre Schwerter in der Scheide stecken lassen und keine bedrohlichen Gesten machen sollen.« Nachdem Ranald sie verlassen hatte, drehte sich Hacon zu Jennet. »Wir werden zusammen an der Spitze reiten. Möglicherweise erkennt Euch einer Eurer Leute, und die Situation entspannt sich ein wenig.«
Sie nickte und trieb ihr Pony in Richtung des Dorfes. Ihr fiel auf, daß die Allmende rund um die Ansiedlung von einem halbfertigen Schutzwall umgeben war. Während das Schweigen der Ansiedlung sie umhüllte, wuchsen ihre Befürchtungen. Es fiel ihr schwer, so langsam zu reiten, statt zur Hütte ihrer Tante zu preschen. Dann trat plötzlich der Priester, flankiert von zwei kräftigen Männern, aus der winzigen Steinkirche, an der sie vorüberritten.
Hacon brachte sein Pferd direkt neben dem Gemeinschaftsbrunnen in der Mitte des Dorfes zum Stehen, und sie tat es ihm nach. Während die Männer sich näherten, betrachtete sie sie aufmerksam. Sie suchte nach vertrauten Zügen in ihren Gesichtern. Erst als sie direkt vor ihr standen, meinte sie den einen der beiden zu erkennen.
»Malcolm?« fragte sie. Der Mann zur Rechten des Priesters schaute sie an. »Der Sohn des lahmen John?«
»Jawohl.« Er trat einen Schritt näher und betrachtete sie

nachdenklich. Dann weiteten sich seine Augen. »Die kleine Jennet? Seid Ihr es, Moiras Tochter?«

»Genau die. Wo sind denn alle hin?«

»Dort, wo sie so lange bleiben werden, bis wir ganz sicher sind, daß dieser kühne Ritter keine Bedrohung für uns ist.« Malcolm sah Hacon an.

»Keine Bedrohung«, murmelte Hacon und streckte die Hand aus. »Sir Hacon Gillard von Dubheilrig.« Er schüttelte den Männern die Hände und stieg ab. »Wir haben Jennet hierher geleitet, damit sie ihre Familie besuchen kann. Außerdem hoffen wir, etwas über das Schicksal ihres Vaters in Erfahrung zu bringen.«

»Artair, dieser Spitzbube«, grollte Malcolm. »Er war während der Frühjahrsaussaat hier, aber verschwand wieder, bevor wir ihn zwingen konnten, mit anzupacken.«

»Er lebt?« Jennet fühlte, wie sie vor Erleichterung und Hoffnung schwach wurde.

»Aber ja, Mädchen. Wußtet Ihr das nicht?« Als sie den Kopf schüttelte, lächelte Malcolm und enthüllte dabei seine schlechten, schiefen Zähne. »Oh ja, der Mann lebt, auch wenn der alte Alistair versucht hat, ihm sein verfehltes Leben zu nehmen, kurz bevor er abgereist ist. Der alte Alistair hat ein junges hübsches Mädchen zur Frau.« Er kicherte, als Jennet das Gesicht verzog. »Er hat deinen Vater erwischt, als er mit ihr in der Heide herumtollte. Dein Vater, so nackt wie am Tag seiner Geburt, rannte mit beachtlicher Geschwindigkeit durchs Dorf, den nach Vergeltung schreienden Alistair direkt auf den Fersen. Er hat ihn bis zum Haus deiner Tante gejagt.« Malcolm lachte. »Deine Tante hat ihn die ganze Zeit verwünscht, während sie versuchte, den alten Alistair daran zu hindern, den Spitzbuben einfach aufzuspießen.« Er beugte sich zu Jennet und zwinkerte. »Wir reden nicht mehr darüber. Alistairs kleine Frau trägt nun ein Kind und der alte Narr stolziert stolz herum, völlig sicher, daß es von ihm ist.«

»Oh.« Jennet war zwischen Vergnügen und Ärger hin- und hergerissen. »Ach du meine Güte.«

»Euer Vater hat seine Sünden bekannt, mein Kind«, tröstete sie der Priester mit feierlichem Gesicht. »Er bat um Absolution und hat sie erhalten.«

Jennet hatte schon den Mund geöffnet, um ihrer Meinung über ihres Vaters Frömmigkeit kurz und bündig Ausdruck zu verleihen, als sie das Grinsen auf den Gesichtern der Männer bemerkte. Sie befand, daß ihre Meinung ruhig ungehört bleiben konnte. Der Priester war jung. Er würde es noch lernen.

»Kommt«, forderte sie der Priester auf und lächelte Hacon an. »Dieses Mal seid Ihr als Freund und nicht als Feind hier. Marcus«, befahl er dem Mann zu seiner Linken, »geh und sag den Leuten, daß alles in Ordnung ist.« Er sah Hacon an. »Und Ihr könnt Euren Männern sagen, daß sie willkommen sind und hier lagern dürfen.«

Malcolm war Jennet beim Absteigen behilflich. »Und daß wir sie behandeln werden, als ob sie zu uns gehörten.«

»Das bedeutet«, murmelte sie dem neben ihr stehenden Hacon zu, »daß Ihr Eure Sachen nicht im Auge behalten müßt.« Sie lächelte, als Malcolm lachte, dann fragte sie ihn: »Wie geht es meiner Tante und meinem Onkel?«

»Eure Tante sitzt sicher in ihrem Haus, das Schwert in der Hand, und wehe jedem Mann, der närrisch genug ist, ihr Heim oder ihre Bäume zu bedrohen. Geht gleich hier entlang. Sie wird wissen, wer Ihr seid, bevor Ihr das Tor erreicht habt. Euer Onkel hat die Kinder ins Versteck begleitet, aber er wird auch bald bei euch sein.«

Jede Nervosität, die Jennet gefühlt haben mochte, verschwand in dem Augenblick, da sie das Haus ihrer Tante erreichte. Sorcha Armstrong sauste aus ihrem gepflegten Steinhaus und umarmte sie herzlich, bevor Jennet auch nur einen Gruß rufen konnte. Die nächste Stunde verflog in einem Wirrwarr von Vorstellungen und Begrüßungen. Erst kehrte Sorchas Mann mit ihrer großen Kinderschar zurück, dann kamen Hacon und seine Männer, die überall im Dorf untergebracht wurden. Als es Zeit war, zu essen, war Jennet völlig erschöpft. Sie überließ das Reden zum größten Teil Hacon, bis sie sich ausreichend erholt hatte, um erneut nach ihrem Vater zu fragen.

»Malcolm hat mir berichtet, daß mein Vater am Leben ist.« Jennet lächelte leicht, als Sorcha ihre haselnußbraunen Augen verdrehte und das Gesicht verzog.

»Das stimmt, obwohl ich nicht begreife, wie er es schafft, dem Tod jedesmal von der Schippe zu springen. Ein Süßholz raspelnder Gauner, der ewig in Schwierigkeiten steckt, das ist er.«

»Nun, nun, Liebling«, begütigte ihr Ehemann Alain. »Das Mädchen möchte die Neuigkeiten hören.«

»Ja, und Malcolm hat ihr ohne Zweifel schon einiges erzählt.«

»Das hat er«, bestätigte Jennet. »Das Weib des alten Alistair. Dabei habe ich nur gefragt, ob Vater noch lebt. Nun ist mir klar, daß er so lebendig ist wie eh und je.«

»Äußerst lebendig. Ich weiß, daß du nichts mehr gehört hast, seit du aus Perth weggeschickt worden bist. Artair ist seitdem jedes Jahr in der Hoffnung hierher gekommen, daß du zu uns zurückgekehrt bist. Er hat uns eine reiche Ernte rothaariger Kinder hinterlassen.«

»Sorcha!« schalt Alain, dann legte er seine riesige, abgearbeitete Hand auf Jennets. »Das ist bei ihm keine mangelnde Achtung gegenüber dem Gedenken an deine Mutter – meine Schwester. Ich hoffe, du weißt das.«

»Gewiß, Onkel. Genauso wie ich weiß, daß der Mann einen Tadel verdient hat. Tante hat recht, wenn sie wegen seines Verhaltens mit der Zunge schnalzt.« Sie grinste. »Der Mann ist schamlos.« Sie stimmte kurz in das Gelächter der anderen ein. »Dennoch – geht es ihm *gut*?«

»Sehr gut«, erwiderte Sorcha. »Das ganze Dorf kann das bezeugen. Schließlich konnten alle seine Vorzüge begutachten, als Alistair ihn durchs Dorf gejagt hat. Hab keine Angst, er wird wieder zurückkehren, um nach dir zu suchen. Dich hier zu finden, wird sein nutzloses Herz überquellen lassen.«

»Sie wird dann in Dubheilrig sein«, sagte Hacon, schob seinen leeren Teller zur Seite und nahm einen großen Schluck Wein aus seinem hölzernen Kelch. »Wir haben hier nur gehalten, um etwas über ihren Vater in Erfahrung zu bringen.«

Jennet starrte ihn an, unsicher, was sie nach dieser unverblümten Ankündigung fühlen sollte. »Ja, so ist es, oder etwa nicht?«

»Doch, so ist es. Nach dem Besuch reiten wir weiter nach Dubheilrig.«

Bevor Jennet noch etwas sagen konnte, sah Sorcha Alain scharf an, und er erhob sich. Ruhig aber unmißverständlich lud er die Anwesenden zu einem Spaziergang ein, und der Raum leerte sich bis auf Sorcha und Jennet. Sorcha, die eine Strähne ihres goldbraunen Haares müßig um ihren Finger wickelte, starrte sie mit unverhohlener Neugier an. Jennet wünschte plötzlich, sie hätte das Zimmer gemeinsam mit den anderen verlassen. Sie suchte verzweifelt nach einem Gesprächsstoff, mit dem sie ihre Tante ablenken konnte.

»Ihr hättet das Haus sehen müssen, in dem wir uns in Berwick einquartiert hatten«, begann sie und zeigte auf die zentrale Feuerstelle, von der Rauch aufstieg und durch ein Belüftungsloch im Strohdach ins Freie entwich. »Die Feuerstelle war nicht mitten im Raum, sondern an der Wand. Statt eines kleinen Lochs im Dach hatte man einen steinernen –«

»Kamin. Ja, doch Mädel«, erwiderte Sorcha gedehnt. »Ich weiß, was das ist. Dein Onkel hat versprochen, mir so etwas zu bauen. Du kannst mich damit nicht ablenken. Erzähl mir, wie du zu diesem ausgezeichneten, tapferen Ritter gekommen bist.«

Jennet seufzte resigniert und gab ihrer Tante eine kurze Zusammenfassung all dessen, was ihr widerfahren war, seit sie und ihr Vater sich in Perth getrennt hatten. Als sie zum Ende gekommen war, konnte sie im hübschen, vollen Gesicht ihrer Tante zwar einen Anflug von Mitgefühl, aber keine Spur von Verurteilung oder Zorn entdecken. Sie erkannte außerdem, daß ihr das Zwiegespräch, das sie hatte vermeiden wollen, noch bevorstand.

»Also ist dieser blonde Bursche schon seit Berwick dein Liebhaber.« Sorcha sammelt die hölzernen Teller, Löffel und Kelche ein. »Nein, bleib sitzen«, wehrte sie Jennets Hilfe ab. »Gieß uns beiden etwas Wein ein. Wir müssen uns unterhalten.«

»Oh, wie nett«, stotterte Jennet und füllte ihre Kelche ein zweites Mal.

Sorcha nahm wieder Platz, nachdem sie das Geschirr in einem großen Wasserbottich eingeweicht hatte. »Warum warst du so überrascht, als dein Mann sagte, daß du bei ihm bleiben wirst.«

»Er hat es mir vorher nicht erzählt.« Jennet gestand sich ein, daß sie deswegen äußerst verärgert war.

»Aber er hat seit Berwick für dich gesorgt. Ganz klar, er hat dich dort in sein Bett genommen und er will dich behalten.«

»Äh, nun, Tante, eigentlich hat er mich nicht in Berwick in sein Bett genommen.«

»Du warst seine Gefangene. Willst du etwa behaupten, er hätte nicht sofort sein Vergnügen an dir genossen?«

Errötend erklärte Jennet, wann und wo genau sie und Hacon sich das erste Mal geliebt hatten.

Sie war nicht sicher, ob ihr Sorchas prüfender Blick gefiel. Jennet hatte den Verdacht, daß ihre Tante Elizabeths Ansichten teilte.

»Nun, diese Nachricht wird deinen Onkel erfreuen.«

»Onkel wird es gutheißen, daß seine Nichte verführt wurde?«

»Hacon hätte dich in dem Augenblick nehmen können, da er dich in seiner Gewalt hatte, und das weißt du auch genau. Du warst Kriegsbeute.«

»So wie es aussieht, bin ich das immer noch. Er hat mich nicht zur Frau genommen, und er hat auch nicht verlauten lassen, ob er das tun will.«

»Nein, Mädchen, du bist mehr für ihn als eine bloße Gefangene, und ich glaube, du weißt das. Der Mann behandelt dich nicht, als ob du nur sein Bettwärmer wärest. Und was meinst du mit Heirat? Wenn er dich fragt, was willst du ihm antworten?«

Jennet war zu keiner Antwort fähig und wich ihrem Blick aus. »Nun, er hat nicht gefragt, also was soll's?«

Sorcha faßte Jennet am Kinn und zwang sie, sie anzusehen. »Das ist eine einfache Frage, die man mit ja oder nein beantworten kann. Warum zögerst du? Und wenn du keine Antwort geben kannst, warum hast du dann zugelassen, daß er dich verführt?«

»Weil ich mich wohl mit ihm fühle«, knurrte Jennet.

»Herrje, jeder Mann mit einem einigermaßen hübschen Gesicht, einer Andeutung von Talent und einem Schwanz, der arbeitet, wie es sich gehört, kann dir dieses Gefühl vermitteln, Mädchen.«

»Tante Sorcha!« Jennet war ob dieser unverblümten Rede erschüttert.
»Ist doch wahr, und du weißt das auch. Und es ist nicht genug, damit du als deiner Mutter Tochter mit einem Mann ins Bett gehst.«
»Habt Ihr schon vergessen? Ich bin auch meines Vaters Tochter.«
»Wer könnte das vergessen, wo doch diese wundervollen Augen und die schöne Haut es jederzeit verraten. Aber es ist Moiras Geist, der dich beseelt. Genau wie sie würdest du nie mit einem Mann das Bett teilen, es sei denn, du empfändest etwas für ihn. Deshalb frage ich dich noch einmal – warum zögerst du?«
»Er ist ein Ritter.«
»Ja, und ein sehr guter – ehrenhaft und fähig, soweit ich sehen kann.«
»Könnt Ihr alles übrige denn nicht erkennen? Er ist ein Mann, der davon lebt, andere zu töten. Krieg ist seine Art zu leben.«
»Das trifft auf beinah jeden Mann und jedes Kind in Schottland zu, Mädchen. Seit Schottland beschlossen hat, die verfluchte Herrschaft der Engländer abzuschütteln, leben wir im Kriegszustand. Davor haben wir die Engländer oder wahlweise auch die Normannen aus anderen Gründen bekämpft. Und falls einmal keine äußeren Feinde zur Hand waren, sind wir übereinander hergefallen. … Wartest du in diesem Land wahrhaftig auf Frieden?«
Von der Verachtung in der Stimme ihrer Tante tief getroffen, sprang Jennet auf die Füße. »Und was soll falsch daran sein, auf ein wenig Frieden zu hoffen?«
»Gar nichts. Aber man sollte nicht aufhören zu leben, während man es tut.« Sie sah Jennet zu, die den großen Hauptraum, der beinahe das gesamte Erdgeschoß des Hauses ein-

nahm, mit langen Schritten durchmaß. »Verdammst du den Mann wegen seiner Begabung zum Kämpfer?«

Jennet war an der Feuerstelle stehengeblieben, hatte die Arme vor der Brust verschränkt und starrte in die Flammen. »Ich verurteile ihn deswegen nicht, aber es gefällt mir auch nicht. Ich habe mein ganzes Leben inmitten von Blutvergießen und Krieg verbracht.«

Sorcha, die sich auf der Bank gedreht hatte, damit sie Jennets Gesicht sehen konnte, schüttelte den Kopf. »Das haben wir alle. Ist er grausam? Schlägt er dich? Vielleicht wird er in der Schlacht wahnsinnig, so wie einige der Wikinger, und sticht jeden nieder, der ihm unter die Augen kommt. Ist es das?«

»Nein, nichts dergleichen. Er kämpft nur gegen Soldaten, bewaffnete Männer. Obwohl er den Mord an Unschuldigen oder die willkürliche Zerstörung nicht verhindern kann, macht er keinen Hehl aus seiner Mißbilligung und nimmt niemals daran teil. Noch tun es seine Männer.« Sie runzelte die Stirn, als ihr bewußt wurde, daß ihre Tante sie auf schlaue Weise dazu verführt hatte, alle guten Seiten Hacons aufzuzählen. »Er hat mich angelogen«, fuhr sie fort. »Ich habe ihn gefragt, ob er an dem Tag, als der Bruce Perth von den Engländern zurückerobert hat, dort gewesen ist, und er hat nein gesagt. Das war eine Lüge.«

»Je nun, wenn er an den ruchlosen Morden dort teilhatte –«

»Nein, hatte er nicht. Es gibt keinen Grund, an den Worten des Mannes zu zweifeln, der mir davon berichtet hat. Er erzählte, daß Hacon sich weigerte, an den Hinrichtungen teilzunehmen, die der Bruce befohlen hatte. Hacon und seine Männer verließen die Stadt und schlugen ihr Lager außerhalb der Mauern auf.«

»Und hättest du ihn alles erklären lassen? Sobald er dir gestanden hätte, daß er in Perth war, in der Stadt, wo, wie du glaubtest, dein Vater ermordet worden war, hättest du ihn dann noch weiter angehört?« Als Jennet errötete, nickte Sorcha. »Wahrscheinlich hättest du ihn auf der Stelle verdammt. Darum hat er gelogen. Er hat es nicht gewagt. Hat er dir auch noch andere Lügen erzählt?«

»Nein, ich glaube nicht«, murmelte Jennet. »Offensichtlich kann ich niemandem verständlich machen, was in mir vorgeht.«

Sorcha kam zu ihr herüber und umarmte sie. »Ich verstehe dich, aber ich fürchte, du bist unvernünftig, Kind. Ich bezweifle, daß du jemals einen Mann finden wirst, der dem Kampf abhold ist. Sogar die Männer Gottes, die die Abteien und Kirchen bevölkern, wissen, wie man ein Schwert schwingt. Das ist nun mal der Lauf der Welt und kein hübsches Mädchen kann etwas daran ändern.«

Sorcha, die Jennet an den Schultern hielt, trat einen Schritt zurück und musterte sie aufmerksam. »Dein Herz hat sich gegen etwas entschieden und das hat dich ein wenig blind werden lassen. Versuche, auch das Gute in dem Mann zu sehen, nicht nur das, was dir mißfällt. Durch seine Geburt ist er zum Ritter oder zum Priester bestimmt. Ein Mann seiner Abstammung hat keine große Wahl. Wäre er Priester«, sagte sie gedehnt, »könntest du dich mit ihm nicht so wohl fühlen, stimmt's?«

Jennet schüttelte errötend den Kopf. »Ich nehme an, daß er ein guter Mann ist.«

»Du weißt, daß es so ist.« Sorcha schüttelte sie leicht. »Behalte das im Kopf, Kind. Ich habe den Mann nur einmal gesehen, aber ich habe sofort erkannt, daß das Gute in ihm überwiegt. Einen vollkommenen Mann wirst du niemals finden. Dieser hier ist stark, gut, und in der Lage, dich und die Deinen zu beschützen. Du wärst die größte Närrin auf Erden, wenn du nicht versuchen würdest, ihn zu halten.«

»Aber in der Gewißheit zu leben, daß er jedes Mal, wenn er

zum Schwert greift, umkommen könnte? Zu wissen, daß sein Leben mit dem Blut anderer erkauft ist? Ich bin nicht sicher, ob ich so ein Leben ertragen könnte, selbst wenn er es mir anböte.«

»Du kannst. Wir alle können es. Dein Onkel ist kein Ritter, aber dennoch läßt er mich oft voller Sorge zurück. Und was das ›mit dem Blut anderer‹ angeht – herrje, Mädchen, glaubst du denn, daß diejenigen, denen er gegenübersteht, es nicht auch auf sein Leben abgesehen haben und aus seinem Tod Gewinn ziehen? Sie sind alle gleich«, fügte sie mit weicher Stimme hinzu, als Jennet sie mit großen Augen anstarrte. »Wie du selbst sagst, er tritt nur Bewaffneten gegenüber, die bereit sind, gegen ihn zu fechten. Sie sind aus dem gleichen Grund dort wie er. Viele von ihnen haben zweifellos wesentlich weniger edle Motive.«

»So habe ich es noch nie gesehen«, flüsterte Jennet.

»Nun, denk darüber nach. Komm jetzt. Wir müssen für dich und deinen kühnen Ritter einen Platz zum Schlafen finden.«

»Tante«, rief sie leicht erschüttert. »Hacon und ich sind nicht verheiratet.«

»Richtig, und ich werde wahrscheinlich Buße tun müssen, weil ich Euch in einem Bett schlafen lasse, aber es wäre albern, euch jetzt noch zu trennen. Und« – sie zwinkerte Jennet zu – »du kannst einen Mann am ehesten unter einer gemeinsamen Bettdecke dazu bringen, von Heirat zu sprechen.«

»Glücklicherweise hat deine Tante sich mir nicht widersetzt«, murmelte Hacon, als er in dieser Nacht ins Bett schlüpfte und Jennet in die Arme schloß. »Tatsächlich hatte ich einige Befürchtungen, was deine Familie zu deinem Platz an meiner Seite sagen würde.«

»Meine Verwandten sind nicht ganz so tugendsam, wie sie eigentlich sein sollten.« Sie langte über ihn hinweg, um zu prüfen, ob der Vorhang, der ihren kleinen Alkoven verbarg, fest zugezogen war. »Ist Murdoc ohne Protest auf dem Dachboden geblieben?«

»Eigentlich nicht. Er war ziemlich aufgeregt wegen der vielen Kinder, aber deine beiden Basen haben mir versichert, daß alles in Ordnung sei. Er wird in Dubheilrig sehr glücklich werden. Dort leben viele Kinder.« Er drückte einen Kuß auf ihre Stirn. »Und du ebenfalls.«

»Das werde ich, nicht wahr?« Sie konnte ihn in der Dunkelheit nicht deutlich erkennen, aber sie wußte, daß er sie eindringlich musterte. »Du hättest mir früher sagen können, daß du mich mitnimmst.«

»Ah, ich verstehe.« Er seufzte innerlich erleichtert auf, da er nun wußte, daß ihre frühere Reaktion der Überraschung, gepaart mit ein wenig Ärger, entsprungen war. »Ich dachte, du wüßtest das.«

»Vielleicht solltest du mir in Zukunft verraten, was du vorhast, bevor du es tust.«

»Das ist nur gerecht.« Er barg sein Gesicht an ihrem Nacken. »Weißt du, was ich jetzt mit dir vorhabe?«

Sie schlang ihr Bein um das seine, schmiegte sich eng an ihn und hieß ihn mit dieser Bewegung unverhohlen willkommen. »Ich denke, dasselbe wie ich mit dir.«

Sie lachte weich, als er aufstöhnte. Sie schlang die Arme um seinen Nacken und küßte ihn. Mit plötzlicher Überzeugung gab sie ihrer Tante recht. Sie wäre die größte Närrin auf Erden, wenn sie nicht versuchen würde, ihn zu halten.

Kapitel 12

»Hacon! Hacon!«

Dieser Willkommensruf ertönte wieder und wieder, als sie durch die Tore in das von niedrigen Mauern umgebene Dorf ritten. Überall entlang der von Steinhäusern gesäumten, breiten Straße bis zum größten und vornehmsten Haus der Siedlung grüßten die Dorfbewohner. Jennet erkannte, wie sehr Hacon von denen geliebt wurde, die sich um das Banner seiner Familie geschart hatten.

Und es war auch traurig zu sehen, daß nicht jede der Frauen, die zur Begrüßung der Männer eilten, bei ihrer Heimkehr Freude empfand. Ein paar der Frauen brachen öffentlich in Tränen aus, als sie erfuhren, daß die Männer, nach denen sie suchten, niemals zurückkehren würden. Jennet schaute sich nach Elizabeth um, die mit Robert und Donald ritt, und hoffte, daß ihre Freundin nicht dafür büßen mußte, einfach nur, weil sie Engländerin war. Schmerz konnte sich leicht in Haß verwandeln, einen Haß, der nur allzuleicht auf Elizabeth zielen mochte. Jennet gab sich selbst das Versprechen, auf ihre Freundin acht zu geben.

»Mach dir keine Sorgen um sie«, sagte Hacon und zog so Jennets Aufmerksamkeit auf sich. »Robert und alle Männer, die sie gepflegt hat, werden dafür sorgen, daß man ihr kein Leid antut – weder mit Worten noch durch Taten.«

»Natürlich.« Jennet lächelte schwach. »Elizabeth ist nur so glücklich. Ich wünsche mir, daß ihre Freude ungetrübt bleibt.«

»Ja, ich habe noch nie gesehen, daß eine Frau so rasch einen

Priester aufgetrieben hat wie sie. Wir waren kaum in deinem Dorf abgestiegen, als sie sich den heiligen Mann auch schon geschnappt hatte. Als ob sie befürchtet hätte, daß der gute Robert seine Meinung noch ändert.« Sie kicherten beide, dann bemerkte sie seine plötzliche Anspannung, als er seine Aufmerksamkeit einem Paar zuwandte, das sich ihnen langsam näherte.

Jennet folgte seinem Blick. Das mußten seine Eltern sein. Das Hinken des Mannes verriet ihr, warum der Sohn und nicht der Vater in den Krieg gezogen war. Je näher sie kamen, desto weniger Zweifel hatte sie, daß es sich um Hacons Eltern handelte. Hacons Haltung und Größe waren einwandfrei ein Erbteil seines Vaters, aber seine hellen Haare verdankte er seiner Mutter. Jennets Nervosität steigerte sich noch, als Hacon aus dem Sattel sprang und erst seine Mutter und dann seinen Vater umarmte, während er sie mit dem zappelnden Murdoc auf dem Pony zurückließ. Obwohl sie sich selbst schalt, nicht eine solche Närrin zu sein, fühlte sich Jennet wie die Warze auf einer Nasenspitze.

»Mein Lord.« Die Frau lächelte verhalten, ihre blauen Augen leuchteten schelmisch, als sie vor Hacon in einer höfischen Verbeugung versank. »Willkommen zu Hause.«

»Mein Lord?« Hacon lachte, umschlang die Hände seiner Mutter und half ihr auf die Füße. »Ihr macht Euch einen Scherz.«

»Es ist kein Scherz, mein Sohn.« Der Mann klopfte Hacon auf den Rücken. »Die Botschaft kam erst vor wenigen Tagen. Sie wurde zu uns gesandt, da niemand wußte, wo du dich aufhältst. Ich habe die Ehre in deinem Namen angenommen. Dubheilrig und all die dazu gehörigen Ländereien sind wieder in den Händen eines Gillard – und zwar in den deinen. Nun, und dazu gehört auch der Titel eines Barons. Dubheilrig ist jetzt eine Baronie. Unser Vermögen ist gerettet.«

»Aber der Titel gehört selbstverständlich Euch, Vater.«

»Nein. Als ich dich geschickt habe, um an meiner Statt für den Bruce zu kämpfen, habe ich dem König eine Nachricht gesandt. Ich bat ihn, alle Belohnungen, Ehren, Titel oder Ländereien, die du erkämpft hast, dir zu verleihen. Ich freue mich sehr, daß meinem Wunsch entsprochen wurde. Mit diesem Bein« – er schlug mit der Hand leicht gegen seinen steifen rechten Oberschenkel – »und ohne Kraft in meinem Schwertarm bin ich nicht in der Lage, Führung zu übernehmen. Da ich gezwungen bin, dir all die schwere und gefährliche Arbeit an meiner Statt aufzubürden, stehen dir auch all die Ehren zu.« Er lächelte Hacon an. »Ich bin stolz auf dich.«

Hacon jubelte und umarmte ihn.

»Wie wir alle.« Die Frau küßte Hacons Wange, als er sie überschwenglich umarmte.

»Zu guter Letzt doch noch die Herren auf unserem eigenen Land.« Hacon wandte sich an die Männer, die noch in der Nähe verweilten. »Dubheilrig gehört wieder den Gillards!« verkündete er und grinste, als sie Jubelrufe ausstießen.

Als der Lärm verebbt war, zupfte seine Mutter Hacon am Ärmel und lenkte seine Aufmerksamkeit auf Jennet. »Ist sie eine Freundin?«

»Ah, Jennet.« Hacon drehte sich rasch um und half ihr vom Pony, dann stellte er sie seinen neugierigen Eltern vor. »Jennet, darf ich Euch meine Eltern vorstellen. Lady Serilda und Sir Lucais Gillard. Mutter, Vater, dies ist Jennet Graeme, Tochter von Artair Graeme und Moira Armstrong. Wir haben uns in Berwick, äh, kennengelernt.«

Jennet verbeugte sich. Sie bemerkte, daß sich die Augen von Hacons Mutter verengten. Mit aller Anstrengung gelang es ihr, nicht zu erröten. Lady Gillard wußte, daß Jennet Kriegsbeute war. Jennet spürte einen Anflug von Scham und versuchte, sie zu verdrängen. Die älteren Gillards waren überaus vornehm. Jennet wußte, daß sie nicht von vornherein annehmen durfte, daß seine Eltern sie verurteilten; zumindest nicht bevor sie sie nicht auch so behandelten.

»Und das Kind?« Hacons Mutter schaute an Jennet vorbei auf Murdoc. »Hast du ihn auch dort, äh, kennengelernt?«

»Ach, der kleine Murdoc.« Hacon nahm das Kind aus der Schlinge und erzählte seiner Mutter, auf welche Weise Ranald ihm das Leben gerettet hatte. »Das Kerlchen scheint ungeachtet der harten Lebensumstände zu wachsen und zu gedeihen.« Hacon setzte sich das Kind auf die Hüfte.

»Oh, deine Schwester Katherine wird so stolz auf ihren Sohn sein«, rief Serilda aus, lächelte Ranald warm an und streichelte Murdocs dicke Locken.

»Wo ist denn meine Schwester?« Hacon schaute sich um und sah, daß Ranald immer noch bei ihnen stand. Serilda hakte sich bei ihrem Enkel ein, küßte ihn auf die Wange und zuckte die Achseln. »Katherine hatte Angst, daß ihr Sohn nicht nach Dubheilrig zurückkehrt. Sie wartet zu Hause.« Sie lächelte Ranald wehmütig an. »Sie fürchtete dich zu verlieren, so wie sie deinen Vater verloren hat. Sie mußte all ihren Mut zusammennehmen, um dich mit Hacon ziehen zu lassen.«

»Ich weiß.« Er küßte die weiche Wange seiner Großmutter. »Ich werde jetzt gehen und ihre Ängste beschwichtigen.«

Sobald Ranald fort war, sah Serilda wieder zu Hacon und Jennet. »Jetzt wollen wir auch nach Hause gehen.«

Jennet nahm Murdoc entgegen und überließ es Hacon, die Pferde zu führen. Sie ging ein paar Schritte hinter ihm, seinen Eltern und Dugald, der sich an den Erzählungen über ihre Abenteuer beteiligt hatte. Obwohl sie dagegen ankämpfte, fühlte sie sich einsam und verloren. Ihr wurde bewußt, daß sie sich mehr Gedanken über Hacons Familie hätte machen sollen. Für jene war sie nur eine Geliebte, ein Bettschatz, den er bei einem Raubzug aufgelesen hatte. Sie waren höflich, aber sie wußte, daß Höflichkeit nicht das gleiche war wie Akzeptanz.

Sie betraten ein großes Steinhaus mit einem Ziegeldach. Innen befand sich eine riesige, zwei Stockwerke hohe Halle, von der ringsum mächtige Holztüren in die privaten Gemächer führten. Auf halber Höhe dieser Halle führte eine geschwungene Steintreppe zu einer Galerie. Sie war von zahlreichen, schweren Türen gesäumt, die darauf hinwiesen, daß sich im oberen Stockwerk weitere private Gemächer befanden.

Jennet erkannte, daß die Familie, trotz ihrer Verluste, noch immer wohlhabend war. Die Wände waren mit feinen Tapisserien bespannt, auf den Tischen standen Zinnkrüge und große Stühle waren zwischen den üblichen Bänken im Raum verteilt. Jedes Anzeichen von Reichtum ließ ihr ihre eigene Armut um so schmerzlicher bewußt werden.

Hacon geleitete sie die steilen Stufen hoch. Während sie die offene Galerie entlang schritten, spähte Jennet in die große Halle hinunter. Lady Serilda erteilte der Dienerschaft geschäftig Anweisungen. Es war offensichtlich, daß ein Willkommensfest vorbereitet wurde.

Jennet runzelte die Stirn, als Hacon eine schwere, mit Eisenbändern beschlagene Tür aufzog. Er drängte sie in das Zimmer und sie seufzte innerlich. Sein Gemach war ebenfalls mit Tapisserien bespannt, auf dem Boden lagen üppige Schaffelle und ein riesiges Bett, dessen Kopfteil und Pfosten reich geschnitzt waren, stand mitten darin. Noch mehr Beweise, daß die Gillards einstmals reich gewesen waren. Nun, da Hacon all das zurückgewonnen hatte, waren sie es erneut.

Nachdem sie sich in Hacons Zimmer eingerichtet hatte, nutzte Jennet ihre Müdigkeit und die Pflicht, sich um Murdoc zu kümmern, als Ausrede, um eine Weile bleiben zu können. Sie sah zu, wie Hacon sich wusch und dann zu seiner Familie eilte. Seufzend setzte sie sich aufs Bett und schaute Murdoc zu, der versunken zu ihren Füßen spielte. Es war ein Fehler gewesen, nach Dubheilrig zu kommen. Sie hatte nicht die Nerven, als Geliebte bei der Familie eines Mannes zu leben. Auch wenn Hacon ihr die Ehe antrug, bezweifelte sie, daß seine Familie sie akzeptieren würde.

»Ein ausgesprochen stilles, zurückhaltendes Mädchen.«
Hacon warf seiner Mutter über den riesigen Tisch einen Blick zu. Ihre Bemerkung hatte ihn aus seinen Gedanken gerissen. Er hatte den Gesprächen, die um ihn herum erklangen, keine große Aufmerksamkeit geschenkt, trotz der Tatsache, daß dies Fest ihm zu Ehren gefeiert wurde. Jennet – oder besser gesagt, die seltsame dunkle Stimmung, in die sie verfallen war, kurz bevor sie sich entschuldigt und in ihre Gemächer zurückgezogen hatte – beschäftigte ihn.
»Ich will nicht behaupten, sie sei nicht ausgeglichen«, erwiderte Hacon. »Aber Jennet war heute abend nicht gerade in Bestform.«
»Glaubt Ihr, sie könnte krank sein, Onkel?« fragte Ranald und schaute besorgt zum oberen Stockwerk empor. »Sie blieb nur kurz am Tisch und aß sehr wenig.«
»Ich glaube eher verstört, obwohl ich mir nicht vorstellen kann, weshalb.«
Serilda nickte mit einem verhaltenen Lächeln. »Ich kann es, aber da ich das Mädchen kaum kenne, möchte ich kein voreiliges Urteil fällen. Möglicherweise, mein Sohn, ist sie schüchtern und fürchtet sich. Du hast das Mädchen an einen Ort voller Fremder gebracht.«
»Wahrhaftig, obwohl ich nicht geglaubt hätte, daß Jennet schüchtern sein könnte.« Er erzählte seiner Mutter in knappen Worten, wie Jennet zu ihm gekommen war. »Klingt das in Euren Ohren nach einem ruhigen, schüchternen Mäd-

chen?« Er runzelte die Stirn, als ihm plötzlich bewußt wurde, daß sowohl seine Mutter als auch sein Vater ihn erschüttert anstarrten. »Warum schaut Ihr mich so an?«

»Du hast das Mädchen aus einem Kloster entführt?« Serildas Stimme zitterte vor Zorn und Abscheu.

»Nein«, rief er aus und verzog dann das Gesicht. »Nun ja, aber sie war keine Nonne und hatte auch nicht vor, eine zu werden. Ich war in der Hoffnung zu dem Kloster geritten, Douglas' Männer von Schändungen abzuhalten. Es sollte nicht sein. Dann habe ich Jennet entdeckt.« Er zuckte die Achseln und sah seine Mutter treuherzig an. »Ich mußte sie haben. Und«, fügte er hastig zu seiner Verteidigung hinzu, »sie dort zu lassen, hätte bedeutet, daß sie Douglas' Männern in die Hände fiel.«

»Ja, Liebling«, murmelte Lucais seiner Gemahlin zu. »Das arme Mädchen hätte ein furchtbares Schicksal erlitten.«

»Ich weiß.« Serilda nippte an ihrem Wein und ließ ihren Sohn nicht aus den Augen. »Und du hast sie auf einem Raubzug durch England mitgeschleppt, um sie vor Douglas' Männern zu bewahren, nicht wahr?«

»Zum Teil, ja«, bestätigte Hacon.

»Und Douglas' Männer bedrohten sie auch in ihrem Heimatdorf, nicht wahr? Deshalb hast du sie hierher gebracht?«

Hacon sah seine Mutter gekränkt an und erwiderte »Nein, sie gehört mir.«

»Ach, ihr seid vermählt.«

»Nein.«

»Nicht verheiratet?« Hacons Schwester Katherine musterte ihn entrüstet und voller Abscheu. »Heißt das, du hast dein … dein …«

»Ich an deiner Stelle würde meine Worte mit Sorgfalt wählen«, sagte Hacon. In seinem ruhigen Tonfall schwang eine unausgesprochene Warnung.

»Nun, es ist kein gutes Vorbild für die jungen Leute.« Sie deutete auf Ranald. »Er sieht genug Sünde, auch ohne seinen eigenen Onkel, der sich vor seinen Augen darin suhlt.«

»Oh, sei endlich still, Katherine«, befahl Serilda und wandte sich dann an Hacon. »So, du hast das Mädchen also nicht zur Frau genommen. Stimmt etwas nicht mit ihr oder ist sie äußerst unpassend?«

»Nichts dergleichen. Arm, aber von guter Geburt.« Er sah seinen Vater an. »Ich schätze, Ihr könnt sie nicht davon abbringen?«

»Nein.« Lucais lächelte dünn. »Und ich verspüre auch nicht den Wunsch, es zu versuchen.«

»Ihr bekommt Euren Willen, Mutter. Aber können wir ungestört darüber reden?«

»Selbstverständlich.« Sie erhob sich. »Nun, da alle ihre Mahlzeit beendet haben, können wir uns mit etwas Wein in den Söller zurückziehen.« Sie schritt durch die lange Halle, blieb vor einer Tür stehen und warf einen Blick über die Schulter. »Hacon? Lucais?« Ohne auf eine Antwort zu warten, verschwand sie durch die Tür.

Vor sich hinmurmelnd und ohne das wissende Grinsen seiner Familienmitglieder zu beachten, stand Hacon auf. Während sein Vater einen großen Weinkrug ergriff, nahm Hacon drei Kelche an sich. Gemeinsam folgten sie Serilda in den Söller.

Die schweren Läden vor den drei Fenstern waren bereits verriegelt, aber die Wärme des Tages befand sich noch immer im Gemach, das von zahlreichen Kerzen erleuchtet wurde. Hacon lächelte, als er den Stickrahmen seiner Mutter am üblichen Platz vor dem mittleren Fenster erspähte. Er war seinem Vater behilflich, einen Stuhl und einen kleinen Tisch hinüber zu tragen, damit sie nah beieinander sitzen konnten. Serilda nahm auf dem gepolsterten Fenstersitz Platz und bedeutete

Lucais, das gleiche zu tun. Der Stuhl ihnen gegenüber blieb Hacon vorbehalten.

Sobald die Männer Platz genommen hatten und der Wein eingeschenkt war, fragte Serilda »Nun? Warum hast du das Mädchen nicht zur Frau genommen?«

Er beugte sich in seinem Sitz vor. »Es mag helfen, wenn ich Euch ein paar Dinge über Jennet erzähle.« So kurz wie möglich berichtete er ihnen, was er über Jennets Leben und ihre Haltung gegenüber Kriegern wußte. »Sie verachtet das, was ich bin. Wie kann ich mich da mit ihr vermählen?« Er entspannte sich in dem schweren, reich geschnitzten Stuhl, da er sicher war, daß dies der Sache ein Ende setzen würde.

»Indem du die Gelübde mit ihr tauschst«, erwiderte seine Mutter erschreckenderweise. »Ich glaube, daß du das Mädchen falsch einschätzt.«

»Ihr habt sie nicht gehört.«

»Das ist wahr. Aber was ich sehe, verrät mir sehr viel. Hacon, das Mädchen war eine Jungfer von guter Geburt. Sie wurde deine Konkubine. Würde ein Mädchen, das einen Mann verachtet, so etwas tun? Sie hatte die Möglichkeit, bei ihrer eigenen Sippe zu bleiben, aber sie verließ sie, um hierher zu kommen. War dies die Handlung eines Mädchens, das dich haßt?«

Hacon runzelte die Stirn und rieb sich das Kinn. »Nein, aber alles, was sie sagt ...«

»Nimmst du dir viel zu sehr zu Herzen«, beendete Serilda den Satz für ihn. »Auch ich habe mich gegen diese Dinge ausgesprochen, und ich habe deinen Vater trotzdem geheiratet. Keine Frau mit wahrhaftigen Gefühlen kann zustimmen, wenn ihr Gemahl nach dem Schwert greift. Du mußt auf ihre Taten achten, nicht auf ihre Worte. Ihre Worte mögen dich verurteilen, dich tadeln, aber ihre Taten verraten das Gegenteil. Sie will dich. Und du willst sie. Ich habe es am Ausdruck in deinen Augen erkannt, als du ihr vom Pony geholfen hast. Wappne dich gegen ihre Reden. Die Zeit wird sie lindern.« Sie lächelte Lucais an. »Bei mir war es so, nicht wahr, mein Gemahl?«

»Gewiß, meine Liebe, obwohl viele Tage verstrichen, an denen ich überzeugt war, daß Ihr mich haßt.« Er lächelte Hacon an. »Süße Worte gingen deiner Mutter erst spät über die Lippen, aber das Warten hat sich gelohnt.« Die Zuneigung ließ den Blick seiner grauen Augen weich werden und er fuhr fort: »Und sie hat recht, wenn sie dich auffordert, auf Jennets Taten zu achten und nicht auf ihre Worte. Denn in ihnen liegt die Wahrheit.«

»Seid ihr einmal vermählt, wird ihre dunkle Stimmung vergehen«, fügte Serilda hinzu.

»Ja, Mutter? Wie kann das sein?«

Serilda verdrehte die Augen. »Du hast einen minderbemittelten Sohn großgezogen, Lucais.«

»Mutter.« Hacon nahm einen übertrieben kummervollen Ausdruck an. »Ihr und Jennet werdet Eure Seelenverwandtschaft feststellen, sobald sie ihren seltsamen Humor wiederfindet.«

»Oh, also nennt sie dich ebenfalls minderbemittelt, nicht wahr?«

»Sie behauptet häufig, ich sei einmal zu oft auf den Kopf geschlagen worden.« Er lächelte schräg, als seine Mutter lachte. »Nun verratet mir, warum Ihr glaubt, daß meine Vermählung mit der Kleinen ihre dunkle Stimmung heben wird.«

»Weil es das Fehlen des kirchlichen Segens ist, was sie beunruhigt. Sie war eine hochgeborene Jungfer, nicht die Sorte Mädchen, die es begrüßt, jemandes Mätresse zu werden. Oh ja, solange ihr bei der Armee wart, hat es nicht viel bedeutet. Nein, nicht einmal bei eurem Aufenthalt bei ihrer Sippe.

Aber hier? Bei deiner Familie? Es würde mich nicht überraschen, wenn sie den Stachel der Scham verspürte.«
Hacon fluchte. »Stimmt, ich habe nicht darüber nachgedacht, aber wahrscheinlich habt Ihr recht. Eigentlich wollte ich zunächst einige Mißverständnisse zwischen uns ausräumen, aber vermutlich ist es das Beste, wenn ich sie sofort zur Frau nehme. Das bedeutet ein Problem weniger zwischen uns, auch wenn ich nicht einmal wußte, daß es existiert.«
Er stand auf und küßte seine Mutter auf die Wange. »Ich denke, ich werde zu Bett gehen. Sobald ich den Mut gefunden habe, Jennet um ihre Hand zu bitten, gebe ich Euch Bescheid.« Er schritt zur Tür, hielt inne, und warf dann einen Blick zurück auf seine Eltern. »Es gibt etwas, das Ihr wissen solltet. Über Jennets Vater.«
»Ja?« Serilda runzelte die Stirn, als Hacon mit der Erwiderung zögerte. »Glaubst du, er wird gegen Eure Hochzeit Einspruch erheben?«
»Nein, aber ich wollte Euch lieber warnen. Es mag sein, daß er in Dubheilrig erscheint. Seine angeheirateten Verwandten haben ihn zweifellos benachrichtigt, daß Jennet am Leben und bei mir ist. Ich sagte ›warnen‹, da der Mann, nach allem, was ich von ihm gehört habe, ein Spitzbube ist. Außerordentlich bezaubernd, aber dennoch ein Spitzbube. Sogar Jennet, die ihn aufrichtig liebt, nennt ihn einen Dieb. Außerdem hat er ein Auge für hübsche Frauenzimmer. Ich dachte nur, eine Warnung wäre angebracht.«
Lucais lächelte. »Das ist richtig, aber hab keine Furcht. Auch unsere Linie ist nicht frei von dieser Art. Wir werden mühelos mit ihm fertig werden.«
»Mühelos«, bestätigte Serilda. »Nun mach, daß du ins Bett kommst. Wir können morgen weiterreden.«

Nachdem er leise sein Quartier betreten und die schwere Tür geräuschlos hinter sich verriegelt hatte, schaute Hacon zum Bett. Er konnte nur Jennets Schopf über den Decken ausmachen. Sein Instinkt sagte ihm, daß sie den Schlaf nur vortäuschte. Er ging, um sich auszukleiden und zu waschen, ohne sich länger um Lautlosigkeit zu bemühen. Murdoc, nahm er mit Erleichterung zur Kenntnis, befand sich in der Kinderstube, so daß er und Jennet allein waren.

Er stieg in das hohe, kastenförmige Bett, zog sie in seine Arme und seufzte, als er ihre Anspannung spürte. »Habe ich dich irgendwie verärgert, Liebling?«

»Nein.« Sie gab den Versuch, sich schlafend zu stellen, auf, da sie wußte, daß er sie durchschaut hatte. »Hacon«, begann sie vorsichtig, »vielleicht wäre es am besten, wenn ich zu meiner Tante und ihrer Familie zurückkehrte.«

Sie stieß einen leisen Überraschungsschrei aus, als er sie plötzlich auf den Rücken drehte und sich schwer auf sie legte. Im schwachen Schein der Kerze konnte sie seine zornige Miene erkennen. Er würde nicht leicht umzustimmen sein.

»Was soll dieser Unsinn?«

»Es ist kein Unsinn. Woran liegt es bloß, daß Männer immer dann, wenn sie nicht mit dem einverstanden sind, was eine Frau sagt, es Unsinn nennen. Ich halte es einfach für besser, wenn ich zu meiner Familie zurückkehre. Das mußt du doch begreifen.«

»Nein.« Er war irritiert, daß ihr Wunsch, ihn zu verlassen, ihn so schmerzlich berührte.

»Dann stellst du dich absichtlich blind. Du hast deine Konkubine ins Haus deiner Eltern gebracht. Das ist nicht richtig. Es ist ...« Sie murmelte einen Fluch, als er sie küßte, um sie am Weitersprechen zu hindern.

Hacon unterdrückte ein Lächeln. Seine Mutter hatte recht gehabt. Sie war verstört, weil sie als seine Geliebte in seinem

Haus weilte. Am Morgen würde er sie mitnehmen und ihr zeigen, wo er plante, einen Burgfried zu bauen. Sobald er ihr von der L-förmigen Feste erzählt hatte, die er zu ihrer Bequemlichkeit und Sicherheit plante, würde er sie bitten, seine Frau zu werden.

»Wir müssen darüber reden«, sagte sie im gleichen Augenblick, da der Kuß endete. Sie kämpfte darum, sich nicht von ihrer aufkeimenden Leidenschaft ablenken zu lassen.

»Ja, aber nicht jetzt, nicht heute nacht.« Er begann ihr Hemd aufzubinden. »Morgen.«

»Es ist unklug, wichtige Dinge auf den nächsten Tag zu verschieben.« Sie machte einen schwachen Versuch, ihn an seinem Tun zu hindern.

»Dieses eine Mal kann es nichts schaden.« Er legte sich sanft auf sie und küßte ihre Kehle. »Es wird über drei Tage dauern, dich zu deiner Tante zu bringen. Drei Nächte, in denen du neben mir liegst und ich dich nicht lieben kann. Nun, jetzt sind wir allein in einem schönen weichen Bett. Und ich«, er legte seine Hände um ihre Brüste und rieb mit den Daumen sanft die Brustwarzen, bis sie hart wurden, »möchte jetzt nicht reden. Morgen wird Zeit genug dazu sein.«

Sie wußte, daß das, was sie zu sagen hatte, zu wichtig war, um einfach so abgetan zu werden und daß sie darauf bestehen sollte. Aber jetzt hatte er die Liebkosungen durch sanftes Streicheln mit seiner Zunge ersetzt. Sie wand ihre Finger in sein Haar und zog ihn an sich, ermutigte ihn schweigend, die verführerischen Spiele fortzusetzen. Es konnte wahrhaftig nichts schaden, bis zum nächsten Morgen zu warten. Tatsächlich sollte sie die Lust, die er ihr bereitete, so intensiv wie möglich genießen, bevor sie ihn verlassen mußte.

»Am Morgen dann«, stimmte sie zu, und ließ den Zauber des Verlangens, das sie teilten, auf sich wirken.

Sein Verhalten während des Liebesakts war zärtlich und

sanft, aber es entbehrte nicht einer gewissen Rauheit, wie sie feurige Begierde verleiht. Er bedachte ihren Körper mit süßen Liebkosungen, streichelte und küßte jeden Zoll ihrer Haut, bis Jennet sich der Verzweiflung nahe an ihn klammerte und ihn anflehte, in sie einzudringen. Sie schrie vor Erleichterung und Entzücken leise auf, als sie ihn endlich in sich spürte. Auf ihrem Weg zur gemeinsamen Erfüllung stand Jennet ihm in Wildheit an nichts nach. Ihre Schreie vermischten sich, während sie gemeinsam den Höhepunkt ihrer Lust erreichten. Jennet hielt ihn fest umschlungen, als er sich in ihre Arme sinken ließ. Durch ihren von Leidenschaft getränkten Verstand hallte immer wieder dieselbe Frage – würde sie die Kraft haben, diesen Mann zu verlassen?

»Hacon, ich dachte, Ihr hättet mich hierher gebracht, damit wir reden können.«

Die Arme vor der Brust verschränkt, funkelte Jennet ihn zornig an. Sein gutes Aussehen war schwerlich zu übersehen. Er trug ein am Hals offenes, hellblaues Wams und eine enge graue Hose und hatte weder Schwert noch Rüstung angelegt. Die leichte Brise zauste sein üppiges blondes Haar. Die Hände in die schmalen Hüften gestemmt, betrachtete er seine Ländereien voller Freude und Stolz. Jennet spürte, wie Bewunderung sie überwältigte und riß sich zusammen. Sie hatte jedes Recht, ärgerlich auf ihn zu sein.

Er hatte sie einen schmalen, überwachsenen Pfad entlang durch Farn und Heide auf eine niedrige Erhebung geführt, die auf der einen Seite an einen kleinen See grenzte. Von jedem Punkt des Hügels aus hatte man freie Sicht auf die Moore und Felder, die das Dorf umgaben und die Sümpfe, die das Ufer des Sees bildeten. Jennet konnte in der Ferne die Feldarbeiter erkennen, Schafe und Kühe weideten frei und auf dem dunkelblau schimmernden See dümpelten Enten.

Im Dorf hatte sich eine Gruppe von Frauen um den Brunnen versammelt. Es war ein Bild des Friedens. Und das, so fand sie, war das schönste daran. Aber sie konnte den Grund für ihr Hiersein nicht erkennen. Sie wollte mit ihm reden und er nahm sie auf einen Spaziergang über seine Ländereien mit sich.

»Gut, was immer Ihr wollt, Liebling.« Er legte ihr den Arm um die Schultern und küßte ihre Wange. »Was haltet Ihr von diesem Platz?«

»Es ist schön hier, aber …«

»Und leicht zu verteidigen.«

»Ja, das auch. Nun …«

»Hier werde ich meine Feste bauen.«

»Oh.« Sie schaute sich um, bemerkte, daß ihre Neugier sie von ihrem eigentlichen Vorhaben ablenkte und konzentrierte sich wieder auf das, was sie sagen wollte. »Der vollkommene Ort dafür. Nun, Hacon …«

»Ich werde beim Bau der Befestigung selbstverständlich die Bequemlichkeit der zukünftigen Bewohner im Auge behalten.« Er zog sie weiter zur Mitte der Hügelkuppe. »Ich glaube, Ihr könnt den Grundriß, den ich gezogen habe, bevor ich in den Krieg gezogen bin, noch erkennen.«

Jennet starrte auf den Boden und hätte beinah gelächelt. Fast vom Gras verborgen, zog sich eine schmale Linie über den Grund. Sie nahm Hacons Hand und folgte schweigend dem groben Umriß. Als sie an den Ausgangspunkt zurückgekehrt waren, warf sie ihm einen Blick zu. Jennet fand seine Handlung rührend. Er hatte seinen Traum in den Staub gemalt und sie daran teilhaben lassen.

»Sie hat die Form eines L«, bemerkte sie leise.

»Richtig. Man kann sie gut verteidigen, aber sie wird nicht so düster wie manch andere Befestigung sein.« Er lächelte verhalten. »Ich sehe sie schon vor mir, wie sie für viele Jahre die

Kuppe des Hügels beherrscht.« Er schaute zum See. »Möglicherweise lange genug, um nicht mehr vonnöten zu sein.«
Er klang tiefernst. So, wie er jetzt dreinsah, konnte sie sich ihn gut vorstellen, wie er auf Dubheilrig herrschte, das Land bestellte und für seine Leute sorgte. Er machte sich wahrhaftig etwas aus Dubheilrig, und er liebte das Land.
»Das wäre unbeschreiblich schön«, flüsterte sie. »Wann werdet Ihr mit dem Bau beginnen?«
»Morgen fangen die Männer an, das Fundament auszuheben.« Hacon sah auf ihre verschlungenen Hände, dann sah er ihr direkt ins Gesicht. »Ihr habt noch nicht gesagt, was Ihr davon haltet.«
»Ich bin sicher, es wird die beste Verteidigungsanlage zwischen hier und London.« Sie lachte, und er schlang seinen Arm um ihre Schultern. Dann wurde sie wieder ernst. »Hacon, Ihr habt versprochen, heute mit mir zu reden.«
Er schnitt eine Grimasse und rieb sich das Kinn. »Tatsächlich, wolltet Ihr mit mir sprechen?«
»Ja, Ihr lenkt mich ab.«
»Jederzeit gerne.« Er versuchte, sie in seine Arme zu ziehen. Sie befreite sich aus seinem Griff und starrte blind auf den See. »Ich kann hier nicht bleiben, Hacon.«
Sie schrie leise auf, als er sie packte und zu sich herumwirbelte. »Warum nicht?«
»Ich bin zu stolz, um als Eure Konkubine hier zu leben. Die Scham überwältigt mich.«
»Dann bleibt als meine Gemahlin.«
»Was?« Sie starrte ihn mit offenem Mund an. Das war das letzte, was sie erwartet hatte.
»Bleibt als meine Gemahlin.«
Jennet benötigte eine volle Minute, um ihre Fassung zurückzugewinnen. Sie kämpfte kurz und heftig gegen den Drang, einfach ja zu sagen. In ihrer Vorstellung hatte sie diese Situa-

tion immer mit dem Austausch von Zärtlichkeiten und süßen Worten verbunden. Das hier klang verdächtig nach einem Befehl. Und es löste nur ein Problem. Zwar wäre sie keine Mätresse mehr, kein Objekt der Verachtung, aber sie blieb die Tochter eines landlosen Diebs.

»Warum zögert Ihr?« fragte er und lächelte schräg. »Bin ich denn so eine schlechte Wahl?«

»Nein, Ihr seid eine zu gute Wahl für ein Mädchen wie mich.«

»Was soll das heißen?«

»Hacon, denkt doch mal nach. Ja, ich bin von guter Abstammung. Aber das ist alles, was ich vorzuweisen habe. Ich bin das Kind von Dieben. Kein Land, kein Titel, kein Geld. Ich habe nicht einmal das Leinen, das ein heiratswilliges Mädchen braucht. Ich besitze überhaupt keine Mitgift.«

Er nahm sie in die Arme und küßte sie herzhaft, gab sie nicht frei, bevor sie beide außer Atem waren. »Hier habt Ihr Eure Mitgift, Kleines. Das ist genug.«

»Ich kann mir nicht vorstellen, daß Eure Eltern, Eure Sippe oder Euer Clan davon sonderlich beeindruckt sein werden.«

»Ihnen reicht, daß ich Euch erwählt habe.«

»Welcher Hochmut.«

»Kommt. Ich werde es Euch beweisen.«

Er gab ihr keine Gelegenheit, zu argumentieren oder zu protestieren, während er sie zum Haus seiner Eltern zog. Sie liefen so schnell, daß Reden unmöglich war. Als sie seine Eltern endlich im Söller des Herrenhauses gefunden hatten, brauchte Jennet eine Weile, um wieder zu Atem zu kommen.

Katherine hatte sich auf eine der Fensterbänke gekuschelt und erledigte Näharbeiten. Das kurze kühle Lächeln, mit dem sie ihren Bruder begrüßte, schloß Jennet nicht mit ein. Lucais, der mit der Feder in der Hand an seinem Schreibtisch saß und Lady Serilda, die an ihrem Stickrahmen arbeitete, sa-

hen sie neugierig an. Jennet nahm sich vor, sich nichts von dem, was sie sagen würden, zu Herzen zu nehmen.
»Ich habe Jennet gebeten, meine Frau zu werden«, verkündete Hacon. »Sie hat eingewilligt.«
Jennet war starr vor Staunen, als sowohl Serilda als auch Lucais aufstanden, um sie zu umarmen. Sie schienen sie wirklich von Herzen willkommen zu heißen. Sie fragte sich, wieviel Hacon ihnen über sie erzählt hatte.
»Ich besitze keine Mitgift«, fühlte sie sich verpflichtet zu sagen.
»Gar nichts?« fragte Katherine kalt, die sich nicht von ihrem Fenstersitz gerührt hatte.
»Eine Mitgift ist unwichtig«, erwiderte Lady Serilda und schaute sie böse an. »Komm jetzt und begrüße deine neue Schwester.«
Katherine kam zu Jennet herüber und schüttelte kurz ihre Hand. »Willkommen. Nun, wenn Ihr mich entschuldigen wollt, ich muß meinen Sohn suchen.« Sie verließ den Söller.
»Laß sie«, ermahnte Serilda Hacon, der seiner Schwester hinterhergehen wollte. »Sie glaubt, Gott und das Schicksal hätten sie betrogen und fühlt sich unglücklich und allein. Wir brauchen sie nicht, um die Hochzeit vorzubereiten.«
Sir Lucais zog Hacon dennoch zur Tür. »Ihr benötigt unsere Hilfe dabei nicht.«
»Nein – noch nicht«, lächelte Serilda, als Hacon und sein Vater sich geschwind aus dem Staub machten. Sie führte Jennet zu einem der Fenstersitze. »Nun laß uns Pläne für das Fest schmieden.«
Es dauerte nicht lange und Jennet spürte, wie ihre Angst sich legte. Hacons Mutter hieß sie wirklich in der Familie willkommen. Jennet hoffte inständig, daß sie auch Katherine für sich gewinnen konnte. Sie wollte kein Anlaß für Mißstimmungen innerhalb der Familie werden.

Die Notwendigkeit, für die Abendmahlzeit zu sorgen, beendete Lady Serildas Pläne. Jennet schlüpfte hinaus und lief die Treppe empor. Sie wollte sich waschen, umziehen und nach Murdoc sehen, bevor das Essen serviert wurde. Gerade als sie die sechste Stufe erreicht hatte, rief jemand ihren Namen. Sie drehte sich um und erkannte Ranald, der die wenigen Stufen erklomm, vor ihr stehen blieb und sie freundlich anlächelte.

»Herzlichen Glückwunsch – Tante.« Er grinste und küßte sie auf die Wange. »Ich will Euch in der Familie willkommen heißen.«

»Ich danke Euch, Ranald.« Sie lächelte kurz. »Ich hoffe, daß ich Eure Mutter bald für mich gewinnen kann.«

Ranald verzog das Gesicht. »Achtet nicht auf sie, Jennet. Seit mein Vater starb, ist sie verbittert und grollt. Am Anfang versuchten wir alle, sie zu trösten, aber es half nichts.« Er zuckte die Achseln. »Nun meiden wir sie entweder oder bringen sie zum Schweigen. Das müßt Ihr auch tun. Nun, jetzt muß ich Onkel und Großvater holen. Sie helfen dem lahmen Walter, seine Kuh und ihr Kalb aus einem Moorloch zu ziehen. Sie werden sich vor der Abendmahlzeit waschen müssen.« Er stieg die Treppe hinab.

»Wartet, ich werde Euch begleiten.«

Sie fanden Hacon und seinen Vater auf einem Stück Land westlich der Siedlung. Jennet gab sich keine Mühe, ihr Lachen zu verbergen. Mit nacktem Oberkörper und völlig schlammbedeckt stand Hacon knietief in einem Sumpfloch und versuchte fluchend, ein blökendes Kalb herauszuziehen. Ein knochiger, grauhaariger Mann stand am Rand des morastigen Lochs und zog an der Leine, die um den Bauch des Kalbs geschlungen war. Der grinsende, ebenso schmutzige Sir Lucais befand sich daneben, bereit, mit Hand anzulegen. Hacon schaute in Jennets Richtung und ein Lächeln ging über seine wohlgeformten Lippen. »Es ist ungerecht. Hier habe ich ein dummes Weibchen, das sich weigert, ihr eigenes Leben zu retten und ein zweites, das mich auslacht.«

Jennet ließ ihrem perlenden Gelächter bei diesem vergnüglichen, aber auch rührenden Anblick freien Lauf. Hacon, Baron von Dubheilrig, sorgte sich genug um sein Volk, um einem armen Hirten zu helfen, seine Kuh aus dem Sumpf zu ziehen. Sie spürte, wie ihre Hoffnung auf eine friedvolle Zukunft wuchs.

Kapitel 13

Das Knarren der Tür ließ Jennet, die im Söller saß und ein Hemd für Murdoc nähte, aufschauen. Sie grinste, als Hacon hereinschlüpfte. Er sah aus wie ein kleiner Junge, der einen Streich plant. Nachdem sie bereits zwei Wochen mit ihm hier verbracht hatte, nahm sie sein Verhalten ohne Verwunderung zur Kenntnis. Seit ihrer Ankunft hatte er sich den Aufgaben gewidmet, die einem Baron wohl anstanden; er hatte zum Vergnügen gejagt, Recht gesprochen und die Verwaltung des Anwesens gemeinsam mit seinem Vater in die Hand genommen. Sie hatte ihn jedoch auch dabei beobachtet, wie er mit den Dorfjungen Ball gespielt, seine Mutter geneckt, einen Streit über eine Schlachthenne geschlichtet und sogar beim Bau von Roberts neuem Haus für ihn und Elizabeth mit Hand angelegt hatte. Sein Schwert gürtete er nur, wenn er über die Grenzen der Ansiedlung hinaus ritt oder seiner Autorität mehr Gewicht verleihen wollte. Sie war von dieser unbeschwerten Seite an ihm begeistert, aber sie fragte sich manchmal, wie gut sie ihn eigentlich kannte.

»Aha, Mutter hat Euch allein und unbewacht gelassen«, bemerkte Hacon, der zum Fenstersitz kam und neben ihr Platz nahm.

»Es gab Unstimmigkeiten in der Küche, die sie schlichten mußte. Ich erwarte sie bald zurück. Wir wollen gemeinsam essen.«

»Sie wird es allein tun müssen.« Er zog sie auf die Füße. »Ihr müßt mit mir speisen.«

Jennet warf ihr Nähzeug beiseite und lächelte. »Dann bleibt mir wohl keine Wahl?«
»Richtig. Wir werden ein kleines Mahl einnehmen und dabei den Männern zusehen, die meine Feste bauen.«
»Es hat mir schon immer gefallen, anderen bei der Arbeit zuzusehen.«
Hacon grinste und zog sie zur Tür. Jennet ließ sich von ihm führen. Er tat so geheimnisvoll, daß sie sich nur mit Mühe ein Lachen verbeißen konnte. Als sie die Hügelkuppe erreichten, von der eines Tages die Feste das Land beherrschen sollte, fand sie eine auf dem Boden ausgebreitete Decke vor, auf der ein kleines Festmahl aus Wein, Brot und Käse stand. Sie schüttelte lachend den Kopf und ließ sich von ihm auf den Boden ziehen.
»Nun, Kleines, was haltet Ihr von unserem großartigen Haus?« fragte er, während er dicke Scheiben Brot für sie schnitt.
Sie schaute den Männern zu, die das Fundament aushoben. »Ich habe nie zuvor ein großartigeres *Loch* erblickt«, verkündete sie. »Wahrhaftig, nicht einmal der König besitzt ein besseres.«
»Impertinentes Frauenzimmer. Ich dachte mir, daß Ihr Euch so die Größe besser vorstellen könnt, als wenn nur Linien auf dem Boden gezogen sind.« Er schnitt den Käse in mundgerechte Stücke. »Das dort werden die Vorratskammern für den Zehnten, das Getreide und den Wein.«
»Und der Kerker«, murmelte sie.
»Gewiß, das muß sein. Aber es wird kein Loch werden, kein Verlies. Ich will so etwas nicht auf Dubheilrig haben. Der einzige Zweck eines Verlieses besteht darin, einen Mann, der dort hineingeworfen wird, verrotten zu lassen.«
»Ich bin froh, daß es hier keine solch gruseligen Orte geben wird. Und Ihr habt natürlich recht. Jetzt, wo der Boden aus-

gehoben wird, kann ich mir wesentlich besser vorstellen, wie groß die Feste einmal werden wird.« Sie knabberte ein wenig an ihrem Käse, bevor sie die Frage wagte. »Hacon? Wäre es nicht weniger kostspielig gewesen, das Haus Eurer Eltern zu befestigen?«

»Sicher. Aber keinerlei Befestigung könnte es wirklich sichern. Wir haben immer schon vorgehabt, eine Feste zu bauen, sobald wir die Mittel dazu haben. Bedauerlicherweise wurde uns das Land im gleichen Augenblick genommen, als wir beginnen wollten. Diese Gebäude werden unsere Mittel erschöpfen, aber wir können nicht mehr warten. Eine Festung ist eine zwingende Notwendigkeit, auch wenn ich mir wünschte, daß es nicht so wäre.«

»Sie wird eine ausgezeichnete Zuflucht für die Bewohner von Dubheilrig sein.«

»Und für uns.« Er küßte ihre Hand. »Ich will eine starke Festung, aber ich will auch einen Ort der Schönheit und Behaglichkeit schaffen.«

Bevor Jennet antworten konnte, rief jemand Hacons Namen. Sie blickten sich zum Pfad um, der den Hügel hinaufführte. Jennet erblickte Ranald, der überaus besorgt wirkte.

»Hacon, Ihr müßt sofort kommen«, rief Ranald, während er ihnen entgegeneilte. »Ein Bote des Königs ist eingetroffen.«

»Verwünscht sei der König und sein Hundsfott von einem Boten!« knurrte Jennet, als Hacon sich erhob und sie hochzog. »Mögen ihre Zungen schwarz werden und ihre Männlichkeit verdorren.«

»Nun, nun, meine liebe Jennet«, schalt Hacon sie, aber seine Stimme zitterte von unterdrücktem Gelächter. »Ihr würdet es sicherlich bedauern, wenn Eure Flüche in Erfüllung gingen.«

»Nein, würde ich nicht«, schmollte sie, als er sie den Pfad hinunter zum Haus seiner Eltern führte.

Als sie beim Haus ankamen, überwogen Jennets Ängste, ihr

Zorn war weitgehend verflogen. Hacons Familie und einige seiner Männer hatten sich auf dem Hof mit sehr ernsten und feierlichen Gesichtern um den Boten des Bruce geschart. Jennet erstarrte förmlich, als sie dem Mann gegenüberstand, so sehr fürchtete sie seine Botschaft.

»Unser König wird sich zu einem Kriegszug nach Irland einschiffen«, begann der Bote. »Er wünscht Eure Gefolgschaft und Unterstützung, Sir Gillard, Lord von Dubheilrig.«

»Wann?« Hacon spürte, wie Jennet ihm ihre Hand entzog, aber er zwang sich, dem Mann des Bruce zuzuhören.

»Er will in zwei Wochen aufbrechen, deshalb müßt Ihr mich zurückbegleiten. Ihr und so viele bewaffnete Männer, wie Ihr aufbringen könnt.«

Jennet wartete nicht länger. Sie wagte es nicht, dem Boten ihre Meinung zu sagen. Die zornigen, verräterischen Worte, die sie dem Boten ins Gesicht schleudern würde, konnten ihr und allen, die ihr nahestanden, viel Kummer bereiten. Aber ihre Flucht endete an der Tür. Hacon erwischte sie am Arm und zog sie an seine Seite. Sie sah ihn an, bereit, ihm ihre Wut entgegenzuspeien, aber er beachtete sie nicht. Statt dessen schaute er in die Menge, die sie umgab und hob ihre verschränkten Hände.

Hacon hatte nicht den Wunsch, erneut in den Krieg zu ziehen, aber er war verpflichtet, den Befehlen des Bruce Folge zu leisten. Es gab keine Möglichkeit, vor seiner Abreise die Heirat zu vollziehen, aber er wollte nicht, daß Jennet ohne den Schutz seines Namens oder ein Anrecht auf seinen Besitz zurückblieb, falls er nicht wiederkehrte. Zudem behagte ihm der Gedanke nicht, sie ungebunden zu wissen. Schließlich konnte er etliche Monate fortbleiben.

Es gab nur eine Alternative. Sie mußten sich vor Zeugen einander angeloben. Damit wurde sie als seine Gemahlin anerkannt. Alles, was sie tun mußten, war, sich gegenseitig vor

Zeugen als Mann und Weib anzuerkennen. Als er in ihr zorniges kleines Gesicht schaute, schwand Hacons Zuversicht, daß sie diesen Schwur leisten würde.

»Ihr alle wißt«, verkündete Hacon mit lauter, klarer Stimme, die ihm die allgemeine Aufmerksamkeit sicherte, »daß Jennet Graeme meine Braut ist.«

Die Menge verkündete murmelnd ihre Zustimmung.

»Der König hat uns befohlen, für ihn zu kämpfen«, fuhr Hacon fort. »Deshalb kann es nun keine Zeremonie geben. Aber ich werde Jennet nicht ohne den Schutz meines Namens und das Recht auf alles, was mein eigen ist, zurücklassen. Deshalb wähle ich den Schwur vor Zeugen. Hiermit nehme ich Jennet Graeme zu meinem Weib. Habt Ihr das vernommen und gebilligt?«

»Ja«, schrie die Menge.

Einen Augenblick lang konnte Jennet ihn nur fassungslos anstarren. Ein Schwur? Er will mich mit einem öffentlichen Schwur zum Weib nehmen und dann in den Krieg ziehen? Sie wollte ihm gerade sagen, daß er wahnsinnig war, als sie hörte, wie ihr Name gerufen wurde ... Der Kopf schwirrte ihr ob ihrer widersprüchlichen Gefühle, als sie zu Lucais schaute.

»Und Ihr, Jennet Graeme?« fragte Lucais. »Nehmt Ihr Hacon Gillard zu Eurem Mann?«

Eine schneidende Stimme in ihrem Kopf, die der ihrer Tante bemerkenswert ähnlich war, hieß sie, ja zu sagen, und sich später den Kopf zu zerbrechen. Jennet starrte Hacons Vater an und versuchte, diesen Drang zu unterdrücken, aber die schneidende Stimme in ihrem Kopf zwang sie zur Einwilligung. Und ebenso tat es ihr Herz, wie sie sich zähneknirschend eingestand.

»Ja, ich nehme Hacon Gillard zum Mann.«

»Habt ihr dies vernommen und gebilligt?«

»Ja«, brüllte jedermann, ohne einen Augenblick zu zögern.
Jennet riß sich von Hacon los. »So, jetzt sind wir einander angelobt«, verkündete sie zornig. »Nun könnt Ihr reiten und Euch umbringen lassen, Ihr blutdurstiger Narr.« Sie rannte davon.
Hacon seufzte. Nachdem er Dugald befohlen hatte, die Männer zu sammeln, wollte er Jennet hinterherlaufen, aber seine Mutter hielt ihn auf. »Ich muß meine Sachen packen, Mutter.«
»So wirst du innerhalb der nächsten Stunde fort sein?«
»Ja, zumindest beinah. In der wenigen Zeit die mir bleibt, muß ich Jennets Kummer lindern.«
»Dafür wird die Zeit niemals reichen. Denk an meine Worte. Achte auf ihre Taten, nicht auf ihre Reden.«
»Ich will es beherzigen«, murmelte er. »Aber tatsächlich habe ich mehr Angst vor ihr als vor einer Horde bewaffneter Männer.« Er lächelte dünn. »Sagt Dugald, daß Ranald zurückbleibt«, bat er sie und begab sich zu seinen Gemächern.

Jennet blieb sitzen, als Hacon eintrat. Sie hätte ihn am liebsten angeschrien, ihn geschlagen. Sie hatte Angst um Hacon, aber ihr Zorn und ihr Abscheu vor der Lebensweise der Männer überwältigten sie. Sie wußte, daß ein Teil ihres Zorns aus ihren zerstörten Hoffnungen herrührte. Sie hatte sich selbst betrogen, als sie aus seinem Verhalten während ihrer gemeinsamen Zeit in Dubheilrig geschlossen hatte, daß seine Tage als Krieger vorüber waren. Als er sich auf einen Schemel setzte, um seine *Cuarans* zu befestigen, stand sie auf und half ihm. Die Übermacht der Gefühle, die in ihr wogten, machte weiteres Schweigen unmöglich.
Hacon streichelte ihr Haar, als sie vor ihm kniete. »Das ist der Preis, den er für die Ehren, die er mir verliehen hat, fordert, für den Titel und die Baronie.« Als sie sich zurück auf die

Fersen sinken ließ, stand er auf, um sein Kettenhemd zu holen.

Sie erhob sich, um ihm beim Anziehen behilflich zu sein.

»Zehn Jahre waren wohl nicht genug?« knurrte sie.

»Der Bruce ist mein Lehnsfürst.«

»Und deshalb hat er das Recht, Euch ständig auf Kriegszüge zu befehlen. Irland? *Wieso* Irland? Ihr könnt mir nicht erzählen, daß die Engländer Schottland von dort aus bedrohen.«

»Sein Bruder Edward wurde dort zum König ausgerufen. Es ist offensichtlich, daß er Unterstützung braucht, um den Thron zu halten.« Hacon schnitt eine Grimasse, als er ihren Gesichtsausdruck bemerkte und gürtete eilig sein Schwert.

»Aha«, zischte sie. »Schottisches Blut soll vergossen werden, damit der Arsch eines Bruce auf dem Thron bleibt. Ihr könnt das unmöglich gutheißen. Robert, der Bruce, war ein legitimer Anwärter auf den schottischen Thron, aber welchen Anspruch hat sein Bruder auf die Krone von Irland?«

Hacon, der nicht sicher war, ob es darauf eine Antwort gab, wiederholte: »Der Bruce ist mein Lehnsfürst. Die Ehre verlangt, daß ich dem Ruf zu den Waffen folge.«

»Ehre.« Sie spuckte das Wort aus, als ob es ein Fluch sei. »Ehre hat die Erde von Stirling bis London mit dem Blut aufrechter Männer getränkt. Es ist an der Zeit, daß die Ehre beiseite tritt, damit gesunder Menschenverstand regieren kann.«

Er sehnte sich danach, sie zu umarmen, aber sie wirkte nicht sehr gefügig. »Ich habe zehn Jahre um das gefochten, was ich heute mein eigen nenne. Ich kann es nicht aufgeben.« Er gab seinem Verlangen nach und berührte ihre Wange, aber sie entzog sich ihm. »Meine Familie wird sich um Euch und Murdoc kümmern. Meine Eltern haben Euch beide mit offenen Armen aufgenommen. Wartet auf mich, Liebling. Ich werde zurückkehren. Ich habe Euch zu meinem Weib genommen ...«

»Dann könnt Ihr ja jetzt davoneilen und mich zur Witwe machen. Erwartet Ihr wahrhaftig meinen Dank?«

»Nein«, flüsterte er. »Wartet auf mich. Ich werde zu Euch zurückkommen. Es scheint, als könnte ich nichts anderes tun«, murmelte er und stürzte davon.

Jennet starrte lange auf die offene Tür. Sie fühlte sich, als hätte man ihr das Herz herausgerissen. Hacon zu lieben war genauso, wie sie befürchtet hatte. Kurze Momente des Entzükkens wechselten mit schierem Entsetzen, wenn er wieder und wieder in die Schlacht aufbrach.

Dann wurde ihr plötzlich bewußt, daß sie ihn nur mit barschen Worten fortgeschickt hatte. Dieser Gedanke verbannte alles andere aus ihrem Kopf. Sie stürzte in den Hof, von dem Gedanken beseelt, etwas davon wiedergutzumachen.

Hacon stand neben seinem Hengst und verabschiedete sich von seinen Eltern. Jennet warf sich in seine Arme. Sie küßte ihn leidenschaftlich, glühend, legte all ihr Verlangen, ihre Verzweiflung und ihre Furcht in diesen Kuß. Als sie sich von ihm löste, drückte sie ihm, ohne auf die lästerlichen Bemerkungen seiner Männer zu achten, ihren Rosenkranz in die Hand.

»Geht mit Gott, Hacon Gillard«, flüsterte sie, dann floh sie zurück in ihre Gemächer. Sie hatte nicht die innere Kraft, ihn fortreiten zu sehen.

Kapitel 14

»Er ist nun schon drei Monate fort. Er wird nicht zu Euch zurückkehren.«

Jennet sah von dem wollenen Nachthemd auf, das sie für Murdoc stopfte, und ließ ihren Blick durch den Söller wandern, bis sie ihn auf Katherine ruhen ließ. Lady Serilda und ihre Zofe waren gegangen. Es überraschte sie nicht. Katherine hätte in Gegenwart ihrer Mutter niemals so freimütig gesprochen.

»Irland ist weit weg«, erwiderte Jennet. »Niemand kann erwarten, daß Hacon dorthin segelt, in der Schlacht kämpft und wieder zurückkehrt, und das alles innerhalb von 14 Tagen.«

»Er hätte aber längst wieder hier sein müssen. Ihr wäret gut beraten, Eure Witwenkleidung zu fertigen.«

»Wünscht Ihr wahrhaftig Eurem eigenen Bruder den Tod?«

»Nein, natürlich nicht, aber ich bin nicht so närrisch, mich an falsche Hoffnungen zu klammern.«

»Bis man mir nicht die Nachricht von seinem Tod bringt, werde ich darauf warten, daß er zu mir zurückkehrt, wie er es versprochen hat.«

»Mein Gemahl versprach ebenfalls, zu mir zurückzukehren und jetzt verwest er in englischer Erde.«

Katherine eilte aus dem Söller und warf die Tür hinter sich zu. Jennet seufzte. Am liebsten hätte sie Katherines bittere Worte ignoriert, aber das war unmöglich. Hacon war schon so lange fort. Drei lange Monate waren ohne jede Nachricht von ihm verstrichen. Sie brauchte Katherines Kommentare nicht, um zu fürchten, daß sie eine Witwe war, bevor sie die Gelegenheit gehabt hatte, eine Ehefrau zu sein.

»Jennet?«

Sie blickte auf und lächelte Ranald an, der hereingekommen war und nun neben ihr Platz nahm.

»Es tut gut, Euch zu sehen, Ranald.«

»Ihr seht nicht sehr glücklich aus, aber ich sollte meiner Mutter die Schuld aufbürden. Ich sah sie, als sie gerade eben, grimmig wie immer, den Söller verließ.«

»Eure Mutter macht sich Sorgen wegen Hacon.«

»Vielleicht. Ihr aber tut es bestimmt, deshalb bin ich gekommen, um Euch ein wenig abzulenken.«

»Tatsächlich?« Sie legte ihre Näharbeit zur Seite. »Was habt Ihr vor?«

»Es ist schon einige Zeit her, daß Ihr den Fortgang der Bauarbeiten begutachtet habt. Sie haben mit dem Wall begonnen.«

»Dem Wall?«

»Ja, dem Vorwerk. Die große Steinmauer, welche die Feste umgibt. Ihr habt es angeordnet.«

»Ach ja. Verzeiht mir. Ich hatte mich ganz auf die Gebäude konzentriert und an nichts anderes mehr gedacht.«

»Holt schnell Euren Umhang.«

Jennet hatte mit Ranalds Hilfe auf einem Teilstück des Walls Platz genommen. Ranald hatte recht. Es war ihre Idee gewesen, eine Wallanlage zu bauen. Jedermann hatte ihr versichert, daß dies in Hacons Sinn war. Sie wünschte sich, er wäre hier. Statt dessen kümmerten sie und Ranald sich um den Fortgang der Arbeiten, während er für den Bruce in einem fernen Land kämpfte. Sie verwünschte den Bruce wie jeden Tag, seit Hacon sie verlassen hatte.

»Wenn sich das Wetter hält«, bemerkte Ranald, während er

ihr einen Haferkuchen reichte, »sind die Arbeiten bis zum Ende des Sommers abgeschlossen.«

»Wahrhaftig. Ich hoffe nur, daß Hacon zufrieden sein wird.« Sie knabberte an dem Haferkuchen.

»Selbstverständlich wird er das. Zumindest sind wir seinen Plänen gefolgt.«

»Nun ja, mehr oder weniger.« Sie grinsten sich an. »Aber ich kann mir nicht vorstellen, daß er unsere Verbesserungen verwerfen wird. Schließlich geschahen sie mit Zustimmung seiner Eltern.«

Sie seufzte und schaute auf den zur Hälfte fertiggestellten Burgfried. Das Gebäude brachte ihr Hacon auf seltsame Weise näher. Der Bau hielt, zumindest am Tag, ihre Ängste und Sorgen in Schach.

Es erstaunte sie selbst, aber letztendlich hatte sie Hacons Leben als Ritter akzeptiert. Es mißfiel ihr nach wie vor, und sie würde sich auch weiterhin beklagen, aber sie verurteilte ihn nicht länger. Trotz Serildas und Elizabeths Ermahnungen entsprang diese Veränderung ihrem Innersten. Kummer und Sorgen waren der Preis, den sie für das Zusammensein mit ihm zahlen mußte. Und wenn er zurückkehrte, würde ihr dieser Preis nicht zu hoch erscheinen. Zumindest, dachte sie lächelnd, bis er das nächste Mal zu den Waffen gerufen wurde.

»Da kommt jemand«, murmelte Ranald, sprang von der niedrigen Mauer und half ihr herunter.

Jennet beobachtete voller Schrecken, wie drei Männer den Pfad entlangkamen. Der Mann in der Mitte wurde von zwei Bewaffneten eskortiert. Sie hoffte, daß sie keine schlechten Nachrichten brachten. Dann riß sie erstaunt die Augen auf. Der Mann in der Mitte besaß rehbraunes Haar. Dann erkannte sie den eitlen Gang, die schlanke, elegante Figur, gekleidet in edelstes Leinen und Wolle.

Mit einem von Hoffnung erfüllten Freudenschrei stürzte sie ihnen entgegen. Je näher sie kam, desto sicherer war sie sich der Identität des Mannes. Sie warf sich nach vorn, und er breitete die Arme aus und fing sie auf.

»Vater? Seid Ihr es wirklich?« hauchte sie endlich, und trat einen Schritt zurück, um ihm in die Augen zu sehen, die den ihren so erstaunlich glichen.

»Gewiß, mein Mädchen, und du würdest mir einen großen Gefallen tun, wenn du das diesen Männern bestätigen würdest, bevor sie mich mit ihren Schwertern einfach aufspießen.« Er warf einen Blick auf seine Wachen, die sich indes bereits entspannt hatten.

»Oh Papa«, rief sie und warf sich wieder in seine Arme. Sie spürte beglückt die sehnige Kraft seiner Arme, als er sie eng umschloß.

Nachdem sie sich gefangen hatte, trat sie, seine Hände umklammernd, einen Schritt zurück und stellte ihn Ranald und seinen ehemaligen Wachen vor. Die beiden Männer eilten davon, um Hacons Eltern von ihrem neuen Gast in Kenntnis zu setzen. Etwas ruhiger geworden faßte Jennet die Erscheinung ihres Vaters genauer ins Auge.

Er war mit einer feingewebten Tunika von guter Qualität bekleidet. Sein Umhang war aus ebenso gutem Material und mit Pelz verbrämt. Enge, mehrfarbige Hosen umschlossen seine wohlgeformten Beine und er trug ausgezeichnete Lederstiefel, die ihm bis zu den Knien reichten. Alles in allem war seine Kleidung ein kleines Vermögen wert, die verschiedenen Grünschattierungen darin schmeichelten seiner Erscheinung. Sie musterte ihn argwöhnisch.

»Wo habt Ihr dies gestohlen?« verlangte sie zu wissen.

»Mädchen!« Artair Graeme preßte die Hand aufs Herz und machte eine gekränkte Miene. »Wie kannst du mir so etwas unterstellen – du, mein eigen Fleisch und Blut?«

»Ganz einfach. Ich kenne Euch nur zu gut. Wir hatten niemals Geld übrig, um uns solche Pracht leisten zu können.«
»Nun, jetzt haben wir es.« Er hakte sich bei ihr unter und schritt, den grinsenden Ranald auf den Fersen, mit ihr den mittlerweile ausgetretenen Pfad durch die Heide hinunter. »Nun ja, eine reiche Witwe …«
»Nein« – sie hob abwehrend die Hand – »es reicht mir völlig zu wissen, daß Ihr sie nicht gestohlen habt.«
»Das habe ich nicht. Ich habe sie mir im Schweiße meines Angesichts verdient. Nun, offengestanden, eher durch den Schweiß meines –«
»Papa!« Sie funkelte ihn an und Ranald lachte. »Ihr solltet Euch krümmen vor Scham.«
»Warum? Weil ich ein Lächeln auf das Gesicht einer Dame und Münzen in meine Taschen gezaubert habe?« Er zwinkerte ihr zu. »Es war solch ein seliges Lächeln.«
Sie mußte sich das Lachen regelrecht verbeißen. Sie umklammerte seinen Arm fester und schmiegte ihre Wange daran, während sie ihren Weg den Hügel hinab suchten. Er war ein Spitzbube, aber nur Hacons wohlbehaltene Rückkehr aus dem Krieg hätte sie glücklicher machen können.
»Solange Ihr hier seid, werdet Ihr nichts dergleichen tun«, befahl sie. »Ihr werdet Euch von Eurer besten Seite zeigen, während Ihr Gast bei der Familie meines Gemahls seid.«
»So, so, du hast den Halunken also geheiratet.«
»Nun, wir haben uns einander öffentlich angelobt, bevor er nach Irland in den Krieg gezogen ist.«
»Das reicht völlig aus. Mir widerstrebte der Gedanke, den Mann zum Duell fordern zu müssen. Man hat mir berichtet, er sei mir ebenbürtig«, erwiderte er gedehnt.
»Angeber! Ihr habt noch nicht versprochen, Euch zu benehmen.«
»Ich werde ein Heiliger sein«, sagte er und küßte ihre Wange.

Jennet bezweifelte das, aber sie bedrängte ihn nicht weiter. Nichtsdestotrotz nahm sie sich vor, ein wachsames Auge auf ihren liebenswerten, bezaubernden, aber irregeleiteten Vater zu haben, solange er in Dubheilrig weilte.

Jennet, in ihren wollenen Umhang gehüllt, war auf dem Weg zum hinteren Ende der Ställe. Eine hysterische Katherine hatte sie aufgefordert, sich dorthin zu begeben und ihrem Vater Einhalt zu gebieten. Die arme Katherine hatte ihrer verwöhnten Stute einen Besuch abgestattet und genug gehört, um zu erkennen, daß Artair und Ranald sich gehörig daneben benahmen. Jennet verstand allerdings nicht, warum Katherine der Sache nicht selbst ein Ende bereitet hatte. Immerhin war Ranald ihr Sohn.

Jennet fand die Lüstlinge mühelos. Sie musterte die beiden Paare, die nur ein paar Schritte voneinander entfernt in seligem Vergessen im Heu lagen. Sie ergriff ein Holzscheit und warf es gegen eine der Stalltüren. »Ihr habt versprochen, Euch zu benehmen«, schrie sie.

Alle vier Missetäter schreckten auf und versuchten sich mit einem Fetzen Kleidung zu bedecken. Eigentlich sollte sie nicht so überrascht sein. Ihr Vater hatte sich lange, trübselige acht Winterwochen hervorragend benommen. Aber er war wahrlich kein Heiliger, wie er nun ausgestreckt vor ihr im Heu lag und versuchte, seine Intimsphäre mit dem Zipfel einer Decke zu schützen.

»Ihr habt versprochen, Euch zu benehmen«, wiederholte sie.

»Und das habe ich auch.« Er zog eine rostbraune Augenbraue hoch und zwinkerte der drallen Maid, die neben ihm kniete, vergnügt zu. »Nicht wahr, mein Mädchen?« Er lachte, als die Frau kicherte.

Jennet ignorierte das und fuhr fort. »Und Ranald an Euren Sünden auch noch teilhaben zu lassen. Sagt nicht, es wäre

nicht Eurem Einfluß zu verdanken, daß er sich hier mit Hingabe im Heu wälzt.«
»Nun, Jennet, tatsächlich lautet ihr Name Fenella«, erwiderte Ranald langsam und tätschelte die Schulter seiner Gespielin.
Jennet schnappte nach Luft und funkelte ihren Vater an. »Nun ist er sogar genauso impertinent wie Ihr.«
»Ja.« Artair zauste Ranalds volles Haar und lachte. »Der Bursche lernt schnell. Auf ihn wartet eine große Zukunft.«
Jennet wandte ihnen den Rücken zu und unterdrückte mühevoll ihr Lachen. Als sie sich wieder unter Kontrolle hatte, drehte sie sich mit finsterer Miene zu dem Grüppchen um.
»Nun, seiner Mutter mißfallen die Lektionen, die Ihr erteilt.«
Jennet beachtete Ranalds gestotterten Protest nicht weiter.
»Dies Weib verhätschelt den Jungen«, erwiderte Artair. »Den Jungen? Er ist schon fast ein Mann.«
Obwohl sie seiner Meinung war, wollte Jennet gerade ihren Vater ermahnen, daß es nicht seine Sache war, sich einzumischen, als jemand ihren Namen rief. Erstaunt wandte sie sich dem jungen Mann zu, der im Türrahmen stand. Nach einem Augenblick erkannte sie Donald, Roberts Bruder. Ihre Freude über seine völlige Genesung schwand angesichts seines besorgten Gesichtsausdrucks rasch dahin.
»Was ist mit Euch, Donald?« fragte sie ihn, da seine Aufmerksamkeit von den vier Liebenden im Heu abgelenkt war.
»Oh« – er errötete leicht – »ein Bote ist gekommen.«
»Nun, Ihr habt ihn doch sicherlich zu den Eltern seiner Lordschaft geführt.« Jennet sagte sich, daß ihre wachsende Furcht unsinnig war, jedermann konnte einen Boten senden, aber ihre Angst wurde stärker.
»Gewiß, aber er will seine Botschaft erst überbringen, wenn Ihr ebenfalls dort seid, um sie zu hören.«
Jennet fand dies sonderbar. Mit bang klopfendem Herzen eilte sie über den bereits tauenden Boden zu den Gebäuden und

betrat zögernd die große Halle, wo die Familie und der Bote versammelt waren und auf sie warteten. Sie wünschte sich zurück in den Stall. Lady Serildas Gesichtsausdruck verstärkte nur ihre Befürchtungen. Es kostete sie alle Kraft, den kindischen Wunsch, ihre Hände mit den Ohren zu bedecken, zu unterdrücken. Sie war froh, sich an Serildas Hand klammern zu können, als diese den Boten aufforderte, zu sprechen.

»Nun berichtet Eure Neuigkeiten, Sir Berneard.«

Der Mann seufzte und drehte seine *Liripipe*, die Schottenmütze mit dem langen, kegelförmigen Behang, zwischen den Fingern, wobei er die Mütze vollkommen ruinierte. »Ich fürchte, ich bringe schlechte Nachrichten.«

Lady Serilda lächelte schwach, aber ihre Miene verriet nichts außer tiefer Traurigkeit. »Ich weiß. Fahrt fort.«

»Sir Hacon Gillard, Lord von Dubheilrig, ist in der Schlacht um Dundalk in Irland gefallen. Der Bruder unseres Fürsten fiel in derselben Schlacht. Euer Sohn« – er sah Jennet an – »und Euer Gebieter hat tapfer und ehrenvoll gefochten.«

Jennet war kalt, so schrecklich kalt. Sie bemerkte nur undeutlich, wie Lucais auf seine Gemahlin zueilte und die leise weinende Frau in seine Arme schloß. Sir Berneards vernichtende Worte hämmerten in ihrem Verstand und machten sie taub für das, was um sie herum geschah. Sie spürte eine Hand auf ihrem Arm und warf sich der Person in die Arme. Nach einer Weile erkannte sie, daß es ihr Vater war.

»Mylady?« Sir Berneard sprach zu ihr. »Lady Gillard?«

»Antworte dem Mann, Kind«, drängte Artair und schüttelte sie ein wenig, wobei er sie eindringlich und besorgt musterte.

»Ja? Was wollt Ihr von mir, Sir?«

»Ich habe Euch etwas mitgebracht.« Als sie die Hand ausstreckte, legte er vorsichtig ihren eigenen Rosenkranz hinein.

»Sein Verbündeter, Sir Niall, nahm an, daß Ihr dies wiederhaben wollt.«

Jennet umkrampfte die Perlen so fest, daß sie sich tief in ihre Haut gruben und fragte: »Sir Niall? Er ist nicht Hacons Mann. Das ist Dugald. Was ist mit Dugald geschehen?«

»Ich kenne diesen Mann nicht – Dugald? Zusammen mit Eurem Gebieter wurden zwei weitere Männer getötet. Vielleicht war einer der beiden dieser Dugald.«

»Da gibt es kein vielleicht«, erwiderte Lucais mit vor Bewegung heiserer und rauher Stimme. »Dugald hätte meinen Sohn niemals im Stich gelassen. Wenn denn ein Mann mit Hacon gestorben ist, kann es kein anderer als unser Dugald gewesen sein. Was ist mit den übrigen Männern aus Dubheilrig?«

»Ich weiß nicht, wie viele es sind, aber einige werden zurückkehren. Sie befinden sich momentan in Stirling. Der König trug mir auf, Euch sein tief empfundenes Beileid auszusprechen. Euer Sohn war einer seiner besten Krieger. Falls es einen Verwandten gibt, der Titel und Ländereien übernehmen soll, oder falls Ihr selbst die Nachfolge antreten wollt, braucht Ihr es nur zu äußern, und Euer Wunsch ist erfüllt.«

»Mein Enkel Ranald wird nun die Bürden dieser Ehre tragen«, erwiderte Lucais.

Jennet war unfähig, dies noch länger zu ertragen und wandte sich verzweifelt zur Tür. Doch selbst jetzt war ihr bewußt, daß auch andere ihren Schmerz teilten. Serilda und Lucais hatten ihren Sohn verloren. Während sie noch nach Worten suchte, wunderte sie sich flüchtig, warum sie sie so besorgt musterten.

»Es tut mir unendlich leid«, flüsterte sie. »Es gibt keine Worte dafür, nicht wahr?«

»Nein.« Serilda berührte flüchtig ihren Arm. »Kind, vielleicht solltest du dich lieber hinlegen.«

»Gewiß, ich war auf dem Weg zu meinen Gemächern.«
Jennet ging ohne ein weiteres Wort. Ihren Rosenkranz umklammernd begab sie sich langsam, wie betäubt, zu dem Raum, den sie so kurz mit Hacon geteilt hatte. Sie trat ein, schloß die schwere Tür und ging zum Bett. Aber wenige Zoll davor überwältigten sie ihre Gefühle, die sie so lange gezügelt hatte, und sie brach zusammen.

»Ich sollte zu ihr gehen«, murmelte Serilda, aber Artair vertrat ihr den Weg. »Man sollte sie nicht allein lassen, Artair. Die Nachricht hat ihr einen schweren Schlag versetzt. Sie war geisterhaft bleich und viel zu still.«
»Gewiß, das war sie. Ich warte noch einen Moment, dann gehe ich zu ihr.«
»Warum warten?«
»Ich muß zunächst wissen, wie sie mit ihrem Schmerz umgeht.« Als er ihre erstaunten Blicke bemerkte, erklärte er: »Mein kleines Mädchen hat einige solcher Verluste erlitten, angefangen bei ihrer Mutter bis zu einer kleinen Freundin. Es gibt zwei Möglichkeiten. Entweder unterdrückt sie ihren Schmerz und verleugnet ihn oder er überwältigt sie. Dann wird er sie so sehr schütteln, daß sie drei oder vier Tage krank sein wird. Ich habe das arme Kind schon vorher behütet. Ich werde es wieder tun. Ja, wir haben uns gegenseitig vor dem Wahnsinn bewahrt, als meine Moira uns verlassen mußte. Jetzt werde ich ihr durch diese schwarze Zeit helfen.«
»Ihr werdet Unterstützung brauchen.«
»Natürlich, aber Ihr leidet selbst.« Er nahm ihre Hand und küßte sie. »Die *Sassanach*, Elizabeth, wird mir helfen. Ich sehe jetzt nach Jennet. Ich fühle mit Euch, Herrin, Sir.« Er verbeugte sich vor den Gillards und verließ sie.
Vor dem Eingang zu Jennets Gemach zögerte er. Er konnte

ihre klagenden, tränenerfüllten Schluchzer hören, die ihm das Herz zerrissen. Er lehnte einen Moment die Stirn gegen das Holz und schloß die Augen. Das ist eine weitere Wunde, die du nicht heilen kannst, dachte er. Er wollte mit ihr weinen. Dann öffnete er die Tür und trat ein. Ein einziger Blick genügte und er wußte, daß schwere Tage vor ihnen lagen. Jennet kniete auf dem Boden und wiegte sich wehklagend vor und zurück.

Jennet öffnete langsam die Augen und zuckte zusammen. Sie fühlte sich zerschlagen und wund. Ihre geschwollenen Augen schienen sandig zu sein. Einen Augenblick lang fragte sie sich, ob sie krank gewesen war. Dann erinnerte sie sich. Hacon war tot. Der Schmerz durchzuckte sie, und sie preßte die Hand aufs Herz, erstaunt, daß es diesen Schmerz ertragen konnte ohne in seinem Schlag innezuhalten. Eine lange, elegante Hand bedeckte die ihre und sie schaute hoch, um ihren Vater an ihrem Bett zu finden, der sie besorgt betrachtete.

»Hacon ist tot, Papa.« Ihre Stimme klang schwach und rauh.

»Ja, Kleines, ich fürchte, das ist so.« Sie versuchte sich aufzusetzen, und er half ihr geschwind, stopfte die Gänsedaunenkissen in ihren Rücken, damit sie sich anlehnen konnte.

»Ich war nur eine Last.«

»Nein, keine Last. Deine Wunde ist tief und du mußtest sie säubern. So war es am besten.«

»Dein Vater ist dir die ganze Zeit nicht von der Seite gewichen.« Elizabeth trat zum Bett und half Jennet, ein wenig Met aus einem reich geschnitzten Kelch zu trinken. »So, das sollte deiner armen Kehle gut tun.«

»Wie lange war ich so? Ich kann mich kaum erinnern.«

»Drei Tage«, erwiderte Artair.

»Oh, Papa, Ihr hättet mir nicht erlauben sollen, mich so närrisch … so selbstsüchtig aufzuführen.«

»Du warst keins von beidem. Dies war nötig. Außerdem war es nur kurz.«
»Drei Tage nennt Ihr kurz?«
»Nein, aber ich hatte dir vier eingeräumt. Danach hätte ich dir ein wenig Verstand eingebleut.«
Sie lächelte ihn schwach an, dann keuchte sie auf. »Hacons Mutter. Sein Vater. Ich hätte bei ihnen sein und sie in ihrem Kummer trösten müssen. Wie konnte ich so gedankenlos sein?«
»Beruhige dich, Liebes. Niemand hält dich für gedankenlos. Selbstverständlich trauern sie, aber sie haben einander.«
Sich entspannend nickte sie. »Das ist wahr, aber ich muß es wieder gutmachen. Auch an Murdoc. Er ist doch wohlauf?«
»Aber ja«, erwiderte Elizabeth. »Aber er vermißt dich.«
Nickend seufzte sie und starrte auf ihre Hände. »Es tut weh, Papa, und am meisten schmerzt das Wissen, daß ich ihn mit bösen Worten fortgeschickt habe. Ich weiß nicht, ob ich mir das jemals vergeben kann.«
Er nahm ihre Hände und zwang sie, ihn anzusehen. »Viele Frauen haben ihre Männer auf diese Weise fortgeschickt. Kleines, seine Mutter hatte ihm schon den klügsten Rat gegeben, den ein Mann wegen einer Frau bekommen kann. Er ist nicht in dem Glauben in den Tod gegangen, daß du ihn verachtest. Sie hat ihm geraten, auf deine Taten und nicht auf dein Reden zu achten, und deine Taten haben deine Worte Lügen gestraft. Du hast ihn mit einem Kuß verabschiedet, von dem heute noch gesprochen wird und du hast ihm deinen Rosenkranz geschenkt. Als Mann kann ich dir verraten, woran er sich erinnert hat – an den Kuß. Du hättest nichts besseres tun können, um den Stachel, den deine Worte hinterlassen haben, zu lindern.«
»Ich danke Euch. Ihr würdet mich doch nicht anlügen, um mich zu trösten?«

»Doch, würde ich, aber es ist nicht nötig. Diesmal nicht. Dein Gemahl hat sich an diesen Kuß erinnert, der nach allem, was ich gehört habe, außerordentlich schamlos war.«

»Ja, das glaube ich auch.« Dann wurde ihr bewußt, daß sie Hacon nie wieder küssen würde und ihr kamen die Tränen. »Ich habe mich der Trauer völlig überlassen, aber der Schmerz ist immer noch da. Wird er jemals vergehen?«

»Das weiß ich nicht, Liebes. Mit der Zeit wird er nachlassen, aber völlig vergehen? Wenn ich an deine Mutter denke, fühle ich ihn immer noch. Du wirst lernen, damit zu leben und ihn zu überwinden und du wirst wieder Freude am Leben empfinden. Mir ist es so ergangen.«

»Ach, Papa.« Sie führte seine Hände an ihre Lippen. »Ihr seid solch ein Spitzbube, aber kein Mädchen könnte einen besseren Vater haben.« Sie tat so, als würde sie das feuchte Glitzern in seinen Augen und die plötzliche Röte auf seinen Wangen nicht bemerken.

»Ich werde dich daran erinnern, wenn du das nächste Mal mit mir schimpfen willst«, neckte er sie mit unsicherer Stimme. »Jetzt mußt du aber etwas essen. Du hast in den letzten drei Tagen viel zu wenig zu dir genommen.«

»Mein Robert wird gleich hier sein«, sagte Elizabeth. »Wir werden ihn etwas holen lassen.«

»Ist Robert zurück? Sind die Männer schon heimgekehrt?« fragte Jennet.

»Ja«, erwiderte ihr Vater. »Nur einen Tag nachdem der Bote hier war. Elizabeths närrischer Mann kommt jede Stunde vorbei und steckt seinen knorrigen Kopf durch die Tür. Er hat wohl Angst, ich könnte sie verführen. Er führt mich wahrhaftig in Versuchung.« Er zwinkerte der lachenden Elizabeth zu. »Ich glaube, ich kann sein Stampfen hören.«

Einen Augenblick später erschien Robert im offenen Eingang. Er wechselte ein paar Worte mit Elizabeth, sprach Jennet die besten Wünsche für ihre baldige Genesung aus und funkelte ihren Vater die ganze Zeit über mißmutig an. Artair grinste nur unverschämt. Nachdem Robert sie verlassen hatte, um, wie gebeten, ein wenig Essen zu holen, brachen Artair und Elizabeth wie zwei verschwörerische Kinder in Gelächter aus. Jennet konnte sogar ein wenig mitlachen.

Nachdem Jennet genug gegessen hatte, um Elizabeth zufriedenzustellen, ließ diese sie mit ihrem Vater allein. »Ich bin schrecklich müde«, bekannte sie mit einem Ausdruck der Selbstverachtung.

»Dann ruh dich aus, Liebes. Der Schicksalsschlag, den du erlitten hast, raubt dir die Kraft. Ja, ruh dich nur aus und sobald du dich ausreichend erholt hast, werde ich dich von hier fortbringen.« Er strich ihr eine Haarsträhne aus dem Gesicht. »So es dein Wunsch ist.«

Jennet überlegte nur einen kurzen Augenblick. »Ja, dieses Haus birgt zu viele Erinnerungen«, flüsterte sie. »Ich muß mich davon befreien.«

»Seid Ihr sicher, daß Ihr das wirklich wollt?« fragte Ranald vierzehn Tage später, als Jennet wieder auf den Beinen war und sich bereit machte, Dubheilrig zusammen mit ihrem Vater zu verlassen.

Jennet lächelte ihm zu. Er fühlte sich unter der Bürde der neuen Pflichten als Herr noch unbehaglich. Wie er so mit seiner Familie vor dem Herrenhaus stand, wirkte er schmerzlich jung. Sie würde ihn vermissen, aber sie wußte, daß er sie nicht brauchte. Er hatte einfach nur den Wunsch, alle, die er liebte und denen er vertraute, in dieser Phase der Unsicherheit in seiner Nähe zu wissen. Sie hätte sich vielleicht schuldig gefühlt, aber sie wußte, daß Hacons Eltern ihm auf jede erdenkliche Weise helfen würden, Dubheilrig zu regieren.

»Kind«, sagte Lucais. »Du weißt, daß du hier immer willkommen sein wirst.«

»Gewiß«, erwiderte Jennet, während ihr Vater Murdoc in die Trageschlinge auf ihrem Rücken setzte. »Aber ich kann nicht bleiben, nicht jetzt.«

Serilda kam zu Jennet herüber und umarmte und küßte sie. »Ich verstehe dich. Kehre zurück, wenn dir danach ist. Du und dein spitzbübischer Vater«, sie lächelte Artair flüchtig an, »werdet hier immer willkommen sein.«

»Ich danke Euch. Ich gelobe, beim nächsten Mal keine solche Last zu sein.«

»Du warst keine Last. Kind, glaubst du denn, ich hätte nicht getrauert? Mein Schmerz drückt sich nur anders aus. Tatsächlich frage ich mich, ob deine Art zu trauern nicht die bessere ist. Ein einziges, großes Blutvergießen statt ständig zehrendem Kummer.«

»Nun, genug davon«, fuhr sie dann fort. »Bitte komm zurück, so du kannst und willst. Du hast hier viele Freunde.« Sie küßte Murdoc. »Genau wie dieser liebe kleine Kerl.« Serilda gesellte sich wieder zu Lucais und Ranald. »Wohin werdet ihr gehen?«

»Nach Süden«, erwiderte Artair. »Vielleicht sogar bis England. Aber als erstes gehen wir nach Berwick. Ich besitze dort Freunde. Wir werden einige Zeit bei ihnen verbringen.«

»Gott möge Euch beschützen«, sagte Lucais.

Alle, die sich zum Abschied versammelt hatten, wiederholten diesen Wunsch. Jennet antwortete gerührt, während ihr Vater ihr auf ihr Pony half und dann seinen eigenen schwarzen Wallach bestieg. Sie trieb ihr Pony an und folgte ihrem Vater den Pfad hinunter. Als sie an der kleinen Kapelle vorüberritten, hielt Jennet inne und betrachtete traurig die Grabsteine. Einen Augenblick später war ihr Vater an ihrer Seite.

»Du solltest an diesem kummervollen Ort nicht verweilen, Liebes«, murmelte er.

»Ja, ich weiß. Ich dachte nur gerade daran, daß der arme Hacon irgendwo in Irland begraben liegt. Er hat Dubheilrig so sehr geliebt, Papa. Er sollte hier sein.«

»Das wird er auch, im Geiste. Komm, Liebes, laß uns von hier fortreiten, wo so viele traurige Erinnerungen dich verfolgen.«

»Glaubt Ihr, ich könnte ihnen entfliehen?«

»Du kannst es versuchen.« Er zwinkerte ihr zu und machte sich wieder auf den Weg. »Eine Graeme kann nahezu alles, wenn sie es wirklich will.«

Sie folgte ihm und lächelte dünn. »Dann wollen wir damit anfangen, daß wir die Geister auf dem Friedhof zurücklassen.«

»Geister«, kreischte die schluchzende und aschfahle Katherine, als sie in die Halle des Gillardschen Herrenhauses stürzte. »Gott schütze mich. Ich bin wahnsinnig geworden. Ich sehe die Schatten der Toten!«

Lucais konnte gerade noch verhindern, daß sein Stuhl umstürzte, als sich seine Tochter in seine Arme warf. Er fragte sich, ob die Augusthitze ihren Verstand verwirrt hatte. Er drückte ihren zitternden Körper an sich und schaute hilflos zu Serilda und Ranald hinüber, die mit ihm gemeinsam an der großen Tafel saßen. Ein Geräusch vom Eingang her erregte seine Aufmerksamkeit und der Mann, der dort selbstsicher stand, fesselte sie. Einen Augenblick lang war er ebenso verängstigt wie seine Tochter. Man hatte ihnen mitgeteilt, daß Hacon gefallen war und sechs lange Monate hatten sie in diesem Glauben verbracht. Er konnte Ranalds und Serildas erschrockenes Keuchen hören, als sie den Schemen ebenfalls erkannten.

Als er schließlich sprach, war seine Stimme schwach und unsicher. »Hacon? Man hat uns berichtet, du seiest in Irland erschlagen worden.« Er wollte sich seiner Gemahlin und seinem Enkel anschließen, zu Hacon laufen und ihn in die Arme schließen, aber die schluchzende Katherine, die sich nach wie vor an ihn klammerte, hinderte ihn daran. »Husch, Weib«, knurrte er und schüttelte sie ein wenig.

Es dauerte noch eine Weile, bis Katherine sich beruhigt hatte. Zu diesem Zeitpunkt saßen Hacon und Dugald bereits bei Speis und Trank. Hacon kämpfte seine Ungeduld nieder, da er die Erschütterung, die sein Erscheinen in der Familie ausgelöst hatte, verstand. Aber allmählich konnte er kaum mehr an sich halten, alle seine Gedanken kreisten um eine einzige Person – Jennet.

»Sohn.« Serilda streckte ihre Hand über den Tisch und umklammerte die seine. »Warum wurde uns gesagt, du seiest tot?«

»Nun, beinah wäre das die Wahrheit gewesen.« Hacon akzeptierte seufzend, daß er einige Erklärungen abgeben mußte. »Die Schlacht von Dundalk war verloren, Lord Edward tot. Wir rannten um unser Leben, so wie es jeder Mann mit ein wenig Verstand tat. Wir wurden verfolgt, aber nicht von den Iren, sondern von unseren eigenen Leuten. Der junge Alan wurde getötet und Dugald und mir wäre es beinah ebenso ergangen. Der Feind stand so nahe, daß die Galgenstricke nicht gewagt haben, sich zu vergewissern, ob ihre schmutzige Arbeit zum Erfolg geführt hatte.« Er lächelte seine Mutter, die todesbleich geworden war, beruhigend an.

»Wie ist es Euch gelungen, lebend zu entkommen?« bohrte Ranald, der ganz offensichtlich begierig war, die ganze Geschichte zu hören.

»Wir konnten uns verstecken, bis der Feind fort war. Gott hat uns beschützt, er sandte uns einen barmherzigen Mann, der uns half. Er behandelte unsere Verletzungen und verbarg uns, bis wir uns weit genug erholt hatten, um dies verfluchte Land zu verlassen. Ich bedaure, daß es so lange gedauert hat.«

»Das ist unwichtig«, bemerkte Serilda. »Ihr seid am Leben. Aber wer könnte euch töten wollen?«

»Balreaves.« Er lächelte grimmig, als seine Schwester beim Klang des bekannten Namens aufkeuchte. »Jawohl, genau der. Er war es, der versucht hat, mich zu ermorden. Die Meuchelmörder, die er auf mich angesetzt hatte, haben es freimütig zugegeben, aber es wird mir nichts nutzen. Ich bin sicher, daß sie von den Iren getötet wurden. Es scheint, als wäre es ebenfalls Balreaves gewesen, der das Gerücht von meinem Tod verbreitet hat.« Er erklärte, daß jener sich gegen ihn verschworen hatte, er aber keinerlei Beweis dafür erbringen konnte. »Und so wird er sein tödliches Spiel fortsetzen.«

»Du mußt einen Beweis finden, bevor er dich erwischt«, erwiderte Lucais mit zorniger Stimme. »So darf es nicht weitergehen.«

»Nein, und ich *werde* dem ein Ende setzen«, schwor Hacon. »Aber nun sehne ich mich nur noch nach meiner Gemahlin. Wo ist Jennet?« Hacon sah mit wachsendem Unbehagen, wie seine Familie sich Blicke zuwarf, aber niemand antwortete. »*Wo* ist Jennet?«

»Sie mußte annehmen, daß du tot bist«, erwiderte Serilda.

»Es wird nicht lange dauern, sie vom Gegenteil zu überzeugen, *falls* mir endlich jemand sagen würde, wo ich sie finden kann.«

»Sie hat uns im Frühjahr verlassen.«

»Verlassen? Ihr habt sie gehen lassen?«

»Nicht ohne Begleitung«, beeilte sich Serilda zu versichern. »Ihr Vater erschien hier ungefähr zwei Monate bevor wir die Nachricht von deinem Tod erhielten. Nachdem sie es erfahren hatte, war sie hier nicht länger glücklich und ist zusammen mit ihrem Vater fortgeritten. Sie wollten nach Süden, ins Grenzland und dann weiter nach England.«

»Ja«, fuhr Ranald fort. »Er erwähnte Berwick, aber ich hatte nicht den Eindruck, daß sie dort länger verweilen wollten.«

»Er ist nie lange am gleichen Ort.« Hacon fluchte. »Nun, ich werde ihr folgen.«

»Erst mußt du dich ausruhen«, protestierte Serilda. »Du bist gerade erst von einer langen, beschwerlichen Reise heimgekehrt.«

»Gewiß, aber nur ein paar Tage. Der Douglas plant einen weiteren Überfall auf englisches Gebiet. Es gibt Gerüchte, daß der englische König eine Armee aushebt, um Berwick zurückzuerobern. Douglas beabsichtigt, die nördlichen Grafschaften Englands zu überfallen, in der Hoffnung, diese Armee abzulenken oder wenigstens zu teilen. Ich werde mich ihm anschließen. Falls ich auf der Suche nach meiner Gemahlin ins Feindesland muß, tue ich gut daran, eine ganze Armee im Rücken zu haben.«

Kapitel 15

»Kleines, hast du nicht immer wieder gesagt, wie sehr dir Berwick mißfällt?« fragte Artair, als er in das kleine Cottage trat, das sie bewohnten.

»Gewiß, aber Ihr habt dem stets wenig Aufmerksamkeit gezollt.« Sie sah ihn neugierig an. »Warum erwähnt Ihr dies jetzt?«

Sie musterte ihren Vater eindringlich, blieb aber dennoch an der Feuerstelle sitzen und rührte in dem Topf mit Wildragout. Er schien nervös zu sein, wie er da auf der anderen Seite des Feuers hockte und sich unnötigerweise die Hände wärmte.

»Steckt Ihr in Schwierigkeiten, Vater?« fragte sie.

»Nein, aber der Rest von Berwick.« Er rieb sich die Augen, schaute kurz zu dem kleinen Abzug im Dach und verwünschte dessen Unzulänglichkeit, den Rauch abziehen zu lassen. »Wir werden dieses verräucherte Loch verlassen.«

»Verlassen? Warum? Ihr steckt *doch* in Schwierigkeiten.«

»Nein, nein. Es sind die Engländer, Kleines. Sie stellen eine Armee auf und beabsichtigen, in diese Richtung zu marschieren.«

»Oh.« Sie füllte eine Holzschüssel mit Ragout und reichte sie ihm. »Hier. Die Belohnung für Eure Wilderei.«

»Du scheinst nicht übermäßig besorgt zu sein.« Er setzte sich bequemer hin und begann zu essen.

Sie band Murdoc ein Tuch um und gab ihm eine Schüssel, dann nahm sie sich selber etwas. »Oh, ich bin sogar sehr besorgt, aber es hilft nichts, sich davon überwältigen zu lassen.

Das wird die Armee auch nicht aufhalten. Ich glaube allmählich, nichts kann das.«

»Nun, wenn sie die nächsten Jahre so weitermachen, wird zwischen York und Stirling außer Gräbern und ödem Land nichts mehr existieren. Vielleicht hören sie dann auf.« Er nahm sich noch eine Portion Ragout.

»Und, was haben die Engländer vor, daß Ihr Berwick so schnell verlassen wollt?«

»Es geht das Gerücht, daß diese Marionette, Edward II., mit der Absicht nach Norden zieht, Berwick von Walter, dem Vogt, zurückzuerobern.«

»Bedauerlich, aber keine große Überraschung. Man sollte meinen, daß dies ohnehin nur eine Frage der Zeit war.«

»Sehr wahr. Nun, jetzt ist es soweit. Eine vieltausendköpfige, englische Armee versammelt sich bei Newcastle. Sie können jetzt jeden Tag nach Norden aufbrechen. Es wird ein langer Sommer für jeden werden, der in diesen Mauern gefangen ist.«

»Wir haben bereits August. Der Sommer ist zur Hälfte vorüber.«

»Die Hälfte, die bleibt, wird sehr lang werden, und ich habe nicht die Absicht, sie in Berwick zu verbringen.«

Jennet war fertig und stellte ihre leere Schüssel in einen Topf mit Wasser auf dem schmalen Steinherd. Sie nahm einen Schluck aus dem Weinschlauch und reichte ihn dann ihrem Vater. Ihre einzige Reaktion auf die Bedrohung war ein Gefühl der Resignation, und das beunruhigte sie. Das letzte, was sie wollte, war, dem Krieg gegenüber abzustumpfen. Das verriet einen Mangel an Gefühl, eine Taubheit des Herzens, deretwegen sie sich Sorgen machte.

»Auch ich würde es vorziehen, nicht zwischen die Schlachtreihen zu geraten. Wohin sollen wir uns wenden?«

»Ich dachte an Boroughbridge.«

»Boroughbridge? Warum dorthin?«
»Ich habe Freunde dort. Nun ja, Arthos de Nullepart hat sie.« Er lächelte, zwinkerte ihr zu und nahm einen langen Zug aus dem Schlauch.
»Wie erfreulich, aber warum so tief nach England, mitten hinein ins Feindesland? Warum nicht nach Norden, nach Schottland? Dort haben wir Freunde *und* Verwandte.« Artair nickte und lachte, kurzfristig von Murdoc abgelenkt, der mit dem langen Band an seiner Schottenmütze spielte. »Das haben wir und wir würden es auch tun, aber es gibt eine winzige Schwierigkeit. Glaubst du, die Schotten machen es sich gemütlich und sehen seelenruhig zu, wie Berwick überfallen wird?«
Sie verzog das Gesicht und fluchte lautlos. »Nein, sie werden Berwick zu Hilfe eilen, und falls es dafür zu spät ist, werden sie kämpfen, um es zurückzugewinnen.«
»Richtig. Und ich kann nicht voraussehen, was sie tun werden. Entweder reiten sie direkt hierher oder sie überfallen die englischen Grafschaften, wie es der Douglas so gerne tut, um die Armee auf sich zu ziehen. In beiden Fällen stünden wir zwischen zwei gegnerischen Heeren, und eben dies möchte ich vermeiden.«
»Ich auch. Wir stehen auf keiner Seite und sind nicht reich genug, um als Geiseln in Frage zu kommen. Wir könnten nur abwarten, wer uns zuerst umbringt.«
»Und genau dieser Situation möchte ich entgehen. Morgen früh brechen wir nach Boroughbridge auf.«
Jennet seufzte und nickte. Obwohl sie keine Lust verspürte, sich erneut auf den Weg zu machen, brach ihr der Abschied von Berwick nicht gerade das Herz. Nach ihrer Ankunft mußte sie zu ihrem Erstaunen feststellen, daß auch Berwick Erinnerungen barg. Sie hatte dergleichen nicht erwartet, denn obwohl sie Hacon hier kennengelernt hatte, waren es

nicht eben glückliche Zeiten gewesen. Ihre Trauer war zu neu, zu frisch, und jede Erinnerung, gleich ob gut oder schlecht, brachte sie wieder zum Vorschein.

»Mach nicht so ein trauriges Gesicht«, ermahnte sie ihr Vater, aber seine Miene zeigte nichts als Mitgefühl.

Sie mußte lächeln. Er und Murdoc rangen um die Schottenmütze. Das volle Haar ihres Vaters war von Murdocs vergeblichen Griffen nach der Kopfbedeckung ganz zerzaust. Diese beiden hielten sie davon ab, in tiefe Verzweiflung zu versinken, sie waren ihr Grund, am Leben zu bleiben. Murdoc brauchte sie, und ihr Vater wäre außer sich vor Kummer, wenn er sie verlöre. Auch wenn sie manchmal glaubte, ohne Hacon nicht leben zu können, wußte sie, daß dies nicht stimmte. Ihr Leben mochte nie wieder so schön werden, aber es war noch lange nicht vorüber.

Sie rettete die Mütze vor dem kichernden Murdoc. »Wenn Ihr Arthos seid, wer bin dann ich?« fragte sie.

»Natürlich meine Tochter.«

»Aber ich bin nicht so gewandt wie Ihr. Ich glaube nicht, daß ich wie eine Französin klingen kann.«

»Das mußt du auch nicht. Ich habe dich in der Vergangenheit häufiger erwähnt, wenn ich gefragt wurde. Ich habe behauptet, daß ich während eines kurzen Aufenthalts in Schottland ein Weib genommen habe. Jetzt sage ich einfach, daß ich für dich und dein Kind sorgen muß. Solche Dinge bedürfen keiner großartigen Erklärung.«

»Wahrscheinlich. Aber sind die Franzosen nicht mit den Engländern verfeindet?«

»Nicht alle. Ich behaupte immer, mit denen verwandt zu sein, die gerade beliebt sind.«

Sie schüttelte den Kopf und lachte leise. »Eines Tages werden Euch all diese Lügen und Halbwahrheiten noch zum Verhängnis.« Sie nahm Murdoc auf den Arm. »Wir gehen jetzt

zu Bett. Ich nehme an, wir werden früh aufbrechen und geschwind reisen.«
»So ist es. Ich möchte, daß wir weit fort sind, wenn die Armeen aufeinandertreffen.«

Hacon schaute angewidert auf die vielen kleinen Lagerfeuer, die das Moor sprenkelten. Er war seit knapp einer Woche zurück beim Heer, und er war dessen bereits überdrüssig. Ein leichter Sommerregen durchnäßte ihn und die Männer des Douglas. Es waren nur wenige Zelte aufgestellt worden. Douglas' Streitkräfte marschierten mit leichtem Gepäck, in dem kein Platz für solche Bequemlichkeiten war. Hacon kauerte unter seinem Plaid, das Dugald mit Hilfe von vier Ästen in eine Art Dach verwandelt hatte, und wünschte sich ebensolchen Luxus, wie er für die Engländer selbstverständlich war. Statt dessen lagerte er zusammen mit Ranald und Dugald an einem flackernden, qualmenden Feuerchen und wurde zusehends nasser und mißmutiger. Nur der Gedanke an Jennet hielt ihn davon ab, sich in Richtung Dubheilrig aus dem Staub zu machen. Er mußte sie finden. Er wünschte sich nur, er hätte mehr Zuversicht.
»Wieso reiten wir nicht nach Berwick?« erkundigte sich Ranald und brach damit das lastende Schweigen.
»Um einem Heer von zwölftausend oder mehr Männern zu begegnen?« Hacon schüttelte den Kopf. »Nein, obwohl es mich ärgert, der Plan des Douglas ist gut. Ein Raubzug durch England, um sie abzulenken. Wir werden es genauso machen wie beim letzten Mal. Wir brennen die Ernte und die Häuser nieder und rauben alles, was wir tragen können. Wenn die Nachricht von den Plünderungen Berwick erreicht, werden viele von Edwards Männern so schnell wie möglich nach Hause reiten, um ihren Besitz, ihre Frauen und Kinder zu schützen.«

»Aber Jennet könnte sich vielleicht noch in Berwick befinden.«
»Das glaube ich nicht. Wenn wir über Edwards Truppenbewegungen Bescheid wissen, dann tun die Menschen in Berwick das auch. Viele werden geflohen sein. Und Artair Graeme ist mit Sicherheit einer von ihnen. Dieser Mann ist ein Überlebenskünstler. In Perth haben sie ihn erwischt. Das wird ihm nicht noch einmal passieren.«
»Oh, nun ja, wenn Ihr Euch sicher seid.«
Hacon entfuhr ein kurzes, barsches Lachen. »Nein, Bursche, ich bin nicht sicher. Ich habe Artair Graeme nie getroffen. Mein Urteil gründet sich auf das, was Jennet und diejenigen auf Dubheilrig, die ihn kennen, mir erzählt haben. Niemand würde seine Tapferkeit in Zweifel ziehen, aber er ist auch jemand, der weiß, wie er die Seinen beschützen kann. Dieser verdammte Kerl bewegt sich mindestens so lange wie Jennet lebt völlig ungezwungen zwischen England und Schottland hin und her. Er ist gerissen, und ich bin überzeugt, daß jeder gerissene Mann eine Stadt verläßt, auf die der Feind zumarschiert.«
»Natürlich, das tut er«, bemerkte Dugald.
»Nun«, Ranald zögerte kurz, bevor er seine Frage stellte. »Wir sind sicher, daß er geflohen ist, aber wohin?«
»Ich wünschte, ich wüßte es«, antwortete Hacon müde. »Eine weitere Entscheidung, die ich treffen muß, ohne über ausreichendes Wissen zu verfügen. Ich vermute, daß sie sich nach Süden, in Richtung England wenden. Er wird wissen, daß der Bruce Berwick niemals aufgeben wird. Um nicht zwischen beiden Armeen gefangen zu werden, muß er sich nach Süden wenden. Mir bleibt nur zu beten, daß der Douglas denselben Weg nimmt.«
»Das würde aber bedeuten, daß Jennet in einer Stadt oder einem Dorf vom Angriff überrascht wird – wieder einmal. Und

sie wird sich auf der falschen Seite befinden – wieder einmal.«
»Richtig.« Hacon unterdrückte seine eigenen Befürchtungen, die er Ranald gegenüber nicht zeigen wollte. »Aber wir werden sie vorher finden.«
»Wie könnt Ihr dessen sicher sein?«
»Wir *werden* sie zuerst finden.«
Hacon war erleichtert, als Ranald schwieg. Er war krank vor Sorge und die ständigen Fragen des Jünglings machten es noch schlimmer. Zu vieles blieb dem Zufall überlassen. Jennet konnte von einer Schlacht überrollt, bei einem Überfall verschleppt werden. Trotz seiner Anstrengungen konnte Hacon nicht aufhören, daran zu denken, was ihr alles passieren mochte. Sie hatte ihren Vater, aber wie leicht konnte dieser bei einem Angriff fallen und sie und Murdoc schutzlos zurücklassen.
Wieder und wieder erwog er seinen Beschluß, sich dem Douglas anzuschließen. Am liebsten wäre er einfach losgeritten, um Jennet zu finden, aber das wäre töricht gewesen. Ihm war es unmöglich, sich frei in England zu bewegen. Ihm fehlte Artair Graemes Talent, die Identität zu wechseln und sich als jemand anderes auszugeben. Das Heer war seine einzige Chance. Er wünschte, er könnte sich dessen gewiß sein.
Sobald Ranald eingeschlafen war, schlug Dugald Hacon aufmunternd auf den Rücken. »Du mußt aufhören, dich verrückt zu machen.«
»Das ist nicht so einfach, mein Freund.«
»Vielleicht nicht, aber wenn dein Verstand deinen Ängsten zum Opfer fällt, verlierst du deine Kraft und Entschlossenheit.«
»Die Wahrscheinlichkeit, daß etwas Schlimmes passiert, ist viel höher als das Gegenteil. Sie wird nicht auf dem ersten

Hügel in England stehen und mich mit einem Lächeln willkommen heißen.«

»Nein, aber ebensowenig wahrscheinlich ist es, daß sie im ersten Dorf, das wir erreichen, getötet wird. Du wärst ein Narr, wenn du glaubtest, es sei ganz einfach, aber du bist ein noch größerer Narr, wenn du die Suche für verloren hältst, bevor wir überhaupt damit begonnen haben.«

»Gewiß.« Hacon seufzte. »Warum konnte sie nicht in Dubheilrig bleiben?« grollte er dann.

»Weil sie dich für tot hielt. Sie ging mit diesem Halunken, den sie Vater nennt. Ich glaube nicht, daß die Kleine ein schwaches, wehrloses Ding ist. Bedenke, was sie alles lebend überstanden hat.«

Hacon tat genau das und faßte wieder Mut. »Stimmt, sie ist ein mutiges Mädchen und schlau noch dazu.«

»Und für viele der Männer keine Fremde. Behalt deine Suche nicht für dich. Sprich mit den anderen. Viele von ihnen werden dir helfen wollen. Und wenn andere davon wissen, werden sie nicht so leichtfertig jeden niedermachen, der ihren Weg kreuzt. Zumindest werden sie etwas genauer hinschauen.«

»Ja, zumindest das. Morgen früh werde ich die Kunde verbreiten. Es kann nicht schaden. Ich werde außerdem ihren Vater beschreiben. Er ist vielleicht bei ihr, und sei es mitten im Schlachtengetümmel, und ich will nicht riskieren, daß er von meinen Landsleuten getötet wird.«

Dugald grunzte zustimmend und betrachtete mißmutig den Regen. »Nun, eine weitere Nacht, die wir wie die Kröten im Feuchten verbringen müssen.«

Hacon lachte leise und schloß die Augen. Schlaf war unter solchen Bedingungen nur schwer zu finden. Seine Sorge um Jennets Wohlergehen machte ihn fast unmöglich. Er würde es dennoch versuchen, er brauchte Kraft für die Tage, die vor ihnen lagen. Morgen würde der Raubzug durch England endgültig beginnen.

Hacon wischte sich mit dem Ärmel den Schweiß von der Stirn und beobachtete den Douglas und James Randolph, den Grafen von Moray, die in ein Gespräch miteinander vertieft waren. Die beiden thronten auf ihren Pferden und lauschten den Berichten ihrer Vorhut, bevor sie die weitere Vorgehensweise festlegten. Hacon vermutete, daß es um einen eventuellen Angriff auf York ging, das ungefähr dreißig Meilen weiter südlich lag. Ihre Rüstungen unter den wertvollen Leinenumhängen glänzten im Licht der Sommersonne.

Hacon fragte sich, wie sie es in dieser Hitze aushalten konnten. Sie befanden sich nun in der zweiten Septemberwoche, aber das von ihm herbeigeflehte, kühlere Wetter wollte sich nicht einstellen. Er hatte sich seines Helms und seines Kettenhemds entledigt, aber selbst sein *Lencroich*, das gefütterte, gesteppte Wams, war beinah zu warm. Eine Reihe von Männern hatte sich bis aufs Hemd ausgezogen. Da einige von ihnen nicht einmal Hosen trugen, nahm Hacon an, daß die Engländer sich bei einem Angriff in ihrer Meinung über die barbarischen Schotten bestätigt sehen würden. Obwohl der Drang, sich nackt oder doch beinahe nackt auszuziehen, schier übermächtig war, gab Hacon ihm nicht nach. Er hegte keinesfalls den Wusch, seine unteren Regionen ungeschützt den Schwertern und Pfeilen der Engländer auszusetzen.

»Dugald.« Er grüßte seinen Vetter, der gerade einen Eimer mit kaltem Wasser vor ihm absetzte. »Wie immer bringst du alles, was gebraucht wird.« Hacon fischte einen der Lappen aus dem Eimer und legte ihn auf sein Gesicht.

»Hier ist es so heiß wie in der Achselhöhle des Teufels«, knurrte Dugald, nahm sich ebenfalls einen der Lappen und

rieb sich genüßlich Gesicht und Nacken ab. »Niemand sollte bei solchem Wetter kämpfen müssen.«
»Nein, aber wir werden es trotzdem, genau wie im vergangenen Monat. Vor uns liegt ein Dorf. Ein weiteres gottverlassenes Dorf.«
»Sie könnte dort sein.«
»Das hast du bei jeder Stadt, jedem Dorf und jedem Weiler gesagt, an dem wir vorbeigekommen sind.«
»Nun, sie hätte ja auch dort sein können.«
»Ja, oder in Oxford oder London. Schlägst du etwa vor, daß wir eine dieser schönen englischen Städte angreifen sollen?«
»Du willst nach Dubheilrig zurückkehren, nicht wahr?«
»Nein«, knurrte Hacon, dann seufzte er. »Ich habe es satt, keinerlei Lebenszeichen von ihr zu entdecken, und das macht mich wütend.«
»Die verdammte Hitze tut ein übriges. Die Männer werden immer begieriger, ihre Schwerter mit den Engländern zu kreuzen«, erwiderte Dugald und tauchte sein Tuch wieder in den Eimer.
»Langsam glaube ich, daß es gar nicht dazu kommen wird. Wir haben jetzt fast das gesamte Swale Valley durchmessen und weit und breit ist kein englisches Heer zu sehen. Douglas' Plan scheint nicht zu funktionieren. Offensichtlich scheren sich die kleinen Lords nicht um Land und Leute. Sie ziehen es vor, vor Berwicks Mauern zu kampieren, bevor sie versuchen, den Verwüstungen Einhalt zu gebieten. Wir kämpfen nur gegen Bauern und Händler. Alle englischen Ritter und Soldaten befinden sich in Berwick. Es gibt keinerlei Anzeichen, daß einer von ihnen hier auftauchen wird. Das ist kein Krieg«, schloß Hacon bitter, »das ist ein Gemetzel.«
»Nimm dich in acht, Hacon.« Dugald schaute sich nervös um. »Zu viele Ohren können dich hören. Deine Beschwerde

kann nur zu leicht als Verrat ausgelegt werden. *Ein* Mann würde sich ganz besonders freuen, dir auf diese Weise eine Falle zu stellen.«

Hacon nickte. »Du hast recht, Dugald. Die Hitze und die Sorgen bringen mich um den Verstand. Wo ist sie, Dugald? Vier Wochen sind wir nun in England und haben kein Lebenszeichen gefunden.«

»Sie kann nicht allzuweit entfernt sein. Sollten wir sie während dieses Feldzugs nicht finden, ist noch nicht alles verloren. Du weißt, wo ihre Verwandten leben. Wir können eine Nachricht bei ihnen hinterlassen.«

»Das kann Monate dauern«, erwiderte Hacon, aber er war froh, daß ihm dieser Weg offenstand.

»Besser spät als nie. Vielleicht kommt das Mädel ja auch nach Dubheilrig. Sie ist eingeladen, sie hat Freunde dort. Es gibt keinen Grund zu verzweifeln, auch wenn wir sie diesmal nicht finden.«

»Ich will sie *jetzt.*« Hacon hörte, wie kindisch seine Worte klangen und er stellte fest, daß die Monate des Zölibats ihn wirklich mitnahmen.

»Nun, ich sehne mich *jetzt* nach einer kühlen Brise«, erwiderte Dugald gedehnt. »Wir bekommen eben nicht immer, was wir wollen, nicht wahr?«

Hacon beschloß klugerweise, diese kindische Streiterei nicht weiter fortzusetzen. »Wo ist Ranald?«

»Er hat sich mit einigen deiner Männer in den Schatten verzogen. Ein kleines Stück weiter hinten.«

»Der Bursche muß ganz erschöpft sein. Ich hatte nicht geglaubt, daß wir so tief nach England hineinreiten würden. Es sind nun fast schon hundert Meilen.«

»Ja, ein schneller, harter Ritt.« Dugald starrte zum südlichen Horizont. »Ich schätze, es sind nur noch ungefähr dreißig Meilen bis York. Weißt du, was vor uns liegt?«

»Ein Dorf namens Boroughbridge, möge Gott ihm gnädig sein.«

»Zieh dich an, Kleines«, befahl Artair, als er das kleine Cottage betrat, das sie im Augenblick ihr Heim nannten.

Jennet öffnete ein Auge und betrachtete ihren Vater unwillig. Sie lag, nur mit einem Unterrock bekleidet, auf ihrem Gurtbett. Der nackte Murdoc schlief auf einer niedrigen Pritsche neben ihr. Es war zu heiß, um irgend etwas zu tun. Mit Sicherheit war es zu heiß, um sich anzuziehen. Den ganzen August über war es brütendheiß gewesen, und der September schien kein bißchen besser zu werden. Sie schloß ihr Auge. Sie hatte vor, bis Oktober zu schlafen. Dann würde es sicherlich kühler sein.

»Das ist nicht der Moment, um zu schlafen, Kleines. Zieh dich an und pack alles zusammen, was dir wertvoll erscheint.«

Etwas im Tonfall ihres Vaters durchdrang Jennets Trägheit. Sie setzte sich langsam auf und musterte ihn. Er zog sein dick gefüttertes Wams an, das einzige Stück Rüstung, das er besaß. Unruhe quälte sie und vertrieb den letzten Rest ihrer Schläfrigkeit.

»Die Engländer?« flüsterte sie und stand vorsichtig auf, um den schlafenden Murdoc nicht zu wecken.

»Das glaube ich nicht.«

»Warum bewaffnet Ihr Euch dann?«

»Ein junger Schafhirte taumelte vor kurzer Zeit in die Stadt. Jemand hatte ihn niedergestochen, aber der Junge hat nicht lange genug gelebt, um uns zu sagen, wer es war. Ein Heer war alles, was er noch keuchen konnte. Ein Heer sammelt sich nördlich von uns.«

»Die Schotten? Douglas' Männer?« Sie zog ihre Untertunika an und band sie zu.

»Wenn ich raten dürfte, würde ich sagen ja. Die Engländer belagern Berwick. Es sähe dem Douglas ähnlich, das Land zu überfallen, um die Engländer von Berwick abzuziehen.« Er gürtete sein Schwert.
»Oder um die Belagerung zu behindern. Einige der Engländer eilen doch sicher hierher, um ihre Ländereien zu schützen.«
»Sicher, das hat schon einmal funktioniert. Wie auch immer, ich weiß dennoch nicht, wer sie sind. Selbst wenn es die Engländer sind, muß ihre Ankunft nicht freundlich verlaufen.«
»Was sollen wir tun?« Sie schlüpfte in ihre Oberbekleidung und schloß sie rasch.
»*Wir* tun gar nichts. Noch nicht.«
Er kam zu ihr herüber und legte ihr die Hände auf die Schultern. »Ich gehe und finde heraus, wer genau sich uns nähert.«
»Nicht«, schrie sie in großer Angst um ihn plötzlich auf. »Es ist Wahnsinn, sich einem Heer zu nähern.«
»Mädchen, ich weiß genau, was ich tue. Vor etwas wegzulaufen, was wir nicht genau kennen, ist Torheit. Vielleicht gibt es keinen Grund zu fliehen. Es wäre schön, wenn es so wäre.«
»Sicherlich werden wir alles nötige erfahren, wenn wir noch eine Weile hierbleiben.«
»Wenn die Armee in Sichtweite ist, wird es zum Handeln zu spät sein. Keiner der Feiglinge und Holzköpfe, die hier leben, will das begreifen. Ich muß es selbst tun. Du bleibst hier. Rühr dich nicht aus dem Haus und wenn jemand vorbeikommt, scheuchst du ihn weg.«
Als er dem engen, niedrigen Eingang zustrebte, eilte sie ihm hinterher. »Es ist zu gefährlich. Laßt uns einfach von hier verschwinden.«
»Kleines«, – er küßte ihre Wange – »pack deine Sachen und vertraue darauf, daß dein Vater genügend Erfahrung besitzt,

um einen kurzen Blick zu riskieren und wohlbehalten zurückzukehren.«

»Ich weiß, daß Ihr dazu fähig seid, aber es gefällt mir nicht. Mir schwant Böses. Laßt uns zusammenbleiben und dem, was auch immer kommen mag, gemeinsam die Stirn bieten oder zusammen fliehen.«

Er nahm ihr Gesicht in die Hände und gab ihr rasch einen Kuß auf die Nasenspitze. »Vergiß deine Sorgen und Ahnungen, Süße, und gehorche deinem Vater.«

»Aber –«

»Hör auf mich, Kleines. Es ist wichtig. Zieh den kleinen Kerl an und packe alles, woran dir liegt, in einen Sack. Ich komme wieder. Falls ich jedoch nicht wiederkomme und etwas passiert …«

»Ich werde auf Euch warten.«

»Nein, das wirst du nicht. Du nimmst das Kind und versteckst dich.«

»Und werde wieder für acht Jahre von Euch getrennt?«

»Das wird nicht geschehen. Denk an den kleinen Jungen, Kind. Er ist das wichtigste. Nimm ihn und mach dich davon. Falls es zur Schlacht kommt, darfst du nicht zögern, dein und Murdocs Leben zu retten. Ich kann auf mich selbst aufpassen.«

Jennet stand im Eingang und sah ihn gehen, sie fühlte sich verängstigt und einsam. Das Gefühl einer nahenden Katastrophe, das sie bis jetzt zu unterdrücken versucht hatte, wurde immer stärker und erstickte sie beinah. Sie hatte Angst, ihren Vater ein zweites Mal zu verlieren.

Ein Zerren an ihrem Rock lenkte sie ab. Sie sah hinunter auf Murdoc. Sein verschlafener Blick wanderte zwischen ihr und ihrem Vater, der bereits in der Ferne verschwand, hin und her. Seufzend hob sie ihn hoch und drückte ihn fest an sich. Sie betete, daß der Feind ihren Vater nicht entdecken möge.

Die Tatsache, daß sie den Schafhirten getötet hatten, der ihnen zufällig begegnet war, ließ auf nichts Gutes hoffen.
Sie ging ins Cottage zurück und beeilte sich, die Anweisungen ihres Vaters zu befolgen. Sie wußte, daß er recht hatte. Murdoc war derjenige, um den sie sich sorgen mußte, nicht um sich selbst oder ihren Vater. Sie kannte den Krieg, nicht einmal Säuglinge waren vor ihm sicher. Mit aller Willenskraft konzentrierte sie ihre Gedanken einzig auf das Kind.
Endlich saß sie, jederzeit zur Flucht bereit, mit Murdoc im offenen Eingang. Der Kleine spielte glücklich zu ihren Füßen im Staub. Sie behielt ihn im Auge, aber der größte Teil ihrer Aufmerksamkeit galt dem Dorf. Jeden Moment konnte die Gruppe von Häusern von Männern besetzt werden, die danach gierten, alles zu zerstören. Die strohgedeckten Dächer würden in Flammen aufgehen, die Schreie der Frauen und das tödliche Tosen der Schlacht die Luft erfüllen. Sie hatte Angst. Närrischerweise hatte sie geglaubt, den Krieg mit dem Abschied von Berwick für immer hinter sich zu lassen.
Ihre düsteren Gedanken wurden von einem Karren unterbrochen, der auf der Straße vor ihrem winzigen Cottage erschien. »Meister Butcher, wohin wollt Ihr«, rief sie, als sie sah, daß nicht nur seine Besitztümer den Karren füllten, sondern daß auch seine Familie auf dem Wagen saß. »Was ist passiert?«
»Noch nichts, aber ich werde auch nicht darauf warten.« Der dickliche Mann fuhr langsamer. »Wir fahren zum Hof meines Bruders, südlich von York. Ich werde zurückkehren, wenn ich sicher bin, daß die Gefahr vorüber ist.«
»Warum glaubt Ihr, daß wir uns in Gefahr befinden?«
»Kind, der Schafhirte wurde nicht aus Barmherzigkeit getötet. Ich habe schon eine Familie an den Krieg verloren. Das wird mir kein zweites Mal passieren. Ihr wäret klug beraten,

Euch ebenfalls auf den Weg zu machen«, fügte er hinzu, schnalzte mit den Zügeln und trieb sein Pferd zu einer schnelleren Gangart an.

Jennet blickte hinüber zum Dorf. Sie versuchte, sich mit dem Gedanken zu trösten, daß offenbar niemand die Ängste von Meister Butcher teilte. Weit und breit war kein anderes Gefährt in Sicht.

Sie zog ihren Rosenkranz aus der Tasche. Als sie ihn durch ihre Finger gleiten ließ, mußte sie an Hacon denken und Tränen füllten ihre Augen. Der Krieg hatte ihr bereits so viel genommen. Wie konnte er noch mehr fordern?

Als ob es eine Antwort wäre, wurden die Alarmglocken geläutet. Verängstigt starrte Jennet zu den Feldern jenseits des Dorfes. Der Schwarze Douglas raste auf Boroughbridge zu. Sie erkannte die Banner, die vor der sich schnell bewegenden Armee herwehten. Die vorderste Linie bildete der Douglas mit seinen Rittern auf ihren hervorragenden Pferden. Ihre Waffen glänzten in der Sonne, während sie mit höllischer Geschwindigkeit auf das Dorf zuritten. Hinter ihnen folgte die Masse der Plünderer. Hunderte von Schotten auf stämmigen Ponys, dazwischen der eine oder andere Ritter auf seinem größeren Schlachtroß, brandeten auf Boroughbridge zu.

Die Geschwindigkeit ihres Angriffs ließ den Dorfbewohnern keine Chance, sich auf die Verteidigung vorzubereiten, geschweige denn zu fliehen.

Einen kurzen Moment nur zögerte sie, dachte an all die Männer, die sie während ihres langen Ritts mit den Truppen des Douglas kennengelernt hatte. Dann obsiegte ihr gesunder Menschenverstand. Selbst wenn sie einen der Männer treffen sollte, war noch nicht gesagt, daß er sie erkannte, bevor es zu spät war. Sie riß Murdoc an sich und rannte um ihr Leben.

Kapitel 16

»Sie ist nicht hier.« Hacon stapfte aus dem geplünderten Wirtshaus und blieb, flankiert von Dugald und Ranald, auf der Marktstraße von Boroughbridge stehen.

»Das kannst du doch noch gar nicht sicher wissen«, protestierte Dugald. »Wir haben das Dorf erst zur Hälfte durchsucht.«

»Die andere Hälfte brennt. Sie kann nicht dort sein.«

»Onkel«, begann Ranald ein wenig ängstlich. »Ich habe nicht das Gefühl, daß sie überhaupt hiergeblieben ist.«

»Nicht?« Hacon nahm den Helm ab und fuhr sich mit der Hand durch sein schweißnasses Haar.

»Nein. Obwohl wir das Dorf ebenso schnell überfallen haben wie die anderen, war vorher trotzdem noch Zeit genug, in der sie uns gesehen haben kann. Es war ja sogar noch Zeit, die Alarmglocken zu läuten. Ich glaube, sie ist geflohen, so schnell sie konnte.«

»Stimmt«, knurrte Dugald. »Der Bursche hat recht. Auch *wenn* sie hier war, ist sie jetzt fort. Nun, ich glaube nicht, daß wir das Land rundherum absuchen müssen …«

»Ich bin froh, das zu hören«, erwiderte Hacon spöttisch.

»Wie dem auch immer sei«, fuhr Dugald fort, der die Unterbrechung ignorierte. »Es wäre klug, die Gefangenen zu befragen. Sollte sich herausstellen, daß sie und ihr Vater hier gelebt haben, werden wir wissen, was zu tun ist.«

»Genau das, was ich mir selbst gedacht habe«, erwiderte Hacon, dann wandte er sich an Ranald. »Du begibst dich zu den Pferden. Falls Jennet in der Nähe ist, wird sie versuchen, ei-

nen Bekannten unter Douglas' Männern zu finden, der ihr helfen kann.« Ranald verließ sie, und Hacon wendete sich Dugald zu. »Komm, wir wollen herausfinden, ob einige der Dorfbewohner überlebt haben.«
»Oder ob sie mit uns sprechen«, murmelte Dugald und folgte Hacon auf seiner Suche nach den Gefangenen.
Hacon lief durch das zerstörte Dorf und betete darum, daß Ranald recht behielt. Wenn Jennet in Boroughbridge gewesen und nicht beim ersten Anzeichen von Gefahr geflüchtet war, konnte sie sehr wohl unter den Toten und Sterbenden sein. Er zuckte zusammen, als die Schreie einer Frau an seine Ohren drangen. Oh, Kleines, flehte er, wenn du so klug warst, dich zu verstecken, dann bleib, wo du bist. Bitte Gott, mach, daß sie sich versteckt, bis dies Blutvergießen ein Ende gefunden hat.

Jennet verzog das Gesicht, als sie einer der Zweige in den Rücken stach. Von ihrem Versteck in der Hecke hatte sie einen guten Blick auf das Dorf. Armes, verdammtes Boroughbridge, dachte sie, als der erste Rauch sich in der Luft über den Häusern zu kräuseln begann. Boroughbridge war ein schönes Dorf gewesen, aber nun war es dem Untergang geweiht.
Sie legte Murdoc die Hand auf den Mund, um den Jungen am Schluchzen zu hindern. Sie hatte ihn lange Stunden gelehrt, laut- und reglos zu verharren. Manchmal hatte sie sich nach dem Sinn gefragt, aber nun war er offensichtlich. Douglas' Männer trampelten auf der Suche nach Menschen und Vieh über die Felder. Sie mußte zumindest keine Angst haben, daß Murdoc sie durch ein unbedachtes Geräusch verraten könnte.
Trotzdem waren sie nicht in Sicherheit, und sie erstarrte, als ein Pferd ganz in der Nähe schnaubte. Sie war versucht, nach

vorne zu kriechen und aus ihrem unbehaglichen, dornigen Versteck zu spähen, aber sie wußte, wie töricht das war. *Möglicherweise* konnte sie es ungesehen schaffen, aber das Risiko war viel zu groß.

Ein seltsamer Laut erregte ihre Aufmerksamkeit. Er kam immer näher. Die plötzliche Erkenntnis traf sie wie ein Schlag, und sie preßte sich schnell die Hand auf den Mund, um ein Stöhnen zu unterdrücken. Jemand schritt auf der anderen Seite der Hecke entlang und stocherte mit dem Schwert darin herum.

Sie hatte das vorher schon einmal gesehen. Es war eine unfehlbare Methode, alles, was sich darin verbarg, hinauszutreiben. Und es würde auch sie hinaustreiben, dachte sie mit einem hoffnungslosen Blick auf Murdoc.

Sie zog das Kind zu sich heran und nahm eine Stellung ein, die es ihr erlauben würde, zu rennen, sobald der richtige Augenblick gekommen war. Sie betete, daß der Mann mit dem Schwert nicht auf sein Pferd springen und sie niederreiten würde. Als das Schwert nur wenige Zoll von ihr entfernt in das Dickicht eindrang, stürmte sie los.

Die dornigen Zweige rissen an ihren Röcken, als sie hervorbrach. Sie warf sich nach rechts und entkam im letzten Augenblick dem Griff des Ritters, der auf sie gelauert hatte. Sie rannte nach Westen, den Ritter dicht auf den Fersen. Wenn sie weit genug kam, würde er vielleicht von ihr ablassen; vielleicht auch, weil er sich nicht allein und unbegleitet zu weit in unbekanntes Land vorwagen würde.

Bald genug mußte sie feststellen, daß ihr Verfolger nicht so leicht aufgab. Sie wurde müde, Murdocs Gewicht auf ihrer Hüfte, die Hitze und ihr langer Rock behinderten sie. Sie beschloß, zu kämpfen, solange sie noch in der Lage dazu war. Sie setzte Murdoc hastig ab, wirbelte herum und zückte ihren Dolch. Der Mund blieb ihr offenstehen. Der Mann, der keuchend und schweißtriefend nur wenige Schritte entfernt vor ihr stand, war kein anderer als Sir Niall Chisholm. Sie wollte sich gerade entspannen, als er sein Schwert auf sie richtete. Ob er sie nun erkannte oder nicht, er wollte sie töten.

»Sir Niall«, rief sie, verzweifelt genug, ihn anzuflehen, und sei es nur um Murdocs willen. »Erkennt Ihr mich denn nicht?«

»Natürlich. Sir Gillards kleine Hure. Seid Ihr wieder zum Feind übergelaufen?«

Er stach zu und sie wich mühevoll der Schwertspitze aus. Das folgende Gefecht war geradezu grotesk unausgewogen. Sie merkte schnell, daß er nur mit ihr spielte. Ihr Dolch bot keine Verteidigung gegen sein Schwert. Innerhalb von Sekunden stellte er sie und fegte ihren Dolch beiseite. Er warf sie zu Boden, kniete sich auf sie und drückte die Spitze seines Schwerts an ihre Kehle. Jennet begriff einfach nicht, warum er sie töten wollte, und das verstärkte ihr Gefühl reiner Hilflosigkeit.

»Warum?« fragte sie mit vor Anstrengung und Angst brüchiger Stimme.

»Ihr seid wieder bei den Engländern. Brauche ich einen weiteren Grund?«

»Nein.« Sie war geschlagen, hatte sich schon fast in ihr Schicksal ergeben. »Verschont Ihr das Kind?« fragte sie, als der leise schniefende Murdoc zu ihr tapste und sich neben ihrem Kopf zu Boden plumpsen ließ. »Ihr könnt ihn jedem beliebigen Mann von Dubheilrig übergeben. Sie werden sich um ihn kümmern.«

»Und warum sollte ich mich auch nur für einen Pfifferling um das Schicksal des Balgs scheren?«

Seine Stimme war leise und schneidend, aber sie erkannte eine Veränderung in seiner Haltung. »Er hat Euch nichts zuleide getan.« Sie fühlte, wie rotglühender Zorn sie durchfuhr.

»Genausowenig wie ich. Ich habe sogar Eure Wunden versorgt.«

»Stimmt, und Euer Mann hat mir beinah die Hand abgehackt.«

Sein Blick fiel auf ihre Brüste und sie wurde steif. Es war nur allzuleicht, seine Gedanken zu lesen, den Wechsel seiner Absichten zu erkennen. Sie war nicht überrascht, als er seine gepanzerte Hand auf ihre Brust legte.

»Nun, da ich darüber nachdenke«, sagte er gedehnt, »stelle ich fest, daß er diesmal nicht zur Stelle ist, um mich aufzuhalten.« Er knetete roh ihre Brust. »Ich kann gleich hier und jetzt meinen Spaß mit Euch haben. Das wird dem Stolz dieses Mannes einen heftigen Schlag versetzen«, murmelte er.

»Wollt Ihr auf das Andenken eines Toten spucken?« fragte sie mit kaum verhohlenem Abscheu.

»Tot? Ich wünschte, Gott würde mir diesen Gefallen endlich tun.«

»Er starb in Irland, in Dundalk. Ihr selbst habt mir meinen Rosenkranz gesandt.«

»Eine seltsam überspannte Geste, nicht wahr? Geboren aus falscher Hoffnung. Der Mann ist nicht gestorben. Einige Monate später hat er den verflucht schlechten Geschmack bewiesen, nach Schottland zurückzukehren. Es hat mir wahrhaftig den Tag verdorben.«

Jennet war wie vor den Kopf geschlagen. Sie vergaß, daß ihr Leben in Gefahr war, daß der Mann, der über ihr kniete, sein Schwert auf ihre Kehle gerichtet hielt. Nicht einmal die drohende Vergewaltigung machte ihr noch Kopfzerbrechen. Schließlich bewegte sie sich, ungeachtet der Gefahr und packte ihn an seinem Wams. Nur kurz bemerkte sie seine Verblüffung.

»Sir Hacon Gillard lebt?« Sie konnte nur flüstern, voller Angst, daß sie ihn falsch verstanden hatte.

»Jawohl, er hat seine verfluchte Haut retten können.«
»Oh, danke, lieber Gott.« Sie schloß die Augen und kämpfte gegen ihren inneren Aufruhr, bis nur noch der Drang, ihn mit eigenen Augen zu sehen, übrigblieb. »Ihr müßt mich zu ihm bringen.« Als Niall sich nicht rührte, fuhr sie ihn an. »Was ist? Macht, daß Ihr von mir runterkommt, Ihr Hornochse.«
»Wir sind noch nicht miteinander fertig, Frauenzimmer.«
»Ihr könnt mich doch nicht wahrhaftig schänden wollen? Sir Gillard und ich haben uns einander angelobt, bevor er nach Irland aufbrach. Ich bin sein Weib.«
»Dann wird die Scham um so heftiger an ihm zehren, wenn er erfährt, daß ein anderer Mann Euch bestiegen hat.«
»Und Ihr werdet sein Schwert spüren.«
»Soll er mich doch herausfordern. Diesmal habe ich keine Kopfwunde.«
Jennet hätte ihm am liebsten eine Verletzung zugefügt, die er nicht so rasch wieder vergessen würde, aber sie kämpfte darum, Ruhe zu bewahren. Sie betrachtete ihn nachdenklich. Sie nahm an, daß es sein Draufgängertum war – oder vielmehr seine Unfähigkeit, einen Ausweg aus dieser Situation zu finden, ohne sein Gesicht zu verlieren. Sie flehte darum, daß ihr Urteil zutraf, erschlaffte und lag widerstandslos und mit geschlossenen Augen unter ihm.
»Nun. Dann nehmt Euch, was Ihr wollt. Aber bringt es hinter Euch, damit ich zu meinem Gemahl zurückkehren kann.«
Sie zwang sich, ruhig zu blieben, als er seine Hand über ihre Brüste wandern ließ. Als er sich einen Augenblick später erhob und einen schrecklichen, gewalttätigen Fluch ausstieß, hätte sie ihn um ein Haar verwundert angegafft. Sie blieb liegen, bis er grob nach ihrer Hand griff und sie auf die Füße zerrte.

»Habt Ihr Eure Meinung geändert, Sir Niall?« murmelte sie und klopfte sich ab.
»Da könnte ich es gleich mit einer Leiche treiben«, knurrte er. »Ich wette, Ihr hättet Euch gerührt, wenn ich weitergemacht hätte.«
»Das werden wir nun niemals erfahren, nicht wahr?« Sie hielt seinem Blick stand und stellte fest, daß er nicht nur gekränkt, sondern auch überraschend jung aussah. »Ihr dürft mich jetzt zu meinem Gemahl geleiten.«
»Oh ja, das werde ich ganz gewiß tun, und ich werde einen verdammt hohen Preis für Euch verlangen.«
»Ihr fordert Lösegeld?« Sie starrte ihn aufgebracht an, während er nach den Zügeln seines Pferdes griff. »Das könnt Ihr nicht tun.«
»Nein? Warum nicht?« Er klopfte mit der Breitseite seines Schwerts auf ihr Gesäß. »Los geht's«, befahl er. Sie hob Murdoc hoch, fand ihren Dolch und begann auf Boroughbridge zuzulaufen.
»Hacon ist Euer Verbündeter, einer von Douglas' Männern. Ihr könnt doch nicht von Euren eigenen Leuten Lösegeld erpressen.«
»Ich kann und ich werde. Ich werde ihm die Taschen leeren. Er hat Euch verloren. Ich habe Euch gefunden. Das wird ihn wahrhaftig teuer zu stehen kommen. Außerdem wart Ihr schon wieder auf der falschen Seite der Grenze. Sir Gillard sollte bei der Auswahl seiner Frauenzimmer größere Sorgfalt walten lassen.«
Jennet schluckte eine zornige Erwiderung hinunter. Er hatte nachgegeben. In Wirklichkeit, so nahm sie an, hatte er sie niemals wirklich schänden oder töten wollen. Sie würde ihm seine Prahlerei gestatten, um seinen Stolz nicht zu verletzen. Zumal Hacon, dachte sie lächelnd, dem Mann keinen Pfennig geben würde.

Als sie an ihrem Versteck in der Hecke vorbeikamen, erinnerte sich Jennet an den Sack mit ihren Habseligkeiten. Sie drehte sich zu Sir Niall um und keuchte erschrocken. Zwei bewaffnete Männer schlichen sich von hinten an ihn heran. Sie stieß einen Warnschrei aus.

Sir Niall reagierte rasch und geschickt. In einer Drehung blockierte er das Schwert seines Angreifers. Jennet setzte Murdoc ab und zückte ihren Dolch. Sie sah, daß Sir Niall ein guter Schwertfechter war. Einer der Männer zögerte und zog sich zurück, aber es waren dennoch zwei. Sir Niall mochte Hilfe brauchen.

Kurzfristig erwog sie den Gedanken, nach Boroughbridge zu laufen und Sir Niall seinem Schicksal zu überlassen. Er hatte wenig getan, um ihre Unterstützung zu verdienen. Dann seufzte sie in dem Wissen, daß sie sich es niemals vergeben würde, falls er den Angriff nicht überlebte. Sie dankte Gott, daß sie keinen der beiden Männer kannte. Zumindest das blieb ihr erspart.

Der gefürchtete Moment kam schnell. Sir Niall ermüdete, und der Meuchelmörder, der sich bis dahin im Hintergrund gehalten hatte, griff an. Die ersten Male war der Schotte noch in der Lage, die Schläge abzuwehren. Aber Jennet wußte, daß dies nicht mehr lang dauern konnte. Als sie näher heranging, stach Sir Niall einen der Männer nieder, aber er war nicht schnell genug, um den zweiten in Schach zu halten und dieser brachte ihn zu Fall, schickte ihn mit einem lauten Krachen zu Boden, wo er nach Luft ringend liegen blieb. Jennet wartete nicht ab, ob er sich erholte. Sie schleuderte den Dolch und war gleichzeitig erleichtert und von Ekel erfüllt, als er sein Ziel fand und sich in die Brust des Angreifers bohrte.

Jennet verharrte einen Moment, um sicher zu gehen, daß beide Angreifer tot waren, dann lief sie zu Niall. Er atmete und sie konnte auch keine bedeutenden Verletzungen entdecken.

»Sir Niall?« Sie starrte ihn an. »Was plagt Euch?« Sie versuchte, jegliches Zeichen von Ungeduld aus ihrer Stimme zu verbannen und scheiterte kläglich.

»Ihr. Ihr plagt mich, verwünschtes Frauenzimmer«, knurrte er, schlug die Augen auf und starrte sie zornig an, während er sich auf seine Ellbogen stützte. »Ihr hättet zurückbleiben und Euch verbergen sollen, so wie es jede andere Frau an Eurer Stelle getan hätte.«

»Das Ausmaß Eurer Dankbarkeit ist wahrhaft schmeichelhaft«, erwiderte sie eisig und stand rasch auf.

»Dankbarkeit? Wofür sollte ich wohl dankbar sein?« Er zischte Verwünschungen, während er sich erhob und verschiedene schmerzende Stellen rieb.

»Wie wäre es mit Eurem erbärmlichen Leben?«

»Diese beiden Narren hätte ich allein besiegen können. Mit einer Hand!«

»Oh? Und warum habt Ihr dann nach Luft ringend auf dem Rücken gelegen?«

Niall fluchte und stieß sein Schwert mit einer abrupten Bewegung zurück in die Scheide. »Nun, so sei es denn. Ihr habt mein Leben gerettet.«

»Ihr hört Euch immer noch nicht besonders dankbar an.« Sie fragte sich, warum es ihm so schwerfiel, zuzugeben, daß sie ihm geholfen hatte.

»Warum sollte ich auch? Ihr habt alles zerstört«, stieß er hervor, dann drehte er sich zu den Erschlagenen, durchsuchte sie und nahm ein paar Wertgegenstände an sich. »Ich kann nicht erkennen, wofür ich dankbar sein sollte.«

»Offensichtlich schätzt Ihr Euer Leben weniger als ich, und ich schätze es nicht besonders.«

Er säuberte ihren Dolch und reichte ihn ihr. »Scharfzüngiges Frauenzimmer«, schimpfte er. »Man behauptet, Ihr wäret recht klug, aber das kann nicht stimmen. Durch Euer Handeln habt Ihr mir jede Möglichkeit genommen, von Eurem Gemahl ein Lösegeld zu fordern. Nun schulde ich Euch mein Leben. Die Ehre gebietet, daß ich Euch sicher zu Sir Hacon geleite. Jawohl, sicher und ohne eine Belohnung.«

Kopfschüttelnd nahm sie Murdoc auf den Arm und ging den Weg zurück, den sie gekommen waren. »Nun, ich kann nicht behaupten, daß es mich reut. Ihr hättet solche Absichten ohnehin niemals hegen dürfen.«

»Ich wäre ein Narr gewesen, es nicht zu versuchen. Wohin geht Ihr?«

»Meine Habseligkeiten holen. Ich ließ sie zurück, als ich vor Euch davonrannte.«

»Ich sollte Euch den Weg zu Eurem Gemahl allein finden lassen«, grollte Sir Niall. »Ich weiß gar nicht, warum ich mir die Mühe machen soll, ohne eine Belohnung dafür zu bekommen.«

»Seit Ihr sicher, daß ein Ritter jemanden, der ihm das Leben gerettet hat, so behandeln sollte?« Sie ging neben ihm her, als sie zum Dorf zurückwanderten.

»Habt Ihr die Absicht, mich für den Rest meiner Tage daran zu erinnern?«

»Vielleicht.« Sie verkniff sich ein Lächeln, als er fluchte. »Es kann einem Mann nichts schaden, ein wenig Demut zu lernen.« Der Geruch nach Rauch umwehte sie, und sie wurde ernst. »Sind viele umgekommen?«

»Nein, denn nur wenige haben gewagt, gegen uns zu kämpfen.«

»Dennoch habt Ihr die Dächer in Brand gesteckt.«

»Gewiß. Man kann nie sicher sein, bis es vorbei ist. Am besten verhält man sich so, als ob der Widerstand erbittert wäre.«

»Ihr habt nicht zufällig einen Mann mit rotbraunem Haar gesehen, dessen Augen den meinen gleichen?«

»Nein. Warum? Habt Ihr noch mehr als nur Euren Gemahl verloren? Ihr seid wirklich außerordentlich unachtsam.«
Sie tat, als ob sie seinen spöttischen Ton nicht bemerkte und nickte. »Jawohl, meinen Vater.«
»Er ist zu den Engländern übergelaufen, nicht wahr?«
»Nein. Er steht auf keiner Seite.«
»Ist er Schotte?«
»Ja.«
»Wenn er nicht für die Engländer kämpft, was treibt er dann hier?«
»Hier gibt es mehr Geld. Sicher, die meisten Menschen sind arm, und es gehört nur einigen wenigen, aber wenn es da ist, findet Papa einen Weg, es in seinen Besitz zu bringen.«
»Wurdet Ihr getrennt, als die Schlacht begann?«
»Nein. Er ist kurz vor dem Angriff aufgebrochen.« Sie berichtete ihm von dem Schafhirten. »Vater wollte herausfinden, wessen Armee sich näherte. Er kehrte nicht zurück.«
»Nun, das wird er jetzt auch nicht, selbst wenn er noch am Leben sein sollte. Er wird als Feind behandelt werden, sobald er auftaucht.«
Jennet nickte seufzend. Sie würde es nicht ertragen, wenn ihrem Vater etwas zustieße. Sicher verbarg er sich irgendwo, um zu ihr zurückzukehren, sobald die Gefahr vorüber war. Während sie sich dem Dorf näherten, gewann sie ihre Zuversicht zurück und verbannte all ihre düsteren Gedanken.

»Sie waren hier«, sagte Hacon und setzte sich auf die Türschwelle des Hauses, das Dugald für sie beschlagnahmt hatte.
Dugald lehnte an dem niedrigen Türrahmen und runzelte die Stirn. »Es scheint so, obwohl die Namen nicht stimmen.«
»Du hast dein Französisch zu lange vernachlässigt, mein Freund. Arthos de Nullepart bedeutet Artair von Nirgend-

wo.« Er lächelte dünn, als Dugald fluchte, dann lachte er zögernd. »Ich habe keinen Zweifel daran, daß es sich um Artair Graeme handelt. Dieses Namensspiel ist die Erklärung, wie er es fertigbringt, unbehelligt zwischen England und Schottland hin und her zu wandern. So ein Spitzbube. Ich kann es kaum erwarten, ihn kennenzulernen.«

»Also waren sie hier. Aber wohin sind sie gegangen?«

»Ich wünschte, ich wüßte es. Seit dem Warnläuten hat man weder ihn noch Jennet gesehen. Ein Mann schwört, daß er gesehen hat, wie Artair in Richtung unseres Heeres marschiert ist, aber keiner unserer Männer will ihn bemerkt haben. Und warum sollte er allein gehen? Was ist mit Jennet?«

»Keiner der beiden liegt unter den Toten.«

»Stimmt. Das ist immerhin ein Trost. Sie haben sich irgendwo verborgen und warten darauf, daß wir abrücken.«

»Sicher, aber wo sollen wir suchen?« Dugald fuhr sich mit der Hand durch die Haare und betrachtete verdrießlich das Dorf.

»Das weiß ich auch nicht. Sie können überall sein. Unsere Männer suchen nach ihnen, aber die Sonne wird bald untergehen und die Suche beenden.«

»Und in der Morgendämmerung marschieren wir nach York.«

Hacon nickte. »Wir sind gezwungen, den Douglas zu begleiten, und sei es nur um unserer eigenen Sicherheit willen. Es wäre zu gefährlich, hierzubleiben, wenn die Armee abgerückt ist.«

»Dann mußt du den Leuten hier eine Nachricht zukommen lassen. Sie werden Jennet sagen, daß du lebst und nach ihr suchst.«

»Das könnte sie gewaltig in Schwierigkeiten bringen. Sie werden nicht gerade freundlich zu jemandem sein, der mit einem von uns verheiratet ist. Sie werden ihren Haß und ihren Zorn gegen sie und ihren Vater richten, dessen bin ich mir sicher. Ich werde den Mann, der sie findet, reich machen«, schwor er.

»Nun, dann zück schon mal deine Börse«, forderte Dugald ihn auf.

»Was? Was redest du da?«

»Schau dort.« Dugald deutete auf ein Paar, das langsam auf sie zukam.

»Jennet«, flüsterte Hacon und erhob sich langsam. »Sie ist es wahrhaftig.«

»Ja, und in Begleitung eines Mannes, der zweifellos jede Münze nehmen wird, die du ihm anbietest.«

»Ich gebe ihm freiwillig alles, was ich besitze«, erwiderte Hacon, ohne zu wissen, was er sagte.

Hacon nahm Dugalds Antwort kaum wahr, er war ganz auf Jennet konzentriert. Er war so lange und erfolglos auf der Suche nach ihr gewesen, daß er seinen eigenen Augen nicht traute.

Vor lauter Angst, enttäuscht zu werden, blieb er wie angewurzelt auf der Stelle stehen, widersprüchliche Gefühle kämpften in seinem Inneren. Er wollte zu ihr laufen, wollte sie schelten, daß sie erneut Feindesland betreten hatte, aber gleichzeitig fürchtete er, daß sie verschwinden würde wie eine Schimäre in einem Traum, falls er sie berührte. So stand er einfach nur da und wartete auf sie, in der Hoffnung, daß sie handeln würde.

Ihr Anblick war so wundervoll, daß es ihn schmerzte. Die Monate des Verlangens nach ihr kamen ihm mit aller Macht zu Bewußtsein. Ihr volles Haar war zerzaust, und es verlangte ihn danach, es mit den Fingern zu entwirren. Sie war nach wie vor schlank, aber sie machte nicht den Eindruck, als ob ihr das Leben ohne ihn schlecht bekommen wäre. Aber es war genug, daß sie am Leben war. Hacon verharrte reglos, wartete auf den Moment, da sie ihn erkennen würde.

Jennet hielt nach Hacon Ausschau, während sie mit Sir Niall die Dorfstraße entlangging. Als sie ihn schließlich erblickte, wagte sie es nicht, ihren Augen zu trauen.

Aber er war es wahrhaftig. Kein anderer von Douglas' Männern besaß solch helles Haar. Ebenso mühelos erkannte sie seine große Gestalt, bevor sie sein Gesicht deutlich sehen konnte.

Verschiedene Vorstellungen über ihre Wiedervereinigung schossen ihr durch den Kopf. Würde spielte jedesmal eine große Rolle, Würde und Gelassenheit. Ohne zu zögern verwarf sie beides. Sie drückte Murdoc Niall in die Arme, ohne auf seinen erstickten Protest zu achten, warf ihren Sack beiseite, raffte ihre Röcke und rannte auf ihren Geliebten zu. Er lächelte und breitete die Arme aus. Sie warf sich glückselig hinein.

Sein Mund bedeckte den ihren. Sein Kuß war wild, beinahe zu wild, aber sie hieß ihn leidenschaftlich willkommen. Dies war der Beweis, daß er lebte. Schließlich hob er den Kopf, aber er ließ sie nicht los. Jennet schlang die Arme eng um seinen Hals, ihre Füße schwebten mehrere Zoll über dem Boden. Ihre Wange lag an seiner Schulter. Er roch nach Pferden, Schweiß und Rauch. Nicht eben Gerüche, an denen sie normalerweise Gefallen fand, aber diesmal schwelgte sie darin.

»Ich kann nicht glauben, daß Ihr am Leben seid.«

»Gesund und munter.« Er lockerte vorsichtig seinen Griff, bis sie mit den Füßen den Boden berührte und sich zurücklehnen konnte, um ihn anzusehen. »Ihr seid nicht eben leicht zu finden.«

»Wenn ich gewußt hätte, daß Ihr von den Toten aufersteht, um nach mir zu suchen, hätte ich eine deutlichere Spur hin-

terlassen.« Sie stieß ein zittriges Lachen aus und berührte seine stoppelige Wange.
Er nahm ihre Hand, küßte die Innenseite und hielt sie fest. »Euer Vater sollte aufhören, Euch ständig in Feindesland zu zerren. Werde ich den Mann jetzt endlich kennenlernen?«
Die Freude und das Glück über Hacons Rückkehr verblaßten ein wenig. »Ich weiß nicht, wo er ist.« Sie spürte, wie Hacon ihre Hand fester umfaßte und wußte, daß er ihre plötzliche Furcht, seine Rückkehr könnte ihrem Vater den Tod gebracht haben, teilte.

»Psst, Harold, ganz ruhig. Nein, dreh dich nicht um. Hör einfach zu und versuch mir zu antworten, ohne daß es jemand bemerkt.«
Artair seufzte erleichtert, als der stämmige Harold hastig seine Überraschung verbarg. Es war nicht leicht gewesen, zu den Gefangenen vorzudringen, die man in einer Ecke des Dorfes gefesselt hatte. Die üppigen, dornigen Brombeersträucher und Schierlingspflanzen boten ein wenig Dekkung, aber es war weder ein ruhiges noch ein besonders behagliches Versteck. Er befand sich zu nahe bei den wohlbewaffneten Schotten. Es gab eine Chance für ihn, unverletzt zu entkommen, aber bevor er nicht wußte, was Jennet zugestoßen war, zog er es vor, die Herausforderung nicht anzunehmen.
»Hast du Jennet gesehen?« fragte er seinen Freund, nachdem sich die Wachen entfernt hatten, um sich dem Inhalt eines Weinschlauchs zu widmen.
»Ja. In diesem Moment. Sie liegt in den Armen eines riesigen, hellblonden Schotten. Wenn du es wagst, kannst du sie auch sehen.«
Vorsichtig kroch Artair nach vorn, bis er durch die schaukelnden Ranken einen besseren Blick hatte. »Bei allen Heili-

gen, der Mann lebt. Man hat behauptet, er sei in Irland gefallen.«

»Nun, von dir behauptet man, du seist Franzose«, konterte Harold.

»Ah, du bist mir auf die Schliche gekommen.«

Artair legte augenblicklich seinen dicken französischen Akzent ab.

»Nein, dieser riesige Schotte hat sich nach dir und Jennet erkundigt. Offensichtlich suchte er nicht nach einem Franzosen. Ebenso offensichtlich suchte er nicht nach einem Feind. Also, warum verbirgst du dich?«

»Er mag mich nicht als Feind betrachten, aber er ist nicht allein und sicherlich auch nicht der mächtigste unter den Schotten. Ich bin ein Schotte in England. Das brandmarkt mich in den Augen der meisten als Verräter.«

»Ach, ja dann. Nun, nicht alle in diesem Dorf sind so großmütig wie ich, mein Freund. Sie wissen, daß du gelogen hast und genauso schottisch bist wie deine Tochter. Sie werden dich hiernach nicht gerade willkommen heißen. Auf jeden Fall nicht so bald. Was willst du also tun, um Jennet wiederzusehen?«

»Ich werde sie in Schottland treffen.«

»Sie wird glauben, daß du tot bist.«

»Stimmt, und ich hasse den Gedanken, wie sehr es sie schmerzen wird. Aber besser das, als die Schwierigkeiten, in die ich sie bringen würde, wenn ich jetzt erschiene. Wenn ich mich nicht vor dem Schicksal eines Verräters bewahren könnte, das würde sie noch viel tiefer schmerzen. Dieser kühne Ritter mag sich um sie kümmern.«

»Soll ich ihnen eine Botschaft überbringen?«

»Nein, mein Freund, die Gefahr wäre zu groß. Gib acht, daß man dich nicht findet.« Artair zog sich zurück.

»Und gib du auf dich acht. Als ob man dir das sagen müßte«,

murmelte Harold leise. »Gott möge dich beschützen, alter Gauner.«
»Und dich.«
Nach einem letzten Blick auf Jennet trat Artair den Rückzug an. Es war für ihn an der Zeit, sich auf den Weg zurück nach Schottland zu machen. Er haßte den Gedanken, Jennet im ungewissen lassen zu müssen, aber er schwor sich, es wieder gut zu machen, wenn sie sich in Dubheilrig trafen.

Kapitel 17

Nehmt Ihr mir jetzt endlich den verdammten Balg ab?« ereiferte sich Sir Niall.

Beim Klang der barschen Stimme drehte Jennet sich erschrocken um. Murdoc wurde in ihre Arme gestoßen. Sie lachte weich, als der Kleine sich einen Augenblick später mit ausgestreckten Ärmchen auf Hacon stürzte. Hacon nahm ihn geschwind und drückte ihn an sich. Sie schmiegte sich an ihn, und er legte einen Arm um ihre Schultern, während er mit Sir Niall sprach.

»Ich stehe tief in Eurer Schuld, Sir Niall.« Dugald nahm ihm Murdoc ab, und Hacon streckte die Hand aus.

Niall zögerte nur kurz, dann schlug er kräftig ein. »Ihr schuldet mir überhaupt nichts.«

»Da bin ich anderer Ansicht. Die Rückkehr meiner Gemahlin verlangt nach einer Belohnung.«

»Ihr schuldet mir nichts.« Niall starrte Jennet zornig an. »Ich überlasse es Euch, mein nobles Verhalten zu erklären.« Mit dem Pferd am Zügel verschwand er die Straße hinunter.

»Was hat er denn?« Hacon war durch den plötzlichen Aufbruch sichtlich verwirrt.

»Ich fürchte, ich bin an seiner schlechten Laune nicht ganz unschuldig. Ich habe ihm unverzeihlicherweise das Leben gerettet.«

»Wurdet Ihr angegriffen?« Besorgt musterte er sie auf der Suche nach einer Verletzung.

Seine offenkundige Angst um sie ließ Jennet innerlich erglühen. Sie fragte sich, ob man ihr das wilde Verlangen, Hacon in irgendeine stille Ecke zu zerren und leidenschaftlich über ihn herzufallen, am Gesicht ablesen konnte. Dann war es ihr gleichgültig.

»Zwei Männer haben uns überfallen. Sir Niall behauptete sich ausgezeichnet, aber« – sie zuckte die Achseln – »zwei gegen einen kann selbst für den hervorragendsten Schwertfechter das Ende bedeuten.«

»Ach, und Ihr seid ihm zur Hilfe gekommen. Das hat ihn natürlich tief getroffen.«

»Eher seine Börse. Der Gauner hatte vor, ein Lösegeld für mich zu verlangen. Es gefällt ihm gar nicht, daß er mir sein Leben verdankt.«

»Hat er Euch verletzt?«

»Nein.« Sie befand, daß es keine echte Lüge war. Trotz seiner finsteren Absichten hatte Sir Niall ihr schließlich nichts zuleide getan. »Hacon, wißt Ihr etwas über den Verbleib meines Vaters?«

Er schüttelte den Kopf und umarmte sie. »Nein, Liebling, ich fürchte nicht. Wir haben nichts unversucht gelassen. Seit der Alarm geläutet wurde, hat ihn niemand mehr zu Gesicht bekommen, obwohl einige behaupten, sie hätten kurz vorher gesehen, wie er in unsere Richtung lief. «

»Aha.« Sie legte die Arme um seine Mitte und schmiegte ihre Wange an seine Brust, während sie ihm von dem Schafhirten berichtete. »Mein Vater wollte in Erfahrung bringen, wer sich näherte. Er ließ mich zur Flucht bereit zurück. Seither habe ich nichts mehr von ihm gehört oder gesehen. Ich kann nicht glauben, daß ich ihn erneut verloren haben soll.«

»Liebling, wir wissen nicht, ob er tot ist.«

»Aber warum kommt er nicht wieder, wenn er noch am Leben ist?«

»Wenn Ihr Euch nicht solche Sorgen machen würdet, hättet Ihr die Antwort längst selbst gefunden. Er ist Schotte und auf der falschen Seite der Grenze. Das kann ihm leicht zum Verhängnis werden. Er muß sich verbergen. Wenn er gefangen wird, vermag vermutlich nicht einmal ich, ihn zu retten. Er wird einen Weg nach Schottland finden und versuchen, uns in Dubheilrig zu treffen.«

»Ja, ja, das wird er. Ich muß einfach daran glauben, daß er ein weiteres Mal dem Tod entkommen ist und zu mir zurückkehrt.« Sie versuchte, ihre Angst zu überspielen. »Ihr müßt mir berichten, wie es kommt, daß wir die Nachricht von Eurem Tod erhielten, obwohl Ihr am Leben seid.«

»Nun, das ist eine lange Geschichte.« Er hob sie hoch und drückte sie an sich. Jennet schlang die Arme um seinen Hals, während er mit ihr in das Cottage ging. »Heißt das, Ihr wollt es mir nicht erzählen?«

»Oh doch, ich will, aber es wird bis zur Dämmerung dauern. Dugald, paß auf Murdoc auf«, ordnete er an und trat die Tür hinter sich zu.

Jennet lächelte, als er sie absetzte und die Tür verriegelte. Sie konnte den Ausdruck auf seinem Gesicht mühelos deuten und war nur zu willig, ihn zu befriedigen. Sein Verlangen war ebenso stark wie das ihre. Sie fragte sich nur, ob sie es bis zum Bett an der Wand schaffen würden, bevor die Leidenschaft sie überwältigte.

»Ich kann noch immer kaum glauben, daß du gesund und munter vor mir stehst«, flüsterte sie atemlos.

»Nun, dann sollte ich wohl besser *all* deine Zweifel zerstreuen, mein Liebling.«

Sein Kuß erstickte ihr leises Lachen. Es gab nur noch Hacon, Hacon und ihr verzweifeltes Verlangen, ihn in sich zu spüren. Sie half ihm, ihre Kleidung hinunterzuzerren. Er hörte nur eben lange genug auf, um eine Decke auf den blanken Boden zu werfen. Als er sie auf die Decke drängte, kam sie ihm entgegen und öffnete sich weit, als er sich auf sie sinken ließ. Sie zog ihre Röcke hoch und umschlang ihn mit ihren Beinen. Lust und Verlangen ließen sie aufschreien, als er in sie eindrang. Es schien ein ganzes Leben her zu sein, daß er sie erfüllt hatte.

Seine wilde Begierde machte ihn rücksichtslos, aber ihr Verlangen stand dem seinen in nichts nach. Tatsächlich begrüßte sie seine Wildheit und die blauen Flecken, die ihr dadurch beschert wurden. Sie ließ keinen Zweifel an seiner Gesundheit. Noch konnte der Mann, der mit so mächtigen Stößen von ihr Besitz ergriff, ein bloßer Traum sein.

Die Erlösung kam rasch, für sie wie für ihn. Jennet lachte genußvoll, als sie spürte, wie sich sein Samen in sie ergoß. Zitternd hielt sie ihn an sich gedrückt, als er sich auf sie fallen ließ. Sie wünschte sich das Unmögliche, ihn für immer so halten zu können.

»Das war schamlos«, murmelte sie, als sie endlich wieder Luft bekam.

»Auf jeden Fall.« Er zwinkerte und küßte ihre Nasenspitze. »Jetzt weißt du, wie gesund und munter ich bin, eh? Meine süße Geisel.«

»Nun ja, ein klein wenig sicherer bin ich mir schon.«

»Bekommst du denn niemals genug?«

»Vermutlich nicht«, murmelte sie. Dann, unfähig seinem Blick zu begegnen, wand sie sich unter ihm. »Der Boden ist hart.«

»Nicht nur der.« Er grinste, als sie mit der Hand hastig seinen Mund bedeckte.

Hacon lachte weich und löste ihre zärtliche Umarmung. Das Wasser, das er früher am Tag zum Erwärmen über die Feuerstelle gehängt hatte, war bereit, und er wusch sie sorgfältig, küßte jeden Bluterguß und jede Schramme an ihrem Körper. Sie trieb seine bereits wieder feurig lodernde Begierde zu ungeahnten Höhen, als sie ihm das Tuch abnahm und den Gefallen erwiderte. Als er es nicht mehr aushalten konnte, nahm er sie auf die Arme und trug sie zum Bett. Dort liebte er sie mit gezügelter Wildheit, besorgt um ihr Wohlbefinden nach ihrer langen Trennung. Zu seinem Entzücken reagierte sie mit ebensolch gierigem Verlangen auf ihn.

»Hast du das Bett nach Ungeziefer abgesucht?« fragte sie mißtrauisch, als sie atemlos nebeneinander auf den Gurten lagen.

»Gewiß, ich hatte es zwar satt, allein zu schlafen, aber das ist nicht die Gesellschaft, nach der es mich verlangt.« Er drehte sich auf den Rücken und zog sie an sich.

»Hacon?« Sie ließ die Hand über seine Brust gleiten, der Drang ihn zu berühren, war unwiderstehlich. »Was ist in Irland geschehen? Hat man dich verletzt zurückgelassen?«

Er seufzte und hauchte einen Kuß auf ihren Scheitel. Ihr Wiedersehen war wundervoll, aber nicht so, wie er es sich gewünscht hatte. Ihr Liebesspiel war inniger als alles, was er sich jemals erträumt hatte, aber Worte der Liebe waren nicht gefallen. Sein Verlangen, ihr anzuvertrauen, wie er in seinem tiefsten Inneren fühlte, wurde durch die Erinnerung an ihre barschen Worte in Dubheilrig gedämpft. Ihr jetziges Verhalten ließ ihn hoffen, aber er zögerte dennoch. Wie konnte er seine Seele entblößen, seine Verletzlichkeit jemandem offenbaren, der ihn blutrünstig genannt hatte. Obgleich er immer zuversichtlicher wurde, daß er mehr gewonnen hatte als ihre Leidenschaft, zweifelte er daran, daß sie ihn achtete. Wie konnte er sein Herz einer Frau öffnen, die ihn nicht als Ganzes akzeptierte – als Mann *und* als Krieger?

Das war es, worüber er mit ihr reden wollte – nicht über Irland oder Balreaves. Es verlangte ihn zu erfahren, wie sie empfand, was sie bewegte, auch wenn er ein wenig Angst davor hatte. Bald, schwor er sich und verfluchte sein Zaudern. Bald werde ich mich dieser Sache stellen und dann habe ich es hinter mir. Eine Zeitlang mochte es noch weitergehen wie bisher, aber er wußte, daß die unbeantworteten Fragen und Zweifel auf lange Sicht alles zerstören würden, was sie miteinander verband.

Jetzt aber wartete sie mit wachsender Ungeduld darauf, daß er ihr berichtete, was in Irland geschehen war. Die Geschichte würde sie in Angst und Schrecken versetzen. Kurz, aber nur sehr kurz, dachte er daran, zu lügen. Aber *eine* Lüge war alles, was sein Gewissen ertragen konnte.

»Dugald und ich wurden verwundet und blieben zurück, aber es waren nicht die Iren, die uns eine Falle gestellt hatten.«

Jennet erschauerte und schmiegte sich dichter an ihn. »Balreaves«, rief sie.

Er wand Strähnen ihres langen Haars um seine Finger. »Balreaves«, bestätigte er. »Die Männer, die uns angriffen, trugen zwar nicht seine Farben, aber ich wußte, daß sie seine Söldner waren. Mit Sicherheit waren es keine Iren. Und als sie davon überzeugt waren, daß wir den Morgen nicht mehr erleben würden, prahlten sie damit, Balreaves' gedungene Mörder zu sein.«

»Also hat er die Verwirrung nach der verlorenen Schlacht und den hastigen Rückzug genutzt, um seinen Verrat zu verbergen. Er ist ein gerissener Mann.«

»Sehr gerissen. Dugald und ich sollten eigentlich so tot wie der junge Alan sein. Wir wurden beide schwer verletzt.«

Sie ließ einen Finger über die frische Narbe auf seinem Brustkorb wandern und nickte. »Du hättest verbluten können.«

»Darauf haben Balreaves' Schurken auch gehofft. Wir hatten Glück, daß uns der Feind so dicht auf den Fersen war. Die Mörder hatten keine Zeit, sich ihres Erfolgs zu vergewissern. Sie nahmen uns hastig die wertvollsten Stücke ab und verschwanden, so schnell sie konnten. Wir waren gerade noch kräftig genug, uns in einer Mulde zu verbergen, da rasten die Iren auch schon an uns vorbei. Ich fürchte, der Rosenkranz, den du mir geschenkt hast, ging dabei verloren.«

»Nein, man hat ihn mir als Beweis für deinen Tod zurückgebracht. Sir Niall hat ihn irgendwie in die Hände bekommen und zu mir nach Dubheilrig gesandt. Er selbst nannte es eine überspannte Geste.«

»Sir Niall ist dafür berüchtigt. Jedesmal, wenn man überzeugt ist, daß er wirklich einen so gemeinen, mißgünstigen Charakter besitzt, wie es scheint, tut er etwas bewundernswert Ritterliches, etwas unbestritten Nobles. Und dann dreht er sich um und ist wieder ganz sein altes, unleidliches Selbst. Ein seltsamer Kerl.« Er küßte sie auf die Stirn. »Du bist mit blauen Flecken übersät, Kleines. Bist du sicher, daß er dir nichts getan hat?«

»Nichts, was der Rede wert wäre. Er hat mich zunächst nicht erkannt, und wir mußten einen kleinen Streit ausfechten.«

»Ich glaube nicht, daß das die ganze Wahrheit ist, aber na schön, ich werde nicht weiter fragen.«

»Gut, es hat sich ja auch alles zum Guten gewendet. Jetzt erzähl aber weiter. Wie bist du entkommen? Konnte Dugald dir helfen?«

»Nein, Dugald hatte es noch schlimmer erwischt als mich. Er war dem Tode nah. Wir hatten Glück. Ein Mann Gottes fand uns. Ihn interessierte nicht, wer oder was wir waren, er sah nur zwei Männer in Not und half ihnen. Er brachte uns in seine ärmliche Hütte, versorgte unsere Wunden und bot uns ein sicheres Versteck. Glücklicherweise wurde ich nicht vollständig ausgeraubt, so daß ich ihm etwas Geld dort lassen konnte, als wir ihn endlich verließen. Diesmal war das Schicksal auf unserer Seite, und wir konnten aus diesem verfluchten Land entkommen.«

»Um sofort wieder zu den Waffen zu greifen.«

»Ach, aber das ist deine Schuld.« Er grinste sie an, als sie den Kopf hob und ihn ungläubig anstarrte. »Wirklich.«

»Und wie genau bist du zu diesem Schluß gelangt?«

»Du bist nicht in Dubheilrig geblieben. Hättest du ein paar Monate länger wehklagend und haareraufend dort ausgeharrt, müßte ich nicht hier sein. Aber du hast dich einfach gemeinsam mit deinem Vater davongemacht.«

»Wenn ich nur geahnt hätte, daß du auf glatzköpfige Mädchen mit geschwollenen Augen ganz versessen bist.« Sie lächelte, als er in Gelächter ausbrach.

Jennet ging auf, daß er nichts davon gehört haben konnte, wie tief sie die Nachricht von seinem Tod getroffen hatte, und sie war froh darüber. Beim Gedanken an ihr unwürdiges Verhalten schoß ihr die Schamröte in die Wangen, insbesondere jetzt, da sich die Botschaft von seinem Tod als Lüge herausgestellt hatte. Auch verriet es die Tiefe ihrer Gefühle für ihn, und das war etwas, was sie ganz bestimmt nicht diskutieren wollte; war sie selbst sich seiner Gefühle für sie doch nach wie vor unsicher.

»Mein Vater war in Dubheilrig«, erklärte sie. »Da ich mich für eine Witwe hielt, schien es das Klügste, mit ihm zu gehen. Deine Familie drängte mich zu bleiben und versicherte mir, daß Murdoc und ich willkommen seien, aber ich wollte lieber bei meinem Vater sein. Ich kann trotzdem nicht erkennen, was das mit dem Feldzug zu tun hat. Schließlich warst du gerade erst nach Hause zurückgekehrt.«

»Ich habe dich gesucht. Artair ist mit dir nach England gegangen, und ich konnte mich nicht allein ins Feindesland wagen. Ich weiß wirklich nicht, wie dein Vater das immer wieder fertigbringt.«

»Hier kann er zu Geld kommen. Und wenn er mit den Engländern verkehrt, gibt er sich als Franzose aus.«

»Ach ja, Arthos de Nullepart. Wir haben diese Hochstapelei

entdeckt, als wir nach euch fragten. Ich fürchte, wir haben ihn enttarnt. Er wird eine ganze Weile nicht hierher zurückkehren können.«
»Mach dir keine Sorgen, ich bin sicher, daß er das schon weiß. Warum hast du nicht einfach eine Nachricht bei meiner Familie hinterlassen?«
»Um dann wartend in Dubheilrig zu hocken? Nein, dazu fehlte mir jeglicher Nerv.« Er streichelte ihren schlanken Rücken. »Ich mußte handeln. Dich zu finden war weitaus schwieriger, als ich angenommen hatte. Ich war gerade so weit, eine Nachricht bei deinen Verwandten zu hinterlassen und geschlagen nach Hause zurückzureiten, als wir dich endlich entdeckt haben.«
Sie stützte sich mit den Ellbogen auf seine breite Brust und sah ihn ernsthaft an. »Werden wir jetzt nach Dubheilrig zurückkehren?«
»Bald.« Er verzog das Gesicht, als sich ihre Augen verengten. »Ich bin verpflichtet, bis zum Ende mit zu marschieren.«
»Dann will der Douglas also wahrhaftig versuchen, die englische Königin gefangenzunehmen?« Ihre Stimme klang ängstlich.
»Befindet sie sich denn in York?« Er zeichnete die Umrisse ihres Schlüsselbeins mit dem Finger nach.
»Es wird zumindest behauptet – sie soll dort weilen. Sie und der königliche Gerichtshof.« Sie erinnerte sich daran, wie Edwards Vater die schottische Königin behandelt hatte, als er sie vor über zehn Jahren in seine Gewalt bekam. Er hatte sie in einem Käfig an die Mauern von Berwick gehängt. »Der Bruce wird Rache für die barbarische Haft nehmen wollen, die seine Gemahlin erleiden mußte.«
»Vielleicht, obwohl ich lieber glauben möchte, daß er niemals so grausam handeln könnte. Der Douglas kann es zweifellos.« Er schüttelte den Kopf. »Ich weiß nicht, was passie-

ren wird.« Er ließ seine Hände ihre schlanken Hüften entlanggleiten und liebkoste sie. »Ich hatte weder die Muße noch das Interesse, mich mit den Plänen unserer Heerführer zu beschäftigen. Alles, was mich interessierte, war dein Verbleib.«

»Nun, jetzt hast du mich gefunden.« Sie streifte seine Lippen in einem flüchtigen Kuß. »Gott sei Dank werde ich nur den letzten Teil des Feldzugs mitmachen müssen.«

Er schmiegte seine Hände um ihren Po und zog sie zu sich heran. »Aber danach eilen wir nach Dubheilrig und suchen einen Priester auf.«

»Einen Priester?« Sie fuhr mit der Zunge an seinem Kinn entlang. »Brauchen wir denn einen?«

»Gewiß.« Er stöhnte zustimmend, als sie seine Brust mit Küssen bedeckte. »Das Gelöbnis war der Hast angemessen, in der wir uns voneinander verabschieden mußten, aber jetzt haben wir Zeit genug.« Seine Stimme wurde immer heiserer, während sie sich spielerisch mit der Zunge nach unten bewegte. »Nun soll uns ein Priester trauen.«

Jennet war sowohl überrascht als auch begeistert. »Du willst mich immer noch?«

»O ja, Kleines«, antwortete er atemlos. Mittlerweile liebkoste ihre Zunge die Innenseite seiner Schenkel. »Es gibt keine, die dir gleichkommt. Nicht in ganz Schottland. Und in England gewiß nicht.«

»Was ist mit Irland?« Er war sehr lange fort gewesen, und plötzlich fragte sie sich, ob er die ganze Zeit allein verbracht hatte.

Er erriet mühelos, in welche Richtung ihre Gedanken wanderten und unterdrückte ein Lächeln. »Nun, da war dies Mädchen, das ein Auge auf mich geworfen hatte.« Sein Lächeln wurde breiter, als sie ihn aufgebracht anfunkelte. »Aber sie konnte mich nicht in Versuchung führen. Nun ja, nicht richtig.« Er lachte über ihre Entrüstung. »Ein Mann kann sich zügeln, wenn er weiß, daß er es wegen der Besten tut.«

Plötzliche Wärme erfüllte sie. Deutlicher hatte er noch nie zugegeben, daß er sich etwas aus ihr machte. »Nun«, erwiderte sie mit heiserer Stimme, »dann soll dieser große Kerl für seine Treue belohnt werden.«

Hacon stöhnte leise, als sie ihre langen, seidigen Finger um seine Erektion legte. Einer Frau wie Jennet treu zu sein, fiel ihm wahrlich nicht schwer. Allein die Erinnerung an ihre Liebkosungen gab ihm genug Kraft, jeglicher Versuchung zu widerstehen. Er fragte sich, ob und wann sie diese Wahrheit erkennen würde, doch dann, als ihr Mund ihre verführerischen Finger ablöste, verlor er die Fähigkeit, zusammenhängend zu denken.

Jennets Lippen priesen seine Stärke, ihre Zunge erregte und besänftigte ihn, sie liebte ihn mit ihrem Mund. Seine kehligen Schreie der Lust, die Art, wie er sich unter ihr wand, schürten ihr eigenes Verlangen in ungeahntem Ausmaß. Als er sie plötzlich packte und nach oben auf sich zog, war sie begierig und mehr als bereit, ihn aufzunehmen. Zuerst quälte sie ihn noch mit langsamen, sanften Auf- und Abbewegungen, versagte ihm die heftige Leidenschaft, nach der er gierte, aber dann wurde sie das Opfer ihrer eigenen Lust und überließ sich der Wildheit, die sie beide in heftigen Stößen zum Höhepunkt trieb.

Als ihr Verstand langsam zurückkehrte, befreite sie sich aus ihrer engen Umschlingung und warf sich auf den Rücken. »Es ist zu heiß für so etwas.«

»Vermutlich hätte ich das Wasser nicht erwärmen sollen«, murmelte er und barg seinen Kopf an ihren Brüsten.

»Nein, ich war froh, mir den Schweiß abwaschen zu können, auch wenn du mich sofort wieder ins Schwitzen gebracht hast.« Sie lächelte schläfrig. »So, und morgen reiten wir also nach York?«

»Ja, in der Morgendämmerung brechen wir auf. Ich fürchte, wir müssen schlafen, auch wenn es mir lieber wäre, die ganze Nacht im Liebesspiel zu verbringen.« Er hauchte einen Kuß auf jede ihrer Brustwarzen, bevor er seinen Kopf wieder auf ihrem Busen bettete und die Augen schloß. »Der Douglas verlangt viel. Man kann sich keine Müdigkeit leisten, wenn man mit ihm reitet. Schlaf gut, Liebling.«

»Gute Nacht, Hacon«, murmelte sie.

Es dauerte nicht lange, bis er eingeschlafen war, aber sie hatte Mühe, ihm ins selige Vergessen zu folgen. Jennet mußte ihn einfach ansehen, ihn berühren, sich immer wieder vergewissern, daß er wahrhaftig am Leben war. Stundenlang lag sie so und betete, daß er ihr niemals wieder genommen wurde.

Jennet rutschte unruhig im Sattel hin und her. Trotz ihrer guten Vorsätze hatten sie sich im Verlauf der kurzen Nacht mehrmals geliebt. Sie war müde und nicht gerade in der besten Verfassung, um Stunde um Stunde im Sattel zu verbringen. Als Sir Niall neben ihr auftauchte, fluchte sie lautlos. Sie hatte nicht die geringste Lust, mit ihm zu reden.

»Genießt Ihr den Ritt, Herrin?«

Sein Grinsen verriet ihr, daß er ganz genau wußte, welche Qualen sie litt und auch den Grund dafür kannte. Sie nahm an, daß es keines besonders klugen Kopfes bedurfte, um zu erraten, auf welche Art und Weise sie und Hacon ihre Wiedervereinigung gefeiert hatten. Dennoch fand sie es ausgesprochen unverschämt, so deutlich darauf anzuspielen, und sie warf ihm einen zornigen Blick zu.

»Dasselbe wollte ich Euch gerade fragen, Sir Niall«, erwiderte sie spöttisch. »Schließlich bin ich nicht von einem herumstreunenden Engländer niedergeschlagen worden.«

»Ach, Mylady, würdet Ihr nicht bereits Sir Gillard gehören, ich würde Euch ihm zum Geschenk machen. Ich habe einfach nicht solch ein Talent wie Ihr vorlautes Frauenzimmer, ihm das Leben schwer zu machen.«

»Ich werde Euch gleich das Leben schwer machen, wenn Ihr nicht aufhört, mich Frauenzimmer zu nennen«, rief sie hinter ihm her und verwünschte ihn, als er nur lachte.

Einen Augenblick später ritt Hacon an ihrer Seite. »Ärger?« Er sah Niall hinterher, der sich einer Gruppe von Rittern um den Earl von Moray angeschlossen hatte.

»Nein, er hat nur mit dem ihm eigenen Geschick und Takt ein paar Worte mit mir gewechselt.«

Hacon lächelte. »Wo ist Ranald?«

»Er folgt dem Ruf der Natur. Schaut, da kommt er gerade wieder. Nähern wir uns York?«

»In Kürze«, sagte Hacon. »Es sind noch ungefähr fünfzehn Meilen bis dorthin. Wir werden bald eine Rast einlegen.«

»Werden wir die Stadt angreifen?« fragte Ranald.

»Ich weiß es nicht. Bleib an ihrer Seite, Ranald; die Stadt ist hervorragend befestigt.« Damit verschwand er.

Es dauerte noch eine Stunde, bis der Heereszug Rast machte. Jennet fröstelte ein wenig, als sie abstieg. Der September ging seinem Ende zu, und ein kühler Herbsthauch war hin und wieder spürbar. In der Ferne schimmerten die Seen von Swale. Der Gedanke, daß die unberührte Schönheit dieser Landschaft bald zerstört werden würde, und daß sie mit den Verursachern dieser Zerstörung ritt, schmerzte sie.

Sie zwang sich, ihre Gedanken auf ihre unmittelbaren Bedürfnisse zu richten; Nahrung für sich und Murdoc. Sie zog los, um Dugald zu suchen, während Ranald die Pferde versorgte. Dugald, dachte sie lächelnd, hatte bestimmt schon den besten und bequemsten Lagerplatz gefunden.

Jennet hatte sich gerade gegen den Stamm einer Birke gelehnt, nachdem sie Murdocs vom Essen verschmiertes Gesicht gewaschen hatte, als Hacon sich zu ihr gesellte. Er setzte sich neben sie und schlang den Arm um ihre Schultern. Sie kuschelte sich an ihn. Nach dieser kurzen Pause fühlte sie sich erfrischt, blickte über das weite, von Lagerfeuern erhellte Moor und wunderte sich, daß etwas so Gefährliches so friedvoll wirken konnte.
Gerade als sie Hacon gegenüber eine dementsprechende Bemerkung machen wollte, erschien wie aus dem Nichts Balreaves, zwei stiernackige, bis zu den Zähnen bewaffnete Männer links und rechts neben sich. Ihre gute Stimmung verflog schlagartig.
»Ihr habt das Frauenzimmer also tatsächlich gefunden«, schnarrte Balreaves und streifte Jennet mit einem abfälligen Blick.
»Meine Gemahlin – ja, gewiß.« Hacon juckte es, sein Schwert zu ziehen, aber er wußte, daß Jennet ihn zu Recht daran hinderte. Er wollte nicht in Balreaves Falle tappen.
»Sie scheint es sich zur lieben Gewohnheit gemacht zu haben, bei unseren Feinden zu leben.«
Hacon erstarrte. Er wußte nur zu genau, was für einen Eindruck Jennets wiederholte Flucht über die Grenze machen mußte. »Das Mädchen glaubte, sie sei Witwe. Verständlicherweise hat sie sich in die Obhut ihres Vaters begeben.«
»Der sie nach England brachte. Man kann sich nur fragen, was ein Schotte hier immer wieder zu schaffen hat.«
»Ich an Eurer Stelle würde es nicht zu laut tun, Balreaves.«
Balreaves zuckte nur die Achseln. »Ich nehme an, daß Ihr den Douglas jetzt verlassen werdet.«
»Nein, ich bleibe bis zum Ende.« Der angedeutete Zweifel an seiner Loyalität, sogar an seiner Tapferkeit, machte es Hacon fast unmöglich, ruhig zu bleiben.

»Ach, hier seid Ihr, Balreaves«, rief Sir Niall, der auf sie zusteuerte. »Der Douglas sucht Euch.« Er lächelte verstohlen, als sich Balreaves nach einem vernichtenden Blick auf sie alle mit seinen Schergen davonmachte. »So.« Niall sah Jennet herausfordernd an. »Jetzt sind wir quitt.«

»Was meint Ihr damit – quitt?« Sie versuchte die Furcht zu verdrängen, die bei Balreaves' Anblick jedesmal in ihr hochstieg.

»Habe ich nicht gerade das Leben Eures Gemahls gerettet?«

»Ich habe weit und breit kein gezücktes Schwert gesehen.«

»Balreaves wünscht Hacon den Tod.«

»Das will ich nicht bestreiten, aber jetzt und hier habt Ihr niemandes Leben gerettet.«

»Wenn Euer Gemahl das Schwert gezogen hätte, wozu Balreaves ihn sicherlich verleiten wollte, dann wäre er jetzt nicht mehr unter uns.«

»Dann hättet Ihr wohl bis zu diesem Augenblick warten sollen«, entgegnete Jennet, »um Euch als Held zu beweisen.«

»Ich hätte ihn besiegt«, protestierte Hacon, bevor der Streit zwischen seiner Frau und Sir Niall eskalieren konnte.

»Mit zwei Dolchen im Rücken?« spottete Sir Niall. »Ich glaube, nicht einmal Ihr seid solch ein hervorragender Schwertfechter, Mylord.« Niall wandte sich wieder an Jennet. »Ich *werde* diese Schuld begleichen. Ich kann es nicht ertragen, in der Schuld eines winzigen, grünäugigen Frauenzimmers zu stehen.« Er stapfte davon.

»Nennt mich nicht Frauenzimmer«, schrie sie hinter ihm her, und schaute unmutig, als Hacon schallend lachte. »Und was findet Ihr so komisch?«

»Euch beide. Ihr zankt Euch wie Bruder und Schwester.« Er zog sie zu sich heran und küßte ihre Wange.

»Bruder und Schwester? Habt Ihr nicht behauptet, er begehre mich?«

»Oh, das tut er immer noch, aber ich mache mir keine Gedanken mehr deswegen.«

»Ich wünschte ernsthaft, es wäre Balreaves, an den wir keinen Gedanken mehr verschwenden müßten«, erwiderte sie, dann erstarrte sie plötzlich. »Hacon, Niall wußte, daß Balreaves Euch töten will. Vielleicht erkennen es auch andere. Reicht das denn nicht als Beweis?«

»Hinz und Kunz können es wissen; solange wir ihn nicht auf frischer Tat ertappen, nützt das überhaupt nichts. Balreaves und seine Familie sind zu mächtig und zu einflußreich. Und den Tod eines Mannes zu wünschen ist nun mal kein Verbrechen. Er weiß das ebensogut wie ich.« Er küßte sie flüchtig, dann lehnte er sich wieder an den Baumstamm. »Denkt nicht mehr an ihn. Bevor er sein häßliches Gesicht gezeigt hat, wart Ihr so guter Stimmung. Nehmt es leicht. Es ist angenehm kühl heute abend, und alles ist ruhig. Nichts wird unseren Frieden stören.«

Sie bezweifelte das, zwang sich aber, sich zu entspannen. Friedliche Momente waren gar zu selten. Jennet beschloß, sich die kurzen Momente der Ruhe, die sie und Hacon gemeinsam hatten, nicht von Balreaves verderben zu lassen. Sie wünschte von Herzen, daß sie diesem Vorsatz für den Rest des Feldzugs und bis zu ihrer Rückkehr nach Dubheilrig treu bleiben konnte.

Kapitel 18

Hacon«, rief Dugald, der gemeinsam mit Ranald auf den Baum zulief, unter dem Hacon und Jennet ruhten. »Ich fürchte, wir bekommen Ärger.« Er wies mit dem Finger in Richtung Südwesten.

Hacon stand auf und streckte sich. Jennet nahm den schlafenden Murdoc und erhob sich ebenfalls. Besorgt trat sie zu den Männern und schaute in dieselbe Richtung. Ihr sank das Herz. Eine Art Heer marschierte von York aus auf die noch immer rastenden Schotten zu. Aber es schien sich nicht um geschulte Truppen zu handeln. Siebentausend oder mehr Männer folgten in ungeordneten Reihen weißgekleideten Gestalten. Die Standarte Sankt Peters von York, des Schutzheiligen der Stadt, wehte ihnen voran, was darauf hinwies, daß der Erzbischof höchstpersönlich sie anführte.

»Mönche«, bemerkte Hacon. »Zisterzienser und Bauern. Was für ein armseliger Haufen.«

»Es könnte die Vorhut einer wesentlich schlagkräftigeren Armee sein«, meinte Dugald zögernd.

»Vielleicht.« Hacon drehte sich um und küßte Jennet flüchtig. »Ihr bleibt hier und –«

»Ich weiß.« Sie seufzte. »Und mache mich davon und verstecke mich, falls die Dinge sich zum argen wenden.«

»Genau. Ich suche Euch lieber noch einmal, als daß ich Euch und den kleinen Burschen zu Grabe trage. Außerdem glaube ich kaum, daß es zur Schlacht kommen wird, wenn das alles ist, was York aufzubieten hat. Darin läge keine Ehre.« Die drei Männer hasteten davon.

Wütende Aufschreie ertönten in den Reihen der Schotten, die den anrückenden Kräften am nächsten lagen. Jennet lief ein kalter Schauer den Rücken hinunter, als die Männer, die nur wenige Meter von ihr entfernt waren, begannen, *Schiltrons* zu bilden. Sie brüllten den Engländern ihre Verachtung entgegen, während der Ring aus Speeren Gestalt annahm. Jennet drückte Murdoc enger an sich und beobachtete Hacon und seine treuen Gefährten, die in der tosenden Menge verschwanden.

Sie wußte, daß sie hier fort mußte, daß sie in der hellen Nachmittagssonne ein leichtes Ziel bot. Im Geist gab sie Hacon das Versprechen, sich bei den ersten Anzeichen von Gefahr in Sicherheit zu bringen, dann suchte sie einen geeigneten Standort, um das Geschehen zu verfolgen. Auf einer kleinen Erhebung standen ein paar Männer; sie gesellte sich zu ihnen. Die Anwesenheit des Chronisten legte die Vermutung nahe, daß es sich um einen ausgezeichneten Ausguck handelte, und in der Tat hatte sie von dort einen ungehinderten Blick über die ganze Weite des Swale Tales.

Die Speere der Schotten glitzerten im Licht der untergehenden Sonne. Ihre Schlachtrufe erschütterten die Luft. Das aus York anrückende Heer reagierte sofort, die Reihen kamen stolpernd zum Stehen. Sie war nicht überrascht, als die Bauern sich umdrehten und flohen. Nur wenige von ihnen trugen eine Rüstung, und ihre Waffen bestanden aus einfachen Feldgeräten. In der Überzeugung, daß die Schlacht gar nicht erst beginnen würde und das Kriegsgeschehen sich in den üblichen Beleidigungen und Prahlereien erschöpfen würde, entspannte sie sich. Doch dann bewegten sich die von den Männern gebildeten *Schiltrons* auf ihre angekoppelten Pferde zu. Mit wachsendem Entsetzen mußte sie zusehen, wie Schotten in den Farben des Earl von Moray zu Pferd hinter den fliehenden Engländern hersetzten.

Ihre Hoffnung, daß sie die ohnehin schwachen Verteidiger nur um so schneller zur Flucht treiben wollten, schwand rasch. Einige der Engländer, die in Stellung gegangen waren, wurden sofort niedergemacht. Und immer noch blieben Morays Männer nicht stehen, sondern setzten den flüchtenden Engländern nach. In hilflosem Entsetzen verfolgte sie, wie Klerus und Bauern gleichermaßen von Schwertern, Streitäxten und Speeren in Stücke gehauen wurden. Die Schotten ließen Hunderte von Toten hinter sich zurück.
Morays Einheit jagte die verängstigten Männer bis zum Ufer des Swale, dann trieb sie sie weiter bis zu der Stelle, wo Ure und Swale sich vereinigten. Sogar von dort, wo sie stand, konnte Jennet das Gemetzel noch beobachten; sie mußte hilflos mitansehen, wie die Männer an den Ufern hingeschlachtet oder ins Wasser getrieben wurden, wo sie ertranken. Sie betete, daß niemand, den sie kannte, an diesem Schlachten beteiligt war.
»Ich hätte nie geglaubt, daß Ihr an einem solchen Anblick Gefallen findet.«
Jennet wandte langsam den Blick von der grausigen Szene und erblickte Sir Niall. Die Tatsache, daß seine Rüstung keinerlei Blutspuren aufwies, bestätigte sie in ihrem Urteil. Unter seiner höhnischen, verdrießlichen Maske schlug ein gutes Herz.
»Sie waren auf der Flucht. Es ging keinerlei Bedrohung von ihnen aus«, murmelte sie.
»Gewiß. Es gibt keine Rechtfertigung für dieses Blutvergießen«, flüsterte er.
Sie fragte sich, warum er so leise sprach. Dann schaute er auf etwas hinter ihr. Sie folgte seinem nervösen Blick und sah Balreaves neben dem Chronisten stehen. Die Art, wie er leicht den Kopf neigte, verriet ihr, daß er versuchte, sie zu belauschen. Wie so viele andere lebte auch Niall in der

Angst, daß man ihm seine Kritik als Verrat auslegen könnte. Der mitgenommene Zustand von Balreaves Umhang sagte ihr, daß er bis vor kurzem mit den Männern von Moray geritten war. Sie fragte sich, ob er sicherstellen wollte, daß sein Name im Bericht des Chronisten an auffälliger Stelle genannt wurde.

»Habt Ihr Hacon gesehen?« wandte sie sich an Niall. Sie zog seinen Anblick dem dieses Mörders bei weitem vor.

»Glaubt Ihr denn wirklich, er würde sich bei so etwas die Hände schmutzig machen?« Niall lachte kurz und bitter. »Ihr kennt Euren Gemahl wohl doch nicht so gut.«

»Ich habe nicht gesagt, daß er dort unten ist«, gab sie scharf zurück. »Ich habe Euch nur gefragt, ob Ihr ihn gesehen habt.« Ein kurzes Gefühl der Schuld verlieh ihren Worten die Schärfe, denn sie *hatte* sich in der Tat einen Augenblick lang gefragt, ob Hacon dort unten mit Morays Wölfen ritt.

»Je nun, das habe ich. Er und seine Männer beanspruchen alles, was sie in die Finger bekommen, als Beute oder Geiseln. Ja, er ist dort unten, aber der noble Herr von Dubheilrig nimmt an dem Gemetzel natürlich nicht teil. Er ist selbstverständlich frei vom Makel des Blutvergießens. Nein, Narr, der er ist, versucht er sogar, einige von ihnen zu retten. Wenn sie sich ergeben und um Gnade winseln, erhört er sie. Seine Ritterlichkeit könnte ihn teuer zu stehen kommen.« Niall schüttelte den Kopf.

Jennet fragte ihn lieber nicht, warum er so höhnisch über Hacons Verhalten sprach; statt dessen konzentrierte sie sich auf seine letzte Bemerkung. »Was wollt Ihr damit sagen – könnte ihn teuer zu stehen kommen?«

»Er mischt sich ein. Das ist niemals klug. Am besten macht man mit oder verharrt schweigend im Hintergrund, vor allem dann, wenn man seine Gemahlin immer wieder aus England herausholen muß.«

»Wird mein Aufenthalt häufig erwähnt?«

»Sir Balreaves tut sein Bestes, damit ihn niemand vergißt.« Er nahm ihren Arm und zog sie mit sich den kleinen Hügel hinunter. »Ihr solltet nicht Augenzeuge dieses Schlachtens sein.«

»Warum tun sie das?« Ihre leise Stimme war schreckerfüllt.

Niall zuckte die Achseln. »Haß. Blutdurst. Wer weiß das schon? Es birgt keinen Nutzen. Tatsächlich mag der Tag kommen, da wir dieses Gemetzel bitter bereuen werden.«

»Sie morden Geistliche.«

»Mädchen, glaubt Ihr wirklich, daß diese Männer noch um ihr Seelenheil fürchten? Seit Jahren werden sie immer wieder durch päpstliche Edikte exkommuniziert. Der Papst höchstpersönlich hat uns alle verdammt. Warum sollten wir uns wegen ein paar Mönchen und kleinen Priestern die Köpfe zerbrechen? Nicht, daß sie selbst so besonders heilig wären«, spottete er. »Schließlich sind sie mit dem Schwert in der Hand auf uns losmarschiert. Ich glaube nicht, daß sie uns damit segnen wollten, was meint Ihr? Nun, Gott mag ihnen aufgetragen haben, zu den Waffen zu greifen, aber Er versäumte es, ihnen Rückgrat zu verleihen. Jetzt bezahlen sie für ihre Feigheit.«

»Menschen, die bereits die Flucht ergriffen haben, zu Hunderten zu erschlagen, ist ganz einfach niederträchtiger, erbärmlicher Mord.«

»Eher zu Tausenden.« Er blieb stehen und lockerte seinen Griff. »Und Ihr wärt klug beraten, solche Gedanken für Euch zu behalten. Dieser Angriff wird vom Earl von Moray höchstpersönlich geführt. So, hier hat Euer Gemahl Euch verlassen und hier solltet Ihr ihn erwarten, wenn er zurückkehrt.«

Jennet schaute sich um und erkannte den Baum, unter dem sie und Hacon früher am Tag gerastet hatten. Sie drehte sich wieder zu Niall, aber der war bereits in einer Gruppe vorüberziehender Soldaten verschwunden. Ein Schreck durchfuhr sie, als sie Balreaves direkt hinter ihm erblickte. Dieser furchtbare Mann hatte sie verfolgt und mit Sicherheit versucht, sie zu belauschen. Jennet schwor sich wieder einmal, ihn im Auge zu behalten, dann ließ sie sich seufzend gegen den Baumstamm sinken. Murdoc schreckte kurz aus dem Schlaf hoch, kuschelte sich aber sogleich wieder bequem in ihre Arme.

Das unbarmherzige Schlachten dauerte bis zum Sonnenuntergang an, dann bereitete die Dunkelheit dem ganzen ein Ende. Von der Vorhut und den Spionen kam die Kunde, daß die Königin zusammen mit dem Gerichtshof und dem Schatzkanzler aus York in Richtung Nottingham geflohen war. Jennet war erleichtert. Sie hatte sich in dem Glauben gewiegt, daß die Schotten nicht so grausam waren wie die Engländer, aber nun war sie nicht mehr so sicher. Sie war froh, daß sie nicht auf die Probe gestellt wurden und fragte sich, ob diese mitleiderregende, miserabel gerüstete Armee ausgeschickt und geopfert worden war, um der Königin eine Möglichkeit zur Flucht zu verschaffen. Falls dies so war, und die Möglichkeit bestand durchaus, dann hoffte Jennet, daß die Königin der gerechten Strafe für diese Verschwendung von Menschenleben nicht entging.

Als Hacon endlich zu ihr kam, sehnte sich Jennet nur noch nach ihrem Heim, nach Dubheilrig. Keinen Tag länger wollte sie bei diesem Heer bleiben. Sie konnte die Grausamkeit und Brutalität nicht mehr ertragen.

Hacon setzte sich zu ihr, müde und ausgebrannt. Ein Blick in Jennets Gesicht sagte ihm, daß sie mehr gesehen hatte, als er sich gewünscht hatte. Er war versucht gewesen, blutbespritzt wie er vom Schlachtfeld kam, zu ihr zu gehen, um sie auf die Probe zu stellen und herauszufinden, ob sie ihn für fähig hielt, an einem solchen Gemetzel teilzuhaben. Aber im letz-

ten Moment hatte ihn der Mut verlassen. Falls sie so über ihn dachte, wollte er es gar nicht wissen.
»Seid Ihr unverletzt«, fragte sie schließlich, weil er einfach so neben ihr hockte, mit geschlossenen Augen an den Baum gelehnt.
»Gewiß. Es hat keinen Kampf gegeben.« Beim bitteren Klang seiner Stimme zuckte er innerlich zusammen.
»Warum, Hacon? Warum haben sie etwas so Eiskaltes, Skrupelloses getan?«
Endlich blickte er sie an und stellte fest, daß sie seine Verwirrung und seinen Abscheu teilte. »Das weiß nur Gott.«
»Gott muß geschlafen haben, Er hat eine Weile nicht aufgepaßt. Wie hätte Er das sonst zulassen können? Es gibt keinen Grund dafür, oder doch?«
»Kleines, wenn ich das wüßte, wäre ich der Papst und nicht nur ein einfacher Ritter.«
»Der Papst wird uns wegen dieser Sünde mit Sicherheit exkommunizieren. Falls wir das nicht sowieso schon sind.«
»Mag sein. Ich weiß es nicht. Seit der Bruce sich des Throns bemächtigt hat, sind wir so oft von der Kirche verdammt, begnadigt und wieder verdammt worden, daß ich den Überblick verloren habe. Ich weiß nicht, wo wir gerade stehen.«
»Nun, es braucht nicht den Papst, um uns hierfür zu verdammen.«
»Nein«, flüsterte er kopfschüttelnd. »Es war ein Gemetzel. Zwischen uns und dem Fluß liegen dreitausend, vielleicht sogar viertausend Tote. Der Fluß selbst ist voller Leichen, die Ufer sind rot vom vergossenen Blut weiterer tausend Männer. Ein Wunder, daß überhaupt Gefangene gemacht worden sind. Vielleicht dauert der Krieg schon zu lange. Wir kämpfen nicht mehr, wir morden. Der Haß und der Zwang, englisches Blut zu vergießen, scheinen stärker zu sein als Barmherzigkeit oder Ehre. Wenn das wahrhaftig so ist und dies

kein Anfall von Wahnsinn war, dann will ich nicht länger ein Teil davon sein.«

Er klang so verzweifelt, so bitter, daß Jennet sich zu einer Erwiderung gezwungen fühlte. »Nicht alle Männer waren daran beteiligt.«

Er schlang seinen Arm um ihre Schultern und zog sie an sich. »Das ist wahr. Darin mag ein Rest Hoffnung liegen. Dennoch möchte ich nicht hierbleiben.«

»Nein. Ich will zurück nach Dubheilrig.«

»Ich auch.« Er küßte ihre Wange, erhob sich und klopfte sich ab. »Ich werde meine Männer nach Hause bringen, bevor auch sie von dieser Mordlust angesteckt werden. Oder ich selbst.« Er ging davon.

Jennet seufzte. Sie war froh, daß sie gehen würden, aber Hacons Verzweiflung griff ihr ans Herz. Zum ersten Mal in ihrem Leben wollte sie etwas Gutes am Kriegshandwerk, ja am Krieg selbst finden. Hacon hatte dem Bruce und der Sache zu viele Jahre geopfert. Sie wollte ihn so gern davon überzeugen, daß sie nicht verschwendet waren.

Der Gedanke beschäftigte sie noch immer, als Dugald und Ranald eintrafen. Beide Männer waren niedergeschlagen und ungewöhnlich verschlossen. Ranald war geisterhaft bleich, er besaß ihr größtes Mitgefühl. Diese Lektion war für den Jüngling bitter gewesen, dachte sie.

»Wo steckt Hacon?« fragte Dugald, der sich zu ihr setzte und ihr seinen Weinschlauch anbot.

Jennet nahm einen Schluck und reichte ihn dann an Ranald weiter. »Ich glaube, er spricht mit einem unserer Führer. Er will die Streitkräfte verlassen und nach Dubheilrig zurückkehren.«

»Es gibt nichts, was ich lieber täte, aber ...« Dugald hielt inne und starrte düster vor sich hin.

Da er nicht weitersprach, drängte sie ihn. »Aber was?«

»Nun, ich kann mir nicht helfen, aber ich halte es für unklug.«
»Ihr könnt nicht den Wunsch haben, hierzubleiben.«
»Bei allen Heiligen – nein. Das ertrage ich nicht. Aber ich fürchte, wir haben ohnehin schon zuviel Argwohn erregt, weil wir so viele Gefangene gemacht haben. Von denen die meisten auch noch ganz offensichtlich zu arm sind, um ein Lösegeld aufbringen zu können. Unsere Weigerung, Moray in den Kampf zu folgen, könnte Zweifel an uns erwecken.«
»Sicherlich wird Eure Barmherzigkeit nur Beifall erregen.«
»Eigentlich sollte es so sein, aber Ihr wißt selbst, wie die Dinge liegen. Man kann es uns genausogut als Verrat oder Fahnenflucht auslegen. Hacons Feinde könnten es sich zunutze machen und ihn damit zu Fall bringen.«
Die Wahrheit, die in Dugalds Aussage steckte, flößte ihr Furcht ein; sie wollte sie nicht sehen. »Nein, Hacon ist immer loyal gewesen.«
»Gewiß, und das sollte ihn vor falschen Anschuldigungen schützen, aber in diesen schweren Zeiten ist die Luft von Mißtrauen nur so geschwängert. Niemand wagt sich zu weit vor oder riskiert ein offenes Wort.«
»Nun«, erwiderte Hacon, der von hinten herangekommen war, gedehnt. »Du brauchst keine Angst zu haben, daß ich zu offen gesprochen habe. Tatsächlich habe ich kein einziges Wort gesagt.« Er setzte sich neben Jennet und nahm Dugalds Weinschlauch entgegen. »Ich mußte es gar nicht.«
»Wie meint Ihr das?« erkundigte sich Jennet. »Kehren wir nun nach Dubheilrig zurück oder nicht?«
»Wir tun es. Allerdings« – er verzog das Gesicht – »gemeinsam mit der Armee.«
»Aber Hacon ...« protestierte sie. Einerseits wollte sie ihn nicht weiter quälen, andererseits fürchtete sie, einen solchen Tag wie heute ein zweites Mal erleben zu müssen.

Hacon küßte sie flüchtig. »Bei der geringsten Andeutung, daß sich solch ein verruchtes Tun wiederholt, werden wir davonreiten. Ich schwöre es, Kleines. Seit heute wissen wir, daß nichts dieses wahnsinnige Blutvergießen aufhalten kann, wenn es einmal begonnen hat.«
»Wie kannst du sicher sein, daß wir wahrhaftig heimkehren?« Dugald brach das lastende Schweigen, das Hacons letzter Bemerkung gefolgt war.
»Der Douglas und Moray haben die nächsten Schritte besprochen, als ich bei ihnen eintraf. Ich stand neben ihnen und wartete darauf, daß die Reihe zu sprechen an mich kam, als sie beschlossen, nach Schottland zurückzukehren. Daraufhin bin ich gegangen. Sie nehmen den Weg, den ich reiten will. Ich bin mir des Risikos sehr wohl bewußt, mein Freund«, fügte er lächelnd an Dugald gewandt hinzu. »Ich habe nicht das Bedürfnis, mit den Truppen zu reiten, aber es ist sicherer so. Und sie marschieren nach Hause.«

Jennet stöhnte erleichtert, als Ranald sie von Murdoc befreite. Das Kind war mittlerweile zu schwer, um ständig getragen zu werden. Sie rieb sich das Kreuz und sah Ranald hinterher, der, Murdoc lässig auf die Hüfte gestemmt, die Pferde davon führte. Vor ihr lag ein Kiefernwald, in dem die Männer das Lager aufschlugen. Ein Monat war seit jenem schrecklichen Tag vergangen, und sie befanden sich endlich wieder in Schottland. Bald würden sie sich von Moray und dem Douglas trennen. Und damit den Krieg hinter sich lassen, zumindest für eine Weile.
»Da haben wir ja Gillards umtriebige Gemahlin«, murmelte eine Stimme in ihrem Rücken, die sie augenblicklich als die Balreaves' erkannte.
Sie drehte sich um, um ihm ins Gesicht zu blicken und war bestürzt, den Douglas an seiner Seite zu finden. Sie unter-

drückte ihre Befangenheit, lächelte grüßend und verbeugte sich knapp. Sir Douglas besaß Macht, und es war klug, sich daran zu erinnern. Er gehörte zu den wenigen Männern, denen der Bruce vertraute. »Man hat Euch in Boroughbridge gefunden?« fragte Sir Douglas.

»Ja, Sir. Mein Vater brachte mich dorthin, als die Engländer auf Berwick vorrückten.«

»Euer Verwandter scheint etwas für England übrig zu haben«, bemerkte Balreaves.

»Mein Verwandter hat etwas für englisches Geld übrig, Sir.«

Jennet gefiel absolut nicht, daß Balreaves jeden daran erinnerte, daß sie in England gefunden worden war. Sir Douglas' düstere Miene blieb ausdruckslos, und sie konnte nicht erkennen, was er über Balreaves' heimtückische Beschuldigungen oder ihre Verteidigung dachte.

»Natürlich.« Balreaves lächelte dünn. »Sir Gillards wundersame Wiederauferstehung und Rückkehr müssen Euch wahrhaft glücklich gemacht haben.«

Jennet lief ein Schauer über den Rücken. Balreaves betonte seinen letzen Satz sehr eigenartig, sein Argwohn war beinah mit Händen zu greifen.

»Jede Frau ist glücklich, wenn ihr Mann heil und gesund aus dem Krieg heimkehrt.«

»Und wo befindet sich Euer Gatte im Augenblick?« fragte der Douglas.

»Tatsächlich wollte er Euch treffen.«

»Ach ja, die Versammlung, die ich einberufen habe. Gehabt Euch wohl, Mylady.« Der Douglas deutete eine Verbeugung an und ging weiter.

Jennet runzelte die Stirn, als Balreaves dem Mann nicht auf der Stelle folgte. »Gibt es noch etwas, Sir Balreaves?«

Er starrte sie an. Jennet fühlte sich unbehaglich. Ihr Vater hatte immer behauptet, daß die Menschen sich an sie wegen ihrer ungewöhnlich grünen Augen erinnern würden. Sie betete, daß ihr Vater dieses eine Mal irrte, und Balreaves sie nicht erkannte.

»Ich glaube noch immer, daß wir uns schon einmal begegnet sind, Mylady«, bemerkte er, ohne sein endlos scheinendes Starren zu unterbrechen.

»Nein, ich bin sicher, Ihr irrt Euch.«

»Seid Ihr das? Wir werden sehen.«

Sie sah ihm nach, bis er in einer Gruppe Soldaten verschwand. Dann erkannte sie Dugald, der sie zu sich herüberwinkte. Jennet beschloß, die Unterredung mit Balreaves niemandem gegenüber zu erwähnen, schon gar nicht gegenüber Hacon. Balreaves' gerissene Manöver, um seinem guten Ruf zu schaden, beschäftigten ihn ohnehin. Es gab keinen Grund, seine Sorgen zu vergrößern.

Hacon gesellte sich erst spät zu ihr. Gerade als sie beschlossen hatte, sich allein schlafen zu legen, erschien er am Lagerfeuer. Ranald lag nahe am Feuer, Murdoc friedlich schlafend an seiner Seite. Die anderen Männer aus Dubheilrig hatten sich außer Sichtweite unter den Bäumen zerstreut, waren aber nahe genug, falls der Ruf zu den Waffen ertönte. Nur Dugald war gemeinsam mit ihr wach geblieben, um auf Hacon zu warten.

»Langsam fange ich an, meinen Titel zu verwünschen«, bemerkte Hacon, nahm neben ihr Platz und wärmte sich die Hände über den Flammen. »Ich muß zu jedem verdammten Treffen. Es wäre nicht so schlimm, wenn sie über wichtige Dinge reden würden, aber ich fürchte, häufig wird einfach nur getratscht und geklatscht.«

»Manchmal kann das sehr interessant sein.« Jennet schmiegte sich dichter an ihn, die Oktobernächte waren sehr kalt.

»Gewiß, aber sie kauen alles endlos durch. Die Engländer

haben die Belagerung aufgegeben. Schottland hält Berwick nach wie vor.«

»Vielleicht haben die Geschehnisse am Swale den englischen Rückzug beschleunigt«, meinte Dugald.

»Vielleicht.« Hacon legte kopfschüttelnd den Arm um Jennet. »Mir gefällt einfach der Gedanke nicht, daß aus dieser Schande etwas Gutes geboren worden ist. Hoffentlich schmälert das nicht den Verdienst von Walter, dem Vogt von Berwick, der die Stadt so ausgezeichnet für den Bruce verteidigt hat.«

»Das bezweifle ich. Sein Sieg über die Engländer ist eine wesentlich bessere Geschichte«, murmelte Dugald. »Und morgen früh geht es nach Dubheilrig?«

»Ja, nach Hause.« Hacon sah Jennet an. »Wünscht Ihr bei Euren Verwandten in Liddlesdale zu halten?«

»Falls es uns nicht zu lange aufhält – ja. Sie könnten Kunde vom Schicksal meines Vaters haben.«

»Wir brauchen vielleicht einen Tag länger, vermutlich nicht mal den. Es ist die Anstrengung wert, wenn Ihr dadurch Eure Sorgen lindern könnt.«

»Ich danke Euch, Hacon. Es ist gut, meine Tante und meinen Onkel wiederzusehen.«

»Haben dich der Douglas und Moray aufgefordert zu bleiben?« fragte Dugald.

»Nein. Ich handle nicht gegen ihren Wunsch, falls es das ist, was dir Kopfzerbrechen macht.«

»Ja, aber es macht mir genauso viel Kopfzerbrechen, daß sie dich nicht gebeten haben, sie an den Hof zu begleiten.«

»Ich bin erst im Sommer zum Baron gemacht worden und dann hat man mich für tot gehalten. Schottland besitzt wesentlich mehr Barone, als es braucht. Es wird noch lange Zeit dauern, bis man mich auffordert, bei Hof zu erscheinen.«

»Ich weiß. Ich hielte es nur für besser, wenn der König dich von Zeit zu Zeit sehen würde.«

»Er hat mich vor anderthalb Jahren bei der Einnahme von Berwick gesehen. Und er weiß, daß ich seinem Ruf nach Irland gefolgt bin.«

»Robert der Bruce befand sich in Berwick, als Ihr mich gefunden habt?« fragte Jennet.

»Nur kurz. Enttäuscht, daß Ihr keinen Blick auf ihn erhaschen konntet?« neckte Hacon sie.

»Ja, ein wenig. Immerhin ist er der Anlaß für diesen Krieg.«

»Ärgert Euch nicht, Liebling. Der König ist nichts besonderes. Die meisten Könige sind nicht so, wie man es von ihnen erwartet.«

»Was? Wollt Ihr etwa sagen, daß er keineswegs sieben Fuß groß ist, mit flammendem Haar und einem Gesicht, dessen Schönheit einen Gott beschämen würde?« Sie grinste, als die beiden Männer losprusteten, und ihr wurde bewußt, wie sehr der Gedanke an die bevorstehende Heimkehr sie alle aufgeheitert hatte.

»Zumindest ist sein Haar rot.« Hacon blickte zu Dugald. »Warum bist du so erpicht darauf, daß der König Notiz von mir nimmt?«

Dugald zuckte die Achseln. »Wir wissen alle, daß man dir nach dem Leben trachtet. Bis jetzt haben Dolch und Schwert nichts ausrichten können. Nun könnten sie es auf andere Weise versuchen – man könnte zum Beispiel eine Andeutung hier und da fallenlassen, daß du ein Verräter bist. Ich glaube, es wäre besser, wenn der König dich kennen würde. Damit würde diesen Lügen die Grundlage entzogen.«

»Ich kann meine Tage nicht damit verbringen, mich vor Schatten zu fürchten, Vetter. Gewiß« – mit erhobener Hand hinderte er Dugald an einer Erwiderung – »ich weiß um die Gefahr. Aber ich muß darauf vertrauen, daß Gerechtigkeit und Wahrheit stärker sind als Verleumdungen. Für jeden Mann, der mich verleumdet, gibt es einen, der meine Ergebenheit für den König und Schottland bezeugen kann. Darauf muß ich bauen.«

»Wie du meinst.« Dugald stocherte mit einem Ast im Feuer.

»Was heißt, daß Dugald mich für einen Narren hält, aber beschlossen hat, sich nicht in dem Versuch aufzureiben, mich umzustimmen«, spottete Hacon.

»Vielleicht sollten wir Balreaves einfach seine verleumderische Zunge herausschneiden«, schlug Dugald vor.

»Vielleicht, aber wir sollten uns nicht auf sein Niveau herablassen. Er wird bald einen Fehler machen, weil er zu selbstsicher ist. Wir müssen abwarten. Jetzt aber genug davon«, sagte Hacon abschließend. »Morgen früh reiten wir heim. Wir sollten guter Dinge sein. Und ich habe gute Neuigkeiten. Ich habe gezögert, davon zu berichten, weil noch nichts sicher ist, aber es geht die Rede von einem Waffenstillstand.«

»Ihr meint ein Ende des Krieges?« Jennet traute ihren Ohren kaum.

»Ach, ich glaube nicht, daß es das Ende all der Schwierigkeiten bedeutet. Es gibt nach wie vor keinerlei Anzeichen dafür, daß König Edward und der Papst den Bruce als König von Schottland anerkennen, aber ein Waffenstillstand wird uns eine Atempause verschaffen. Wir können ihn nur begrüßen.«

»Sicher, aber ein echter Frieden wäre besser. Was meint Ihr, wie lange der Waffenstillstand dauern wird?«

»Ich habe etwas von zwei Jahren gehört.«

»Das hört sich aber nicht sehr lang an.«

»Zeit genug, um ein oder zwei Ernten einzubringen, alles wieder aufzubauen und Mauern und Burgen zu befestigen. Und Zeit genug, um uns von einem Priester trauen zu lassen und unseren Hausstand zu gründen.«

»Können wir überhaupt getraut werden, wenn der Papst uns exkommuniziert hat?«

»Seine Heiligkeit sendet seine Edikte normalerweise nur an

den Bruce, seine engsten Verbündeten und unsere Bischöfe. Nicht, daß ich wirklich sicher wäre, aber bis jetzt hat noch kein Edikt unsere Priester von ihren Aufgaben abgehalten. Macht Euch deswegen keine Gedanken. Die Händel von Päpsten und Königen berühren uns nicht. Wir werden heiraten, unsere Feste bauen und vielleicht« – er zwinkerte ihr zu – »ein oder zwei Kinder bekommen.«

»Ein Kind?«

Sie starrte ihn fassungslos an. Am meisten erschütterte sie ihre eigene Dummheit. Nicht ein einziges Mal seit sie zusammen waren, hatte sie einen Gedanken an Kinder verschwendet – an Hacons Kinder. Wenn sie an ihren Vater gedacht hätte, dessen Bastarde über ganz Schottland und England verteilt waren, dann hätte sie der Gedanke eigentlich einmal streifen müssen.

»Wollt Ihr keine Kinder?« Hacon war nicht in der Lage, ihren Ausdruck zu deuten und bekämpfte seinen Drang, sofort das Schlimmste anzunehmen – daß der Gedanke an *seine* Kinder sie abschreckte. »Oder habt Ihr Angst? Kommt, verratet mir, warum Ihr schaut, als hätte man Euch niedergeschlagen.«

»Nichts dergleichen. Mir wurde nur soeben bewußt, daß mir diese Möglichkeit nie in den Sinn gekommen ist.« Sie runzelte die Stirn und versuchte ernst zu bleiben, als die beiden Männer anfingen zu grinsen. »Wagt bloß nicht, einen Scherz auf meine Kosten zu machen.«

»Ach, Mädchen.« Dugalds Stimme zitterte von unterdrücktem Gelächter. »Wo Ihr uns doch so weit entgegenkommt. Es ist nicht fair, uns zum Schweigen zu zwingen.«

»Ich weiß bereits, wie töricht ich war. Es braucht keine anzüglichen Scherze, um mich daran zu erinnern.« Sie schaute zu Murdoc, und ihr fiel plötzlich noch etwas ein, über das sie nicht nachgedacht hatte. »Hacon, was wird aus Murdoc?«

fragte sie unsicher. Sie hatte keine Ahnung, was er antworten würde.

»Er bleibt bei uns, Mädel. Der Bursche nennt Euch Mutter Ich werde Euch nicht trennen. Habt Ihr das etwa angenommen?«

»Ich wußte nicht, was Ihr im Sinn habt. Es ist eine seltsame Situation. Er gehört weder zu Euch noch zu mir.«

»Ja, aber er ist unser aller Kind. Ich werde ihn als Pflegesohn annehmen.«

Jennet umarmte ihn. »Danke, Hacon. Ich glaube, er wird Euch zur Ehre gereichen.«

»Daran hege ich keinen Zweifel. Vielleicht finden wir eines Tages seine Familie. Wenn er erwachsen ist, will er möglicherweise etwas über seine wahre Abstammung erfahren. Es wäre gut, wenn wir ihm etwas darüber sagen könnten.«

Sie nickte, dann schnitt sie eine Grimasse. »Und wir sollten ihm sehr schonend beibringen, wie er zur Waise wurde.«

Hacon zuckte übertrieben die Schultern. »Daran will ich im Moment nicht einmal denken. Alles, woran ich denken will, ist mein Bett. Wo hast du es hergerichtet, Dugald?« fragte er, stand auf und zog Jennet auf die Füße.

»Ein paar Schritte hinter dir. Hinter dem Baum und dem Gestrüpp darunter.«

Bevor sie Dugald eine gute Nacht wünschen konnte, zog Hacon sie fort. Im Handumdrehen lagen sie unter den Decken, Hacon nur mit seinen Hosen, sie nur mit einem Hemd bekleidet. Die Lagerstatt, Hacons Plaid auf einem Bett aus Kiefernadeln und Moos, war überraschend bequem. Sie lächelte ein wenig überrascht, als Hacon sie an sich zog, eindeutig auf ein Liebesspiel vor dem Einschlafen erpicht.

»Endlich allein«, murmelte er und koste ihren Hals.

Kichernd sah Jennet sich um. »Allein? Die gesamte Armee des Bruce liegt schnarchend neben uns.«

»Und wie sie schnarchen, nicht wahr? Gut. Das Geräusch wird deine Lustschreie übertönen.«
Er küßte sie bevor sie ihn für seine Unverfrorenheit tadeln konnte, und bald war ihr die Anwesenheit der Männer des Bruce ebenso gleichgültig wie ihm.

Kapitel 19

Drei Wochen später brachen Jennet, Hacon und der Rest ihrer Mannschaft im Morgengrauen von Liddlesdale in Richtung Dubheilrig auf. Jennet hatte den Aufenthalt bei ihrem Onkel und ihrer Tante sehr genossen, aber als sie nach zwei Wochen noch immer nichts über den Verbleib ihres Vaters in Erfahrung gebracht hatten, waren sie gezwungen, weiterzuziehen und eine Nachricht für ihn zu hinterlassen.

Hacon gab an diesem Tag ein langsames Tempo vor, und das Wetter war freundlich und warm. Es war Nachmittag, Jennet und Hacon neckten sich gerade, als eine Stimme ertönte. »Achtung! Ein Hinterhalt!«

Jennet erhaschte nur einen kurzen Blick auf die bewaffneten Männer, die aus dem Unterholz brachen, dann zerrte Ranald sie auch schon an den Rand der kleinen Lichtung. Ihr friedlicher Ritt durch den Wald war innerhalb von einer Sekunde zum Gefecht geworden.

»Balreaves«, zischte Thomas und spuckte aus.

»Seid Ihr sicher?« fragte Jennet.

»Ja, ich erkenne einige seiner Söldner. Er versucht erneut, Sir Hacon zu ermorden.«

»Habt Ihr angenommen, daß es jemand anders sein könnte?« erkundigte sich Ranald.

Jennet rang sich ein winziges Lächeln ab und zuckte die Achseln. »Ich hatte Angst, daß sie zu meiner Familie gehören. Zumindest einige von ihnen. Sie bewegen sich leichtfüßig durch diese Wälder und schon manch unachtsamer Reisen-

der ist von ihnen überfallen worden. Die Kunde unseres freien Geleits mag nicht jeden der Männer erreicht haben.«
»Nun, Thomas hat recht«, versicherte Ranald ihr. »Das sind Balreaves' Meuchelmörder. Ein paar von ihnen haben nicht einmal den Versuch gemacht, seine Farben zu verbergen.«
Sie beobachtete das hitzige Gefecht und verfluchte Balreaves. Der Mann mußte wahnsinnig sein. Verbitterung und Eifersucht hatten seinen Verstand zerrüttet. Ihr blieb nur zu wünschen, daß Hacon dieses Mal gewann. Dann hatte er endlich den Beweis, den er brauchte, um den Mann öffentlich anzuklagen. Gelang es ihm, einen der Mörder lebend gefangenzunehmen und zu einem Geständnis zu zwingen, dann konnte er diesem tödlichen Spiel endlich ein Ende bereiten.

Hacon fluchte, schwang sein Schwert herum und schickte seinen Widersacher mit einem kräftigen Stoß unter die todbringenden Hufe von Dugalds Schlachtroß. Er glühte vor Zorn. Wegen des Ehrgeizes und Neides eines einzelnen Mannes kamen womöglich einige seiner Männer in Reichweite von Dubheilrig und ihrer Lieben zu Tode. Er schwor sich, daß Balreaves dafür bezahlen würde.
»Ich will einen von diesen Hunden lebend«, brüllte er, sprang von seinem Roß und kämpfte zu Fuß weiter.
Fast alle seine Männer folgten seinem Beispiel. Auf der kleinen Lichtung gab es zuwenig Bewegungsfreiheit für die Pferde. Aufgeregte, reiterlose Tiere preschten durch die kämpfenden Männer und stifteten einen Moment heilloser Verwirrung. Aber die Männer von Dubheilrig erholten sich schneller als ihre Widersacher und nutzten ihren kurzfristigen Vorteil, um deren Reihen gnadenlos zu lichten.
Hacon brauchte eine Weile, bis er sich zu Dugald durchgeschlagen hatte und Rücken an Rücken mit ihm stand. Jeder ihrer Angreifer war erpicht darauf, ihn zu bezwingen. Als er

eben die vertraute Gefechtstellung eingenommen hatte, ertönte ein neuer Schlachtruf, und eine Truppe bewaffneter Männer stürmte mit erhobenen Schwertern und Streitäxten auf die Lichtung.

»Gott verfluche Balreaves und das Weib, das ihn geboren hat«, fluchte Dugald. »Sie haben gewartet bis wir müde werden.«

»Diesmal will er sich den Sieg nicht nehmen lassen.«

»Aber Hacon, schau, Balreaves' Hunde sind genauso überrascht wie wir.«

»Ja, tatsächlich.«

Hacon stieß ein wildes Lachen aus, als die unbekannten Krieger Seite an Seite mit der Truppe aus Dubheilrig gegen Balreaves' Söldner kämpften. Er war sicher, das rötliche Wams eines der Männer erkannt zu haben. Einen Augenblick später hatte er den endgültigen Beweis, als zwei von Balreaves' Männern sich auf ihn stürzten. Er parierte den Schwertstoß des einen, war aber nicht in der Lage, die Streitaxt des zweiten abzuwehren. Als er sich in den Schlag hineinwarf, wobei er hoffte, daß dieser Dugald verschonen würde, erledigte einer der Fremden den Angreifer mit einem sauberen Streich seines Schwertes. Sein Retter lüftete kurz den Helm, und Hacon sah in das grinsende Gesicht von Jennets Verwandtem, Malcolm.

»Wir dachten, Ihr könntet ein wenig Hilfe gebrauchen, Mylord«, rief Malcolm über das Kampfgetümmel hinweg.

»Zu gütig«, war alles, was Hacon erwidern konnte, bevor Malcolm wieder in der Menge verschwand. In wenigen Augenblicken endete der Angriff in heilloser Flucht. Hacon wiederholte seinen Befehl, einen der Männer lebend gefangenzunehmen, aber er verhallte ungehört. Zornglühend ob des schmutzigen Verrats kämpften seine Männer und brachten alle, die in den Wald zu flüchten versuchten, zur Strecke.

Hacon fand seine Hoffnung auf einen lebenden Gefangenen enttäuscht. Keiner der Männer, die er stellte, ergab sich; sie kämpften alle bis zum Tod.

Als es schließlich vorüber war, fand sich unter den Toten keiner der Gefährten aus Dubheilrig, obwohl einige von ihnen schwer verletzt waren. Die Fremden, die ihnen zur Hilfe geeilt waren, beraubten die Leichen in aller Seelenruhe ihrer Wertgegenstände. Hacon wollte sich gerade bei Malcolms Kumpanen bedanken, als Jennet einen erfreuten Schrei ausstieß.

»Malcolm?« rief sie. »Seid Ihr es wirklich unter diesem zerbeulten Helm?«

»Gewiß, kleine Jennet.« Malcolm trat zu ihr und nahm den Helm ab. »Höchstpersönlich.«

Hacon eilte zu ihnen, nachdem er sich bei Ranald und Thomas für den Schutz, den sie Jennet und Murdoc gewährt hatten, bedankt hatte. »Warum seid Ihr hier? Wir sind fast einen Tagesritt von Eurem Dorf entfernt.«

»Stimmt, aber jemand hat beobachtet, daß Ihr verfolgt wurdet. Sie haben versucht, ungesehen am Dorf vorbeizugelangen, und das können wir niemandem durchgehen lassen, Mylord.«

»Wie ich sehr wohl weiß«, murmelte Hacon, der Jennet beim Absteigen behilflich war. »Also seid Ihr ihnen gefolgt.«

»Ja. Erst wollten wir Euch warnen, aber dann haben wir beschlossen, abzuwarten. Durch die Warnung hätten wir auch sie alarmiert, und dann wären sie uns vielleicht entkommen. Wir wußten nicht, wie wehrhaft Ihr seid, Mylord, deshalb sind wir ihnen den ganzen Tag gefolgt. Sollte dieser Plan einige Eurer Männer das Leben gekostet haben, bedauere ich es zutiefst.«

»Ich sollte mich lieber um sie kümmern, bevor sie ihren Wunden erliegen«, bemerkte Jennet.

Ranald und Thomas folgten ihr. Hacon gab den Befehl, das Lager zu errichten und lud die Männer aus Liddlesdale ein, die Nacht bei ihnen zu verbringen. Malcolm akzeptierte bereitwillig. Seine Männer hatten sich gerade verteilt, als Dugald kam, um Hacon zu einem der Überlebenden zu führen. Hacon eilte mit ihm davon und wartete ungeduldig, bis Jennet die Verletzungen des Mannes untersucht hatte. Sie war schnell fertig, schüttelte resigniert den Kopf und wandte sich wieder denen zu, denen sie noch helfen konnte. Hacon kniete rasch nieder. Einige der anderen hatten Balreaves' Farben getragen, aber dieser war gekleidet wie ein einfacher Bauer.
»Hat Balreaves dich geschickt?« verlangte Hacon zu wissen. Er erkannte am Gesicht des Mannes, daß dieser bald sterben würde, und hatte Angst, daß die Zeit nicht mehr reichte.
»Warum sollte ich Euch das verraten?« Der Mann keuchte, Blut trat auf seine Lippen.
»Wäre es nicht besser, du würdest deinem Schöpfer mit der Wahrheit auf den Lippen gegenübertreten?«
»Wahrscheinlich, aber Euch wird sie nichts nutzen. Ja, Balreaves hat uns angeheuert und auf Euch gehetzt.«
»Hattet ihr Befehl, mich zu töten?«
»So Euer Name Sir Hacon Gillard lautet – ja.«
Der Mann versuchte, sich zu bekreuzigen und starb. Hacon und Dugald erhoben sich schwerfällig. Hacon blickte auf den Toten hinunter und fühlte eine seltsame Erleichterung. Jetzt endlich waren seine Befürchtungen bewiesen.
»Je nun, jetzt haben wir den Beweis«, sagte Dugald.
»Haben wir den?« Hacon bedeutete seinen Leuten, die Leiche fortzuschaffen.
»Der Mann hat es bezeugt – es war Balreaves.«
»Der Mann ist tot. Er kann es nicht mehr bestätigen.«
»Aber es war die Aussage eines Sterbenden. Malcolm und ich können das bezeugen.«

»Dugald, du bist mein Gefolgsmann, und kaum jemand würde deine Ehrlichkeit in Zweifel ziehen. Aber du weißt ebensogut wie ich, daß deine Bestätigung meiner Aussage keinerlei Gewicht hat. Nicht bei der Anklage, die wir vorbringen wollen.«
»Nun, Malcolm gehört nicht zu deinen Gefolgsleuten.«
»Das nicht, aber er ist ein Verwandter meiner Gattin.« Hacon war sich darüber im klaren, daß es noch weitere Gründe gab, die Malcolms Aussage unglaubwürdig machten, aber er wußte nicht, wie er das zur Sprache bringen sollte, ohne ihn zu beleidigen.
Malcolm lächelte ihn an. »Außerdem, wie seine Lordschaft freundlicherweise nicht erwähnt hat, wird man meinem Wort nicht allzuviel Vertrauen schenken. Ich stamme aus einer berüchtigten Familie von Gaunern und Dieben. Man würde behaupten, daß ich für meine Lügen bezahlt werde.«
»Einige der Toten tragen Balreaves' Farben«, sagte Dugald.
»Ihre Kleidung könnte gestohlen sein. Oder sie haben ihren Herrn verlassen, um ein Leben als Räuber zu führen. Oder sie frönen ihren Räubereien ohne Balreaves' Kenntnis und Billigung.« Er lächelte dünn. »Es reicht einfach nicht aus, Dugald.«
»Dann haben wir nichts gewonnen.«
»Nun, das würde ich wiederum nicht sagen. *Ich* habe jetzt den Beweis. Mein Verdacht hat sich bestätigt.«
»Aber du wußtest doch, daß diese Mißgeburt Balreaves dahinter steckt. Wir alle wissen es.«
»Gewiß, aber nun hat es einer seiner Männer bestätigt. Der Dolch in der Nacht ruht nicht länger in einer unsichtbaren Hand. Ich weiß genau, wer ihn führt. Bis zu diesem Augenblick habe ich gelegentlich über andere Möglichkeiten nachgedacht. Aber jetzt wissen wir Bescheid.«
Dugald nickte. »Ja, aber worauf warten wir dann noch? Daß

Balreaves seine Hände in deinem Blut wäscht? Dann könnten wir einen der königlichen Chronisten veranlassen, alles niederzuschreiben und es dem König vorlegen, damit er sein Siegel darunter setzt. Und dann hängen wir Balreaves an einen Galgen über dein Grab.«

»Genug, Vetter.« Hacon und Malcolm tauschten ein Lächeln, und Hacon legte einen Arm um Dugalds breite Schultern. »Balreaves wird nicht gewinnen. Bin nicht ich der bessere Mann?«

»Ja, aber so manches Mal konnte der bessere Mann seinen Feind erst besiegen, *nachdem* er schon in der kühlen Erde ruhte. Seine Erben mußten seinen Ruf wiederherstellen und Gerechtigkeit erzwingen. Bis jetzt hast du nicht einmal einen Erben.«

»Dann solltest du mich am Leben erhalten, bis ich dieses kleine Problem aus der Welt geschafft habe. Oh, ich sehe etwas, das dich aufheitern wird, alter Freund.« Er deutete zum Lagerfeuer. »Ranald scheint Glück bei der Jagd gehabt zu haben, unsere Abendmahlzeit ist gerettet.«

»Hm, der Kerl kann nicht kochen. Wir werden Kohlestückchen kauen, wenn ich ihn gewähren lasse«, stieß Dugald hervor, hastete hinüber und drängte Ranald zur Seite.

Hacon lachte leise und lud Malcolm ein, das Essen mit ihnen zu teilen. Nachdem er sich vergewissert hatte, daß Jennet in Kürze mit der Versorgung der Verletzten fertig sein würde, setzten sie sich ans Feuer. Dieses Gefecht hatten sie gewonnen, aber der Krieg gegen Balreaves war noch lange nicht vorüber. Irgendwo wartete die Lösung. Er mußte sie nur finden.

»Ich vermisse Elizabeth schmerzlich«, bekannte Jennet, nachdem sie gegessen und getrunken hatte.

»Ja, sie ist eine begabte Krankenpflegerin.« Er nahm einen

tiefen Zug aus dem Weinschlauch. »Werden meine Männer wieder gesund werden?«

»Oh ja, ich glaube schon. Aber wir müssen langsam reisen, Hacon. Ein schneller Ritt kann eine kleine Wunde leicht in eine tödliche verwandeln.«

»Wenn es sein muß, marschieren wir im Schneckentempo. Als wir überfallen wurden, hat mich vor allem der Gedanke in Rage gebracht, daß einige meiner Männer so nah ihrer Heimat noch sterben könnten.«

»Und das, nachdem sie alles andere überlebt haben«, murmelte sie, rückte näher und hakte sich bei ihm ein.

»Ja, aber die Tragödie wurde abgewendet, und das haben wir Eurem Verwandten zu verdanken.« Er lächelte Malcolm zu. »Ihr müßt zu unserer Hochzeit kommen.«

»Leider muß ich diese ehrenvolle Einladung ausschlagen.«

Jennet blickte Malcolm erstaunt an. »Sind es immer noch die gleichen alten Händel, auf die Ihr anspielt?«

Malcolm nickte. »Wenn wir noch ein wenig weiter reiten, kann es uns das Leben kosten.«

Hacon fiel es plötzlich wie Schuppen von den Augen. Er fluchte. »Ihr seid mit dem Douglasclan verfeindet?«

»So ist es, und ihre Ländereien umschließen die Euren. Für uns gibt es keinen sicheren Weg nach Dubheilrig.«

»Meine Männer könnten Euch das Geleit geben. Wir haben keine Fehde mit dem Douglas.«

»Aber es würde ihnen nicht gefallen, wie Ihr sehr wohl wißt. Man würde es Euch ankreiden, und soweit ich weiß, ist dies das Letzte, was Ihr gebrauchen könnt. Nein, wir kommen lieber nicht. Jennet weiß, daß wir in Gedanken bei ihr sind.«

»Ich danke Euch, Malcolm«, erwiderte sie. »Wie auch immer, Ihr müßt diese Fehde mit dem Douglasclan beenden. Sie gewinnen Jahr für Jahr an Macht. Es ist niemals klug, solche Feinde zu haben.«

»Oh, ich weiß, Mädel. Wir versuchen es. Macht Euch keine Sorgen. Es währt auch noch nicht so lange, wie Ihr zu glauben scheint.«
»Nun, vermutlich nicht. Es war zwar mein ganzes Leben so, aber das ist ja nun noch nicht so lang.«
»Nicht für eine Fehde, nein.«
»Ihr hättet mir davon berichten müssen«, bemerkte Hacon. »Was war der Anlaß?«
»Wir besaßen die Unverfrorenheit, Angehörige der Douglas' wie jeden anderen Wanderer in diesem rauhen Land zu behandeln. Wir haben sie ausgeraubt. Es ist auch ein wenig Blut geflossen, aber niemand kam zu Tode, das schwöre ich. Unglücklicherweise wurde einer der Männer verkrüppelt und er ist derjenige, der den Haß schürt.«
»Habt Ihr Eure Überfälle auf die Mitglieder des Douglasclans eingestellt?«
»Aber ja. Wie Jennet so richtig bemerkte, werden sie immer mächtiger, und wir sind nur eine arme Familie, noch nicht einmal ein richtiger Clan.«
»Ich werde sehen, was ich für Euch tun kann.«
»Das würde uns freuen, aber Ihr solltet erst einmal Eure Schwierigkeiten mit Balreaves aus dem Weg räumen, bevor Ihr Euch mit unseren befaßt.«
Jennet runzelte die Stirn. »Ich dachte, Balreaves sei erledigt. Wir haben doch jetzt einen Beweis.« Als Hacon nicht sofort antwortete, drängte sie. »Den haben wir doch, oder?«
»Nein.« Er seufzte und fuhr sich mit der Hand durch die Haare.
»Ist der Mann gestorben, ohne etwas zu sagen?«
»Er hat zugegeben, einer von Balreaves' Söldnern zu sein.« Er bedauerte, sie enttäuschen zu müssen, aber er erläuterte ihr in allen Einzelheiten die Gründe, warum diese Aussage ohne Nutzen für sie war.

Jennet fiel es schwer, das einzusehen. Ihre Angst um Hacon kehrte zurück, und sie haßte das. Sie wußte nicht, ob sie weinen oder fluchen sollte, aber weder das eine noch das andere würde etwas an den Tatsachen ändern. Oder Hacon eine Hilfe sein, dachte sie mit einem tiefen Seufzer. Tatsächlich konnte sie *nichts* für ihn tun. Das bekümmerte sie am meisten.

»Gott verfluche Balreaves und das Weib, das ihn geboren hat«, fluchte sie schließlich.

»Schon wieder?« Hacon lächelte Dugald an. »Mein Vetter ist Eurer Meinung. Dabei ist die arme Frau vermutlich völlig unschuldig.«

Jennet schaute ihn voller Abscheu an und schüttelte den Kopf. »Also warten wir weiter. Dieser Mann verübt einen Anschlag nach dem anderen auf Euch, und wir haben keinerlei Handhabe. Das ist ungerecht. Der Gerechtigkeit wäre erst Genüge getan, wenn dieses Geziefer vom Blitz erschlagen würde.«

»Eine ausgezeichnete Idee.« Hacon lachte. »Falls Gedanken und Worte töten können, so windet sich Balreaves jetzt im Todeskampf. Kommt, meine süße Geisel, schlagt Euch die Sache aus dem Kopf.«

»Dieser Mann will Euch töten, und ich soll mir die Sache aus dem Kopf schlagen? Wie würdet Ihr denn empfinden, falls jemand versuchte, mich zu töten?«

Hacon gefiel die Frage nicht. »Das ist etwas anderes. Es ist die Pflicht eines Mannes, sein Weib zu beschützen.«

Jennet starrte ihn an und erwog kurz den Gedanken, ihn zu schlagen, sagte sich dann aber, daß dies fruchtlos war. »Ich kann Euch vielleicht nicht beschützen, aber ich mache mir trotzdem Sorgen um Euch. Falls Ihr von mir erwartet, tagein, tagaus in der Ecke zu sitzen und die Nadel zu schwingen, ohne meinen armen, schwachen Verstand mit irgendwelchen

Gedanken zu belasten, sollten wir die Hochzeit besser noch einmal erwägen.«

Hacon musterte sie argwöhnisch. »Streiten wir uns etwa?«

»Wenn Ihr es so nennen wollt – ja.«

Er warf einen Blick auf die Runde am Feuer, die ihnen mit gespanntem Interesse und einigem Vergnügen zuhörte. »Nun, wenn das so ist, sollten wir es vielleicht unter vier Augen tun.«

»Ausgezeichnet.« Sie stand auf und wandte sich in Richtung ihrer Lagerstatt.

»Oho«, Hacon grinste, als er sich erhob. »Ich möchte zu gern wissen, was ihren Zorn erregt hat.«

»Du wirst es nicht herausfinden, indem du mit uns redest«, spottete Dugald.

»Muß ich mich mit mir selbst streiten?« ertönte Jennets Stimme aus dem Hintergrund.

Hacon unterdrückte ein Lachen und eilte ihr nach. Wie sie dort aufgebracht mit in die Hüften gestemmten Armen stand, bot sie einen hinreißenden Anblick. Aber er war klug genug, nichts dergleichen zu erwähnen.

»Nun, Liebling, was habe ich gesagt, daß dich so wütend macht?«

»Warum meint Ihr, daß ich mir meine Verzweiflung aus dem Kopf schlagen soll, Eure aber gerechtfertigt wäre, wenn die Gefahr mich beträfe?«

Weil ich dich liebe, hätte er um ein Haar erwidert, aber im letzten Moment schluckte er die Worte hinunter. Sie war nicht bereit, sie zu hören, noch war er bereit, sie auszusprechen. Er war sich ihrer Achtung nicht sicher; ihrer Liebe und ihrer Leidenschaft schon, nicht aber ihrer Achtung, und dies war nicht der geeignete Moment, sie auf die Probe zu stellen.

»Liebes« – er ergriff ihre Hand – »deine Sorge schmeichelt mir. Aber sie ändert nichts. Balreaves verfolgt mich, und das wird er weiterhin tun, bis ich einen hieb- und stichfesten Beweis für seine Absichten erbringen kann. Wer weiß, wie lange ich dazu brauchen werde. Ich versuche nur, dir unnützes Leid zu ersparen. Ist das denn so falsch von mir?«

»Nein.« Ihr Zorn, von dem sie wußte, daß er zum größten Teil ihrer Angst entsprang, verrauchte. »Es war die Art, wie du es gesagt hast. Hacon, wenn du eine Frau willst, die dich niemals kritisiert, oder in Frage ...«

Er lachte und küßte sie. »Hätte ich dich niemals zu der Meinen gemacht.«

»Ich weiß nicht, ob das ein Kompliment sein sollte. Ich fürchte, du hast Öl ins Feuer gegossen, als du von den Pflichten eines Mannes gegenüber seinem Weib gesprochen hast.«

»In Zukunft werde ich solche schlimmen Wörter vermeiden.« Er umfaßte ihr Gesicht und strich mit dem Mund über ihre Lippen. »Aber es gibt eine Pflicht, deren Erfüllung ich freudig begrüße.«

»Und ich werde Sorge tragen, daß du sie erfüllst – und zwar häufig. Hacon.« Sie löste sich aus seiner Umarmung. »Bist du sicher, daß du mich zur Frau nehmen willst? Wir haben kein Kind, also kann unser öffentliches Gelöbnis nach einem Jahr und einem Tag für nichtig erklärt werden. Du bist nun ein Baron und kannst höher aufsteigen. Möglicherweise bin ich nicht die richtige, um dich dabei zu unterstützen.« Sie sah seinen Gesichtsausdruck und fuhr hastig fort. »Bedenke doch – meine Verwandten sind mit dem Douglas verfeindet.«

»Mädel, sobald wir in Dubheilrig sind, werden wir von einem Priester getraut. Falls meine Wahl mir schadet, so sei es denn. Ich habe alles, was mein Herz begehrt. Gewinne ich mehr, nun gut, wenn nicht ...« Er zuckte die Achseln.

»So sei es denn.« Sie lachte leise, als er sie an sich zog und zärtlich küßte.

»Nun, das war doch gar nicht so schwer«, murmelte er, drückte sie an sich und legte seine Wange auf ihren Scheitel.

»Was war gar nicht so schwer?« Sie seufzte genußvoll, als er an ihrem Ohr knabberte.

»Unser erster Streit.«

»Ich fürchte, das wird häufiger vorkommen.«

»Oh, das weiß ich.«

»Ich werde dir vermutlich nie ein gefügiges, gehorsames Weib sein.«

Er lachte. »Auch das weiß ich.«

»Ich glaube nicht«, brachte sie heraus, als er sie hochhob, sie auf das Lager bettete und sich auf sie legte, »daß du dem Eingeständnis meiner Fehler die Aufmerksamkeit widmest, die es verdient.«

»Ich würdige jedes deiner Worte als Kostbarkeit«, erwiderte er undeutlich, seine Lippen strichen über ihre Kehle.

Ihr Lachen endete abrupt, als ein unheimliches, klagendes Heulen durch den Wald hallte. »Hacon?«

Er legte einen Finger auf ihre Lippen und setzte sich auf, um konzentriert zu lauschen. Trotz der plötzlichen Stille im Lager hoffte er, daß er sich getäuscht hatte. Dann erklang es wieder und fand eine Antwort. Eisige Furcht rann durch seine Adern. Er sprang auf, zog Jennet auf die Füße und sammelte ihre Decken ein.

Jennet schaute sich um und kämpfte ihre Furcht nieder. »Wölfe?«

»Ja. Vermutlich zieht sie der Geruch von Blut an.«

»Aber wir haben die Toten beerdigt.«

»In einer flachen Grube.«

»Aber sie würden doch nicht so viele Männer angreifen, oder?«

»Ich glaube nicht, Kleines. Nicht, wenn wir zusammen bleiben.« Er nahm sie an der Hand und eilte mit ihr zu den anderen. »Wir wissen nicht, wie stark sie sind. Falls der Hunger sie treibt ...« Er zuckte die Achseln. »Auch wenn das nicht der Fall ist, sollten wir lieber eine Gruppe bilden.«

»Wölfe?« fragte Dugald, als sie das Lagerfeuer erreicht hatten.

»Ja. Dem Klang nach zu urteilen sind sie nicht weit entfernt und kommen immer näher. Legt die Verwundeten in die Mitte. Entzündet weitere Feuer in einem Kreis um uns herum. Und bringt die Pferde hierher.«

»Wie groß schätzt Ihr die Gefahr?« erkundigte sich Malcolm, nachdem Ranald und Dugald sich davongemacht hatten, um seine Befehle weiterzuleiten. »Wir sind ungefähr dreißig Mann, vielleicht mehr. So viele Männer sollten in der Lage sein, Wölfe abzuwehren.«

»Gewiß, aber wir müssen zusammenbleiben. Im Augenblick sind wir zu weit in den Wäldern verstreut. Außerdem haben wir Verletzte, Ponys und Pferde. Leichtsinn können wir uns nicht leisten. Falls diese Biester ebensolchen Hunger gelitten haben wie die Menschen in diesem Land, könnten sie außerordentlich gefährlich sein.«

Malcolm und Hacon machten sich an die Aufgabe, Männer und Pferde vor jedem möglichen Angriff in Sicherheit zu bringen. Jennet nahm den schlafenden Murdoc auf den Arm und setzte sich dicht an eines der Feuer. Sie wiegte sich vor und zurück, um das verwirrte Kind wieder zur Ruhe zu bringen. Das Heulen des Wolfsrudels schien von überall her zu kommen. Sie betete, daß Hacon ihr Lager schnell zu einem engen Kreis zusammenzog. Vielleicht würde sie sich inmitten der Männer und Pferde sicherer fühlen. Wölfe jagten ihr Angst ein, und sie sah keinen Grund, diese Tatsache zu verbergen. Sie sah, daß es den meisten der Männer ebenso erging.

»Es sind so viele«, murmelte sie, als Hacon endlich gemeinsam mit den anderen ans Feuer zurückkehrte.

»Ja, es klingt nach einem großen Rudel.« Er legte den Arm um sie. »Wir sind hier sicher.« Er ließ seine Hand über Murdocs weiche Locken gleiten. »Die Feuer werden sie abhalten. Unser größtes Problem besteht darin, die Pferde am Durchgehen zu hindern. Wahrscheinlich werden wir ein oder zwei verlieren.«

Dugald nickte. »Falls sie sich losreißen und durchbrennen, werden die Wölfe über sie herfallen.«

Hacon spürte, wie Jennet erschauerte und küßte sie auf die Wange. »Sogar ein dem Hungertode naher Wolf würde den Kreis aus Flammen und Männern nicht so ohne weiteres durchbrechen. Ruh dich aus.« Er klopfte auf seinen Schoß. »Leg deinen Kopf hierhin.« Sie folgte seiner Aufforderung, und er breitete eine Decke über ihr aus.

Sie nahm Murdoc in den Arm. »Wollt Ihr nicht ein wenig schlafen?«

»Vielleicht später. Ich werde noch eine kleine Weile Wache halten.«

»Glaubt Ihr, daß sie näherkommen werden?«

»Ja. Wir werden ihre Gesellschaft den größten Teil der Nacht genießen dürfen.«

»Dann wird sie sehr lang werden.«

Niemand widersprach, und sie schloß die Augen. Das Heulen der Wölfe durchbrach immer wieder die Stille der Nacht, so daß sie nur schwer in den Schlaf fand. Diese unheimlichen Tiere jagten ihr mehr Angst ein als feindliche Soldaten, eine Tatsache, die sie erstaunte.

Sie schob ihre Verwirrung achselzuckend von sich und versuchte, die Ohren zu verschließen.

Hacon massierte ihren Rücken, langsam wurde sie ruhiger. Das leise Gemurmel der Männerstimmen tat ein übriges. Sie ermahnte sich, daß sie von starken, wohlbewaffneten Männern umgeben war, die schon so manche blutige Schlacht überstanden hatten. Außerdem, so dachte sie lächelnd, kurz bevor der Schlaf sie übermannte, würde ein bloßes Wolfsrudel sie nicht an ihrer Hochzeit hindern.

Kapitel 20

Mit einem leisen Angstschrei schreckte Jennet aus dem Schlaf und griff suchend nach Hacon, aber sie lag allein in ihrem Bett. Es dauerte einen Augenblick, bevor sie ihre Umgebung erkannte. Sie war wieder in Dubheilrig. Den Angriff des heulenden Wolfsrudels hatte sie vor über zwei Monaten unbeschadet überstanden. Die Männer hatten die Bestien mit Hilfe der Lagerfeuer in Schach gehalten, bis das Rudel schließlich kurz vor der Morgendämmerung verschwand.

Sie starrte an die Decke ihres Gemachs und bemühte sich um Gelassenheit. Sie verwünschte kurz Lady Serilda, die darauf bestanden hatte, daß sie und Hacon bis zu ihrer Hochzeit in getrennten Betten schliefen, aber sofort meldete sich ihr schlechtes Gewissen. Schließlich war es nur vorübergehend, und da es Lady Serilda glücklich machte, sollte sie es ohne Murren ertragen können.

Jennet verzog das Gesicht.

Wer hätte gedacht, daß Lady Serilda sie in einem Anfall von Tugendhaftigkeit zu so etwas zwingen würde. Hätten sie es gewußt, hätten sie die letzte Woche ihrer Reise nach Dubheilrig besser genutzt. Statt dessen hatten sie sich angesichts der Gefahren und im Glauben, daß sie hier ungestört sein würden, nur ein einziges Mal geliebt. Sie bereute ihre Enthaltsamkeit bitterlich.

»Noch im Bett?«

Die leise Stimme riß sie aus ihren Gedanken. Jennet setzte sich auf und lächelte Lady Serilda an. »Ich mußte zu mir kommen. Ich hatte einen Alptraum. Hoffentlich ist das kein böses Omen.«

Lady Serilda lachte und bedeutete der Dienstmagd, das Essenstablett auf den Tisch neben Jennets Bett zu stellen. »Ach was, das glaube ich nicht. Danke, Christine«, murmelte sie, als das Mädchen den Raum verließ und die Tür hinter sich schloß. »Du wirst nun frühstücken, meine liebe Jennet, und dann machen wir dich für deine Hochzeit schön. Hacon ist bereits auf und angekleidet.«

Jennet, die gerade in eine dicke Scheibe Brot beißen wollte, hielt erschrocken inne. »Habe ich verschlafen?«

»Aber nein.« Lady Serilda setzte sich auf die Bettkante. »Mein Sohn ist nur voller Sehnsucht. Genauso wie ich es mir erhofft habe.«

»Habt Ihr uns deshalb getrennt untergebracht?« erkundigte sich Jennet lächelnd.

»Selbstverständlich. Die Hochzeitsnacht sollte etwas Besonderes sein. Und das ist sie ganz gewiß nicht, wenn man gemeinsam aus dem Bett steigt, ein paar Gelübde murmelt und dann wieder in eben jenem Bett verschwindet. Ich hätte schon vorher daran denken sollen. Es hat dem Jungen gut getan. Er hat seine überschüssige Energie für andere Dinge eingesetzt.«

»Für den Bau der Feste.«

»Ja, wann immer dieses verwünschte Winterwetter es zuließ.« Sie lächelte Jennet zu. »Hast du angenommen, er wollte dich meiden?«

»Manchmal schon. Aber ich habe mir gesagt, daß ich einfach nur verwöhnt bin. Ich bin so lange Zeit mit ihm gemeinsam unterwegs gewesen, daß es für mich selbstverständlich war, ihn ständig an meiner Seite zu wissen.«

»Und ich habe dich ja auch ganz schön auf Trab gehalten.«

»Das war auch gut so. Ich habe noch niemals so große Festlichkeiten vorbereiten müssen.« Sie dachte daran, welche Erwartungen an sie als Gemahlin eines Barons gestellt werden würden, und ein Gefühl der Unsicherheit überkam sie.

Lady Serilda lächelte verständnisvoll und tätschelte ihre Hand. »Du wirst meinem Sohn Ehre machen, Kind. Jetzt iß auf, damit wir dich für die Hochzeit anziehen können.«

Jennet starrte sich mit leicht geöffnetem Mund in Lady Serildas Spiegel an. Sie erkannte ihr Spiegelbild, aber dennoch war es ihr nicht vertraut. Sie trug ein grün schimmerndes Kleid. Unter dem ärmellosen Überwurf glänzte ihre Untertunika in einem dunkleren Grün. Ihr langes, offenes Haar wurde von Bändern in beiden Tönen geschmückt, ihre Kleidung war aus feinster Wolle und Leinen, die Bänder aus Seide. Sie hatte niemals zuvor solch kostbare, wunderschöne Stoffe getragen. Sogar ihre reich verzierten Schuhe bestanden aus besonders weichem Leder. Sie konnte unmöglich die Frau im Spiegel sein, aber auf wundersame Weise war sie es doch.

»Du bist eine wunderschöne Braut«, murmelte Serilda, die ein weiteres Band in ihren Locken befestigte.

»Das macht nur das Kleid, Lady Serilda. Ich habe noch nie etwas so Bezauberndes getragen.«

»Ein Kleid ist nur so schön wie die Frau, die es trägt. Jetzt laß uns noch einmal das Gehen üben.« Sie hakte sich bei Jennet ein. »Ich glaube, ein Kleid dieser Machart ist für dich ungewohnt.«

»Ja, leider.« Jennet spazierte mit Serilda durch den Raum und wurde zusehends selbstsicherer. »Es hätte mich meistens zu sehr behindert.«

»Gewiß, du hast lange Zeit inmitten der Kriegswirren gelebt. Nun, in Dubheilrig hat uns der Krieg bis heute verschont. Du wirst hier Frieden finden.«

»Das wird herrlich sein. Aber es wäre noch schöner«, murmelte sie, »wenn ganz Schottland sich des Friedens erfreuen könnte.«

»Wir alle beten zu Gott, daß Er uns diese kostbare Gnade zuteil werden läßt. Jennet«, begann Serilda, aber Katherine stürmte in das Gemach und beendete die Frage, bevor sie gestellt werden konnte.

»Alle warten darauf, daß die Trauung beginnt«, verkündete Katherine mit scharfer Stimme.

Serilda runzelte die Stirn, und Jennet, die annahm, daß sie ihre Tochter maßregeln wollte, antwortete hastig. »Wir werden uns gleich zur Kirche begeben. Ihr könnt Ranald bestellen, daß wir ihn nicht mehr lange warten lassen.«

»Gut, ich werde es ausrichten.«

Katherine ging hinaus und schloß die Tür mit einem vernehmlichen Krachen. Serilda seufzte kopfschüttelnd. »Es tut mir unendlich leid, Jennet. Ich weiß nicht, was dieses Weib anficht. Sie war so ein reizendes Kind.«

»Es macht nichts.«

»Nein, dieses Problem muß gelöst werden. Eigentlich weiß ich sehr wohl, was ihr fehlt. Ihr Gemahl gehörte zu Hacons Gefolgsleuten, als er dem Tod begegnete. Zwar hat sie niemals Hacon die Schuld gegeben, aber manchmal vermute ich … nun, einen Groll. Und der verdirbt ihr jetzt den Tag. Sie ist noch immer Witwe, und Hacon vermählt sich.«

»Gewiß, das könnte es sein.« Jennet war sicher, daß Katherine auch wegen der Zeit und Aufmerksamkeit grollte, die Lady Serilda ihr schenkte, aber sie hoffte, daß sich das legte, sobald sie und Hacon in die Feste gezogen waren.

»Ich sollte ein paar Tage in die andere Richtung schauen. Ihre schlechte Stimmung vergeht gewöhnlich rasch. Aber wenn sie sich dir gegenüber weiter so ungezogen benimmt, *werde* ich ein Wörtchen mit ihr zu reden haben.«

»Ich will nicht der Anlaß für Mißstimmungen sein.«

»Das bist du nicht. Katherine ist es.« Serilda führte sie an der Hand zur Tür. »Wir machen uns lieber auf den Weg, sonst kommt am Ende mein Sohn und holt dich. Hacon besitzt viele gute Eigenschaften, aber Geduld zählte noch nie dazu.«

Hacon glättete zum hundertsten Mal die Ärmel seiner Tunika und schaute ungeduldig zum Herrenhaus. Er hatte das Gefühl, schon seit Stunden vor der Kapelle zu warten. Gerade als er sich auf den Weg machen wollte, um den Grund für die Verzögerung ausfindig zu machen, sah er, wie Jennet und seine Mutter aus der Eingangstür traten. Trotz der Entfernung konnte er erkennen, wie schön Jennet war.

»Sieh sie dir an, Dugald. Bin ich nicht der glücklichste Mann auf Erden?«

Dugald, der sich in seiner vornehmen Kleidung sichtlich unwohl fühlte, warf einen Blick auf Jennet, der man gerade auf ihr Pony half. »Doch, das bist du. Du hättest vielleicht ein vermögenderes Mädchen von edlerer Abstammung gewinnen können, aber diese hier wird dir eine Gefährtin sein. Sie wird dir starke Söhne gebären und dich niemals enttäuschen.«

Hacon sah seinen Vetter überrascht an. »Meinst du das wirklich und wahrhaftig?«

»Natürlich. Ich habe keinen Anlaß, dir nach dem Mund zu reden. Sie wird kein gefügiges Weib sein, aber mit einer anderen würdest du nicht glücklich werden. Das beste an ihr ist in meinen Augen ihre Fähigkeit, wie eine vornehme Dame auftreten, aber andererseits auch ein entbehrungsreiches Leben ertragen zu können. Vielleicht wirst du nicht immer so vom Schicksal gesegnet sein wie an diesem Tag.«

»Vielleicht nicht, aber ich gedenke festzuhalten, was ich erworben habe. Nein, kein Wort mehr.« Mit erhobener Hand hinderte er Dugald an einer Erwiderung. »Ich weiß sehr wohl, wie schnell man alles verlieren kann. Aber meine Jennet verdient kostbare Kleider und eine Feste, in der sie sich sicher fühlen kann.«

Jennets Pony blieb vor den Kirchenstufen stehen, und Hacon trat langsam auf sie zu. Er war überzeugt, nie eine lieblichere Frau erblickt zu haben. Die Farben ihres Kleides ließen ihre Augen in einem noch tieferen Grün erstrahlen. Unzählige Liebes- und Schmeichelworte drängten sich ihm auf die Zunge, aber er war unfähig zu sprechen. Er hob ihre Hand an seine Lippen und streifte sie mit einem Kuß, dann führte er sie zur Kirche.

Jennet war vor Aufregung ganz schwindelig. Sie hatte Hacon immer für einen außerordentlich gutaussehenden Mann gehalten, aber in seinem leuchtendblauen Staat war er einfach überwältigend. Seine Kleidung entsprach der neuesten Mode, ohne indes überladen zu sein. Seine weichen, geknöpften Halbschuhe endeten in einer Spitze, die aber nicht übertrieben lang war und seine dunkelblaue Hose saß wie angegossen. Die immer beliebter werdende Mehrfarbigkeit hatte er allerdings vermieden. Unter seinem offenen Überwurf trug er eine kurze Tunika, deren glatte, enganliegende Ärmel seinen muskulösen Unterarmen schmeichelten. Er hatte auf die *Liripipe*, die traditionelle Schottenmütze, verzichtet und trug statt dessen eine kleine Kappe mit einer schmalen Borte. Hacons Auftritt hätte den Beifall jedes vornehmen Höflings gefunden, obwohl er sein Gefieder wesentlich subtiler zur Schau trug. Er war so elegant, daß er manchen eitlen Pfau bei Hofe beschämt hätte.

Plötzlich fühlte sie sich unterlegen. Er konnte sich überall ungezwungen bewegen, sei es die Hütte eines Schäfers oder der königliche Hof. Sie war nicht sicher, ob sie diese Fähigkeit ebenfalls besaß, und ihre Nervosität kehrte zurück.

Beim Eintritt in die Kirche nahm Hacon seine Kappe ab und

reichte sie Dugald, dann schaute er Jennet an. »Kommt, meine kleine Geisel, es wird schon nicht so schlimm werden.«

Sie rang sich ein Lächeln ab und konzentrierte sich auf das Trauungsritual. Als sie vor dem untersetzten Priester am Altar knieten, benötigte sie all ihre Geistesgegenwart, um die Gelübde nachzusprechen. Sie war froh darum, war doch jetzt nicht der Augenblick, vor den Augen aller Freunde und Verwandten Hacons feige davonzulaufen. Als die Zeremonie beendet war und Hacon sie küßte, hatte Jennet kurzzeitig das Verlangen, in einer Ohnmacht zu versinken. Bei der Vorstellung, was für ein lächerliches Bild sie hingestreckt auf dem Kirchenboden bieten würde, mußte sie lächeln. Und so verließ sie an Hacons Arm das Gotteshaus, und der Jubel und die Glückwünsche ihrer Gefährten begleiteten sie. Sie lächelte Elizabeth an und errötete, als sie deren derbe Wünsche für eine lange und kraftzehrende Hochzeitsnacht vernahm.

In festlicher Stimmung machten sie sich auf den Weg zum Herrenhaus. Es dauerte eine Weile, bevor Jennet den Mann, der in der weitgeöffneten Flügeltür stand, erkannte. Sie stolperte, dann raffte sie mit einem beglückten Aufschrei ihre Röcke, wirbelte ihm entgegen und warf sich in seine ausgestreckten Arme.

»Oh, Papa«, flüsterte sie unter Tränen. »Ich hatte solche Angst um Euch.«

»Aber Kleines.« Er löste seine Umarmung und nahm sie zärtlich bei den Schultern. »Du weißt doch, daß ich ein Überlebenskünstler bin. Ich will doch noch meine Enkel auf den Knien schaukeln. Und meine Urenkel auch.« Er lächelte und streckte Hacon die Hand entgegen. »Lernen wir uns endlich kennen«, murmelte er und musterte ihn von Kopf bis Fuß.

»Ich bin froh, daß Ihr nicht in Boroughbridge umgekommen seid. Hat Euch einer der Bewohner dort gesagt, wohin wir uns gewandt haben?«

»Das war nicht nötig, ich habe euch gesehen.«
»Ihr habt uns gesehen?« Jennet war starr vor Staunen. Über dem Leben ihres Vaters schien ein besonderer Schutzengel zu wachen.
»Ja, ich befand mich bereits in der Nähe des Heers, als der Angriff begann. Nachdem wieder Ruhe eingekehrt war, habe ich mich zu den Gefangenen geschlichen und ein paar Worte mit einem alten Freund gewechselt. Ich habe deine und Hacons Wiedervereinigung beobachtet und war überzeugt, daß du in Sicherheit warst. Es tut mir leid, daß du in Sorge wegen mir gewesen bist, aber du bist klug genug, um zu wissen, daß ich mich euch damals unmöglich hätte anschließen können.«
»Natürlich Papa. Es ist nicht von Bedeutung. Jetzt seid Ihr hier. Kommt, und feiert mit uns.«
Hacon nahm Jennets Hand und wiederholte die Einladung, dann führte er sie alle in die große Halle. Die ganze Zeit über beobachtete er Jennets Vater und versuchte mit wenig Erfolg, seine Gefühle zu verbergen.
Es dauerte eine Weile, bis er es sich eingestand, aber er war eifersüchtig auf den Mann. Artair Graeme sah erstaunlich gut aus und war unglaublich charmant. Er war ein Gauner und ein Dieb und dennoch mochten ihn die Menschen. Außerdem war er ein Mann, dessen Wort man vertrauen konnte und der nie einen Hilfsbedürftigen im Stich lassen würde. Was allerdings wirklich an Hacon nagte, war die Tatsache, daß Jennet diesen Mann mit all seinen Fehlern von ganzem Herzen liebte – ohne jede Einschränkung. Das war es, was er selbst von ihr begehrte.
Hacon ertappte sich bei dem Gedanken, ob er jemals Artair gleichkommen könnte. Seine Zunge war nicht halb so geschmeidig. Und obwohl er bei den Frauen als gutaussehend galt, fehlte ihm die Schönheit, die Artair besaß. Falls Jennet zu den Frauen gehörte, die ihren Gemahl an ihrem Vater ma-

ßen, würde sie sehr unzufrieden sein. Er grübelte noch immer, als seine Mutter, Katherine und Elizabeth Jennet zu ihrem Gemach geleiteten.
»Am Hochzeitstag meiner Tochter werde ich mich bestimmt nicht mit dem Silber aus dem Staub machen.«
Die weiche, volle Stimme schreckte Hacon aus seinen Gedanken. Er schaute Artair an, der neben ihm Platz genommen hatte und errötete. »Das habe ich auch nicht angenommen.«
»Nein, aber irgend etwas bewegt Euch. Ihr habt mich seit meiner Ankunft nicht aus den Augen gelassen.«
»Wollt Ihr das wirklich wissen?«
»Gewiß. Sonst würde ich nicht fragen.«
»Ich dachte, daß es schwer ist, Euch gleichzukommen.«
Artair grinste. »Wie wahr.«
Hacon brach in Gelächter aus. »Wie ich sehe, leidet Ihr nicht an übertriebener Bescheidenheit.«
»Nein, das bringt einen nur in Schwierigkeiten. Bursche, Ihr nehmt doch nicht wirklich an, daß mein Mädel Euch mit mir vergleichen wird?«
»Frauen neigen angeblich dazu.«
»Nun, meine Kleine ist nicht so töricht. Sie sieht meine Fehler deutlicher als mir lieb ist. Ich kann mich glücklich schätzen, daß sie mich gleichwohl liebt. Außerdem wägt sie Menschen nicht gegeneinander ab. Das hat sie noch nie getan. Und wird es gewiß nicht bei ihrem eigenen Gemahl tun.« Er machte eine wegwerfende Bewegung. »Schiebt Eure Sorgen beiseite, Bursche. Sie wird Euch im Lauf der Jahre noch Kummer genug bereiten. Zerbrecht Euch nicht den Kopf über Dinge, die nie geschehen werden. Bewahrt Euch Eure Kraft, Ihr werdet sie brauchen.«
Hacon grinste. »Ein seltsamer Trost, den ein Schwiegervater seinem frischgebackenen Schwiegersohn da anbietet.«
»Wenn Ihr jetzt noch nicht um die Wahrheit meiner Worte

wißt, wo Ihr schon so lange ihr Mann seid, dann kann ich mir alles übrige sparen. Meine Moira war ein süßes Mädchen, nicht nachgiebig oder schwach, nur liebreizend. Jennet hat viel von ihr, aber ich fürchte, auch von mir hat sie einen guten Teil geerbt.« Er hob seinen Kelch zu einem Trinkspruch. »Ihr werdet ein interessantes Leben führen.«

»Oh ja, das habe ich mir schon seit einiger Zeit gedacht.«

Kurze Zeit diskutierten sie über den nun seit einem Monat währenden Waffenstillstand. Hacon hielt ihn für ein wunderbares Weihnachtsgeschenk, das gerade noch rechtzeitig vor den heiligen Tagen unterschrieben worden war. Als man ihn davonzerrte, um ihn ins Ehebett zu geleiten, hatte er entdeckt, daß Jennet einiges von ihrem Zynismus ihrem Vater zu verdanken hatte. Artair vertraute ebensowenig in den Bestand des Waffenstillstands wie seine Tochter. Hacon konnte nur wünschen, daß sie sich irrten. Er besaß endlich alles, was sein Herz begehrte und sehnte sich nach ein wenig Frieden, um es auch genießen zu können.

Nachdem die lärmende Truppe, die Hacon zu ihr gebracht hatte, wieder verschwunden war, beobachtete Jennet Hacon dabei, wie er sich entkleidete. Sie war nervös und ein wenig schüchtern und schalt sich töricht deswegen. Innerlich seufzend entschied sie, daß es sich nur um eine Laune handeln konnte.

Nachdem er sich vollständig entkleidet hatte, blies Hacon alle Kerzen bis auf die, die das Bett flankierten, aus, schlüpfte unter die Decken und zog sie in seine Arme. »Hast du dich gefreut, daß dein Vater zu unserer Hochzeit erschienen ist?«

»Natürlich. Hacon«, protestierte sie halbherzig, während er geschwind ihr spitzenbesetztes Nachthemd aufband, »das war dazu gedacht, dich zu verführen.« Sie blickte dem hübschen Hemd, das er aus dem Bett warf, verlangend hinterher. »Mädel, du würdest auch verführerisch auf mich wirken, wenn du bis zu den Augenbrauen in Schweinemist ständest.«

»Was für ein entsetzlicher Gedanke.« Ihre Stimme zitterte vor unterdrücktem Gelächter.

»Nun, dies hier ist erfreulicher.« Er ließ seine Hände ihren Rücken hinabwandern und preßte ihren Unterleib an den seinen.

»Und was ist das für ein Gedanke?«

»Der einzige, an den ich seit unserer Rückkehr denken konnte. Und an eine angemessene Rache für meine Mutter, weil wir getrennt schlafen mußten. Ich weiß immer noch nicht, was für ein Spiel sie mit uns getrieben hat.«

»Vielleicht« – sie legte die Arme um seinen Hals – »wollte sie sicher sein, daß deine Begeisterung einem frischgebackenen Ehemann angemessen ist.« Sie schlang ihr Bein um seines und rieb sich daran.

»Meine Begeisterung«, er drehte sie sanft auf den Rücken und legte sich auf sie, »bedarf keinerlei Nachhilfe.«

»Ich bin hoch erfreut, das zu hören. Vielleicht solltest du aufhören, dich dessen zu brüsten und dich in Taten beweisen.« Sie lachte, als er nur knurrte. Doch unter seinen Küssen verwandelte sich ihr Gelächter schnell in Leidenschaft. Seine Begierde war nicht zu übersehen, und sie schürte sie. Mit jeder Liebkosung steigerte sie sein Verlangen, und ihre Macht über ihn machte sie noch sinnlicher. Sehr bald jedoch war sie so in ihrer eigenen Begierde gefangen, daß es ihr gleichgültig war, wer wen verführte.

Sie hielt nichts zurück, gab Hacon alles, was er begehrte. Sie wand sich und stöhnte unter seinen Liebkosungen, ebenso wie er voller Lust auf sie reagierte. Als er sie endlich bezwang, bäumte sie sich ihm begierig entgegen, um seine Stöße zu empfangen. Mit Leib und Seele hieß sie seine sich steigernde Wildheit willkommen, feuerte ihn an, klammerte sich eng an ihn, während sie in heftigen Stößen gemeinsam den Gipfel ihrer Lust erstürmten. Nach dem Höhepunkt hieß sie ihn immer noch zitternd willkommen, als er sich schwer auf sie sinken ließ.

Sie erwachte erst aus ihrem zufriedenen Dämmerzustand, als Hacon sich aus ihrer Umarmung löste und auf die Seite rollte. Sie drehte den Kopf und lächelte schwach, seinem Gesichtsausdruck entnahm sie, daß er ebenso befriedigt war wie sie. Sie strich ihm eine Strähne aus dem Gesicht – eine Geste, die er erwiderte.

»Nun, habe ich es bewiesen, kleine Jennet?« Er zog die Decken über ihre abkühlenden Körper.

»Du mußt mir ein wenig Zeit lassen, man sollte sein Urteil nie überstürzt fällen.«

Er kitzelte sie zur Strafe für ihre Keckheit, und sie flehte um Gnade. Immer noch kichernd, rollte sie sich in seinen Armen zusammen. »Ich erkenne deine Frechheit wieder«, bemerkte er und streichelte ihr Haar. »Dein Vater sagte, du hättest viel von ihm.«

»Du hast also Zeit gefunden, ein kurzes Gespräch mit ihm zu führen?«

»Ja, ein sehr kurzes. Und er hätte mir nicht sagen müssen, daß du etwas von seinem spitzbübischen Charakter geerbt hast.«

»Wie meinst du das? Hältst du ihn für gut oder schlecht?«

»Gut. Gewiß, der Mann ist ein Spitzbube und auch nicht über Diebstahl erhaben, aber es steckt viel Gutes in ihm.«

»Ich danke dir, Hacon.« Sie war erleichtert, und ihr wurde bewußt, wie sehr ihr an Hacons Urteil über ihren Vater gelegen war.

»Du hast keinen Grund, mir zu danken, Liebling. Ich sage nur die Wahrheit.« Sinnend ließ er seine Hand über ihren Rücken gleiten. »Dein Vater könnte es weit bringen, wenn er wirklich wollte. Mit seinem Charme und seinem guten Aussehen würde er viel erreichen. Und er ist klug und begabt.«

»Alles was du sagst, ist wahr, Hacon, aber ich würde nicht versuchen, ihn zu ändern. Du würdest dabei wahnsinnig werden. Er ist, wie er ist. Wenn er sich ändern möchte, tut er es. Wenn nicht, so könnte nur Gott ihn umstimmen.«

»Gewiß, und vermutlich würde dein Vater sogar Ihm widersprechen.« Hacon lachte.

»Das würde mich nicht überraschen. Ich hoffe nur, daß er Ranald nicht in seine Weibergeschichten verwickelt, solange er hier ist. Deine Schwester wäre nicht sehr erfreut.«

»Katherine erfreut sich an gar nichts. Denk nicht an sie. Sie verwöhnt Ranald zu sehr. Ein kleiner Ausbruch kann dem Jungen nur gut tun. Besonders jetzt, wo die Pflicht ihm gebietet, von Zeit zu Zeit zu den Waffen zu greifen.« Ihr Versuch, ein Gähnen zu unterdrücken, scheiterte kläglich, und er lächelte sie an. »Müde, Kleines?«

»Ich fürchte ja. Seltsam, ich bin heute so lange im Bett geblieben, daß ich eigentlich hellwach sein müßte.«

Er fühlte ihr Wangen und Stirn, aber fand keine Anzeichen von Fieber. »Fühlst du dich krank?«

»Nein, nur erschöpft. Wahrscheinlich liegt es am Winter. An dieser Kälte und Dunkelheit.«

»Nun« – er küßte ihren Schopf – »ruh dich aus. Nach einem solch begeisternden Beginn unseres Ehelebens hast du es dir verdient.«

Sie gähnte erneut und gab dem überwältigenden Drang nach, die Augen zu schließen, wobei sie beschloß, seine Unverschämtheit zu ignorieren. »Es tut mir leid. Es scheint so unpassend, in der Hochzeitsnacht zu schlafen.«

»Die Nacht ist noch lang. Vielleicht wirst du hin und wieder wach«, tröstete er sie. »Eigentlich bin ich mir dessen sogar sicher.«

Sie lachte schläfrig und schmiegte sich enger an ihn. Es tat gut, wieder das Bett mit ihm zu teilen. Es tat gut, mit ihm vermählt zu sein, vor einem Priester die Gelübde gesprochen zu haben. Dennoch lag ein Schatten über ihrem Glück. Er hatte immer noch kein Wort von Liebe gesprochen, ebensowenig wie sie. Das war falsch, aber sie konnte sich nicht überwinden, ihm ihre Seele zu entblößen. Sie fragte sich, ob er die gleichen Ängste litt wie sie. Noch als sie sich dem Schlaf überließ, gelobte sie sich, diese Möglichkeit zu prüfen – sehr bald.

Jennet zwinkerte und fragte sich, warum sie erwacht war. Sie wollte weiterschlafen. Mehrere angenehme Zwischenspiele im Verlauf der Nacht hatten sie erschöpft. Hacon hatte diese Probleme nicht, stellte sie leicht verärgert fest. Sie schloß die Augen und versuchte zu schlafen.

Ihr Mund füllte sich mit Speichel. Sie schluckte hart. Einen Augenblick später passierte es. Ihr Magen hob und senkte sich. Mit einem Fluch beugte sie sich über die Bettkante und konnte gerade noch rechtzeitig den Nachttopf erreichen.

Hacon fuhr hoch. Er bemerkte erst nach einer Weile, daß die gequälten Laute, die er hörte, von Jennet kamen. Er sprang aus dem Bett und half ihr, soweit er konnte. Als sie zum Ende gekommen war, wusch er ihr das Gesicht, reichte ihr etwas Wein zum Spülen des Mundes und deckte sie wieder zu. Auf der Bettkante sitzend hielt er ihre Hand, fühlte ihr Stirn und Wangen, aber sie hatte kein Fieber.

»Glaubst du, es könnte am Fleisch gelegen haben?«

»Ich weiß nicht. Wenn es am Essen liegt, müßtest du doch auch krank sein. Du hast dasselbe gegessen wie ich.«

»Stimmt«, erwiderte er, »ich suche nur nach dem Grund.«

Jennet begann sich besser zu fühlen, als ihr ein anderer Gedanke kam. Die vergangene Nacht war ihre Hochzeitsnacht gewesen. Und es war die Nacht, in der ihre sonst immer pünktliche Periode hätte einsetzen müssen. Sie hatte es vergessen. Eigentlich hatte sie schon sehr lange nicht mehr an ihre Periode gedacht, seit Boroughbridge nicht mehr. Und zwar, weil sie nicht gekommen ist, dachte sie und verwünschte ihre eigene Dummheit. Das letzte Mal hatte sie die Blutung vor ihrer Wiedervereinigung mit Hacon gehabt. Das bedeutete, daß sie Mitte September in Boroughbridge empfangen hatte. Zu dem Zeitpunkt, als sie wieder in Schottland ankamen, hätte ihre Regel einsetzen müssen, aber nichts dergleichen war geschehen.

Immer noch ein wenig mitgenommen brauchte sie eine Weile, um sich an alles zu erinnern, was sie darüber wußte, dann war sie sich sicher und versuchte auszurechnen, im wievielten Monat sie bereits war. Ihre Schläfrigkeit, ihr Sodbrennen und ihr herzhafter Appetit ergaben jetzt einen Sinn. Die Aufregung, das üppige Festmahl und der viele Wein waren der Grund, warum sie erst jetzt, und nicht schon vorher krank geworden war. Sie hoffte dennoch, daß sie zu den wenigen Glücklichen gehörte, die in der Schwangerschaft nicht gegen Übelkeit ankämpfen mußten, aber sie wußte, daß es zu früh war, um sicher zu sein.

»Vielleicht«, unterbrach Hacon ihre Grübeleien, »leidest du an einer Winterkrankheit.«

Sie lächelte ein wenig nervös, da sie nicht wußte, wie er die Neuigkeiten aufnehmen würde. »Nein, nichts dergleichen.«

»Nein? Soll ich Elizabeth holen? Sie verfügt mittlerweile über großes Wissen, was Krankheiten betrifft.«

»Ich brauche sie nicht.«

»Jennet, du hast etwas. Sei vernünftig.«

»Nun, man kann es wirklich nicht ändern.« Sie lächelte angesichts seiner Verwirrung.

»Weißt du denn, was dir fehlt?« fragte er zögernd.

»Ja, ich glaube … nein, ich weiß es. Ich kann mir nicht vorstellen, warum ich nicht eher darauf gekommen bin, aber« – sie holte tief Luft – »ich erwarte ein Kind.« Er starrte sie nur an. »Hacon? Hast du gehört, was ich gesagt habe? Ich erwarte ein Kind. Anders gesagt, bin ich seit schätzungsweise drei oder vier Monaten in anderen Umständen. Ich wünschte, ich wüßte es genauer.«

»Ein Kind?« Seine Stimme war nur mehr ein heiseres, zittriges Flüstern.

»Ja, bestimmt, ein Kind.«

Er streckte eine zitternde Hand aus und berührte ihre Wange. »Bist du dir sicher, Jennet?«

»Oh ja, es ist wahr.« Sie schrie leise auf, als er sie in seine Arme riß.

Hacon gab sie frei und legte sie sanft in die Kissen zurück. »Habe ich dir wehgetan? Es tut mir leid. Ich habe vor Glück ganz vergessen, wie sanft man jetzt mit dir umgehen muß. Du mußt auf dich aufpassen, und ich –«

Sie legte ihre Finger auf seine Lippen. »Hacon, eine Umarmung meines Gemahls ist nichts, was ich nicht aushalten könnte. Ich war auch gestern nacht schon schwanger, und es ist nichts Arges passiert. Keiner von uns war sehr sanft, und du hast eine Menge mehr getan, als mich nur zu umarmen.«

Seine Augen weiteten sich erschreckt. »War dir deshalb heute morgen so übel?« fragte er ängstlich.

»Mir war übel wegen des reichlichen Essens, des Weins und der ganzen Aufregung. Außerdem kann es einfach nur die Morgenübelkeit sein, mit der so viele Frauen in meinem Zustand zu kämpfen haben.« Er küßte sie, sprang auf die Füße und eilte zur Tür. »Wohin gehst du?« wollte sie wissen.

»Meinen Eltern die freudige Nachricht überbringen.«

»Sie sind vielleicht noch im Bett.«

Er lächelt sie schräg an. »Aber ich *muß* es einfach jemandem erzählen.«

»Hacon«, rief sie, als er nach dem Riegel griff, »ich kann das gut verstehen.« Sie grinste ihn an. »Aber meinst du nicht, du solltest wenigstens Unterwäsche anziehen?« Sie kicherte, als er verblüfft an sich hinabblickte, fluchte und zurückstürmte, um Unterhosen und Tunika überzustreifen.

Nachdem er ausreichend bekleidet war, beugte er sich über sie und küßte sie lang und zärtlich. »Du hättest mir kein kostbareres und willkommeneres Geschenk machen können«, flüsterte er. »Ich werde nicht lange fort sein. Wenn ich wiederkomme, bringe ich dir etwas zu essen mit. Nichts zu üppiges«, fügte er hinzu, als er ging.

Jennet lachte leise und kuschelte sich wieder unter die Decken. Sie hegte keine Zweifel an seiner Freude, und dies trug zu ihrem eigenen Glück bei. Momentan konnte sie nur an das denken, was ihre Tante ihr bei ihrem letzten Treffen gesagt hatte. Sorcha zufolge hatte sie nun die beste Möglichkeit, die Gefühle ihres Manns auszuloten. Sorcha war der Überzeugung, daß ein Mann seine innersten Gefühle am ehesten offenbarte, wenn sein Weib schwanger war. Oft zeigte er sie in der Art, wie er sie behandelte. Jetzt konnte Jennet ihre Zweifel beiseite schieben und den Mut fassen, ihr Herz sprechen zu lassen. Sorcha hatte schon einmal recht behalten. Jennet hoffte, daß es auch diesmal so sein würde – hoffte, daß sie und Hacon, während sie gemeinsam die Geburt ihres Kindes erwarteten, einander näher kommen und alles Ungesagte endlich aussprechen würden.

Kapitel 21

Jennet keuchte vor Anstrengung und wußte nicht, ob sie amüsiert oder verärgert sein sollte, als Hacon sorgfältig eine Decke über den Boden breitete und ihr fürsorglich behilflich war, Platz zu nehmen. Sie saß unter einer windgebeugten Kiefer, die ihr Schatten spendete, in angemessener Entfernung von der Baustelle, wo die Arbeiter die Feste errichteten.

Hacon benahm sich immer schlimmer. Seit vier Monaten war sie nun gezwungen, seine übertriebene Fürsorge über sich ergehen zu lassen. Wenn sie sich nicht immer wieder ins Gedächtnis gerufen hätte, was sein Verhalten über seine Gefühle für sie aussagte, wäre es kaum zu ertragen gewesen.

Hacon setzte sich neben sie und ließ seine Hand über ihren wohlgerundeten Bauch gleiten. »Seid Ihr ganz sicher, daß Ihr erst im siebten Monat seid?« Gleichzeitig schalt er sich lautlos; er stellte viel zu häufig solche Fragen.

»So sicher, wie eine Frau nur sein kann. Obwohl es auf den achten Monat zugeht. Der Mai ist schon beinah da. Hacon, das letzte Mal hat mich das Frauenübel kurz vor Eurer Ankunft in Boroughbridge heimgesucht. Dort habt Ihr wahrhaftig bewiesen, daß noch Leben in Euch steckt«, spottete sie und klopfte auf ihren Bauch.

Er lächelte. »Man tut, was man kann.« Dann wurde er wieder ernst. »Es ist nur, nun ja, er scheint so groß zu sein.«

»Und er wird noch größer werden.« Sie lachte über seinen erschrockenen Blick. »Hacon, es liegt daran, daß ich vor meiner

Schwangerschaft so schlank war, deshalb scheint Euch mein Bauch so riesig.«

»Aber ich muß Euch jetzt schon beim Aufstehen helfen.«

»*Müssen* müßt Ihr es wahrhaftig nicht. Ich komme allein hoch, aber nun ja, zugegeben, es wird immer beschwerlicher. Ihr macht Euch zu viele Gedanken.«

Und das, so sann sie, wärmte sie innerlich, auch wenn es sie manchmal reizbar machte. Von Tag zu Tag war sie sich sicherer, daß er tiefe Gefühle für sie empfand. Der Zweifel und die Furcht, die es ihr unmöglich machten, ihm ihre Liebe zu erklären, wurden dadurch geringer. Sie sehnte sich nach wie vor danach, Worte der Liebe von ihm zu hören, aber noch bedeutender war es für sie, ihr eigenes Herz sprechen zu lassen. Sie träumte häufig von dem Moment, da sie ihm ihre Liebe gestand.

»Nun, vielleicht habt Ihr recht«, murmelte er und nahm ihre Hand. »Unser Burghaus wird fertig sein, bis das Kind geboren wird. Wir werden unseren eigenen Haushalt führen. Das wird uns von Katherines Launen erlösen.«

»Sie ist gar nicht so schlimm. Sie hat sich sogar für ihr schlechtes Benehmen bei unserer Hochzeit entschuldigt. Das war an dem Tag, da mein Vater abgereist ist, also vor einem guten Monat. Seine Abreise versetzte sie in gute Stimmung. Sie hat Angst, daß er Ranald verdirbt. Sie ist einfach nur unglücklich und allein, Hacon.«

»Was ziemlich ermüdend sein kann, wenn man mit ihr unter einem Dach leben muß. Nun, jetzt ist die Zeit gekommen, die Dienstboten auszuwählen. Wen möchtet Ihr mitnehmen?«

Sie nickte. »Wenn es Euch recht ist, hätte ich gerne Elizabeth als Amme für unser Kind.«

»Eine ausgezeichnete Wahl.« Plötzlich erhob er sich und starrte angestrengt in das Tal zu ihren Füßen. »Dort stimmt etwas nicht«, stieß er hervor, und seine Hand glitt an den Griff seines Schwertes. »Ihr bleibt hier«, befahl er, als Jennet mühsam versuchte, aufzustehen.

»Hacon, falls es Ärger gibt, ist es besser, ich stehe auf meinen eigenen Füßen.«

Er stieß einen Fluch aus, als ihm die Wahrheit dessen bewußt wurde und half ihr widerstrebend auf die Beine. Dann wandte er seine Aufmerksamkeit wiederum dem Dorf zu. Irgend etwas hatte die Leute dazu veranlaßt, Haus und Arbeit zu verlassen und sich zu sammeln. Eine Gruppe Bewaffneter, die ein Banner mit dem roten Löwen auf goldenem Grund, dem Wappen des Bruce, mit sich führte, erschien auf der Straße und ritt auf das Dorf zu. Außerdem wehte über ihnen das Banner von Sir Gilbert Hay, des Lord Oberrichters von Schottland. Die Fahnen, Waffen und wehenden Umhänge wirkten bedrohlich. Der König von Schottland hatte keinen Grund, zwei Dutzend Bewaffnete auszusenden, nur um die Männer von Dubheilrig wieder einmal zu den Waffen zu rufen.

»Vielleicht solltet Ihr hier warten, während ich hinuntergehe und versuche herauszufinden, warum der König eine kleine Armee zu mir schickt.«

»Nein, ich komme mit. Das sind Männer des Bruce. Von ihnen kann uns unmöglich Gefahr drohen.«

Er nahm ihre Hand und half ihr den schmalen Pfad entlang. »Das glaube ich auch, aber warum sind sie dann bewaffnet? Warum hat er nicht einfach einen Boten gesandt?«

Jennet fuhr ein Schauer über den Rücken, und ihr Griff um Hacons Hand wurde fester. Es gab viele Gründe für den Bruce, bewaffnete Truppen auszusenden, und keiner davon war erfreulich. Während sie hinabstiegen, versuchte sie sich mit dem Gedanken an Hacons Loyalität zu beruhigen. Er war ohne zu Zögern jedem Ruf zu den Waffen gefolgt. Aber würde das etwas nützen, falls Balreaves wieder einmal eine Intrige spann?

Als sie zum Dorfbrunnen gingen, wo die Männer des Bruce abgestiegen waren, vermochte Jennet die Spannung unter Hacons Leuten fast mit Händen zu greifen. Sie ahnten Schwierigkeiten. Frauen und Kinder strömten zusammen, versammelten sich einige Meter von den Männern entfernt. Auf ihren Gesichtern lag Furcht und Sorge. Jennet betete, daß es nicht zu einem Blutvergießen kam.

»Was soll das bedeuten?« fragte Hacon den Anführer der berittenen Männer direkt vor ihm.

»Seid Ihr Sir Hacon Gillard, Baron von Dubheilrig?«

»Jawohl. Warum schickt der König Bewaffnete zu mir?«

Der Anführer machte seinen Männern ein Zeichen, bevor er antwortete. »Sie werden gebraucht, um einen Verräter der Gerechtigkeit zu übergeben.«

Die Männer stürzten sich auf Hacon, wobei sie Jennet zur Seite stießen, und hatten ihn entwaffnet und gefesselt, bevor er sich von seiner Überraschung erholen konnte. »Ich bin des Verrats angeklagt?« Unglaube zeichnete sich auf seinem Gesicht ab.

»Ja, und es wäre am besten, wenn Ihr Euren Leuten Befehl erteilt, die Waffen zu übergeben und keinen Ärger zu machen.«

Jennet hatte sich soweit von ihrem Schreck erholt, daß sie die Unruhe unter Hacons Männern erkannte; einige hatten bereits ihre Schwerter gezogen. Sie fragte sich, was sie jetzt tun sollte und ob sie überhaupt etwas tun *konnte*. Dann erblickte sie Lucais und Serilda, die vom Herrenhaus herübereilten und betete, daß sie die Situation in den Griff bekamen.

»Halt Männer«, brachte Hacon mühsam hervor. »Laßt Eure Waffen fahren. Die Männer des Königs sind unantastbar.«

»Du bist kein Verräter!« rief Dugald und trat einen Schritt vor, wurde aber augenblicklich am Weitergehen gehindert.
»Das muß ein Irrtum sein«, rief Jennet. Auch sie versuchte, dichter an Hacon heranzurücken und wurde ebenfalls zurückgedrängt.
»Rührt sie nicht an!« Hacon wand und wehrte sich gegen die Männer, die ihn hielten und seine Handgelenke mit dicken Seilen fesselten. »Ihr Narren, seht Ihr denn nicht, daß sie ein Kind erwartet?«
Die Männer ließen von ihr ab, aber der Anführer schaute verächtlich zu ihr hinüber. »Ja? Was soll´s? Es ist ohnehin nur die Brut eines Verräters.«
»Er ist kein Verräter!« Jennet kreischte beinahe. »Wer behauptet das? Ihr könnt Euch eine solche Verleumdung nicht einfach aus den Fingern gesogen haben! Wer klagt ihn an?«
»Genau.« Lucais und Serilda hatten Jennet erreicht und sich neben sie gestellt. »Wer erhebt solch falsche Beschuldigungen gegen meinen Sohn?«
»Sir John Balreaves.« Die Männer des Königs waren von der feindseligen Reaktion, die dieser Name auslöste, verwirrt. Hacons Männer spuckten und fluchten laut, einige traten drohend einen Schritt auf sie zu. »Er hat gewichtige Beweise erbracht.«
»Das Wort eines Mannes reicht aus, um solch eine lächerliche Anschuldigung zu untermauern? Gegen meinen Sohn, der dem König über zehn Jahre treu gedient hat?«
»Es waren nicht nur Worte.«
»Welche Beweise? Wie lautet die Anklage? Und wer seid Ihr überhaupt?«
»Ich bin Sir John Burnett.« Der Mann machte eine höfische Verbeugung. »Ich handle im Namen des Königs und des Lord Oberrichters von Schottland.« Er holte eine Pergamentrolle aus seinen Satteltaschen und kehrte zu Lucais und Seril-

da zurück. »Sir Hacon Gillard wird aufgefordert, vor dem König zu erscheinen und sich zur Anklage des Verrats gegenüber Schottland und der Krone zu erklären«, las er mit zorngerötetem Gesicht. »Sir Hacon ist angeklagt, seinen Lehnsfürsten, den König von Schottland, in Wort und Tat verraten zu haben.«

»In Wort und Tat?« erkundigte sich Lucais. »Er hat nichts gesagt noch getan, was diese Anklage rechtfertigen würde. Sie ist völlig aus der Luft gegriffen.«

»Nach der Schlacht von Perth im Jahre des Herrn 1311 verweigerte sich Sir Gillard der Ehre, die Verräter innerhalb der Stadtmauern hinzurichten. Während der Belagerung von Ripon im Jahre des Herrn 1318 wurde gehört, wie Sir Gillard sagte, unser guter König sei keineswegs sicher auf dem Thron, den er nur durch Mord erlangt habe. Im gleichen Jahr begab er sich zu einem Dorf in Liddlesdale, wo, wie jedermann weiß, Feinde von Sir James Douglas leben. Sir Gillard verriet unseren guten König in Irland, wo er unsere Armee in die Niederlage führte und so den schmerzlichen Tod des Bruders unseres Königs verantwortete. Am zwanzigsten September im Jahre des Herrn 1319, während der Schlacht zu Mytton, wurde Sir Gillard gehört, wie er den ehrenvollen Sieg schmähte und den Earl von Moray daran zu hindern versuchte, unsere Feinde, die Engländer, zu verfolgen und zu töten. Im gleichen Jahr begab sich Sir Gillard erneut nach Liddlesdale und erschlug mit Hilfe der dortigen Bewohner auf grausame Weise Männer, die im Dienste des Königs standen. Schlußendlich ist Sir Gillard dafür bekannt, daß er es mit einem Weib hält, daß sich ungezwungen unter unseren Feinden, den Engländern, bewegt.«

Als Sir John seine Litanei beendet hatte, waren Jennets schlimmste Befürchtungen wahr geworden. Balreaves benutzte sie und ihre Familie, um Hacon anzuklagen. Sie war es gewesen, die den Anspruch des Königs auf den Thron in Zweifel gezogen und während des Massakers von York, das nun als Schlacht zu Mytton bekannt war, ihrer Verachtung laut Ausdruck verliehen hatte. Sie hatte Balreaves eine Waffe in die Hand gespielt, und er nutzte sie mit tödlichem Geschick. Schuldgefühle und Angst überwältigten sie.

Aber ihr Schwiegervater hatte nichts von seiner Kampfeslust eingebüßt. »Diese Verleumdungen sind einfach lächerlich. Das ist Wahnsinn.«

»Ich führe nur die Befehle des Königs aus. Fesselt Sir Gillard auf ein Pferd«, befahl Sir John seinen Männern.

»Nein, das dürft Ihr nicht«, protestierte Jennet. Aber als sie versuchte, zu Hacon zu gelangen, hielten Lucais und Serilda sie fest. »Wir müssen doch etwas tun können.«

»Nein, du darfst dich nicht in Gefahr bringen«, erwiderte Sir Lucais bestimmt.

Hacon wurde auf ein Pferd gezerrt und seine Hände mit einem Seil an den Sattelknauf gefesselt. Bei diesem Anblick verliehen einige seiner Männer ihrem Unmut laut Ausdruck und ballten die Fäuste. Waffen wurden gezogen. Lucais eilte nach vorn und versuchte, einen Kampf zu verhindern. Die Männer des Bruce zogen geschwind ihren Vorteil aus der allgemeinen Verwirrung, kreisten sie ein und entwaffneten sie. Einige der Frauen, darunter die verängstigte Elizabeth, eilten zu Serilda und Jennet und stellten sich schützend neben sie. Jennet spähte an ihnen vorbei und erstarrte vor Schreck.

Hacons Leute wurden in ein Cottage getrieben, das von einigen der Königlichen umstellt wurde. Die übrigen brachen in jedes Haus ein und plünderten es, nahmen alles, was ihnen wertvoll erschien. Sie trieben jegliches Vieh in Sichtweite zusammen und scheuchten es zur Mitte der Straße. Jennet erkannte ihre drei Ziegen, die sie den ganzen Weg von Berwick hierhergebracht hatte, und die nun gemeinsam mit einigen Schafen weggetrieben wurden. Überall standen aus ihren Häusern vertriebene Menschen. Die meisten sammelten sich am Dorfbrunnen, Eltern hielten ihre Kinder an sich gedrückt.

»Diese Männer benehmen sich, als sei Hacon bereits schuldig gesprochen worden«, weinte Jennet, die ihren Blick endlich von Hacon losgerissen hatte. Neben ihr stand eine kreidebleiche Serilda.

»Die Anklage lautet auf Verrat, Kind.« Serilda legte ihren Arm um Jennets Schultern.

»Sie müssen es erst einmal beweisen.«

»Der Bruce hätte diese Männer niemals nach Dubheilrig ausgeschickt, wenn er nicht überzeugt wäre oder zumindest befürchten würde, daß es wahr ist.«

»Nein, nein.« Jennet rang die Hände. »Sie müssen ihn zu seiner Verteidigung sprechen lassen. Nein, er muß seine Unschuld beweisen dürfen.« Aber ein Blick auf Hacon verriet ihr, daß er weder zornig noch verängstigt war. Er sah aus wie ein Mann, der seinem Schicksal gefaßt entgegengeht.

»Ich bete nur, daß sie es tun. Obwohl ich, Gott schütze uns, noch nie gehört habe, daß es etwas geändert hätte.«

»Deshalb behandeln sie uns schon jetzt wie Gesetzlose«, flüsterte Jennet.

»Gewiß. Wir haben Glück, daß sie niemanden von uns getötet haben. Vielleicht ist das ein gutes Zeichen.« Sie drückte Jennet enger an sich. »Ich weiß, daß es verrückt klingt, diesen Wahnsinn vor Augen ist es sogar beinah unmöglich, aber du mußt versuchen, Ruhe zu bewahren. Denk an das Kind, Jennet. Versuch an nichts anderes als an Hacons Kind zu denken.«

Jennet versuchte es, aber während sie es versuchte, beobachtete sie weiter die Schändung des Ortes, den sie mittlerweile als ihre Heimat betrachtete. Vor ihren Augen saß Hacon auf einem Pferd, und wartete darauf, seinem Schicksal entgegengeführt zu werden, seinem sicheren Tod – davon schien sogar seine Mutter überzeugt zu sein.

Es verging lange Zeit, bevor die Männer des Bruce zum Abmarsch bereit waren. Plötzlich bahnte sich Jennet, Serildas Proteste ignorierend, einen Weg durch die Frauen. Die Männer des Bruce gingen in Abwehrhaltung, als sie herankam, aber sie schritt unbeirrt weiter. Erst Sir John Burnett hielt sie, nur wenige Schritt von Hacon entfernt, auf.

»Jennet«, sagte Hacon bewegt. Seine Stimme klang rauh. »Bitte geht wieder. Ihr könnt nichts tun, um mir zu helfen, und Ihr gefährdet Euch und unser Kind.«

Sie ignorierte die Worte ihres Gemahls und blickte dem Anführer der königlichen Truppe fest in die Augen. »Ich werde meinen Gemahl zum Abschied küssen. Ihr habt uns alles genommen. Dies werdet Ihr mir nicht nehmen.«

»Er ist ein Verräter«, knurrte der Mann.

»Er ist mein Gemahl und der Vater meines ungeborenen Kindes. Ich *werde* ihn zum Abschied küssen.« Sie blickte flüchtig auf die Hand des Mannes, die auf seinem Schwert ruhte. »Falls Ihr meint, das Schwert gegen eine schwache Frau ziehen zu müssen, die ein Kind trägt, nur zu.« Er zischte einen Fluch und trat zurück. »Und muß das jedem Weib gestattet werden?« Er wies mit dem Kopf hinter sie.

Sie folgte seinem Blick und war nicht überrascht, Serilda vorzufinden. »Sie ist seine Mutter.«

Sie trat zu Hacon, stellte sich auf die Zehenspitzen und schlang ihre Hände um die seinen. Hacon beugte sich zu ihr hinunter. Der süße, zärtliche Kuß ließ ihr die Tränen in die Augen treten, aber sie rang um Haltung. Sie wollte Hacon nicht mit der Erinnerung an die Tränen der Verzweiflung auf ihrem Antlitz fortschicken.

»Du bist verrückt, Kleines«, murmelte er, nachdem er seine

Mutter geküßt hatte. »Du mußt dich von mir fernhalten – und das so weit wie möglich.«

»Während du zugrunde gerichtet wirst? Ich denke nicht daran. Nein, ich denke nicht daran, Balreaves diesen Sieg zu gönnen.«

»Liebling, denk an unser Kind.«

»Das tue ich. Gott schütze dich, Hacon«, flüsterte sie und lief fort. Ihre vorgespielte Beherrschung brach zusammen.

»Mutter«, rief Hacon Serilda zurück. »Behütet sie gut.«

»Du weißt, daß ich das tue.«

»Sie plant irgend etwas. Ich weiß, daß sie etwas im Schilde führt. Sie muß an unser Kind denken – nicht an mich.«

»Mach dir keine Sorgen. Ich werde auf Jennet aufpassen.«

Hacon fluchte lautlos, als seine Mutter seinem Weib nacheilte. Er war nicht sicher, ob sie seine Warnung verstanden hatte. Oder schlimmer, sie hatte ihn ganz genau verstanden, aber plante, Jennet zu unterstützen. Er betete, daß sie nichts Gefährliches unternahmen, daß ihr gesunder Menschenverstand die Oberhand behielt.

Jennet gab Anweisung, die Männer von Dubheilrig zu befreien, sobald die königliche Truppe mit ihrem Gefangenen außer Sichtweite war. Sie beobachtete, wie sie aus dem Cottage taumelten, unter ihnen Lucais, der sofort sein Weib umarmte. Ranald und Dugald waren kreidebleich, der Zorn über ihre eigene Hilflosigkeit entstellte ihre Züge.

»Sir Lucais«, sprach Jennet ihn schließlich an. »Ich denke, einige unserer Männer sollten ihnen folgen.«

»Um Hacon zu befreien?« Lucais Stimme enthüllte seine Zweifel an diesem Vorhaben.

»Nein, das wäre sinnlos. Es würde Hacon – und vielleicht auch alle Bewohner von Dubheilrig – als Gesetzlose brandmarken. Und es würde der Anklage gegen ihn noch mehr Gewicht verleihen. Nein, sie sollen ihnen folgen, um zu gewährleisten, daß Hacon den Hof des Königs lebend erreicht. Denkt daran, wer Anklage gegen ihn erhoben hat.«

»Balreaves.« Lucais spuckte den Namen aus, als ob allein der Klang dieses Namens ihm Übelkeit bereitete. »Seinen Söldnern und zwiefach verfluchten Schurken ist es nicht gelungen, Hacon zu töten. Nun soll der König es für ihn erledigen.«

»Gewiß, aber vielleicht fürchtet er Hacons Verteidigung. Balreaves ist gerissen vorgegangen, aber er weiß, daß seine Anschuldigungen Lügen sind. Obwohl der König ihm glaubt, vertraut er vielleicht nicht darauf, daß er auf diese Weise sein Ziel erreicht.«

»Kind, wenn einmal Anklage erhoben wurde –«

»Ist das Urteil schon gesprochen. Serilda hat es mir gesagt. Aber kann Balreaves es sich leisten, darauf zu vertrauen? Was ist, wenn ein Wunder geschieht und Hacon sich von diesem Verdacht befreien kann? Dann fiele der Blick auf Balreaves und Menschen, die mächtiger sind als er, würden die Frage nach dem Warum stellen. Er hat ein Lügengebäude errichtet, das auf sicheren Fundamenten stehen muß. Seine Lüge muß für ihn arbeiten, ihm all das bringen, was er begehrt, oder sie wird sich gegen ihn wenden.«

Lucais starrte die Gemahlin seines Sohnes überrascht an. Ihre Argumentation war überaus klug. Sie war bleich und außer sich vor Angst um Hacon, dennoch hatte sie die Situation mit einer Klarheit erfaßt, die ihm bis jetzt noch fehlte.

»Balreaves könnte feststellen, daß das Schwert, daß er sicher an Hacons Kehle glaubte, an seiner eigenen sitzt«, murmelte er.

»Ganz genau«, stimmte Jennet ihm zu. »Balreaves muß Hacons langjährige Loyalität in Rechnung ziehen. Er muß fürchten, daß einige von Hacons Freunden den Mut haben, für ihn auszusagen. Seine Lüge muß Bestand haben, und der einzig sichere Weg, dies zu erreichen, ist, Hacon zu töten, solange er noch als Verräter gilt.«

»Dugald«, befahl Lucais, »hol alle Pferde und Ponys, die du finden kannst. Du darfst dich der Gruppe nicht zu weit nähern. Macht keine drohenden Gesten. Ihr seid nur dort, um acht zu geben, daß Hacon Stirling oder wo auch immer sie ihn hinbringen, lebend erreicht. Da ihr zu Hacons Gefolgsleuten gehört, ist es am besten, wenn ihr den königlichen Hof unbewaffnet betretet. Ihr dürft auf keinen Fall als Bedrohung empfunden werden. Sobald ihr am Königshof angelangt seid, wird eure Aufgabe darin bestehen, auf Hacons Wohlergehen zu achten und uns alle Neuigkeiten zukommen zu lassen.«

»Jawohl. Vielleicht finde ich sogar Männer, die für ihn aussagen.«

»Ich bete darum. Mein Plan ist sehr einfach. Ich werde nicht zulassen, daß mein einziger Sohn am Galgen stirbt«, flüsterte er so leise, daß nur Dugald ihn hören konnte.

Jennet setzte sich auf eine Bank vor einem der Cottages und Serilda und Elizabeth nahmen neben ihr Platz. Nach einem Blick in ihre verhärmten Gesichter fragte Jennet sich flüchtig, wie sie selbst aussehen mochte.

»Du solltest dich hinlegen«, schlug Serilda vor.

»Ja, vermutlich. Ich bin erschöpft. Wie konnte das nur geschehen?«

»Ich habe die gleiche Frage einem der Männer des Bruce gestellt«, erwiderte Elizabeth. »Ich hatte den Eindruck, daß er Zweifel an Sir Hacons Schuld hegt. Als er antwortete, klang es, als wollte er sich selbst der Gerechtigkeit ihres Handelns versichern. Nach dem zu urteilen, was er sagte, existiert kein einziger handfester Beweis. Nur das, was Sir John verlesen hat und die Tatsache, daß Hacon an den Hinrichtungen der *Verräter* in Perth nicht teilgenommen hat.«

Unter Serildas ängstlichem Blick rang sich Jennet ein schwaches Lächeln ab. »Ich weiß schon lange, daß er dort war. Ich verstehe, warum er gelogen hat. Eines Tages wird er es zugeben.«

»Ich war überrascht, als er es mir gestanden hat. Er trägt schwer an seinen Schuldgefühlen.«

»Das sollte er auch«, versuchte Jennet zu scherzen, aber ohne großen Erfolg. »Und was weißt du sonst noch, Elizabeth?«

»Nun, sie wissen von Ranalds Zusammenstoß mit den Männern des Douglas', als er in Berwick Murdoc vor ihnen in Sicherheit gebracht hat. Das wird sich leicht erklären lassen.« Elisabeth zögerte. »Ihr habt doch die Behauptung vernommen, Sir Gillard hätte verächtlich von der Thronbesteigung des Bruce gesprochen?«

»Ja, zu meinem unendlichen Bedauern.«

»Du hast das gesagt«, erriet Serilda und zog die todunglückliche Jennet an sich.

»Ja«, gestand Jennet und würgte ihre Tränen hinunter. »Meine achtlose Zunge hat Hacon ins Unheil gestürzt.«

»Aber nein, das war das gute Herz meines Sohnes, der keine Unschuldigen morden kann, und sein Glück, aus Irland lebend herauszukommen.«

»Man hat mich aufgefordert, meine Zunge zu hüten. Schließlich habe ich darauf gehört, aber es war schon zu spät. Ich habe Balreaves einen Dolch in die Hände gespielt, und er hat ihn tief in Hacons Rücken gestoßen.«

»Genug davon!« befahl Serilda. »Dich trifft keine Schuld. Harte Worte aus einem Frauenmund reichen nicht aus, um meinen Sohn zu Fall zu bringen, nicht, nachdem er zehn lange Jahre für den Bruce gekämpft hat. Wenn alles, was Frauen sagen, soviel Beachtung fände, gäbe es nur noch wenig freie Männer. Balreaves spielt mit der Furcht und dem

Mißtrauen bei Hofe. Deine Schuldgefühle tun weder dir noch dem Kind gut. Ich will nichts mehr von diesem Unsinn hören.«

»Ihr mögt es für Unsinn halten. Und ich mag mich selbst überzeugen, daß mich keine Schuld trifft. Aber was ist, wenn Hacon darüber nachdenkt, wessen man ihn anklagt. Wird er dann auch so verständnisvoll sein, so verzeihend?«

»Ja«, erwiderte Serilda ohne zu zögern.

»Ich bete, daß Ihr recht behaltet. Falls wir ihn nicht retten können, falls er aufs Schafott kommt, will ich nicht, daß er in dem Glauben stirbt, daß ich geholfen habe, die Schlinge um seinen Hals zu legen.«

»Wir werden ihn retten. Du mußt nur fest daran glauben.«

Jennet gelobte sich schweigend, genau das zu tun.

Ein Teil Hacons ruhte in ihrem Schoß, und sie wollte ihn nicht verlieren. Aber sie gelobte auch, daß sie nicht schweigend und müßig herumsitzen würde. Mit ihren Worten war Hacon geschlagen worden. Nun war es ihre Pflicht, diese Wunden zu heilen.

Nachdem Dugald sich mit einigen Männern auf den Weg gemacht hatte, entschied sie sich zu warten, bis sie neue Kunde über Hacons Verbleib erhielten. Sollte es keine Hoffnung mehr geben, würde sie handeln. Hacon würde nicht in dem Glauben sterben, sie hätte ihn im Stich gelassen.

»Eure Männer folgen uns. Sollten sie Euch befreien wollen, werden sie scheitern.«

Hacon warf Sir John Burnett einen Blick zu und erschauerte. Sein Vater mußte wissen, welche Narrheit ein solcher Befreiungsversuch war. Außerdem hätte er ihn in Dubheilrig unternommen und nicht hier. Solch ein Unternehmen konnte den Zorn des Königs auf alle Bewohner von Dubheilrig herabbeschwören. Welchen Grund auch immer Dugald hatte, ihnen zu folgen, es handelte sich keineswegs um einen Versuch, ihn zu retten – zumindest noch nicht.

»Hätten meine Männer mich befreien wollen, wärt Ihr schon lange tot.«

»Meine Männer werden mit den Söldnern eines Verräters spielend fertig.«

Hacon zuckte die Achseln und machte sich wieder an die schwierige Aufgabe, mit gefesselten Händen Haferkuchen zu essen und aus dem Weinschlauch zu trinken. »Wenn Ihr davon so überzeugt seid.« Da man ihm die Fesseln zum Essen nicht abgenommen hatte, ging Hacon davon aus, daß er gebunden bleiben würde, bis sie den Hof des Königs erreichten.

»Wenn sie Euch nicht befreien wollen, warum folgen sie uns dann?«

»Vielleicht wollen sie sicher gehen, daß ich den Königshof lebend erreiche.« Hacon hatte den starken Verdacht, daß dies tatsächlich Dugalds Anliegen war.

Sir John Burnett erstarrte, sein Gesicht lief vor Zorn rot an. »Selbstverständlich werdet Ihr das. Mein Auftrag lautet, Euch lebend vor den König zu bringen und das *werde* ich auch.«

»Wir werden sehen. Wir sind nicht die einzigen Spieler in diesem tödlichen Spiel. Falls der König mich wirklich lebend haben will, verschwendet Eure Energie nicht auf die Beobachtung meiner Männer. Es könnte andere Verfolger geben.«

»Was soll das heißen?«

»Einige werden nicht wünschen, daß die Wahrheit bekannt wird.«

»Die Wahrheit ist, daß Ihr ein Verräter seid. Außerdem beginne ich zu glauben, daß Ihr wahnsinnig seid.«

Sir Burnett stapfte fluchend zu seinem Feuer zurück. Hacon seufzte und fragte sich, ob der Mann seine Warnung beherzigen würde. Er wußte, daß Dugald nach Balreaves' gedungenen Mördern Ausschau hielt, aber es wäre besser, wenn auch Burnett auf der Hut war. Hacon wußte, daß er dann weniger das Gefühl haben würde, bereits als Verräter verurteilt zu sein und auf das Schafott wandern zu müssen, ohne eine Chance gehabt zu haben, die Wahrheit auszusagen.

Er konnte es noch immer nicht fassen. Dugald hatte ihn immer wieder vor der Gefahr gewarnt, aber sogar sein verdrießlicher Vetter war erschüttert gewesen, als seine Warnungen sich bewahrheitet hatten. Das wenige, was er über die Anschuldigungen erfahren hatte, ließ alles noch weniger glaubhaft erscheinen. In Balreaves' Händen waren Unschuld und Barmherzigkeit zu Verrat verwandelt worden.

Zorn und das Gefühl, betrogen worden zu sein, nagten an ihm. Er hatte dem Bruce mehr als zehn Jahre seines Lebens geopfert. Mancher gute Mann aus Dubheilrig hatte für die Sache des Bruce sein Leben gelassen. Dennoch reichte das Wort eines Mannes, um seinen Ruf zu zerstören, seinen guten Namen mit dem Vorwurf des Verrats zu besudeln. Das ließ alles, was er für die Sache auf sich genommen hatte, wertlos erscheinen. Auch als er sich ins Gedächtnis rief, wie oft der Bruce schon von Männern verraten worden war, denen er vertraute, legte sich Hacons Zorn nicht. Sein Leben stand auf dem Spiel, und er war unschuldig.

Hacon fragte sich, wie er seine Unschuld beweisen sollte, wenn nach allem, was er getan hatte, eine solche Anschuldigung ernsthaft in Betracht gezogen wurde. Seine einzige Waffe war seine Beredsamkeit. Er bezweifelte, daß irgend jemand nach vorn treten und für ihn bürgen würde. Die Angst, ebenfalls als Verräter angeklagt zu werden, saß zu tief. Hacon kämpfte gegen das Gefühl der Niederlage und der Verzweiflung, indem er sich immer wieder sagte, daß sich die langen Jahre der Loyalität am Ende niederschlagen mußten und er rehabilitiert würde.

Seine Gedanken wanderten zu Jennet. Mittlerweile hatte sie vermutlich erkannt, daß ihre Worte zu dieser Situation geführt hatten. Er betete darum, daß sie so vernünftig war zu erkennen, daß trotz dieser ungeheuerlichen Anklage nichts von dem, was sie gesagt hatte, zu seinem Unglück beitrug. Er machte sie nicht verantwortlich und hoffte, daß sie das auch nicht tat. Er schwor sich, einen Weg zu finden, um sie das wissen zu lassen, sollte er es nicht zurück nach Hause schaffen.

Er mußte lächeln, als er an ihren Abschied dachte und die Art, wie sie mit dem finsteren, kampferprobten Burnett umgesprungen war. Burnett hatte nicht gewußt, wie er mit der winzigen und hochschwangeren Jennet umgehen sollte. Obwohl Hacon um ihre Sicherheit fürchtete, bewunderte er sie und war von ihren Bemühungen tief gerührt.

Ihre Abschiedsworte bohrten dennoch in seinem Verstand. Er hatte sie geheißen, nicht überstürzt und unbedacht zu handeln, aber in ihrer Erwiderung hatte sie nicht versprochen, auf sich zu achten und sicher in Dubheilrig zu bleiben. Er hatte keine Ahnung, was sie im Schilde führte und konnte nur beten, daß seine Eltern die Oberhand behielten. Daß sie nicht ebenfalls des Verrats angeklagt waren, war sein einziger Trost. Er hatte große Angst, daß Jennet in ihrem Versuch, ihm zu helfen, einen falschen Schritt machen und ihm am Galgen Gesellschaft leisten könnte.

Kapitel 22

»Man hat ihn nach Dunfermline in Fife gebracht.«

Jennet begegnete Lucais Ankündigung mit Resignation und Enttäuschung. Sie saß gemeinsam mit Hacons übriger Familie einschließlich der mißgelaunten Katherine an der großen Tafel im Herrenhaus. Während der letzten zwei Wochen hatten sie sehnsüchtig auf eine Nachricht von Dugald gewartet, aber nun waren sie alle gleichermaßen verunsichert. Dunfermline war eine der königlichen Burgen, nur vierzig oder fünfzig Meilen von Dubheilrig entfernt. War er dorthin gebracht worden, um vor dem König seine Unschuld beweisen zu können oder um dort exekutiert zu werden? Hatte man ihn dorthin gebracht, damit seine Lieben sich von ihm verabschieden konnten? Damit Freunde das Wort für ihn ergreifen konnten? Oder wollte man ihn dort haben, bevor der König die Burg erreichte und ihn womöglich freisprach? Das einzig Gute an dieser Nachricht war, daß Hacon den königlichen Hof lebend erreicht hatte.

»Was schreibt er sonst noch?« fragte Jennet, die bemerkt hatte, wie Lucais stirnrunzelnd weiterlas.

»Sie haben ihn in ein Verlies geworfen, wo er auf die Anhörung warten soll.«

»Heilige Mutter Gottes«, stöhnte Serilda und Lucais tätschelte ihr in einer hilflosen Geste die Schulter.

»Ist der König bereits in Dunfermline?« fragte Jennet. Sie zwang sich, die Erinnerung an Hacons Beschreibung von einem Verlies zu verdrängen. Ein Ort, um einen Mann hineinzuwerfen und ihn verrotten zu lassen.

»Noch nicht, aber er wird in Kürze erwartet. Man sagt, er sei auf dem Weg dorthin. Dugald ist bemüht, Fürsprecher zu finden, die für Hacon eintreten. Und er hält weiterhin ein Auge auf ihn, da Balreaves mit dem König reitet. Dugald ist sicher, daß einige seiner Männer sich bereits in der Burg befinden.«

»Ihr sagt, Dugald sucht Fürsprecher? Das bedeutet, daß niemand freiwillig für Hacon eintreten will.«

Lucais seufzte und blickte Jennet sanft tadelnd an. »Du bist ärgerlich scharfsinnig. Ja, das bedeutet es.«

»Niemand will für ihn eintreten?« Serilda sah ihren Gemahl verletzt und enttäuscht an. »Nicht einer?«

»Nein, zumindest bis jetzt. Dugald gibt nicht auf. Wir müssen daran glauben, daß er Erfolg haben wird.«

»Ich glaube, uns fehlt die Zeit, um herumzusitzen und uns im Glauben zu üben«, murmelte Jennet. »Hacon ist als Verräter angeklagt. Ich denke nicht, daß der König die Sache lange hinausschieben will. Hacon braucht so rasch wie möglich einen Verteidiger. Da es scheint, als besäße kein einziger Mann außerhalb Dubheilrigs den Mut dazu, muß es eben eine Frau tun – sein Weib.«

»Jennet, dank der Tatsache, daß er dein Gemahl ist, wird deine Versicherung seiner Loyalität wenig Gewicht haben. Genauso wenig wie die unsere oder die unserer Gefolgsleute.«

»Das mag sein, aber auf diese Weise kann ich zumindest den Schaden begrenzen, den meine unbedachten Worte angerichtet haben.«

»Du kannst nicht gehen«, ermahnte Serilda sie. »Heiliger Himmel, Kind, denk an das Baby, das du erwartest.«

»Das tue ich, und jedes Mal denke ich daran, daß es ohne Vater aufwachsen wird, und irgendwann erfahren muß, daß man ihn als Verräter gehenkt hat. Ich denke daran, daß der Name Gillard für alle Ewigkeit besudelt sein wird.«

»Du kannst nicht sicher sein, daß du etwas bewirken kannst, wenn du dich dorthin begibst«, bemerkte Lucais.

»Das nicht, aber ich werde meinem Kind in die Augen sehen und ihm versichern können, daß ich nichts unversucht gelassen habe. Ich kann ihm sagen, daß ich die Verantwortung für meine Reden übernommen habe, auf daß sie nicht gegen seinen Vater ins Feld geführt werden konnten.«

»Aber wenn du dich dazu bekennst, kann es sein, daß du mit ihm gemeinsam am Galgen endest.«

»Das Risiko muß ich eingehen.«

»Ein Risiko, dem du dein Kind ebenfalls aussetzt.«

Das war ihre größte Angst, aber sie weigerte sich, nachzugeben. »Ich werde um Gnade für das Kind bitten. Ich kann mir nicht vorstellen, daß der König ein unschuldiges Kind für die Verbrechen seiner Eltern büßen läßt. Falls der König gewollt hätte, daß alle Verwandten Hacons ebenfalls für dies vermeintliche Verbrechen bezahlen, hätte er nicht nur ihn holen lassen. Die Männer des Bruce haben gegen keinen von uns das Schwert gezogen, sie haben uns nicht einmal angerührt. Nein, mein Kind ist in Sicherheit. Wenn alles andere versagt, kann ich es immer noch der Kirche versprechen.«

»Nichts kann deine Meinung ändern, nicht wahr?«

»Nein, ich muß es tun. Ihr wißt es sehr wohl.«

»Ja, vielleicht, aber es gibt eine Schwierigkeit. Man reitet mindestens drei Tage bis Dunfermline, vielleicht zwei und einen halben, wenn man die Pferde antreibt. Die wenigen Reittiere, die die Königlichen uns gelassen haben, hat Dugald mitgenommen. Wir besitzen nichts, worauf du nach Dunfermline gelangen könntest.«

»Darüber habe ich bereits nachgedacht. Zumindest am Anfang der Reise muß ich laufen.«

»Dieses Vorhaben wird jeden Moment verrückter«, rief Seril-

da. »Du kannst in deinem Zustand unmöglich den ganzen Weg nach Dunfermline gehen.«
»Ich denke eigentlich schon, aber ich werde es nicht tun müssen. Es ist Juni, der Sommer naht. Viele Menschen werden unterwegs sein. Papa und ich waren häufig gezwungen, auf diese Art zu reisen.«
Ranald beendete schließlich jegliche Diskussion. »Falls wir genug Geld auftreiben können, werden wir ein Pony und eventuell einen Karren kaufen, sobald wir Dubheilrig hinter uns gelassen haben. Es muß kein edles Tier sein, schließlich wollen wir damit nicht züchten.«
Lucais nickte, lehnte sich in seinem Stuhl zurück und rieb sich mit einer Hand das Kinn. »Das ist wahr, und ich weiß, wo wir das Geld hernehmen. Die Männer des Bruce haben nicht alles mitgenommen. Sie haben nur geraubt, was offensichtlich war.«
Serilda hieb mit der Faust auf den Tisch. »Lucais, Ihr könnt unmöglich gestatten, daß sie diesen wilden Plan in die Tat umsetzen.«
Er tätschelte ihre Faust. »Ich habe nicht den Eindruck, daß meine Erlaubnis noch von Belang ist. Es liegt längst nicht mehr in meinen Händen.« Er sah Jennet an. »Du wirst auf jeden Fall gehen, gleichgültig, was ich sage, oder?«
»Ja, es tut mir leid, Euch Schmerz zu bereiten, aber ich werde gehen.«
»Hacon wird vor Wut platzen«, murmelte Serilda, aber sie drückte Jennets Hand.
»So, da nichts dich aufhalten kann«, bemerkte Lucais, der Jennets entschlossenen Blick bemerkte, »liegt es in meinen schwachen Händen, dir alles zu besorgen, was du benötigst. Ranald und der Freisasse Robert werden dich begleiten.«
»Nein«, protestierte Katherine und krallte sich an Ranalds

Arm fest. »Mein Sohn wird bei diesem Wahnsinn nicht mitmachen.«

Ranald riß sich los. »Doch, das wird er.«

»Katherine.« Lucais Tonfall war scharf, als er sich an die erneut widersprechende Katherine wandte. »Es ist Ranalds Pflicht. Er ist ein geborener Gillard. Falls Hacon fällt, fällt der Name mit ihm. Er wird auf Jahre besudelt sein. So wahnsinnig dieser Plan auch sein mag, es gibt keine andere Möglichkeit.« Er seufzte und schüttelte den Kopf, als sie weinend aus der Halle stürzte.

Jennet, die sich schuldig an diesem Streit fühlte, ergriff das Wort. »Ranald muß nicht gehen. Ich –«

»Ich werde gehen.« Ranald schlug mit der flachen Hand auf den Tisch. »Bald werde ich achtzehn. Sie muß aufhören, mich wie ein Kind zu behandeln. Es ist beschämend.«

»Ich werde mit ihr sprechen, sobald ihr fort seid«, versprach Lucais. »Ich wünschte, ich könnte mit euch kommen, aber dann müßte Ranald zurückbleiben, und er kann dir von größerem Nutzen sein als ich. Tatsächlich glaube ich, daß ich mit diesem Bein sogar noch langsamer als du wäre, Jennet. Diese Aufgabe ist für die Jungen und Starken. Nun laßt uns alles sorgfältig erwägen.«

Jennet stieß einen erleichterten Seufzer aus. Ihr Plan, so verrückt er auch sein mochte, war angenommen worden. Nun, dachte sie, muß ich Sorge tragen, daß er zum Erfolg führt.

Am folgenden Morgen traten Jennet und Ranald nach einem tränenreichen Abschied von Murdoc in die kühle Dämmerung. Jennets Augen weiteten sich vor Überraschung, als sie neben Robert auch Elizabeth vorfand. Dem Bündel nach zu schließen, das sie bei sich trug, war sie nicht nur dort, um sich von ihrem Mann zu verabschieden.

»Du kommst auch mit?« fragte Jennet schließlich und streifte sich die Kapuze ihres Umhangs über den Kopf.

»Ja. Lady Serilda hat mich darum gebeten, aber nachdem Robert mir berichtet hat, was ihr vorhabt, wäre ich ohnehin mitgekommen.« Elizabeth hakte sich bei Jennet ein. »Robert ist froh darum. Wie er sehr richtig bemerkt hat, haben er und Ranald nicht die leiseste Idee, wie man mit einer Frau in deinem Zustand umgehen muß.«

»Um die Wahrheit zu gestehen«, Jennet grinste Elizabeth flüchtig an, »ist es eine große Erleichterung, eine Frau bei mir zu wissen. Ich glaube nicht, daß es Schwierigkeiten geben wird, da ich guter Gesundheit bin, aber ...« Sie zuckte die Achseln.

»Eben ... *aber*. In der Schwangerschaft und bei der Geburt eines Kindes ist ›aber‹ das Wort, das man im Kopf behalten muß.«

»Glaubst du, ich gefährde das Kind?« fragte Jennet mit tonloser Stimme, ihre Ängste gewannen für einen Moment die Oberhand.

»Hm, nun, vielleicht ein wenig. Was soll´s? Du bist gesund und stark. Ich denke, wenn wir ein ruhiges, gleichmäßiges Tempo beibehalten, kann nichts passieren. Wenn du den Douglas auf einem Feldzug begleiten konntest, als das Baby gerade erst gezeugt war, dann werden dir ein paar Meilen zu Fuß schon nichts schaden. Ähem, wie weit genau ist es eigentlich bis Dunfermline?«

Jennet blickte sie schuldbewußt an. »Etwa vierzig Meilen, vielleicht fünfzig. Falls wir über den Firth of Forth kommen. Falls nicht, müssen wir nach Stirling und dann wieder nach Osten. Das würde die Strecke beträchtlich verlängern.« Sie nahm den ungläubigen Ausdruck auf Elizabeths Gesicht wahr. »Möchtest du umkehren? Ich hätte Verständnis dafür.«

»Was denn? Und Robert in dem Glauben bestärken, ich sei ein schwaches, jammerndes Weib? Niemals.«
»Ich danke dir, Elizabeth.«
»Gern geschehen. Laß uns nur beten, daß wir ein Pferd, ein Pony oder einen freundlichen Kutscher finden, bevor meine Beine unter mir nachgeben.«

Jennet, die ihre Erschöpfung nicht länger verbergen konnte, saß seufzend unter einer riesigen Kiefer. Sie waren schon den zweiten Tag unterwegs und hatten bis jetzt nicht einmal ein verkrüppeltes Pony zum Kauf gefunden. Noch hatten sie Reiter oder Fuhrwerke gesehen. Sie lächelte ein wenig, als Elizabeth sich neben ihr auf den moosigen Untergrund sinken ließ. Robert und Ranald hockten am staubigen Wegrand, teilten sich den Inhalt eines Weinschlauchs und unterhielten sich mit gesenkten Stimmen.
»Ich verstehe das nicht«, murmelte Jennet, »es ist fast Sommer. Man sollte annehmen, irgend jemand wäre auf dem Weg in eine größere Stadt, Stirling zum Beispiel.«
»Nun, abgesehen von einer Massenflucht natürlich, gibt es sicherlich Zeiten, zu denen einfach keine Menschen unterwegs sind«, erwiderte Elizabeth ohne die Augen zu öffnen. »Wir haben einfach das Pech, genau in dieser Zeit unterwegs zu sein.«
»Das Pech verfolgt mich in letzter Zeit ein kleines bißchen zu hartnäckig.«
Elizabeth griff nach Jennets Hand. »Laß den Mut nicht sinken. Du mußt daran glauben, daß alles gut werden wird.«
»Oh, ich verliere nicht den Mut. Und auch wenn ich es tue, werde ich weitermachen. Ich gebe nicht auf, kehre um oder versinke in Wehklagen.«
»Nein.« Elizabeth lachte leise. »Das würdest du niemals fertigbringen.«

»Die Angst um Hacon überwältigt mich von Zeit zu Zeit. Das Verbrechen, dessen er angeklagt ist, hat gewöhnlich eine rasche und grausame Bestrafung zur Folge. Er steht dem König höchstpersönlich gegenüber. Es ist ebendieser König, dem ich mich stellen muß. Ich bin nur ein kleines Mädchen ohne Macht und Einfluß. Wie kann ich etwas bewirken? Dennoch muß ich es versuchen. Am meisten Angst habe ich davor, zu versagen und daß Hacon deswegen sterben muß.
Obwohl ich allmählich zu dem Schluß komme«, fuhr sie fort, »daß Dugald und seine Männer nicht nur in Dunfermline sind, um Hacon vor Balreaves zu schützen. Ich habe entdeckt, daß Dugald Hacons Waffen mitgenommen hat. Ich glaube, Lucais und Dugald werden Hacon nicht so ohne weiteres dem Tod überlassen.«
»Aber Sir Lucais hat nichts dergleichen erwähnt.«
»Das wäre Verrat. Es ist besser, wenn er ihr Vorhaben für sich behält. Auch wenn sie ihn befreien, wird Hacon immer als Verräter gelten und als Gesetzloser gejagt werden. Das wird ihn langsam, aber um so sicherer umbringen. Ich bete, daß ich es verhindern kann.«
»Letztendlich hast du deine Liebe zu diesem Mann angenommen«, bemerkte Elizabeth, drehte sich um und betrachtete ihre Freundin neugierig.
»Ich dachte, daß du das bereits wußtest.«
»Sicherlich – aber du hast es jetzt akzeptiert. Du liebst den Mann, der dich nachts in seinen Armen hält, der dich zum Lächeln bringt, der der Vater des Kindes ist, daß du erwartest *und* den Mann, der folgt, wenn er vom König zu den Waffen gerufen wird.«
»Oh ja. Mir mißfällt, was er tut, und das wird sich nie ändern, aber ich verurteile ihn nicht mehr. Meine Tante Sorcha hat mir klargemacht, daß er keine große Wahl hat. Sie hat außerdem gesagt ›Glaubst du, daß diejenigen, gegen die er kämpft,

nicht am Leben bleiben und aus seinem Tod Gewinn schlagen wollen? Sie sind alle gleich. Sie sind aus dem gleichen Grund dort wie er.‹ Und sie erinnerte mich daran, daß viele Männer aus weit weniger edlen Motiven kämpfen als Hacon.«

»Sie ist eine weise Frau.«

»Das ist sie. Ihre Worte kreisten in meinem Verstand, bis ich die Wahrheit nicht länger verleugnen konnte. Oh, ich will nach wie vor nicht, daß er in den Krieg zieht, aber jetzt verurteile ich nicht mehr ihn, sondern die Anführer, die ihre Ansprüche mit dem Blut anderer erkaufen.« Sie seufzte. »Ich wünschte, ich hätte noch einmal die Möglichkeit, mich zu beklagen.«

»Das wirst du. Dein Gemahl ist unschuldig. Der König ist sich seiner Loyalität sicherlich bewußt.«

»Ich fürchte, der König weiß nur, daß der Verrat ihm überallhin folgt. Am meisten Sorge bereitet mir die Anschuldigung, daß Hacon ihn in Irland verraten haben soll. Der Bruce hat Edward, den letzten seiner Brüder, dort verloren. Die anderen wurden von sogenannten schottischen Verrätern an die Engländer ausgeliefert. Nigel wurde von den Engländern 1306 gehängt, gestreckt und gevierteilt. Thomas starb im gleichen Jahr. Er wurde von einem Pferdegespann durch die Straßen von Carlisle geschleift, bevor man ihn hängte. Alexander wurde bei den MacDowells in eine Falle gelockt und den Engländern übergeben, die ihn ebenfalls in Carlisle hängten. Die leiseste Andeutung, daß Edward durch Hacons Verrat zu Tode kam, mag hinreichen, um ihm zum Tod am Galgen zu verhelfen – wenn nicht sogar schlimmer.«

»Heilige Mutter Gottes.« Elizabeth schüttelte sich. »Du machst mir angst.«

»Ich ängstige mich selbst. Ich wünschte, mein Vater hätte mich begleiten können. Er weiß immer, was zu tun ist. Aber ich hatte nicht einmal genug Zeit, ihm die Botschaft zu übermitteln.«

»Dort kommt jemand«, rief Ranald und sprang auf die Füße.

»Ein Fuhrwerk«, flüsterte Elizabeth aufgeregt. Sie stand auf und half Jennet hoch.

Robert und Ranald hielten das Fuhrwerk an, und Jennet hoffte, daß sie endlich gefunden hatten, was sie suchten. Der alte Mann, der es lenkte, war argwöhnisch, er fürchtete einen Überfall, und es dauerte eine ganze Weile, bevor Ranald ihnen lächelnd bedeutete, näher zu kommen. Elizabeth nahm ihre beiden Bündel auf, und sie liefen hinüber.

»Wird er uns helfen?« fragte Jennet und lächelte dem alten Mann zu.

»Ja, Angus hier will genauso wie wir zum Hof nach Dunfermline. Er will dort Vögel für die Hahnenkämpfe verkaufen.«

Jennet warf einen kurzen Blick auf die Holzkäfige und stellte erleichtert fest, daß die messerscharfen Schnäbel und Krallen der Kampfhähne sorgfältig gepolstert waren. Der alte Mann beeilte sich ihr zu versichern, daß die Hähne sie nicht verletzen konnten. Ranald und Robert breiteten Decken über den harten Boden des offenen Fuhrwerks und halfen ihr und Elizabeth hinein. Sie machten keine Anstalten, sich zu ihnen zu setzen.

»Fahrt Ihr nicht mit?« fragte sie, als der Karren anfuhr.

»Nein«, antwortete Ranald. »Das Pferd scheint genauso alt wie sein Besitzer.«

»Und genauso munter«, klang es von vorn und alle lachten.

»Angus sagt, im Dorf vor uns wohnt ein Bauer, der uns zwei oder drei Pferde verkaufen kann.«

»Dann müssen wir seine Güte nicht lange in Anspruch nehmen«, erwiderte Jennet, obwohl sie sich auf den langen Ritt nicht gerade freute.

»Nun, wir werden ihn trotzdem brauchen. Ihr könnt nicht so lange im Sattel sitzen«, erwiderte Robert.

Ranald nickte zustimmend. »Robert und ich werden uns Reittiere besorgen, aber Ihr und Elizabeth werdet weiterhin im Fuhrwerk fahren. Für Euch und das Kind ist es besser so.«

»Nun, vermutlich, aber ich möchte Angus nicht zur Last fallen.«

»Ihr seid keine Last, Kleine«, erwiderte Angus. »Ich schätze Eure Begleitung. Außerdem beschützen mich auf diese Weise zwei ausgezeichnete Schwertfechter auf meinem Weg nach Dunfermline. So wie ich es sehe, liegen sämtliche Vorteile auf meiner Seite. Ich werde Euch direkt in den inneren Befestigungsring der Burg bringen.«

»Ähem, Angus.« Sie räusperte sich. »Das ist sehr freundlich, aber es wäre nicht sehr klug. Hat Ranald Euch nicht gesagt, warum wir nach Dunfermline reisen?« Sie fand es nur gerecht, den alten Mann vor den eventuellen Gefahren zu warnen, die ihre Gesellschaft mit sich bringen mochte.

»Gewiß, und ich kann es kaum glauben. Ich beliefere den Hof schon seit vielen Jahren mit Kampfhähnen. Ich kenne Sir Gillard, und ich kenne diesen Schurken Balreaves. Der verruchte Balreaves ist ein Verräter und kein anderer. Ich bete für Euren Erfolg, Kleines, Schottland braucht Männer wie Euren Gemahl. Ein trauriger Tag, an dem eine Natter wie Balreaves über jemanden wie Sir Gillard triumphiert.«

»Ich danke Euch, Angus. Eure Worte machen mir Mut.«

»Nun, wie wär´s mit einem Rat von einem alten Mann?«

»Ich wäre eine Närrin, wenn ich Euch nicht anhören wollte.«

»Der Bruce kann gnadenlos sein, aber ebensooft ist er gütig. Er fürchtet Verrat aus gutem Grund, aber er kennt eine Lüge, wenn sie ihm begegnet. Nun, eine kleine Frau mit einem Kind unter dem Herzen könnte ihn geneigt stimmen.«

»Angus«, fuhr sie in gespieltem Zorn auf, »schlagt Ihr allen

Ernstes vor, meinen Zustand als Waffe zu benutzen, um das Herz des Königs zu erweichen?«

Angus blickte über seine knochige Schulter und schenkte ihr ein zahnloses Grinsen, als er den Übermut in ihren Augen erkannte. »Och, Ihr braucht keine Ratschläge. Ihr habt bereits daran gedacht. Gut, gut. Ihr besitzt eine starke Waffe und Ihr solltet sie einsetzen.«

»Ich hoffe nur, ich komme rechtzeitig.«

Ein paar Meter vor den schweren Toren der Burg von Dunfermline half Ranald Jennet vom Fuhrwerk hinunter. »Der König befindet sich bereits hier«, sagte er. »Sein Banner weht über der Burg.«

»Dann sollten wir uns sputen.«

»Ich kann Euch mit durch die Tore schleusen«, bot Angus an.

»Nein.« Jennet lächelte den alten Mann an. »Es ist besser, wenn wir uns hier trennen. Geht nur voraus. Ich danke Euch von ganzem Herzen für Eure Hilfe.«

Angus errötete. »Keine Ursache, Mädel. Paßt auf Euch auf.«

Jennet wartete mit den anderen, bis Angus beim Tor angekommen war. Die Wachen hielten ihn an, musterten ihn und seine Ladung sorgfältig und winkten ihn dann hindurch. Es war offensichtlich, daß jeder Ankommende genauestens überprüft wurde. Jennet begann zu fürchten, daß sie nicht hineingelangen würden.

Sie musterte die Burg, die auf einem Hügel in einer Biegung des reißenden Stroms stand. Der Bruce war immer noch mit dem Wiederaufbau beschäftigt, nachdem die Engländer sie 1303 zerstört hatten. Ranald ergriff Jennets Hand und lächelte sie an.

»Mut, Jennet«, murmelte er, während er sie zu den Wachen am Tor geleitete.

»Halt«, rief der Kleinere der beiden und stellte sich ihnen

in den Weg. »Ihr dürft die Burg nur unbewaffnet betreten. Nimm ihnen die Schwerter ab, Gilbert«, befahl er seinem Gefährten. »Und durchsuche sie nach verborgenen Dolchen«, fügte er hinzu, als der junge pickelgesichtige Gilbert Ranald und Robert die Schwerter abnahm.

»Die Frauen auch, Will?« erkundigte sich Gilbert, nachdem er die Waffen auf einen Stapel an der Seite geworfen hatte.

»Ihr werdet die Frauen nicht anrühren«, knurrte Ranald mit geballten Fäusten und einem zornigen Blick zu Will.

Will trat einen Schritt zurück und versetzte Gilbert eine Kopfnuß. »Laß deine Finger von den Frauen, Idiot.« Dann faßte er Jennet und ihre kleine Gruppe ins Auge. »Warum begehrt Ihr Einlaß?«

»Wir sind gekommen, um für Sir Hacon Gillard zu sprechen«, erwiderte Jennet.

»Für den Verräter?«

»Er ist *kein* Verräter!« knurrte sie.

Will zuckte mit den bulligen Schultern. »Mir kann es gleichgültig sein. Aber Ihr solltet Euch lieber sputen. Er wird gerade eben vor den König gebracht.«

Ranalds plötzlicher Griff nach ihrem Arm war überflüssig. Jennet war schon an seiner Seite und gemeinsam eilten sie in den inneren Befestigungsring, Elizabeth und Robert dicht auf den Fersen. Jennet achtete kaum auf die Soldaten und Höflinge oder auf die Händler, die hier ihre Waren anpriesen und verkauften. An den schweren, eisenbeschlagenen Pforten, die ins Innere der Burg führten, stellten sich ihnen zwei weitere Wachen in den Weg.

»Halt«, befahl die Wache zur rechten Seite der Pforte. »Warum begehrt Ihr Einlaß?«

»Ich bin gekommen, um für Sir Hacon Gillard auszusagen«, erwiderte Jennet. »Ihr müßt uns durchlassen.«

»Kommt Ihr von seinen Ländereien?«

»Ja – aus Dubheilrig.«
»Kein Mann aus Dubheilrig darf die Burg betreten.«
Jennet erstickte die Proteste ihrer Begleiter mit einer brüsken Handbewegung. »Dieser Befehl gilt nicht für Frauen, nicht wahr?«
Der Mann schaute ratlos. »Nein, ich glaube nicht.«
»Schön. Dann laßt mich und meine Zofe vorbei.« Sie musterte den Mann mit festem Blick, bis er nachgab und zur Seite trat. »Ranald, treibt Dugald auf. Sagt ihm, daß ich hier bin und was ich vorhabe.« Sie griff nach Elizabeths Hand und betrat die Burg.
»Das gefällt mir nicht«, murmelte Elizabeth.
»Wir haben keine Wahl.« Jennet drückte ihre Hand, aber Elizabeth zitterte. »Wir müssen herausfinden, wo Hacons Verhandlung stattfindet. Vermutlich im großen Saal vor uns.« Jennet erblickte die Wachen vor der schweren Tür und stellte sich auf eine weitere Konfrontation und Verzögerung ein.

Jennet funkelte den Soldaten vor ihr an und kämpfte um Selbstbeherrschung. Ihr Zustand schien in dem Mann wenig Mitgefühl zu wecken. Er verweigerte ihr streitlustig den Eintritt und nichts, was sie vorbrachte, konnte ihn umstimmen. Bereits zum hundertsten Mal, so schien es ihm, sagte sie: »Ich bin hier, um für Sir Hacon zu bürgen.«
»Ach, und was habt Ihr vorzubringen? Daß sein Schwanz funktioniert?« Sein schmieriger Blick wanderte über ihren Körper.
»Sir Gillard ist kein Verräter«, wiederholte sie. »Und das werde ich dem König, seinen Richtern, Earls und Lords und jedem anderen, der dort drin über ihn zu Gericht sitzt, auch sagen.«
»Und wer soll einem erbärmlichen Weib wie Euch schon zuhören?«

Sie verzog das Gesicht, als er ihre schmutzige Erscheinung voller Verachtung musterte. Ihr bestes Kleid ruhte im Gepäck. Das Kleid, das sie jetzt trug, war aus grobem Leinen und rauher Wolle, ein einfacher Überwurf und altmodisch. Außerdem war es voller Schlammflecken, staubig und zerknittert. Sie bezweifelte, daß ihre Erscheinung ihre nächste Behauptung glaubhafter machen würde.

»Sie werden zumindest die Höflichkeit besitzen, Lady Jennet Gillard anzuhören.«

»Lady?« Die Wache lachte spöttisch. »Ihr glaubt scheinbar, daß ich nicht bei Verstand bin.«

»Allmählich scheint es so.« Sie bedauerte ihre scharfen Worte augenblicklich. Seine Verachtung verwandelte sich in Zorn. »Ich *bin* Lady Gillard, Sir Gillards Gemahlin.«

»Gütiger Himmel, Frauenzimmer, was hat Euch hierher verschlagen?«

Auch wenn sie die Stimme nicht erkannt hätte, sie hätte beim Wort ›Frauenzimmer‹ sofort gewußt, wer zu ihr sprach. Sie fuhr herum und funkelte Sir Niall und seinen Begleiter an. Nach einem Moment erkannte sie Sir Berneard, der damals die verfrühte Nachricht von Hacons Tod überbracht hatte. Als sie erkannte, welche Möglichkeit ihr Sir Niall bot, zügelte sie ihr Temperament. Mit einem klagenden Schrei eilte sie zu ihm und klammerte sich an seinen Arm.

»Oh, mein lieber Sir Niall, wie erleichtert ich bin, Euch zu sehen.« Es fiel ihr nicht schwer, ein wenig zu schluchzen. Seit Hacon fort war, war der Drang zu weinen ohnehin übermächtig. »Ich bin gekommen, um meinem Gemahl in seiner schwärzesten Stunde beizustehen, um für ihn auszusagen, und dieser Kerl will nicht einmal glauben, daß ich Sir Hacons Gemahlin bin.« Sie runzelte die Stirn, als sein Gesicht einen amüsierten Ausdruck annahm.

»Ihr beherrscht Eure Rolle sehr gut«, spottete er.

»Welche Rolle?« Sie richtete sich auf. Sie wußte sehr genau, was er meinte, aber sie war entschlossen, keinen Zoll nachzugeben.

»Die Rolle eines armen, verweinten Weibchens, das sich ohne männliche Unterstützung nicht zu helfen weiß.«

»Sir Niall«, rief sie aufgebracht. »Das würde ich niemals tun.«

»Nun, das war aber ein sehr guter Anfang. Was ist hier los?« wandte er sich an die Wache.

»Dies Frauenzimmer verlangt, zum König vorgelassen zu werden.«

»Dies ›Frauenzimmer‹ ist für Euch immer noch Lady Gillard«, bemerkte Sir Niall mit eiskalter Stimme, dann drehte er sich von der rot anlaufenden Wache zu Jennet und musterte sie. »Selbst wenn sie wie ein ziemlich schmutziges Frauenzimmer aus irgendeinem Stall aussieht.«

»Ich danke Euch«, sagte sie schnippisch. »Ihr seid so galant wie immer.« Sie funkelte den Wachposten an. »Nun laßt mich eintreten.«

»Nein, das wird er nicht tun«, sagte Sir Niall, bevor der Soldat reagieren konnte. »Das ist kein Ort für eine Frau.«

»Ich bin Hacons Gemahlin, verdammt noch mal. Ich muß zu seiner Verteidigung aussagen.«

»Euer Gemahl ist ein Verräter.« Sir Niall kreuzte die Arme vor der Brust und lehnte sich an die graue Steinmauer.

»Das ist er nicht, wie Ihr sehr wohl wißt.« Sie bemerkte, daß sowohl Niall als auch Berneard ihrem Blick auswichen.

»Was könnt Ihr schon tun, außer ihm beim Sterben zuzuschauen. Oder seid Ihr deshalb gekommen?« fragte Sir Niall schließlich.

Jennet spürte, wie das Blut aus ihrem Gesicht wich. Sie nahm an, daß sie furchtbar aussah, denn Elizabeth nahm sie beim Arm, und Sir Berneard trat zögernd einen Schritt auf sie zu. Sir Niall fluchte und schaute kurzzeitig beschämt zu Boden.

»Ich komme, um ihn vor dem Galgen zu bewahren«, bekräftigte Jennet. »Da ganz offensichtlich kein *Mann* für ihn sprechen will.« Sowohl Sir Niall als auch Sir Berneard wirkten beschämt. »Einer der Vorwürfe gegen ihn sind Worte, die *ich* geäußert habe. Wenn ich dieser Anklage den Stachel nehmen kann, werden die anderen möglicherweise als Lügen erkannt.«

»Und vielleicht findet Ihr Euch dann neben Eurem Gemahl auf der Anklagebank«, bemerkte Sir Berneard mit ruhiger Stimme.

»Damit muß ich rechnen. Hacon ist unschuldig. Ihr wißt das.« Sie beobachtete Sir Niall. »Wenn meine Aussage Hacon retten kann, dann hat derjenige, der mich zum König gebracht hat, sein Leben gerettet. Das würde jegliche Schuld begleichen – sei sie nun finanzieller oder anderer Natur.«

Sir Niall straffte sich, fluchte und blickte sie ärgerlich an. »Ich habe mich schon gefragt, wann Ihr darauf zu sprechen kommen würdet.«

Sie zuckte die Achseln. »Ich nahm an, Ihr hättet es vielleicht vergessen.«

»Wie es mich danach verlangt. Also gut, ich gehe und erbitte Euch eine Audienz beim König. Ich werde mich dafür verwenden, daß er Euch zur Verteidigung Eures Gemahls sprechen läßt.«

»Ich danke Euch«, erwiderte sie, aber er war bereits in der Halle verschwunden.

»Lady Gillard?« Sir Berneard schaute sie schuldbewußt und voller Mitgefühl an, als sie sich zu ihm umwandte. »Ich fürchte, daß die meisten Männer nur an ihre eigene Sicherheit denken, sobald die Anklage auf Verrat lautet.«

»Entgegen all meiner bösen Bemerkungen, Sir Berneard, verstehe ich Euch. Ich habe aber keine Wahl. Ich danke Euch für Euren Glauben an meinen Gemahl. Ich bete, daß ich auch die anderen von seiner Unschuld überzeugen kann.«

Es schienen Stunden vergangen zu sein, bis Sir Niall endlich zurückkehrte. Sie schaute ihm gespannt entgegen. Obwohl sie sich um Gelassenheit bemühte, wußte sie, daß man ihr ihre Unruhe vom Gesicht ablesen konnte.

»Habt Ihr meine Sache vertreten?« fragte sie.

»Ich wünschte, ich könnte ja sagen, dann wäre meine Schuld beglichen. Aber der König fragte gerade, als ich die Halle betrat, ob jemand für Sir Hacon sprechen wolle. Ich habe gesagt, daß ich jemanden kenne, der draußen wartet, und er hieß mich, Euch zu holen.« Er nahm sie beim Arm. »Werdet Ihr ohnmächtig werden?« fragte er schneidend, als sie schwankte.

Sie vertrieb kopfschüttelnd das Schwindelgefühl, das ihrer Erleichterung entsprang. »Nein, so schwach bin ich nicht.«

»Gut.« Er führte sie zum Eingang der großen Halle.

»Es sei denn, es dient einem guten Zweck«, fügte sie hinzu und hielt seinem zunächst verblüfften, dann ärgerlichen Blick gelassen stand. Er fluchte und zog sie weiter zum Gericht des Königs.

Kapitel 23

Hacon war nach Sir Nialls Abgang verwundert zurückgeblieben. Er konnte sich nicht vorstellen, wer sein Fürsprecher sein mochte. Keinem der Männer von Dubheilrig war es gestattet zu sprechen, und soweit er von Dugald wußte, hatte auch kein anderer Mann den Mut aufgebracht, für ihn einzutreten. Hacon spähte zu Balreaves, der mit Robert dem Bruce an der mit weißem Leinen bedeckten Tafel saß und stellte fest, daß dieser ebenso überrascht war wie er. Hacon bemerkte außerdem, daß Balreaves am Ende der Tafel, in der Nähe der Türen, Platz genommen hatte. Falls es geraten schien, konnte er sich mit großer Geschwindigkeit zurückziehen.

Balreaves hatte sich in feinste grüne Wolle gekleidet. Sein Umhang war ebenso wie sein Gewand reich bestickt. Es war offensichtlich, daß er sich für einen Mann von großer Bedeutung hielt und davon ausging, daß die Verurteilung des Verräters sein Prestige noch steigern würde. Bei Hacons Verurteilung würde Dubheilrig an die Krone zurückfallen, und er war sicher, daß Balreaves im Sinn hatte, es als Belohnung für seine Dienste zu beanspruchen. Hacon sehnte sich danach, den Mann zu erwürgen, aber die Ketten, mit denen er an die Wand gefesselt war, machten diesen Wunsch unerfüllbar.

Hacon traute seinen Augen nicht, als die Türen sich öffneten und sein Verteidiger in Begleitung Sir Nialls die Halle betrat. Fassungslos trat er nach vorn und wurde von seinen stiernackigen Wächtern zurückgerissen, bevor er auch nur das Ende seiner kurzen Ketten erreicht hatte. Erst als Jennet ihn

direkt ansah, konnte er glauben, daß sie es tatsächlich war. Seine Gefühle schwankten zwischen Bestürzung, Furcht und Zorn. Sie war sich der Gefahr, in die sie sich gebracht hatte, offensichtlich nicht bewußt. Er haßte den Gedanken, daß sie ihn so sah, in Ketten und verdreckt, wie er war.
Jennet wollte zu Hacon laufen. Nur Sir Nialls fester Griff hinderte sie daran. Sein Anblick, in Ketten, hinter sich zwei riesige Wächter, jagte ihr Angst ein. Durch seinen langen Aufenthalt in den Verliesen von Dunfermline war er in einem erbärmlichen Zustand, sein helles Haar und sein Bart waren verfilzt, seine Kleidung schmutzig und abgerissen.
Sie suchte Balreaves und blickte ihn voller Abscheu und Wut an. Er riß die Augen auf und wurde kreidebleich. In diesem Augenblick wußte Jennet, daß er sie wiedererkannt hatte. Zum ersten Mal flößte ihr dieser Gedanke keinerlei Furcht ein. Sie wollte, daß er ganz genau wußte, wer ihn zerstören würde. Das damalige Verbrechen konnte ihm nicht mehr zur Last gelegt werden, aber die letzte Untat mochte zum Verlust all seines Reichtums und Einflusses führen, vielleicht kostete sie ihn sogar das Leben.
Sir Niall, der vor dem König stehen geblieben war und sich verbeugte, holte sie in die Wirklichkeit zurück. Sie stand vor Robert dem Bruce. Sein fransig geschnittenes rötliches Haar reichte ihm bis auf die Schultern. Sein blendendweißer Umhang war mit den königlichen Löwen und den heraldischen Waffen der Bruce verschwenderisch bestickt. Ein Goldreif schmückte sein Haupt. Er war nicht so groß und kräftig, wie sie angenommen hatte. Er hat einmal sehr gut ausgesehen, dachte sie, aber nun wirkte er müde und älter als seine beinah fünfzig Jahre. Schmerz und immerwährender Krieg hatten einen hohen Preis gefordert.
Neben dem Bruce und Balreaves saß der Douglas. Sein stetiger, kalter Blick brachte sie aus der Fassung, und sie versuch-

te, nicht in seine Richtung zu schauen. Der Lord Oberrichter und der Abt von Dunfermline hatten zur Linken des Königs Platz genommen. Außer diesen kannte sie keinen der zwölf Männer, die dort zu Gericht saßen. Sie mußte ihre plötzliche Unsicherheit mühsam niederzwingen.

Langsam ließ sie sich auf die Knie sinken und zwang so Sir Niall, seinen Griff zu lösen. Sie bemerkte die Überraschung und Neugierde des Bruce. Ein guter Anfang, entschied sie. Sie faltete die Hände wie im Gebet.

»Werdet Ihr Euch wohl erheben?« zischte Sir Niall. »Was für eine Scharade ist das?«

»Mein Fürst.« Sie begann mit sorgenerfüllter Stimme. »Ich bin Lady Gillard, und ich bin gekommen, um für meinen Gemahl um Gnade zu bitten.«

»Es ist nicht nötig, daß Ihr kniet«, erwiderte der Bruce. »Erhebt Euch. Dieser feuchte kalte Boden tut Euch nicht gut.«

»Steht auf«, knurrte Sir Niall, aber leise, so daß ihn außer ihr keiner der Männer hören konnte.

Jennet spürte seine Hand auf ihrem Arm und erlaubte ihm, sie hochzuziehen. Sie achtete sorgsam darauf, nicht das Gleichgewicht zu verlieren, als sie sich so schwerfällig wie möglich erhob, um die Tatsache, daß sie ein Kind erwartete, zu betonen.

»Seid Ihr Euch der Schwere der Anklage, die gegen Euren Gemahl erhoben wird, bewußt?« erkundigte sich der König.

Eine scharfe Erwiderung schoß ihr durch den Kopf, aber sie schluckte sie hinunter. Sie beschloß, daß es am besten war, sich liebreizend und ein wenig dümmlich zu geben. Sie mußte an den Instinkt jedes anständigen Mannes, eine schwangere Frau zu beschützen, appellieren. Sie verzog das Gesicht, streckte ihren riesigen Bauch vor und rieb sich das Kreuz.

»Fehlt Euch etwas?«

»Nein, mein Fürst«, erwiderte sie. »Ich bin nur erschöpft. Wie

Ihr sehen könnt« – sie wies auf ihre Röcke – »bin ich soeben erst aus Dubheilrig angekommen. Da alle unsere Pferde zusammen mit meinem Gemahl fortgeführt wurden, mußte ich zwei Tage lang laufen, bevor mich ein guter Mann auf seinem armseligen Fuhrwerk mitfahren ließ.«

»Sir Niall, besorgt der Dame einen Schemel, damit sie sich setzen kann«, befahl der König.

»Ich danke Euch, mein Fürst«, murmelte sie, als Sir Niall den geforderten Schemel hinter ihr abstellte.

»Ich bedauere, daß man Euch nichts gelassen hat«, sagte der König. »Aber Ihr müßt begreifen, daß Hab und Gut eines Verräters der Krone anheimfallen.«

Jennet ließ sich fallen und preßte eine Hand aufs Herz. »Dann wurde mein Gemahl bereits für schuldig befunden? Komme ich zu spät? Ich habe geglaubt, er stünde nur unter Anklage und daß diese erst bewiesen werden müßte. Darf ich dennoch sprechen?« Ein kurzer Blick auf die Männer verriet ihr, daß sie ihre Aufmerksamkeit besaß.

»Nun, er wurde noch nicht schuldig gesprochen und verurteilt.«

»Dann laßt mich damit beginnen, daß eine der Anklagen gegen meinen Gemahl mir hätte gelten müssen. Es ging um ...«

»Nein, Jennet«, gellte Hacon, aber als er sich auf sie zu bewegte, wurde er roh zurückgerissen und seine Wachen zogen ihre Schwerter.

Dieses Mal unternahm Jennet keinen Versuch, ihre Angst zu verbergen. Sie fürchtete, Hacon tot zu ihren Füßen zu sehen. Die Wachen benutzten ihre Schwerter indes nicht, aber sie schlugen mit ihren gepanzerten Fäusten gnadenlos zu. Sie schrie auf.

»Halt«, gellte der König und ließ seine Faust krachend auf den Tisch sausen. Die Wachen hielten abrupt inne. »Wollt Ihr den Mann vor den Augen seines Weibs töten?«

»Nein, aber ...«, stammelte einer der Soldaten.
»Steckt Eure Schwerter in die Scheide und beendet diese Brutalität. Geht es Euch gut, Lady Jennet?«
»Ja«, flüsterte sie. »Ausgezeichnet.«
Sie unterdrückte den Drang, zu Hacon zu eilen. Die Anzeichen für ihren Erfolg waren ihr eine große Hilfe. Der König und die meisten seiner Gefährten am Tisch begegneten ihr mit Mitgefühl und Besorgnis. Diese Reaktion bestätigte sie in ihrem Glauben, daß der König von Hacons Schuld nicht völlig überzeugt war.
»Sie weiß nicht, was sie redet«, keuchte Hacon.
Der König sah sie an. »Ihr seid Euch bewußt, daß die Reden, zu denen Ihr Euch bekennen wollt, als Verrat betrachtet werden?«
»Verrat? Nein, aus Ihnen spricht der Zorn. Es waren die barschen Worte einer Frau, die um das Wohlergehen ihres Gemahls fürchtet und versucht, ihn zum Daheimbleiben zu bewegen. So wie viele andere Frauen spreche auch ich, ohne die Folgen zu bedenken.« Das zu sagen, war ihr zutiefst zuwider, aber die Reaktion der Männer zeigte ihr, daß sie sich auf dem richtigen Weg befand. Einige nickten zustimmend.
»Einige der Dinge wurden gesagt, bevor Ihr Sir Gillards Gemahlin wurdet.« Der König wandte sich an Balreaves. »Das stimmt doch, nicht wahr, Balreaves?«
»Jawohl, mein Fürst. Sie war nichts als ein schottisches Mädchen in Berwick, als die Stadt eingenommen wurde.«
Der Bruce sah sie an, und Jennet beeilte sich, die Bedeutung von Balreaves' Aussage abzuschwächen. »Mein Herz gehörte meinem Gemahl schon lange, bevor er mich durch Heirat ehrte.« Sie ignorierte Sir Nialls Stöhnen, der ihren Trick durchschaute, sie aber, wie sie wußte, nicht bloßstellen würde. »Mein Fürst, ich kann nicht begreifen, wieso den zornigen Worten einer Frau solches Gewicht beigemessen wird. In

meiner Angst um Sir Hacon und in meinem Ärger über seine ständige Abwesenheit nutzte ich die einzige Waffe, die mir zur Verfügung steht – Worte. Ja, ich habe Euch und Schottland geschmäht, ebenso wie ich England und Edward verwünschte. Und, mein Fürst, so wie ich meinen Gemahl verfluchte. Ich habe den Regen, die Ponys, den Matsch und sogar die armen Schotten, deren Wunden ich versorgt habe, verflucht. Ich besitze eine flinke, scharfe Zunge. Ich könnte den Saal mit Menschen füllen, die dies bezeugen würden. Dennoch sind es nur Worte, geboren aus Furcht und Zorn. Vielleicht sollte mein Gemahl mich häufiger zum Schweigen bringen, als er es tut. Aber muß er wegen dieses Versäumnisses sterben? Soll sein Name besudelt werden, weil sein Weib ihre Zunge nicht im Zaum halten kann? Wenn das ein Verbrechen ist, das mit dem Tod bestraft wird, werden bald nur noch wenig Männer übrig sein.«

Das Grinsen der Männer ärgerte sie ein wenig. Aber wenn sie sich ihren Vorstellungen über Frauen unterwerfen mußte, um Hacons Leben zu retten, dann würde sie es tun. Sie machte weiterhin ein ängstliches, erschrockenes Gesicht.

»Ihr wurdet in dem von den Engländern gehaltenen Berwick gefangengenommen«, klagte Balreaves sie an. »Und als Ihr annehmen mußtet, daß Euer Gemahl nicht mehr lebt, seid Ihr wiederum nach England gegangen.«

»Das verleiht Euren Worten allerdings eine andere Bedeutung«, bemerkte der König.

»Mein Vater hat mich dorthin gebracht. Es schmerzt mich, es zugeben zu müssen, mein Fürst, aber mein Vater ist kein standhafter Mann. Er ist ein Dieb und sehr gewandt darin, einen unachtsamen Mann und sein Geld zu trennen. Seit vielen Jahren ist England das von ihm bevorzugte Gebiet. Sogar in den heimgesuchten nördlichen Landstrichen ist mehr Geld im Umlauf als in unserem armen Land.«

»Euer Vater ist demnach Engländer?«
»Nein, Schotte, mein Fürst. Ein Graeme.«
»Er hat eine Armstrong aus Liddlesdale zum Weib genommen«, erläuterte Balreaves und schaute den Douglas an. »Ihr kennt diese Familie von Spitzbuben, nicht wahr, Sir Douglas?«
Douglas nickte, aber dann machte er eine wegwerfende Geste. »Das ist jetzt nicht von Bedeutung.«
»Ja, Balreaves.« Der König behielt Jennet im Auge. »Fahrt fort.«
Sie holte tief Luft und tat, wie ihr geheißen. »Mein Vater gibt vor, ein Franzose aus den englisch besetzten Gebieten zu sein, sobald er das Land betritt, mein Fürst. Mein Gemahl hat meinen Vater nur ein einziges Mal bei unserer Hochzeit gesehen. Ist er denn von Bedeutung?« Sie nahm einen Ausdruck nervöser Verwirrung an. »Papa hat keinen Lehnseid geschworen.«
»Euer Vater bewegt sich unbehelligt zwischen England und Schottland hin und her?« hakte der König nach.
Jennet bemerkte, daß sich das Interesse des Königs kurzfristig von Hacon und dem Gerede über Verrat gelöst hatte.
»Gewissermaßen, mein Fürst. Er ist ein Mann, der um Geld kämpft. Ich kann das nur schwer erklären. Er ist ein Spitzbube, der den Leuten alles weismachen kann, was sie gerne glauben möchten. Er ist besitzlos, mein Fürst, und zieht durch das Land.«
»Könnt Ihr ihn finden, falls Ihr ihn braucht?«
»Ja, mein Fürst, aber er ist mein Vater.« Unsicher, was der König mit seinen Fragen bezweckte, hatte Jennet plötzlich Angst um ihren Vater.
»Habt keine Angst. Ich bitte Euch nicht, den Mann zu verraten. Aber jemand, der sich so frei bewegt, könnte von Nutzen für mich sein. Nun jedoch zurück zu dieser Anklage.

Es bleibt immer noch das fragwürdige Verhalten Eures Gemahls in Perth, bei Mytton und die Tatsache, daß er aus Irland, aus Feindesland, lebend und scheinbar mühelos zurückkehrte.«
Jennet fürchtete sich sehr, da diese Punkte schwer zu widerlegen waren, aber sie nahm einen Ausdruck unschuldiger Verwirrung an. »Fragwürdig, mein Fürst? Ich fürchte, Hacons Verhalten bei Mytton und in Perth erklärt sich aus demselben Grund, aus dem er mich nicht für meine lose Zunge züchtigt.«
Hacon erstarrte, als er erkannte, daß sie über seinen Aufenthalt in Perth Bescheid wußte. Sie wußte es, dachte er, und hat kein Wort darüber verloren. Offensichtlich war es kein Fehl in ihren Augen.
»Er, nun er ...«, erläuterte sie, »ist sehr weichherzig. Vielleicht zu weichherzig. Ich habe selbst gehört, wie der gute Sir James etwas in diesem Sinne in Berwick äußerte.« Douglas beugte sich zum König und besprach sich kurz mit ihm. Sie betete, daß er ihre Worte bestätigte.
Der König wandte sich ihr wieder zu, und sie erkannte verwundert eine Andeutung von Vergnügen in seinen Augen. »Mein Fürst, wenn es Mann gegen Mann, Schwert gegen Schwert geht, werdet Ihr schwerlich einen besseren Mann als meinen Gemahl finden. Er ist unermüdlich, kühn und geschickt. Er würde sich niemals Eurem Ruf verweigern. Aber wenn derjenige ihm gegenüber unbewaffnet ist ...« Sie zuckte die Achseln. »Er wurde bei den Hinrichtungen nicht gebraucht. Es gab genug Schwerter, um diese Arbeit zu verrichten.«
»Einverstanden.«
Dieses eine Wort erfüllte Jennet mit Hoffnung, und sie wäre beinah in Tränen ausgebrochen. Sie gewann die Männer für sich.

Balreaves' Reaktion bestätigte ihre Vermutung. Nach einem haß- und angsterfüllten Blick zu ihr schlüpfte er unbemerkt von den anderen aus der Halle. Er wollte offensichtlich nicht Zeuge ihres Sieges werden, wenn sie sein kunstvolles Netz aus Lügen zerstörte und die Wahrheit offenbarte. Sie hätte ihn liebend gern aufgehalten, aber der Zeitpunkt, ihre eigenen Anklagen vorzubringen, war noch nicht gekommen. Außerdem war es günstiger, wenn er nicht hier war, um jedes ihrer Argumente anzugreifen.

»Die Schlacht zu Mytton? Was wißt Ihr darüber?« drängte der König.

»Nun, ich war dort. Uns gegenüber stand ein zerlumptes Heer aus Bauern und Mönchen. Beim ersten Gebrüll und Fäusteschütteln unserer Männer ergriffen sie die Flucht. Viele Eurer Soldaten haben an dem anschließenden Gemetzel nicht teilgenommen«, wagte sie sich vor.

»Mein Fürst?« Zu Jennets Überraschung ergriff Sir Niall das Wort.

»Wünscht Ihr zu sprechen, Sir Niall? Nach allem, was man mir berichtet hat, seid Ihr nicht gerade ein Freund Sir Gillards.«

»Nein, das bin ich wahrlich nicht, aber ebensowenig bin ich sein Feind. Ich habe mich dem Gemetzel bei Mytton ebenfalls verweigert. Die Engländer kniffen den Schwanz ein, warfen ihre Waffen beiseite und rannten davon. Nach meinem Empfinden war das genug. Was nun Sir Gillards Mut und Fähigkeiten betrifft«, fuhr Sir Niall fort, »so stehen sie außer Zweifel. Genau wie seine Loyalität. Ich kann den Mann nicht ausstehen, aber ich würde nicht zögern, an seiner Seite zu kämpfen oder ihn in meinem Rücken zu wissen. Er zählt zu Euren edelsten Rittern.«

»Ihr habt Euch Zeit gelassen, für ihn einzutreten.«

»Die Anklage lautet Verrat, mein Fürst. Ich hatte nicht den

Wunsch, mein Glück zu versuchen. Aber nun, da sein Tod in greifbare Nähe gerückt ist, wird mir klar, was für ein Verlust für Eure Sache er wäre, mein Fürst. Sir Gillards einziger Makel ist seine Unfähigkeit, das Schwert gegen jemanden zu heben, der ihm an Waffen und Fähigkeiten nicht ebenbürtig und nicht bereit zu sterben ist.«

»Was viele nicht als Makel betrachten würden«, murmelte der König. »Wie steht es mit Irland?«

Sir Niall blickte Jennet an, und sie sprach eilig weiter. »Sein einziger Fehler war sein Glück. Nicht feindliche Soldaten sondern gedungene Mörder haben Hacon und seinen Gefolgsmann angegriffen. Sie haben sich dessen gebrüstet, als sie überzeugt waren, daß es für meinen Gemahl keine Rettung mehr gab. Aber ein Mann Gottes fand ihn und Dugald. Nachdem sie genesen waren, machten sie sich auf den Weg nach Hause. Geld ermöglichte ihre Rückkehr, das und nichts anderes.«

Sie sah, wie sich die Augen des Königs bei ihrer Erwähnung von Verrat zusammenzogen, aber er fragte nicht weiter. »Ich fürchte, die einzigen Zeugen dafür sind mein Gemahl, sein Gefolgsmann Dugald und jener fromme Ire. Sie sind die Einzigen, die sagen können, was an jenem Tag wirklich geschah.«

»Ihr habt die Schneide des Verrats sehr wortreich entschärft, Lady Jennet. Wie kommt es, daß aus Eurem Mund alles so unschuldig klingt?«

»Vielleicht, mein Fürst, sollte die Frage lauten, wie man solche Unschuld in Verrat verkehren kann – und warum?«

Nach einem kurzen Blick auf Balreaves' leeren Stuhl sah der König Jennet wieder an. »Es scheint, als hätte der Ankläger Eures Gemahls uns vorzeitig verlassen.«

»Jawohl«, stimmte der Douglas zu. »Ich sah ihn vor ein paar Minuten, wie er sich zur Tür hinausstahl.«

»Und Ihr habt nichts gesagt?« Der König runzelte die Stirn.
»Ich hielt es für wichtiger, Lady Gillard nicht zu unterbrechen. Durch sein Verschwinden hat Balreaves ohnehin mehr gesagt, als wir wissen müssen.«
»Wie wahr«, murmelte der Bruce und befahl den Wachen, Balreaves zu suchen. »Wir werden warten.«
Hacon sank gegen die Wand, den Blick immer noch starr auf Jennet geheftet. In dem Glauben, es sei das letzte Mal, daß er seine Gemahlin sehen könnte, hatte er sich an ihrer Schönheit geweidet. Als sich die Verhandlung zu seinen Gunsten wandte, hatte er sie mit einem Stolz betrachtet, der ihm die Brust schwellen ließ und seinen müden, zerschlagenen Körper straffte.
Sie hatte ihre Schönheit und ihre Schwangerschaft sehr klug eingesetzt, aber es waren ihre Worte, die ihn in ihren Bann geschlagen hatten. Irgendwie, unbemerkt von ihm, hatte sie begonnen, ihn zu verstehen. Die Achtung, nach der er sich sehnte, klang durch jedes ihrer Worte. Ihre Verachtung für den Krieg galt nicht länger ihm persönlich. Er hatte sich ihre bösen Bemerkungen zu Herzen genommen, obwohl er nicht gemeint gewesen war.
Daß sie soviel aufs Spiel setzte, um für ihn einzutreten, verriet ihm einiges. Sie liebte ihn. Ihre Taten verkündeten es der ganzen Welt. Jennet liebte ihn so sehr, daß sie nicht nur ihr eigenes Leben, sondern auch das ihres Kindes für ihn aufs Spiel setzte. Das brachte ihn auf, aber gleichzeitig war er ekstatisch.
Er sehnte sich danach, zu ihr zu gehen, aber er rührte sich nicht. Er war nach wie vor nicht rehabilitiert. Bis dahin stand er am besten reglos, es sei denn, man sprach ihn an.
Jennet schaute immer wieder zu Hacon, während sie warteten. Er wirkte erschöpft, aber seinem festen Blick konnte sie nichts weiter entnehmen. Sie waren zu weit voneinander ent-

fernt, sie konnte nicht zu ihm gehen. Ebensowenig verstand sie, was auf den Richterbänken gesprochen wurde. Ihr blieb nichts anderes, als dort zu sitzen und abzuwarten und jede einzelne Sekunde war ihr zutiefst zuwider.

Sir Niall servierte ihr soeben einen Kelch mit Wein, als einer der Männer, die der Bruce nach Balreaves ausgesandt hatte, zurückkehrte. Sie erstarrte und dachte, daß sogar das Warten besser gewesen war als die eisige Furcht, die nun durch ihre Adern rann. Sie wußte, daß Hacons Schicksal davon abhing, wohin sich Balreaves gewandt hatte.

»Wo ist Sir Balreaves?«, verlangte der König zu wissen.

»Er und seine Männer sind geflohen«, gab der Soldat zur Antwort. »Wir haben sie am Burgtor gestellt. Als wir ihm sagten, daß Ihr ihn zu sprechen wünscht, griff er uns an, tötete zwei von uns und verwundete drei weitere schwer.«

Tiefes Schweigen erfüllte die große Halle. Der König starrte auf die Papiere vor ihm auf dem Tisch. Das einzige äußere Anzeichen seines Zorns bestand darin, diese Papiere zu zerknüllen und sie, mit dem Rücken zur Halle gewandt, gegen die Wand zu werfen. Seine Fingerknöchel waren weiß. Immer noch abgewandt, holte er mehrmals tief Luft. Als er sich umdrehte, war sein Gesicht ruhig. Zwei kleine, rote brennende Flecken auf seinen Wangen waren der einzige Hinweis auf seine Gefühle.

»Es scheint, daß der Ankläger Eures Gemahls seine schweren Beschuldigungen nicht länger aufrechterhält«, brachte er schließlich mit einem Blick auf Jennet hervor. Dann sah er Hacon an. »Vielleicht ist es an der Zeit, daß Ihr selbst das Wort ergreift, Sir Gillard.«

Mit wild pochendem Herzen schob sich Hacon nach vorn. Noch konnte er alles verderben. Die Wachen halfen ihm nicht, aber schließlich hatte er sich schwerfällig bis zum König vorgearbeitet. Endlich erhielt er die Chance, gegen Balreaves auszusagen. Er wagte nicht, Jennet anzusehen. Er war so aufgewühlt, daß ihr Anblick ihn hätte ablenken und verwirren können.

»Ich habe stets meine Unschuld beteuert, mein Fürst.«

»Ja, das habt Ihr. Aber die Anklage gegen Euch wog schwer, und der Mann, der sie vorbrachte, ist von edler Geburt. So sehr ich mir auch wünschen mochte, daß Ihr die Wahrheit sprecht, hatte ich doch nur wenig Grund, an Sir Balreaves' Worten zu zweifeln.«

»Richtig, Balreaves ist von edler Geburt, aber er ist kein ehrenhafter Mann. Er nahm die Wahrheit und entstellte sie. Er ist mir seit langer Zeit feindlich gesonnen.« Hacon berichtete, wann, wo und warum ihre Fehde begonnen hatte und von Balreaves' Versuchen, ihm das Leben zu nehmen. »Dies war nur ein weiterer Versuch.«

»Augenscheinlich wurden wir mißbraucht. Aber warum habt Ihr diese mörderischen Angriffe nie zuvor erwähnt?«

»Ich besaß keinerlei Beweis. Selbst als einer seiner Söldner im Sterben die Wahrheit bekannte, konnten es nur meine Freunde und Verwandten bezeugen. Obwohl es mich verlangte, den Mann zu töten, brauchte ich einen unwiderlegbaren Beweis seiner Schuld. Ohne diesen hätte ich Kummer über meine Familie gebracht, denn wie Ihr schon sagtet, Balreaves ist von edler Geburt und bekleidete eine wichtige Stellung bei Hofe. Dennoch glaube ich, daß einige meinen Verdacht geteilt haben. Sie mögen nun vortreten und sprechen.«

»Ich glaube, Balreaves selbst hat laut genug gesprochen.« Von den Richterbänken ertönte zustimmendes Gemurmel. »Es war an der Zeit, diese Scharade zu beenden. Wir sind benutzt worden, um einem Mörder als Werkzeug zu dienen. Ihr werdet von jeglicher Anklage freigesprochen, Sir Gillard. Im Versuch der Wiedergutmachung soll die Kunde hiervon

überall verbreitet werden, damit Euer Name keinen Schaden nimmt. Euer Besitz wird Euch zurückgegeben. Einschließlich«, er lächelte Jennet zu, »Eurer Pferde und Ponys.«
Jennet sprang auf und wäre zu Hacon gerannt, hätte Sir Niall sie nicht mit festem Griff daran gehindert.
»Laßt mich«, flehte sie.
»Nein, obwohl ich mich danach sehne, Eure zärtliche Wiedervereinigung mit eigenen Augen zu sehen.« Sein Tonfall verriet das Gegenteil. »Eurer Gesundheit gilt meine größte Sorge. An Eurem Gemahl klebt mehr als nur Schmutz. Ich kann mir nicht vorstellen, daß das Ungeziefer, das er beherbergt, Euch gut tun würde.«
»Er hat recht, Jennet«, sagte Hacon. »Laßt mich erst den Schmutz und die Läuse abschütteln. Dann können wir meine Freiheit feiern und –« er bemühte sich, ein ernstes Gesicht zu machen – »darüber diskutieren, warum Frauen nicht zu Hause bleiben, wie man es ihnen befohlen hat.«
Jennet musterte ihn argwöhnisch, sie konnte nicht beurteilen, ob er wirklich böse auf sie war, weil sie soviel aufs Spiel gesetzt hatte. »Wir Ihr wünscht, mein Gemahl.«
»Solche Unterwürfigkeit«, murmelte er. Er wußte, daß sie bereits Pläne schmiedete, ihm seinen Ärger, den er gar nicht wahrhaftig verspürte, auszureden.
»Lady Jennet«, sagte der König, »bevor Euch Sir Niall zu Euren Gemächern geleitet, wo Ihr Euch ein wenig ausruhen könnt, möchte ich gern mehr über Euren Vater wissen.«
»Ich kann Euch alles sagen, was Ihr wissen müßt«, erwiderte Hacon.
»So sei es denn. Lady Jennet, kein Mann besaß jemals einen besseren Fürsprecher.«
»Ich danke Euch, mein Fürst.« Sie hatte kaum Zeit für einen Hofknicks, da zerrte Sir Niall sie auch schon zur Tür.
»Ich werde Sir Berneard zu Euch schicken, Sir Gillard. Er

kann Euch behilflich sein, bis wir Eure Männer gefunden haben«, rief er über die Schulter zurück.

»Ergebensten Dank, Sir Niall.« Hacon lachte leise, als die Tür sich hinter den beiden schloß.

»Entfernt seine Fesseln«, ordnete der König an. »Sir Hacon, Ihr dürft Euch setzen.«

»Danke, mein Fürst.« Hacon nahm unbeholfen auf Jennets Schemel Platz. »Ich fordere das Recht, Balreaves verfolgen zu dürfen.«

»Gewährt. Kein anderer Mann verdient es mehr als Ihr. Sir Balreaves wird zum Gesetzlosen erklärt werden. Er gehört Euch. Verfahrt mit ihm, wie Ihr wollt. Sein Tod ist von diesem Moment an beschlossene Sache.«

»Ich danke Euch, mein Fürst.«

»Auch ich habe ein Geschenk für Euch«, mischte sich der Douglas ein. »Betrachtet es als Entschuldigung dafür, daß ich Balreaves' Absichten nicht erkannt habe. Ihr könnt Eurer Gemahlin ausrichten, daß die Fehde zwischen den Douglas und den Armstrong ein Ende hat. Ich rufe den Frieden aus.«

»Danke, Sir Douglas.«

»Nun zum Vater Eurer Gemahlin«, mahnte der König. »Wenn er nur einen Teil der Intelligenz und Schläue seiner Tochter besitzt, kann er mir von großem Nutzen sein.«

»Schläue, mein Fürst?« murmelte Hacon, entspannte sich indes, als der Bruce lächelte.

»Jawohl. Oh, ich bezweifle weder Ihre Ehrlichkeit noch Ihre Treue zu Euch, die bewundernswert ist. Aber sie hat sich nichts vergeben, als Ihr freigesprochen wurdet, und keine so großäugige, liebliche Frau wüßte die Worte so zu setzen, wie sie es tut. Ein Erbteil ihres Vaters?«

»Ja. Mein Fürst, wenn Ihr den Mann überreden könnt, Euch die Treue zu schwören, wird Euch niemand loyaler dienen

als er. Aber ich würde niemals mit ihm würfeln«, fügte er hinzu.
Er wußte, daß alles gut werden würde, als der König gemeinsam mit seinen Beisitzern in Gelächter ausbrach.

Hacon verzog das Gesicht, während er sich vorsichtig einen Weg durch die Schlafenden bahnte, die überall auf dem Boden lagen. Der König hatte ihn länger als vorgesehen bei sich behalten und dann darauf bestanden, daß er nach einem ausgiebigen Bad das Abendmahl mit ihm gemeinsam einnahm. Danach hatte er einige Zeit gebraucht, um die ihm zugewiesenen Gemächer in der überfüllten Burg ausfindig zu machen. Alle aus Dubheilrig schliefen darin oder bewachten die Türen. Es war nur gut, daß Jennets Schwangerschaft schon so weit fortgeschritten war. Es verlangte ihn verzweifelt nach ihr, aber auch, wenn ihn die Menschen um sie herum nicht hinderten, ihr geschwollener Bauch würde ihn schnell zur Vernunft bringen.
Er zog sich bis auf die Unterwäsche aus, dann schlüpfte er unter die Decken und nahm sie in die Arme. Er wollte sie nicht in ihrem bitter nötigen Schlaf stören, aber hatte das dringende Bedürfnis, sie zu spüren. Sie murmelte seinen Namen, und er küßte sie auf den Scheitel.
»Bist du verletzt?« erkundigte sie sich und schmiegte sich so dicht an ihn, wie ihr geschwollener Bauch es zuließ.
»Nein, nur Blutergüsse.«
»Bist du sehr böse auf mich?«
»Ja und nein. Das Risiko …«, murmelte er und liebkoste ihr Haar. »Aber kein anderer stand für mich ein.«
»Nun, Sir Niall tat es schließlich doch.«
»Erst, als du ihn durch deinen Mut beschämt hast.«
»Vielleicht.«
»Und er schuldete dir sein Leben.«

»Das ist wahr. Ich denke, ich sollte diese Schuld als bezahlt betrachten.«

»Du hast ihn daran erinnert, nicht wahr? Du bist wirklich eine Plage für diesen Mann.«

»Ich fange an zu glauben, daß es ihm gefällt.« Sie erschauerte, als sie daran dachte, wie nahe Hacon dem Tod durch den Strang gewesen war. »Ich hatte Angst um dich. Solche Angst, daß Balreaves dieses Mal gewinnen würde, ohne sich die Hände schmutzig zu machen.«

»Ja, beinahe wäre es soweit gewesen. Aber er hat die stolze Herrin von Dubheilrig unterschätzt. Du hast mir Ehre gemacht, Kleines.« Er knetete sanft ihren Rücken. »Was Balreaves betrifft, das Spiel ist aus.«

»Weil er geflohen ist?«

»Er hat seine Schuld öffentlich zugegeben.«

»Hacon, es gibt etwas, das ich dir über Balreaves erzählen muß.« Sie berichtete ihm von Balreaves' Anteil am Tod ihrer Mutter.

»Warum hast du es mir bis heute verschwiegen?« Er bekam seinen Zorn auf diesen Mann nur schwer unter Kontrolle.

»Ich hatte Angst, daß es eine böse Situation noch schlimmer macht. Jedes Mal, wenn er mich getroffen hat, hat er gesagt ›Es wird mir wieder einfallen.‹ Nun, heute hat er mich endlich erkannt. Er wurde kreidebleich. Vielleicht hat ihm das den entscheidenden Schlag versetzt.«

»Ich habe keinen Zweifel daran.«

»Bist du böse, weil ich dich angelogen habe?«

»Nun, wenn du mir meine Lüge wegen Perth vergibst, vergebe ich dir deine. Seit wann kennst du die Wahrheit?«

»Ich habe es kurze Zeit später herausgefunden.«

»Deshalb hast du immer wieder gefragt, ob ich die Wahrheit spreche – Jennet, ich hatte Angst, du würdest mich verurteilen und mir keine Möglichkeit geben, etwas zu erklären.«

»Das hätte ich vielleicht auch. Laß uns die Vergangenheit vergessen und von vorne anfangen. Keine Lügen mehr.«
Er küßte sie. »Nie mehr.«
»Was wird jetzt mit Balreaves geschehen?«
»Ich habe die Erlaubnis, ihn zu töten. Und jetzt habe ich noch einen Grund mehr. Wie der Bruce selbst gesagt hat, von dem Moment an, da Balreaves die Halle verließ, war sein Todesurteil unterzeichnet. Das ist in zweifacher Hinsicht gut.«
»Wie das?«
»Zum einen kann ich nun den Mann beseitigen, der mich so lange bedroht hat. Und das Wissen um sein Schicksal wird andere davon abhalten, eine falsche Anklage wegen Verrat zu erheben.«
»Hoffentlich hast du recht. Hacon?« Sie versuchte, im Dunkeln sein Gesicht zu erspähen. »Warum interessiert sich der König so sehr für meinen Vater?«
»Du mußt keine Angst haben, Liebling. Der König hat mir versichert, daß er deinen Vater zu nichts zwingen wird, aber er braucht ihn als Spion für Schottland. Der Douglas hat mir übrigens ein Geschenk gemacht.«
»Ja? Was ist es?«
»Das Ende der Fehde mit deinen Verwandten.«
»Oh!« Sie umarmte ihn. »Das ist eine gute Neuigkeit.« Sie gähnte herzhaft. »Entschuldige, aber all dies hat mich erschöpft.«
Er deckte sie sorgsam zu und küßte sie auf die Stirn. »Schlaf, mein Liebling.«
»Wann kehren wir zurück nach Dubheilrig?«
»Am liebsten morgen früh, aber wir warten, bis du dich ausgeruht hast.«
»Morgen früh wird es mir wieder gut gehen. Aber solltest du nicht all deinen Besitz zurückerhalten, bevor wir Dunfermline verlassen?«

»Das ist bereits geschehen. Da die Baronie ein Lehen des Königs ist, das an ihn zurückgefallen wäre, befand sich alles hier.«

»Dann brechen wir morgen früh auf.«

»Jennet –«

»Ich werde unser Kind in Dubheilrig zur Welt bringen.« Sie gab ihrem überwältigenden Schlafbedürfnis nach und schloß die Augen.

»Ist die Zeit der Geburt denn schon so nah?« Er legte eine Hand auf ihren Bauch. »Vielleicht sollten wir hier verweilen, bis das Kind da ist.«

»Nein, das könnte einen Monat und mehr bedeuten. Und ist das Kind erst einmal da, können wir auch nicht reisen, bis es kräftig genug ist. Laß uns nach Dubheilrig zurückkehren. Dort kann ich ruhen, solange ich will.«

»In Ordnung. Aber jetzt schlaf.«

»Das tue ich schon«, murmelte sie undeutlich.

Er lachte und war nicht überrascht, als sich ihr Körper einen Moment später entspannte und ihre leichten, ruhigen Atemzüge erklangen. Auch wenn er gerade etwas anderes gesagt hatte, würde er den Aufbruch verschieben, wenn sie in der Frühe immer noch so erschöpft aussah. Er wollte nicht das geringste Risiko eingehen. Sie und das Kind waren das Wichtigste in seinem Leben. Das war ihm während der Zeit, die er für ein Verbrechen, das er nicht begangen hatte, in den Verliesen von Dunfermline eingekerkert worden war, nur allzu bewußt geworden.

»Und sobald wir in Dubheilrig sind, meine süße kleine Geisel«, er streifte ihre Stirn mit einem Kuß, »werden wir über alles reden, was jetzt noch in unseren Herzen verschlossen ist.«

Kapitel 24

»War es wahrhaftig nötig, einen Kampfhahn zu kaufen?« nörgelte Jennet, als Hacon ihr zur Mittagszeit von dem Fuhrwerk half, das sie und Elizabeth teilten. »Er ist ein furchtbar schlechtgelauntes Biest.«

»Ich habe es Euch doch bereits erklärt. Angus hat sich geweigert, eine Belohnung für seine Hilfe anzunehmen, also habe ich ihm einen der Hähne zu einem saftigen Preis abgekauft. Außerdem habe ich von seinem Sohn noch ein Fuhrwerk erworben, obwohl der König höchstpersönlich uns bereits reichlich mit Fuhrwerken und Pferden ausgestattet hat. Ich nehme an«, fügte Hacon hinzu, während er sie zu einem schattigen Plätzchen am Wegesrand geleitete, »daß das Tier friedlicher wird, wenn Ihr damit aufhört, es so mißmutig anzufunkeln.«

Sie ruhte am Stamm eines knorrigen Weißdorns und beobachtete die Truppe Bewaffneter, die sich um sie herum verteilte. Sie würden Dubheilrig noch vor Einbruch der Dunkelheit erreichen, und Jennet war sicher, daß das Dorf seinen Männern einen überwältigenden Empfang bereiten würde.

Sie freute sich auf ihr weiches Bett. Obwohl die Reise sehr langsam vonstatten gegangen war und man außergewöhnlich viel Rücksicht auf jedes Ächzen und Stöhnen ihrerseits genommen hatte, war sie völlig erschöpft. Ihr tat alles weh, aber sie wollte sich nichts anmerken lassen, da dies womöglich eine weitere Verzögerung bedeutet hätte. Sie war sich sicher, daß Hacon, sollte sie sich einmal zu oft ins Kreuz fassen, den ganzen Zug bis zum nächsten Tag rasten lassen würde. Als er zurückkehrte, zwang sie sich zu lächeln.

»Hier.« Er setzte sich neben sie und reichte ihr Haferkuchen. »Einfach, aber sie machen satt.« Er legte einen Weinschlauch zwischen sie. »Ein Schluck von Dunfermlines Bestem.«

»Oh, ausgezeichnet«, erwiderte sie, nachdem sie ihn probiert hatte. »Die Reise ist ein wenig staubig.«

»Wir können hier ein Lager aufschlagen und morgen früh weiterreiten.«

»Nein, laßt uns sofort nach der Mittagspause wieder aufbrechen. Ich sehne mich nach Dubheilrig und unserem Bett.«

Er lächelte und legte den Arm um sie. »Das kann ich gut verstehen. Jetzt, wo wir so nah sind, würde ich am liebsten gar nicht mehr anhalten. Aber wenn Ihr erschöpft seid ...«

»Ich bin nicht erschöpft!« Sie bemerkte, daß sie ihre Stimme erhoben hatte und seufzte bedauernd. »Es tut mir leid. Aber mir kommt es vor, als hätte man mir diese Frage seit unserem Aufbruch schon tausendmal gestellt. Hacon«, sie legte ihre Hand auf die seine, »auf unserem Weg nach Dunfermline hatte ich es längst nicht so bequem und unsere Geschwindigkeit war wesentlich höher. Trotzdem habe ich keinen Schaden davon getragen. Mir geht es gut. Falls es mir schlechter gehen sollte, seid Ihr der erste, der es erfährt.«

»Einverstanden.« Er küßte ihre Wange.

»Das glaube ich erst, wenn wir in Dubheilrig angekommen sind.«

»Dann solltet Ihr lieber aufessen. Je schneller wir dorthin gelangen, desto größer ist die Chance, daß ich mir die Frage verkneifen kann.«

Als man ihr endlich wieder auf das Fuhrwerk half, hätte Jennet am liebsten um eine Verlängerung der Rast gebeten. Sie fürchtete jede weitere holprige, staubige Meile. Sie ermahnte sich, kein solcher Jammerlappen zu sein und legte sich auf den mit Decken dick gepolsterten Boden des Karrens. Als Elizabeth sich zu ihr gesellte, versuchte Jennet zu lächeln. Der Blick, den Elizabeth ihr zuwarf, sagte ihr, daß sie sich die Mühe hätte sparen können.

»Es geht dir gar nicht gut, nicht wahr?« fragte Elizabeth, als sie aufbrachen.

»Sag das nicht so laut, sonst kommt die Hälfte dieser Narren herüber, um mich besorgt anzustarren.«

»Also geht es dir *wahrhaftig* erbärmlich.« Elizabeth klammerte sich an der Wand des Gefährts fest und schimpfte, als sie durch ein Loch ratterten.

»Ja, und dieses ständige Schaukeln und Stoßen ist der Grund, falls *erbärmlich* überhaupt der richtige Ausdruck ist.«

»Nach deinem Anblick zu urteilen ist erbärmlich das einzig treffende Wort. Sollten wir nicht anhalten?«

»Falls du dies auch nur vorzuschlagen wagst, gebe ich dir einen Tritt, daß du aus dem Karren fliegst. Es sind nur noch ein paar Stunden bis Dubheilrig. Ich will endlich ankommen. Ich glaube, wenn ich erst einmal zu Hause bin, werde ich nie wieder reisen.«

»Hmmm.« Elizabeth verschränkte die Arme vor ihrem stattlichen Busen und sah Jennet wissend an. »Du wirst deine Meinung in dem Moment ändern, da dein Gemahl dich bittet, ihn zu begleiten.«

»Vielleicht, aber gewiß nicht, wenn ich ein Kind erwarte. Das Reisen ist niemals angenehm, aber das hier ist unerträglich.«

»Ach, da reitet Ranald.«

»Wo?« Jennet schloß die Augen und hoffte, den Rest der Fahrt zu verschlafen.

»Dein Gemahl hat ihn vorausgeschickt, um unsere Ankunft anzukündigen.«

»Oh, schön. Ich hoffe, er erinnert Serilda daran, mein Bett vorzubereiten.«

Ranald befand sich bereits auf der Hauptstraße von Dubheilrig, als ihm bewußt wurde, daß etwas nicht stimmte. Er richtete den Blick auf Hacons fast vollendete Feste und keuchte. Ein Heer von beinah vierzig Mann belagerte sie. Bogenschützen zielten ununterbrochen auf den Turm und die innere Anlage, die von einer Mauer umgeben war, und ein riesiges Katapult feuerte pausenlos auf nämliches Ziel. Das große Tor hatte Feuer gefangen und glimmte, obwohl es von den Verteidigern gegen die Brandpfeile mit Wasser getränkt worden war. Ranald bezweifelte, daß es noch lange halten würde. Sobald es nachgab, waren die Verteidiger gezwungen, sich in den Turm zurückzuziehen.
Plötzlich wurde ihm bewußt, daß ihm jegliche Deckung fehlte, und er trieb sein Pferd zu einem der Cottages. In der Deckung des niedrigen Hauses stieg er ab und blickte um die Hausecke. Daß man die Strohdächer nicht in Brand gesteckt hatte, war sicherlich der Grund, warum er die Angreifer erst so spät bemerkt hatte.
»Ich habe mich schon gefragt, wann Ihr Euch endlich verstecken wollt, Bürschchen.«
Obwohl er die Stimme augenblicklich erkannt hatte, fuhr er mit der Hand am Heft seines Schwertes herum. »Bei allen Heiligen, Artair, Ihr solltet einen Mann wirklich warnen, bevor Ihr Euch so anschleicht. Ich hätte Euch töten können.«
»Nun, das habt Ihr aber nicht. Es sieht nicht gut aus, Kerlchen«, kommentierte er nach einem kurzen Blick auf die Feste.
»Wann seid Ihr eingetroffen?«
»Vor ungefähr einer Stunde. Ich wollte Jennet einen Besuch abstatten. Was treibt Ihr auf dieser Seite des Gefechts?«
»Oh, das könnt Ihr ja noch gar nicht wissen.« Ranald faßte kurz zusammen, was seit der Hochzeit geschehen war. »Wir

kehren soeben aus Dunfermline zurück. Ich bin hier, um unsere Ankunft anzukündigen. Merkwürdig, daß diese elenden Hunde keine Wachen aufgestellt haben.«

»Doch, im Wald. Er ist tot.« Artair schüttelte bedauernd den Kopf. »Da läßt man Euch ein paar Monate allein und schon steckt Ihr bis zum Hals in Schwierigkeiten.«

»Ich glaube nicht, daß Ihr es hättet verhindern können.«

»Da wäre ich nicht so gewiß, mein Sohn.«

»Nun, zumindest befindet sich Jennet nicht in der Feste.«

»Auch wieder wahr. Und was habt Ihr jetzt vor?« fragte Artair, als Ranald Anstalten machte, wieder aufzusteigen.

»Ich will Hacon berichten, was hier geschieht.«

»Und außerdem?«

»Was meint Ihr?«

»Könnt Ihr ihm berichten, wie viele Männer es sind, welche Waffen sie mit sich führen? Und ob Bewohner von Dubheilrig gefangen genommen worden sind?«

»Das weiß ich alles nicht. Wie kann ich es herausfinden?«

»Nicht Ihr – ich. Wartet hier ein Weilchen.«

»Und was habt Ihr im Sinn, wollt Ihr etwa hinübergehen und fragen?«

»Kerlchen, ich könnte ihren Anführer in die Nase kneifen und wieder zurück sein, bevor er den Schmerz spürt.«

Ranald wollte diese Prahlerei gerade mit einer kecken Bemerkung erwidern, als ihm aufging, daß Artair verschwunden war. Leise fluchend spähte er zur Feste. Er fragte sich, wie lang er auf den Mann warten sollte. Die Schlacht schien sich nicht zugunsten von Dubheilrig zu wenden. Nicht überraschend, da die meisten der Krieger mit Hacon ritten.

Gerade als Ranald zu fürchten begann, daß Artair etwas zugestoßen war, erklang die volle tiefe Stimme in seinem Rücken. »Nun, es sieht nicht gut aus, Bursche.«

»Wir verlieren.«

»Stimmt, aber noch haben sie nicht gewonnen. Der Angreifer ist Balreaves, dieser erbärmliche Hund.«

»Verflucht seien er und das Weib, das ihn gebar.« Ranald schlug mit der Faust gegen die Steinmauer. »Er muß sich direkt von Dunfermline hierher begeben haben.«

»Seine Truppe ist zahlreich; harte, gut gerüstete Männer mit kalten Augen. Sie führen Katapulte und ähnliches Belagerungsgerät mit sich. Sie wollen die Mauern schleifen. Der alte Lucais hat sich dagegen etwas einfallen lassen, denn viele der Geschosse werden aus dem Innenbereich zurückgeschleudert, aber ich weiß nicht, mit welcher Waffe.«

»Kann er noch eine Zeitlang durchhalten?«

»Nein, ich glaube nicht. Balreaves wird bald die äußere Mauer stürmen und dann müssen sich Eure Leute in den Burgfried zurückziehen.«

»Ich wünschte, es gäbe eine Möglichkeit, meine Familie wissen zu lassen, daß Hacon schon ganz nah ist.«

»Es wird sie erleichtern, aber sie kämpfen schon jetzt so hart sie können. Laßt uns nun rasch zu Hacon reiten und ihm die Nachricht überbringen.«

»Besitzt Ihr ein Pferd?«

»Ja, es steht hinter den Bäumen dort drüben.« Er deutete auf die Baumreihe westlich des Dorfes. »Ich wurde argwöhnisch, als bei meiner Ankunft niemand auftauchte, um mich zu begrüßen.«

Ranald schlug sich mit der Hand an die Stirn. »Das hätte ich bemerken müssen. Wo habe ich nur meinen Verstand gelassen?«

»Ich denke, er ist ein wenig durchgeschüttelt, da Ihr Euch so häufig gegen den Kopf schlagt«, spottete Artair. »Ich treffe Euch auf der Straße nach Stirling.«

»Wo genau?« erkundigte sich Ranald, während er aufstieg.

»Ich finde Euch, Kerlchen, macht Euch keine Gedanken.«

Artair glitt davon und verschwand. So vorsichtig wie möglich brach Ranald auf und kämpfte gegen seinen Drang, sein Pferd anzutreiben. Eine halbe Meile die Straße hinunter erwartete Artair ihn bereits.
»Wo habt Ihr so lange gesteckt«, verlangte er zu wissen, als Ranald angetrabt kam.
»Wie habt Ihr es so geschwind geschafft?«
»Ich mußte mich nicht vor den Schurken auf dem Hügel in acht nehmen. Wie weit ist es bis zu Hacon?«
»Jetzt? Fünf, vielleicht zehn Meilen.«
»Wir müssen uns sputen, Sohn. Eure Leute brauchen so schnell wie möglich Unterstützung.« Artair trieb sein Pferd an und galoppierte davon, Ranald dicht auf den Fersen.

»Möchtet Ihr einen Schluck Wein?« erkundigte sich Hacon, der neben dem Fuhrwerk ritt.
»Ja, das wäre schön.«
Jennet richtete sich mit abgewandtem Gesicht auf und hoffte, Hacon über ihren Zustand hinwegtäuschen zu können. Sie schrie leise auf, als er von seinem Pferd in den Karren sprang. Sie warf ihm einen gereizten Blick zu und nahm den Weinschlauch entgegen.
»Wir sind bald zu Hause, Liebes«, murmelte er und strich die Strähnen aus ihrer schweißnassen Stirn. »Es wird nicht mehr lange dauern. Das sollte Eure Stimmung heben.«
»Mir war gar nicht aufgefallen, daß meine Stimmung einer Verbesserung bedarf.« Sie nahm an, daß ihre Stimmung wirklich schlecht war, aber es gefiel ihr nicht, darauf hingewiesen zu werden.
Hacon musterte sie argwöhnisch. Sie war beinah zänkisch und das war gar nicht ihre Art. Er hatte den Verdacht, daß es ihr sehr schlecht ging. Ihr Gesichtsausdruck ließ vermuten, daß sie sich äußerst unbehaglich fühlte. Außerdem war sie

kreidebleich und schwitzte erheblich stärker, als durch die Wärme des Tages gerechtfertigt war. Er hätte sie liebend gern gefragt wie sie sich fühlte, aber er wußte, daß sie ihm nicht die Wahrheit sagen würde.

Einen Moment erwog er, die Fahrt zu unterbrechen, entschied sich aber dagegen. Falls sie krank war, war es besser, sie so schnell wie möglich in ihr sauberes, weiches, warmes Bett in Dubheilrig zu bringen.

»Ich dachte nur, daß Ihr von dieser Reise ebenso müde seid wie ich. Daß wir bald ankommen werden, müßte Euch doch aufheitern.« Er küßte sie auf die Wange.

»Ja, Ihr habt wohl recht, und ein Bad und ein sauberes Bett werden ein übriges tun.« Sie runzelte die Stirn, als sich zwei Reiter mit großer Geschwindigkeit näherten. »Hacon, ist das nicht Ranald? Warum kehrt er zurück? Heiliger Himmel, mein Vater ist bei ihm.«

»Bei allen Teufeln«, fluchte er, als ihm bewußt wurde, was ihre Ankunft bedeuten konnte. »Alles anhalten«, rief er und Dugald erteilte den Bewaffneten denselben Befehl.

»Onkel«, schrie Ranald und zügelte sein Pferd. »Dubheilrig wird angegriffen.«

Mit einer knappen Handbewegung brachte Hacon seine aufgeregten Männer zum Schweigen, die hinter dem Fuhrwerk hergeritten waren, um Jennet den aufwirbelnden Staub zu ersparen. Nun versammelten sie sich um den Karren und starrten Ranald und Artair fassungslos an.

»Wer ist es?« fragte Hacon, obwohl er die Antwort bereits zu kennen glaubte.

»Balreaves, Onkel. Er und seine Männer müssen direkt von Dunfermline hierher geritten sein.«

»Also ist die Schlacht noch nicht vorüber«, murmelte Hacon, glitt vom Karren herunter und nahm von Dugald seine Waffen entgegen.

»So ist es«, stimmte Artair ihm zu. »Eure Familie schlägt sich wacker. Bis jetzt ist es ihnen gelungen, Balreaves abzuwehren, aber ...«
»Aber«, schnitt ihm Hacon das Wort ab, »sie haben zuwenig Männer. Der Bastard kämpft gegen Frauen und Kinder, alte Männer und Knaben.«
»Diese alten Männer und Knaben und alle übrigen halten sich hervorragend. Das Dorf wurde noch nicht in Brand gesteckt.«
»Warum kämpft er? Warum belagert er sie nicht einfach und erwartet meine Rückkehr?«
Obwohl die Frage nicht eigentlich ihm galt, erwiderte Artair: »Eure Leute kämpfen, obwohl sie auf aussichtslosem Posten stehen, weil Balreaves unter dem Banner des Drachen reitet.« Er nickte, als er den entsetzten Ausdruck auf ihren Gesichtern sah und fuhr fort: »Wenn Euer Angreifer öffentlich erklärt, daß er weder gegenüber Frauen und Kindern noch irgend jemandem sonst Gnade walten lassen wird, hat man nur noch die Wahl zu kämpfen. Zumindest muß er auf diese Weise einen hohen Preis für seine Mordlust bezahlen.«
»Er hat den Drachen gehißt? Seid Ihr sicher?« Artair nickte. Hacon fluchte mörderisch und hieb mit seiner gepanzerten Faust so heftig gegen die Karrenwand, daß eines der rauhen Bretter splitterte. Der Drachen, so er nicht zu den Wappenzeichen des Anführers gehörte, bedeutete völlige Vernichtung. Balreaves hatte seinen Männern den Befehl gegeben, Dubheilrig bis auf die Grundmauern zu zerstören und niemanden entkommen zu lassen – ohne Einschränkung zu schänden, zu morden und zu plündern.
»Nun richtet er seinen Haß auf meine Leute.« Er bezwang seinen Zorn, da er ihm nur hinderlich sein würde. »Nun, da er ein Gesetzloser und sein Leben keinen Pfifferling mehr wert ist, legt er sich keine Beschränkungen mehr auf.« Er

führte Jennets Hand, die sie ihm entgegenstreckte, an die Lippen.

»Onkel?« Ranald war ratlos. »Woher wußte Balreaves all dies? Er hat den Hof verlassen, bevor sein Urteil gesprochen wurde.«

»Mit seiner Flucht hat er alle ihm zur Last gelegten Verbrechen gestanden. Er wußte, welches Schicksal ihn erwartet. Er hat sein eigenes Todesurteil unterzeichnet. Das hier ist ein Akt blindwütiger Vergeltung. Ranald, du und –« er ließ seinen Blick über die versammelten Männer wandern und nannte vier weitere Namen – »werdet beim Zug bleiben.«

»Aber Onkel, wir können auch kämpfen. Wir haben ebenso wie Ihr das Recht, unser Heim und unsere Familien zu verteidigen.« Ranalds Protest wurde von den anderen jungen Männern lautstark geteilt.

»Gewiß, aber die wenigen Reichtümer Dubheilrigs zu beschützen ist ebenso wichtig. In diesen Fuhrwerken befindet sich der Wohlstand aller Familien. Und in diesem ganz gewiß.« Er nickte Jennet zu. »Mein Reichtum und die Zukunft der Gillards. Möglicherweise flüchten einige von Balreaves Söldnern in diese Richtung. Sollen wir alles, was uns lieb und teuer ist, ungeschützt zurücklassen?« Als alle fünf die Köpfe schüttelten, fuhr er fort: »Gut. Ich erwarte Euer Bestes.«

»Robert, Ihr werdet ebenfalls hierbleiben. Ich überlasse Euch die Entscheidung, ob und wann sie in den Kampf eingreifen sollen.«

Robert nickte und nahm Dugalds Sitz auf Jennets und Elizabeths Fuhrwerk ein. »Soll ich uns dichter an Dubheilrig heranführen?«

»So weit, wie Ihr es wagt, dann versteckt Euch im Wald.«

»Falls wir Balreaves' Schurken begegnen – sollen wir sie töten oder gefangen nehmen?«

»Ich denke nicht, daß nach allem, was passiert ist, einer von ihnen den Wunsch hegt, sich lebend zu ergeben.« Er wandte sich um und küßte Jennet. »Ihr tut, was Robert Euch befiehlt.«

»Gewiß. Gebt auf Euch acht«, fügte sie mit leiser Stimme hinzu, als er seinen Helm aufsetzte.

Nachdem Hacon sie verlassen hatte, ritt Artair an ihre Seite. »Mach keine Dummheiten, Kind. Du trägst die Verantwortung für zwei Leben.«

»Ich weiß, Papa.« Sie stemmte sich auf die Knie, um ihn zu küssen. »Ihr habt wirklich die Gabe, genau im richtigen Augenblick zu erscheinen.«

»Du bist so zuvorkommend, immer den richtigen Moment abzuwarten, um dich in Schwierigkeiten zu begeben.«

»Gebt auf Euch acht. Ihr seid besser dazu in der Lage«, fügte sie hastig hinzu, als er schon aufbrechen wollte, »wenn Ihr Euren Helm aufsetzt.«

»Ich habe den Eindruck, daß du häufig vergißt, wer hier das Kind ist.« Artair setzte ihn dennoch auf. Dann ritt er zu Hacon. »Sie sind zahlreich und gut bewaffnet. Eure Familie muß sich bald in den Burgfried zurückziehen.«

»Haben sie Wachen aufgestellt?«

»Es gab eine, aber der Mann warnt in diesem Leben niemanden mehr. Ich weiß jedoch nicht, ob sie die Leiche nicht inzwischen gefunden haben.«

»Also könnten wir in eine Falle reiten?« Hacon behielt Artair im Auge und dachte laut nach. »Falls wir nah genug herankommen, ohne entdeckt zu werden, könnt Ihr Euch dann durch die Linien schlängeln und feststellen, was uns erwartet?«

»Aber sicher. Gott hat mich mit einem leichten Schritt gesegnet.«

»Gut. Dann werden wir erst Pläne schmieden, wenn wir die Informationen haben. Männer?« Zustimmende Rufe ertönten

aus ihren Reihen und Hacon setzte sich mit seinem Schlachtroß an die Spitze. Sie brachen auf.
Jennet beobachtete ihren Abschied und versuchte, ihre Angst zu unterdrücken. Robert forderte sie mit einem Blick zum Setzen auf. Im gleichen Augenblick, da sie sicher und einigermaßen bequem gebettet war, trieb er die Pferde an. Ranald ritt voran, um ihren Weg zu sichern. Jennet drehte sich zu Elizabeth.
»Warum tut Balreaves so etwas? Was hofft er damit zu gewinnen?«
Als Elizabeth nur schweigend mit den Schultern zuckte, antwortete Robert für sie. »Er raubt Eurem Gemahl den Sieg. Sir Gillard hat das Spiel gewonnen, aber dieser feige Hund will ihm nur Asche und Gräber lassen.«
In dieser Erklärung lag einige Wahrheit. Jennet bekam noch mehr Angst um Hacon, seine Familie und Freunde. Balreaves war dem Untergang geweiht, aber in seiner Verbitterung wollte er sie alle mit sich reißen. Eine Zeitlang lenkten solche Gedanken sie von ihrem eigenen Zustand ab. Sie betete, daß Balreaves den gerechten Lohn erhielt, und daß der Preis für Dubheilrig nicht zu hoch war.

Hacon ritt unruhig vor seinen Männern auf und ab. Ungeduldig warteten sie am Waldrand, wo die Straße nach Dubheilrig begann, darauf, daß Artair zurückkehrte. Jeder Moment, der ungenutzt verstrich, mochte ein Menschenleben kosten. Balreaves wollte Dubheilrig ausbluten. Je länger er die Feste belagerte, desto größer wurde die Wahrscheinlichkeit, daß er seinen verruchten Durst stillen konnte.
Hacon machte sich außerdem Sorgen um Artair. Der Mann war beneidenswert geschickt, aber das hieß nicht, daß er immer sicher war. Hacon hatte Angst davor, Jennet beibringen zu müssen, daß ihrem Vater etwas zugestoßen war. Als er

ihn endlich sah, wie er durch die Kiefern zu ihrer Linken ungezwungen auf sie zutrabte, verspürte er gleichzeitig Erleichterung und aufflammende Kampfeslust.

»Die Narren sind so blind in ihrer Blutgier, daß sie nicht einmal bemerkt haben, daß ihre Wache nicht mehr existiert«, erstattete Artair Bericht.

»Das bedeutet, wir können losschlagen, wann es uns gefällt.«

»So ist es. Da aber die Umgebung des Dorfes völlig flach ist, könnte man uns entdecken, bevor wir es erreicht haben. Ihr müßt sehr vorsichtig sein. Ein direkter Angriff wird nicht funktionieren. Er ist uns zwei, wenn nicht drei zu eins überlegen.«

Mit einem Stock zeichnete Hacon geschwind den Lageplan von Dubheilrig in die Erde. Dann reicht er den Ast an Artair weiter. »Zeigt mir genau, wo er steht. Wir müssen schnell und brutal zuschlagen, ihn zwischen uns und den Kräften in der Feste einschließen. Nur dann werden wir mit dieser Bedrohung fertig.«

Umgeben von den Männern legten Hacon, Artair und Dugald den Angriffsplan fest. Sie wollten aus dem Wald hervorbrechen und sich der Feste von drei Seiten nähern. Wenn sie vorsichtig waren, boten die langen Farne und hohen Gräser eine gewisse Deckung. Einige Männer würden Balreaves durch das Dorf folgen. Wenn sie ein wenig Glück hatten, getrennt marschierten und jede natürliche Deckung nutzten, konnte es ihnen gelingen, sich dem Außenring der Feste bis auf wenige Meter zu nähern. Hacons Furcht schwand. Falls alles lief wie geplant, war ihnen der Sieg gewiß.

Hacon gab seinen Männern das Zeichen zum Aufbruch. Diesmal, so schwor er sich, würde ihn keine weiche Regung seines Herzens an seiner Aufgabe hindern. Der König hatte Balreaves zum Tode verurteilt, und dieses eine Mal verspürte Hacon keinerlei Bedenken, dem Bruce als Henker zu dienen.

Als alle in Stellung gegangen waren, war Hacon so angespannt, daß ihn jeder Muskel schmerzte. Der Anblick von Balreaves' Männern, jeder Stein, der die Mauern der Feste traf, verstärkte seinen Zorn, bis er sich kaum noch beherrschen konnte. Seine Männer empfanden dasselbe und waren nur noch schwer zu zügeln, besonders in dem Moment, da Balreaves' Truppe die Mauern überwand und in den Burghof stürmte. Nur ihr Vertrauen in seine Qualitäten als Anführer hielt sie davon ab, einfach zur Feste zu stürmen und ihren Haß und ihren Zorn herauszuschreien. Jetzt hatten sie Balreaves eingekreist und Hacon konnte endlich das Zeichen geben, auf das sie so begierig gewartet hatten. Mit einem kalten Lächeln hob er sein Schwert und genoß das Erschrecken und die Angst, die sich auf den Mienen von Balreaves und seinen Söldnern abzeichnete, als Dubheilrigs Kampftruppen von allen Seiten auf sie eindrangen und ihre Schlachtrufe jedes andere Geräusch übertönten. Hacon und seine Männer erklommen in Windeseile die zerstörten Überreste der Außenmauer und gelangten so über den Feind.

Lucais bereitete seine Leute auf das letzte Gefecht vor, als ein neuer Klang voller Zorn das Getöse der Schlacht übertönte. Er stieß einen Mann beiseite und spähte durch eine der Schießscharten in der Mauer des Burgfrieds. Der Anblick draußen, eine wohldurchdachte, exzellent geplante Befreiungsschlacht, war Labsal für seine Augen und ließ ihn vor Erleichterung jubeln.

»Was ist, Lucais?« erkundigte sich Serilda, die hinter ihm erschien. »Noch mehr von Balreaves' Truppen?«

»Nein, *unsere* Männer.« Er schlang seinen starken Arm um ihre Schultern und drückte sie beglückt an sich. »Unsere Männer sind aus Dunfermline zurückgekehrt. Der vielstimmige Schlachtruf drang aus ihren Kehlen.«

»Unsere Männer? Könnt Ihr Hacon entdecken? Führt er sie an?«
»Oh ja. Groß und stark und überaus lebendig. Das Mädel hat es geschafft. Irgendwie ist es ihr gelungen, unseren Sohn zu retten, und jetzt ist er hier und läßt Balreaves bezahlen.«
Sie weinte. »Also ist es endlich vorbei. Wir sind gerettet.«
»Nun, nicht ganz. Unsere Burschen haben ihn überrascht und umzingelt, aber sie werden Unterstützung brauchen.«
»Ihr wollt doch nicht etwa hinausgehen und in dieser wilden Schlacht kämpfen?«
»Schaut nicht so besorgt, Liebling. Ich will nicht mit dem Schwert in der Hand angreifen. Aber ich bin sicher, daß Hacon mit unserer Unterstützung rechnet. Und obwohl mein Arm schwach ist, kann ich die Hilfstruppen sehr wohl dirigieren.«
»Könnt Ihr nicht einfach mit Pfeil und Bogen auf den Feind schießen und ihn so dezimieren?«
»Ihr wißt ebensogut wie ich, daß wir auf diese Weise unsere eigenen Leute gefährden.« Er gab den Männern ein Zeichen, sich zu sammeln.
Serilda schaute zu, wie ihr Gemahl rasch seine Anweisungen erteilte. Roberts Bruder Donald hatte die meiste Schlachterfahrung, und sie war froh zu sehen, daß Lucais ihn an seine Seite winkte. Die Männer, die er anführte, waren jung und unerfahren oder schon weit jenseits der Jugend. Es war nicht gerade die eindrucksvollste Truppe. Dennoch war ihre Teilnahme an der Schlacht von zwingender Notwendigkeit. Sie seufzte und machte sich daran, die Frauen zu organisieren, während Lucais die Männer in die Schlacht führte, die bereits jetzt einem Gemetzel glich. Zweifelsohne würden eine Menge Verletzte zu versorgen sein, bevor die Schlacht sich dem Ende neigte.

Hacon hielt den Blick starr auf Balreaves gerichtet, während er sich einen Weg durch die kämpfenden Männer und über die Ruinen seiner teilweise zerstörten Feste bahnte. Jede Verzögerung steigerte seinen Zorn.

Balreaves versuchte zu fliehen, er benutzte auf dem Weg zu seinem Schlachtroß seine eigenen Männer als lebende Schutzschilde. Hacon war wild entschlossen, den Mann nicht entkommen zu lassen.

Plötzlich stürzten frische Streitkräfte aus der Feste und Balreaves verlor den letzten Rest der Befehlsgewalt über seine Männer. Nun fochten sie nicht länger, um zu erobern, sondern kämpften um den Rückzug. Hacon lächelte kalt. Ein weiterer Schritt zum Sieg war getan. Die Verwirrung der Männer, durchgehende Pferde, Belagerungsgerät und die Steinbrocken, die überall herumlagen, behinderten sie außerordentlich. Hacon betete, daß sie auch Balreaves an seiner Flucht hinderten.

Hacon erreichte Balreaves, als dieser gerade in Reichweite seines Schlachtrosses gelangt war. Balreaves warf sich herum und stellte sich. Lucais und Donald, die von hinten herangekommen waren, nahmen sein Pferd am Zügel und führten es weiter weg. Die Schwerter gezogen, bildeten sie eine tödliche Mauer. Jede Fluchtmöglichkeit war nun vereitelt. Hacon lächelte eiskalt, als der Mann geschwind sein Schwert zog und seinen Schild hob, um sich zu verteidigen.

»Jetzt, Balreaves, ist es endlich so, wie es immer hätte sein sollen. Ihr und ich, Auge in Auge, Schwert gegen Schwert.«

Der Mann lächelte zurück, aber seine Miene war ängstlich und nervös. Frischer Schweiß glitzerte auf seinem bleichen, dreckverschmierten Gesicht, doch dann verzerrte grenzenloser Haß seine Züge, und Hacon wappnete sich gegen den Angriff.

»Aber ja. Eure Hure von Weib wird eine hübsche Witwe abgeben. Ich werde mich an ihr ergötzen, wie ich es bei ihrer Mutter tat«, schrie er und griff an.

Hacon parierte mühelos den ersten wilden Schlag. »Jetzt werdet Ihr dafür bezahlen.«

»Werde ich das?« Balreaves stolperte außer Reichweite von Hacons Schwert. »Ich bin nicht ohne Geschick, Gillard.«

»Das habt Ihr aber gut hinter den Rücken Eurer gedungenen Mörder verborgen.« Hacon wich Balreaves' Schwert tänzelnd aus, aber sein eigener Schlag landete nutzlos auf dessen Schild.

»Ich sah keinen Anlaß, meine Kraft zu vergeuden. Aber jetzt werdet Ihr lernen müssen, daß ich auch hierin, wie in allem anderen, besser bin als Ihr. Ihr mögt den König überredet haben, Euch freizulassen, aber Ihr werdet Euch nur kurz daran erfreuen.«

Die nächste Attacke ließ genug Kraft und Geschick erkennen, als daß Hacon seine Worte als bloße Prahlerei abgetan hätte. Er hörte auf, den Mann zu reizen und konzentrierte sich darauf, den Kampf zu gewinnen. Er war fest entschlossen, Balreaves dieses Mal seiner gerechten Strafe zuzuführen.

Kapitel 25

Robert, das kann nicht Euer Ernst sein.«

Jennet starrte entsetzt auf die mit Kiefernnadeln und Moos gepolsterte Kuhle. Robert hatte die Fuhrwerke in den Wald gefahren, der zwischen der Straße nach Stirling und den offenen Feldern und Mooren lag, die Dubheilrig umgaben.

Sie konnte aus der Ferne das Schlachtgetöse vernehmen, aber niemand erlaubte ihr, einen Blick in die Richtung zu werfen. Sie wappneten sich gegen jeglichen Angriff, den Balreaves' Männer auf der Flucht gegen sie führen mochten. Jennet war jedoch nicht von der Notwendigkeit überzeugt, sich in einer Kuhle verbergen zu müssen. Sie blickte Ranald und Robert, die die Wände mit Decken auskleideten, mißmutig an.

»Das macht es auch nicht einladender. Warum kann ich nicht im Fuhrwerk bleiben?«

»Weil Ihr dort sofort entdeckt würdet«, erwiderte Ranald. »Von der Straße aus kann man uns nicht sehen, aber ich vermute, daß Balreaves' Männer durch den Wald flüchten werden. Ihr werdet hier wesentlich sicherer sein als bei den Fuhrwerken, die sofort Aufmerksamkeit erregen.«

»Ich werde vielleicht nicht *ihre* Aufmerksamkeit erregen, aber was ist mit den Wesen, die möglicherweise in diesem Loch lauern?«

»Dort lauert gar nichts. Bitte, Jennet. Es ist besser so.«

Seufzend erlaubte sie Ranald und Robert, ihr in die Kuhle zu helfen, aber zu Elizabeth sagte sie: »Warum unternimmst du nichts? Ich war der Meinung, daß du mit einem dieser Männer vermählt bist.«

»So ist es, aber –« Elizabeth nahm einen Ausdruck scheinheiliger Fügsamkeit an –»ich würde meinem lieben Gemahl niemals widersprechen.«

Jennet bemerkte, daß Robert diese Behauptung mit derselben Belustigung wie sie selbst zur Kenntnis nahm. Die Kuhle war nicht bequemer als der Karren, aber auch nicht schlimmer. Während sie dort ruhte und nur von Ferne die Geräusche der Schlacht vernahm, stellte Jennet fest, daß ihr Unbehagen wuchs.

Sie runzelte die Stirn. Ihre Schmerzen unterschieden sich in gewisser Weise von denen, die sie den ganzen Tag über gepeinigt hatten. Ihr Körper fühlte sich nicht länger wund an. Statt dessen schien sich das Ziehen und Zerren auf einen einzigen Punkt, nämlich ihren Unterleib, zu konzentrieren. Sie brauchte nur einen Augenblick, um die Bedeutung zu erkennen, dann fluchte sie.

»Stimmt etwas nicht?« Elizabeths Aufmerksamkeit richtete sich sofort auf Jennet.

»Vermutlich.« Sie schaute auf und sah Ranald und Robert am Waldesrand stehen, von wo aus sie das Kampfgeschehen um Dubheilrig beobachteten. »Ich glaube, etwas stimmt ganz und gar nicht.«

»Mit dem Kind?« Elizabeth kroch dichter zu Jennet.

»Ich glaube, es hat sich soeben entschieden, auf die Welt zu kommen.«

»Jetzt? In einer Kuhle? Wo uns die kämpfenden Männer so nah sind, daß wir sie hören können?«

»So ist es. Ich habe geglaubt, ich wäre nur todmüde von der Reise. Nun sieht es so aus, als seien es die Wehen. Ich habe mich schon gefragt, warum dieses zappelige Kind auf einmal so ruhig ist.«

»Es wappnet sich für seine Reise ans Licht der Welt. Robert«, rief Elizabeth. Er und Ranald eilten herbei.
»Senkt Eure Stimme, Lizbeth«, schalt Robert. »Wollt Ihr den Feind auf uns aufmerksam machen?«
»Nun«, Elizabeth warf Jennet einen Blick zu, »dann solltet Ihr besser etwas suchen, in das sie ihre Zähne vergraben kann.«
»Was?« Roberts Augen wurden groß, und er fluchte. »Nicht jetzt.«
»Ich fürchte doch«, murmelte Jennet und keuchte, als sie von der ersten deutlich spürbaren Wehe geschüttelt wurde.
»Stimmt etwas nicht? Seid Ihr krank, Jennet?« Ranald schaute sie besorgt an.
»Das Kind kommt, Ranald.« Sie lächelte, als sie sein entsetztes Gesicht sah.
»Es ist nicht so schlimm.«
»Aber – Ihr liegt in einer Kuhle.«
»Wie wahr. Ich würde meine Gemächer in Dubheilrig ebenfalls vorziehen, aber wenigstens ist es Juni und nicht Dezember.«
»Vielleicht können wir Euch dorthin schaffen. Dieses Gefecht könnte rasch vorüber sein.«
»Darauf würde ich keine Wetten abschließen. Ich glaube, das Kind wollte schon den ganzen Tag hinaus. Ich habe es nur erst jetzt bemerkt.«
»Was sollen wir tun?«
»Holt mir Decken, Wasser und Tücher«, erwiderte Elizabeth. Beide Männer eilten, das Gewünschte zu beschaffen und Elizabeth wandte sich wieder lächelnd an Jennet. »Noch ein paar Decken und dieses Loch ist gar nicht so übel.«
»Nein, es wird reichen. Wenn in Dunfermline nicht alles so wunderbar verlaufen wäre, hätte ich es in den Verliesen zur Welt bringen müssen.«
»Heilige Mutter Gottes, daran darfst du nicht einmal den-

ken.« Elizabeth zuckte übertrieben die Schultern und hielt dann Jennets Hand, als eine weitere Wehe sie überrollte. »Sind sie sehr stark?« fragte sie mit leiser Stimme, nachdem Jennets Keuchen verebbt war.
»Stark genug. Elizabeth, glaubst du, daß es Hacon gut geht?«
»Bestimmt. Er ist ein ausgezeichneter Kämpfer. Er wollte Balreaves überraschen, und Robert sagt, das ist ihm gelungen. Komm, du mußt jetzt an dich und das Kind denken. Deinem Mann geht es gut«, wiederholte sie. »Warum fragst du?«
»Hast du schon einmal das Sprichwort gehört, daß jemand stirbt und ein anderer wird geboren? Ich dachte nur –«
»Nicht. Hör sofort damit auf. Diese düsteren Gedanken schaden dem Kind.«
Nachdem sie sich von einer weiteren Wehe erholt hatte, bemerkte sie lächelnd: »Ich glaube, das ist genauso ein Aberglaube wie der, von dem ich dir gerade erzählt habe. Kein Grund, so besorgt dreinzuschauen. Ich werde nur an das Kind denken und wie überrascht Hacon sein wird, wenn er siegreich zurückkehrt. Er wird am selben Tag Dubheilrig retten und Vater werden.«

Hacon lächelte trotz seiner wachsenden Erschöpfung. Balreaves hatte sich tatsächlich als talentierter Fechter erwiesen, aber nicht talentiert genug. Hacon ermüdete, aber Balreaves ermüdete noch schneller. Die Haut des Mannes war grau und der Schweiß rann an ihm hinunter. Trotz des gepolsterten Wamses und des Kettenhemdes konnte Hacon erkennen, wie Balreaves' Brust sich hob und senkte, während er nach Atem rang. Bald würde er stolpern und einen tödlichen Fehler begehen. Er ließ eine kleine Unterbrechung zu und beobachtete, wie Balreaves versuchte, Kraft zu sammeln.
»Ihr habt die Wahl, Balreaves«, sagte er. Er wollte sicher sein, keinen Mann zu töten, der sich ergeben wollte.

»Wahl? Was für eine Wahl? Tod für den Versuch, den König zu Eurem Mörder zu machen, Tod für den Mord an der Mutter Eurer kleinen Hure oder Tod für den Versuch, Euch zu töten?«
»Ihr könntet Euch ergeben. Ich würde Euch vor den König bringen.«
»Oh, ja. Das ist barmherzig. Entweder sterbe ich durch Eure Hand oder durch die seine.«
»Ihr könnt um Gnade bitten. Er mag sie Euch gewähren. Vielleicht werdet Ihr nur verbannt, ins Exil geschickt.«
»Und mein Name wird keinen Pfennig mehr wert sein. Nein, danke. Laßt es uns hier und heute zu Ende bringen.«
»Was gewinnt Ihr dabei?«
»Ich habe nicht vor zu sterben, falls es das ist, was Ihr annehmt.«
»Ihr könnt nicht siegen. Ja, Ihr habt Talent, aber Ihr habt zu lange andere für Euch kämpfen lassen. Ihr habt Eure Kraft und Ausdauer verloren, die Ihr benötigt, um mich zu schlagen. Ergebt Euch, Balreaves, oder sterbt.«
»Wenn ich sterben muß, werde ich mit Euch gemeinsam zur Hölle fahren.« Er stürzte sich auf Hacon.
Ein paar Minuten kämpften sie erbittert, aber Balreaves' Kraft war aus der Verzweiflung geboren und schwand rasch dahin. Hacon wehrte eine heftige Attacke ab, und Balreaves besaß nicht das Standvermögen, den Schlag abzufangen. Er stolperte und verlor seinen Schild. Obwohl er beide Hände brauchte, um sein Schwert zu halten, gab er nicht auf. Hacons nächste Attacke wurde pariert, und der Mann ging in die Knie. Dennoch hob er erneut das Schwert, und Hacon erkannte, daß Balreaves ihn zu seinem Henker machen wollte.
Das Ende kam nur wenig später. Hacon fühlte nichts, als sich sein Schwert in das Herz des Gegners bohrte. Er hatte weder

den Haß noch die Verbitterung gefühlt, die Balreaves regiert hatten. Das einzige, was er spürte, war Erleichterung. Nun würden keine Dolche aus dem Hinterhalt mehr auf ihn lauern. Und Gerechtigkeit war geübt worden, Gerechtigkeit für Jennets ermordete Mutter.

Er blickte sich um und sah, daß die Schlacht gewonnen war. Ein paar von Balreaves' Männern wurden noch verfolgt, aber die meisten lagen tot oder sterbend auf dem Schlachtfeld. Hacon saß erschöpft auf den Überresten der Wallanlage und dachte wehmütig über deren Reparatur nach. Er lächelte, als sein Vater sich näherte. Als sein Vater das Lächeln erwiderte, wußte Hacon, daß seine Mutter, Murdoc und Katherine unverletzt waren.

»Nun bist du endlich frei«, sagte Lucais.

»Ja, frei und der Name der Gillards ist von jedem Verdacht gereinigt. Mein kleines Weib könnte den Teufel überreden, Weihwasser zu trinken.« Er lächelte dem kichernden Lucais zu. »Ich werde Euch später alles genau berichten.«

»Ich freue mich schon darauf, ebenso wie deine Mutter.«

»Hatten wir große Verluste?«

»Bevor du gekommen bist – ja, fünf. Drei Männer, eine Frau und ein Kind. Einige werden vielleicht noch ihren Verletzungen erliegen. Aber in der letzten Schlacht? Nein. Bis jetzt jedenfalls nicht. Aber auch diesmal sind einige schwer verwundet worden.«

»Elizabeth ist bei uns«, erwiderte Hacon. »Ihre und Jennets Heilkraft werden die Verluste in Grenzen halten.«

»Sie haben wahrhaftig die Gabe. Versteh mich nicht falsch, ich trauere um die, die gefallen sind. Dennoch danke ich Gott, daß es keine unserer alten Freunde oder Verwandten waren. Sie gehörten zu den Neuankömmlingen, die sich uns in diesen schweren Zeiten angeschlossen haben, um Schutz zu finden.«

»Ich verstehe. Es tut mir unendlich leid, daß wir sie nicht besser beschützen konnten.«

»Nein, du darfst dich nicht schuldig fühlen. Wir haben gut gekämpft, aber wir waren unterlegen. Deine ausgezeichnete Feste hat ihren Wert bewiesen, aber ich fürchte, sie ist stark beschädigt worden.«

Hacon sah sich um und verzog das Gesicht. »Kein schöner Anblick, aber nichts, was sich nicht wiederherstellen ließe. Falls sich das Wetter hält, können wir trotz allem im Spätherbst oder im frühen Winter einziehen. Dugald«, rief er, als er sah, daß der Mann ihn suchte.

Dugald eilte herbei. Er warf nur einen flüchtigen Blick auf Balreaves' Leiche. »Es ist also getan.«

»So ist es. Er hat diesen Ausgang gewählt, obwohl ich ihm die Möglichkeit bot, sich zu ergeben.« Er schüttelte den Kopf. »Er zwang mich, sein Henker zu werden, des Königs Befehl auszuführen.«

»Und erlangte so einen schnelleren und schmerzloseren Tod, als für ihn vorgesehen war. Die meisten seiner Männer haben sich ebenso entschieden.«

»Die meisten?« Hacon musterte Dugald argwöhnisch. »Wie ich sehe, wurden Gefangene gemacht.«

»Ja, und ein paar sind entkommen. Sie werden zur Strecke gebracht werden.«

»Dann sollten wir lieber zu Jennet und den übrigen eilen. Wo befindet sich ihr Vater?«

»Ich glaube, er ist bereits dort«, erwiderte Dugald.

»Du hast doch sicherlich Männer zu ihrem Schutz dort gelassen?« warf Lucais ein.

»Gewiß, Robert, Ranald und vier der Jungen. Bestellt Mutter, daß Jennet für ein sauberes, weiches Bett sehr dankbar wäre, wenn sie die Zeit findet, sich darum zu kümmern. Die Reise hat sie erschöpft.«

»Es wird bereit sein. Ich glaube nicht, daß das Herrenhaus sehr gelitten hat. Geh nur und bring das arme Mädchen sicher nach Hause«, fügte er hinzu, aber Hacon und Dugald waren bereits fort. Sie wandten sich zum Wald, wo, wie sie wußten, Robert die Fuhrwerke verborgen hatte.

»Pressen, Jennet«, kommandierte Elizabeth, die zwischen Jennets Knien kauerte.

»Ich dachte, das tue ich«, knurrte Jennet, deren aggressiver Ton durch ihr Keuchen gemildert wurde.

»Seid Ihr sicher, daß ich dabei sein sollte?« fragte Ranald, während er Jennet mit einem feuchten, kühlen Tuch den Schweiß von der Stirn wischte.

Jennet war versucht zu lächeln, aber die Intensität der Wehen, und die Geschwindigkeit, mit der sie aufeinanderfolgten, machten es ihr unmöglich. Der arme Ranald hockte in ihrem Rücken. Sie lag zwischen seinen langen Beinen, mit Oberkörper und Kopf an seine Brust gelehnt und krallte sich bei jeder Wehe an seinen Knien fest. Sicherlich bereitete ihm das Schmerzen, aber er unterstützte sie unerschütterlich. Das bißchen, was sie von ihm sah, verriet ihr, daß er sowohl entsetzlich verlegen als auch fasziniert war. Sie nahm an, daß sie auch verlegen hätte sein müssen, aber sie war zu dankbar für seine Hilfe, als daß sie sich Gedanken darüber gemacht hätte, welchen Anblick sie ihm bot.

»Falls Ihr nicht aufhört, Euch wie mein verruchter Vater mit willigen Maiden im Heu zu tummeln, werdet Ihr diesen Anblick noch häufiger ertragen müssen«, sagte sie.

»Was für ein respektloses Kind du bist.«

Diese spöttische Stimme war unmöglich zu verwechseln, und als Jennet aufschaute, sah sie ihren Vater am Rand der Kuhle kauern. Er lächelte, aber sie erkannte die Sorge in seinem Gesicht. Sie wollte etwas Tröstliches sagen, aber sie fand keine passenden Worte. Der einzige Weg, seine Sorgen zu beenden, war das Kind zu gebären und sich rasch zu erholen.

»Es schadet dem Jungen gar nichts, wenn er etwas über die Folgen seines Tuns erfährt. Ich nehme nicht an, daß Ihr ein Bett dabei habt?«

»Nein, Kleines. Deine Mutter hat dich unter ähnlichen Umständen geboren. Du folgst ihren Spuren.«

»Warum kann ich das nicht in einem netten, gemütlichen Bett mit vielen weichen Kissen?« Sie überließ sich kurzfristig ihren Wehen. Als sie wieder zu sich kam, drang ein neues Geräusch an ihre Ohren. »Stimmt etwas nicht? Ich meine, Rufe gehört zu haben. Ist Hacon zurück?«

»Nein, aber er wird bald kommen. Und bevor du fragst – seiner Familie und Murdoc geht es gut. Aber ich fürchte, ein paar von Balreaves' Hunden konnten entkommen und flüchten in diese Richtung.«

»Wo ist Robert?« wollte Elizabeth wissen.

»Er ist bei den Fuhrwerken und wird dort bleiben. Ich denke, wir sollten uns zu ihm gesellen.«

»Geht«, befahl Jennet. »Elizabeth, zieh mich nach vorn, damit Ranald aufstehen kann.«

Nachdem Ranald aus dem Loch gekrochen war, robbte Jennet zur Grubenwand. Elizabeth half ihr, bis sie den Rücken anlehnen konnte. Es war nicht mit Ranalds Unterstützung zu vergleichen, aber es würde gehen, entschied sie, als die nächste Wehe vorüber war. Sie fluchte lautlos, als sie das erste Klirren von Schwertern vernahm. Dann zwang sie sich nach vorn und zerrte an Elizabeths Rock. Diese wurde sich sofort der Gefahr bewußt, in die sie sich begeben hatte, indem sie über den Grubenrand hinweg das Gefecht verfolgen wollte.

»Das ist der Zeitpunkt«, wisperte Elizabeth, »wo wir gewöhnlich aufgefordert werden, davonzulaufen.«

»Das wäre ein Anblick, bei denen ihnen die Münder offen stehen blieben, so ich überhaupt laufen könnte. Es ist jetzt jeden Moment soweit.«

»Ja.« Elizabeth untersuchte sie. »Ich kann den Kopf erkennen.«

»Er ist dick und rund wie der seines Vaters, stimmt´s?«

»Und er hat schwarze Haare, wie seine Mutter.«

»Oh, ich hatte auf ein blondes Kind gehofft.«

Das war das letzte Mal, daß sie zusammenhängend sprechen konnte. Elizabeth zwang ein Stück dickes Leder zwischen ihre Zähne, damit ihre Schreie nicht die Aufmerksamkeit der Kämpfer erregten. Sie hatten keine Möglichkeit, das Ausmaß der Bedrohung durch Balreaves' Krieger in Erfahrung zu bringen. Im Moment war Lautlosigkeit ihre einzige und beste Waffe, falls Jennets Vater und seine Männer bezwungen wurden.

Jennet wurde die Merkwürdigkeit dieser Situation bewußt. Hier lag sie, in einer mit Decken ausgeschlagenen Mulde und gebar ein Kind, während um sie herum Schwertgefechte auf Leben und Tod tobten.

Trotz des zunehmenden Dröhnens in ihren Ohren vernahm sie das Klirren der Schwerter, die gellenden Schreie der Männer. Sie betete darum, daß ihr Kind nicht geboren wurde, um sofort wieder durch einen Schwerthieb zu sterben. Dann schwand ihr Bewußtsein für die Geschehnisse, und sie kämpfte nur noch darum, ihr Kind zur Welt zu bringen.

Ein reißender, allumfassender Schmerz. Jennet wußte, daß sie schrie, hörte aber nur ein leises, gequältes Stöhnen. Sie grub ihre Zähne in das Leder. Einen Moment fühlte sie nichts. Dann vernahm sie einen erstickten Schrei.

Sie spie das Lederstück aus und sah zu Elizabeth. Die Frau hielt ein von der Geburt gezeichnetes Kind in ihren Armen

und säuberte es sanft. Jennet konnte immer noch nichts hören. Eisige Furcht überfiel sie.
»Elizabeth?« flüsterte sie, überrascht von der Heiserkeit ihrer Stimme.
Elizabeth kroch näher heran. Sie legte das Kind in Jennets Arme und gab ihr ein feuchtes Tuch.
»Ein schöner Junge«, wisperte sie. »Du mußt ihn an die Brust legen, damit er ruhig bleibt. Ich habe seinen Kopf und sein Gesicht gesäubert. Du kannst den Rest säubern, während du ihn stillst. Ich wasche dich jetzt.«
Erschöpft seufzend tat Jennet, wie ihr geheißen. Sie sehnte sich danach, ihren Sohn zu betrachten, seine Finger und Zehen zu zählen, aber sie wußte, daß dies warten mußte. Obwohl sie nicht mehr so deutlich zu vernehmen waren, waren die Kampfgeräusche nach wie vor zu hören.
Jennet hielt ihr Kind in den Armen und betete um ihre Sicherheit. Sein Atem schlug heiß an ihre Brust, und dieses Lebenszeichen war ihr im Augenblick genug.
Nach wenigen Minuten kehrte Elizabeth zu ihr zurück. Sorgsam hüllten sie das Kind in eine Decke. Es war wach, aber ruhig, und Elizabeth nahm sich die Zeit, Jennets Gesicht und Hals zu waschen. Dann warteten sie, schweigend und angsterfüllt, ob sie in Sicherheit waren oder um ihr Leben kämpfen mußten.

Hacon säuberte sein Schwert und sah sich um. Er und Dugald waren gerade rechtzeitig gekommen, um die letzten von Balreaves' Männern zu erledigen. Nur einer der Jungen, die er als Wache zurückgelassen hatte, war verletzt worden, und die Wunde wirkte nicht besorgniserregend. Er war unruhig, weil er Jennet nirgendwo entdecken konnte, und auch Artair, der bis vor einer Minute neben ihm gekämpft hatte, war verschwunden.

»Wo ist Jennet?« Er trat zu Robert und Ranald.
»Sie ist unverletzt«, erwiderte Ranald, der seinen Helm beiseite geworfen hatte und sich Wasser aus einem Eimer neben den Karren ins Gesicht spritzte.
»Fein, aber *wo* ist sie?« Hacon spürte eisige Furcht, als Ranald und Robert mit der Antwort zögerten. »Sprecht Ihr die Wahrheit? Ist sie wirklich nicht verletzt worden?«
»Oh, natürlich nicht. Ich glaube, Artair ist soeben zu ihr gegangen.«
»Warum bringt Ihr mich dann nicht ebenfalls hin?«
»Ich sollte Euch zuerst etwas sagen«, begann Ranald.
»Das kannst du auch, nachdem du mich zu Jennet geführt hast.«
»Sie ist dort drüben.« Ranald lief zum Unterholz, Hacon dicht auf den Fersen. »Und da ist auch Artair«, bemerkte er, als sie ihn am Rand der Kuhle kauern sahen.
»Mit wem spricht er«, wollte Hacon wissen, während er sein Bein von einer Ranke losriß.
»Mit Jennet. Sie und Elizabeth sind in der Grube.«
Hacon stieß einen Fluch aus und wollte hinübereilen, aber die Ranken hielten ihn fest. Er wußte, daß es das beste gewesen war, Jennet zu verstecken, aber er wünschte sehnlich, sie nach Hause zu bringen. Der Wald war nicht der passende Ort für eine Frau mit einem Kind unter dem Herzen.

»Ach, Kleines«, murmelte Artair und lächelte seine Tochter liebevoll an. »Ich bin stolz auf dich. Du hast nicht einen Laut von dir gegeben.«
»Es war nicht leicht. Ich habe das Leder sauber durchgebissen.« Sie zog die Decke vom Gesicht ihres Sohnes und präsentierte ihn ihrem Vater. »Es ist ein Junge. Das wird Hacon gefallen.«
»Ich glaube nicht, daß er auch nur einen Gedanken daran

verschwendet hat, ob es ein Sohn oder eine Tochter wird. Aber gewiß –« er zwinkerte – »wird ein Mann seiner Stellung einen Sohn willkommen heißen. Es ist alles dran, nicht wahr?«

Jennet verzog verärgert das Gesicht. »Natürlich. Ihr könnt ihn ja nachher untersuchen. Glaubt Ihr, daß Hacon bald kommen wird?«

»Aber ja, er ist bereits unterwegs. Das Unterholz bereitet ihm einige Schwierigkeiten.« Er sah Hacon entgegen, der sich endlich aus dem Brombeergestrüpp befreit hatte. »Wo habt Ihr so lange gesteckt, Bursche?«

Hacon funkelte seinen Schwiegervater zornig an und knurrte: »Wie habt Ihr es geschafft, ohne Euch zu beschmutzen? Seid ihr geflogen?« Er wartete die Antwort nicht ab, sondern blickte zu Jennet, und der Mund blieb ihm offen stehen. »Mein Gott«, flüsterte er ergriffen.

»Nein, es ist nur Euer Sohn«, spottete Artair.

»Papa!« schalt Jennet, und brach dann gemeinsam mit Elizabeth in Gelächter aus. »Wir haben einen Sohn, Hacon.«

»Ein Sohn«, stammelte er, kauerte sich auf den Rand der Grube und starrte sie fassungslos an. »Das Kind ist da.«

»Gewiß.« Sie warf ihrem Vater einen Blick zu. »Ich habe es Euch doch gesagt. Mein Gemahl besitzt einen messerscharfen Verstand.«

»Das sehe ich.« Artair rüttelte Hacon. »Wacht auf, Kerl. Wir wollen nach Hause.«

Hacon erwachte lang genug aus seiner Starre, um ihm und den anderen Männern zu helfen, Jennet aus der Kuhle zu heben. Er riß sich seinen von der Schlacht besudelten Brustpanzer herunter, hängte ihn an seinen Schwertgürtel und nahm sie auf die Arme. Auf dem ganzen Weg zu den Fuhrwerken starrte er abwechselnd auf sie oder das Baby, das Artair mit bewundernswerter Unbefangenheit trug. Hacon wurde sich

der Glückwünsche und Jubelrufe von Dugald und den Männern kaum bewußt. Erst als er Dugalds leises Lachen bemerkte, raffte er die Überreste seines Verstands zusammen.
»Worüber gackerst du?« fuhr er ihn an.
»Ich habe mich nur gefragt, wie oft man dir heute auf den Kopf geschlagen hat.« Dugald zwinkerte Jennet zu, die es lächelnd erwiderte.
»Steig auf und fahr uns nach Hause«, knurrte Hacon und kletterte zu seinem Weib in den Wagen.
Unterwegs musterte Jennet Hacon mit wachsender Besorgnis. Sie hatte erwartet, daß er von der Geburt des Babys überrascht sein würde, aber mittlerweile hätte er etwas sagen müssen. Abgesehen von seiner kurzen Kabbelei mit Dugald hatte er geschwiegen und nur fortwährend sie und ihren kleinen Sohn angestarrt. Sie ermahnte sich, keine Närrin zu sein. Schweigen bedeutete nicht zwingend Mißfallen oder Enttäuschung. Weder Zeit noch Ort begünstigten die närrische Verzückung, die frischgebackene Väter so oft befiel. Nichtsdestotrotz beunruhigte sie Hacons anhaltendes Schweigen so sehr, daß sie sich schließlich gezwungen fühlte zu sprechen.
»Hacon? Freut Ihr Euch?« Sie keuchte überrascht, als er sie heftig küßte.
»Ihr könnt ein dummes kleines Mädchen sein«, murmelte er und strich ihr zärtlich über die Wange.
»Wie schmeichelhaft.« Sie lächelte ihn müde an. »Ich hatte nur erwartet, daß Ihr etwas sagt, aber es kam kein einziges Wort.«
»Mir fiel nichts ein.« Er lachte weich. »Kleines, ich habe Euch schwanger zurückgelassen, und als ich wiederkehrte, war ich bereits Vater. Ich kann es noch gar nicht fassen. Es tut mir so leid, daß Ihr unseren Sohn in dieser Umgebung gebären mußtet.«

»Es ist nicht zu ändern. Habt Ihr gesiegt?«
»Balreaves wird uns nie wieder bedrohen. Wir haben ein paar Mann verloren, aber es hätte wesentlich schlimmer kommen können.«
»Gewiß.« Sie lächelte, als er sich so hinsetzte, daß sie ihren Kopf auf seinen Schoß betten konnte. »Was ist mit der Feste?«
»Nichts, was wir nicht wieder aufbauen können. Sie hat, ebenso wie Eure Mauer, ihren Wert bewiesen. Wir werden ein gutes, sicheres Heim bewohnen.«
»Das ist tröstlich. Hacon, wir brauchen einen Namen für unseren Sohn.«
»Habt Ihr Vorschläge?«
»Nein, ich konnte mich bis jetzt nicht entscheiden.«
»Nun, mir gefallen zwei ganz besonders.« Er streichelte ihr Haar. »Ninian oder Pendair.«
»Ach, das ist wahrhaftig ein Problem. Beides sind gute, starke Namen. Wir sollten unsere Freunde befragen und abwarten, welcher ihnen besser gefällt. Mir gefallen beide. Und Eurem Sohn sicherlich ebenfalls.«
»Mein Sohn«, flüsterte Hacon. »Das klingt genauso süß wie *mein Weib*.«
Sie errötete. In seinen Augen lag ein Ausdruck, der ihre Müdigkeit hinwegfegte und ihre Schmerzen fortblies. Mit diesen Worten sagte er ihr etwas Bedeutendes, aber sie traute ihrem eigenen Urteil nicht. Sie wollte ihm gerade etwas ähnliches erwidern, als ein plötzlicher Schrei ihr verriet, daß die Bewohner von Dubheilrig sie entdeckt hatten. Sie fluchte lautlos, aber der Moment war vorüber. Sie schwor sich, ihm bei der nächsten Gelegenheit ihr Herz zu öffnen.
Ihre Ankunft wurde zu einem Wirrwarr von Begrüßungen und Glückwünschen. Zu Jennets Erleichterung nahm Serilda rasch die Zügel in die Hand. In bewundernswert kurzer Zeit

lag Jennet gebadet und in einem frischen Nachthemd in ihrem Bett. Ihr Baby war ebenfalls gewaschen und bekleidet und lag in einer Wiege daneben. Als sie sich in die Kissen sinken ließ, bemerkte Jennet erst, wie erschöpft sie war. Sie lächelte Serilda zu, als diese ihr half, ein wenig Met zu trinken.

»Kind, du hast mehr als jeder andere getan, um den Menschen auf Dubheilrig neuen Mut einzuflößen.«

»Indem ich ein Kind in einer Kuhle geboren habe?« scherzte Jennet und unterdrückte ein Gähnen.

»Das Kerlchen wird entzückt sein, wenn er erst alt genug ist, um die Geschichte zu erfahren. Jetzt mußt du aber schlafen.«

»Wo steckt Hacon?« fragte sie. Sie wunderte sich, warum er so lange brauchte, um sich zu ihr zu gesellen.

»Er wäscht sich. Er hat so geprahlt, daß er Ewigkeiten brauchte, um ins Bad zu kommen«, erzählte Serilda lächelnd. »Männer neigen dazu, mehr Anerkennung zu beanspruchen als ihnen zusteht.« Sie deckte Jennet liebevoll zu. »Schlaf jetzt. Wenn du das nächste Mal die Augen öffnest, wird er bei dir sein.«

Hacon schlüpfte so leise wie möglich in den Raum und schob die schwere Tür hinter sich zu. In den letzten Stunden hatte er so viele verschiedene Gefühle durchlebt, daß er sich ganz zerschlagen fühlte. Er schlich sich quer durch den Raum und kauerte sich neben die Wiege, in der sein Sohn schlief. Er sehnte sich danach, das Kind zu streicheln, hatte aber Angst, es zu wecken, und sei es nur, weil es dann Jennet stören würde.

»Er ist winzig, nicht wahr?« flüsterte Jennet verschlafen lächelnd. Hacon setzte sich auf die Bettkante und nahm ihre Hand. »Es ist immer wieder überraschend, wie klein und hilflos so ein Kind ist.«

»Ja. Ich hoffe, ich lerne bald, ihn so gelassen und sicher wie dein Vater auf den Armen zu tragen.«
»Das wirst du. Außerdem wird er rasch kräftiger werden. Besonders, wenn er so groß wird wie sein Vater.«
Hacon küßte sie lächelnd auf die Wange. »Wie fühlst du dich? Mutter hat mir versichert, daß du gesund und munter bist, nur erschöpft.«
»Sie hat recht.« Sie gähnte und lachte leise. »Da hast du es.« Sie sah ihn erstaunt an, als er sich erhob und sich auskleidete. »Willst du dieses Bett mit mir teilen?«
»Ja, warum nicht? Wäre es dir lieber, ich täte es nicht?«
»Nein, aber ich habe mich gefragt, ob es, nun ja, erlaubt ist.«
»Ach.« Er schlüpfte unter die Decken, streckte sich aus und zog sie an sich. »Ich denke, daß sich sicherlich irgend jemand irgendwo deswegen beklagen wird, aber ...« Er zuckte die Achseln. »Morgen früh beginnen wir mit den Arbeiten an der Feste. Du wirst mich einige Zeit nur wenig zu Gesicht bekommen.«
Sie kuschelte sich an ihn und schloß die Augen. »Ich werde dir helfen, sobald ich wieder bei Kräften bin.«
Er lächelte, als ihr ruhiger Atem und ihre entspannte Haltung ihm zeigten, daß sie eingeschlafen war. Er küßte sie auf den Scheitel und starrte nachdenklich zur Decke.
Ihm blieben zwei Monate, um ihr gemeinsames Heim herzurichten. Dann, schwor er sich, würden sie einige Zeit allein verbringen. Ungestört von den Anforderungen des täglichen Lebens, von der Familie, den Freunden, von Murdoc. Und er würde dafür sorgen, daß sie wirklich miteinander redeten. Es war an der Zeit, befand er, daß sie aufrichtig zueinander waren und aufhörten, sich voreinander zu verstecken.

Kapitel 26

»Elizabeth, ich habe dich etwas gefragt! Wo ist mein Gemahl?«

Elizabeth sah von ihrer Arbeit nicht einmal auf – sie schichtete frisch gewaschenes Leinen in eine Truhe auf –, sondern zuckte nur die Achseln. »Bei der Feste. Ist dieses Hemd nicht wunderschön?«

»Ja«, erwiderte Jennet gleichgültig, ließ sich wieder auf das Bett sinken und musterte verdrießlich die Decke. »Er geht mir aus dem Weg.«

»Unsinn.« Nachdem sie das zarte, mit Spitzen gesäumte Hemd in die Truhe gelegt hatte, schloß Elizabeth den Deckel und erhob sich.

»Das ist keineswegs Unsinn. Seit ich Ninian vor beinah zehn Wochen zur Welt gebracht habe, habe ich den Mann kaum noch zu Gesicht bekommen.«

»Er war bei der Taufe anwesend.«

»Ja, aber vorher war er nicht da, und hinterher war er sofort wieder verschwunden. Es ist, als ob er sich davor fürchtet, mit mir allein zu sein.«

»Er ist jede Nacht hier und schläft an deiner Seite.« Elizabeth kam herüber und setzte sich auf die Bettkante.

»So ist es, er schläft. Er schleicht sich herein, wenn ich schon schlafe und ist verschwunden, bevor ich erwacht bin. Ich habe ihn ein paar Mal gesehen, weil ich Ninian gestillt habe, aber bevor ich das Kind zurück in die Wiege legen konnte, schnarchte Hacon auch schon laut und fröhlich vor sich hin.«

Sie runzelte die Stirn. »Ich hatte noch gar nicht bemerkt, daß er schnarcht.«

»Es ist am besten so. Du mußt dich erst einmal vollständig von der Geburt erholen. Das ist nicht gerade die beste Zeit, um von einem wollüstigen Mann geplagt zu werden.«

»Seit fast zwei Wochen ist alles wieder in Ordnung.« Sie seufzte. »Er begehrt mich nicht mehr.«

»Oh, jetzt redest du aber wahrhaftig Unsinn. Du versuchst, einen Grund für deine schlechte Laune zu finden. Ich weiß zufällig, daß du Nachricht von deinem Vater erhalten hast. Ist er wohlauf?«

»Ja, er ist gesund und munter. Er hat Robert dem Bruce den Treueeid geschworen. Er ist bereits im Auftrag des Königs unterwegs. Es klingt äußerst gefährlich, und es gefällt mir nicht besonders. Aber versuch nicht, mich von dem Problem mit Hacon abzulenken.«

»Es gibt kein Problem. So weit ich sehen kann, willst du einfach jammern und klagen, also werde ich dich jetzt allein lassen.«

Jennet warf sich auf den Bauch und grollte: »Ich hätte wissen müssen, daß von dir kein Mitgefühl zu erwarten ist. Du würdest doch am liebsten an den Papst appellieren, daß er Hacon zum Heiligen ernennt. Nun, ich werde dir sagen, was ich glaube. Jeder Mann wünscht sich einen Sohn. Hacon hat ihn jetzt, also braucht er mich nicht mehr. Er weiß nur nicht, wie er es mir beibringen soll.«

»Darauf werde ich nicht einmal antworten. Bleib einfach hier liegen und schwelge in deinem Elend. Es ist offensichtlich, daß du nichts lieber tätest.«

Jennet zuckte zusammen, als Elizabeth geräuschvoll die Tür hinter sich zuschlug. Sie nahm an, daß Elizabeth in gewisser Weise recht hatte. Sie wollte wirklich in ihrem Elend schwelgen. Seit Tagen hatte sie versucht, ihren Schmerz und ihre

Traurigkeit zu verdrängen, das Gefühl der Niederlage. Sie war es leid. Es konnte nicht schaden, ihren Gefühlen eine Zeitlang freien Lauf zu lassen, vielleicht half es sogar ein wenig.

Daß Elizabeth ihre Ängste als Unsinn bezeichnete, versetzte ihr einen Stich. Sie saßen zu tief, waren zu stark, als daß man sie so achtlos abtun konnte. Außerdem besaß sie gute Gründe.

Hacon ließ erkennen, daß er begann, ihrer müde zu werden. Was sonst sollte sie davon halten, daß ihr gewöhnlich leidenschaftlicher Mann ihr Nacht für Nacht den Rücken zudrehte. Sie hatte ihre Begierde so deutlich gezeigt, wie es ihr möglich war, ohne ihn unverblümt aufzufordern, seine Pflichten als ihr Gemahl zu erfüllen. Die Erinnerung an diesen Versuch ließ sie immer noch zusammenzucken. Er hatte etwas von ›müde sein‹ gemurmelt und angefangen zu schnarchen. Er war sie leid geworden, eine andere Bedeutung konnte das Ganze unmöglich besitzen. Die Tränen schossen ihr in die Augen, und sie seufzte tief. Falls sich die Dinge nicht sehr rasch zum Guten wandten, würde sie sich keine Sorgen mehr machen oder sich fürchten – sie würde es wissen.

Leise vor sich hinsummend betrat Hacon sein Elternhaus und wandte sich zur Treppe, dann blieb er abrupt stehen. Elizabeth und seine Mutter standen dort und erwarteten ihn. Ihre Mienen verhießen nichts Gutes.

»Stimmt etwas nicht?« erkundigte er sich. Eigentlich wollte er so schnell wie möglich zu Jennet, aber ein ungelöstes Problem mochte sie später stören.

»Mich dünkt, du hattest eine Überraschung für Jennet geplant«, bemerkte seine Mutter. »Einige Tage ganz allein, etwas in dieser Art.«

»Ja, das stimmt. Wenn Ihr mir jetzt anvertrauen wollt, was Euch beschäftigt, kann ich um so schneller zu ihr.«

»Aber du gehst ja gar nicht zu ihr. Das ist das Problem. Das arme Ding glaubt mittlerweile, daß du ihr mit Absicht aus dem Weg gehst.«

»Ach, ich verstehe. Nun, wenn die liebreizenden Damen einen Schritt zur Seite treten wollen« – er schob sie sanft beiseite – »werde ich das Problem sofort in Angriff nehmen. Und ich wünsche nicht«, fügte er hinzu, während er schon die Treppe erklomm, »daß mich irgend jemand in den nächsten drei Tagen behelligt.« Er zwinkerte ihnen grinsend zu, und sie brachen in Gelächter aus.

Er trat in ihre Gemächer und runzelte die Stirn. Jennet hatte sich bäuchlings über das Bett geworfen. Sie hob nicht einmal den Kopf, um zu sehen, wer eingetreten war. Damit hatte er nicht gerechnet. Aber die Tatsache, daß sie so heftig reagierte, ließ ihn hoffen. Wenn sie nichts für ihn empfand, würde seine scheinbare Zurückweisung sie nicht so tief treffen.

»Kommt mit mir, Jennet«, forderte er sie auf, ging zum Bett und zog sie hoch.

»Was tut Ihr da?« rief sie und schlang hastig die Arme um seinen Hals, während er mit ihr zur Tür marschierte.

»Ich trage Euch.« Er stieg die Treppe hinunter, wobei er seiner Mutter und Elizabeth einen Blick zuwarf, der sie sofort die Flucht antreten ließ.

»Das habe ich bereits bemerkt, Hacon.« Sie errötete verlegen, als sie vor die Tür traten. Mehrere Menschen unterbrachen ihre Arbeit und grinsten sie an. »Werdet Ihr mich wohl hinunterlassen? Ich bin durchaus in der Lage zu laufen.«

»Ein Mann sollte seine Beute immer selbst tragen. Meiner Ansicht nach sollte es im Gesetz festgelegt werden.«

»Mich dünkt, daß man Euch doch einmal zu oft auf den Kopf geschlagen hat«, gab sie zurück. »Wohin gehen wir?«

»Zur Feste.«
»Die Arbeiten sind demnach beendet?«
»Weit genug fortgeschritten.«
Diese Antwort schien ihr unsinnig. Sie beschloß, einfach mitzuspielen. Hacon litt ganz offensichtlich an einer Art Gehirnfieber. Sobald sie ihn dazu gebracht hatte, sich hinzulegen, würde sie nach Elizabeth und Serilda schicken. Gemeinsam konnten sie einen Trank bereiten, der ihn wieder zur Vernunft bringen würde.
Beim Eintritt in die Feste wurde ihre Aufmerksamkeit kurzfristig von Hacons Geisteszustand abgelenkt. Sie war nahezu vollendet. Sie stiegen die Wendeltreppe hinauf, die so konstruiert war, daß jeder Angreifer sich mit dem Schwertarm zur Wand hinaufbewegen mußte. Jennet wußte, was für einen tödlichen Nachteil das bedeuten konnte. Es erinnerte sie daran, daß der Burgfried, trotz seiner wundervollen Tapisserien und warmen Teppiche, als Verteidigungsanlage erbaut worden war.
Als er endlich stehenblieb, schaute sie sich gründlich um. Sie befanden sich in einem weiträumigen Gemach mit einem riesigen Bett. Ein großer Kamin nahm eine der Wände ein. Pelze bedeckten den Steinboden. Sie wollte ihn gerade fragen, woher die wundervollen Tapisserien stammten, als er zum Bett hinüberging und sie darauf fallen ließ. Nachdem sie sich von ihrer Überraschung erholt hatte, musterte sie ihn argwöhnisch, als er auf der Bettkante Platz nahm und begann, seine *Cuarans* aufzubinden.
»Es ist sehr schön«, murmelte sie. »Ihr habt großartige Arbeit geleistet.«
»Ich habe Euch doch gesagt, wie hart ich gearbeitet habe«, erwiderte er, löste die Bänder seiner Tunika und streifte sie ab.
»Ja, das habt Ihr.« Als er sein Unterhemd über den Kopf zog, erkundigte sie sich: »Was macht Ihr da eigentlich?«

»Ich lege meine Kleidung ab.«
»Das sehe ich«, schnappte sie.
»Vielleicht wäre es angeraten, daß Ihr Euch ebenfalls entkleidet.«
Sie bemühte sich, sich von seinem nackten Körper nicht ablenken zu lassen. »Und warum sollte ich das tun?«
»Weil ich sie nur ungern zerreißen möchte«, erwiderte er, warf seine Unterhosen beiseite und legte sich auf sie. »Und ich verspüre in der Tat heftige Begierde.«
Plötzlich wurde sie zornig, trotzdem seine Nacktheit und sanften Worte ihr Verlangen weckten. Er hatte sie ignoriert, zur Seite geschoben. Jetzt hatte er beschlossen, sie zu nehmen. Es war ihr zutiefst zuwider, auf diese Weise benutzt zu werden.
»Vielleicht bin ich zu müde?«
»Dann sollte ich dafür sorgen, daß sich das ändert.« Er begann, ihre Tunika aufzubinden.
»Oh, ich verstehe.« Sie versuchte mit wenig Erfolg, ihn daran zu hindern, ihr die Kleidung abzustreifen. »Plötzlich spürt Ihr das Verlangen nach einem kleinen Getändel, also auf, auf, und her mit dem Weib. Nun, so lasse ich mich nicht behandeln und –«
Mit einem Kuß unterbrach er ihre Schimpftiraden. Sie kämpfte darum, nicht von ihrem Verlangen, ihrer Wollust überwältigt zu werden, aber es war ihr unmöglich. Als er sich nach diesem zärtlichen, begehrlichen Kuß von ihr löste, konnte sie ihren gerechten Zorn kaum noch aufrechterhalten.
»Hacon, Ihr hört mir ja nicht einmal zu.«
»Könnten wir uns nicht nachher streiten?« Er knabberte an ihrem Ohr.
»Ich sollte Euch nicht nachgeben.« Sie hörte ihre eigene Atemlosigkeit und wußte, daß sie es bereits getan hatte.

»Oh ja, gebt nach. Ihr könnt mich später schelten.«
Mit einem Seufzer, in dem sich Lust und Resignation paarten, überließ sie sich seinen Liebkosungen. Er hatte recht. Sie konnte ihm ihr Mißvergnügen auch später noch vor Augen führen. Es mochte nicht besonders klug sein, so zu handeln, aber sie brauchte das, was er ihr anbot. Sie sehnte sich danach.
Als er ihr letztes Kleidungsstück entfernt hatte und sie Haut an Haut aneinander geschmiegt dort lagen, schwand ihr letztes bißchen Widerstand dahin. Sie schwelgte in der Lust, die er ihr bereitete. Jedes Streicheln seiner Hand und seiner Zunge schürte ihre Leidenschaft, der sie sich endlich völlig ergab. Ein sanfter Schrei voller Begierde und Befriedigung entrang sich ihr, als er endlich in sie eindrang. Sie hielt ihn mit Armen und Beinen umklammert, während sie sich wie ein Körper bewegten und gemeinsam dem Höhepunkt zustrebten. Der Klang ihrer Lustschreie, der Beweis für die Leidenschaft, die sie miteinander teilten, steigerte ihre Lust ins Unermeßliche. Sie hieß das Gewicht seines Körpers willkommen, als er sich befriedigt und entspannt wie sie selbst auf sie sinken ließ.
»Jennet?« Hacon hatte sich aus ihr zurückgezogen, blieb aber auf ihr liegen und spielte mit der Zunge an ihren Brustspitzen.
»Hmm?« Sie ließ ihre Hand an seiner Seite entlang gleiten und liebkoste seine geschmeidige Hüfte.
»Liebst du mich?«
»Ja.«
Jennet erkannte erst einen Augenblick später, was sie so freimütig gestanden hatte. Sie bemerkte kaum, wie Hacon sich auf den Rücken drehte und sie eng an sich zog. In ihrem Verstand hallten die Worte wider und wider. In dem Bewußtsein, ausgetrickst worden zu sein, schrie sie zornig auf und

schlug nach Hacon, befreite sich aus seinem Griff und schlug ihn erneut.

»Du Teufel. Du betrügerischer Teufel von einem Mann«, schrie sie immer wieder, während sie auf ihn einschlug.

Lachend und stöhnend, wenn eine ihrer winzigen Fäuste ihr Ziel traf, rang Hacon mit ihr, bis er sie unter sich gezwungen hatte. Sein Gelächter verklang, als ihre Blicke sich trafen. Bevor sie den Blick abwenden konnte, erkannte er das Glitzern von Tränen in ihren wundervollen Augen. Die süße Verwirrung, die ihn so entzückt hatte, bedeutete für sie sehr viel mehr. Er war nicht sicher, ob er verstand, warum.

»Komm, Liebes.« Er küßte sie und strich ihr ein paar Strähnen aus dem Gesicht. »Was ficht dich an?« Er fuhr fort, mit ihrem Haar zu spielen, versuchte sich zu erinnern, wann er während ihres Liebesspiels ihren Zopf gelöst hatte.

»Du hast mich hereingelegt.« Sie musterte ihn verstohlen, und stellte fest, daß ihr Bekenntnis ihn erfreute.

»Nun, das schien die einzige Möglichkeit, dich dazu zu bringen, deine Gefühle zu offenbaren. Ich mußte wissen, was du in deinem Herzen fühlst.«

»Und was ist mit *mir*? Du hast mir die Worte entlockt, aber nichts erwidert. Nun weißt du alles, und ich weiß gar nichts.«

»Gar nichts?« Er sah sie überrascht an und stemmte sich auf die Ellbogen. »Natürlich weißt du, was ich für dich empfinde. Frauen wissen immer um solche Dinge. Das ist so offensichtlich wie die Nase in meinem Gesicht. Jeder weiß, was ich empfinde. Das ist demütigend«, murmelte er. »Du erlaubst dir einen Scherz mit mir.«

Jennets Gefühle waren gemischter Natur. Einerseits sagte er ihr, was sie hören wollte. Das machte sie so allumfassend selig, daß sie den Tränen nahe war.

Aber gleichzeitig war sie verärgert, voller Abscheu für das, was sie als typisch männliche Dickköpfigkeit erkannte. Er war wahrhaftig überrascht, daß sie es nicht einfach wußte. Weil ihm klar war, warum er tat, was er tat, nahm er an, daß sie es ebenfalls wußte. Er hatte sie hereingelegt, aber konnte sich trotzdem nicht vorstellen, daß sie seiner Worte ebenso bedurfte wie er der ihren.

»Könntest du mir erklären, woher ich etwas wissen soll, daß du mir niemals gesagt hast?«

»Nun, zum einen meine Leiden –«

»Falls Ihr mir damit sagen wollt, daß die Tatsache, daß Ihr mit mir ins Bett geht, ein deutliches Anzeichen ist, fangt lieber noch einmal von vorne an, mein Gemahl.«

Er rieb sich das Kinn und betrachtete sie verdutzt. »Das verrät Euch gar nichts?«

»Hacon, nahezu alle Männer sind in der Lage, eine Frau oder ein Mädchen zu besteigen, solange es noch atmet. Sogar, wenn sie ihr zuerst einen Sack über den Kopf ziehen müssen.« Sie sah, daß er lachen wollte, aber klug genug war, diesen Drang zu zügeln. »Die Leidenschaft eines Mannes bedeutet gar nichts. Sie weiß nicht, ob er nicht ebenso für eine andere empfindet. Offensichtlich hat meine Leidenschaft Euch auch nicht viel verraten, obwohl Ihr mein erster Mann seid. Warum sollte mir also Eure Leidenschaft etwas über Eure Gefühle verraten?«

»Der Punkt geht an Euch. Nun, wie steht es mit der Weise, wie ich Euch behandelt habe? Habe ich Euch nicht beschützt und dafür sogar mich und meine Männer in Gefahr gebracht?«

»Ebenso wie für Murdoc.«

Er stieß einen Fluch aus und betrachtete sie leicht verärgert. »Ich nahm Euch zum Weib. War das auch ohne jede Bedeutung für Euch?«

»Nein, nichts von dem, was Ihr je getan habt, war unbedeutend. Mit Sicherheit nicht unsere Hochzeit. Aber dennoch hat es mich nicht wahrhaft bestätigt. Nicht einmal dies, denn immerhin seid Ihr ein Edelmann und ich war eine Jungfrau aus respektabler Familie.«

Er stöhnte und legte seine Stirn an die ihre. »Wir haben uns beide hübsch zum Narren gemacht, nicht wahr?«

»Wir?« murmelte sie und schlang die Arme um seinen Hals. »Ihr sicherlich, aber *ich*?«

»Ach? Ihr wart also immer so ehrlich und freimütig, nicht wahr? Ich kann mich nur leider nicht daran erinnern.«

»Nun, vielleicht nicht. Ach, nun gut. Wir haben uns beide hübsch zum Narren gemacht. Es fällt mir eben nicht leicht, über meine Gefühle zu sprechen.«

»Nein«, stimmte er ihr aus vollem Herzen zu, »mir auch nicht.«

Sie lachte. »Hört uns nur zu. Wir jammern einander vor, wie schwierig all dies ist, aber wir sagen nichts. Wir reden immer darum herum.«

Hacon grinste und lachte dann auch, drehte sich auf den Rücken und zog sie in seine Arme. »Jeder von uns weiß genau, was der andere hören will, aber keiner sagt ein Wort.«

»Ich habe es Euch gesagt.«

»Nein, Ihr habt mit ja geantwortet, als ich Euch gefragt habe.«

»Das ist beinah dasselbe. Jetzt seid Ihr an der Reihe.«

Am Ausdruck in seinen Augen erkannte sie, daß er mit ihr spielte. Sie schwang sich auf ihn und spürte augenblicklich die Antwort seines Körpers. Sie lächelte innerlich. Nun wußte sie, welches Spiel es war. Sie küßte ihn unter dem Kinn und sah unter ihren langen Wimpern zu ihm auf.

»Und ich behaupte, daß Ihr an der Reihe seid. Ich habe vielleicht nur ja gesagt, aber Ihr habt bis jetzt nur geschwiegen.« Sie hauchte flüchtige Küsse über sein Gesicht, während sie

sprach. »Nun seid Ihr dran. Drei kleine Worte. Das kann doch nicht so schwer sein.«
Er murmelte mit heiserer Stimme: »Nun, ich glaube, ich kann nicht. Ich brauche eine Inspiration.« Er versuchte, ihre Zunge zu erhaschen, aber sie wich ihm spielerisch aus.
»Ach, ich verstehe. Ihr habt mich hereingelegt, und ich soll Euch *überzeugen*.«
»Habt Ihr mir soeben den Fehdehandschuh hingeworfen, liebliche Herrin von Dubheilrig?«
»Ja, ich glaube wohl.«
»Nun, ich nehme die Herausforderung an. Überzeugt mich.«
Hacon wußte schon nach wenigen Augenblicken, daß er verlieren würde. Ihrer Magie konnte man sich nur mühsam entziehen, und er ließ sich nun willig bezaubern. Er vergrub seine Finger in ihrem dicken Haar, während sie seine Brust mit sanften Küssen und dem Streicheln ihrer Zunge bedachte. Sie ließ ihre Hände in atemberaubender Weise über seinen Körper wandern. Er stöhnte vor Verzweiflung, als sie seine Schenkel mit Küssen bedeckte, die Stelle umkreiste, ihr aber niemals nahe kam, an der er ihren Mund zu spüren verlangte. Als sie sein stummes Flehen endlich erhörte, zitterte er und konnte sich kaum beherrschen.
Schließlich überwältigte ihn das Verlangen nach ihrer Wärme, und er zog sie zu sich hoch. Sie saß auf ihm, verweigerte ihm aber die Erfüllung. Plötzlich erinnerte er sich des Spiels, das sie begonnen hatten.
»Unfair«, flüsterte er mit heiserer Stimme.
»Ich weiß«, lachte sie. Sie war überrascht, daß sie selbst solange die Beherrschung behalten hatte. »Nun? Seid Ihr jetzt überzeugt?« Sie nahm ihn langsam in sich auf.
»Ja.« Er griff nach ihren schmalen Hüften und drückte sie hinunter, drang ganz in sie ein. »Ich liebe dich. Gott weiß, wie sehr ich dich liebe.«

Sie beugte sich zu ihm und näherte ihren Mund dem seinen. Mit heiserer, unsicherer Stimme erwiderte sie: »Gott sei mein Zeuge, ich liebe dich auch.« Sie küßte ihn, ihre Zungen wanden sich umeinander, ein Spiegelbild ihrer Körper, die gemeinsam die Ekstase suchten und fanden.

Jennet ließ ihre Hand über Hacons straffen Bauch wandern. Sie hatten geschlafen, gegessen und sich wieder geliebt. Nicht einmal Ninian, den Elizabeth vorbeibrachte, damit sie ihn stillte, hatte ihr Liebesspiel unterbrechen können. Sie hatten sich liebkost, solange Jennet ihn an der Brust hielt und sich sofort wieder geliebt, als er selig in seiner Wiege schlief. Diese Nacht und der Tag entschädigten sie für all ihre Ängste und Sorgen.

»Hacon, seit wann wußtest du, daß du mich liebst?«

»Schwer zu sagen, Kleines. Ich glaube, es war schon lange so, bevor ich es erkannte.«

»Wußtest du es, als du mich zur Frau genommen hast?«

»Ja.«

»Warum hast du dann nichts gesagt, nicht einmal in unserer Hochzeitsnacht?«

»Hattest du es denn gehofft?«

»Ja. Ich hatte immer noch Angst, und ich konnte meinen eigenen Stolz nicht überwinden.«

»Nun, so erging es mir auch. Ich habe auf deine Achtung gehofft.«

Jennet stemmte sich auf die Ellbogen und schaute ihn in einer Mischung aus Verwirrung und Schrecken an. »Du hast was?«

»Auf deine Achtung gehofft. Ich konnte meine Seele nicht vor einer Frau entblößen, die mich nicht achtete. Aber es war mir auch nicht gleichgültig. Ich habe immerzu gegrübelt, wie ich deine Achtung erringen könnte.«

»Hacon, wann habe ich dir jemals das Gefühl gegeben, keine Achtung für dich zu empfinden?«

»Häufig. Du hast mit deinen Ansichten über Ritter und Soldaten nicht hinter dem Berg gehalten. Ich wußte, daß du mich ohne Waffen akzeptiert hast. Aber wenn ich sie aufnahm, mich gürtete und tat, was ich tun mußte, hatte ich jedes Mal Angst, du könntest dich von mir abwenden.«

Ihre Gedankenlosigkeit entsetzte sie und sie beugte sich zu ihm und küßte ihn.

»Wofür war das?« erkundigte er sich und umarmte sie.

»Ein Versuch, meinen achtlosen Worten den Stachel zu nehmen. Ich habe nie daran gedacht, wie sehr sie dich verletzen mußten. Ich hatte Angst um dich und deine Männer. Und ich fürchte, den Feldzug nach Irland halte ich immer noch für falsch.«

»Das war er auch. Wir haben nicht einmal unser eigenes Land fest im Griff, wir sollten nicht versuchen, ein anderes zu besetzen.« Seufzend streichelte er ihren Rücken. »Es gefiel mir nicht, aber …« Er zuckte die Achseln.

»Eben – *aber*. Der König ruft, und du mußt folgen. Du mußt deine Treue unter Beweis stellen. Nur diese fortwährende Treue hat dich vor Balreaves' verleumderischen Anklagen gerettet.«

»Du hast das getan, indem du so gewandt für mich gesprochen hast.«

»Ich hatte die Wahrheit auf meiner Seite. Außerdem wollte der König mir glauben. Dennoch, ich hätte reden können, bis mir die Zunge aus dem Hals gehangen hätte. Wärst du nicht der Mann, der du bist, wärest du heute nicht frei.«

»Als ich dich dort gesehen und gehört habe, war ich mir deiner Achtung endlich gewiß. Damals habe ich beschlossen, einen Weg zu finden, damit wir einander unsere Herzen öffnen können.«

»Und darum hast du mich die letzten Monate gemieden?«
»Ja, ich wollte, daß wir von neuem beginnen, in unserem eigenen Heim.« Er küßte sie. »Hast du geglaubt, ich hätte das Interesse an dir verloren?«
»Ja.«
»Nun, das tut mir leid. Ich wollte dich nicht verletzen. Ich hatte einfach Angst, daß wir sonst in unsere alte Weise zurückverfallen würden.«
»Das hätte auch leicht geschehen können. Hacon, es tut mir leid, wenn ich dich verletzt habe. Ich hatte immer Achtung vor dir. Eigentlich war das einer der Gründe für meine Verwirrung. Lange Zeit widersprach alles das, was ich an dir sah und was ich für dich fühlte, meinen Ansichten über Soldaten und den Krieg.«
Er streichelte ihre Wange. »Ich weiß. Aber du mußtest die Antwort selbst entdecken. Auch wenn es gelegentlich hart war, daneben zu stehen und sich nicht verteidigen zu können.«
»Aber ich habe es noch vor unserer Hochzeit erkannt. Du bist ein Ritter, wie er sein sollte, und es gibt Dinge, die du tun mußt. Vergiß niemals, daß ich stolz auf dich bin, stolz darauf, dich meinen Gemahl nennen zu dürfen, stolz auf deine Treue zu deinem Lehnsfürsten und stolz darauf, daß du nur gegen jene kämpfst, die dir gewachsen sind.«
Mit zitternden Händen, von seinen Gefühlen übermannt, nahm er ihr Gesicht und küßte sie. Hinterher musterte er ihr geliebtes kleines Antlitz und flüsterte: »Diese Worte bedeuten mir fast ebensoviel wie die drei, die du so lange Zeit nicht sagen konntest.«
»Du meinst – ich liebe dich.«
»Ja.« Er umarmte sie und schmiegte seine Wange an ihr Haar. »Ich liebe dich auch. Du bist der kostbarste Preis, den ich jemals gewonnen habe. Du hast mir so viel gegeben –

dich, unseren Sohn. Ich kann nicht hoffen, es jemals wiedergutzumachen.«

»Das hast du bereits – mit deiner Liebe zu mir. Indem du der Mann bist, der du bist.« Sie hob den Kopf, küßte ihn und lächelte. »Ich wurde niemals von einem edleren Ritter erobert.«

»Ich habe dich erobert, nicht wahr?« Er zog sie auf sich.

»Ja, vollständig – Herz, Verstand und Seele.«

»Dann erteilt dir dein Eroberer jetzt einen Befehl.«

»Und er erwartet strikten Gehorsam, nicht wahr?«

»Ja, dieses Mal. Er befiehlt dir, ihn immer zu lieben, so wie er dich liebt.« Seine Stimme klang heiser und zärtlich, all seine Gefühle zeigten sich in ihr.

»Zu Befehl. Immer.« Sie drückte ihre Lippen auf die seinen. »Das ist der süßeste Befehl, den je ein Weib erhalten hat – und mühelos zu befolgen.«